DU MÊME AUTEUR

Aux Éditions Gallimard

L'APPÂT

GOETZ ET MEYER

L'HOMME DE NEIGE

GLOBE-TROTTER

Chez d'autres éditeurs

LE LIVRE BREF, Balzac éditeur

TSING, Est-Ouest internationales

MRAK (TÉNÈBRES), Ginkgo

HITLER À CHICAGO, Les Allusifs

MA FEMME, Les Allusifs

Du monde entier

DAVID ALBAHARI

SANGSUES

roman

Traduit du serbe
par Gojko Lukic

nrf

GALLIMARD

Titre original :

PIJAVICE

Maintenant, six ans après, je sais que tout aurait pu se passer autrement, mais sur le moment, ce dimanche-là, le 8 mars 1998, quand les événements que je me propose de raconter ont commencé à s'enchaîner, il était impossible d'imaginer que les choses pouvaient tourner autrement qu'elles n'étaient en train de le faire. Il se peut aussi que je n'aie même pas essayé d'imaginer autre chose, que j'aie cru me trouver non pas devant un choix, si restreint qu'il fût, mais devant l'inévitable, sur lequel, que je le voulusse ou non, je n'avais aucune prise. Peu importe, désormais, puisqu'un fait accompli, qu'il ait été voulu ou pas, devient un sort auquel on ne peut plus rien changer. Une pomme tombe de l'arbre, rouge et ferme, on ne la voit presque pas dans l'herbe drue, mais les fourmis, les limaces et les guêpes trouvent le chemin pour l'atteindre, et à la fin il n'en reste rien, même l'herbe se redresse avec le temps. Si je parle maintenant de pomme, c'est probablement parce que ce dimanche-là, il y a maintenant six ans, j'étais sorti de chez moi une pomme à la main, non pas rouge, il est vrai, mais jaune, que j'ai mangée ensuite tout entière, graines et queue comprises. Non, la queue, je ne l'ai pas mangée, je l'ai gardée encore un certain temps entre les dents, la pressant et la mordillant jusqu'à ce que, petit à petit, elle se fût désagrégée. Le dimanche, j'allais toujours faire un tour au bord du Danube, quel que soit le temps, qu'il pleuve ou qu'il vente. Même la neige ne pouvait m'arrêter. Ce jour-là, il ne neigeait certainement pas, et le vent ne soufflait pas très fort ; des nuages couraient dans le ciel, le soleil perçait par moments, puis se dérobait ; en somme c'était une journée de mars tout à fait ordinaire, quoique un peu fraîche. J'étais sorti après le déjeuner, vers deux heures de l'après-midi, une pomme à la main comme je l'ai dit. J'ai mordu dedans une première fois seulement après avoir traversé la place et débouché, par un chemin de traverse entre les nouvelles tours, sur le quai. Quand j'y ai mordu, sa peau jaune clair, parsemée de taches dorées, a résisté un moment avant de craquer. J'ai reçu deux ou trois gouttelettes de jus sur le visage : une sur le front, deux sur la joue gauche, et en levant la main vers mon front pour m'essuyer, j'ai aperçu entre mes doigts un garçon et une fille qui se tenaient au bord même du fleuve. Ce n'est pas parce qu'ils se trouvaient si près de l'eau qu'ils ont attiré mon attention, même s'il fallait, pour y accéder, patauger dans la vase ou sauter d'une pierre à l'autre, mais parce que quelque chose dans leur attitude les isolait complètement de ce qui les environnait, comme s'ils faisaient partie d'un autre monde, d'un espace totalement inconnu de ceux qui se promenaient sur le quai. Quoi que ce pût être, cela m'a fait m'arrêter. Je me suis assis sur le banc le plus proche, feignant de regarder au loin, de scruter les contours des immeubles sur la rive belgradoise du fleuve, tout sauf eux. De ma pomme il ne restait alors que la queue. Je l'ai pressée entre mes dents, j'ai senti un goût amer sur ma langue et, à ce moment-là, sans crier gare, le garçon a giflé la fille. Le coup n'a peut-être pas été bien fort ; de l'endroit où je me trouvais, son geste avait semblé léger, produit par un mouvement du coude plutôt que de l'épaule, mais ce pouvait être un effet de la perspective, de mon regard en biais, car la fille a chancelé, penché du côté droit, comme si elle avait combiné la force du coup à son effort pour l'éviter, puis, entraînée par l'inertie, a fait du pied droit un pas dans le fleuve. On voyait bien que sa cheville était léchée par l'eau, qui devait imbiber sa chaussette, et que son pied s'enfonçait dans la vase. Le garçon a levé la main, comme s'il voulait la frapper de nouveau, puis l'a baissée, a fait demi-tour et s'est dirigé vers le quai. J'ai tourné la tête, et il semblait que personne ne s'était aperçu de rien. Le garçon s'est bientôt trouvé sur le quai ; il est passé devant moi et s'est dirigé vers l'hôtel Yougoslavie. Je l'ai suivi du regard jusqu'à ce qu'il se fût perdu dans la masse des promeneurs. Pendant ce temps, la fille n'avait pas bougé : son pied droit était toujours dans l'eau, son corps penché, ses mains levées à hauteur de la poitrine. Je me suis dit qu'elle devait être en état de choc, que je devais la secourir au plus vite et j'allais descendre le talus entre le quai et la rive quand mon regard est tombé sur un homme en imperméable noir. Il se tenait debout près d'une bascule sur un petit terrain de jeux et il fixait la fille. Aujourd'hui encore je ne saurais dire si c'était le même individu dont je devais croiser le chemin maintes fois par la suite, mais c'est bien à cause de lui que j'ai renoncé à descendre jusqu'au fleuve. Tout en mordillant la queue déjà écrasée de la pomme, je me suis accroupi en faisant semblant d'attacher mes lacets. Quand j'ai de nouveau levé le regard, l'homme en imperméable noir avait disparu. La jeune fille avait elle aussi changé de place : pataugeant dans la vase et évitant les pierres, elle gagnait l'escalier qui menait au quai. Elle a monté les marches lentement, comme si elle n'avait aucune envie d'arriver en haut. Entre elle et moi il y avait le petit terrain de jeux, avec un minuscule manège fatigué, des bascules et un petit train tiré par une chenille souriante. Je me suis arrêté là un moment, parmi les pères et les mères qui encourageaient leurs bambins assis dans des wagonnets verts cabossés ou montés sur des chevaux de bois éraflés et, par-dessus leurs épaules, je regardais la fille avancer. Le train a fait un tour avant que sa tête n'apparaisse. Elle est montée encore un peu, a jeté un regard en arrière comme quelqu'un qui redoute l'altitude, et enfin a posé le pied sur l'asphalte du quai. Elle s'est tournée vers l'hôtel Yougoslavie, mais je savais qu'elle ne pouvait plus voir le garçon. Puis elle a regardé dans la direction opposée, vers le restaurant Le Venise et, un instant plus tard, juste au moment où l'un des enfants s'est mis à brailler pendant que sa mère le descendait de son petit cheval noir et blanc, elle s'est dirigée de ce côté-là. J'ai attendu qu'elle se soit un peu éloignée et je me suis mis à la suivre. Je n'ai point réfléchi, ni ne me suis demandé ce qu'il fallait faire, je ne me suis pas dit que je devais la suivre, je me suis simplement mis à marcher, à prendre le même chemin qu'elle. Bref, je ne sais pourquoi j'ai fait cela. La gifle qu'elle avait reçue m'avait mis en colère, même si rien ne m'y autorisait. Je ne savais rien d'elle, et pas davantage du garçon avec lequel elle s'était tenue près du fleuve quelques minutes auparavant, et on pouvait imaginer dans leur relation infiniment de scénarios menant à cette gifle, mais aucun, pour moi, ne pouvait inclure le droit de frapper. Cela ne justifiait pas mon comportement, voilà pourquoi j'hésitais et lambinais, alors qu'elle, comme si elle le devinait, marchait de plus en plus vite sur le quai, puis, arrivée à hauteur du restaurant Le Venise, se mettait à courir. Je l'ai laissée tourner après l'édifice de la capitainerie du port, puis je me suis mis moi aussi à courir, mais en contournant la capitainerie de l'autre côté, certain de réduire ainsi la distance qui nous séparait. Cependant, arrivé à l'autre angle de l'édifice, je ne l'ai pas vue. J'ai fait le tour complet de la capitainerie, jeté un regard dans une galerie d'art, examiné rapidement les canots amarrés : elle n'était nulle part. Je suis retourné vers Le Venise, jusqu'à l'endroit où je m'étais mis à courir, et j'ai refait le même chemin. Force m'était de reconnaître que je l'avais perdue. Si elle ne s'était pas jointe à l'un des groupes de promeneurs, ce qui était une des possibilités, alors, très certainement, pendant que je contournais le bâtiment en courant, elle avait pu rebrousser chemin, revenir vers Le Venise, d'où elle avait pu partir dans qui sait combien de directions pendant que je faisais le tour de la capitainerie et vérifiais si elle n'était pas à la galerie. Je me reprochais cette erreur, tout en me répétant que cela n'aurait pas dû m'intéresser le moins du monde. D'ailleurs, il ne s'était rien passé d'extraordinaire : une gifle, une chaussette mouillée, un silence, une fuite. Vu l'état du monde, c'étaient vraiment des broutilles. C'est cela même, me suis-je dit, renonçant à chercher plus loin. L'après-midi suivant, j'étais de nouveau au coin de la capitainerie, prêt à arpenter toutes les rues par où elle aurait pu s'esquiver pendant que je la cherchais. Je m'étais persuadé entre-temps qu'à un certain moment elle s'était rendu compte que je la suivais et qu'elle avait couru non pas pour échapper à la gêne provoquée par la scène de la gifle, mais pour me fuir, moi, et que je devais donc la retrouver et lui expliquer mon rôle, qui n'était d'ailleurs pas un vrai rôle, mais de la figuration involontaire. Bien entendu, je ne l'ai rencontrée nulle part. J'ai jeté un regard dans deux ou trois halls d'immeubles, je suis entré dans une cour, je me suis arrêté sous une fenêtre ouverte, j'ai parcouru du regard des façades délabrées : tout cela était vain, je le savais, mais je n'ai pu m'arrêter. La nuit précédente, je n'avais pour ainsi dire pas fermé l'œil. Couché sur le dos, dans mon lit, je fixais du regard le plafond, et dès que je fermais les paupières, je voyais la main du garçon claquer la joue de la fille. Peu avant l'aube, je m'étais endormi et, à mon réveil, j'étais plus fatigué que quand je m'étais couché. J'avais pris du café et une tartine à la confiture d'abricot. Mes mains étaient lourdes, mes genoux tremblaient, ma tête bourdonnait et il était évident que ce jour-là je ne pourrais rien écrire. J'avais téléphoné au directeur de rédaction de l'hebdomadaire qui m'emploie pour lui dire de ne pas s'inquiéter, que mon texte arriverait à temps pour être inséré avant le bouclage du prochain numéro. Bien, avait dit le directeur de rédaction avant de raccrocher. J'avais réussi à rester chez moi jusqu'au déjeuner, puis je m'étais rendu sur le quai. De l'endroit où je m'étais trouvé le soir précédent, on ne voyait rien au bord du fleuve, du moins pas là où s'étaient tenus la fille et le garçon. Je me suis approché de l'escalier que la fille avait monté pour arriver sur le quai, mais là non plus je n'ai rien découvert. Quelques traces de boue sèche peut-être laissées par ses chaussures, comme une feuille ratatinée collée au bord de la plus haute marche, mais ni la boue ni la feuille ne me disaient rien que je ne susse déjà. J'ai longé tout le quai jusqu'au Venise, puis refait le tour de la capitainerie. Si vraiment elle m'avait vu, c'est-à-dire si elle avait compris que je la suivais, où cela avait-il pu arriver ? À aucun moment je ne m'étais rapproché d'elle de trop près, et puis, sur le quai, il y avait pas mal de promeneurs, dont beaucoup allaient dans la même direction que nous deux. Pourquoi aurait-elle cru que c'était précisément moi qui la suivais ? C'est alors que je me suis rappelé l'homme en imperméable noir. Peut-être était-ce lui qui avait attiré son attention sur moi ? Bêtises, me suis-je dit alors que je me trouvais à l'angle de la capitainerie, mais plus je tâchais d'oublier cet homme, et plus je songeais à lui. Même après, pendant que je marchais dans les rues où elle aurait pu s'esquiver, l'homme en imperméable noir marchait à mes côtés, si l'on peut dire. J'ai suivi la rue Bourgeoise, celle du poète Zmaï et la Karamata, de même que les rues transversales. Tout ce que je pouvais encore faire était de prendre une rue qui longeait le quai, en me dirigeant cette fois vers le café La Pagaie d'Or. C'est alors, en faisant demi-tour, que j'ai aperçu un bouton sur le trottoir de la rue du poète Zmaï. Noir, brillant, de ceux que l'on voit généralement sur les pardessus d'hiver, avec un reste de fil dans les trous, près d'une fissure qui se ramifiait dans l'asphalte comme une racine. La fille et le garçon portaient des blousons foncés, bleu marine ou noirs, j'en étais sûr, mais j'étais tout aussi sûr que ces blousons avaient des boutons-pression et non pas des boutons ordinaires. De plus, ce bouton sur le trottoir était trop grand pour un blouson, et ne pouvait en aucun cas avoir appartenu à la fille. Je suis reparti en direction de La Pagaie d'Or. J'ai fait trois pas, je me suis arrêté et retourné. Le bouton était toujours au même endroit. Je suis revenu sur mes pas, je l'ai ramassé, et alors, à l'endroit où il s'était trouvé, j'ai vu un petit signe, dessiné probablement au feutre : un cercle dans lequel s'inscrivait un triangle auquel se superposait un autre triangle inversé. J'ai remis le bouton à sa place et me suis redressé. J'avoue que je n'y comprenais rien. C'était peut-être un indice, peut-être avait-il un rapport avec la fille, mais le problème était que le triangle indiquait trois directions différentes. Caché sous le bouton, une fois apparu à la lumière du jour, il orientait mon attention vers la rue du poète Zmaï, vers la capitainerie et vers la rue qui menait à La Pagaie d'Or. Comme je venais d'inspecter la rue Zmaï et faire le tour de la capitainerie, je me suis dirigé vers La Pagaie d'Or. En fait, ce café ne bornait pas l'itinéraire possible de la fille, si tant est qu'elle eût opté pour cette direction, car la rue continuait, passait devant le bâtiment de l'Électricité de Serbie, et allait jusqu'aux immeubles nouveaux proches de l'endroit où j'avais vu le garçon et la fille. Celle-ci n'aurait certainement pas poussé plus loin, car si elle habitait là, elle ne serait pas allée le soir précédent jusqu'au bout opposé du quai. La honte que très certainement elle avait dû ressentir ne pouvait avoir trouvé de meilleur remède que la solitude et, par conséquent, si elle habitait là où je les avais vus, elle devait s'être contentée de traverser la rue en courant pour se réfugier chez elle. Bien sûr, elle aurait aussi pu tourner à droite, près de La Pagaie d'Or, pour déboucher sur la place qui menait plus loin vers le marché et le centre de Zémoune, mais je voyais là un détour inutile, puisqu'on pouvait arriver plus vite au centre de la ville par les rues qui partaient de la capitainerie. Il n'y avait personne à La Pagaie d'Or. La porte était fermée, les rideaux tirés, les marches devant l'entrée jonchées de détritus. Je me suis un instant demandé si je ne devais pas ramasser chacun de ces détritus afin de m'assurer qu'ils ne couvraient pas un nouvel indice, mais j'y ai vite renoncé pour rentrer chez moi. La journée tirait à sa fin et le travail sur le texte que j'avais promis à mon directeur m'attendait. Depuis quelques mois j'écrivais de courts essais et des commentaires pour l'hebdomadaire *Minut*, qui constituaient, avec quelques traductions littéraires, la source principale de mes revenus. Certains de mes commentaires suscitaient de vives réactions des lecteurs, ce qui amenait le directeur à m'accorder de temps à autre une augmentation, surtout depuis que d'autres journaux et la télévision s'étaient mêlés au débat soulevé par mon article sur le pillage des musées nationaux. La plupart de mes textes, autant le reconnaître tout de suite, n'avaient pas le même ton percutant, et je devais l'article qui m'a rendu célèbre, si l'on peut dire, au fait qu'un de mes meilleurs amis travaillait dans un des musées pillés. Les pilleurs, précisait mon texte, n'étaient pas des criminels agissant pour le compte de quelque riche amateur d'art ou du marché clandestin, mais des personnalités qui, profitant de leur influence, empruntaient des tableaux et d'autres objets d'art puis oubliaient simplement de les restituer. J'avais cité quelques noms — d'acteurs, de directeurs de grandes entreprises, de membres de l'Académie, d'hommes politiques et de bureaucrates — et c'est ce fait, je crois, qui a attiré l'attention sur ma rubrique, que presque personne ne lisait auparavant. Qui pouvait bien s'intéresser à mes jérémiades courroucées sur l'incurie en matière d'écologie, le défaut d'investissements dans la culture, les obstacles à l'évolution de la mentalité urbaine, les connivences qui président au travail des jurés des prix littéraires ? Une liste de gens prêts à accaparer le bien d'autrui, un bien qui, comme le soulignait mon article, appartenait à nous tous, était autrement plus attrayante. Pour moi aussi, d'ailleurs, car j'ai vu mes honoraires augmenter, bien que je n'eusse pas réussi à enchaîner aussitôt avec un autre sujet de ce genre. Or, l'obligation de fournir des textes devenait, comme toute obligation, de plus en plus pénible : au début, je les rédigeais en un quart d'heure, alors que maintenant l'introduction seule me demandait une heure. Je passais la plus grande partie de ce temps à laisser mon regard se perdre sur l'écran scintillant et vide de l'ordinateur, au désespoir de devoir écrire. Je m'arrachais des phrases comme si je m'arrachais des molaires ; ensuite je pestais de ne pouvoir les lier suffisamment entre elles, ce qui faisait que mon texte manquait d'unité et ressemblait plutôt à une somme de propositions souvent contradictoires. Toutefois, ce soir-là, j'ai rédigé mon texte sans la moindre peine. Je me suis assis, j'ai allumé l'ordinateur, j'ai ouvert le traitement de texte et me suis mis à écrire sans hésitation. Tout d'abord, je n'étais pas sûr du sujet que j'allais traiter, mais après avoir évoqué la boue, puis le fleuve et la rive, les ponts et le quai, j'ai fini par me lancer dans une critique violente de notre mentalité traditionnellement frileuse à l'égard de l'eau et des autorités locales qui n'admettent pas que le Danube et la Save sont la colonne vertébrale de notre ville. Ce n'était pas un argument très original, mais il y avait dans le ton et le rythme des phrases une certaine passion dont j'étais particulièrement content. Le seul fait que j'eusse rédigé mon texte avec la même célérité que mes premiers commentaires suffisait à mon plaisir. J'ai songé à me rouler un joint, mais il était encore trop tôt pour le haschisch, et je suis allé à la cuisine me servir un peu de cognac. Dehors, il faisait nuit. La lumière des réverbères se déversait sur la rue, se réfléchissait sur les panneaux de signalisation, puis disparaissait dans les portes cochères et les passages obscurs. Peut-être aurais-je dû aller refaire un tour à la capitainerie ? On voit parfois mieux les choses dans le noir qu'à la lumière du jour. J'ai pris une feuille de papier, un vieux compas et une règle en plastique pour dessiner le signe que j'avais découvert sous le bouton, j'ai tracé un cercle au compas, puis, sans en modifier l'ouverture, j'ai marqué à égales distances six points sur le cercle et relié d'un trait un point sur deux, de manière à obtenir un triangle équilatéral. J'ai pris la mesure de ses côtés, indiqué le milieu de chacun, et en reliant ces points, j'ai obtenu un nouveau triangle, inversé, dont le sommet touchait la base du premier. J'examinais cette structure géométrique, sirotais mon cognac et secouais la tête avec perplexité. S'il y avait là un sens, il m'échappait. Et puis, qui eût pu dire que c'était tout ? Dans le triangle intérieur on pouvait dessiner un nouveau triangle plus petit ou un autre cercle et continuer ainsi à l'infini, théoriquement du moins, sans que rien changeât, j'en étais sûr. Peut-être aurais-je dû ne pas l'être à ce point, douter davantage ? J'ai de nouveau examiné la figure géométrique. En inscrivant le petit triangle à l'intérieur du grand, j'avais en fait formé quatre petits triangles égaux, et auparavant j'avais aussi formé trois sections semblables à des quartiers de pomme en dessinant le premier triangle dans le cercle. Mes connaissances en mathématiques ont toujours été dérisoires, mais ces combinaisons de formes géométriques, leurs surfaces et leurs proportions ne pouvaient-elles cacher un sens ? Plus j'y réfléchissais et plus je me persuadais que c'était précisément dans leurs rapports mathématiques que se trouvait une explication de l'incident survenu sur le quai ainsi que de la disparition de la fille, et que si j'arrivais à percer leur secret, ils me conduiraient tout droit devant la porte de celle-ci. Je me suis rappelé que Dragan Michovitch, un camarade de lycée, avait fait des études de mathématiques et que, d'après ce qui s'était dit lors de la dernière réunion d'anciens élèves de notre lycée, il travaillait dans un institut de recherches scientifiques. Il est vrai que Dragan n'avait pris part ni à cette réunion ni à celles organisées les années précédentes, et que la personne qui avait parlé de lui disait qu'il ne fréquentait aucun de ses anciens camarades et vivait apparemment en original solitaire. Été comme hiver, disait cette personne, il portait le même pardessus et les mêmes chaussures, mais sa chemise était toujours propre et bien repassée, ses boutons de manchettes reluisants. Cependant, quand on l'abordait, disait encore cette personne, on ne pouvait jamais savoir si Dragan allait vous répondre ou vous considérer sans mot dire, toute vieille connaissance que vous fussiez. On avait dit à cette personne, comme elle me le disait, que parfois, sans aucune raison, Dragan se mettait à hurler, à insulter ses interlocuteurs, à menacer de les traîner devant les tribunaux et de les dénoncer à la police, pour, quelques instants plus tard, leur sourire et leur offrir des bonbons à la menthe, qu'il avait toujours dans sa poche. Je me rappelle avoir dit alors que je comprenais cette passion pour les bonbons à la menthe parce que je la partageais, mais que pour ce qui était du reste, je ne pouvais que pointer l'index sur ma tempe et secouer tristement la tête. C'était d'ailleurs ce que j'avais fait et le rire qui s'était ensuivi avait mis fin à cette conversation sur notre ancien camarade d'école. Je connaissais la personne qui nous avait parlé de Dragan Michovitch, j'ai cherché son numéro de téléphone dans l'annuaire et je l'ai appelée. Son téléphone n'a sonné qu'une fois. Elle n'a d'abord pas compris qui lui téléphonait ; puis, m'ayant remis, a affirmé n'avoir jamais parlé de Dragan ; puis, quand elle s'est rappelée ce qu'elle avait dit, elle a déclaré ne pas savoir où Dragan habitait ; enfin, comprenant que je ne renoncerais pas, elle m'a suggéré d'aller jeter un coup d'œil aux listes des locataires des immeubles proches de l'ancien viaduc à la Nouvelle Belgrade. C'était là qu'elle le voyait souvent autrefois, m'a-t-elle dit, mais depuis qu'elle-même avait déménagé à l'autre bout de la ville, il y avait quelques mois, elle n'avait plus de nouvelles de Dragan. Voilà qui ne pouvait être de bon augure, me suis-je dit. Je cherchais à contacter une personne qui devait m'aider à trouver une autre personne, et voilà que maintenant je devais me livrer à des recherches pour joindre cette personne. Qu'était ce monde où tant de gens se perdaient ? Et s'ils étaient tous perdus, qui m'assurait que je n'étais pas perdu moi-même depuis longtemps ? Si j'avais fumé le joint auquel j'avais songé, j'aurais pu comprendre les questions qui m'assaillaient, mais après un peu de cognac, elles me donnaient seulement mal à la tête. Je me suis déshabillé et couché. Par miracle, je me suis endormi aussitôt et n'ai pas ouvert les yeux avant neuf heures du matin. Quand je l'ai fait, le soleil brillait et les nuages filaient rapidement dans le ciel comme s'ils faisaient la course. Je me suis levé et, avant tout, j'ai cherché le texte que j'avais écrit la veille. Cette relecture matinale, au moment où l'esprit est encore libre de la plupart des impressions, vacant comme celui d'un prêtre zen, était le meilleur moyen de m'assurer que ce que j'avais fait la veille était bien fait. La peur de l'eau, ai-je lu à la fin de ce texte, est l'origine de toutes nos appréhensions et la cause d'un sentiment d'insécurité général ; aussi longtemps que nous n'aurons pas appris à maîtriser cette peur, nous serons obligés, comme Sisyphe, de toujours revenir au point de départ. Ce n'était pas une approche particulièrement originale, comme je l'ai déjà dit, mais le texte éveillait des émotions et, en le lisant à haute voix pour en éprouver le rythme réel, ma voix tremblait et certaines phrases s'égrenaient et se désagrégeaient. Je ne savais pas à quoi je devais attribuer ma si grande sensibilité, ce matin-là ; après tout, si l'on n'aime pas un cours d'eau, ce n'est pas la fin du monde. Puis j'ai songé qu'en parlant de la rive vaseuse j'avais en fait parlé du garçon et de la fille, de sa main à lui qui se levait lentement pour s'abattre ensuite promptement sur sa joue à elle, de la manière qu'avait la jeune femme de monter l'escalier avec précaution, comme si elle était un plongeur émergeant du fond du fleuve et redoutant de refaire surface. Le papier portant la combinaison des figures géométriques était posé sur la table. Rien n'y avait changé, le cercle englobait toujours les triangles, les triangles restaient muets, les sections rappelant des quartiers de pomme maintenaient leur équilibre sur les côtés glissants, les sommets des triangles indiquaient des directions les plus variées, et si j'avais eu un minimum de bon sens, j'aurais dû froisser ce papier et l'oublier, au lieu de quoi je me suis habillé, décidé à aller chercher mon ancien camarade d'école dans les immeubles à la périphérie de la Nouvelle Belgrade. Bien entendu, je devais auparavant passer à la rédaction de *Minut* pour remettre mon texte, ce qui voulait dire partir dans la direction opposée, vu que la rédaction se trouvait au centre de Belgrade, mais je n'y voyais aucun inconvénient, plutôt une sorte de rapport avec ce qu'annonçaient les triangles. Tu es fou, ai-je dit à l'autre moi, dans le miroir, en me rasant, sinon, pourquoi croirais-tu à des choses qui n'ont encore aucun sens ? Parce que, me suis-je écrié pour couvrir le bruit du rasoir électrique, parce que rien ne peut exister qui n'ait aucun sens et parce que tout nous parle et nous transmet quelque chose, même si nous ne sommes pas assez fins pour l'entendre et le comprendre. Le personnage dans le miroir a eu un hochement de tête désabusé, mais n'a rien dit. Après avoir appliqué de la lotion sur mon visage, je me suis peigné, ai passé la langue sur mes lèvres. J'ai pris l'enveloppe dans laquelle j'avais glissé mon texte, j'ai claqué la porte de l'appartement en sortant, mis les clés dans ma poche et dévalé l'escalier. Dans le bus bondé, je me suis rappelé que je n'avais pas donné de titre à mon texte, mais pressé de tous côtés, entouré de parfums écœurants et de relents de sueur, je n'ai rien pu imaginer. « La peur de l'eau », a dit le directeur de rédaction après avoir lu le texte, il n'y a pas de meilleur titre. Je ne l'aimais pas, mais je n'ai rien dit. Tu retrouves la forme, a dit le directeur, et si tu continues comme ça, j'en connais qui vont y laisser des plume. Je ne comprenais pas de quoi il parlait, et j'espérais qu'il ne s'attendait pas à me voir écrire sur un élevage de poulets. Il était vrai que la sombre réalité que nous étions en train de vivre ne me permettait guère de faire le difficile. Un jour le fleuve et la vase, un autre la volaille et sa fiente glissante, un troisième qui savait quoi, mais aussi longtemps qu'on pouvait écrire sur ceci ou cela et que *Minut* voulait bien le publier, il n'était pas question de renoncer ou de faire la fine bouche. J'ai dit au revoir au directeur et suis passé à la comptabilité. Mira, la caissière, m'attendait avec mes honoraires préparés. J'ai signé le reçu, j'ai embrassé Mira sur les deux joues, ce qui a fait glousser les autres employées, et me suis dirigé en hâte vers le square de la Couronne Verte et les bus qui allaient à la Nouvelle Belgrade. La voie ferrée ne passait plus entre celle-ci et Zémoune, et le viaduc en question n'existait plus, mais je savais de quels immeubles voulait parler la personne qui naguère y rencontrait Dragan Michovitch. Dès le premier de ces immeubles, je me suis heurté à une difficulté : l'éclairage du hall ne marchait pas et la liste des locataires, haut placée au-dessus des boîtes aux lettres et éclairée par le faible jour que laissait passer la porte vitrée de l'immeuble, était illisible. J'ai dû aller acheter au bureau de tabac le plus proche une boîte d'allumettes et, en les grattant l'une après l'autre, m'efforcer de lire les noms écrits à la main. Aucun Michovitch n'y figurait. Dans l'immeuble suivant l'éclairage du hall fonctionnait, mais il n'y avait pas de liste des locataires. J'ai dû monter à pied tous les étages — seize, si j'ai bien compté — pour lire les noms sur les portes. Sur certaines, au troisième étage, au cinquième et au onzième, il n'y avait pas de plaque portant de nom, aussi ai-je dû sonner pour demander si c'était là qu'habitait M. Michovitch. Il n'habitait pas derrière ces portes, pas plus que dans un logement des combles, ménagé dans des parties communes. Dans le troisième immeuble il y avait bien une famille Michovitch, mais personne qui se prénommait Dragan. Par acquit de conscience, j'ai tout de même sonné à cette porte. Un garçon d'une dizaine d'années m'a ouvert et, ayant entendu ma question, est allé consulter sa mère, puis est revenu avec la nouvelle que papy Dragoslav était parti au Monténégro. C'est impossible, ai-je dit, mais le garçon a refermé la porte sans attendre les autres questions que j'aurais pu poser. Il restait encore un immeuble pouvant correspondre à la description peu précise de l'endroit où la personne avec laquelle j'avais parlé et qui entre-temps avait déménagé à l'autre bout de la ville rencontrait autrefois Dragan Michovitch, mais après la nouvelle de son éventuel départ, s'il était bien ce papy parti pour le Monténégro, je me demandais si c'était la peine d'y entrer. Je l'ai pourtant fait, mû par le même esprit méthodique qui m'incitait à ranger mes livres dans l'ordre alphabétique, et les sacs en plastique, les boîtes et les bocaux de conserve dans le garde-manger par ordre de grandeur. Aucun des halls dans lesquels j'étais entré n'était très propre, mais ce dernier était effroyablement sale. Un tas de détritus jonchait le sol, de vieux journaux étaient entassés dans un coin, partout il y avait des mégots. Une odeur d'urine y était suspendue comme un épais rideau. Malgré tout, une liste des locataires encadrée était accrochée au mur, et là, tandis que je m'efforçais de retenir ma respiration, j'ai trouvé le nom que je cherchais. Dragan Michovitch, l'appartement numéro 42 au huitième étage. J'ai pressé le bouton de l'ascenseur, mais comme au bout de quelques minutes celui-ci n'est pas apparu, j'ai dû de nouveau monter à pied. Arrivé au sixième étage, j'ai entendu quelque part au-dessus, un étage ou deux plus haut, la porte en métal de l'ascenseur se refermer avec fracas, et bientôt, alors que, tête penchée, je tendais encore l'oreille, la cabine éclairée a filé devant moi, fonçant vers le rez-de-chaussée. Un bref instant, par la vitre dépolie, j'ai aperçu une silhouette sombre dans la cabine. Je n'ai pas pu savoir s'il s'agissait d'une femme ou d'un homme, mais je suis sûr que cette personne avait un bonnet sur la tête. L'idée que la personne dans l'ascenseur pouvait être Dragan Michovitch ne m'est venue qu'au moment où je suis arrivé devant la porte de l'appartement 42. S'il portait le même pardessus été comme hiver, pourquoi ne mettrait-il pas un bonnet par une belle journée de mars ? Il était trop tard pour courir après l'ascenseur, mais j'aurais peut-être pu l'appeler pour vérifier s'il sentait ou pas le bonbon à la menthe. J'ai pressé le bouton de la sonnette et elle m'a dit : Ding-dong. J'ai sonné encore une fois, attendu encore un peu, tout en sachant que c'était inutile, puis, lentement, en m'appuyant à la rampe, j'ai descendu l'escalier. À peu près à mi-chemin, au quatrième ou au troisième étage, l'ascenseur est repassé en remontant, obscur et manifestement vide. Voilà bien la vie, ai-je dit plus tard à la personne qui croisait naguère Dragan Michovitch et l'avait perdu de vue après avoir quitté la Nouvelle Belgrade, tandis que certains descendent, comme j'ai descendu cette multitude de marches, d'autres montent. En disant cela, je songeais à la fille qui montait de la rive vaseuse vers l'asphalte du quai, mais je n'en ai rien dit à haute voix. Il est des choses sur lesquelles on peut toujours compter, a dit la personne avec qui je parlais, très contente d'apprendre qu'après son départ rien n'avait changé dans le quartier de l'ancien viaduc. Elle savait maintenant, a-t-elle ajouté, qu'elle pourrait tranquillement y retourner si la vie dans son nouveau quartier venait à lui déplaire, car il n'y a rien de pire que de quitter un endroit et, si l'on décide, pour quelque raison que ce soit, d'y retourner, de se rendre compte quand on y est revenu qu'il n'est plus pareil à celui que, symboliquement parlant, on portait en soi. Dragan Michovitch portait-il toujours un bonnet, ai-je demandé à cette personne, et si oui, quel genre de bonnet était-ce ? Elle a gardé le silence. Allô ! ai-je dit. Non, a-t-elle répondu, elle ne se souvenait d'aucun bonnet, mais elle pouvait se tromper et peut-être le pardessus avait-il accaparé toute son attention et empêché de remarquer d'autres détails. Mais un bonnet, ça se remarque, ai-je dit, à moins que ce ne soit un bonnet magique qui rende invisible, mais alors rien de celui qui le porte ne peut être visible ; le pardessus ne pouvait pas marcher tout seul. C'était pourtant exactement l'impression qu'il donnait, a dit cette personne qui avant son déménagement voyait régulièrement Dragan Michovitch, car ce pardessus était énorme, tombait presque jusqu'au sol et quand Dragan en relevait le col et rentrait les mains dans les manches, le pardessus avait en effet l'air de marcher tout seul. Il faut cependant, a-t-elle poursuivi, tenir compte du fait que Zémoune est un endroit très humide, où il y a souvent d'épais brouillards, et que si Dragan Michovitch était frileux, et elle croyait, sans toutefois s'expliquer pourquoi, que c'était le cas, il ne faisait pas autre chose que s'enfouir dans ce pardessus comme une tortue dans sa carapace. Ne me rappelais-je pas, m'a demandé cette personne, la manie qu'avait Dragan, au lycée, de toujours refermer les fenêtres de notre salle de classe, même si c'était un des professeurs qui les avait ouvertes ? Aussitôt que celui-ci avait tourné le dos, Dragan se glissait vers la fenêtre et la refermait, ce qui, bien sûr, nous faisait tous rire. Je ne me souvenais ni de la fenêtre ni du rire, mais je n'ai rien dit, et je ne savais pas davantage pourquoi j'avais rappelé cette personne pour lui raconter comment s'était conclue ma recherche de notre camarade de classe. Je supposais que j'avais simplement eu envie de parler à quelqu'un et que personne d'autre ne s'était présenté à mon esprit. Si jamais je rencontrais Dragan Michovitch, a dit cette personne, je ne devais pas manquer de lui donner le bonjour de sa part, même si Dragan ne se souvenait peut-être plus d'elle. Je n'y manquerais pas, ai-je répondu, puis j'ai écrit une lettre dans laquelle j'ai demandé à Dragan Michovitch d'examiner la figure géométrique que je joignais à ce mot et de me dire tout ce qui pouvait s'y cacher, si tant est que cette configuration d'un cercle, de triangles et de sections qui rappelaient des quartiers de pomme cachait quelque chose. Le lendemain j'étais devant sa porte dès neuf heures du matin et j'appuyais sur le bouton de sonnette. Personne ne m'a ouvert. J'ai collé l'oreille à la porte et écouté. On n'entendait rien. J'ai sonné encore une fois, je me suis accroupi et j'ai essayé de glisser la lettre sous la porte, sans y parvenir. J'ai dû la déposer dans la boîte aux lettres, ce que j'aurais préféré éviter, à cause de la saleté et du relent d'urine pénible dans le hall de l'immeuble, et parce que je craignais que quelqu'un ne retirât ma lettre de la boîte passablement défoncée et empêchât ainsi mon message de parvenir à son destinataire. Mais quand on n'a pas le choix, ai-je lancé en passant à un garçonnet qui appelait sa mère d'une voix criarde, il faut bien se contenter de ce que l'on a. Le garçonnet s'est tu un instant, puis il m'a tiré la langue et s'est engouffré en courant à l'intérieur de l'immeuble. Sa langue était bleuâtre, comme si on ne savait quelle friandise venait de fondre dans sa bouche. Je suis passé entre plusieurs immeubles pour emprunter la rue Radoïé Dakitch, qui m'a mené au jardin public de Zémoune, d'où, longeant le lycée et le quartier général de l'armée de l'air, j'ai débouché dans la grand-rue. J'ai décidé d'emprunter une nouvelle fois ce matin-là les rues que j'avais arpentées l'avant-veille dans ma recherche infructueuse d'un indice qui aurait pu me conduire à la fille giflée. Dans la grand-rue, j'ai d'abord tourné dans la rue Karamata. Pas plus maintenant que la première fois, je ne savais ce que je cherchais, surtout si je faisais abstraction de la figure géométrique dissimulée par le bouton. Je regardais de tous côtés, parcourais du regard les façades, les rideaux, les persiennes, les portes en bois et les portes vitrées, poussais du pied les feuilles de journaux froissées et les boîtes de cigarettes qui traînaient sur le trottoir. Arrivé au quai, j'ai tourné à droite en direction de la rue du poète Zmaï. À l'angle, là où j'avais trouvé et laissé le bouton noir, je n'ai plus rien vu, même en m'agenouillant et approchant mon visage tout près de l'asphalte. Je me suis engagé dans la rue et j'ai bientôt entendu le vacarme venant du marché. Dans cette rue-là il y avait davantage de détritus, si bien que j'avançais plus lentement et regardais avec plus d'attention autour de moi, et pourtant c'est le hasard qui m'a fait découvrir un nouvel indice. En effet, pendant que, tête baissée, je regardais fixement un tas de mégots, j'ai heurté une femme, ce qui a eu pour conséquence de lui faire lâcher son cabas rempli de légumes et de fruits. Des pommes de terre et des bananes se sont répandues sur le trottoir. Je me suis accroupi pour les ramasser et, à ce moment-là, sur une des marches du perron d'un immeuble peint en jaune, j'ai reconnu le dessin familier. J'ai tendu à la femme son sac de nouveau plein, en m'excusant encore, et quand elle s'est éloignée, je me suis agenouillé près des marches. Il n'y avait pas de doute possible, c'était la même combinaison d'un cercle et de deux triangles. Le signe était dessiné sur la première des trois marches qui menaient à une grande porte à deux battants.

J'ai appuyé sur la poignée : la porte était fermée. J'ai frappé, tendu l'oreille, mais elle ne s'est pas ouverte. Combien allait-il encore y avoir de portes devant lesquelles j'aurais à attendre en vain ? Je m'en suis écarté en examinant les fenêtres. On ne voyait rien à travers d'épais rideaux complètement tirés, ce qui ne réduisait en rien la possibilité que quelqu'un, de l'intérieur, vît très bien ce qui se passait dehors. J'ai avancé, longeant le marché, en direction de la grand-rue, passant devant un salon de coiffure, un magasin de tissus, une librairie et un marchand de souvenirs, et alors, à un moment où je ne m'y attendais pas du tout, j'ai de nouveau vu la figure géométrique que je cherchais. En fait, je m'étais arrêté pour lire une affiche collée sur une grande porte en bois, affiche annonçant un cours de tai-chi pour débutants, et en m'en approchant je me suis rendu compte que le cercle, en lequel j'avais cru voir de loin le symbole taoïste noir et blanc du yin et du yang, était la figure composée du cercle et des triangles. D'abord les mathématiques, maintenant la méditation orientale en mouvement, qui sait où ce signe allait encore m'entraîner ? La grande porte, à la différence de la précédente, n'était pas fermée à clé, aussi ai-je poussé un lourd battant et pénétré dans un passage sombre qui menait à une cour plutôt petite, avec un banc, deux buis en pot et un puits avec une ancienne pompe à main. Cela faisait une éternité que je n'avais plus vu une pompe de ce genre, avec un long bras, et je la regardais comme si je venais de débarquer d'un vaisseau spatial venu d'une autre planète. J'ai fait prudemment le tour du puits, dans un sens, puis dans l'autre. Quelqu'un qui nous aurait observés, la pompe et moi, aurait probablement trouvé que nous avions l'air d'un chasseur et de sa proie, mais personne, ai-je constaté en levant les yeux, n'a pu nous voir. L'espace dégagé se trouvait entre le mur arrière d'un bâtiment du côté de la rue et le mur latéral d'un autre bâtiment du côté de la cour, et il n'y avait point de fenêtres à ces deux parois ; un troisième mur séparait cette cour d'une autre cour, celle d'un immeuble voisin, je suppose. Je me suis approché du banc, m'y suis assis et, à l'instant même, de tous côtés, un rideau de silence s'est refermé sur moi. Je voyais toutes les feuilles du buis dans les moindres détails, comme si je les observais avec une lunette, et la ligne délicatement recourbée du bras de la pompe était si nette qu'elle semblait faite de pure lumière. Je ne respirais plus, ou je croyais ne plus respirer, mon cœur s'était même mis à battre plus silencieusement, comme s'il craignait de troubler le silence. J'ai levé les yeux et vu que les murs autour de moi s'étaient subitement allongés, de manière telle que je n'en voyais plus le bout, bien que le minuscule morceau de ciel, là-haut, fût toujours d'un bleu reconnaissable. J'ai fermé les yeux. Quelqu'un jouait de la musique quelque part, non pas dans un des immeubles, mais plus loin, et pourtant les notes parvenaient jusqu'à moi parce que — je le savais d'une étrange manière — elles étaient destinées à moi seul. À l'instant où j'ai rouvert les yeux, la musique a cessé. La lumière au-dessus du puits a pâli peu à peu, mon cœur s'est remis à battre avec précipitation, j'ai senti une douleur aux tempes. Quand je me suis levé, mes genoux flageolaient. Je ne sais ce que ce pouvait être, ai-je dit ce soir-là à Marko. Nous étions chez lui, assis dans sa cuisine, à écouter *Get Up With It*, un double album de Miles Davis enregistré entre 1970 et 1974, et nous nous passions un joint d'une marijuana que Marko avait fait pousser l'année précédente près de sa maison de campagne à Slankamène. Ça ressemble à un trip à l'acide dans un coin perdu au fond d'une cour, a dit Marko. Pas du tout, ai-je répondu en tirant sur le joint, c'était quelque chose qui n'avait aucune des dimensions de ce monde, une sensation qui tenait à la fois de l'élévation et de la plongée, comme si j'étais à deux endroits en même temps. Tu dérailles sec, a dit Marko, peut-être devrais-tu arrêter la défonce. Il m'a passé le joint, mais je me suis contenté de secouer la tête en signe de refus. Il y a là quelque chose de bizarre, ai-je dit, je ne sais quoi, mais je sens des mauvaises vibrations. Je te le dis, a fait Marko en riant, tu ne devrais plus te défoncer. Il a écrasé le joint dans le cendrier. Ce n'est pas à ça que je pensais, ai-je poursuivi, mais à tout ce qui s'est passé, à ce signe géométrique, à ses réapparitions, à mes recherches. Marko se taisait. Sais-tu, lui ai-je demandé, ce que je me disais avant de venir chez toi ? Comment veux-tu que je le sache, c'est toi le mystique, ici, pas moi. J'ai pensé, ai-je dit, que ce garçon avait délibérément giflé la fille pour me rendre témoin de la scène et me décider à la suivre, à la filer. Comment aurait-il pu prévoir ce que tu ferais, a objecté Marko, je veux dire, tu n'es pas spécialement connu pour suivre les victimes, après avoir assisté à une scène de violence, avec l'intention, qu'en sais-je ?, de les consoler, sans doute. Tiens, a-t-il poursuivi, dis-moi, combien de fois as-tu fait ça dans ta vie ? C'est la première fois, ai-je répondu. Tu vois, a dit Marko, quoi que tu puisses en penser, il est impossible que cet incident ait eu lieu parce que quelqu'un aurait voulu t'impliquer dans une affaire dont, soit dit en passant, tu n'as pas idée. Peut-être n'est-ce qu'un début, ai-je répliqué, peut-être vais-je seulement découvrir ce qui m'attend, mais Marko n'a plus voulu en parler. Il a roulé un autre joint, a relancé le disque de Miles Davis et s'est mis à gloser sur les spécificités des enregistrements du trompettiste. Je ne l'ai pas écouté ; je flottais sur les vagues du cannabis local et revoyais quelque part en moi-même la scène au bord du Danube. Il y avait là quelque chose qui clochait : la force du coup, le mouvement de la main qui avait donné la gifle, puis la réaction de la fille, sa manière de tituber en faisant un pas dans l'eau, rien de tout cela ne cadrait ; c'était comme si autre chose avait été convenu d'avance, comme si le garçon qui devait faire un geste plus violent avait oublié et, le moment venu, fait tout autrement, et comme si la fille ne s'était pas attendue à ce changement et avait réagi comme elle était supposée le faire, comme si elle avait perdu effectivement l'équilibre sous la violence du coup et avait failli tomber dans le fleuve. Et l'homme à l'imperméable noir ? Pourquoi avait-il aussi soudainement disparu sinon parce que quelque chose avait tourné autrement que prévu ? Je n'ai même pas parlé à Marko de l'homme à l'imperméable noir, ce qui aurait achevé de le persuader que j'avais perdu la tête. Quiconque croit aux théories de la conspiration, avait dit Marko d'innombrables fois, a l'esprit plein de trous dont il ne sait que faire, alors il les remplit d'histoires abracadabrantes dans lesquelles, tôt ou tard, il devient victime de circonstances troubles, d'organisations mystérieuses qui n'ont qu'un seul but : l'entraîner dans une affaire qui menace de miner les fondements de la structure du monde. Je crois que c'est là, à peu près, que je me suis accroché au fil sonore de la trompette de Miles Davis et que j'ai cessé de penser. Si j'avais été chez moi, j'aurais sombré dans le sommeil, mais là, chez Marko, je m'efforçais de me débattre pour me maintenir à la surface de la réalité. Je me suis levé et mis en route pour rentrer chez moi, lentement, comme si je marchais sous l'eau. Marko m'avait proposé de rester dormir chez lui, ce que j'avais refusé en affirmant que mieux valait un défi qu'un renoncement. D'ailleurs, il n'habitait pas loin de chez moi, trois pâtés de maisons seulement nous séparaient, ainsi qu'un petit jardin derrière une école primaire. Cependant, une fois rentré chez moi, je me suis senti aussi fatigué que si j'avais fait vingt kilomètres à pied.

Je ne vais pas pouvoir dormir, me disais-je en me massant les mollets, mais quand je me suis réveillé le lendemain, ce n'était déjà plus le matin mais midi. J'ai mis de l'eau à chauffer pour le café et suis allé en toute hâte acheter du pain et le journal. En revenant du magasin, j'ai aperçu quelque chose de blanc dans ma boîte aux lettres. Je l'ai ouverte et j'en ai sorti une lettre qui portait mon nom en caractères cyrilliques et, au verso, celui de Dragan Michovitch, en caractères latins. Quelques minutes plus tôt, quand j'étais sorti, il n'y avait rien dans la boîte, j'aurais pu le jurer, c'est pourquoi, m'étant de nouveau précipité dans la rue, j'ai regardé à gauche, j'ai regardé à droite, mais aucun des passants ne portait un long pardessus d'hiver, il y avait bien un garçon avec une casquette de base-ball sur la tête, mais avec ou sans casquette, il n'était pas celui que je cherchais. Je suis rentré chez moi, j'ai préparé du café. Tout curieux que j'étais de savoir ce qu'il y avait dans cette lettre, j'ai d'abord feuilleté mon journal, lu la rubrique des faits divers, parcouru le programme des événements culturels de la ville et essayé de trouver, sans échiquier, la solution du problème d'échecs. Je n'ai pas réussi, même si cela m'avait paru facile de prime abord, mais j'avais beau faire, il se présentait toujours une échappatoire pour les noirs, et mon fou me gênait plus qu'il ne me servait. J'ai posé le journal et pris la lettre. Une nouvelle fois j'ai regardé mon nom sur l'enveloppe et le nom de l'expéditeur, peut-être du porteur, au verso. Les caractères étaient tracés à l'évidence de la même main, mais pourquoi un nom, le mien, était-il écrit en cyrillique et l'autre en caractères latins, c'est ce que probablement je ne saurai jamais. D'ailleurs, j'en avais déjà assez des mystères, et celui-ci était vraiment de trop. Je n'ai pas eu la patience de couper soigneusement le bord supérieur de l'enveloppe, j'y ai introduit un doigt et l'ai déchirée d'un geste brusque. À la différence des noms sur l'enveloppe, la lettre avait été tapée sur un ordinateur, en caractères latins, et imprimée par une imprimante de qualité. Je ne sais de quoi il s'agit, disait d'emblée la lettre, mais j'espère ne plus avoir à m'occuper de pareilles foutaises. Que peut d'ailleurs cacher une figure géométrique aussi simple, poursuivait la lettre, sinon un vain désir que la réalité soit autre chose que ce qu'elle est ? La réalité est la réalité, et il n'y a pas de petit sentier qui puisse nous conduire au-delà d'elle, là où tout devrait être différent, peut-être plus proche de la vérité. Mais c'est là une chose à laquelle je ne suis pas censé m'intéresser, continuait la lettre, et dont je ne parlerai pas, car c'est de triangles qu'il s'agit et rien d'autre n'est à l'ordre du jour, ou de la nuit, devrais-je dire, puisqu'il fait nuit maintenant. Pour un triangle, il n'y a bien sûr aucune différence entre le jour et la nuit, c'est on ne peut plus clair pour tout le monde, encore qu'il ne faille même pas jurer de cela. Les gens s'imaginent bien des choses, même la possibilité que dans un triangle inscrit dans un cercle, ou dans un triangle inscrit dans un autre triangle, se trouvent les réponses à Dieu sait quelles questions. Un triangle est un triangle, un point c'est tout. Certes, des diagrammes triangulaires de ce genre, disait la lettre, ne sont sans pas rapport avec les coordonnées de Möbius, lesquelles jouent un certain rôle dans la chimie des couleurs, ce qui n'apporte aucune signification supplémentaire qui pourrait compléter ou faciliter la compréhension de cette figure (dessinée d'une manière bien bâclée, soit dit en passant). Ce qui est bien plus intéressant, c'est qu'une très simple transformation de ces coordonnées forme ce qu'on appelle les coordonnées de Lamé. En effet, Lamé les a introduites dans sa solution de refroidissement du prisme dont la base est un triangle équilatéral, puis a rencontré le même problème dans l'analyse des vibrations d'une membrane élastique tendue au-dessus d'un triangle, et pour finir a remarqué que la même équation apparaît dans la description du tunnel acoustique à parois souples. Bref, il s'agit de trouver la solution d'une équation à valeurs caractéristiques de la forme :

$$\Delta T(x,y) + k^2 T(x,y) = 0$$

où

$$T(x,y) = \frac{\partial^2 T}{\partial x^2} + \frac{\partial^2 T}{\partial y^2}$$

représente l'opérateur de Laplace, et la fonction $T(x,y)$ répond à la condition limite de type de Dirichlet $T(x,y) = 0$ à la circonférence du triangle. La solution de Lamé à ce problème, disait la lettre, repose sur une discussion très générale de géométries qui aboutissent aux fonctions caractéristiques formulées au moyen de sinus et cosinus. L'extraordinaire dans tout cela, et ce qui, pour moi, présente l'aspect le plus intéressant de cette figure, continuait la lettre, c'est que les fonctions caractéristiques formulées au moyen d'une combinaison de sinus et de cosinus apparaissent d'habitude dans des géométries rectangulaires et non pas en triangles. Lamé, en fait, et je m'arrêterai là, n'a même pas apporté de preuves à ses formules de solution, c'est seulement Pinski qui l'a fait, en se servant des techniques de l'analyse fonctionnelle, alors qu'une preuve directe n'est pas encore connue, bien que ce ne soit plus probablement qu'une question de jours. Et la lettre s'arrêtait là, sans signature, sans réelle explication, du moins pour quelqu'un comme moi qui ne connaît rien aux mathématiques. Par acquit de conscience, je l'ai relue encore une fois. Je n'y comprenais toujours rien, et je doute qu'il en serait allé autrement même si Lamé avait exploré des tunnels à parois rigides. Je ne peux croire que cette lettre soit sérieuse, ai-je dit à la personne qui voyait naguère Dragan Michovitch, car si elle l'était, elle contiendrait au moins une tentative de rendre les choses compréhensibles à un profane comme moi. Il est comme ça, a dit cette personne en ajoutant qu'elle était sûre que la réponse était sincère. Il voit tout simplement le monde à sa manière, a-t-elle poursuivi, et ne conçoit pas que tous ne le voient pas ainsi. Autrement dit, il pense vraiment ce qu'il a écrit, ai-je dit. C'est exactement ça, a dit la personne, et rien de plus. Du moins, il était comme ça avant que je ne déménage et ne perde tout contact avec lui, mais, a-t-elle ajouté, il n'y avait aucune raison de croire que quoi que ce soit eût entre-temps changé dans sa vie. Nous sommes souvent portés à croire, s'est-elle empressée d'expliquer, qu'aux moments où quelque chose change pour nous, tout le monde vit un changement, comme elle-même avait un moment cru, parce qu'elle avait déménagé, que Dragan Michovitch, par exemple, ne faisait plus ses promenades habituelles aux environs de l'ancien viaduc où elle l'avait souvent rencontré, ou que sa voisine de palier, dans l'immeuble où elle avait logé, ne jetait plus le soir ses mégots par la fenêtre, ce qui, bien entendu, était une illusion, car même quand nous ne nous trouvons plus à tel endroit, celui-ci ne subit aucun changement, les mégots continuent de tomber du cinquième étage, les cendres de flotter en l'air, et Dragan Michovitch de marcher prudemment dans la rue, en évitant les flaques, les détritus et les fissures dans l'asphalte. Que faire maintenant, me suis-je demandé, quel chemin prendre ? En fait, la question n'était pas pertinente, car je ne voyais devant moi aucun chemin. J'aurais pu retourner en arrière et repasser par tous ceux que j'avais laissés derrière moi, mais cela m'aurait fait l'effet d'un rituel inutile, sans autre valeur que celle de la répétition. C'est pourquoi j'ai décidé de rester quelques jours à la maison. Je me levais tôt, buvais du café et lisais le journal, traduisais un drame de Pinter dans la matinée, écrivais ou du moins essayais d'écrire des nouvelles l'après-midi et, le soir, je restais assis dans mon fauteuil, dans le noir, à écouter des disques de John Martyn, Tom Waits et des groupes comme Weather Report et Steely Dan. Je fumais du haschisch, écoutais la musique et regardais l'obscurité s'épaissir dehors. On voyait les lumières s'allumer dans les logements, des personnes à table ou devant leur télé, les rues se vider, les bus passer à des intervalles de plus en plus espacés. Le dimanche, j'ai écrit un nouveau texte pour ma rubrique dans *Minut.* Il ne parlait de rien de précis, c'était la description de l'état des choses plutôt que le récit d'un événement : j'ai commencé par des considérations moroses sur notre incapacité de concevoir dans sa totalité l'horreur de l'histoire que nous sommes en train de vivre, puis, avec des phrases encore plus moroses, j'ai parlé du surcroît d'impuissance qui nous étreint lorsque nous nous voyons incapables de trouver une issue à la situation pénible dans laquelle nous sommes plongés, et j'ai enfin évoqué en phrases toujours plus brèves le vide qui nous guettait. Le dernier mot, bien mis en évidence, était « néant ». Le directeur de rédaction était perplexe. Quand les gens sont accablés, a-t-il dit, il faut les encourager, alors que toi tu ne fais que remuer le couteau dans la plaie. C'est vrai, ai-je rétorqué, mais cet accablement est parfois un choix délibéré, un manque de toute volonté, et seul un nouveau choc, si désagréable qu'il soit, peut les inciter à rejeter la carapace de l'impuissance. Le directeur de rédaction est resté un moment pensif, puis a de nouveau parcouru le texte du regard et, à la fin, a secoué la tête et m'a envoyé à la comptabilité chercher mon dû. La pluie m'a accueilli à la sortie de l'immeuble où se trouve la rédaction de *Minut,* une de ces pluies fines, agaçantes, dont on ne peut se protéger. Je me suis hâté de traverser la place, en passant devant le monument du prince Michel, pour entrer au café Majestic, où je me suis assis à une table près de la vitre et j'ai commandé une infusion. Quand le garçon me l'a apportée, je lui ai demandé une part de tarte, et quand il m'a servi la tarte, j'ai commandé un double express. La pluie devenait plus forte et, à un moment donné, il n'y a plus eu personne dans la rue excepté les gens qui se blottissaient sous les porches de certains immeubles afin d'éviter les gouttes maintenant plus grosses. Mon infusion avait un goût horrible, comme si l'on avait mis dans la théière des sachets de menthe plusieurs fois réutilisés ; le café était toutefois meilleur. Cherchant le garçon du regard, je n'ai pas vu la personne qui venait de pousser la porte de la galerie Collectif Graphique en face du café et quand, après avoir en vain tourné la tête et agité la main, j'ai de nouveau regardé vers la rue, j'ai aperçu au fond de la galerie une jeune femme qui, à cette distance, ressemblait à celle qui, au bord du Danube, avait reçu la gifle et titubé dans la vase. Mais la porte de la galerie s'est alors refermée et les reflets sur les vitres m'ont empêché de voir ce qui se passait à l'intérieur. Je me suis levé, j'ai pris mon blouson, trouvé le serveur et réglé l'addition. Les gouttes de pluie rebondissaient sur l'asphalte, les ruisseaux grossis coulaient le long des trottoirs et après les quelques pas que j'ai dû faire pour traverser la rue j'avais les pieds trempés. J'ai ouvert la porte de la galerie et suis entré. Il n'y avait personne à l'intérieur. Des traces mouillées allaient vers le fond, où un escalier menait à un entresol qui servait de bureau et de dépôt de gravures. J'ai examiné celles qui étaient exposées en feignant un grand intérêt, mais en tendant en fait l'oreille pour tâcher d'entendre une éventuelle conversation au-dessus de moi. Une seule voix était audible, une voix de femme qui parlait à quelqu'un au téléphone probablement, puisqu'elle donnait, en les répétant patiemment, des précisions sur les prix du papier, de l'impression des invitations et des catalogues ainsi que sur les magasins où l'on pouvait encore trouver des couleurs de qualité. Je me suis dirigé vers le fond de la galerie en essayant de voir qui était là-haut, mais j'ai eu beau me contorsionner et me hisser sur la pointe des pieds, je n'ai rien pu apercevoir derrière la balustrade. Finalement, j'ai monté les marches en bois. Quand je suis arrivé en haut, la femme assise à son bureau a écarté le combiné de son oreille et m'a demandé ce que je désirais. Une de mes amies vient d'entrer dans la galerie, ai-je dit, je l'ai vue du café Majestic, et maintenant, ai-je ajouté, je ne la vois plus nulle part. La femme a recouvert le combiné de sa main comme si elle allait me confier un secret. Personne n'est entré ici depuis quarante-cinq minutes, ce qui l'étonnait, a-t-elle dit, car d'habitude la galerie se remplissait quand il pleuvait, quelles que fussent les gravures exposées, mais cette fois-ci personne n'était venu, alors qu'il pleuvait à verse, même pas sa sœur, qui aurait dû arriver depuis une heure, bien avant l'orage, a-t-elle ajouté. Elle a attendu que je dise quelque chose, mais comme je restais coi, elle a de nouveau porté le combiné à son oreille. Désolée, a-t-elle dit, sans que je puisse savoir à qui elle s'adressait. Je me suis retourné et j'ai descendu l'escalier. L'idée m'est venue de l'appeler pour lui montrer les traces humides mais, arrivé en bas, je me suis rendu compte qu'elles étaient confondues avec celles de mes chaussures et que la plupart avaient séché. Je suis sorti de la galerie et j'ai regardé de l'autre côté de la rue la devanture éclairée du Majestic. Là où je m'étais assis, tout près de la vitre, il y avait maintenant un autre homme. Il lisait un journal et, bientôt, comme s'il s'était senti observé, il a levé la tête et regardé dans ma direction. Si, de l'endroit où je me trouvais, je ne pouvais pas voir ses yeux, comment pouvais-je savoir avec certitude qui était entré dans la galerie, si tant est que quelqu'un y fût entré ? Quoi que je tente, ai-je dit à Marko ce soir-là, j'aboutis à une impasse. Je n'arrive à rien, je fais du surplace, ai-je ajouté. Il faut que tu entendes ça, a dit Marko, Miles Davis n'a jamais été meilleur que dans ce disque. Il ne m'a pas dit de quel disque il s'agissait, et franchement, à ce moment-là, cela ne m'intéressait guère : j'ai tiré une bouffée de la pipe qu'il m'a tendue en fermant les yeux et en espérant que j'aurais tout oublié en les rouvrant. Je n'ai, bien sûr, rien oublié et me suis de nouveau rendu, le lendemain, à la rue du poète Zmaï, mais j'ai eu beau m'évertuer, regarder partout, je n'ai pu retrouver aucun des signes. J'ai d'abord cru que la pluie les avait effacés, puis j'ai commencé à avoir le soupçon que ce n'était pas la pluie mais quelqu'un qui les effaçait régulièrement et avec soin, pour supprimer toute trace de leur existence. Quelqu'un, me suis-je dit, dessine ces signes pour prévenir je ne sais qui de quelque chose ou pour annoncer un événement, puis, quand celui-ci s'est produit, les signes sont détruits ou dissimulés afin d'empêcher qu'ils soient utilisés abusivement. Il se peut, me suis-je dit en m'arrêtant au coin de la rue, devant le marché, que tout cela soit exécuté par une seule et même personne, mais il est plus probable que ce soit fait à deux, ou même à plusieurs, et que la coordination soit assurée par une tierce personne, qui décide du moment où de nouveaux signes doivent apparaître ou disparaître. L'air s'emplissait du vacarme du marché et ma tête d'images de réunions mystiques d'une société secrète, où tout le monde portait des masques ou du moins des lunettes noires et remplaçait la plupart des mots par des mouvements de doigts adroitement exécutés. Ces images étaient absurdes, bien entendu, mais rien d'autre ni rien de mieux ne me venait à l'esprit. En passant par la partie du marché où l'on vend les laitages, j'ai goûté à trois ou quatre endroits du fromage blanc et de la crème, puis je suis retourné rue Zmaï pour acheter un croissant dans une boulangerie. L'affiche du cours de tai-chi pour débutants était toujours sur la même porte, mais sans aucun signe. J'ai mangé mon croissant, poussé le lourd battant et, après avoir traversé le couloir, j'ai pénétré dans la cour. Tout y était comme auparavant : le banc, les buis en pots, le puits avec sa pompe à long bras, et quand je me suis assis en fermant les yeux, un silence identique à celui de la première fois m'a enveloppé. Cette fois-ci, cependant, je n'ai pas entendu de musique, mais j'ai entendu quelqu'un chanter, un homme ou un garçon. Il chantait doucement, dans une langue inconnue, et sa voix se brisait comme s'il allait d'un instant à l'autre fondre en larmes. Ce chant, qui n'était pas triste, encore qu'il ne fût pas gai non plus, parlait, j'en étais certain, d'un événement terrible, d'une perte incommensurable sur laquelle il était pourtant vain de se lamenter. J'aurais pu rester éternellement ainsi, les yeux fermés et abandonné à cette voix, mais quelqu'un a alors toussé, la voix s'est subitement tue et quand j'ai rouvert les yeux, j'ai vu la fille du bord du Danube. Je la voyais ; elle, apparemment, ne me voyait pas. Elle traversait la cour comme si elle se mouvait dans un tout autre espace que celui où je me trouvais. Ce fait, si tant est que l'invisibilité de quelqu'un puisse être qualifiée de fait, m'a rendu muet, bien que tout mon être tâchât de prendre la parole. La fille a traversé la cour en quelques enjambées et s'est enfoncée dans le passage obscur qui menait à la rue Zmaï, mais lorsque je me suis enfin ressaisi et précipité à sa suite, elle s'était déjà fondue dans la foule qui allait au marché ou en revenait les mains chargées. Je suis retourné dans la cour dallée. La fille, comme je l'ai dit plus tard à Marko, venait très probablement de sortir du bâtiment de la cour, cependant, les indications de la liste des locataires laissaient supposer que tous les appartements y étaient occupés par des retraités ou des couples ayant de jeunes enfants. Peut-être est-elle une jeune enfant chez elle, a dit Marko, et devient-elle grande une fois sortie dans la rue. Il a tiré sur le joint et me l'a tendu. D'ailleurs, a-t-il poursuivi, que se serait-il passé si elle t'avait vu ? Je ne sais pas, ai-je dit en lui repassant le joint, peut-être aurions-nous échangé quelques mots et aurais-je appris comment elle s'appelle. Un nom ne veut rien dire, a observé Marko, si ce n'est que ça, tu peux l'appeler comme tu veux. Non, ai-je dit, c'est une chose si elle s'appelle Violeta, et c'est tout autre chose si elle se prénomme Marta. C'est sûr qu'elle ne s'appelle pas Marta, a protesté Marko, personne ne s'appelle plus comme ça de nos jours. Tu vas être surpris, ai-je dit, mais ce printemps j'ai fait la connaissance de trois Marta. Marko m'a regardé fixement, a éclaté de rire, puis a brusquement pris un air sérieux. La vie est courte, a-t-il dit, tu sais ? J'ai secoué la tête comme pour chasser son propos. Nous vivrons toujours, ai-je dit, mais il était visible qu'il ne me croyait pas. D'ailleurs, je ne me croyais pas moi-même. Ce qui se passait autour de nous ces dernières années me persuadait constamment, jour après jour, que ma vie était quasiment finie et que je vivais désormais une vie résiduelle, une existence sans vie. La guerre, l'inflation, la disette, la terreur politique, la haine, tout cela confirmait l'altération d'un monde qui aurait dû être ma demeure. Marko avait raison : dans un environnement pareil, on ne pouvait espérer aucune vie éternelle. Une mort éternelle, cela oui, peut-être, quant à la vie, elle ne pouvait être, au mieux, qu'une somme de débris, un radeau rafistolé qui se maintenait péniblement à flot. Est-ce que je coule, ai-je demandé à Marko, ou bien est-ce seulement une impression ? Marko ne m'a pas répondu. Il a fermé les yeux, appuyé la tête contre le mur, croisé les mains. J'ai remarqué qu'il a touché sa lèvre supérieure du bout de la langue. Tout ce que je voudrais, ai-je dit, c'est comprendre ce qui se passe. Non, me suis-je empressé d'ajouter en voyant les sourcils levés de Marko, pas la guerre, cela, je ne le comprendrai jamais, j'y ai d'ailleurs renoncé depuis longtemps, mais cette fameuse scène au bord du Danube, la réalité ou l'irréalité de la gifle, la signification du cercle tracé autour du triangle, le chant que j'ai entendu dans cette cour rue Zmaï. Marko se taisait toujours. Rien n'existe isolément, ai-je dit, tout est relié de quelque manière, tout fait partie d'une trame plus ou moins grande, laquelle fait aussi partie d'une trame encore plus grande, et ainsi de suite, jusqu'à ce que soit complété le tissage du monde, et quelqu'un, celui qui tisse l'ultime trame, connaît la structure de toutes les autres, mais ceux qui tissent toutes ces multiples trames ne savent rien des autres trames et inévitablement s'y empêtrent comme dans des filets, ne comprenant pas ce que ceux-ci signifient ni où ils les entraînent. Dans le filet de sa propre toile, a dit Marko, l'araignée est une araignée, mais dans une toile étrangère elle n'est plus qu'une mouche. Oui, ai-je dit, sauf que je n'ai pas la moindre envie d'être une mouche ni une araignée, j'ai déjà assez à faire avec ce filet gluant de notre réalité dont personne n'arrive à se dépêtrer. Je te comprends parfaitement, a dit Marko en fermant de nouveau les yeux. Je me demandais où le joint avait pu disparaître : Marko l'aurait-il avalé ? À qui frappe, on ouvrira, a dit Marko, mais qui déchire les filets passera entre eux. Il s'est redressé et tourné vers moi, et j'ai alors aperçu de nouveau le joint : éteint, un peu écrasé, en partie couvert par les cheveux, il était coincé derrière l'oreille droite de Marko. Mais peut-être, ai-je dit, est-il faux de dire qu'elle est passée *comme si* elle ne m'avait pas vu, peut-être ne m'a-t-elle vraiment pas vu, peut-être que là, dans mon coin, j'étais invisible, caché qui sait comment au reste du monde ? Tu es fou, a répondu Marko, quoique je comprenne ton désir de devenir l'homme invisible. Je préférerais être l'homme invisible plutôt que Batman, ai-je rétorqué en m'empressant de partir avant que Marko ne se fût lancé dans une de ses tirades sur les personnages de bandes dessinées et leurs significations symboliques. Dehors m'attendait une obscurité assez froide qui m'a bientôt fait regretter de n'être pas plutôt Batman : je serais arrivé plus vite chez moi. S'il n'avait pas fait si froid, je serais allé tout droit dans la cour de la rue Zmaï, même si je ne voyais pas très bien comment j'aurais fait pour m'assurer si j'étais visible assis là, sur le banc, entouré de murs. J'étais donc forcé d'attendre le jour, mais le lendemain matin, alors qu'il ne devait pas encore être six heures, mon téléphone a sonné et la sonnerie a continué avec une obstination telle que j'ai dû me lever et me traîner jusqu'au guéridon de la salle de séjour, mais quand j'ai finalement décroché, personne n'a répondu et j'ai entendu au bout d'un moment qu'on raccrochait. Je suis retourné me coucher, mais n'ai pu me rendormir. J'ai essayé de lire. Hélas, ce tour de passe-passe pour s'endormir agissait bien aux heures avancées de la nuit, mais pas de bon matin. En fait, le livre que je me suis mis à lire et qui décrivait le système des camps de concentration allemands pendant la Seconde Guerre mondiale n'a fait que me réveiller tout à fait, si bien que je me suis levé à sept heures avec un fort mal de tête, me suis habillé et, après avoir mis le café en train, suis descendu acheter un journal. Rares étaient ceux qui ces jours-là achetaient des journaux, car les nouvelles et les commentaires y étaient prévisibles, mais la lecture matinale d'un quotidien accompagnée d'une tasse de café était un rite auquel je ne pouvais renoncer. Cela valait mieux que de regarder la télévision, qui pas un instant n'interrompait la propagande officielle, et où on voyait défiler des types bizarres, aux capacités intellectuelles souvent réduites. Les journaux, c'était différent : d'une part, on pouvait sauter les premières pages et ne lire que celles consacrées à la vie de la capitale, aux conseils pratiques et au sport ; d'autre part, même dans les premières pages, un journaliste pouvait toujours glisser un détail subversif, quelque petit signe rappelant que la réalité n'était pas ce que les autorités affirmaient, et chercher de tels détails était un jeu intellectuel amusant, à condition, bien entendu, que l'on n'eût pas mal à la tête. C'est pourquoi je me suis tourné vers les pages des faire-part et les petites annonces, suffisamment neutres pour la douleur qui me comprimait le front et les tempes. La mort, à en juger par les faire-part, ne chômait pas ces jours-là, et ne faisait aucune distinction, comme d'habitude d'ailleurs, de sexe, d'âge ou de domicile. Des visages jeunes et vieux, d'hommes ou de femmes, même de quelques enfants, me regardaient droit dans les yeux, comme s'ils se trouvaient là par ma faute, offerts pour un moment au monde qui n'en avait cure. J'ai pris une petite gorgée de café et suis passé à la page des petites annonces. Le manque de lecteurs entraînait la rareté des annonces, si bien que dans la rubrique « Divers » il n'y en avait que deux. La première proposait un produit universel de nettoyage pour la remise en état des carrosseries abîmées et bien d'autres emplois encore. Une autre annonce disait : « Une gifle peut parfois changer l'univers tout entier. Code : "Paume". » Je regardais ces mots et n'en croyais pas mes yeux, tout à fait persuadé cependant qu'ils n'étaient destinés qu'à moi. La gifle à laquelle j'avais assisté, la gifle au bord du fleuve, réelle ou feinte, avait sans nul doute changé l'univers entier, non pas seulement pour la fille et le garçon, mais pour moi aussi. Je revoyais la fille tituber et le garçon dire quelques mots avec une violence qui, je le devinais, avait surpris la fille. Même si tout avait été convenu d'avance, quelque chose n'avait pas été exécuté selon le plan primitif et, à ce moment-là, l'univers avait commencé à se disloquer pour nous tous, à sortir de la coquille où il avait été jusqu'alors. Une question restait toutefois sans réponse : pourquoi tout cela avait-il été joué devant moi ? Que pouvais-je représenter pour ceux qui avaient conçu ce jeu ? Je ne trempais dans aucune affaire politique, je n'avais pas de connaissances dans les instances importantes de l'administration ou de la culture, je n'étais en relation avec aucune des organisations humanitaires internationales, parfois je ne savais même pas comment je m'appelais. Peut-être s'agit-il d'une erreur, me suis-je dit soudain, toujours penché sur la page des petites annonces, peut-être m'a-t-on confondu avec quelqu'un d'autre, un écrivain ou un professeur influent, quelqu'un à qui on avait quelque chose à transmettre ou qu'il fallait impliquer dans un jeu compliqué dont je devrais me tirer au plus vite ? J'ai versé encore du café dans ma tasse, avalé un peu de liquide froid puis me suis renversé sur ma chaise. S'il s'agissait d'une erreur, à qui fallait-il la signaler ? À défaut de savoir qui avait commis l'erreur, comment pourrais-je lui demander de me laisser tranquille ? J'ai de nouveau baissé le regard sur l'annonce concernant la gifle et l'univers. Le mal de tête s'était entre-temps éclipsé de mon crâne ne laissant après lui qu'un petit point douloureux à la tempe droite. J'y ai posé l'index, j'ai appuyé, et aspiré l'air entre les dents sous l'effet de la douleur. Puis je me suis levé et installé devant mon ordinateur pour rédiger un message destiné au code « Paume ».

Après avoir longtemps réfléchi et essayé des dizaines de phrases, j'ai fini par écrire que je savais de quoi avait l'air une gifle capable d'anéantir l'univers entier. J'étais là, ai-je ajouté, et j'avais entendu le son émis par l'univers en extinction. Je ne l'avais dit à personne, ai-je prétendu, car il y a des choses que l'on ne doit jamais dire, mais j'étais maintenant persuadé que le temps était venu de restaurer l'univers. J'ai indiqué mon numéro de téléphone, glissé mon message dans une enveloppe que j'ai fermée. Ce que je venais d'écrire, il fallait le reconnaître, donnait une impression irrémédiablement naïve et immature, mais je m'en consolais en me disant que l'annonce elle-même donnait la même impression. Je ne serais pas surpris, me suis-je dit, si en fin de compte tout cela menait à quelques vieux hippies avec leurs histoires de bonnes vibrations, d'équilibre du monde perturbé et leurs bâtonnets d'encens. La gifle de l'annonce m'a tout à coup fait songer à l'une des questions zen essentielles qui ont fortement influencé l'évolution du mouvement hippie, à savoir : que serait l'applaudissement d'une seule main ? J'ai levé la main et regardé ma paume. Marko a ri quand il a entendu mon histoire. J'étais passé chez lui après avoir déposé mon enveloppe au service des annonces du journal *Politika*. S'il comprenait bien ce qui se passait, a dit Marko, alors il n'y avait aucun doute que je sombrais doucement dans la folie. Ou bien la fille m'avait tourné la tête, a-t-il poursuivi, ou bien je me la tournais tout seul en inventant des histoires où, quoi qu'il arrivât, tout se présentait comme faisant partie d'un complot plus vaste. Ou tout est lié à tout, ai-je répondu, ou rien n'est lié à rien, il n'y a pas de troisième possibilité, et s'il en est vraiment ainsi et que je doive faire mon choix entre ces deux possibilités, alors je choisis la première, car l'autre, en admettant qu'elle soit vraiment possible, ne permet à personne de s'y retrouver et n'importe qui, dans cette décomposition, ne pourrait que se décomposer aussi. Peut-être ferais-tu vraiment mieux de ne plus te défoncer, a dit Marko en me tendant le joint. Les ivrognes voient des souris blanches, a-t-il continué, et ceux qui sont accros au cannabis voient de cruels complots. Parfois tu parles trop, ai-je dit. Marko a fermé les yeux et s'est étendu sur son lit. C'est parce que je n'ai encore trouvé personne avec qui je pourrais me taire, m'a-t-il rétorqué. Un peu plus tard, j'ai entendu sa respiration profonde. J'ai trouvé une couverture, je l'ai couvert, j'ai éteint la lumière et je suis sorti de l'appartement en claquant la porte derrière moi. Dehors il pleuvait et j'ai eu du mal à me frayer un passage entre les passants munis de parapluies, c'est pourquoi je me suis avisé seulement plus tard, presque arrivé chez moi, qu'en sortant de l'immeuble de Marko j'avais croisé l'homme en imperméable noir. En tournant la tête, je n'ai vu personne me suivre. S'il me filait, l'homme en imperméable noir était extrêmement habile. Je me suis attardé encore un moment sous mon porche, inspectant la rue dans les deux sens, mais aucun des passants ne portait d'imperméable noir ni ne s'intéressait à moi. L'humidité s'insinuait sous mes vêtements, glissait sur mon corps et en ôtait la chaleur, mais j'ai attendu patiemment jusqu'au moment où je me suis mis à claquer des dents. Les jours suivants, je ne suis pas sorti. L'humidité et le froid avaient produit leur effet, et j'ai dû recourir à l'aspirine et aux tisanes bien chaudes. Les refroidissements me mettent d'habitude de mauvaise humeur, mais cette fois-ci j'étais content de rester à la maison, car ainsi j'étais sûr de ne pas manquer l'appel de la personne qui avait inséré l'annonce dans *Politika*. Au bout de trois jours, alors que mon rhume s'était atténué, j'ai commencé à douter que cela se produise jamais et j'ai été surpris quand un mardi, si je ne me trompe, une voix d'homme, à l'autre bout du fil, m'a dit qu'il appelait au sujet de ma réponse à l'annonce. Il était curieux de savoir, a-t-il dit, où je me trouvais quand j'avais entendu le son émis par l'univers qui s'éteignait. Sur la rive, ai-je dit, où aurais-je pu être, sinon ? Et le son, a demandé la voix, comment était-il, ce son ? Ineffable, ai-je répondu. Je comprends, a dit la voix, puis elle s'est tue un moment avant de me demander si j'étais sûr de ne l'avoir dit à personne. À personne, ai-je prétendu encore une fois. Même pas à vos parents, a insisté la voix. Mes parents sont morts, ai-je dit. La voix s'est tue encore une fois, puis s'est excusée si elle m'avait blessé, ajoutant que dans ce cas je savais en effet comment l'univers s'effondrait. Mais l'heure a maintenant sonné de le régénérer, ai-je dit, n'est-ce pas ? La voix m'a demandé comment je m'y prendrais. Je serais tendre, ai-je dit, et jamais je ne hausserais le ton. Bien, a dit la voix. Elle s'est tue de nouveau, et j'ai cru un moment qu'elle ne se ferait plus entendre. Pourrais-je, a dit la voix, me rendre ce soir à l'endroit d'où j'avais vu l'univers s'anéantir ? Bien sûr, ai-je répondu. À huit heures, a dit la voix en raccrochant. J'ai tenu le combiné près de l'oreille encore un moment, comme si la pulsation du signal pouvait m'expliquer quelque chose. Quelque part à l'arrière-plan du signal, très loin, on pouvait entendre des bribes indistinctes d'une conversation, puis elles aussi se sont évanouies. J'ai raccroché et consulté ma montre. Il me restait deux heures avant le rendez-vous, si tant est que nous ayons parlé du même endroit : la partie du quai près du petit terrain de jeux, là où je me trouvais quand l'univers a été totalement anéanti, comme avait dit la voix. Je ne voulais même pas envisager qu'il pût s'agir d'un malentendu, d'une autre gifle, d'un autre univers, et quand il a été temps de partir, j'ai pris mon blouson et me suis dirigé vers le quai. À cette heure-là, malgré les nuages sombres qui filaient dans le ciel noir, le quai était plein de monde, ce qui rendait difficile de repérer discrètement la personne que je devais rencontrer. Celle avec qui j'avais parlé au téléphone avait une voix d'homme âgé, mais cette impression n'était pas forcément juste, et il pouvait aussi bien s'agir de quelqu'un de jeune dont la voix aurait été altérée par un appareil vieux ou défectueux. Ma voix aussi, bien entendu, avait pu avoir, et avait probablement eu, une sonorité tout autre que dans la réalité, ce qui faisait que la découverte d'une fausse impression nous attendait sans doute tous les deux. Peut-être est-ce pour cette raison, ou par manque d'assurance, que j'ai décidé d'aller vers un immeuble voisin et d'en faire le tour, afin d'approcher de côté le manège délabré d'où parvenaient des voix d'enfants, en traversant un parking obscur et en passant entre les voitures garées, au lieu de m'avancer sur le trottoir éclairé ; cependant, tous les gens que je voyais étaient en mouvement, excepté les femmes qui se tenaient près du manège et du petit train, et qui lançaient de temps à autre des paroles d'encouragement à leurs enfants. Certes, près de la rive, parmi les arbres, de même qu'au pied des immeubles derrière moi, surtout au bas des tours, il y avait des oasis d'ombre profonde, où l'on aurait pu se cacher, mais je ne voyais vraiment pas pourquoi quelqu'un qui voulait me rencontrer se serait dissimulé. Je me suis approché du terrain de jeux, j'ai gagné le trottoir, tourné à droite vers le banc où j'avais été assis le jour de la gifle, mais ce banc-là était occupé, comme tous les autres, de sorte que j'ai décidé de rester debout, sur place, le regard fixé sur le fleuve et les lumières de Belgrade, et d'attendre. Au bout de quinze minutes je me suis dit que c'était de la folie, mais je n'ai pourtant pas bougé. Entre-temps, un groupe d'adolescents a quitté un banc avec force tapage et jurons en laissant sur l'asphalte un demi-cercle de crachats. J'ai attendu qu'ils se fussent éloignés, je me suis approché et ayant essuyé le banc avec un mouchoir en papier, je m'y suis assis lourdement, comme si je marchais depuis des jours. J'ai renversé la tête et examiné le ciel. Juste au-dessus de moi, entre les nuages, j'ai aperçu deux étoiles. Un instant plus tard, quand un nuage s'est déplacé, j'ai vu une troisième étoile et, à ce moment-là, juste derrière ma tête, j'ai entendu une voix me demander si la place à côté de moi était libre. Ayant levé la tête pour répondre, j'ai vu un homme âgé, aux cheveux blancs, légèrement voûté. Il avait une grande enveloppe à la main. Il m'a regardé, a fait un petit bruit mouillé de la bouche, a posé son enveloppe sur le bord du banc, a niché sa tête dans le creux de sa main et s'est aussitôt endormi. Marko ne m'a pas cru, je l'ai compris à sa manière de secouer la tête. Je n'osais pas bouger, lui ai-je dit, je crois que je n'ai même pas respiré, ni probablement pas cillé une seule fois, persuadé que le moindre bruit, le moindre frémissement aurait pu le réveiller, ce qui, je le pressentais, aurait eu des conséquences catastrophiques, comme, par exemple, de provoquer une nouvelle ère glaciaire ou de faire se déchirer l'univers comme un foulard usé. J'ai alors entendu tout contre mon oreille gauche une voix qui m'a fait savoir doucement, tout doucement, que je devais prendre l'enveloppe car il était temps pour moi de rentrer. J'ai tourné la tête : personne. La voix continuait de chuchoter à mon oreille, mais je ne distinguais plus les paroles. Mon esprit s'obscurcissait, mes paupières se fermaient, et quand j'ai de nouveau commencé à voir, je me trouvais parmi les étals du marché, et c'était la nuit noire. J'avais à la main l'enveloppe dans laquelle, lorsque j'y ai jeté un regard sous un réverbère, j'ai vu des pages d'un manuscrit. Quand je raconterai tout cela à Marko, me suis-je dit, je ne pourrai survivre à ses railleries. Et de fait, quand j'ai eu fini mon histoire, Marko a failli se rouler par terre à force de rire. Toute cette mascarade et jusqu'à l'hypnose, disait-il en se gondolant, pour te remettre un manuscrit ; ils auraient pu te l'apporter chez toi, mon vieux, ce n'était pas la peine de perdre votre temps sur le quai, non mais, ces gens savent-ils dans quel monde ils vivent ? C'est ce que je me demandais moi aussi, mais je n'ai rien dit. J'ai attendu que Marko soit parti, et c'est seulement alors que j'ai sorti le manuscrit de l'enveloppe ; il y avait une limite aux commentaires que je pouvais encaisser, et ce soir-là je n'étais pas prêt à la dépasser. C'était sans doute pourquoi je ne lui avais pas dit que sur l'enveloppe, quand je l'avais apportée chez moi et posée sur la table, on pouvait voir une empreinte pâlotte de la fameuse figure géométrique, laquelle a disparu avant le matin suivant. Pour moi, ç'aurait pu être de la magie ; pour lui, ç'aurait été encore une occasion de railler ma crédulité et de dégoiser sur des réactions chimiques capables de rendre un texte, au besoin, visible ou invisible. Il n'était pas question de me faire de la bile pour des trucs pareils. J'avais déjà été bien déçu quand, en rentrant ce soir-là chez moi, après avoir ouvert avec soin l'enveloppe, j'en avais retiré une grosse liasse de feuilles sorties de l'imprimante d'un ordinateur. Je ne sais à quoi je m'étais attendu, peut-être à une note mystérieuse ou au moins à un double de quelque document important, mais je n'avais certainement pas supposé que ce serait un manuscrit. Je l'ai feuilleté sommairement, sans m'arrêter nulle part assez longtemps pour reconnaître un mot, je l'ai remis dans l'enveloppe et fourré dans un tiroir de mon bureau, où il est resté en attendant que Marko vienne aux nouvelles. C'est donc après, quand Marko est parti, que j'ai considéré pour la première fois le manuscrit avec attention, et c'est peut-être pourquoi il m'a paru différent et aussi plus lourd qu'auparavant. La première page ne portait qu'un mot : *Le puits*, et sur la deuxième, on lisait : *Un rêve non interprété est comme une lettre non lue.* Je ne savais si c'était une indication que le manuscrit tout entier n'était qu'un rêve de celui qui l'avait écrit, et peut-être, pourquoi pas, de celui qui le lirait, mais toujours est-il que les rêves, je l'ai constaté après l'avoir parcouru plus attentivement, y jouaient un rôle important. En fait, si l'on me demandait de décrire ce manuscrit, je ne suis pas sûr que je saurais le faire. Il commençait sous forme de chronique historique, pour se muer en récit de rêves, suivi d'un recueil d'exercices cabalistiques, accompagnés de diverses listes de personnes et d'objets, d'événements et de dépenses, de livres, tableaux et plats en porcelaine, suivies d'une foule de poésies, d'anecdotes et de dialogues dramatiques, tout cela complété par une brève postface et, tout à la fin, d'un index détaillé, lequel, comme je ne l'ai constaté que plus tard, n'avait presque aucun rapport avec le manuscrit lui-même. Plus exactement, la plupart des notes de l'index ne concernaient aucun mot ou notion existant dans le manuscrit, ce qui portait à conclure que le manuscrit devait inclure des parties supplémentaires ou que celles-ci, comme l'a dit plus tard Marko, devaient seulement être rédigées par la suite. Peut-être tous les livres devraient-ils être écrits comme ça, a continué Marko, car l'index est leur essence, et une fois que l'on sait ce qu'est l'essentiel de ce que l'on veut écrire, il est facile de combler les vides entre les références et d'établir entre elles des relations sensées. Quoi qu'il en soit, le manuscrit m'a rappelé ce livre de sable, infini, que Borges a appelé de ses vœux : chaque fois que je l'ouvrais, le manuscrit se transformait en autre chose, en un nouveau commencement ou une nouvelle fin, mais aucun de ces nouveaux commencements ou de ces nouvelles fins ne signifiait une rupture de la continuité, tout formait toujours le même ensemble. C'est bien ça, ai-je dit à Marko, je m'en souviens, pendant que nous feuilletions ensemble le manuscrit, c'est ce que je désirais depuis toujours : un texte auquel pouvoir consacrer ma vie. C'est alors que s'est produit un événement qui a tout changé, et si ceci était un livre, ce ne serait qu'à présent qu'il commencerait à séduire le lecteur, mais ce n'est pas un livre, c'est une confession qu'à l'orée d'un bois je confie au vent, de sorte que les mots, fragiles comme toujours, s'évanouissent en s'alliant à l'azote, à l'oxygène et à Dieu sait quoi, si bien que même moi, pendant que je les prononce, je ne les entends pas. Toutefois, il faut d'abord dire que, malgré les différences formelles entre les divers segments du manuscrit, deux thèmes y dominaient : l'un concernait l'histoire de la communauté juive de Zémoune, qui commence pendant la première moitié du XVIIIe siècle, quand les Juifs, après la seconde prise de Belgrade par les Turcs, en 1739, se sont installés à Zémoune en nombre notable, tandis que l'autre thème était constitué de plusieurs fils cabalistiques, qui ne cessaient de se tresser et se délier, mais qui pour moi, force m'est de l'avouer, présentaient toujours un nœud parfait. Il y avait encore d'autres sujets, mais ils restaient généralement circonscrits dans l'un des segments ou deux au plus, mais il se peut que je ne les aie pas reconnus dans d'autres parties du manuscrit ou que, tout simplement, je n'aie pas compris. Cela ne me gênait pas, car tous ces autres sujets n'ont joué aucun rôle dans le retournement que je viens de mentionner et qui est très nettement lié aux thèmes principaux du manuscrit. En effet, lorsque s'est imposée à moi l'évidence qu'il me fallait apprendre quelque chose de plus sur ces thèmes, je me suis adressé aux Juifs que je connaissais déjà, à l'écrivain Isaac Lévi et à l'historien Jacob Schwarz, qui m'ont d'abord mené au Musée d'histoire juive de Belgrade, où l'on a mis à ma disposition des photocopies de divers textes sur les Juifs de Zémoune. Pendant que nous buvions du café et grignotions du matsah, Isaac Lévi est passé dans un bureau voisin pour téléphoner. Une fois revenu, il a dit que c'était Iacha Alcalaï, un peintre qui étudiait la cabale en dilettante, qui, ayant entendu parler de moi, avait proposé à Isaac Lévi de me conduire à son atelier. J'ai cru alors que cette invitation était fortuite ; maintenant je suis persuadé qu'elle ne l'était pas : Iacha savait que je me trouvais au musée et je me suis jeté dans son piège. Nous avons passé toute la nuit dans son atelier encombré de tableaux, de chandeliers et d'objets de toutes les couleurs ramassés dans les poubelles. Isaac Lévi était bien écrivain, mais c'était Iacha Alcalaï qui savait raconter des histoires, et une fois mis en train, il paraissait ne plus vouloir arrêter. Sa réponse à une question que j'avais posée sur la présence de cabalistes à Belgrade a duré près de deux heures. Ensuite il est allé chercher une nouvelle bouteille d'eau-de-vie et une assiette de fromage et d'olives, et même à la cuisine il n'a cessé de parler, encore que cela eût plutôt l'air d'un murmure, d'un chuchotement que l'on s'adresse à soi-même. Ne lui posez surtout aucune question sur les hassidim, m'avaient dit Isaac Lévi et Jacob Schwarz pour me mettre en garde, car alors il ne s'arrêtera pas avant l'aube, mais ayant oublié leur conseil, j'ai, tout à fait par hasard, si tant est que quoi que ce soit puisse être accidentel, prononcé le nom de Martin Buber, ce qui fait que nous sommes restés dans l'atelier jusqu'à ce que le jour fût tout à fait levé. Isaac Lévi ronflait sur un canapé bas, Jacob Schwarz arrivait à peine à garder ouverts ses yeux injectés de sang, ma tête menaçait d'éclater, et Iacha Alcalaï s'excusait de ne pouvoir davantage causer avec nous : il devait se hâter d'aller à l'École des beaux-arts où ses étudiants l'attendaient, mais à tout moment quand j'en aurais envie, a-t-il dit, je pouvais l'appeler, ou mieux encore, a-t-il dit, venir simplement à son atelier, inutile de le prévenir, la clé, s'il n'était pas là, se trouvait toujours sous le paillasson, il suffisait d'en soulever le coin droit ou gauche, bien que parfois il la fourrât de côté, mais cela arrivait rarement, a-t-il dit, je pouvais ouvrir sans me gêner, entrer et l'attendre. La seule chose que je ne devais pas faire en l'attendant, a-t-il dit, c'était peindre. À ce moment-là nous étions déjà à la porte de l'atelier, et pendant que Iacha Alcalaï soulevait un coin du paillasson, nous nous penchions pour voir la clé. Isaac Lévi s'était remis à ronfler, adossé au montant de la porte, Iacha Alcalaï a laissé retomber le paillasson, un petit nuage de poussière s'est élevé jusqu'à notre nez, et nous nous sommes tous hâtés vers l'ascenseur comme si nous fuyions une tempête de sable. Deux jours plus tard, ayant écrit mon texte pour *Minut*, je suis retourné à l'atelier, cette fois avec la ferme intention de poser à Iacha Alcalaï quelques questions formulées d'une manière précise sur les personnages et les événements mentionnés dans le manuscrit et de ne pas le laisser se perdre en digressions, ce qui risquait de durer toute la nuit. J'ai sonné à la porte de l'atelier, mais personne n'a ouvert. J'ai supposé que Iacha n'était pas là et, suivant ses indications, je me suis agenouillé pour chercher la clé sous le paillasson, mais alors, bien que l'ayant déjà touchée du bout des doigts, j'ai renoncé, retiré la main et remis le paillasson à sa place. Je n'aurais pu entrer dans son atelier, ai-je dit plus tard à Marko, pas plus que je ne pourrais entrer dans aucun appartement en l'absence de son propriétaire ; je me suis retourné et hâté vers l'ascenseur, à l'autre bout du couloir. Pendant que l'ascenseur descendait, je me suis avisé que j'aurais dû laisser un message, mais il était trop tard pour revenir sur mes pas ; de plus, il valait mieux, pour ne pas tenter le sort, éviter de revenir sur mes pas, dans ce cas-là, remonter par le même ascenseur, et je n'avais aucune envie de grimper les quatorze étages. Je me suis dit que je pourrais attendre un moment devant la porte de l'immeuble, car qui sait, ai-je dit à Marko, peut-être était-il allé au supermarché ou chez un marchand de vin, ou au kiosque du coin, et allait-il rentrer d'un moment à l'autre. Sur les marches du porche était assis un jeune homme en blouson de cuir ; tête baissée, il avait le regard plongé dans un magazine déplié sur ses genoux. Je ne l'aurais probablement pas remarqué, ou peut-être aurais-je jeté sur lui un regard rapide en faisant les cent pas devant l'immeuble mais, juste au moment où je passais à côté de lui, il a levé la tête et quand son regard est tombé sur moi, ses yeux se sont écarquillés avec une expression nettement perplexe. Je n'y ai pas pris garde sur le moment mais, ayant fait encore quelques pas et compris à retardement le sens de son expression, je me suis arrêté et j'ai regardé derrière moi. Me tournant le dos, le jeune homme formait un numéro sur son portable. Ayant mis l'appareil à son oreille, il s'est de nouveau tourné de mon côté. Nos regards se sont rencontrés et sans savoir pourquoi, ai-je dit à Marko, je suis aussitôt parti pour rentrer chez moi. Je n'ai plus tourné la tête, je n'avais pas envie de savoir si le jeune homme me suivait ou s'il était resté devant l'immeuble à écouter des directives au téléphone, j'ai juste baissé un peu la tête, relevé les épaules et pressé le pas, et la seule pensée que j'ai pu formuler a été que je n'étais capable de penser à rien. Ma tête était un grand creux profond où retentissait douloureusement la pulsation de mon sang et où, malgré le vide, il n'y avait pas place pour les mots. C'est seulement quelques rues plus loin que j'ai eu une pensée claire : J'ai mis assez de distance entre nous. Alors je me suis retourné, j'ai regardé à gauche, j'ai regardé à droite, et j'ai constaté que personne ne me suivait.

Personne ne me suit, me suis-je dit, mais je n'en étais pas sûr. Je n'en suis pas sûr, me suis-je dit. Je suis entré dans le premier magasin venu et me suis posté derrière la vitrine. Quelques personnes sont passées dans la rue, mais aucune ne ressemblait au jeune homme que j'avais vu devant l'immeuble de Iacha Alcalaï. Je devrais lui téléphoner, me suis-je dit, mais je me suis alors rappelé qu'il n'était pas chez lui. Il n'est pas chez lui, me suis-je dit, mais peu importe, puisque de toute façon je ne connaissais pas son numéro. J'ai quitté la place derrière la vitrine et suis sorti dans la rue. Le jeune homme ne me suivait donc pas, je pouvais souffler. C'est alors que je me suis rendu compte, ai-je dit à Marko, que je ne pensais plus en phrases, mais que seuls des mots isolés me venaient à l'esprit : la maison, par exemple ; je me suis dit « maison », et non pas, comme on pourrait s'y attendre, « je rentre à la maison » ; puis je me suis dit « joint », alors que je voulais dire « un joint me ferait le plus grand bien » ; ensuite je me suis dit « solitude », mais j'ai aussitôt su que je pensais « la solitude aura un jour ma peau ». Et combien de temps cela a-t-il duré ? m'a demandé Marko. Rentré chez moi, ai-je dit, je me suis dit : « eau », bien que j'eusse voulu dire : « j'ai très soif », puis, après avoir bu un verre d'eau, tout est redevenu normal. Dans la salle de bains, en me regardant dans la glace, j'ai même ri de mon affolement, mais mes mains, pourquoi le cacher, tremblaient encore un peu. Si tu racontais ça à quelqu'un d'autre, a dit Marko, il dirait que tu es fou ou que tu es la proie d'idées paranoïdes ; d'abord un homme en imperméable noir, puis une annonce mystérieuse, ensuite un manuscrit biscornu et enfin un jeune homme avec un portable au moyen duquel il reçoit des instructions et qui peut-être te suit. Et toi, lui ai-je demandé, qu'est-ce que tu en penses ? Je suis ton ami, a dit Marko en me tendant un nouveau joint, les amis ne posent pas de questions, ils savent. Cependant, le jour suivant, même lui hochait la tête en répétant qu'il ne savait pas comment une telle chose avait pu arriver. Une telle chose : une inscription sur ma porte, au feutre noir, en caractères d'inégale grandeur : Qui fréquente les Juifs sera englouti par les ténèbres. L'inscription commençait dans le coin supérieur gauche et la première ligne comportait les deux premiers mots ; l'article « les », en caractères plus petits, se trouvait seul à la deuxième ligne, probablement dans l'intention que le mot « Juifs » fût isolé et bien en évidence ; ce mot occupait la troisième ligne, mais pour quelque raison était fort penché, comme s'il était prêt à s'écrouler sur mon paillasson ; venait ensuite la première partie de l'avertissement, et ces deux mots étaient écrits en caractères dont la régularité de forme et de taille surprenait et était presque agréable à l'œil ; puis le tout explosait dans le dernier mot, « ténèbres », tracé en caractères tremblés, probablement dans le but de suggérer la nature horrifique desdites ténèbres. Autour de ce mot, tels de petits astres, flottaient des croix gammées (au nombre de trois), des têtes de mort stylisées (2), des pénis (2), divers symboles inconnus de moi (4) et un œil, dont Marko affirmait que c'était une esquisse de vagin. Je ne voulais pas en discuter davantage, surtout parce que certains voisins venaient de nous rejoindre, chacun y allant de ses suggestions sur ce que je devais faire. Le voisin d'en face s'est approché de ma porte et du bout de l'index a frotté une des lettres. Si elle s'efface, a-t-il dit, pas de problème, on pourra tout laver, mais si elle ne s'efface pas, ça voudra dire qu'on a utilisé une encre indélébile, et il ne restera plus qu'à repeindre la porte. Il a passé son index sur le J du mot « Juifs ». La lettre s'est brouillée et nous avons tous poussé un soupir. Il faut tout de suite laver cette ordure, a dit une voisine du rez-de-chaussée, et j'ai voulu aller aussitôt chercher de l'eau, du produit nettoyant et un torchon. Un voisin de l'étage au-dessus m'a arrêté, en insistant pour que l'on appelle d'abord la police ou du moins que l'on prenne en photo la porte avec l'inscription, car sinon, a-t-il dit, nous nous ferions complices de ces salauds en leur laissant croire qu'ils peuvent continuer à faire ce genre de saloperies. Bien, ai-je dit. J'ai apporté mon appareil photo, j'ai cliqué deux fois (le flash n'a pas marché la première fois), puis je suis tout de même allé chercher le matériel de nettoyage. En passant le torchon sur ma porte, avec des gestes larges, j'écoutais les voisins et Marko critiquer et maudire les autorités, mais à ce moment-là quelqu'un a aperçu un rat en bas de l'escalier, et la conversation a pris une autre direction, a porté sur les poubelles sales et débordantes, les espaces verts à l'abandon, les rues mal balayées et le délabrement général. Pendant ce temps, j'avais fini de laver ma porte. On ne voyait plus les lettres, mais la porte était plus sombre, pareille à un tableau noir insuffisamment rincé, où, malgré les efforts de l'élève de service, on reconnaissait les traces en spirale de l'éponge et des dépôts de craie. C'est déjà mieux, a dit Marko. En tout cas, ne manquez pas d'appeler la police, a dit le voisin de l'étage au-dessus. La prochaine fois, mettez un peu plus de détergent, a dit la voisine du rez-de-chaussée. Ces tarés, on devrait les abattre, a dit un voisin que je ne connaissais pas. La poudre à récurer est le meilleur produit pour ce genre de choses, a dit la voisine du rez-de-chaussée. C'est tout à fait incroyable que je n'aie rien entendu, a dit le voisin d'en face. C'est de la racaille, a dit le voisin que je ne connaissais pas. Je les enverrais tous casser les cailloux dans une carrière, et vous verriez qu'ils ne s'aviseraient plus de commettre ce genre de choses, a dit une voisine qui habitait des parties communes transformées en logement. Il n'y a que des fous pour faire des choses pareilles, a dit le voisin que je ne connaissais pas. Ils sont pires que des fous, a dit Marko. Exactement, a dit la voisine du rez-de-chaussée. Tous se sont tus. J'ai retiré le torchon du seau, l'ai essoré et j'ai encore une fois essuyé la porte. La tache noirâtre s'est éclaircie légèrement. Les voisins se dispersaient. Si vous avez besoin de quelque chose, a dit le voisin que je ne connaissais pas, vous savez où me trouver. Je ne le savais pas, mais je n'ai pas voulu le dire. Marko aussi était obligé de partir : il avait rendez-vous avec son dealer quelque part du côté de la place Slavia, et il était déjà en retard. Bientôt je suis resté seul devant ma porte barbouillée. J'ai soulevé le seau d'eau, je suis entré chez moi, j'ai refermé la porte, mis les deux verrous et la chaîne de sûreté. J'ai versé l'eau sale dans la cuvette des toilettes et je suis passé à la salle de bains où je me suis lavé les mains. Puis je suis retourné dans l'entrée, j'ai enlevé la chaîne, déverrouillé les deux serrures et ouvert la porte. La tache paraissait un peu plus foncée qu'auparavant, mais je n'ai rien vu d'autre, personne n'avait plus rien écrit. J'ai refermé la porte, remis les verrous et la chaîne. J'ai regardé par le judas : il n'y avait personne sur le palier. À ce moment-là, le téléphone a sonné. C'était Iacha, ai-je dit le lendemain à Marko, il voulait savoir quand nous nous reverrions. Je lui ai raconté ce qui s'était passé, et lui, après un moment de silence, a dit que, tôt ou tard, chacun dévoilerait son vrai visage. L'essentiel, pour moi, était de ne pas attacher d'importance à de pareilles bêtises, a-t-il continué, mais de suivre mon chemin. Mais quel est mon chemin ? lui ai-je demandé. Il est écrit dans le Talmud : si tu ne sais pas où tu vas, alors tout chemin t'y mènera, a-t-il dit. Et que se passera-t-il, ai-je demandé, si l'on sait où l'on va ? Alors le chemin n'a pas d'importance, a dit Iacha en mettant fin à notre conversation.

Il y a quelque chose qui pue ici, a murmuré Marko. Nous étions assis dans un salon de thé au début de la rue de Macédoine, en face de la Maison de la jeunesse, où nous mangions des mille-feuilles et buvions de la limonade. Une femme assise à une table voisine a porté avec suspicion un morceau de gâteau à son nez pour le sentir. Une équation avec trop d'inconnues, ai-je dit, n'est plus une équation, mais un chaos dépourvu d'équilibre. Voilà quelque chose pour ton ami mathématicien, a répliqué Marko, puis il a commandé encore un verre de limonade. Pourquoi pas, me suis-je dit, non pas à ce moment-là, il est vrai, mais quelques jours plus tard, quand j'ai trouvé dans ma boîte aux lettres un papier avec une étoile jaune par-dessus laquelle était dessinée une grosse croix gammée noire. Ce matin-là avait paru mon texte sur la nécessité de la tolérance pour une société civile réussie, et j'étais persuadé que ce dessin malhabile était une réponse à mon invitation de ne pas suspecter quelqu'un pour la seule raison qu'il est chinois, homosexuel, juif ou un marginal quelconque, car les suspecter veut dire ne pas avoir confiance en soi, c'est-à-dire n'avoir rien. Ce n'était point du domaine de mon mathématicien, un ancien camarade de classe, mais j'espérais qu'il pourrait au moins me mettre sur la voie. Il y a des choses que l'on apprend de ceux dont on n'attendait rien ou dont on attendait tout autre chose. Je n'avais cependant aucune envie d'escalader une nouvelle fois les étages de sa tour, aussi ai-je téléphoné à la personne qui le voyait régulièrement autrefois, avant d'avoir déménagé, pour lui demander d'essayer tout de même de trouver le numéro de téléphone de Dragan Michovitch. Tout le monde de nos jours a le téléphone, ai-je dit, c'est impossible que lui ne l'ait pas. S'il peut porter un pardessus d'hiver en été, a dit cette personne, il peut sûrement vivre sans téléphone. Elle a promis de s'en occuper et de téléphoner à d'autres personnes qui étaient au lycée avec nous et qu'elle voyait bien plus souvent avant d'avoir décidé de déménager. Elle a donné quelques noms, mais ça ne me disait rien. Peut-être n'étiez-vous pas dans la même classe, a dit Marko quand je le lui ai raconté. Lui, a dit Marko, savait le nom et le prénom de chacun de ses camarades de lycée, et même l'endroit, le banc et le rang où était la place de chacun. Je peux te dessiner le plan de toute ma classe, a-t-il ajouté, et s'il avait eu sur lui du papier et un crayon, je ne doute pas qu'il l'aurait fait. La personne qui autrefois voyait régulièrement Dragan Michovitch m'a téléphoné le jour suivant. Elle a pu, s'est-elle félicitée, obtenir son numéro par la première personne qu'elle avait appelée, car celle-ci, cette autre personne donc, était celle qui avait organisé la dernière fête d'anniversaire de notre bac, et c'était pourquoi la première personne, celle qui voyait régulièrement Dragan Michovitch avant d'avoir déménagé, s'était dit que cette autre personne, l'organisatrice de la fête d'anniversaire du bac, devait certainement avoir les numéros de téléphone de tous les anciens élèves de notre classe terminale, ce qui s'est révélé exact. Elle m'a dicté le numéro et m'a averti que cette autre personne l'avait avertie que Dragan Michovitch répondait rarement au téléphone et qu'il fallait donc insister, c'est-à-dire que je devais, moi, insister et appeler plusieurs fois, tant qu'il n'aurait pas décroché. À elle, cette autre personne, il avait répondu une fois, quand elle l'avait appelé à quatre heures du matin, m'a dit la personne qui avait déménagé. Elle s'était réveillée, en effet, et en allant à la salle de bains, comme son regard s'était posé sur le téléphone, elle avait composé son numéro, redoutant, a-t-elle dit, m'a dit la première personne, de le réveiller, mais pourtant prête à endurer sa colère. Lui, cependant, s'était montré exceptionnellement enjoué, comme si l'on n'était pas en pleine nuit, et avait promis de faire tout ce qu'on lui demandait, a dit l'autre personne à la première, mais, bien sûr, il n'en avait absolument rien fait. Il n'avait même pas paru à la fête d'anniversaire du bac, m'a dit la personne qui le voyait autrefois, en me répétant, pour plus de sûreté, le numéro de téléphone. Je l'ai aussitôt appelé. Mon nom ne lui disait rien, et c'est seulement quand je lui ai rappelé l'explication du signe composé d'un cercle et de triangles qu'il m'a remis. Ce n'est pas pour cela que je t'appelle, ai-je dit. Tout est donc clair ? a demandé Dragan Michovitch. Je n'ai pas répondu. Je comprends, a poursuivi Dragan Michovitch, les mathématiciens vont parfois trop loin, comme tous les spécialistes, mais je dois te dire, a-t-il continué, que j'ai eu envie, après coup, d'écrire et de t'envoyer un complément à ma lettre, car ce diagramme m'a rappelé, pas plus tard que le lendemain, le premier pas du processus itératif de construction d'une des premières fractales connues, appelée triangle de Sierpinski. Oui, ai-je dit. Qu'aurais-je pu dire d'autre ? Je ne vais pas te raconter toute cette histoire, a dit Dragan Michovitch, mais cette fractale croît, si l'on peut dire, grâce à des coups de dés extrêmement hasardeux, ce qui a ravi de nombreux théoriciens des systèmes dynamiques, qui croyaient que ce procédé montrait comment un ordre naît d'un chaos, ce qui a été pour les adeptes de l'école bruxelloise d'Ilya Prigogine la preuve que l'univers ne doit pas forcément obéir à la deuxième loi de la thermodynamique, c'est-à-dire que le système ne doit pas nécessairement finir dans le chaos et la destruction, mais qu'à un moment il commence à s'organiser de nouveau, mais sous une autre forme. Oui, ai-je fait encore une fois. Moi, bien sûr, a dit Dragan Michovitch, je n'y crois pas du tout, pour la simple raison que c'est excessivement naïf, même formulé de cette manière concise. Il s'est tu un moment, et nous nous sommes tus tous les deux un certain temps. J'entendais sa respiration, comme il entendait probablement la mienne, même si je tâchais de glisser le combiné sous mon menton, loin de ma bouche. Puis Dragan Michovitch a toussoté et a dit : S'il n'était pas question de ça, que voulais-tu savoir ? J'ai toussoté moi aussi, puis j'ai demandé : Le nombre d'inconnues dans une équation est-il limité, ou plutôt, que se passe-t-il quand une équation comporte trop d'inconnues ? Ce sont deux questions, a dit Dragan Michovitch, et la réponse à la première est simple, c'est : non. Et pour l'autre question, ai-je demandé, la réponse est-elle la même ? Cela dépend, a dit Dragan Michovitch, de comment tu définis « trop d'inconnues ». Je ne le définis pas du tout, ai-je répondu, c'est pour cela je t'ai appelé. Par exemple, a-t-il continué, les équations à deux inconnues, celles dont tu te souviens probablement depuis le lycée, décrivent des courbes sur un plan, c'est-à-dire que l'ensemble de couples (x, y) correspondant à l'équation $f(x, y) = 0$ forme une courbe. Par exemple, $x^2 + y^2 = 1$ est l'équation d'un cercle dont le rayon est égal à 1 et dont le centre se trouve au point d'origine des coordonnées. Autrement dit, a dit Dragan Michovitch, ton « surplus d'inconnues » représente une idée clef de Descartes et de Fermat, qui relie l'algèbre à la géométrie, c'est-à-dire une équation à une courbe. Ta demande, a-t-il dit, englobe toute la géométrie analytique dans toutes ses dimensions, et il me faudrait quelques heures rien que pour aborder le sujet. Oh ! ai-je dit. Qu'aurais-je pu dire d'autre? C'est pourquoi, a continué Dragan Michovitch, il serait utile que je sache pourquoi tu me poses cette question, car je pourrais peut-être te donner alors une réponse plus précise. Disons que je pourrais le formuler ainsi, ai-je dit : je suis ces derniers jours confronté à une multitude de choses incompréhensibles, à une foule d'inconnues, et j'aimerais savoir s'il est possible de comprendre ne serait-ce que l'une d'entre elles, car si ce foisonnement d'inconnues se poursuit, ai-je dit, ce ne sera bientôt plus une équation, mais le chaos. Le chaos est aussi parfois une équation, a dit Dragan Michovitch, mais mieux vaut que nous n'abordions pas ce point. Essayons plutôt de voir les choses d'une autre manière, a-t-il dit, c'est-à-dire, supposons que parmi ces choses que tu ne comprends pas, il n'en est qu'une qui soit véritablement une inconnue, et que toutes les autres ne soient que ses paramètres. Si nous procédons ainsi, a-t-il poursuivi, c'est bien plus facile. Je ne voyais pas pourquoi ce serait plus facile, mais j'ai acquiescé sans un mot. Bien entendu, ce n'est possible que dans certaines conditions techniques, a dit Dragan Michovitch, déterminées par le théorème de la fonction implicite. Peut-être, me suis-je dit, aurais-je mieux fait de ne pas l'appeler ? Ne t'inquiète pas, a-t-il dit comme s'il lisait dans mes pensées, je ne vais pas t'assommer avec tous les détails, d'ailleurs, je me souviens combien tu détestais les maths au lycée. Ce n'est pas vrai, ai-je protesté, je ne les détestais pas, je voulais seulement ne rien avoir à faire avec elles. On peut le dire comme ça aussi, a dit Dragan Michovitch, mais les souvenirs sont comme un chaos et il est plus sage de les laisser en paix. Dans le cas présent, a-t-il poursuivi, je me contenterai de dire que le théorème cité dit que dans un système d'équations correspondantes, certaines variables se définissent comme fonctions d'autres variables, à condition, bien entendu, que la déterminante de Jacobi soit différente de zéro. Bien sûr, ai-je acquiescé, tout en n'étant pas du tout sûr de comprendre vraiment quoi que ce fût à ce qu'il racontait, pas plus que je n'avais la moindre idée de qui était ce Jacobi. Donc, a dit Dragan Michovitch, si toutes ces conditions sont réunies et que dans ton équation nous isolons une seule inconnue en tant que — disons-le ainsi — inconnue privilégiée, en considérant toutes les autres comme ses paramètres, nous arrivons alors à une nouvelle fonction, appelons-la fonction G, qui correspond à l'équation de départ, sauf que, a-t-il ajouté, et c'est le plus beau de l'histoire, nous n'avons pas la moindre idée de ce qu'est cette fonction ni de quoi elle a l'air. Autrement dit, et ce sera ma conclusion, a dit Dragan Michovitch, la solution existe, elle peut être formulée comme une fonction, mais rien ne nous indique comment la formuler explicitement. Ce qui revient à dire que tu sais, ai-je dit, alors qu'en fait tu ne sais pas. Non, a dit Dragan Michovitch, que tu ne sais pas, mais que néanmoins tu sais. Je n'y comprends rien, ai-je déclaré. C'est simple, a-t-il repris avec patience, parmi toutes les inconnues, choisis-en une qui les met toutes en corrélation, et lorsque tu auras trouvé la solution de celle-là, les autres seront également résolues. Tu veux dire, ai-je demandé, que tout est tout de même lié ? Il est tard pour parler de paranoïa, a répondu Dragan Michovitch en poussant un « ouf » et en raccrochant. J'ai écouté pendant encore quelques instants les bruits qui venaient des entrailles des câbles du téléphone, puis j'ai raccroché moi aussi. T'attendais-tu vraiment à une réponse claire de sa part ? m'a demandé Marko pendant que nous nous promenions devant l'hôtel Yougoslavie le lendemain soir. Je ne sais pas, ai-je dit. La promenade était pleine de monde, les enfants braillaient, des filles passaient sur des rollers, des garçons les sifflaient et les interpellaient. Des bateaux-restaurants amarrés se balançaient doucement sur le fleuve en diffusant des musiques bruyantes de tous les genres, du turbo-folk au reggae. Les jours grandissaient, la nuit tardait à tomber et le soleil était suspendu à l'ouest, immobile sur l'horizon. J'ai proposé à Marko d'acheter des bâtonnets de crème glacée, mais il a refusé, invoquant la peur qu'une écharde du bâtonnet se fichât dans sa langue. Cela ne peut arriver, ai-je dit, mais j'ai toutefois acheté par précaution pour lui comme pour moi des cornets de glace. Nous nous sommes assis sur les marches qui descendaient jusqu'au Danube pour manger nos glaces en silence. L'escalier plongeait dans l'eau comme s'il s'enfonçait jusqu'à l'Atlantide. La surface du fleuve était ridée de vaguelettes qui baignaient silencieusement la berge bétonnée. Quelqu'un, en haut de l'escalier, s'est exclamé : Regarde le ciel, il pleuvra demain ! Marko et moi avons levé nos regards vers le ciel, mais n'avons pu reconnaître le signe annonciateur de pluie. Tout un chacun s'érige en météorologiste de nos jours, a fini par dire Marko. Deux canots sont passés lentement devant nous en se dirigeant probablement vers la marina proche des tours, où on les amarrait pour la nuit, et il y a eu un clapotis un peu plus fort dans un coin des marches. Je crois savoir ce qu'il a voulu me dire, ai-je dit après avoir fourré le bout du cornet dans ma bouche. Marko mangeait bien plus lentement que moi et commençait seulement à grignoter le bord du sien. Sans cesser de le grignoter à coups de dents, il a levé les sourcils d'un air interrogatif. Premièrement, ai-je dit tandis que mon cœur, allez savoir pourquoi, se mettait à sautiller nerveusement, je dois admettre la possibilité que tout est relié d'une manière ou d'une autre. Rien n'est isolé, ai-je dit, tout fait partie d'un tout, ce qui veut dire que tout ce que j'ignore et ne comprends pas, toutes ces questions et ces dilemmes auxquels je suis confronté sont également liés entre eux. Marko se taisait toujours, essayant de fourrer sa langue plus au fond du cornet. Sur sa lèvre supérieure s'étaient formées des moustaches blanchâtres de glace fondue. Un autre canot est passé devant nous, allant vers l'aval, vers la tour, et des clapotis se sont encore fait entendre au bas des marches. Dis-moi un peu, a dit Marko, comment tu vas découvrir ce qui rattache entre eux la gifle sur le quai, le signe sur le trottoir, le manuscrit sur la cabale et l'histoire, les menaces antisémites, l'espace qui se comporte comme un trou hors du temps et Dieu sait quoi encore, c'est-à-dire laquelle de ces choses est celle d'où découle tout le reste ou bien, ce qui revient au même, à laquelle tout aboutit ? Je me taisais ; je ne le savais pas. Et je ne le sais toujours pas. Mais Iacha Alcalaï n'a pas hésité un instant quand, quelques jours plus tard, dans son atelier, je lui ai posé la même question. La cabale, a-t-il dit. Isaac Lévi a poussé un gros soupir, et Jacob Schwarz a fait une moue sceptique. Il ne faut prêter aucune attention à eux deux, a dit Iacha Alcalaï, ce sont des suppôts d'une logique rectiligne, pour eux une chose ne peut être que ceci ou cela, l'un ou l'autre, ils n'admettront jamais la possibilité que quelque chose puisse être ceci et cela à la fois. Pour eux, un verre est ou bien plein, ou bien vide, a-t-il dit, ils ne comprennent pas qu'un verre vide puisse également être plein, de même qu'un verre plein peut aussi être vide. Balivernes, a protesté Isaac Lévi, s'il en allait comme tu dis, saurais-tu répondre à la question de savoir ce qu'il en est quand je bois la moitié d'un verre plein : est-il alors à demi vide ou à demi plein ? Et l'un et l'autre, a dit Iacha Alcalaï, combien de fois faudra-t-il te le dire ? Puis il s'est tourné vers moi : Voilà comment ils me tourmentent, a-t-il dit, de vrais infidèles. Qui, nous, des infidèles ? a protesté Schwarz, mais tu es le seul d'entre nous tous à ne jamais venir à la synagogue ! C'est mon corps qui est le temple, a dit Iacha Alcalaï, qu'irais-je faire à la synagogue ? Voilà pourquoi les Juifs périclitent, a dit Jacob Schwarz, au lieu de se rapprocher de Dieu, ils veulent que Dieu se rapproche d'eux. Isaac Lévi a donné un coup du plat de la main sur la table : Allons-nous nous quereller, ce que nous pouvons faire n'importe quand, ou bien entendre cet homme qui est venu nous voir au péril de sa vie ? Respecter ça, ce serait la moindre des choses, a-t-il dit. Bien sûr, bien sûr, ont fait Iacha Alcalaï et Isaac Lévi en fixant leurs regards sur moi et en s'attendant probablement à m'entendre dire quelque chose. Rien ne me venait à l'esprit. Je me suis dit que je ferais tout aussi bien de sortir sur le balcon pour voir si un individu suspect ne rôdait pas devant l'entrée de l'immeuble, mais je n'ai pas voulu les inquiéter. Ils s'étaient assez tracassés quand ma porte d'entrée avait été barbouillée de ce message antijuif ; de même qu'un de mes voisins, ils avaient voulu à tout prix se rendre à la police, et j'avais eu du mal à les persuader que ce n'était pas nécessaire, mais il m'en avait coûté la promesse de traiter ce sujet dans ma rubrique de *Minut*, ce que jusqu'alors je n'avais pas encore fait. Donc, a dit Jacob Schwarz, de quoi s'agit-il ? J'ai passé la langue sur mes lèvres, bu une petite gorgée de l'eau-de-vie que Iacha nous avait servie, et frotté le bout de mon nez. Si le nœud de l'affaire se cache dans un aspect de la cabale, ai-je dit, comment l'y découvrir ? Et comment, ai-je ajouté, s'assurer que c'est la bonne voie, car si je ne sais pas ce que je cherche, comment pourrais-je savoir si je l'ai atteint ? Ce n'est pas facile, a répondu Iacha, mais c'est possible. Il souriait en le disant, ce qui éveillait un doute en moi, et Isaac Lévi a surpris mon regard dubitatif. Il faut le croire, a dit Isaac Lévi en prenant la défense de Iacha, même s'il n'a pas l'air de quelqu'un à qui l'on peut se fier. Les gens comme lui sont parfois plus sûrs que ceux qui d'emblée inspirent confiance, a ajouté Jacob Schwarz. Bien, ai-je dit sans conviction, alors je vais… Si tu doutes dès à présent, a dit Iacha Alcalaï, m'interrompant, mieux vaut ne rien commencer. Le doute au départ, a dit Isaac Lévi, c'est la même chose que la défaite à l'arrivée. Qui doute tôt, a ajouté Jacob Schwarz, se débarrasse tard de son doute. Je me demandais, à part moi, bien entendu, si nous n'allions pas parler toute la soirée à ce rythme qui faisait alterner mes phrases et leurs triples commentaires, car je craignais, si nous poursuivions ainsi, de ne pouvoir me retenir à un moment et d'éclater de rire. Peut-être faisons-nous un effet un peu comique, a dit Iacha Alcalaï en me lançant un clin d'œil, mais c'est parce que nous nous connaissons depuis très longtemps et que nous devinons la moindre pensée de l'autre. J'ai demandé : Depuis combien de temps vous connaissez-vous ? Ils se sont regardés. Depuis cinq cents ans, a dit Iacha Alcalaï, sinon plus. J'ai levé mon verre pour sentir le parfum de la boisson. Qui sait, me suis-je dit, ce qu'ils peuvent bien boire ? Bien entendu, a poursuivi Iacha Alcalaï, nous ne nous souvenons pas de tout, ce qui fait que nos derniers souvenirs communs se rattachent à nos années de lycée dans la Belgrade d'avant la guerre. Sauf que certains, a dit Jacob Schwarz, ont terminé leur lycée et d'autres non. Ce monsieur s'intéresse à la cabale, s'est récrié Iacha Alcalaï, et non pas à nos chamailleries. D'ailleurs, a-t-il ajouté, l'école ne sert qu'à éloigner pour quelques années les enfants et les jeunes gens de leurs parents excédés qui se tuent au travail pour survivre. Laissons maintenant l'école et le système éducatif, ai-je dit, et parlons de l'aide que la cabale peut m'apporter. Avant tout, a déclaré Isaac Lévi en saisissant la bouteille d'eau-de-vie, il ne faut pas être impatient. Nous allons commencer par ceci, a dit Iacha Alcalaï en se levant pour aller dans le coin où étaient entassés les tableaux et en rapporter un. Il s'intitule *Le Manteau de l'âme*. Le tableau représentait un être humain asexué, aux pieds nus, dans une clairière herbeuse, entouré de divers symboles flottant autour de lui. Tous ces symboles étaient probablement des symboles juifs, puisque parmi ceux que j'ai reconnus se trouvaient l'étoile de David, la menora, l'aleph et d'autres lettres hébraïques. Différentes parties du corps de cet être étaient ouvertes, comme dans les manuels d'anatomie, de sorte qu'on voyait nettement les cavités du corps, bien que sans aucun organe, du moins ceux-ci n'étaient-ils pas représentés, alors que tout l'intérieur était éclairé d'une lumière qui semblait irradier d'elle-même ou d'un point central, situé quelque part à la hauteur du nombril. Cette lumière transparente, on le voyait bien dans certaines cavités, occupait tout l'espace intérieur mais n'atteignait pas la couche extérieure du corps, c'est-à-dire la peau, s'arrêtant à une distance plus ou moins grande de celle-ci, et cet interstice, cette zone tampon entre le corps et la lumière, était occupé par un autre corps, si l'on pouvait appeler cela un corps, qui était translucide et, malgré cette transparence, pareil au corps qui le recouvrait. Bref, c'était comme si ce corps asexué se composait de trois corps emboîtés l'un dans l'autre, comme les poupées russes, sauf que — à la différence des poupées russes, qui toutes sont faites de la même matière — il y avait entre ces trois corps une différence évidente de matière. J'ai peint ce tableau, a poursuivi Iacha Alcalaï, après avoir lu quelque part une interprétation de Rabbi Haïm Vital, cabaliste du XVIe siècle et le plus important disciple du célèbre Isaac ben Salomon Luria, selon laquelle Dieu, lorsqu'il insuffle l'âme dans le corps de l'homme, doit placer un intermédiaire entre les deux, une sorte de corps astral car l'éclat de l'âme, sans cette protection, brûlerait tout. C'est pourquoi, quand il veut parler à son âme, a-t-il dit, l'homme ne l'invoque pas directement, car elle le consumerait, mais communique avec son corps astral, lequel rattache le reflet de son âme et celui de son corps. Mais, afin d'être en mesure de voir ce corps astral et en outre de communiquer avec lui, l'homme doit atteindre le niveau le plus élevé de purification. Alors s'ouvre devant lui le spectacle de la beauté de la nature divine et il voit, a-t-il dit, comme il est lui-même beau dans sa pureté. Or, a-t-il continué, deux choses sont ici essentielles : l'une, c'est qu'il faut être prudent quand on invoque son corps astral, car on a noté bien des cas où cette invocation a conduit des gens sur la voie de gauche, comme on dit dans la cabale, c'est-à-dire la voie du mal, et l'autre chose que l'on doit avoir présente à l'esprit, c'est que l'ombre de l'homme est en fait la projection de son corps astral, c'est pourquoi il est écrit dans la Bible que nos jours sur terre ne sont qu'une ombre, ce qui veut dire, a-t-il dit, qu'ils sont de peu de durée, comme toute ombre, mais qu'ils sont aussi le reflet de notre corps astral, où sont écrits tous nos jours, de même que tout ce qui a été, ainsi que, et c'est ce qui est pour le moment le plus important, a-t-il dit, tout ce qui sera. Les prophètes sont des hommes qui, quand ils le désirent, ont la capacité d'invoquer leur ombre, en fait leur corps astral, qui leur annonce alors ce qui va arriver. Mais comment le corps astral sait-il tout cela ? ai-je demandé. Du fait qu'au moment même de la conception, il descend avec l'âme, a dit Iacha Alcalaï, qu'il enveloppe comme un manteau, et en lui, dans ce corps astral, est inscrite la forme du nouvel être ainsi que tout ce que sera sa vie dans les jours et les années à venir. En somme, a suggéré Isaac Lévi, qui parvient à voir l'aspect réel de son ombre verra aussi le cours de sa vie réelle. Et qui apprend à dialoguer avec elle, a ajouté Jacob Schwarz, apprendra tout ce qui l'intéresse. Ils donnaient l'impression de lancer des propos préparés à l'avance, et j'ai eu un instant le désir de me lever et de m'en aller, mais alors Iacha Alcalaï a détourné la tête comme s'il ne s'adressait pas à moi et a dit : Il faut bien douter, mais il ne faut pas croire au doute. J'ai avalé ma salive, reniflé, puis j'ai demandé : Y a-t-il encore de cette eau-de-vie ? Quand tous les verres ont de nouveau été remplis, Isaac Lévi a levé le sien en nous invitant à porter un toast à nos ombres. J'ai attendu que la brûlure de l'eau-de-vie se fût éteinte sur ma langue, puis j'ai demandé : Combien de temps faut-il pour apprendre à invoquer son ombre ? Je les voyais tous trois échanger des regards et hausser les épaules. Douze ans, a fini par dire Iacha Alcalaï, parfois plus. Aujourd'hui encore, je ne crois pas que cette indication soit exacte, mais à ce moment-là j'ai senti ma bouche s'ouvrir de stupéfaction muette. Je les regardais l'un après l'autre en essayant de deviner s'ils plaisantaient ou s'ils disaient la vérité. Certains, a dit enfin Iacha Alcalaï, y parviennent en seulement six ans, mais ce sont des disciples vraiment doués, ceux qui ont déjà pu gravir en partie l'échelle des séfirot cabalistiques. S'il leur faut aussi longtemps pour voir leur ombre, ai-je dit, combien leur faudra-t-il de temps pour voir le corps qui jette cette ombre ? Le corps, on le voit toujours, a répondu Iacha Alcalaï, de même que l'ombre, c'est seulement le regard qui n'est pas le bon. Ce n'est que quand on a appris à regarder, a-t-il poursuivi, quand on a un œil pur, qu'on voit le corps tel qu'il est en vérité, et l'ombre n'est plus alors une ombre, mais le manteau de l'âme, l'enveloppe qu'on a reçue au moment de notre conception, complétée par le tissage des jours et des bonnes œuvres accomplies pendant la vie. Isaac Lévi a versé le reste de l'eau-de-vie dans nos verres. Les choses ne peuvent être hâtées, a-t-il dit, et ce qui doit arriver, quoi que cela puisse être, arrivera quand l'heure sera venue. Par exemple, a-t-il ajouté, tout à l'heure, dans ce verre que j'ai à la main il n'y aura plus d'eau-de-vie. Il a porté le verre à ses lèvres et l'a vidé d'un trait. Il a retourné le verre, d'où pas une goutte n'est tombée. Iacha Alcalaï a proposé d'ouvrir une autre bouteille. Il m'a semblé que Jacob

Schwarz hochait la tête pour acquiescer, et je me suis empressé d'annoncer mon départ. L'eau-de-vie que je venais de boire, et j'en avais bu plus qu'à l'accoutumée, me ramollissait les genoux et me brouillait la vue, et je ne voulais pas soumettre mon corps à l'épreuve de davantage d'alcool. J'ai résisté à leurs insistances de rester encore et bientôt je me suis trouvé dans un taxi qui, par des rues mal éclairées, me conduisait en direction de Zémoune. Je n'avais vu personne devant l'immeuble où se trouvait l'atelier de Iacha Alcalaï ; aucune voiture ne nous avait filés ; devant mon immeuble il n'y avait personne non plus, mon escalier était désert, la porte de mon appartement bien fermée, le paillasson n'avait pas été déplacé. À ce moment-là, j'avais déjà de la peine à bouger, et je n'avais qu'une envie, m'écrouler sur mon lit et dormir, ce que bientôt j'ai fait. Quand j'ai rouvert les yeux, le réveil à mon chevet indiquait trois heures. Dehors, bien entendu, il faisait nuit. Qu'était-ce donc qui m'avait réveillé ? Peut-être quelqu'un rôdait-il de nouveau devant ma porte ? Je me suis levé et suis allé clopin-clopant dans l'entrée, j'ai collé l'oreille contre la porte, en retenant ma respiration : on n'entendait rien. J'ai tourné la clé, entrebâillé la porte sans enlever la chaîne, jeté un regard dans le couloir. Il n'y avait personne d'accroupi sur mon paillasson et pas davantage d'yeux qui brillaient dans le noir. J'ai refermé la porte à clé et suis retourné dans ma chambre. Je suis allé à la fenêtre, j'ai examiné la rue et les immeubles d'en face : la rue était déserte, toutes les fenêtres obscures, il n'y avait que les feux orange qui clignotaient patiemment. J'avais la bouche amère et sèche, ce à quoi je ne m'attendais pas avec l'eau-de-vie, je l'avoue. J'ai mangé à la cuisine un morceau de loukoum et bu un verre d'eau. Le réveil indiquait qu'il y avait exactement dix-sept minutes que j'étais réveillé. J'ai fixé du regard le cadran jusqu'à ce que la grande aiguille eût tremblé et avancé d'un cran, et c'est alors que je me suis rappelé ce qui m'avait réveillé : j'avais rêvé que je me tenais debout au bord d'une rivière rapide de montagne, bien différente du lent Danube de la plaine, et une voix me disait des chiffres : dix-sept, trente-cinq, quarante-trois, quatre-vingt-huit. Après que la voix eut dit ce dernier chiffre, une corbeille tressée, porté par la rivière, est passée devant moi, non pas avec un bébé abandonné, mais avec le manuscrit que j'avais reçu du mystérieux vieillard. J'ai tendu la main vers la corbeille au manuscrit, mon pied a glissé sur l'herbe mouillée, j'ai été précipité vers la rivière et, au moment où mon visage a touché l'eau, je me suis réveillé. Le réveil avait tout à l'heure indiqué trois heures précises, alors que maintenant il était près de trois heures et demie. Je suis allé chercher le manuscrit dans mon bureau, en me répétant les chiffres que j'avais entendus dans mon rêve. À la page 17 j'ai trouvé l'information qu'avec un groupe d'une vingtaine de familles juives, en majorité ashkénazes, arrivées à Zémoune en 1739, se trouvait le « jeune mais déjà sage » Éléazar, « mystique et savant », dont on ne savait presque rien, mais qui avait probablement été le premier à présider le culte avant l'arrivée du rabbin Yéhuda Yéruham. Antérieurement à cette époque-là, lisait-on dans le manuscrit, il n'y avait pas eu de Juifs à Zémoune, du moins pas en nombre notable. En 1717, quand les Autrichiens avaient chassé les Turcs de Belgrade et conquis la ville, quelques marchands juifs s'y étaient installés, en même temps qu'un groupe plus important de marchands et d'artisans autrichiens. Cependant, quand les Turcs avaient repris la ville une vingtaine d'années plus tard, ces Juifs s'étaient retirés de Belgrade pour aller s'installer à Zémoune. La trace laissée par Éléazar y est visible aujourd'hui encore, disait-on ensuite, mais rares étaient ceux qui le savaient ou avaient envie de le savoir. Le passage suivant du manuscrit parlait de l'attitude des autorités autrichiennes à l'égard des habitants juifs de Zémoune, et le nom d'Éléazar n'y apparaissait plus. Cependant, à la page 35, après quelques lignes où étaient énumérés les rabbins ayant officié dans les synagogues de Zémoune après Yéhuda Yéruham — Israël Alexandre, Yosef Friedensberger, Chlomo Hirsch, Yéhuda ben Chlomo Haï Alcalaï, S.D. Tauber, Hinko

Uhrbach, le chantre Gerchon Katchka à la synagogue ashkénaze, M. B. Aaron, Chabétaï, Moché Bacharach et Hakham Yitzhak Musafi à la synagogue séfarade —, suivait un passage apparemment sans rapport avec ce qui précède : Il faut se rappeler ici, lisait-on, que déjà Éléazar avait toujours présentes à l'esprit les paroles d'Hermès racontant comment, en quête des mystères de la Création, il était entré dans une grotte qui s'enfonçait profondément sous terre, où soufflaient des vents violents et où lui était apparue une forme d'une beauté inconcevable, forme qu'il fallait entendre au sens où la décrivait la Torah, c'est-à-dire formée par Dieu à son image, et cette forme qui représentait la nature parfaite de Dieu avait donné à Hermès des instructions sur ce qu'il devrait faire afin d'acquérir des connaissances sur les choses sublimes. C'est pourquoi Éléazar, lisait-on ensuite, s'isolait de temps à autre en lui-même, c'est-à-dire se dégageait de son corps, jusqu'à se voir, lui-même, léger et diaphane, illuminé d'une lumière intérieure merveilleuse qui émanait de l'esprit divin. Mais ce qu'Éléazar a pu faire, qui plus est avec une telle facilité, personne d'autre ne l'a obtenu, alors ce n'était peut-être plus la peine d'en parler. Et de fait, dans les quelques pages suivantes, on ne trouvait plus un seul mot le concernant, jusqu'à la page 43, où un passage sur Éléazar commençait par le mot « entre-temps », comme si ce passage était extrait d'un plus vaste ensemble où sa vie aurait été présentée dans un ordre chronologique, avec bien plus de précisions. Donc, entre-temps, lisait-on vers le bas de la page, Éléazar se demandait de plus en plus souvent pourquoi Dieu, en lui-même parfait, n'avait pas créé un monde parfait, au lieu d'un monde dans lequel le mal avait une place et un rôle. Éléazar, disait encore le manuscrit, comprenait bien l'explication cabalistique selon laquelle il était impossible de créer un monde parfait, car cela serait revenu à dire que Dieu, qui est la perfection même, aurait créé son double, une copie de lui-même, alors que Dieu, de par la nature des choses, ne peut se dédoubler, se copier lui-même, mais peut seulement se limiter lui-même. C'est pourquoi le mal existe dans ce monde, lisait-on, quoique non pas comme une force isolée, comme le mal pur, mais toujours et uniquement comme une composante de tout ce qui existe, et c'est ainsi que dans l'âme humaine, dès le principe, se trouvent également des germes du bien comme du mal. Dieu n'en est pas pour autant plus faible, lisait-on, mais plus magnanime, et cela ne contentait cependant pas Éléazar, aussi, après avoir longuement réfléchi, tourné et retourné la question dans tous les sens, a-t-il décidé d'emprunter la voie de gauche, qui est la voie du mal. Avec cette idée en tête, continuait le manuscrit, Éléazar s'est placé dans le cercle de lumière d'une lampe particulière, de manière à voir ses deux ombres, celle qui était son corps astral et celle qui recelait l'étincelle vitale du corps astral et qui d'habitude ne se montre guère, ce pourquoi il a dû prononcer les formules prescrites, et c'est alors, lisait-on, que se sont manifestées les forces impures qui se sont emparées des deux ombres d'Éléazar et de ce fait d'Éléazar lui-même, qu'après cela personne n'a plus jamais revu. Son nom n'était de nouveau cité qu'une cinquantaine de pages plus loin. Avant cette dernière mention, le manuscrit parlait du cimetière juif de Zémoune ; puis il retraçait la brève histoire des synagogues locales, et on ne comprend pas bien pourquoi ce nouveau passage sur le sort d'Éléazar se trouvait là. Aujourd'hui encore, disait le manuscrit, il existe quelque part à Zémoune un endroit où se croisent les forces du bien et du mal et où il est possible, si l'on connaît les paroles exactes, de passer d'un monde à l'autre, et même d'entrer dans le domaine des possibilités infinies, autrement dit, dans le domaine des mondes innombrables qui émanent des dix séfirot divines et ne cessent de se multiplier et de recréer la réalité où nous vivons. Dehors, un jour nouveau s'était levé. Ma montre indiquait sept heures et demie, ce qui voulait dire que je venais de passer quatre heures à feuilleter le manuscrit dont, à franchement parler, j'ignorais encore ce qu'il était. Si ç'avait été un de ces livres de sable, ai-je dit à Marko, j'aurais dû, après la lecture, trouver des grains sur mes mains. Après l'avoir feuilleté pendant quatre heures, il n'y avait toujours pas de sable sur mes paumes, mais elles avaient néanmoins ramassé pas mal de résidus de papier et de poussière. Bien sûr, quand j'ai lu que quelque part à Zémoune existait toujours le passage d'Éléazar vers un autre monde, j'ai d'abord songé à la cour de la rue Zmaï. Ces derniers jours, je n'avais pas trouvé le temps d'y passer, et pas davantage de penser à la jeune femme du quai, car un concours de circonstances, résultat de tous les événements liés à l'avertissement écrit sur ma porte, m'avait entraîné dans une nouvelle direction, ce à quoi était peut-être dû le sentiment de perte d'équilibre qui ne me quittait plus depuis des semaines. Je me suis débarbouillé, j'ai mangé une tartine beurrée au miel en attendant que la présentatrice du programme matinal à la radio annonce le temps qui nous attendait ce jour-là (quelque peu couvert, quelque peu venteux, avec possibilité d'averses dans l'après-midi), je me suis habillé, j'ai mis un chewing-gum dans ma bouche et quitté l'appartement. J'ai décidé de prendre au plus court pour me rendre rue Zmaï, tout droit par le centre de la ville. Cela m'exposait aux poisons des gaz d'échappement, mais j'étais trop paresseux et fatigué, conséquence de ma lecture nocturne, pour faire un détour par le quai. Au retour, me suis-je dit, je pourrai sans doute revenir par ce chemin-là, c'est-à-dire passer d'abord par le marché pour acheter aux revendeurs des fusibles et une nouvelle prise de téléphone, et ensuite, en marchant le long du Danube, respirer bien à fond, avec de grands mouvements des bras pour améliorer ma circulation, affermir mon équilibre et accélérer le rythme de mes pas. La grand-rue était pleine de monde et de voitures, de vacarme et de fumées bleuâtres, les camelots avaient déjà installé leurs étals improvisés devant le grand magasin. Les nuages que la présentatrice du programme matinal à la radio avait généreusement promis n'étaient pas encore apparus, à moins qu'ils fussent quelque part à l'horizon, cachés à mon regard par des rangées d'immeubles, si bien que le soleil, bien qu'encore printanier, donnait une chaleur difficilement supportable, et engloutissait les ombres comme un cabaliste. En passant au coin de la rue de Dubrovnik, je me suis dit que si quelqu'un, il y avait quelques semaines, m'avait dit que je m'empêtrerais dans je ne sais quelles doctrines mystiques sur les mondes du bien et du mal, je l'aurais certainement traité de cinglé. Alors que maintenant, ce même quelqu'un aurait pu me dire que j'étais cinglé, me suis-je dit, et que je m'accrochais à des fétus de paille, bien que même des poutres ne m'eussent probablement pas empêché de patauger dans la vase que j'avais moi-même soulevée sans le savoir. Quelle coïncidence, me suis-je dit, de penser à tout cela en passant à côté de la rue de Dubrovnik, ancien centre du quartier de Zémoune habité par les Juifs, où de jeunes et de vieux arbres jetaient toujours des ombres chargées de pressentiments et de promesses. Je devrais une fois passer par cette rue, me suis-je dit, pousser jusqu'à la synagogue, bien qu'Éléazar fût déjà oublié à l'époque où le temple a été construit, car il est toujours possible, et parfois même inéluctable, que ce à quoi on s'attend soit là où personne ne s'y attend, qu'il s'agisse de sublime lumière céleste ou de débris des vases où l'on gardait autrefois les ténèbres de ce monde. Je suis passé devant le cinéma et l'hôtel, puis, à l'angle, devant le magasin de chaussures, j'ai traversé pour entrer dans la rue Zmaï. L'affiche invitant à apprendre les exercices de tai-chi était à sa place sur la grande porte en bois, mais la date du cours pour débutant avait changé et il n'y avait pas de figure composée d'un cercle et de triangles. Yin et yang n'étaient que yin et yang, je l'ai constaté en essayant de les gratter avec l'ongle. La porte était ouverte, le couloir menant à la cour intérieure dégageait une fraîcheur agréable, le banc et les buis n'avaient pas changé, et l'eau gouttait de la pompe du puits comme si quelqu'un, juste avant mon arrivée, avait rempli un récipient et s'était éloigné rapidement en entendant des pas. Je me suis approché du banc et m'y suis assis, mais le bruit assourdi venant de la rue et du marché ne cessait point et la musique que j'avais toujours entendue à cet endroit même ne se faisait pas entendre. J'ai levé les yeux et j'ai vu très haut le même morceau de ciel bleu. Le ciel, au moins, est le même, me suis-je dit, tout le reste, au contraire, est différent. J'ai fermé les yeux, tendu l'oreille comme un lièvre, cessé de respirer. Rien n'y faisait. J'ai serré les paupières encore plus fort, inspiré l'air profondément, puis expiré lentement et inspiré de nouveau. C'est probablement à ce moment-là que je me suis assoupi, car lorsque j'ai rouvert les yeux, il y avait un balai devant mon visage. Il était brandi par une petite femme maigre au visage fripé, à la bouche édentée. Oust, canaille, disait-elle, fous le camp ! Où est-ce que tu te crois, criait-elle en agitant son balai, dans un jardin public où n'importe quel pouilleux peut dormir ? J'ai repoussé son balai, ce qui n'a fait que l'exciter davantage, si bien qu'elle s'est mise à me taper sur les jambes. Je me suis levé pour me diriger vers le couloir menant à la porte de la rue, et la vieille, brandissant son balai, m'a asséné un coup sur le derrière. Dans une nouvelle de Daniil Harms, me suis-je dit, elle serait déjà passée par la fenêtre, mais nous n'étions pas dans une nouvelle de Harms, nous étions à Zémoune, et pendant que sa voix résonnait derrière moi dans le couloir froid, je tâchais de comprendre ce qui s'était passé. Je ne me demandais pas, bien sûr, d'où venait la vieille au balai, ce qui m'intriguait, c'était de savoir pourquoi n'émanait plus de cet endroit la même magie qu'auparavant. Était-ce l'endroit qui avait changé, ou moi ? Peut-être rien n'a-t-il changé, a dit Marko, peut-être le jour n'était-il tout simplement pas propice à l'harmonie des sphères. Et la vieille, lui ai-je demandé, qu'est-ce que tu en fais, de la vieille, surtout si elle est arrivée du côté gauche ? Tu crois vraiment, a répondu Marko en riant, que cette vieille était une sorcière ? Elle avait un balai, ai-je dit. Le balai ne veut rien dire, a objecté Marko et, en outre, pourquoi seules les vieilles seraient-elles des sorcières, ne crois-tu pas que c'est un préjugé ? Je n'ai rien répondu. Pourquoi la vieille serait-elle une sorcière, a poursuivi Marko, et pas la jeune, celle qui a reçu la gifle ? Moi, a-t-il dit, j'aurais toujours plus de plaisir à rencontrer une sorcière pimpante. Que ferais-je d'un vieux débris ? Nous ne nous étions guère vus pendant ces derniers jours, du moins pas aussi souvent que d'habitude, et on pouvait le percevoir dans l'irritation particulière de Marko, sa disposition à me contredire plus souvent, et une certaine distance vis-à-vis de moi qu'il ne manifestait pas habituellement. Je ne savais comment m'en sortir. Je passais de plus en plus de temps avec Iacha Alcalaï ; la nuit, je restais éveillé de plus en plus tard pour lire les livres de sa bibliothèque sur la cabale ; j'étais de moins en moins capable de penser à quoi que ce soit d'autre. Le pire dans tout cela, ai-je dit à Marko, c'est que rien encore ne me garantit que je sois sur la bonne voie ni même que je sois sur une voie quelconque. Il se peut, ai-je dit, que je ne fasse que piétiner dans la poussière. Quand j'ai dit la même chose à Iacha Alcalaï, il a levé l'index et m'a répondu : S'il y a un poteau indicateur, il ne se trouve pas au bord de la route, mais dans ton cœur. Ne l'oublie pas, a-t-il ajouté, et les deux ou trois jours suivants je répétais les mots « poteau indicateur dans le cœur » comme s'il s'était agi d'un mantra. Rien ne se produisait. Je ne savais toujours pas si j'étais ou pas sur une voie ; je ne m'expliquais toujours pas pourquoi rien ne s'était passé la dernière fois dans cette cour de la rue Zmaï ; je tâtonnais toujours dans le noir. Après ma retraite devant la vieille au balai, je suis repassé encore une fois par les rues qui menaient vers le quai et la capitainerie en examinant attentivement les halls des immeubles et en jetant un regard sous tous les déchets que je trouvais sur mon chemin, mais je n'ai vu nulle part la moindre trace du signe géométrique, ni aucun autre signe que quelque chose allait me mener à la fille giflée. J'ai encore rendu en retard mon texte à *Minut*, à la différence près que cette fois le directeur de rédaction, au lieu de me témoigner sa bienveillance habituelle, m'a tenu tout un cours sur les devoirs de celui à qui une rubrique a été confiée et sur la nécessité d'observer les règles, en ajoutant que si la chose se renouvelait, il saurait ce qu'il lui restait à faire. C'est pourquoi, malgré mon désir de continuer de chercher le signe et la fille, j'ai écrit un texte sur l'accroissement de l'antisémitisme en Serbie. La haine à l'endroit des personnes appartenant à d'autres peuples, ai-je écrit au début, est en fait une haine de soi. Ce n'est pas de l'autre qu'on a peur, mais de soi-même, plus exactement, des changements auxquels peut nous conduire la présence de l'autre. Si je dis que je n'aime pas les Juifs, ou les Roms, ou les Croates — la liste est pour ainsi dire infinie —, j'exprime la crainte que sous leur influence, ou sous l'influence de ce qu'ils représentent réellement ou symboliquement, je sois forcé de renoncer à certaines convictions auxquelles je tiens. Cette infirmation, par eux, de mes convictions, si irrationnelles qu'elles puissent être, constitue une négation de ma personne. C'est pourquoi, ai-je écrit, afin que je n'aie pas à changer, ils doivent être montrés du doigt, isolés, expulsés et, le cas échéant, anéantis. Mais qui n'aime pas les représentants des autres peuples n'aime pas non plus son propre peuple, ai-je souligné, et si je dis que je n'aime pas tels ou tels étrangers, j'avoue du même coup vivre dans un vide affectif, privé de l'amour de qui que ce soit. Et celui en qui il n'y a pas d'amour, ni reçu ni donné, n'est plus un être humain, car c'est l'amour qui nous définit dans la structure naturelle où nous vivons. Le nombre accru de phénomènes antisémites parmi nous, ai-je ensuite écrit, est encore limité en comparaison de pareils incidents dans ce que l'on appelle les démocraties occidentales, mais la statistique, si attrayante et attachante qu'elle soit pour les agents de l'État et les hommes politiques, ne peut jamais être une consolation pour les victimes de l'antisémitisme. Il est grand temps, ai-je conclu, que les autorités comprennent qu'il s'agit d'un feu qui, s'il n'est pas éteint à temps, peut facilement devenir un incendie inextinguible. Il sera alors trop tard, bien sûr, ai-je écrit, c'est pourquoi il faut se hâter, pendant qu'il en est encore temps, d'écraser la vipère. Pas seulement la vipère de l'antisémitisme, mais la vipère de toute haine sur quelque différence qu'elle se fonde, ethnique, sexuelle ou idéologique. Pour finir, j'ai écrit le titre : *Dans le nid de vipères.* Le directeur de rédaction a lu deux fois le texte avant de me regarder. Ça va déplaire à beaucoup de monde. Mon affaire c'est d'écrire, la leur... Oui, a dit le directeur, mais qui sont-ils ? Nous le verrons bien, ai-je répondu, sans me douter que je n'aurais pas à attendre longtemps. L'article a été publié quelques jours plus tard et, ce jour-là, plus exactement ce soir-là, je suis allé au théâtre. Je ne me rappelle pas le titre de la pièce, il me semble que c'était l'adaptation d'un roman d'un jeune écrivain, quelque chose sur l'exil volontaire pour fuir la guerre, mais je sais qu'elle a été jouée au Théâtre national devant une salle à moitié vide. À trois ou quatre sièges de moi, à droite, un homme âgé mâchonnait en rêve ; dans le rang devant moi, un garçon aux cheveux courts et une fille aux cheveux roux ne cessaient de se bécoter ; à ma gauche, au tout premier fauteuil de mon rang, était assise une femme entre deux âges que je surprenais en train de me regarder chaque fois que je lui jetais un coup d'œil. Une fois, elle m'a même souri, puis elle a écarté une mèche sur sa joue et pincé les lèvres pour m'envoyer un baiser. J'essayais de fixer mon attention sur ce qui se déroulait sur scène, mais je me perdais dans une succession chaotique de situations et d'incessants retours en arrière, si bien qu'à la fin je n'ai absolument pas compris pourquoi la mère mourait et pourquoi le protagoniste, qui semblait être son fils, se mettait à poil et courait vers les coulisses. Quand il s'est arrêté et que son pénis a cessé de se balancer, le rideau est tombé. Des applaudissements légers et indolents se sont fait entendre et au même moment la mère et le fils sont apparus devant le rideau. Le fils n'était plus nu, un tissu bariolé couvrait ses hanches. Les applaudissements ont cessé aussitôt qu'ils se sont inclinés et ont reculé vers le rideau.

L'homme âgé à ma droite dormait toujours ; la femme, à ma gauche, était partie juste avant les applaudissements ; le garçon et la fille s'étaient levés en s'étirant ; j'avais une jambe engourdie d'être resté longtemps assis, ce qui fait que je me suis dirigé vers la sortie lentement, en me dandinant comme un canard. Dehors il bruinait, mais la place devant le théâtre n'en était pas moins pleine de monde. J'ai regardé à gauche, j'ai regardé à droite, mais je n'ai aperçu aucune connaissance. Autrefois, bien des années auparavant, on pouvait trouver là, sur la place, des revendeurs de haschisch, mais maintenant, même s'il y en avait, j'étais incapable de les repérer. Je suis allé chercher une place dans un bistrot voisin où j'ai pris un cappuccino en écoutant une musique bruyante, du rock plus ou moins classique. Il tonne, a dit le barman pendant une pause entre deux chansons du groupe Cream. Je ne savais pas comment il avait pu entendre tonner, mais j'ai pris ça pour le signal qu'il était temps de rentrer chez moi. De fait, pendant que je descendais vers le square de la Couronne Verte, il a recommencé à tonner, puis la pluie s'est mise à tomber et, alors que mon bus roulait vers Zémoune, c'est devenu une véritable averse. Quand le bus a stoppé à l'arrêt proche de chez moi, j'ai baissé la tête pour m'élancer vers l'entrée de mon immeuble et c'est là, après avoir sauté par-dessus la dernière flaque, que je me suis heurté à un homme. En fait, je l'ai aperçu au dernier moment, ce qui m'a permis de ralentir un peu et d'atténuer la violence du choc, et lui aussi m'a vu, apparemment, car il m'a accueilli bras tendus en avant et mains ouvertes. Mon visage s'est pourtant trouvé un moment sur sa poitrine, pendant que mes bras se refermaient sur son dos, et si quelqu'un nous avait vus à ce moment-là, il aurait cru que nous étions en train de nous donner l'accolade après une longue absence. J'ai levé la tête, prêt à m'excuser, mais l'homme n'a fait que me serrer les bras encore plus fort en m'ordonnant à voix basse, entre ses dents, de me taire. Puis, par-dessus mon épaule, comme s'il parlait dans le vide, il a dit que tout allait bien. J'ai tourné la tête et j'ai vu trois jeunes gens. Je ne savais pas d'où ils sortaient. Dans la faible lumière de la rue, que la noirceur de l'orage affaiblissait plus encore, ils avaient la même dégainc que l'homme qui se trouvait devant moi et me serrait les bras toujours plus fort, en me faisant mal. On y va, a-t-il dit en me poussant vers les jeunes gens. J'ai cru que j'allais tomber, mais les jeunes gens m'ont retenu avec des gestes experts : celui du milieu m'a attrapé par le cou, les deux autres par les bras. J'aurais dû deviner, bien sûr, ce qui se passait, mais la seule idée que j'ai eue, c'était que j'allais rire s'ils me poussaient dans une voiture et me bandaient les yeux. Nous avons tourné dans la rue Tesla où, à cause des frondaisons touffues, il faisait encore plus noir que sur la place. Deux ou trois fois j'ai essayé de dire quelque chose, mais à chaque tentative on me faisait taire en me serrant plus fort la gorge ou en me donnant des coups dans les côtes. Au bout de la rue, là où autrefois passait la voie du chemin de fer, nous nous sommes glissés par un trou dans une grille déformée et sommes entrés dans la cour d'une école maternelle, puis, en passant entre des buissons, nous avons atteint l'arrière du bâtiment. Là, à cause de hauts arbrisseaux et des lampadaires cassés régnait une obscurité bien plus épaisse, et personne ne pouvait nous voir bien que nous ne fussions qu'à une quinzaine de mètres des immeubles les plus proches. Les jeuncs types m'ont lâché, mais ne se sont pas écartés de moi. Je pouvais les entendre respirer. Si je m'étais penché un peu, j'aurais pu m'appuyer contre l'un d'eux ; si j'avais tendu la main, mes doigts auraient touché les taches pâles de leurs visages. Je ne me suis pas penché, je n'ai pas bougé un seul doigt : j'écoutais la pluie tomber et essayais d'imaginer que ce n'était pas à moi mais à quelqu'un d'autre que ceci arrivait. Dis-moi juste un truc, a dit l'homme qui s'était tenu sous mon porche, comment peux-tu fréquenter ces créatures visqueuses qui ne songent qu'à une seule chose ? Je n'étais pas certain de comprendre à qui il faisait allusion, tout en m'en doutant bien, mais rien au monde ne m'aurait permis de deviner quelle était la chose qui d'après lui les obsédait. C'est pourquoi j'ai demandé : Quelle chose ? On fait le malin, a dit l'homme, c'est ça ? Avant que j'eusse eu le temps de dire un mot, son poing m'avait atteint à l'estomac. J'en suis resté souffle coupé, bouche grande ouverte, puis mes genoux ont fléchi et je suis tombé. À l'instant même, les jeunes types qui se tenaient derrière mon dos m'ont relevé. Maintenant tu dois savoir de quoi je parle, a dit l'homme, n'est-ce pas ? Oui, ai-je répondu, même si je l'ignorais toujours. Les rats restent des rats, a dit l'homme, et ils continuent de vivre dans l'ombre, toujours dans l'espoir de dominer un jour le monde. Oui, ai-je dit à tout hasard. Cependant, a dit l'homme, il y a une chose que je ne comprendrai jamais : comment un pur et honnête Serbe peut-il être de leur bord et encore s'attaquer à d'autres Serbes qui les critiquent et dévoilent leur vraie nature ? Maintenant, ayant enfin repris mon souffle, je comprenais bien qui il visait, mais je n'ai rien dit, de peur de recevoir encore un coup à l'estomac. Parle, a dit l'homme, ne me fais pas trop attendre. Je me taisais. Le coup est cette fois-ci arrivé par-derrière, dans les reins. Tu n'entends pas quand on te parle gentiment, a dit la voix d'un des trois jeunes types, tu veux que je te débouche les oreilles ? Au lieu de les démasquer, a dit l'homme, tu les défends ; au lieu de dévoiler la vérité, tu l'escamotes ; au lieu d'être ce que tu es, tu tâches d'être autre chose. Dis-moi, est-ce normal ? Je n'avais pas grand choix : Non, ai-je dit. Pourquoi alors écris-tu que la Serbie est un nid de vipères, a dit l'homme, et que les Serbes sont des vipères qu'il faut écraser ? De même qu'un peu plus tôt, il n'a pas attendu ma réponse et m'a de nouveau envoyé son poing dans l'estomac. Mes genoux ont encore une fois flanché. Si les jeunes types n'avaient pas été là, prêts à me remettre sur mes jambes — avec beaucoup d'adresse, je dois l'avouer —, je serais resté couché par terre, à ouvrir la bouche comme un poisson hors de l'eau. Si déjà tu écris, a dit l'homme, écris la vérité ; assez de mensonges ! Il a glissé la main dans sa poche et j'ai cru un moment qu'il allait en tirer un couteau, mais il a sorti quelques feuilles de papier plusieurs fois repliées et me les a fourrées dans la main. On s'en va, a-t-il dit. Les jeunes types m'ont lâché et sont partis avec lui. Je les ai regardés s'éloigner. Mes genoux tremblaient, la douleur me fourrageait l'estomac, mes yeux larmoyaient. J'ai essayé de marcher, mais chaque pas était trop douloureux. J'ai dû m'arrêter près d'un manchot en matière plastique, muni d'un ressort à la place des doigts, un siège fixé à sa tête. Je m'y suis assis, et le manchot s'est mis à se balancer. Il pleuvait toujours. J'ai déplié les quelques feuillets que l'homme m'avait donnés mais, à cause de la pluie et des larmes, je n'ai rien réussi à lire. Je n'ai pu le faire que bien plus tard, quand, une fois rentré chez moi, débarrassé de mes vêtements trempés et après avoir rempli une bouillotte, je me suis couché dans mon lit. Je n'ai pas dû lire le tout, parce que dès les premières phrases je savais ce que me réservait la suite. Ces phrases parlaient de l'origine aryenne du peuple serbe et de la nécessité de conserver sa pureté raciale, en vue de quoi tous les individus d'origine métisse, ainsi que les ressortissants des peuples impurs qui habitent en Serbie, parmi lesquels on citait les Juifs, les Tziganes, les Musulmans et les Albanais, seraient renvoyés dans leur patrie ou bien parqués dans des domaines clos, où ils ne pourraient se mélanger aux Aryens. Par endroits, on parlait même ouvertement de la nécessité de débarrasser le monde des Juifs qui, pouvait-on lire, trouvent toujours le moyen de contrôler les gouvernements des plus grands pays, la circulation de l'argent et les moyens de communication de masse. Nous vivons, lisait-on ensuite, dans les griffes d'un complot sioniste international, que Hitler avait démasqué et conduit au bord de la débâcle. Ce travail, lisait-on vers la fin, il n'avait pu le mener à son terme, mais il avait montré la voie que tous les vrais Aryens doivent suivre. Sous le texte était dessinée une tête de mort entourée du slogan « Mort au sionisme, liberté au peuple »[1].

1. Métaphrase de la devise communiste : « Mort au fascisme, liberté au peuple », qui figurait autrefois sur les documents officiels. *(Les notes sont du traducteur.)*

Il y a des moments dans la vie où l'on ne sait s'il faut pleurer ou rire, ai-je dit plus tard à Marko, et c'était un de ces moments. J'ai étreint la bouillotte, me suis ramassé sur elle comme sur une bouée de sauvetage. Il était facile d'ignorer les pages que je venais de lire et qui gisaient au bord de mon oreiller, de les considérer comme une expression de l'insanité, mais il y avait là un empêchement : ce n'était pas une voix isolée, mais celle d'un chœur pléthorique dont de nombreux chanteurs, comme les trois qui m'avaient entraîné dans la cour de l'école maternelle, ne possédaient pas les qualités vocales nécessaires, qu'ils compensaient par d'autres aptitudes. J'ai essayé d'évoquer leurs visages qui, dans la faible lumière devant l'entrée de mon immeuble, me paraissaient se ressembler, ce qui était certainement dû au fait qu'ils avaient les mêmes coiffures : cheveux coupés en brosse comme ceux de soldats, et sur les côtés, au-dessus des oreilles, pour ainsi dire tondus. L'homme qui s'était adressé à moi et m'avait par deux fois donné des coups de poing à l'estomac avait au front une balafre en biais, c'était tout ce dont je me souvenais. La pluie, les grandes ramures dans la rue Tesla, les lampadaires cassés, la peur aussi, tout cela a fait que j'ai mieux retenu ce que j'avais éprouvé que ce que j'avais vu. Or j'avais éprouvé quelque chose de semblable à de la tristesse, ai-je dit à Marko, je me sentais comme vidé, comme une poupée de chiffon. As-tu songé qu'ils pouvaient te tuer ? m'a demandé Marko. Oui, ai-je dit, surtout lorsqu'ils m'ont entraîné dans les buissons derrière l'école maternelle, à ce moment-là j'ai été vraiment mort pendant quelques instants. Et comment c'est là-bas, a demandé en riant Marko, dans l'au-delà ? J'ai ri moi aussi, mais Isaac Lévi et Jacob Schwarz n'ont pas ri. Ils ont lu attentivement chaque phrase, examiné les feuillets des deux côtés en les levant devant une source de lumière, comparé certains endroits à d'autres textes, à des coupures de journaux ou à des photocopies de certains de leurs livres. Nous étions assis à la table de cuisine de l'atelier de Iacha Alcalaï, qui ces jours-là n'était pas à Belgrade. La table était tachée de peinture, surtout de bleu, bien que cette couleur fût très peu présente sur ses tableaux, du moins sur ceux qui étaient accrochés aux murs autour de nous. Je n'aime pas ça, a dit enfin Jacob Schwarz, ça n'annonce rien de bon. C'est un tas de sottises, ai-je dit, auxquelles il ne faudrait pas prêter attention. Nous n'avons pas prêté attention à certaines autres sottises, a répliqué Jacob Schwarz, et on sait bien ce qui nous est arrivé. Il nous serait arrivé la même chose, a alors dit Isaac Lévi, même si l'on avait déployé toute la vigilance imaginable, et il est vain de s'illusionner avec des propositions conditionnelles qui n'ont, en réalité, aucun sens. Épargne-moi les analyses linguistiques, a dit avec colère Jacob Schwarz, tout ce qu'elles peuvent apporter ce sont des aigreurs d'estomac. L'histoire n'est pas un roman qui se déroule selon des règles établies. Elle n'est pas non plus, a rétorqué Isaac Lévi, un livre qu'on peut lire tantôt à partir du début et tantôt à partir de la fin. L'expérience nous dit, a repris Jacob Schwarz en agitant les feuillets qu'il tenait à la main, que de telles choses commencent toujours d'une manière tout à fait innocente pour se terminer d'une manière tout à fait tragique. Et alors quoi, a demandé Isaac Lévi, faut-il qu'on se tue ? Non, a dit Jacob Schwarz, il nous faut rester en vie. Un silence s'est fait dans l'atelier. De faibles battements nous parvenaient de quelque part, comme si l'on entendait un réveil enfermé dans un tiroir plein de chaussettes, mais plus tard, étant entré dans la salle de bains, j'ai vu que c'était l'eau qui dégouttait du robinet de la baignoire. J'ai essayé de mieux le serrer ; je n'ai pas réussi, les gouttes continuaient de tomber sur l'émail jauni. Il faut changer le joint, mais Iacha ne se soucie pas de ce genre de choses, a dit Isaac Lévi derrière mon dos. Il se tenait dans l'embrasure de la porte de la salle de bains, mains croisées sur la poitrine. Il faut comprendre Jacob, a-t-il dit, son expérience de la dernière guerre a été extrêmement douloureuse. De quelle guerre voulez-vous parler, ai-je demandé, quand vous dites la dernière ? Je veux dire la grande, la mondiale, a-t-il répondu, car ces petites, telles que les nôtres, je ne les tiens pas pour de vraies guerres. Pour ceux qui ne sont plus en vie, ai-je dit, toute guerre est une vraie guerre. C'est vrai, a acquiescé Isaac Lévi, mais on abuse du mot « guerre » quand on parle de guerres locales, vu que le plus souvent il est question d'un conflit d'une intensité et d'une étendue territoriale limitées. Sans doute, a-t-il dit, la plupart des conflits que l'histoire a enregistrés relèvent-ils de cette catégorie, je dois le reconnaître, et peu de guerres ont été vraiment grandioses. Vous parlez des guerres, ai-je dit, du moins des grandes, comme si vous les admiriez ; je ne vois pas pour quelle raison. Lui non plus ne voyait aucune raison de les admirer, a-t-il répondu, mais puisqu'elles existaient, il ne fallait pas fermer les yeux devant ce fait. Croyais-je, a-t-il demandé, que la guerre, n'importe quelle guerre, grande ou petite, disparaîtrait si je fermais les yeux et serrais très fort les paupières. Cela dépend, ai-je dit, la force de la volonté peut parfois réussir des choses fantastiques. Je ne connais pas la force de la volonté, a répondu Isaac Lévi, mais, en revanche, je vois que la force de suggestion de Iacha Alcalaï a produit ses effets. J'ai essayé de protester, affirmant qu'il se trompait et que je n'avais aucune connaissance de la cabale, ou plutôt que je ne la connaissais pas suffisamment pour être en mesure de réaliser quoi que ce soit grâce à elle. Iacha est un bon maître, a dit Isaac Lévi, je n'avais pas de souci à me faire. J'ai dit que je ne me faisais pas de souci et que je demanderais à Iacha, quand il serait rentré de voyage, de leur confirmer lui-même que ma connaissance de l'enseignement de la cabale ne s'élevait guère au-dessus de zéro. Laissez cela, a dit Isaac Lévi en faisant un geste las de la main. Il venait de penser à autre chose, a-t-il ajouté, à la possibilité que Iacha réussisse à invoquer des puissances occultes contre les scélérats qui m'avaient battu. Il pourrait certainement, a-t-il dit en riant, susciter toute une armée de golems et d'autres monstres semblables, face auxquels ces racistes et nazis perdraient aussitôt courage et détaleraient à toutes jambes. En attendant, il considérait que nous devions combattre sans leur secours, car chaque moment d'inertie nous affaiblissait davantage. Je ne savais pas exactement de qui il parlait : de nous deux dans la salle de bains, de nous trois dans l'atelier de Iacha, de tous les trois, c'est-à-dire eux deux et Iacha, ou bien de tous les Juifs de Belgrade. Cela veut-il dire, ai-je demandé, que je dois écrire sur ce qui m'est arrivé ? Isaac Lévi a acquiescé d'un mouvement de tête. Le plus tôt possible, a-t-il dit, le plus tôt possible. Je n'étais pas persuadé que c'était la meilleure solution, et comme l'échéance de la remise de mon prochain texte à *Minut* approchait, j'ai écrit un article on ne peut plus terne et banal sur le manque de goût des programmes musicaux de la télévision destinés à la plus large audience. Pour une raison énigmatique, le directeur de rédaction a été ravi, il a ri en lisant mon texte, s'est même levé pour me donner des tapes d'approbation sur l'épaule. Je suis sorti tout décontenancé du bâtiment où se trouve la rédaction et suis resté un moment sur les marches, perplexe. Puis j'ai décidé d'oublier tout cela, car j'avais déjà à me dépêtrer d'un trop grand nombre de mystères, et les directeurs de rédaction sont des gens imprévisibles. Une fois rentré chez moi, je suis allé sur le balcon du côté de la cour, j'en ai chassé deux pigeons blancs, me suis assis sur une chaise longue et j'ai essayé de mettre un peu d'ordre dans ce qui m'était arrivé au cours des quelques dernières semaines. Ce n'était pas ma première tentative dans ce sens, et je me doutais que ce ne serait pas non plus la dernière. Le conseil de Iacha Alcalaï de voir dans la cabale — ou plus exactement d'y rechercher — une clef de tous ces événements, conseil auquel j'ai vraiment cru, ne m'avait pas aidé. Je venais d'acquérir un peu plus de connaissances sur la cabale, encore que ce ne fût pas grand-chose comparé au trésor qu'elle représentait, mais je n'avais pas avancé d'un iota. J'ai compris le sens des séfirot, ces émanations divines ; je me suis rapproché de la compréhension de l'Infini, comme les cabalistes appelaient l'essence de Dieu ; j'avais lu attentivement l'explication de la chute d'Adam ; j'avais appris les principes de la gematria ; mais c'étaient là des sentiers qui ne me menaient nulle part, et tôt ou tard je retournais en arrière, au début, au bord du Danube et à la gifle qui, bien que je ne l'eusse pas entendue du tout, m'avait assourdi. Cette gifle m'avait ensuite conduit à une autre gifle, à l'incident que j'aurais pu considérer comme un malentendu, et même un malentendu comique, si ce n'était que cet incident avait introduit dans ma vie le manuscrit, lequel, je devais l'avouer malgré moi, était pourtant lié à diverses choses, comme s'il ne cessait de se compléter et de se renouveler. Assis sur la chaise longue, les jambes appuyées sur la balustrade du balcon, je me suis alors avisé que je n'avais rien dit de ce manuscrit à Iacha Alcalaï ; pourtant, les parties concernant la cabale l'auraient certainement intéressé. Je ne savais comment interpréter mon silence ; une seule explication s'imposait, c'était que, jaloux de ses connaissances apparemment illimitées sur la cabale et le mysticisme, j'avais voulu garder secrète l'existence du manuscrit jusqu'à un moment où je l'aurais jeté avec jubilation sur la table devant Iacha. Je l'imaginais bondissant de sa chaise, saisissant les feuilles du manuscrit, tremblant d'émotion. Le spectacle était si drôle que j'en ai ri. En riant, j'ai remué sur ma chaise longue, mon regard a dévié sur la droite, vers la cour de l'immeuble voisin, et là, dans la frondaison d'un peuplier, j'ai vu un homme en pantalon noir et chemise blanche. Les branches et les feuilles le dissimulaient en partie, mais s'il croyait que personne ne le voyait, il se trompait lourdement. Ses mains étaient levées devant son visage, et il m'a fallu un peu de temps pour comprendre qu'il tenait des jumelles braquées sur moi. J'ai regardé à gauche, j'ai regardé à droite, je me suis penché par-dessus la balustrade, mais il n'y avait personne, en dehors de moi, sur aucun autre balcon. Il pouvait certes s'agir d'un mari jaloux essayant de découvrir la fenêtre derrière laquelle sa femme s'ébaudissait dans les bras d'un amant, bien que la chose fût difficile à croire. Je me suis rappelé que j'avais encore les vieilles jumelles de mon père et, me tirant avec difficulté de la chaise longue, je suis allé les chercher. J'ai retourné les affaires dans mon armoire, jeté un regard dans certaines boîtes du débarras, fouillé dans les tiroirs de mon bureau, et le temps de faire tout cela, sans avoir trouvé les jumelles, et de retourner sur le balcon, l'homme ne se trouvait plus dans le feuillage du peuplier. J'ai examiné attentivement les autres frondaisons, j'ai levé le regard vers les toits des immeubles, puis je l'ai baissé sur les cours envahies de mauvaises herbes, mais l'homme avait disparu. Peut-être n'a-t-il jamais été là, aurait dit Marko si je le lui avais raconté, c'est pourquoi j'ai décidé de ne rien lui dire. Naturellement, je savais bien que l'on est parfois victime de ses propres conjectures et préjugés, que l'on peut croire voir venir ce que justement on aimerait qu'il nous arrive, et que cet homme aux jumelles, si précairement caché dans la ramure du peuplier, aurait pu n'être qu'une projection, un reflet de mon espoir caché d'être mêlé à un vaste complot ou à une manœuvre dans laquelle trempe une grande partie du monde. Je savais aussi ce que Marko aurait dit à ce propos : il aurait ri et déclaré que j'avais vu trop de films américains. Il avait déjà dit quelque chose de ce genre-là quelques jours auparavant, quand je lui avais exposé une autre — encore que ressemblante — théorie du complot. Nous avons tous vu trop de films américains, lui avais-je alors répondu, ce qui était vrai. Cela ne concernait pas seulement les commentaires éculés des Européens qui, lors de leur première visite en Amérique, parlent de leur impression de se trouver dans un film, mais les comparaisons de plus en plus fréquentes que nous autres, en Europe, établissons entre notre réalité et celle de leurs films. Qui, en Europe, ai-je dit à Marko, songerait à des complots dans lesquels de simples citoyens deviennent des obstacles majeurs aux projets monstrueux de politiciens insatiables ? En Europe tout est petit, a dit Marko, même les complots. Je ne sais s'il a conçu cela comme une consolation à mon usage, mais il ne m'a pourtant pas consolé, je l'ai compris en voyant l'homme aux jumelles sur la branche du peuplier. Petit ou grand, un complot est toujours un complot, et si l'on s'y frotte, les conséquences peuvent être funestes. D'accord, a dit Marko quand j'ai avancé cet argument, les conséquences peuvent bien être ô combien funestes, mais il nous faut tout de même être réalistes et reconnaître où nous vivons. Un complot en Serbie, a-t-il dit, pareille chose est-elle possible ? Pourquoi la Serbie serait-elle pire que d'autres pays, ai-je fait pour essayer de me défendre, pourquoi n'aurions-nous pas nous aussi un bon et grand complot ? La Serbie était déjà pire que bien d'autres pays, a dit Marko, mais il semblerait que tu aies raté quelque chose. Où étais-tu ces dix dernières années, sur Mars ? Et pour toi, n'est-ce pas, ai-je repris, toujours sur la défensive, tout est limpide ici ? Presque tout, a dit Marko, sauf quelques règlements de comptes entre mafieux, lesquels, par la suite, sont devenus des patriotes. Et cela, ai-je dit, pour toi, ce ne sont pas des complots ? Si je ne comprends pas quelque chose, a rétorqué Marko, cela ne veut pas dire que derrière cette chose se tient une force occulte, une organisation mystérieuse liée au gouvernement, à l'armée, à la police et à Dieu sait qui encore. Tout de même, a-t-il fait, ces trucs-là n'arrivent que dans les films américains, où, soit dit en passant, a-t-il continué, l'action tout entière montre l'intention des comploteurs de priver le citoyen américain libre et honnête du droit à l'information, à la connaissance, droit qui lui revient, prétendument, du simple fait de payer régulièrement ses impôts, alors qu'ici, chez nous, a-t-il dit, tout cela n'arrive que pour clouer le bec à des témoins, et on n'entraîne jamais dans le jeu de simples citoyens comme toi et moi. En outre, a-t-il ajouté, dans un pays comme le nôtre, où tout le monde sait tout de tout le monde, les complots sont tout simplement impossibles, du moins pas les complots comme ceux que tu as vus dans les films, puisque chez nous les gens ne savent tout simplement pas garder un secret. Quelqu'un a dit, a renchérit Marko, mais ne me demande pas qui c'était, que la véritable histoire est ce qui se passe entre deux personnes, sans témoins, mais si cela est vrai, alors l'histoire est chez nous ce qui se passe pour un homme qui reste seul dans une chambre et imagine l'histoire. Si cela est vrai, ai-je dit, alors son pouvoir est illimité. Bien sûr qu'il l'est, a dit Marko, et c'est pourquoi nos complots sont différents de ceux qui se produisent ailleurs dans le monde et dans les studios de Hollywood : ils ressemblent à un théâtre de marionnettes où un seul acteur, bien dissimulé dans les coulisses, dirige tous les pantins et tire seul toutes les ficelles. Marko avait raison, force m'était de l'avouer, mais cela n'a pas fait disparaître mon désir de savoir qui tirait les ficelles des personnes impliquées dans ce qui m'arrivait, y compris celles qui m'animaient moi-même, car si eux tous avaient leurs ficelles, comme disait Marko, alors j'en étais moi aussi pourvu. Et toi aussi, lui ai-je dit. Nous tous, en Serbie, nous sommes tenus par des ficelles, a répondu Marko, personne n'y échappe. Tu ne vas tout de même pas me dire, me suis-je récrié, que toutes ces ficelles sont tirées par un seul homme. Penses-tu, a répliqué Marko, il est simplement au sommet de la pyramide faite de ses petits clones, comme il en a toujours été dans tout système dictatorial efficace, par exemple celui de Staline, en Union soviétique, pour le bon fonctionnement duquel il a bien fallu qu'il y ait, outre le vrai Staline, des centaines, des milliers de petits Staline, ses doubles ou ses clones, chacun d'eux contrôlant un certain nombre de ficelles, pendant que leur propre ficelle était tirée par la main de quelqu'un qui se trouvait au-dessus d'eux sur l'échelle hiérarchique du Parti, et la ficelle de ceux-ci par la main de quelqu'un encore au-dessus d'eux, ceux-ci, au-dessus, ayant toujours été moins nombreux que ceux au-dessous, et ainsi de suite, a-t-il dit, jusqu'à Staline lui-même, qui ne tenait que deux ou trois ficelles principales, mais il suffisait qu'il tirât légèrement sur une seule pour que toute l'Union soviétique fût bouleversée, comme secouée par un tremblement de terre d'une puissance dévastatrice. J'ai essayé d'imaginer cette pyramide et toutes ces ficelles, mais dans l'image que je m'en faisais, elles ne cessaient de s'enchevêtrer et de former des nœuds inextricables. Seul Staline restait immuable au sommet et souriait sous sa grosse moustache. C'est toujours la même histoire, a dit Marko à la fin, et il n'y a pas de grande différence entre les nombreuses pyramides dictatoriales ni entre les réseaux de ficelles qui les composent. La seule différence qui me vient à l'esprit, a-t-il dit, c'est que nos dictateurs n'ont pas de moustache. Cette conclusion l'a incité à m'exposer une théorie selon laquelle la plupart des dictateurs auraient une moustache pour la simple raison que la moustache est un signe de virilité et que les dictateurs, qui, a-t-il souligné, sont en fait des gens faibles et veules, laissent pousser leur moustache pour afficher leur puissance virile et justifier leur autorité, ce qui nous amène, a-t-il dit, à la question intéressante de l'absence de moustache sur les visages de nos dictateurs. Il m'a regardé, mais je n'ai fait que hausser les épaules. Peut-être prouvent-ils leur virilité d'une autre manière, a dit Marko, ou alors ils sont persuadés que personne ne la met en doute, il n'y a pas d'autre explication. Il a disserté encore un bon moment sur la différence de signification entre la petite moustache de Hitler et l'épaisse moustache sur le visage de Staline, mais j'avais cessé de l'écouter.

Il est vrai que le lendemain, pendant un trajet en bus, en traversant la Save, je me suis rappelé cette conversation et me suis mis à rire tout bas. L'homme qui se trouvait à côté de moi m'a regardé d'un air renfrogné, puis s'est rapidement tâté les joues, le nez, les lèvres, et n'y ayant rien trouvé qui aurait pu motiver mon rire, a grogné : Qu'as-tu à ricaner bêtement ? J'ai pris un air sérieux, mais, dès l'instant suivant, mes lèvres se sont étirées en un sourire. Écoute, a dit l'homme, si je t'en colle une, tu ne t'en relèveras pas. Bien qu'il m'eût prévenu d'une voix qui tremblait de colère, ses yeux lançant des éclairs et son poing brandi, cela m'a paru si drôle que, serrant les dents pour ne pas pouffer de rire, je me suis empressé de descendre au premier arrêt. Au lieu de me trouver sur le square de la Couronne Verte, j'étais au bout du pont sur la Save, c'est-à-dire au commencement de la rue Branko, riant encore intérieurement, et j'ai donc dû marcher plus longtemps que prévu. C'était un vendredi, et je devais retrouver Iacha Alcalaï dans la cour de la synagogue de la rue Maréchal Biriouzov. C'est à cette heure-là que commençait le sabbat, m'avait-il dit, et il n'y avait pas, avait-il souligné, de moment plus paisible que celui où samedi, telle une jeune mariée, entre dans le temple. Je ne sais ce qu'il en était dans le temple, mais quand, essoufflé par la marche rapide, je suis entré dans la cour de la synagogue, il n'y avait personne, seul un chapeau se trouvait sur un banc sous un arbre à large ramure. Je m'en suis approché avec circonspection, comme si quelque chose risquait d'en bondir. Il n'a ni bougé ni résisté quand je m'en suis saisi pour le mettre sur ma tête. Il était trop grand, il a glissé sur mon front et m'a couvert les yeux et les oreilles. Qui l'eût cru, a alors fait la voix de Iacha Alcalaï, un homme tellement comme il faut, et bien élevé, qui vole des chapeaux. J'ai levé le chapeau et me suis retourné : Iacha Alcalaï, souriant, était là avec un homme âgé aux cheveux poivre et sel. Il est à moi, a dit celui-ci en tendant la main. Je lui ai rendu son chapeau. Si ses cheveux avaient été tout à fait blancs, j'aurais pu penser que c'était l'homme qui m'avait donné l'enveloppe avec le manuscrit. Je lui ai demandé s'il avait un frère à Zémoune. Non, a dit Iacha, notre Datcha n'a personne, et encore moins à Zémoune. Mais, même s'il n'y avait aucune parentèle, Datcha connaissait parfaitement l'histoire des Juifs de cette ville et m'a fait remarquer que leur sort s'était joué au cours de longues années sur le fait que Zémoune était alors inclus dans le district militaire frontalier autrichien, où il ne leur avait pas été permis de séjourner. Pour une raison ou une autre, a dit Datcha en coiffant son chapeau, l'impératrice Marie-Thérèse a permis aux familles juives déjà installées à Zémoune d'y rester, et cette décision a régi l'existence de la communauté juive de la ville pendant une centaine d'années. Comme bon nombre de privilèges impériaux, a dit Datcha en ôtant son chapeau, celui-ci reposait sur une stipulation d'interdits et soulignait qu'ils devaient être respectés, de sorte que les Juifs de Zémoune ont passé tout un siècle à s'efforcer de tourner ces règlements et à trouver moyen de rester à Zémoune qui, par sa position frontalière, leur offrait bien des possibilités d'activités commerciales et autres. En effet, a dit Datcha en remettant son chapeau, le privilège de maintien sur les lieux concernait un nombre déterminé de familles, et comme ce nombre est peu à peu allé en augmentant au cours des décennies suivantes, il y a eu, de la part des autorités, des menaces constantes et même des mesures prises en vue de ramener ces familles au nombre initial. Une des ruses, a dit Datcha en ôtant de nouveau son chapeau, consistait à changer de nom, afin de brouiller les pistes dans les dénombrements et les documents, ce qui à l'époque faisait perdre patience aux représentants des autorités et actuellement fait perdre la tête aux historiens, quand ils doivent s'évertuer d'établir si, par exemple, Raphaël Salomon et Salomon Raphaël sont bien une seule et même personne, dont le prénom a pu devenir le nom de famille et vice versa, ou si ce sont deux personnes différentes, sans aucun lien de parenté. Certains noms de telle liste, a dit Datcha en tenant maintenant son chapeau sur ses genoux, n'existent plus dans telle autre, dressée quelques années plus tard, puis, au bout de quelques années, ils réapparaissent dans une nouvelle liste. Il a fixé du regard son chapeau, a fait le geste de le recoiffer, puis s'est ravisé et l'a de nouveau posé sur ses genoux, et ensuite sur la table. Dis-moi, a-t-il demandé à Iacha Alcalaï, pourquoi je raconte tout cela ? À cause d'Éléazar, a répondu Iacha. Ah, oui, a dit Datcha en caressant son chapeau, à cause d'Éléazar. Puis, se tournant de nouveau vers Iacha, il lui a demandé si je savais qui était Éléazar. Bien sûr, a répondu Iacha, c'est même lui qui l'a retrouvé. Et reperdu, ai-je fait. Datcha m'a dévisagé avec sévérité, comme s'il s'étonnait que je susse parler, et j'ai senti mes joues rougir. Ce n'est pas toi qui l'as perdu, a-t-il dit en remettant son chapeau sur sa tête, c'est lui-même qui a trouvé moyen de disparaître. J'ai poussé un soupir de soulagement, comme si je venais de décharger mes épaules d'une culpabilité que, courbé, j'aurais portée comme un lourd fardeau. Oui, a dit Datcha, c'est lui-même qui s'est perdu, parce que c'était la meilleure manière de se retrouver. Il a ôté son chapeau, l'a examiné sous toutes les coutures, l'a senti. Dis-moi, a-t-il demandé en regardant Iacha Alcalaï, d'où me vient ce chapeau ? C'est ce que j'aimerais bien savoir, a répondu Iacha. C'est une marmite, a dit Datcha, pas un chapeau. Il l'a remis sur sa tête et je me suis subitement rendu compte que son couvre-chef avait en effet l'apparence d'une marmite plutôt que d'un vrai chapeau. Ce qui m'a fait rire. Mais j'ai repris mon sérieux aussitôt que mon regard a croisé celui de Datcha. Éléazar, a-t-il dit, s'il s'appelait bien ainsi, était, à la différence de la plupart des autres familles juives de Zémoune, un des Juifs « turcs », c'est-à-dire un Juif séfarade, sujet ottoman et, en tant que tel, et plus encore à cause des tiraillements entre les Autrichiens et les Turcs, pour le moins suspect, et c'est probablement pourquoi, aussitôt arrivé, en se présentant aux autorités, il s'est inventé un autre nom ou s'est servi de la gematria pour choisir un nom qui avait la même valeur numérale, de sorte qu'il était Éléazar et ne l'était pas, aussi peut-on facilement admettre qu'une quinzaine d'années plus tard, quand on a dressé une liste des habitants juifs de Zémoune, c'était bien lui qui figurait sous la simple mention : Wolf, porteur d'eau, ce que confirme une liste dressée un an plus tard, en 1756, où il devient Wolf Hénoch, avant de disparaître de nouveau, ou plutôt de réapparaître dans le dénombrement de 1815, non plus sous le nom de Wolf mais sous celui de Nahmi, porteur d'eau, lequel aurait prétendument vécu — qui plus est avec une famille de quatre membres — depuis trente ans à Zémoune, ce qui, bien sûr, est une absurdité, parce que là où est l'eau, là est Éléazar, qui étanchait la soif des gens, la soif d'eau et la soif de Sion, soif du corps et soif de l'âme, car ce n'est que dans l'harmonie de l'âme et du corps que l'âme et le corps subsistent. Il s'est tu. Je me suis tout à coup rendu compte que pendant toute cette longue phrase, il n'avait pas touché son chapeau. C'était lui qui apportait l'eau aux Herzl, a dit Iacha. Et au rabbin Alcalaï, a dit Datcha. Il s'est levé, a remis le chapeau sur sa tête et a passé la langue sur ses lèvres. Tant parler d'eau donne soif, a-t-il dit, mais à défaut des porteurs d'eau d'autrefois, je me contenterais d'une citronnade de chez Mourad, si l'un de vous est disposé à la payer, bien entendu. Je la paierais volontiers, a dit Iacha, mais il n'y a pas plus de Mourad, désormais, que de porteurs d'eau. Vraiment ? a demandé Datcha. Quand est-il mort ? Il n'est pas mort, a répondu Iacha, il est retourné à Prichtina. Vraiment, a redemandé Datcha, mais pourquoi ? C'est une question, a dit Iacha en riant, à laquelle même toi, un cabaliste, ne saurais répondre. Datcha considérait son chapeau comme s'il ne savait plus qu'en faire. Et sa pâtisserie, a-t-il fini par demander, elle est toujours là ? Oui, elle est toujours là, mais vide. Je donnerais ce chapeau, a dit Datcha en nous lançant un regard, pour deux de ses baklavas. Moi, je préférais ses *touloumbas*, a dit Iacha. Alors, ai-je dit le lendemain à Marko, s'est ensuivie l'énumération d'autres gâteaux et confiseries, des *crempitas* et des *champitas*, des loukoums et des roulés au chocolat, des halvas et des purées de marrons, des glaces et des nougats. À les entendre, ce Mourad confectionnait toutes les confiseries existant sous la voûte céleste. Marko hochait la tête. C'est inimaginable, a-t-il dit, un vendredi soir, juste au moment où commence le jour sacré des Juifs, vous êtes là, dans la cour de la synagogue, à rêver de pâtisseries. Lui avez-vous au moins offert de la citronnade à votre bonhomme ? m'a-t-il demandé. Oui, ai-je dit, mais puisque Mourad avait fermé sa confiserie, nous avons dû aller au Majestic et, aussitôt arrivés, un de leurs amis, un vieil acteur, a surgi et s'est assis avec nous à table pour nous amuser du récit de ses aventures lors de ses tournées en province. De plus, à un moment, il m'a de nouveau semblé voir la fille du quai entrer dans la galerie d'en face. C'est pourquoi, dès que le vieil acteur a eu fini de raconter son anecdote, ce qui a tout de même pris un certain temps, j'ai prétendu avoir oublié un autre rendez-vous et dit que je devais partir sur-le-champ. Le temps que Datcha me montre une étiquette parisienne à l'intérieur de son chapeau et que l'acteur raconte ce qui lui était arrivé lors d'une tournée à Leskovatz, avant que j'eusse pu les quitter, il n'y avait plus personne à la galerie. Tout était obscur au rez-de-chaussée comme à l'entresol. C'est toujours pareil, me suis-je dit en pensant, bien sûr, à la fille du quai —

ce que je n'ai pas dit à Marko —, ou bien j'arrive trop tard, comme maintenant, ou bien trop tôt, comme le jour où je suis entré dans cette cour de la rue Zmaï et me suis assis sur le banc placé dans un coin, manquant ainsi l'occasion de la rencontrer au moment où elle sortait du bâtiment de la cour. Je ne sais pourquoi j'ai décidé de ne pas le dire à Marko. Nous étions assis dans sa cuisine à boire du café et à fumer du haschisch qu'une de ses connaissances avait apporté d'Amsterdam, et juste au moment où je racontais la dernière anecdote de l'acteur, j'ai eu l'impression de plonger. Ce n'était évidemment pas un vrai plongeon, mais plutôt la sensation d'un rapetissement inattendu, comme si le haschisch venait d'actionner un petit commutateur en moi, qui changeait complètement mon angle de vision, me faisant tout voir d'en bas, de sorte que les personnes et les objets autour de moi devenaient subitement très grands ou du moins désagréablement allongés. Marko connaissait cette sensation et avait même vécu plusieurs fois une expérience semblable, sauf que lui — c'était du moins ainsi qu'il avait relaté ses expériences — avait le plus souvent l'impression de croître pendant que tout le reste rapetissait. Nous n'avons jamais su clairement si dans mon cas comme dans le sien il s'agissait d'une expérience authentique ou bien si l'un de nous deux l'avait vécue puis communiquée à l'autre, ce qui aurait conditionné celui-ci à avoir la même expérience, car nous ne nous rappelions plus, ni lui ni moi, qui avait parlé le premier de l'impression que nous avons appelée « Alice », d'après l'épisode du dessin animé *Alice au pays des merveilles* où la petite fille mord dans un champignon, à moins que ce ne soit un petit gâteau, qui la fait tantôt grandir et tantôt rapetisser. J'ai Alice, disions-nous dans ces cas, ce qui était parfois fort utile, surtout si nous étions en compagnie ou dans un lieu public, car il arrivait à Alice d'être capricieuse et désagréable. Ce jour-là, juste au moment où, dans mon récit de l'événement de la veille, je sortais du Majestic et traversais la rue pour m'approcher de la galerie, Alice est survenue et, tout en restant dans mon récit au niveau de l'asphalte, j'ai commencé à plonger, et quand dans mon récit j'ai levé le regard vers le haut, où l'obscurité régnait aussi, j'ai également levé la tête dans Alice et vu le visage de Marko bien haut au-dessus de moi, dans un espace où il n'y avait ni lumière ni obscurité. Je ne sais pas si c'est assez clair. En tout cas, je ne voudrais pas que l'on croie qu'en décrivant mon expérience appelée Alice j'essaye de lui attribuer des qualités mystiques ou quelque signification profonde. C'était un petit, un tout petit effet optique, une illusion produite par l'action d'une composante du cannabis sur Dieu sait quelles cellules du cerveau, qui, comme bien d'autres expériences provoquées par des stupéfiants, se prête facilement aux interprétations les plus diverses. L'homme a l'aptitude bizarre d'attribuer à tout une signification particulière, comme si rien n'arrivait pour arriver tout simplement, c'est-à-dire comme si tout était le fondement ou le reflet d'un mystère, sinon le mystère même, quoi que ce mystère puisse être. Le plus grand mystère, a un jour dit Marko, c'est qu'il n'y ait pas de mystères. Pourtant, rares sont ceux qui seraient disposés à l'admettre, et je le souligne, bien que je doute qu'il y ait beaucoup de gens assez persévérants pour arriver jusqu'à cet endroit-ci de l'histoire. Parfois, je ne suis même pas sûr d'écrire ceci ; peut-être ne fais-je que parler ; il se peut aussi que je croie seulement dire que j'écris ; peut-être n'est-ce même pas cela, mais quelque chose de tout à fait autre, un jeu intermédiaire entre images et sons, un langage qui n'est à personne, et certainement pas le mien. Tout doux, tout doux, je déraille complètement, un pas de plus et je vais avoir l'air de me parler à moi-même comme un vieux gâteux, sale et mal rasé, en pantalon déboutonné qui laisse voir son pénis ratatiné et ses bourses pendantes. Voilà, dès que j'ai parlé d'Alice, cette devancière de Lolita pleine de curiosité, je savais bien qu'on allait finir dans quelque braguette, à la recherche de la signification mystique de son nom, de sa chute dans un trou, du chat qui disparaît et d'un thé bu dans l'hystérie. Non, notre Alice est une toute petite expérience, presque insignifiante, sous l'effet du haschisch, une illusion dont nous savons qu'elle est une illusion, laquelle n'annihile pas du tout l'état réel des choses, mais l'accompagne. Autrement dit, je regardais Marko d'en bas, mais je le regardais aussi normalement, avec mes yeux qui étaient à hauteur de son visage, comme cela arrive toujours avec Alice, cette expérience que l'on devrait peut-être, je m'en avise maintenant, appeler autrement. Cependant, ce qui cette fois-là m'a véritablement effrayé c'était le fait, le *fait* et non pas la *supposition*, que sur le visage de Marko, de quelque point que je le regardasse, flottait quelque chose de si terrible, une expression si féroce que j'en ai eu le cœur serré. Il est des choses que l'on ne peut décrire, et cette expression du visage de Marko est l'une d'elles. Il me rappelait les masques des tribus anthropophages de la Nouvelle-Guinée accrochés au-dessus du lit d'une jeune fille qui avait été brièvement ma petite amie une dizaine d'années auparavant. Quand je les avais vus la première fois, mon sang s'était glacé dans mes veines. Ensuite je m'y étais habitué, mais quand nous faisions l'amour, je n'osais pas lever le regard sur les masques, je fermais les yeux et tordais le cou, terrifié à l'idée que l'un d'eux pût se détacher et foncer sur moi. C'est ce qui m'a traversé l'esprit quand, levant la tête du fin fond d'Alice, j'ai vu le visage de Marko. Tout à coup, je n'étais plus disposé à raconter quoi que ce soit, alors même que Marko continuait de me questionner, et quand Alice est passée, que toutes les perspectives se sont réajustées, quand j'ai pu me dire que l'effet du cannabis avait donné aux traits doux de son visage la forme de l'horreur, même alors je n'ai pu me forcer à poursuivre mon récit. J'ai dit à Marko que j'étais fatigué et encore une fois en retard pour l'article que je devais remettre à *Minut*, et il a eu beau m'inciter à rester en commençant à rouler un nouveau joint, je suis rentré chez moi. Le soir précédent, après m'être approché de la galerie et l'avoir vue plongée dans l'obscurité, j'avais eu l'idée de retourner tout de même au Majestic pour continuer d'écouter les aventures de l'acteur dans ses diverses tournées, mais comme je faisais volte-face, mon regard s'était accroché à la porte ouverte d'un bistrot voisin, et là, au bas de la porte vitrée, j'avais vu le même signe que je n'avais vu jusqu'alors qu'aux alentours du marché de Zémoune. Que j'aie pu le remarquer dans la pénombre et pendant le mouvement rapide que j'accomplissais pour me tourner est proprement incroyable, c'était comme si, depuis que je l'avais vu pour la première fois, mon cerveau avait développé des récepteurs particuliers dotés d'une seule fonction : capter la présence du signe formé d'un cercle et des triangles chaque fois qu'il risquait de m'échapper. En fait, combien de temps s'était-il écoulé depuis cette première fois ? Parfois il me semblait que le 8 mars c'était la veille ; parfois j'avais l'impression que tout cela était arrivé il y avait des années ; une fois, mais c'était au moment où j'étais sur le point de m'endormir, j'ai cru que tout cela allait seulement commencer à se produire, et une autre fois, aussitôt après m'être réveillé, j'ai compris que cela n'aurait jamais de fin, alors que la vérité, comme dans bien des situations pareilles, était plus simple : c'était encore le mois d'avril, un avril à l'Eliot, plus cruel que tous les autres mois, ce qui voulait dire que depuis le moment où j'avais été témoin de cette fâcheuse gifle au bord du Danube, et je dois tout de suite ajouter : gifle peu crédible, un peu plus d'un mois, cinq semaines, peut-être six avaient passé. Pendant ce temps, quelque effort que j'eusse fait pour me rapprocher de la compréhension de cet événement, je m'en éloignais de plus en plus, c'était du moins mon sentiment, encore que j'eusse découvert, il est vrai, tant de choses entretemps. Je n'ai presque rien appris sur le nœud de toute cette affaire — je pense à la gifle, à la fille du quai, à la mystérieuse petite cour, au signe lui-même — mais j'ai tout de même compris une foule de choses sur ce qui l'entoure ou, peut-être, sur la spirale qui mène vers le centre. Certes, la spirale pouvait aussi partir du centre et n'être qu'un chemin qui à chacune de ses révolutions s'en éloignait de plus en plus, et il ne me restait qu'à espérer que ma spirale ne menait pas vers le haut, mais vers le bas, au cœur même des choses. Somme toute, à franchement parler, tout cela, tout ce qui était arrivé et ce que j'avais appris, ne me disait toujours rien, mais je savais tout aussi bien, ou pour être plus précis, je pressentais que derrière tout cela, ou plutôt *au-dessus* de tout cela, encore qu'il serait plus exact de dire *dans* tout cela il y avait quelque chose qui allait s'ouvrir à un certain moment, un moment imprévisible au plus haut point, moment absolument infaillible dans son incertitude, si absurde que cela pût paraître. Il est vrai que l'absurde, lui, était devenu quelque chose de familier, de quotidien, avec quoi nous étions habitués à cohabiter depuis une dizaine d'années, vivant dans un État qui n'était pas un vrai État, participant à une guerre qui n'était pas une vraie guerre, nous soumettant à un pouvoir qui s'était investi lui-même du pouvoir, et nous transformant en une île qui dérivait, détachée du monde, telle une colonie de lépreux dont plus personne ne voulait se soucier. Voilà qui explique, a dit Marko, pourquoi tu investis tant d'espoirs et d'attentes dans ce signe, cette construction géométrique qui ne recèle peut-être rien de particulier, mais qui est suffisamment puissante pour détourner tes pensées du chaos et de la confusion qui règnent autour de toi. Peut-être était-ce vrai. D'ailleurs Marko avait souvent raison, parfois même si souvent que c'en était pénible, ce qui — s'ajoutant à mon regard ascendant — expliquait accessoirement ma décision de ne pas lui livrer le récit complet de ce qui s'était passé la veille. En effet, lorsque j'avais aperçu le signe sur la porte du café, je n'étais pas prêt à croire sur le moment que c'était bien la même figure géométrique que m'avait expliquée, ou du moins essayé de m'expliquer Dragan Michovitch. C'est d'une ressemblance incroyable, me répétais-je en m'approchant de la porte du café et en me penchant pour examiner le dessin. J'ai même songé que je devrais appeler Dragan pour lui demander comment il expliquait cette ressemblance et si parmi les formes mathématiques il existait — comme chez les humains — des âmes sœurs. Au fait, l'âme existe-t-elle en mathématique ? Les chiffres ont-ils une conscience ? C'est à cela, à des absurdités de ce genre, que je réfléchissais pendant que je me penchais devant la porte ouverte du bistro, et même plus tard, lorsque j'étais presque agenouillé, mon nez touchant quasiment la vitre. Il n'y avait aucun doute : c'était le même signe, dessiné avec les mêmes proportions, bien que certains traits fussent un peu plus épais, ce qui pouvait aussi être une fausse impression, un effet de l'éclairage insuffisant dans la rue, mais dans le bistrot également, où, ayant enfin achevé de m'en convaincre, j'ai pénétré avec précaution, levant haut les pieds, comme si je craignais de heurter le fil invisible qui reliait le signe avec Dieu sait quoi et expliquait, espérais-je, comment il se trouvait ici, au centre de Belgrade, après toutes ses apparitions à Zémoune. À ma déception, le café était vide. La seule personne qui s'y trouvait était un jeune homme derrière le comptoir, tête rasée, vêtu de noir. À l'oreille droite, il avait une petite boucle d'or. Au moment où j'entrai, il me tournait le dos et était en train de mettre un CD argenté sur la platine d'une chaîne. Tout cela scintillait dans une pénombre grise, le disque, la boucle d'oreille et son crâne, son crâne surtout, sur lequel les rayons de lumière glissaient comme s'ils étaient vivants. Il m'a aperçu dans la glace, mais ne s'est retourné que lorsque le disque eut glissé dans l'ampli, et même à ce moment-là il s'est contenté de dire : Elle est là-haut, en montrant du pouce le plafond. Après cela, la houle de la musique du groupe Morphine, les coups lourds de la contrebasse et le ahanement du saxophone ont déferlé sur nous. Je le fixais du regard comme si je n'avais pas compris ce qu'il venait de dire ; et de fait, je ne comprenais rien : qui était là-haut, où était ce « là-haut », et pourquoi est-ce à moi qu'il le disait ? Ses lèvres ont encore bougé : je n'entendais rien, cependant je me doutais qu'il ne s'adressait pas à moi, mais qu'il répétait les paroles de la chanson qui retentissait dans le café. J'ai pourtant fait une tentative et me suis écrié de toutes mes forces : Qui est là-haut? Le jeune homme m'a regardé en fronçant les sourcils puis est venu tout près de moi, a presque collé sa bouche à mon oreille. Je n'entends rien, a-t-il dit. Son souffle me chatouillait le lobe, me donnait envie de rire. Il a bougé la tête et a tendu son oreille devant mes lèvres. J'ai senti le parfum douceâtre de sa lotion, vu les poils qui commençaient sournoisement à pousser. Je demande, ai-je dit, qui est là-haut et pourquoi tu me le dis. J'ai pris soin de ne pas le toucher, ce qui ne m'a pas tout à fait réussi, mes lèvres ont à deux ou trois reprises touché l'ourlet de son pavillon. Nous avons encore une fois changé de position et son souffle a rempli mon conduit auditif. Je ne sais rien, a-t-il crié, sauf qu'elle m'a dit d'envoyer là-haut celui qui entrerait après elle et serait habillé exactement comme toi. Il s'est écarté, a montré quelque chose derrière mon dos, et c'est seulement à ce moment-là que j'ai vu l'escalier qui conduisait à l'étage. Je m'en suis approché, j'ai posé la main sur la rampe et regardé en haut. Il doit régner là une véritable nuit, me suis-je dit, mais une fois en haut, j'ai vu que je me trompais. Sur chacune des tables il y avait une lampe, de sorte que l'espace était plein de petites oasis de lumière, entre lesquelles, il est vrai, l'obscurité devenait plus épaisse, mais seulement sur un espace d'un pas, un pas et demi tout au plus, ce qu'il fallait pour passer d'une table à une autre. L'obscurité s'y trouvait en recul incessant devant la lumière, menacée constamment de devenir elle-même lumière, début d'une nouvelle création, bien que le contraire eût tout aussi bien pu arriver, que les oasis eussent pu fléchir devant le sable de l'obscurité et tout redevenir désert. Je ne sais quel rapport il y a entre l'obscurité et le sable et s'il est justifié d'associer la lumière aux palmes d'une oasis, mais c'est à cela que j'ai pensé en arrivant en haut de l'escalier. Puis j'ai vu ses mains. Les lampes sur les tables étaient munies d'abat-jour descendant si bas que les têtes et les torses des clients étaient encadrés d'une pénombre pâle, alors que les paumes des mains et les avant-bras irradiaient une lumière crue, ce qui a fait que j'ai d'abord vu ses mains, presque irréelles dans leur blancheur, et seulement ensuite, au-dessus de la zone de lumière, son visage, baigné d'obscurité. Je ne peux me rappeler combien de tables étaient occupées, il se peut même qu'il n'y ait eu personne d'autre qu'elle à l'étage, mais je crois me souvenir de bribes de conversations qui arrivaient jusqu'à nous, de rires étouffés qui nous parvenaient chaque fois que nous nous taisions et qui me faisaient croire que c'était de moi que l'on riait. Alors, chaque fois, je lissais mes cheveux, passais mes doigts sur mon visage, essuyais les commissures de mes lèvres, serrais le bout de mon nez. Je crois qu'à aucun moment elle n'a détaché de moi son regard, même si je me suis convaincu plus tard qu'il s'était agi d'un jeu compliqué de hasards et qu'à chaque fois que je la regardais, elle était déjà en train de me regarder. Moi, en revanche, je regardais surtout de côté ou, tête baissée, je fixais la table. Une fois je l'ai regardée droit dans les yeux (bien au-dessus du bord supérieur de l'abat-jour), mais pas bien longtemps. Et tout le temps je me demandais — voilà, c'est la raison pour laquelle je n'étais pas prêt à raconter tout cela à Marko, me doutant que, se laissant guider par la camaraderie masculine, il ne comprendrait pas une telle délicatesse — tout le temps, donc, je me demandais si, du bout de ses doigts, posés sur la table, elle sentait les battements de mon cœur, puisque, assis un peu de biais, je touchais la table par le côté gauche de ma poitrine. De quoi avons-nous parlé, ou plutôt, avons-nous seulement eu une conversation ou n'avons-nous fait que dire à tour de rôle des phrases décousues ? Tout était en quelque sorte disjoint, comme si, bien qu'assis à la même table, nous étions dans des temps différents et que chacun parlait pour soi. Une ou deux fois j'ai réussi à évoquer le Danube, mais je n'ai pu arriver à la scène au bord de l'eau car elle m'arrêtait en levant la main ou en arquant le sourcil. Pourrais-je au moins savoir, ai-je demandé, comment elle s'appelait ? Bien sûr, a-t-elle dit. J'ai attendu. Margareta, a-t-elle dit. Elle avait deux grains de beauté à la tempe gauche, des taches de son aux pommettes, un léger duvet soyeux au-dessus des commissures des lèvres, une petite cicatrice à la pointe du menton. Je suis tombée de mon vélo quand j'étais petite, a-t-elle dit en touchant la cicatrice du bout de l'index. Un éclat de rire est encore arrivé jusqu'à nous et j'ai rapidement tâté mes joues et mon nez. Je ne sais toujours pas si elle savait ce que je regardais et à quoi je réfléchissais ou bien si tout n'était qu'une de ces incroyables coïncidences qui ne cessent de nous étonner. Enfin, je ne sais pourquoi je dis « incroyable coïncidence », comme si toute coïncidence n'était pas incroyable et exceptionnelle. La musique au rez-de-chaussée était devenue encore plus bruyante, le vacarme montait par l'escalier, la batterie et la contrebasse répétaient le même rythme monotone et hypnotique et je pouvais sentir le plancher vibrer. J'ai senti aussi autre chose : la nausée, à cause de la fumée épaisse de tabac, du manque d'air frais, et je savais que le lendemain matin je me réveillerais avec un horrible mal de tête. Je me suis essuyé le front. Il m'a semblé voir une inquiétude passer dans ses yeux ; quand j'ai regardé un peu mieux, je n'ai plus rien vu de tel. Je lui ai demandé si elle voulait que nous sortions faire quelques pas ; le grand air, ai-je dit, nous fera du bien. Elle a acquiescé de la tête, sans mot dire. Mais je dois d'abord me passer de l'eau sur le visage, ai-je ajouté, si cela ne la dérangeait pas de m'attendre un petit moment. Elle a hoché la tête en signe d'accord. Je me suis levé et j'ai descendu l'escalier en hâte. Dans la glace des toilettes, j'ai vu que j'étais très pâle. Je me suis aspergé le visage et l'ai essuyé avec une serviette en papier. Le papier était mince et se déchirait, collant aux doigts. Combien de temps me suis-je attardé là ? Cinq minutes, dix, assurément pas plus, même pas autant ; cependant, quand j'ai remonté l'escalier, elle n'était plus là. J'ai d'abord cru qu'elle aussi était allée aux toilettes, et je me suis donc assis calmement, croisant les jambes et sirotant mon café refroidi. Quand je suis seul dans un restaurant, je garde d'habitude les yeux fixés sur la nappe ou la surface nue de la table sans oser regarder autour de moi. Je ne sais d'où me vient cette peur de croiser le regard d'un inconnu, encore que peur soit peut-être un mot trop fort ; gêne serait plus exact ; en tout cas, je fixais le dessus de la table, Margareta ne revenait pas, la musique devenait toujours plus bruyante, à la table voisine quelqu'un a lancé un gros juron, quelqu'un d'autre a ri et j'ai enfin compris qu'elle était partie. Je me suis brusquement levé, prêt à partir en courant, alors que mon désespoir me rendait même incapable de marcher, et alors, en m'appuyant des deux mains sur la table, j'ai vu un bout de papier dépasser sous sa soucoupe. Je me suis rassis. Le papier, arraché à un petit carnet, était plié deux fois et sentait légèrement — je l'ai constaté en le portant à mon nez — un parfum oublié, quelque chose qui, comme le patchouli ou la vanille, n'était plus à la mode. J'ai déplié le papier, puis l'ai vite replié en regardant autour de moi. Personne, bien sûr, ne me regardait, même pas le garçon, qui venait justement d'apparaître en haut de l'escalier. J'ai pourtant regardé encore une fois autour de moi et ce n'est qu'alors que j'ai déplié le papier et lu ce qui y était écrit : Un rêve non interprété est comme une lettre qu'on n'a pas lue. Je connaissais cette phrase, elle se trouvait à la deuxième page du manuscrit que m'avait remis le vieillard aux cheveux blancs, et j'ai supposé que cela devait signifier que la jeune fille qui venait de disparaître avait un lien quelconque avec le manuscrit ou du moins qu'elle le savait entre mes mains. Mais, si c'était exact, pourquoi a-t-elle dû s'en aller? J'ai retourné le papier et regardé le verso : il n'y avait rien d'écrit, rien de dessiné, malgré mes espoirs. Je me suis levé, j'ai pris l'addition, et en me tournant vers l'escalier, j'ai vu un papier froissé sous la table. Tout à coup il s'est fait un silence horrible et tous les regards se sont braqués sur moi. En réalité, personne ne regardait dans ma direction, le vacarme était peut-être encore plus grand qu'auparavant, le garçon portait un plateau avec des tasses de cappuccino et de petites bouteilles de Coca-Cola, de sorte que j'ai pu tranquillement me pencher et prendre la boulette de papier de forme irrégulière. À tout hasard, je n'ai pas voulu la déplier sur place. Je l'ai glissée dans la poche de mon blue-jeans où elle est restée jusqu'à mon arrivée à la maison. Mais même alors, je ne l'ai pas défroissée aussitôt, je l'ai posée sur la table de mon séjour et, assis dans un fauteuil, je l'ai observée. Pour quelque raison, j'étais persuadé que le papier froissé contenait le vrai message et que le message laissé sous la soucoupe n'était qu'un leurre, un simulacre de message, un appât destiné à quelqu'un qui en vérité ne devait rien apprendre. J'ai essayé de me rappeler les visages des personnes assises aux autres tables, mais ils se confondaient, constamment repoussés par le visage de Margareta, et il n'y avait qu'un seul qui m'apparaissait en totalité, celui du jeune homme au bar, éclairé par la lumière que son crâne rasé reflétait comme une auréole. Je revoyais même la boucle à son oreille droite, oreille un peu décollée, bien que de belle forme. Peut-être la précaution de Margareta était-elle une routine qu'elle pratiquait dans toutes les situations, même si aucun danger réel ne menaçait ? J'ai tendu la main vers la boulette de papier, l'ai touchée du bout de l'index. Précaution, danger, leurre et appât, à quoi pensais-je ? J'ai examiné le bout du doigt avec lequel je venais de toucher le papier comme si je m'attendais à y voir une goutte de sang. Puis je l'ai léché et l'ai levé en l'air, comme je le faisais, enfant, pour savoir d'où soufflait le vent : là où la salive sur le doigt fraîchissait était le côté d'où il venait. Dans la chambre, bien sûr, rien ne bougeait et le doigt restait uniformément mouillé de tous les côtés. J'ai sorti un mouchoir de ma poche, ai essuyé mon doigt, me suis levé et suis allé à la fenêtre. J'ai regardé à gauche, j'ai regardé à droite, examiné la rue éclairée par la faible lumière des réverbères, mais en réalité, ce que je cherchais parmi les reflets fragmentés sur la vitre, c'était la boulette de papier derrière mon dos. En bas, dans la rue, deux piétons, comme dans un problème de mathématiques, partaient au même moment pour traverser la rue, chacun de l'un des trottoirs qui se faisaient face, et j'ai supposé que quelque part quelqu'un calculait où ils allaient se rencontrer. L'un était sensiblement plus grand que l'autre, ce qui faisait sans doute que ses pas étaient plus longs, mais s'il était d'un naturel mélancolique, alors il ne marchait pas très vite, ce qui favorisait l'autre piéton, plus petit et plus gros, mais optimiste impénitent, même si ses foulées étaient plus courtes. Sans se soucier de l'énoncé du problème, les piétons se sont rencontrés exactement sur la ligne jaune qui divisait la rue en deux moitiés égales et ont même, m'a-t-il semblé, échangé des signes de tête en manière de bonjour. J'ai attendu qu'ils eussent atteint leurs trottoirs respectifs et qu'ils se fussent éloignés, puis je n'ai plus eu à considérer que l'alternance des feux de signalisation, ce qui est vite devenu totalement prévisible. Il n'y a plus à tergiverser, me suis-je dit, mais j'ai pourtant attendu que les trois couleurs se succèdent encore une fois. Je me suis approché de la table, j'ai déplié la boulette de papier, que j'ai défroissé du plat de la main. J'y ai vu la figure géométrique familière avec au-dessous un nombre à six chiffres qui devait sans doute être un numéro de téléphone. Je ne sais à quoi je m'étais attendu, peut-être à quelques phrases, ou encore à quelque chose de plus compliqué ; cela avait l'air un peu simpliste, du moins trop simple pour une histoire de cabale et d'événements mystérieux. J'ai pris le papier, je l'ai porté à mon nez et l'ai flairé. Je n'ai rien senti. J'ai regardé l'autre côté ; il était vierge comme celui de l'autre bout de papier. Maintenant, doucement, me suis-je dit, tout doucement. Peut-être fallait-il faire quelque chose de ce nombre, procéder à un calcul, trouver la bonne voie menant à la véritable signification. Mais un moment plus tard je me demandais ce que j'étais en train de faire : le pays est en décomposition, les menaces de bombardements pèsent au-dessus de nos têtes comme des fruits trop mûrs, les gens se désarticulent comme s'ils étaient faits de cubes Lego, c'est tout juste si l'on n'élève pas la folie au rang d'état normal, et moi je fais joujou avec des mystères cabalistiques, des complots antisémites et je perds des heures et des jours pour découvrir qui a laissé dans la vase du fleuve des traces depuis longtemps effacées. J'aurais dû tourner immédiatement le dos à tout cela, prendre la direction opposée, oublier Éléazar et son passage dans l'autre monde, retourner à la réalité pesante, aux histoires de politique et de changement de régime, aux exercices nécessaires à la survie, mais je ne me suis pas plus écouté que je ne l'avais fait dès le départ et, quand j'ai décroché le combiné, ma main tremblait. La sonnerie ne s'est fait entendre qu'au bout de quelques secondes, la première fois avec des intermittences, puis de plus en plus fort, avant d'être interrompue à la cinquième ou sixième fois. Allô, ai-je dit, et ma voix est tombée comme une pierre dans le vide. J'ai pressé l'écouteur sur mon oreille : le crachement s'est atténué et il n'y a plus eu aucune friture mais, en revanche, j'étais sûr et certain que quelqu'un disait quelque chose tout bas ou, peut-être, en criant d'une énorme distance. Allô, ai-je dit de nouveau, avec l'impression d'être penché sur la margelle d'un puits et de lancer des appels dans les profondeurs. J'ai attendu encore un peu, puis j'ai raccroché. Où avais-je fait une erreur ? De nouveau, je me suis rappelé Dragan Michovitch : peut-être des procédures mathématiques plus subtiles, des opérations plus compliquées, une connaissance plus poussée de l'algèbre ou de Dieu sait quoi, quelque chose qu'en aucun cas je ne pouvais découvrir en regardant les chiffres écrits sur la feuille de papier froissée, auraient-elles ici été nécessaires. Puis j'ai refait le même numéro, en me rappelant le conseil que m'avait donné la secrétaire de *Minut* quand je m'étais plaint de n'avoir pu les joindre pendant des heures. Il ne faut jamais se fier à nos téléphones, m'avait-elle dit alors, ni quand on parle, ni quand on se tait, et encore moins quand on entend le signal indiquant que la ligne est occupée. Cette fois-ci, le téléphone a sonné tout de suite. Il a sonné nettement et fort, si fort, en fait, que j'ai dû écarter le combiné de mon oreille. Sa voix aussi, quand elle a répondu, était nette et forte. Merci, a-t-elle dit. Je ne savais pas ce que cela voulait dire, de quoi elle me remerciait et je me taisais. Je me suis rappelé la lumière sur ses mains dans le café et me suis demandé quel genre de lumière l'éclairait maintenant. J'ai imaginé un grand lustre ancien, plein de boules à facettes en cristal et de pendeloques cliquetantes, à travers lesquelles la lumière forme par réfraction de frêles petits arcs-en-ciel. Il fait noir, a-t-elle dit, il fait noir dans ma chambre. Ma main ne tremblait plus ; c'étaient maintenant mes paumes qui transpiraient. Voilà pourquoi je n'ai rien dit de tout cela à Marko, non pas à cause de ma paume en sueur dans laquelle le combiné glissait, mais à cause du don de Margareta, je ne sais comment appeler cela autrement, de répondre à mes pensées. À l'époque, j'ai cru que c'était un don ; actuellement, je crois malgré tout qu'il s'agit d'un art, difficile mais accessible. Cependant, même si je l'avais su dès cette époque-là, pour Marko, cela n'aurait rien changé. Aptitude ou art, cela lui aurait été égal, malgré les différences que de toute façon il se serait refusé d'admettre, et il aurait réagi en affichant un sourire moqueur, peut-être même en ricanant. C'est Yoda dans *La Guerre des étoiles* qui lit les pensées, aurait-il dit, cela n'existe pas dans notre petite vie de tous les jours. Il est grand temps pour toi, aurait-il ajouté, de cesser de vivre dans ton monde de science-fiction et de revenir dans notre monde, si chaotique qu'il soit. Alors, je lui aurais dit qu'il disait n'importe quoi et que de toute façon je n'avais pas peur du chaos, et ainsi, mot après mot, nous nous serions enfoncés au cœur du haschisch jusqu'au moment où, épuisés, nous nous serions tus ou jetés sur une boîte de gaufrettes au chocolat. Marko a une fois calculé que pendant nos années de fumette, nous avions mangé près d'un wagon entier de gaufrettes, mais je n'ai jamais ajouté foi à ce calcul. D'ailleurs, ce n'était pas toujours des gaufrettes que nous mangions, nous nous régalions souvent de loukoums, de sablés et de pralinés aux raisins de Corinthe. Cela fait partie d'un autre wagon, disait Marko, et pour lui cette discussion était close. J'ai regardé autour de moi comme si je me trouvais pour la première fois dans mon appartement, j'ai pressé plus fort le combiné contre mon oreille et j'ai dit que dans ma chambre aussi il faisait noir. De fait, une seule lampe était allumée et sa lumière pâlichonne pouvait passer pour un léger crépuscule, premier degré d'une vraie obscurité. Peut-être n'est-ce pas précisément ce que j'ai dit, ou du moins pas en ces termes, je ne m'en souviens plus, bien que cela ne date pas de longtemps, mais, comme la plupart des gens, moi aussi je mémorise mieux les détails sans importance, les circonstances qui ont mené au but, alors que le but lui même, une fois atteint, ne cesse de se dérober, comme dans les rêves où l'on a beau marcher, courir, chevaucher un étalon blanc, on ne parvient pas à se rapprocher des remparts à l'horizon ou de la rive d'un fleuve émeraude. J'aurais dû, bien entendu, tout noter dès lors et non pas laisser la description que j'en fais maintenant devenir un champ de fouilles archéologiques. Les mots sont la denrée la plus périssable, a dit un jour le directeur de rédaction de *Minut*, et je l'ai regardé bouche bée d'étonnement, non pas parce qu'il exprimait rarement ce genre de pensées, mais parce que ces paroles m'ont subitement fait comprendre une foule de choses et m'ont amené à songer au langage en tant que régime de bananes. Rien, en effet, ne s'abîme aussi vite que le langage, même si une banane très mûre n'est pas sans attrait. Je ne crois pas avoir parlé de bananes en parlant ce soir-là avec Margareta. En un certain sens, notre conversation se rattachait à l'entretien interrompu dans le café, mais elle n'a pas expliqué la raison de son brusque départ, et tout comme j'avais senti au café que nous n'apprenions rien l'un de l'autre, la conversation présente s'est transformée en une suite de fragments épars sur le chemin menant au silence. Puis nous nous sommes tus et, au bout d'un moment, sans dire au revoir, elle a raccroché. Il m'a de nouveau semblé entendre dans le susurrement du vide qui s'est ensuivi quelqu'un chuchoter d'une distance presque inaccessible, et longtemps encore j'ai pressé le combiné contre mon oreille, si fort que celle-ci, je l'ai vue dans la glace en me préparant à me coucher, est devenue rouge comme un coquelicot et douloureuse au moindre contact. Le lendemain, j'ai raconté tout autre chose à Marko, et il a fini par me conseiller de laisser tomber tout cela, car j'allais finir par désirer me faire juif, a-t-il dit, et alors, je ne pourrais pas couper à la circoncision, a-t-il souligné. Et il m'a lancé un clin d'œil en ricanant.

Mais en voilà assez à ce sujet. Il me faut revenir à certains autres événements, car si je ne le fais pas maintenant, je ne pourrai plus jamais les rattraper. Cette histoire comporte déjà trop de fils et ne deviendra probablement jamais un vrai récit. Les récits procèdent par ordre, les fils y sont tressés harmonieusement, alors que ceci est plutôt un reflet de la vie, laquelle est toujours chaotique, vu que trop de choses s'y produisent à la fois. La vie, je l'ai entendu dire à quelqu'un, est pareille à un théâtre de marionnettes dont de nombreux fils sont cassés, ce qui fait de chacun de nous un marionnettiste malheureux dans son effort de rassembler et de rattacher les fils de façon à faire fonctionner l'ensemble, et qui ne cesse, ce faisant, de commettre des erreurs. La vie se réduit à démêler des nœuds, et plus encore à les renouer, mais cet acte simple devient toujours plus difficile avec l'âge, les doigts s'épaississent ou raidissent, la vue baisse, les dents tombent. Les pantins chancellent sur la scène, lèvent les bras au lieu de lever la jambe, tournent la tête quand ils devraient regarder droit devant eux, et les voilà en été cherchant l'ombre et en hiver des gants et des cache-nez, se plaignant d'avoir des gaz, mettant deux paires de lunettes pour distinguer les caractères imprimés, ce qui n'est même pas suffisant et fait qu'ils ne lisent que les titres des journaux, puis essaient de deviner ce que disent les articles, si bien que leur monde devient toujours plus le produit de leur imagination, et peut-être est-ce justement bien ainsi, parce que vient ensuite le temps où tout perd de son importance et où il ne reste plus au marionnettiste qu'à lâcher le fil qui retenait la pierre tombale et à regarder le petit nuage de poussière qui se lève sur la scène vide. La pièce est terminée. Fin. Encore que ce ne soit pas de cela que j'aie voulu parler, mais de quelque chose qui était encore très loin de sa fin. Les murs de la cage d'escalier de l'immeuble où je logeais étaient couverts de taches de diverses couleurs et de formes irrégulières sous lesquelles mes voisins s'évertuaient à cacher de petites et de grandes croix gammées, des étoiles de David qui gouttaient le sang et un bref slogan antisémite, si « Hou, les Juifs » peut vraiment être considéré comme une expression d'antisémitisme. Les messages dans ma boîte aux lettres étaient devenus si nombreux et semblables que j'ai cessé de les garder. Une nuit, sur le paillasson devant ma porte, j'ai trouvé un étron. Je me suis penché, et me suis accroupi pour mieux l'examiner. Il était ferme, compact, et j'ai pu imaginer l'effort que quelqu'un avait dû fournir pour l'expulser. Il se pouvait même que cette expulsion eût été accompagnée de douleur, d'éclatement d'un vaisseau sanguin sur le bord de l'anus, mais la lumière dans l'escalier était trop faible pour que je puisse remarquer des traces de sang coagulé. À en juger par la position de l'excrément, harmonieusement enroulé, cette personne avait fait son affaire accroupie au-dessus du paillasson, et je suppose que pendant ce temps quelqu'un montait la garde à l'entrée de l'immeuble. Si on l'avait apporté de quelque part pour le déposer là, son apparence naturelle de serpent lové aurait très certainement été déformée et écrasée, au moins en partie, et celui qui l'aurait porté se serait sans doute exposé à la risée de ses camarades, même si l'excrément était un moyen de combat contre l'ennemi. D'ailleurs, pour moi non plus ça n'a pas été un plaisir de devoir le ramasser avec le paillasson et de fourrer le tout dans un grand sac en plastique portant le nom d'une boutique de mode. J'ai acheté un nouveau paillasson, qui portait l'inscription « Bienvenue », mais quand je l'ai trouvé imbibé d'urine, quelques jours plus tard, j'ai renoncé à de nouveaux achats. C'était peut-être une victoire pour ces monstres, comme me l'a fait remarquer Marko, et je veux bien croire qu'ils aient considéré la chose ainsi, mais n'empêche que je ferais mieux, lui ai-je répondu, de dépenser mon argent pour des choses plus utiles. Mes chaussures, ai-je ajouté, je peux toujours les essuyer sur le paillasson de mon voisin, ce n'est pas un crime. Cependant, si je suis, moi, exposé à ce genre de choses, ai-je conclu, ceux qui sont vraiment juifs doivent sans doute subir de bien plus graves sévices. Curieusement, ni Iacha Alcalaï ni Isaac Lévi n'en savaient rien, ou bien, comme l'affirmait Marko, n'ont pas voulu en parler. La peur est le censeur le plus sévère, a dit Marko. Il n'était pas prévu que je visse Jacob Schwarz au cours de ces jours-là, mais quand je l'ai rencontré par hasard rue du Prince Michel, je lui ai posé la même question. En me penchant vers lui pour mieux l'entendre dans le vacarme de la rue, j'ai aperçu un visage connu. Non, pas un, mais deux visages connus appartenant à des individus qui se tenaient près de l'entrée du passage menant à la rue Tchika Lioubina. Je n'ai pu me rappeler immédiatement d'où je les connaissais, puis, alors qu'un accordéon se faisait entendre, des scènes de la nuit pluvieuse où ils m'avaient attendu devant la porte de mon immeuble me sont revenues en mémoire. Dans les buissons de l'école maternelle, l'un d'eux m'avait frappé au bas du dos, juste à la hauteur des reins. L'autre avait un peu changé, il s'était laissé pousser les cheveux ou la moustache, mais c'était indubitablement lui qui avait haleté derrière mon cou. Comprenez-vous maintenant, m'a demandé Jacob Schwarz, pourquoi les choses vont ainsi ? J'ai baissé le regard sur ses lèvres, comme si les paroles que je n'avais pas entendues s'y trouvaient encore. Mais je n'y ai vu que des miettes de pain ou de croissant, restes d'un en-cas qu'il venait d'avaler en marchant. Peut-être les choses iront-elles mieux un jour, a continué Jacob Schwarz, mais en attendant, elles doivent rester comme elles sont. J'ai ouvert la bouche pour lui demander de m'expliquer ça encore une fois, mais il s'est excusé, il avait, a-t-il dit, un rendez-vous avec un cardiologue, à son âge, a-t-il dit, toute douleur est interprétée comme l'annonce de l'absence totale de douleur. Il s'est tapoté la poitrine dans la région du cœur et il est parti. J'ai de nouveau levé le regard vers l'entrée du passage. Il n'y avait plus personne. J'ai regardé à gauche, j'ai regardé à droite, je me suis retourné, puis je me suis dirigé vers le jardin de Kalémegdan, sans cesser de me retourner comme une girouette affolée. Des scènes semblables se sont reproduites les jours suivants, pas tous les jours, bien sûr, mais assez souvent pour me faire redouter de sortir. L'ordre dans lequel les choses se passaient était presque toujours le même : à un moment, seul ou en compagnie, j'apercevais des visages connus, des personnes qui ne cherchaient pas spécialement à se faire voir, mais dont la présence était indéniable, et qui profitaient du premier instant d'inattention de ma part pour disparaître. Il ne faut pas y attacher trop d'importance, a dit Iacha Alcalaï quand je me suis plaint en sa présence, tous ces gens-là sont trop bien nourris et débordent d'arrogance, ils ont vu trop de mauvais films. Je ne l'ai pas cru, et je doutais qu'il crût lui-même à ce qu'il disait. Lorsque, après ma rencontre avec Jacob Schwarz, je lui ai demandé ce qui se passait dans la communauté juive, il a évité de me répondre. Quand je lui ai affirmé qu'en ville courait le bruit que le cimetière juif avait été profané, il m'a suggéré de me rendre au cimetière pour m'en assurer. Les morts ne mentent pas. Et je me suis rendu au cimetière. La grille était fraîchement repeinte. Je l'ai ouverte avec peine et, une fois entré, je l'ai laissée se refermer à grand bruit. Après le vacarme de la circulation, la paix du cimetière était presque douloureuse. Une large allée bordée de conifères menait vers un grand monument qui ressemblait à des ailes de papillon ou, ce qui est peut-être plus exact, à la porte du Ciel, à l'entrée de l'au-delà.

Le jour était clair et chaud et l'allée tachetée d'ombres. Je marchais lentement, m'arrêtant et contemplant les pierres tombales, mais je n'ai pu me défendre du sentiment que quelqu'un m'observait. Peut-être en allait-il ainsi dans tout cimetière, peut-être était-ce l'effet de la présence de tant de morts ou celui du grand silence qui régnait, mais je me suis tout de même retourné brusquement à plusieurs reprises, à tout hasard, et je me suis même accroupi une fois, prêt à attendre que celui qui se cachait finît par se montrer. Personne ne s'est montré. Je suis resté accroupi jusqu'au moment où les mollets et les cuisses ont commencé à me faire mal, puis je me suis levé péniblement et suis allé m'asseoir sur le banc le plus proche. Quoique l'allée ne fût pas longue, le monument ailé semblait toujours se dresser sur un horizon dont jamais je ne pourrais me rapprocher. À ce moment-là, les branches des conifères au-dessus de ma tête se sont subitement agitées, bien que je n'eusse pas senti le moindre souffle de vent. Deux ou trois aiguilles ont volé près de moi, l'une d'elles, telle une flèche, s'est fichée en vibrant dans la manche de mon blouson, avant de tomber. J'ai levé la tête et fixé du regard les ramures. Elles bruissaient toujours, mais le bruit maintenant était monté plus haut, dans les cimes. Peut-être est-ce ainsi que parlent les morts, me suis-je dit. J'ai cessé de me retourner. Rentrant la tête dans les épaules, je me suis hâté vers le monument. Je voulais sortir au plus vite de ce tunnel de conifères, afin de me trouver quelque part où personne ne me parlerait. J'ai quitté la zone d'ombre et c'est alors que j'ai cru voir quelqu'un passer derrière les ailes du monument, sortir de derrière l'aile droite pour aller derrière la gauche. J'étais atterré. Je me trouvais devant la rampe de béton donnant accès au monument, le regard rivé sur l'espace entre ses ailes. Ce sont peut-être les ailes d'un ange, me suis-je dit, mais cela ne m'a pas rassuré. Il ne me restait qu'une chose à faire et, lentement, pas à pas, je me suis dirigé vers le passage derrière le monument. J'ai retenu ma respiration et tendu l'oreille. Je n'ai entendu que mon sang battre. Alors j'ai fermé les yeux et me suis presque jeté dans le passage, en protégeant ma tête de mes mains et en levant haut les pieds. Quand j'ai rouvert les yeux, je n'ai vu devant moi qu'un mur. Je me suis retourné. Entre les ailes du monument, à l'autre bout de l'allée, j'apercevais la grille de l'entrée du cimetière. Le battement dans mes oreilles avait cessé, mais en revanche c'était maintenant mon cœur qui cognait furieusement. Je n'aurais rien pu faire de plus bête que de venir ainsi au cimetière et de laisser voir à quel point j'étais vulnérable. Je me suis remis à marcher lentement entre les stèles. Certaines penchaient, d'autres étaient érodées par le temps, mais je n'ai vu nulle part de pierre tombale brisée ou des graffitis. Dans un coin, il est vrai, j'ai aperçu des seringues et des préservatifs usagés, ce que l'on aurait pu trouver dans n'importe quel cimetière et qui ne recelait certainement aucun message particulièrement antisémite. J'ai fait un tour dans une autre partie du cimetière, puis je suis revenu dans l'allée ombragée. Là, près d'une fontaine où gouttait l'eau, mon regard a été attiré par une stèle en forme de livres empilés. Je me suis penché pour mieux l'examiner et j'ai remarqué qu'une partie de la stèle était plus claire, comme si elle avait été récemment lavée ou frottée avec un nettoyant puissant. Je me suis accroupi, et malgré la peine qu'avait dû se donner la personne qui avait tenté d'effacer l'inscription indésirable, j'ai pu distinguer les mots « Crevez, Juifs ». Au lieu d'un point d'exclamation, ces mots étaient suivis d'un signe bizarre, probablement une tentative ratée d'attribuer un auteur à cette inscription. Je me suis redressé et j'ai essuyé la sueur sur mon front. Pourquoi Iacha Alcalaï n'avait-il pas voulu confirmer les rumeurs sur la profanation du cimetière, et m'avait-il laissé m'en rendre compte par moi-même ? Les morts ne mentent pas, avait-il dit, et de fait, les morts n'ont pas menti. Ils n'ont pas menti non plus dans une autre partie du cimetière, proche de la porte d'entrée. Là, trois stèles étaient couchées par terre, toutes trois brisées en plusieurs morceaux, et bien que ces fragments fussent rangés sur des planches comme si l'on préparait leur reconstitution, il était clair que leur chute et leur bris n'étaient pas dus à une force naturelle. Trois stèles ne tombent pas en même temps d'elles-mêmes. Je me suis lavé les mains à la fontaine, les ai secouées, puis essuyées avec mon mouchoir. La porte s'ouvrait encore plus difficilement de l'intérieur et, tandis que je tirais sur la grosse poignée, j'ai même cru que quelqu'un l'avait fermée à clé, déterminé à me laisser seul dans le cimetière. Puis la porte a grincé, bougé, et quand je l'ai ouverte pour sortir dans la rue, un tramway est passé devant moi dans un grondement de tonnerre. J'ai regardé à gauche, j'ai regardé à droite, j'ai regardé de tous les côtés. Au cours des jours suivants, comme je l'ai déjà dit, ces précautions ont précédé chacune de mes activités, et aujourd'hui encore je regarde de tous les côtés en ouvrant ma porte, bien que j'habite un autre endroit et que personne ne m'épie. Mais il y a six ans, tout mouvement, toute course subite, tout mot dit trop fort, et ne parlons pas des sifflements, toutes ces choses pouvaient avoir un sens tout à fait différent de celui qu'elles semblaient avoir. Jamais la réalité n'a été aussi loin de la réalité que ces années-là, à Belgrade, et jamais on ne s'est autant évertué à vouloir faire croire que cette réalité était pourtant la seule qui fût authentique. Je suis resté planté sur le trottoir à regarder le tramway s'éloigner, à tendre l'oreille pour voir si je n'allais pas entendre des voix de morts derrière moi et à me demander comment j'allais me défendre de l'assaut des marchands de fleurs qui s'approchaient. Je n'ai jamais su me débrouiller dans ce genre de situation, et le plus souvent, indépendamment de l'habileté des vendeurs, je finissais par acheter ce que l'on me proposait. Le seul moyen de me défendre était de me sauver en vitesse, je me suis donc tourné dans l'autre direction et je me suis éloigné à pas pressés en longeant la clôture du cimetière, mais les marchands ont eux aussi pressé le pas et leurs appels, les phrases brèves qu'ils lançaient pour me proposer diverses sortes de fleurs, retentissaient à mes oreilles. Continuez seulement de marcher, a dit soudain un homme en s'adressant à moi. Une femme me proposait toujours des bouquets qu'elle tendait sous mon nez. Et quand nous arriverons au coin, a continué l'homme, arrêtez-vous. C'est ce que j'ai fait. Je me suis arrêté et j'ai dit : Et maintenant ? Maintenant vous achetez les fleurs, a dit l'homme. Ce que vous cherchez, a dit la femme, se trouve dans le bouquet. Elle a levé le bouquet : c'étaient des œillets, enveloppés dans du papier humide. J'ai demandé : C'est combien ? La femme et l'homme se sont regardés. Donne ce que tu voudras, a fini par dire la femme. Tu ne vas tout de même pas prendre son argent, a dit l'homme. Si quelqu'un nous regarde, ai-je dit en intervenant, tout doit avoir l'air très naturel. Bon, a dit la femme, alors donne un bout de papier, n'importe quoi. J'ai glissé la main dans ma poche et en ai retiré le récépissé froissé d'un envoi recommandé. La femme l'a pris du bout des doigts, comme s'il était brûlant, l'a mis dans sa poche et m'a fourré le bouquet dans la main. Ils n'ont plus rien dit, ils ont simplement fait demi-tour et sont repartis vers l'entrée du cimetière, où se pressaient d'autres vendeurs de fleurs et de cierges, et moi je suis resté là, au coin de la rue, le bouquet contre ma poitrine. Et qu'aurais-je dû faire, ai-je demandé plus tard à Marko, retourner au cimetière ou continuer mon chemin comme si j'avais décidé que ce bouquet n'était pas destiné aux morts mais aux vivants ? Marko a dit qu'il y serait retourné et qu'il n'aurait pas manqué de regarder ce qu'il y avait dans le bouquet. Une clé, ai-je dit. Plus exactement, ai-je ajouté, un petit sachet en plastique avec une clé dedans. Bon, a dit Marko, mais une clé de quoi ? C'est ce que j'aimerais savoir moi aussi. Je lui ai montré la clé : ordinaire, plutôt petite, pareille à une clé de boîte aux lettres ou de casier. Marko était déçu. Il s'attendait à une clé de coffre-fort, une clé aux dents inhabituelles, quelque chose qui aurait suggéré les complications de toute tentative d'ouverture. Une clé pareille, a-t-il dit, ne peut protéger aucun objet de valeur. Ne devrions-nous pas tout d'abord déterminer ce que cette clé ouvre, ai-je rétorqué, et seulement ensuite parler de ce qui s'y trouve ? Tu as raison, a dit Marko et il m'a proposé de fumer un joint. L'herbe, affirmait-il, venait du Monténégro. Elle avait mauvais goût, faisait tousser et frappait sournoisement, au ralenti, avec une sorte d'amertume. Au bout d'un certain temps surtout employé à compter les mouches au plafond, je me suis demandé à haute voix comment j'allais pouvoir trouver la serrure que la clé du bouquet permettait d'ouvrir. Par où commencer, ai-je dit, où chercher ? Peut-être y a-t-il quelque chose d'écrit sur le sachet dans lequel elle se trouvait, a dit Marko. C'est un simple sachet en matière plastique transparent, ai-je répondu, il n'y a rien dessus. En es-tu sûr, a demandé Marko, parfois ce qu'il y a de plus difficile à voir est justement ce qui saute aux yeux. J'ai poussé un soupir, je me suis levé avec difficulté et suis allé en titubant légèrement vers la corbeille à papier près de mon bureau. Quand je me suis accroupi, toute la chambre s'est baissée avec moi, et quand j'ai penché la tête pour regarder dans la corbeille, j'ai senti mon cerveau toucher l'intérieur de mon front. La corbeille était pleine de papiers froissés ; le sachet en matière plastique se trouvait sur le dessus. Je l'ai pris entre le pouce et l'index, l'ai montré triomphalement à Marko, et au moment où je me tournais vers lui, la lumière de la lampe placée à côté du canapé a éclairé le sachet, et les lettres PLK et le chiffre 13 ont été parfaitement lisibles. Je ne les avais pas remarqués auparavant car ils n'étaient pas écrits au stylo à bille ou au feutre, mais grattés dans le sachet avec un objet acéré, peut-être un bistouri. Place Karageorges, numéro 13, s'est exclamé Marko quand je les lui ai montrés. Il m'a proposé d'y aller tout de suite. Il frémissait d'excitation, et quelque chose de ce frémissement est passé en moi. J'ai eu de la peine à nouer les lacets de mes chaussures, même mon image dans la glace semblait papillonner comme si je tremblais de tout mon corps. Elle est bonne, cette monténégrine, a dit Marko une fois dans la rue. Il lui semblait, a-t-il dit, qu'il marchait sur un tas de laine, que ses pieds ne touchaient pas le sol. Peut-être est-ce pour cela que nous avons dû marcher aussi longtemps avant d'atteindre notre but, qui s'est révélé être une tour. L'entrée était sale, jonchée de journaux déchirés, de sacs en plastique, d'enveloppes de biscuits et de chocolats. Les murs étaient couverts de messages et de graffitis. À droite se trouvaient les boîtes aux lettres, dont plusieurs étaient défoncées, certaines roussies par le feu, d'autres peintes de couleurs variées. Marko a d'abord cherché la boîte numéro 13, mais elle était ouverte et son volet pendait à la charnière à demi arrachée. Quelqu'un nous a devancés, a dit Marko, et je n'ai pu qu'acquiescer. Qui sait combien de temps nous serions restés là à désespérer si je n'avais de nouveau levé le regard sur les boîtes aux lettres et ne m'étais avisé que, du moins parmi celles qui avaient encore leurs volets et étaient fermées, presque aucune n'avait une serrure correspondant au type de clé que je tenais à la main. Nous nous sommes appliqués à examiner les boîtes, et avons fini par trouver celle dont la serrure correspondait à ce que nous cherchions. Elle portait le numéro 22, et la clé est entrée facilement, sans résistance. Au fond de la boîte il y avait une autre clé. Cette fois, il n'y avait nul doute : à la différence de la première, cette autre clé servait d'évidence à fermer et à ouvrir une porte d'appartement. J'ai regardé Marko et il a opiné du chef. À tout hasard, nous sommes retournés à la porte vitrée de l'immeuble et avons examiné les alentours. Nous avons supposé que l'appartement se trouvait au quatrième ou au cinquième étage, et Marko a proposé de prendre l'ascenseur, mais j'ai insisté pour que nous montions à pied, affirmant qu'une précaution supplémentaire n'était pas superflue et que dans l'ascenseur nous serions exposés à de plus graves dangers. Marko a cédé, encore qu'il l'ait fait à cause d'une femme qui venait à ce moment-là d'entrer dans l'immeuble et non pas à cause de moi. Nous avons vite monté les marches, deux à deux ou trois à trois, et quand nous nous sommes arrêtés au quatrième étage, nous étions tous deux haletants. Appuyés à la rampe, nous avons tout d'abord repris notre souffle et ce n'est qu'ensuite que nous nous sommes approchés de la porte numéro 22. J'ai regardé Marko ; il a de nouveau hoché la tête. J'ai introduit la clé dans la serrure, l'ai tournée une fois, puis une autre, et j'ai appuyé prudemment sur la poignée. La porte a bougé, s'est ouverte sur une entrée obscure. Marko est passé le premier, je l'ai suivi. J'ai refermé la porte, m'y suis adossé et j'ai essuyé la sueur de mon front. Tu as tout de même fini par entrer dans un appartement en l'absence de son propriétaire, a dit Marko sans dissimuler son ironie tandis qu'il tâtait le mur à la recherche de l'interrupteur. Il l'a actionné et, avec un bruit pareil à une détonation, la lumière a envahi l'entrée. Dans une glace ovale, on voyait nos visages. Deux portes qui conduisaient plus loin dans l'appartement étaient fermées. L'une des deux, la première que nous avons poussée, était celle d'une cuisine d'une propreté et d'un ordre impeccables, comme si jamais personne ne s'en servait. Marko s'est approché du réfrigérateur et en a ouvert la porte : il était vide. Nous sommes restés encore un moment devant le frigo ouvert, le regard plongé à l'intérieur, comme si la réponse à toutes les questions que nous aurions pu poser s'y cachait. Marko a refermé le frigo, nous sommes retournés dans l'entrée et avons poussé l'autre porte. Elle menait à une salle à manger, d'où l'on accédait à deux autres pièces. Cependant, sitôt entrés dans la salle à manger, nous avons été surpris par le spectacle qu'elle offrait : tous les murs, du plancher au plafond, étaient couverts d'étagères bourrées de livres. Sur le sol, il y avait aussi des livres, entassés en piles instables qui menaçaient de s'écrouler. C'était pareil dans les autres pièces : des étagères chargées de livres, rien d'autre. Dans la plus grande de ces pièces, il y avait un petit bureau et une chaise de bureau pivotante, et c'était là tout le mobilier. Incroyable, a dit Marko, c'est comme dans ce roman où un homme vit dans un appartement plein de livres. Il n'a pu se rappeler le titre du roman, ni le nom de l'auteur, mais il savait que tout finissait par un grand incendie qui engloutissait les livres sans pitié. Je ne savais pas plus que lui de quel roman il voulait parler, mais le spectacle de l'appartement, ai-je dit, me rappelait la description de celui où vivaient des personnages de Salinger, la famille Glass, ou un nom de ce genre, il y avait aussi chez eux des livres partout, sur les étagères, les chaises, le sol, même dans la baignoire. C'est toujours comme ça, a dit Marko, il suffit que tu poses quelque part un livre, et au bout de deux ou trois jours, il y aura là tout une pile, comme si les livres venaient par leurs propres moyens. Cela lui était arrivé d'innombrables fois, a-t-il dit, voilà pourquoi il avait décidé de tenir les livres à un seul endroit de son appartement, sinon, a-t-il dit, ils se répandent comme de la moisissure, rien ne peut plus les contenir. On ne devrait pas comparer les livres à de la moisissure, ai-je protesté, mais Marko s'est défendu, affirmant qu'il y avait de bonnes moisissures et que tout ce qui est moisi n'est pas à rejeter. Nous nous trouvions de nouveau dans la salle à manger, ne sachant plus quoi faire. Une chose était sûre : je n'avais plus envie de parler de moisissure. Marko est allé jusqu'au bureau, a jeté un regard dans un compartiment sans fermeture sur le côté, puis a ouvert un des deux tiroirs. Il n'y a rien, a-t-il dit presque en colère, et c'est alors, en ouvrant l'autre tiroir, qu'il a trouvé une enveloppe sur laquelle était écrit mon nom. J'ai porté l'enveloppe à mon nez et l'ai flairée. Je ne sais à quoi je m'étais attendu, mais elle n'avait aucune odeur particulière, bien que je fusse persuadé qu'au moins mon nom avait été écrit par Margareta, dont j'aurais certainement reconnu le parfum. Marko m'a demandé de l'ouvrir tout de suite. Je n'ai pas voulu. Mon refus l'a surpris, ce qui s'est vu à sa manière de serrer les lèvres, mais il n'a rien dit. Ce refus m'a surpris moi aussi, d'une certaine manière, encore que j'eusse pu m'y attendre après ma décision de ne rien lui révéler de ma rencontre avec Margareta. De même que les livres s'attirent les uns les autres, les choses passées sous silence s'attirent également entre elles, et un premier silence est suivi par d'autres, qui surviennent de plus en plus vite. Je n'ai même pas envisagé, bien entendu, de ne plus parler à Marko ou de ne plus rien lui raconter des événements déclenchés par la gifle sur le quai de Zémoune, mais j'ai simplement décidé d'être plus sélectif sur ce dont je lui ferais part. Il était très certainement mon meilleur ami, quelqu'un que je connaissais depuis toujours, mais il faut parfois être prudent même à l'égard de ces amis-là. Il y a tout simplement des moments où il faut être seul, et je voulais avoir un tel moment pour lire la lettre trouvée dans le bureau. Marko a fait une dernière tentative pour m'inciter à changer d'avis en me proposant un joint qu'il a tiré de la poche de sa chemise. Encore un peu de monténégrine, et on verra tout ça autrement. Non, ai-je dit, en ajoutant qu'il ne devait pas fumer de l'herbe dans un appartement inconnu où il n'y avait pas de cendrier et où quelqu'un pouvait faire irruption à tout moment. Marko a pourtant allumé son joint, et moi je suis passé à la cuisine pour ouvrir une fenêtre. La cuisine donnait sur la rive du Danube et sur l'allée qui menait vers l'hôtel Yougoslavie, où les promeneurs étaient rares, probablement à cause des nuages entassés au-dessus de Belgrade. Non loin de l'immeuble quelques gamins jouaient au football. J'entendais Marko siffloter derrière moi, puis une chaise a craqué, et il a toussé. C'est alors que j'ai remarqué que sur une petite butte couverte de gazon près de l'hôtel, là où se trouvaient les piliers de l'ancienne gare de chemin de fer de Zémoune, se tenait un groupe de gens. Ils formaient là un cercle irrégulier, fragmenté, et à ce qu'il me semblait de l'endroit où je me trouvais, écoutaient ce que disait une personne placée au centre du cercle. On dirait qu'il est arrivé quelque chose, ai-je dit en invitant Marko à venir jeter un coup d'œil. Marko s'est approché de la fenêtre, a observé la scène sur la butte, écrasé son joint sur le cadre en métal de la persienne et a dit que cela avait l'air d'une réunion en vue de constituer un parti écologiste. Nous n'en avons rien à faire. D'ailleurs, a-t-il continué, ici non plus nous n'avons rien à faire. Du moins l'un de nous, a-t-il ajouté et, peu après, quand nous sommes sortis de l'immeuble, il a dit qu'il était pressé, m'a adressé un salut et d'un pas vif est parti en direction du centre de Zémoune. Je l'ai regardé s'éloigner et, subitement, il m'est venu à l'esprit qu'il partait pour toujours. Cette idée était si horrible que j'ai failli courir derrière lui. Au lieu de cela, j'ai crié son nom. Il ne m'a pas entendu ou a fait semblant de ne pas entendre et a continué de marcher vite, zigzaguant entre les passants et les voitures garées, jusqu'au moment où je l'ai perdu de vue. J'ai touché la poche où se trouvait la lettre pliée. Le froissement du papier m'a apaisé. Je me suis dit que je devais la lire, j'ai même commencé à glisser mes doigts dans la poche, mais je me suis alors retourné et j'ai pris le chemin de la butte près de l'hôtel. Je suis passé près des gamins qui jouaient au football en lançant force jurons. À un réverbère qui leur servait de poteau de but était attaché un petit chien qui glapissait et agitait la queue chaque fois que le ballon passait près de lui. De quelque part venait une odeur de friture de poisson. Deux femmes enceintes marchaient lentement en se tenant par la main. L'une a évoqué le vent d'est, bien qu'il ne soufflât point, et l'autre a aussitôt lissé ses cheveux. Une fillette a d'abord fait retentir le timbre de son vélo, puis nous a demandé de la laisser passer. Très haut dans le ciel filait un avion qui laissait derrière lui une trace moutonneuse, alors que sur le fleuve glissait un canot qui se reflétait si bien à la surface de l'eau qu'à un moment j'ai cru que le canot d'en bas, celui qui n'était pas réel, portait celui d'en haut. Je me suis demandé où se trouvait Marko à ce moment-là, s'il était déjà rentré chez lui et si demain, quand je l'appellerais, il serait encore fâché. Pourquoi seulement demain, ai-je dit à haute voix, je peux tout aussi bien le voir dès ce soir. Une vieille dame assise sur un banc m'a lancé un regard perçant, puis a secoué la tête avec une sorte de désapprobation désabusée. Elle était en train de tricoter. Une autre femme, à côté d'elle, faisait du crochet. Dans une des autos tamponneuses du terrain de jeux, deux fillettes attendaient le départ. Quelqu'un avait écrit à la craie sur le trottoir : « Qui aime Vesna est fou. » Je suis passé près du toboggan en forme de girafe, derrière lequel vrombissait un compresseur puant, et alors la petite butte s'est dévoilée à moi tout entière. Les gens que j'avais vus de la fenêtre de l'immeuble se trouvaient toujours sur un versant de la butte, peut-être un peu plus proches les uns des autres que tout à l'heure, bien que formant toujours un cercle irrégulier. La seule différence, me suis-je dit en traversant la pelouse dans leur direction, c'est qu'il n'y a plus personne au centre du cercle. En fait, cercle n'était pas le mot qui convenait, je m'en suis rendu compte en m'approchant, car ce que j'avais cru voir, de loin, de la fenêtre de l'immeuble, c'est-à-dire un cercle irrégulier et sinueux, était en fait une disposition compliquée d'hommes et de femmes, une curieuse arabesque humaine qui entourait la butte tout entière, mais qui lentement se défaisait. En effet, les gens quittaient l'endroit sans hâte, à pas lents, mais ils allaient pourtant assez vite, car lorsque j'ai atteint le sommet plat de la butte, il n'y avait là plus personne. Un dernier couple, un homme aux cheveux poivre et sel et une jeune fille qui lui ressemblait, m'a croisé pendant que je montais, sans m'accorder la moindre attention. Ainsi, je me suis trouvé debout près des vieux piliers de fer, tout seul, et mes oreilles bourdonnaient comme si je me trouvais au pied d'un campanile carillonnant. Pendant quelques instants encore j'ai pu suivre du regard les gens qui s'éloignaient de la butte ; bientôt, cependant, ils se sont mêlés aux autres promeneurs, et quand j'ai de nouveau regardé autour de moi, la pelouse était déserte. J'ai encore tâté la poche où se trouvait la lettre prise dans le bureau. Rentre à la maison, me suis-je dit tout bas, entre mes dents, rentre à la maison. Je me suis retourné, j'ai descendu la butte et me suis dirigé vers le Danube. En traversant le quai, j'ai failli heurter une fillette à vélo, peut-être la même que tout à l'heure, sauf que maintenant elle revenait du côté des tours. Arrivé à l'escalier, je me suis assis sur une des dernières marches, de sorte que mes pieds touchaient presque l'eau, j'ai tiré la lettre de ma poche et déchiré l'enveloppe. La lettre brève, d'une brièveté décevante, consistait en trois phrases. La première m'était désormais familière. Un rêve non interprété, avait-on écrit en gros caractères réguliers, est comme une lettre que l'on n'a pas lue. Une lettre lue, disait la deuxième phrase, ouvre la voie aux rêves. Si les rêves ne sont pas des rêves, disait la troisième, que sont-ils donc ? Toute cette attente, me suis-je dit, pour être encore confronté à une question, comme s'il n'y en avait pas déjà assez dans tout ce qui m'était arrivé ces dernières semaines. Peut-être ferais-je mieux de froisser la lettre, me suis-je dit, et la jeter dans le fleuve ? J'étais en colère, véritablement en colère, ce qui était franchement ridicule, car celui qui reçoit une lettre ne décide pas de ce qui s'y trouve, cependant, une fois la lettre ouverte, il n'y a plus de retour en arrière, car on aura beau remettre la lettre dans son enveloppe, elle ne sera plus jamais pareille, même si l'on recolle si bien l'enveloppe que l'œil le plus expert ne saurait rien remarquer. Je ne l'ai pas froissée, pourtant, et pendant un moment j'ai joué avec l'idée d'en faire un petit bateau en papier. Une lettre qui vient d'on ne sait où, va on ne sait où, me suis-je dit, et cette double indétermination est tout à coup devenue une source de consolation. Je l'ai repliée soigneusement, l'ai glissée dans son enveloppe, me suis levé et l'ai remise dans ma poche. Une vague qui à ce moment-là est venue baigner la marche a mouillé mes baskets. Je ne l'ai pas remarqué tout de suite, mais, arrivé au haut de l'escalier et m'étant retourné, j'ai vu les traces humides de mes pas. Quelqu'un me suit, ai-je pensé, ce qui m'a fait rire. J'ai encore ri à plusieurs reprises en me rappelant cette idée, notamment en repassant devant la vieille qui tricotait. Entendant mon rire, elle a levé le regard et a eu un hochement de tête signifiant qu'elle voyait bien de quoi il en retournait. La femme qui faisait du crochet n'a pas bronché. Elle est sourde, me suis-je dit, et puis, arrivé aux tours, j'ai compris que quelqu'un me suivait. Je n'ai vu personne, je ne m'étais même pas retourné jusqu'alors, mais subitement j'ai su que parmi tous ces gens derrière moi, il y avait quelqu'un qui tâchait de ne pas me perdre de vue. Je me trouvais près des premières tours, non loin de l'endroit où tout avait commencé, et je pouvais déjà voir le petit terrain de jeux et les parents qui lançaient des paroles d'encouragements à leurs enfants dans le petit train chenille. C'est quelque part par là, me suis-je rappelé, près de la balançoire ou près du petit cheval de bois à l'oreille cassée, que l'homme en imperméable noir s'était tenu et avait observé la fille qui plongeait à ce moment-là un pied dans l'eau du fleuve. Je me suis retourné brusquement, les bras haut levés comme si je m'apprêtais à asséner un coup de karaté, sur quoi un des promeneurs a dit bien distinctement : Encore un cinglé. Je ne suis pas cinglé, ai-je rétorqué, bien que cela ne parût pas très convaincant même à mes propres yeux, et le serait sans doute moins encore aux yeux des autres. Le petit train s'était entre-temps arrêté et les enfants en descendaient en braillant et en bousculant d'autres enfants qui, braillant eux aussi, tâchaient de monter et de prendre place pour le tour suivant. Rentre à la maison, me suis-je de nouveau conseillé tout bas, rentre à la maison, et en effet j'ai pris le chemin du retour, en dépit de la sensation que quelqu'un, tout en se tenant habilement à distance, ne cessait de fixer ma nuque du regard. Il y a parfois des choses auxquelles il ne faut pas prêter attention, ai-je dit le jour suivant à Iacha Alcalaï, c'est la meilleure manière de les faire cesser d'exister, ne serait-ce que pour un moment. Peut-être, a dit Iacha avec un manque de conviction manifeste. Il s'est levé, est allé à la fenêtre et a jeté un regard dehors. Nous étions dans son atelier où nous attendions Datcha en pariant l'un qu'il allait venir avec son chapeau et l'autre sans. Je n'avais plus revu le vieux

Datcha depuis notre rencontre dans la cour de la synagogue, et cette fois-ci, d'après ce que m'affirmait Iacha Alcalaï, c'était Datcha qui avait demandé à me voir, mais Iacha ne savait pas pour quel motif. Je lui ai dit que j'étais allé au cimetière juif, que j'y avais vu des traces de profanations et que je ne comprenais pas pourquoi il m'y avait envoyé à contrecœur. Nous ferions mieux, a-t-il dit, de prendre un petit verre d'eau-de-vie, et il est allé à l'étagère où se trouvaient les boissons. Je lui ai rappelé qu'il m'avait dit que les morts ne mentent pas et que c'est pour cela qu'il faut respecter leur vérité. Mais pour qu'une vérité soit respectée, a répondu Iacha, il faut d'abord qu'il y ait des gens qui veuillent la respecter. Croyais-je, a-t-il continué, qu'il n'aurait pas été le premier à dire la vérité, si seulement il y avait eu quelqu'un à qui la dire ? L'an passé, fin juillet, a-t-il ajouté, on a abattu quelques stèles au cimetière juif de Zémoune, on en a gribouillé d'autres et sur certaines on a même laissé des excréments, et depuis, a-t-il dit, ça n'arrête pas. Je pourrais en parler à qui je veux, a-t-il dit, tout le monde m'écouterait d'un air soucieux, hocherait la tête et ferait peut-être même des tss-tss-tss pleins de réprobation, mais malgré les promesses, a-t-il dit, des promesses que l'on me ferait sans que je demande rien, personne ne bougerait le petit doigt. Par les temps qui courent, a-t-il ajouté, on parle beaucoup, et quand on parle beaucoup, on agit peu. Il a posé trois verres sur la table et commencé à verser de l'eau-de-vie, mais ses mains tremblaient si fort qu'il a dû s'interrompre. J'ai pris la bouteille et j'ai rempli les verres presque à ras bord. Chaque chose en son temps, a dit Iacha Alcalaï, dans la vie, l'essentiel est de savoir reconnaître le bon moment pour faire telle ou telle chose. Actuellement, a-t-il ajouté, ce n'est tout simplement pas le moment de s'occuper des cimetières, espérons que les morts ne nous en voudront pas. Puis, d'un ton subitement rasséréné, il a signalé l'arrivée de Datcha et vidé son verre d'un trait. Datcha avait son chapeau sur la tête, cependant nous n'avons pas pu nous rappeler qui de nous deux avait parié ceci ou cela, de sorte que même la proposition de Datcha de ressortir de l'atelier et d'attendre devant la porte que nous ayons fait un nouveau pari, et de décider, pour sa part, s'il entrerait avec ou sans chapeau, n'a pu ranimer en nous la gaieté première. Avec ses effets imprévisibles, l'eau-de-vie nous a interdit elle aussi tout accès à une humeur plus sereine, et nous n'avons pas tardé à nous taire, tous les trois rembrunis et serrant nos verres dans nos mains. Les cimetières sont des puits sans fond, a dit Iacha, et si l'on commence à en parler, on ne peut qu'y tomber sans fin. J'ai tendu l'oreille en entendant le mot « puits ». Peut-être était-ce par hasard que Iacha venait d'employer ce mot, pourquoi pas, mais il était difficile de croire à un hasard qui aurait établi un lien entre mon récit sur le cimetière et le titre du manuscrit qui se trouvait dans mon appartement. Et si Iacha en savait bien plus long qu'il ne voulait le dire, me suis-je demandé, s'il était mêlé aux événements des deux faces de la réalité ? Entre-temps, Iacha racontait sa vision de la chute dans le puits, vision — ou vieux rêve, peut-être — dans laquelle, au terme de la chute, on arrivait dans un monde nouveau, lumineux et parfait, produit de toutes les séfirot cabalistiques, où régnait une sagesse sans faille. Cette sagesse peut être sans faille, ai-je dit, mais si le puits est infini, cela veut dire que la chute y est sans fin. Iacha a répondu que je prenais les mots au pied de la lettre, que pour moi « infini » voulait dire que quelque chose n'a pas de fin, alors qu'en fait tout mot a d'innombrables sens et que sur divers plans, dans différents mondes, « infini » pouvait vouloir dire bien d'autres choses. Un mot, a-t-il dit, ne s'épuise jamais et porte toujours en lui tous les autres mots, et si je voulais parler du langage, a-t-il dit, le mieux c'était de me l'imaginer comme une succession de bols superposés. Bon, ce n'était pas sous forme de bols superposés que je voyais le langage, mais je n'ai pas voulu en débattre. Pour moi, le langage est vivant et ne peut donc être rangé dans des réceptacles qui se succèdent par ordre de grandeur, car rien de ce qui est vivant ne veut être entravé, et s'il y a une chose qui caractérise le langage, c'est la liberté de mouvement des mots, mais le lieu et le moment étaient mal choisis pour débattre de ce sujet. Datcha s'était mis à transpirer sous son chapeau, et il était grand temps de le laisser parler, sinon, il risquait de fondre complètement et il ne resterait de lui que son chapeau et ses chaussures. Voici comment les choses se présentent, a dit Datcha. Ce sabbat-là, celui où nous nous sommes rencontrés dans la cour de la synagogue, a-t-il dit, c'est-à-dire plus tard, cette nuit-là, j'ai rêvé d'Éléazar. Il se trouvait sur un petit chemin poussiéreux, avec une palanche à laquelle pendaient deux seaux pleins d'eau, a dit Datcha, il pointait l'index sur l'horizon et disait : Va à Karlovtsi. Je lui ai demandé, a dit Datcha, ce que j'irais faire à Karlovtsi, j'étais tout à fait bien là où je me trouvais, mais il ne cessait de répéter : Va à Karlovtsi, alors, de guerre lasse, j'ai fini par lui promettre que je m'y rendrais, et il s'est tu aussitôt, m'a fait un salut de la main et a disparu. À ce moment-là, a dit Datcha en ôtant son chapeau et en s'essuyant le front, je me suis réveillé. Il a remis son chapeau, l'a aussitôt ôté, a jeté un coup d'œil à l'intérieur, puis l'a posé par terre près de sa chaise. J'étais couché dans le noir, a-t-il repris, et j'essayais de comprendre pourquoi Éléazar m'envoyait à Karlovtsi. Pour le vin que l'on y produit, a dit Iacha Alcalaï. Non, a dit Datcha, pour consulter les archives que l'on y conserve. Iacha m'a regardé, j'ai haussé les épaules : la dernière fois que je m'étais rendu à Karlovtsi, j'étais en classe de cinquième ou de quatrième, et je m'intéressais alors à d'autres choses qu'à ce que les enseignants s'efforçaient de nous montrer. Il y a là, en effet, a dit Datcha, diverses collections d'archives et, en des temps meilleurs, j'ai passé bien des jours dans les locaux où elles sont conservées. Éléazar le savait, apparemment, a poursuivi Datcha, sinon pourquoi, entre toutes les villes du monde, m'aurait-il parlé de cette petite localité nichée au pied des hauteurs de la Frouchka Gora ? Couché dans le noir, il a cru comprendre qu'Éléazar savait quelque chose qui avait autrefois dû lui échapper, à lui, a encore dit Datcha, ou bien, sous l'éclairage d'une autre époque, avait dû lui sembler dépourvu d'importance. Il n'a pas pu se rendormir, s'est tourné et retourné dans son lit jusqu'au lever du jour, et alors, a-t-il dit, il s'est rendu à la gare et a pris un train pour Karlovtsi. Quand il est entré aux archives, la première employée qu'il a rencontrée s'est signée en s'écriant qu'il avait l'air d'un spectre. Elle lui a demandé s'il était la proie d'un tortionnaire ou s'il avait fini par se marier. Là-bas tout le monde le connaissait comme un célibataire invétéré, ce qu'il était bel et bien, a dit Datcha, mais pourquoi le mariage — s'il s'était effectivement marié — l'aurait-il transformé en spectre ? cela, il ne l'avait pas compris, et il était resté planté devant le bureau de la dame, à se demander s'il devait se lancer dans une conversation sur les servitudes et les grandeurs de la vie en couple, avec analyse particulière des effets de cette vie sur l'aspect physique des conjoints, ou s'il devait se mettre à la recherche de ce qui l'avait amené devant ce bureau, et qui sait combien de temps il serait resté ainsi à faire tourner son chapeau — celui-ci, a-t-il ajouté en le ramassant — si la dame ne s'était frappé le front en disant que c'était un vrai miracle qu'il fût venu ce matin-là, car s'il était arrivé le lendemain, ou même plus tard cet après-midi-là, il ne l'aurait pas trouvée à son bureau, et alors personne n'aurait su que, dans ce bureau, une enveloppe l'attendait, arrivée pour lui de Zagreb, qui sait par quelles voies, et portant le tampon des archives de cette ville, enveloppe qu'elle ne lui avait jamais fait suivre, car personne ne savait ce que lui, Datcha, était devenu depuis qu'il ne venait plus à la salle de lecture, d'autant qu'il ne leur avait laissé ni adresse, ni numéro de téléphone, ni le nom de quelqu'un qu'ils auraient pu contacter, ce qui faisait que l'enveloppe était restée chez elle, sans qu'on l'ait ouverte, bien entendu, car l'ouvrir ne serait jamais venue à l'idée de personne, même s'ils avaient appris que quelque chose lui était arrivé, même s'il lui était arrivé la pire des choses, que Dieu nous en préserve, à quoi Datcha avait répondu, nous a-t-il dit, qu'il y avait des choses pires que la mort : la trahison, par exemple, ou la tromperie, et il a alors vu les joues de la dame rougir, qui sait pourquoi, et elle s'est vite penchée pour sortir du tiroir le plus bas une petite enveloppe blanche. La taille de l'enveloppe l'a déçu, a avoué Datcha, car, sans doute à cause de la longue introduction de la dame, il s'était attendu à une enveloppe plus grande et plus lourde. Il a posé son chapeau sur le bureau de la dame, a-t-il dit, a pris l'enveloppe et l'a flairée, il ne sait pourquoi. La dame lui a adressé un petit geste menaçant de son index ridé. Datcha a déchiré un bord de l'enveloppe et en a retiré une double feuille de papier quadrillé. Monsieur, a-t-il lu en haut de la première page, j'ai trouvé récemment la copie ci-jointe et me suis rappelé qu'il y a longtemps que vous recherchiez ces précisions. Je ne sais si elles vous intéressent toujours, a-t-il encore lu, mais je me suis dit que vous aimeriez peut-être les recevoir. On s'occupe actuellement d'autres documents, disait-on à la fin, mais j'espère que les anciens ne seront pas oubliés ou, pis encore, détruits. Ça sonne bien, a dit Iacha, mais je n'y comprends rien. Tu n'as jamais rien compris, a répondu Datcha en me lançant un regard comme s'il voulait me voir partager son avis, mais je n'ai pu qu'ouvrir les bras en un geste d'impuissance. Tu vas finir par nous dire que ce message de Zagreb t'a été envoyé par une de tes anciennes amours ? Balivernes, a répondu Datcha, sans pouvoir cependant empêcher un soupçon de sourire d'apparaître aux commissures de ses lèvres, ce n'est qu'une bonne amie, une personne que je voyais souvent il y a bien des années, quand je feuilletais des documents aux Archives de Croatie, à la recherche, entres autres — et il m'a encore lancé un regard —, de précisions sur Éléazar. Cependant, je dois d'abord vous dire quelque chose, a-t-il ajouté. Il s'est tu, a fermé les yeux, baissé la tête et j'ai cru qu'il allait s'assoupir. Je ne dors pas, a dit Datcha, je me demande seulement où peut bien se trouver mon chapeau. Sous ta chaise, a dit Iacha, où veux-tu qu'il soit ? À l'époque, a repris

Datcha, j'étais obsédé par les sangsues. Il savait que cela pouvait nous sembler curieux, a-t-il dit, mais autrefois les sangsues étaient un vrai trésor. Il est difficile de croire, par exemple, qu'en une seule année, a-t-il dit, l'année 1833, les médecins français avaient importé plus de quarante millions de sangsues, ce qui veut dire, si l'on considère aussi les autres pays, a-t-il dit, que cette année-là plus de cent millions de sangsues ont changé de propriétaire. Les sangsues jouissaient d'une telle popularité dans l'Europe du XIXe siècle, a-t-il dit, qu'elles étaient devenues une espèce menacée et peu s'en était fallu qu'elle ne fussent complètement exterminées. Quelqu'un a dû, bien entendu, ramasser toutes ces sangsues, a-t-il dit, et à la différence de bien d'autres activités qui à l'époque étaient interdites aux Juifs ou autorisées parcimonieusement à un petit nombre d'entre eux, personne ne tenait tellement à ramasser les sangsues, ce qui fait que nombreux étaient les Juifs qui s'en occupaient, les ramassaient directement dans les marécages, mais aussi organisaient leur stockage et la revente. Cependant, malgré le caractère répugnant de ce travail, a-t-il dit, d'aucuns s'opposaient à ce que l'on permît aux Juifs de le faire et d'exercer tout autre profession, et c'étaient surtout les marchands serbes et allemands qui voyaient dans les Juifs une fâcheuse concurrence. Mon Dieu, a lancé Iacha Alcalaï, s'ils ramassaient des sangsues, qui donc pouvait en être gêné ? des sangsues, a-t-il répété en frissonnant, l'idée seule me fait horreur. Encore un, s'est exclamé Datcha en frappant des mains, encore un qui n'a aucune idée des sangsues ! Ce que je sais, c'est qu'elles sont horribles, a dit Iacha, le reste ne m'intéresse pas. C'est justement le reste qui devrait t'intéresser, a rétorqué Datcha, mais toi, comme toujours, tu n'aimes que caresser la surface, comme dans tes tableaux. Si tu ne te tais pas, a dit Iacha, il pourrait t'arriver de rester sans chapeau. Datcha a pris un air grave, s'est penché pour jeter un regard sous sa chaise. Quand il s'est redressé, son visage était rouge. Tu n'oserais pas y toucher, a-t-il dit à Iacha, n'est-ce pas ? Iacha n'a pas répondu. Tu sais ce qui est écrit dans le Talmud, a continué Datcha : celui qui prend le chapeau d'autrui peut perdre son âme ? Es-tu marchand de sangsues, prédicateur, ou simplement chapelier ? a rétorqué Iacha. Écoute-le, je t'en prie, a dit Datcha en se tournant vers moi, tout ça parce qu'il n'a pas surmonté certaines peurs de son enfance, quand il tremblait qu'une sangsue ne se collât à lui pendant qu'il pataugeait dans les mares, alors que les sangsues font tout pour que leur proie n'éprouve pas de douleur, seulement, lui, à l'époque, il ne savait pas qu'en plus d'un anticoagulant qui assure l'écoulement aisé du sang, elles sécrètent, lors de la morsure, un anesthésique qui fait que la victime, ou le malade, ne sent rien. J'ai regardé le visage renfrogné de Iacha, mais je n'ai pu deviner si ses sourcils hérissés étaient le signe qu'il était vraiment fâché ou seulement le masque d'une comédie bien rodée. D'une certaine façon, j'aurais pu me fâcher moi aussi, car l'affirmation de Datcha que les morsures de sangsues sont indolores m'a rappelé le début du livre de Nabokov sur Gogol, où Nabokov, d'une manière fort convaincante, décrit les souffrances de Gogol pendant que les médecins lui appliquent la saignée et que des sangsues pendent à son nez légendaire. Chaque fois que je lisais ce passage, cette foule de sangsues m'emplissait d'une horreur tout à fait semblable à celle qu'exprimait Iacha tout à l'heure, et je m'imaginais combien les souffrances de Gogol avaient dû être horribles et à quel point il avait dû se sentir pitoyable, misérable et humilié, et voilà que Datcha, avec son anesthésique, venait de détruire brusquement cette image, me forçant à douter de Gogol lui-même, dont il ne restait de réel que le nez, et de Nabokov, qui aurait tout de même pu, me suis-je dit, me prévenir de cette absence de douleur. Le mieux serait que je vous mette une sangsue sur la jambe, a suggéré Datcha, vous pourriez ainsi vous assurer que ce que je dis est vrai. Tu es fou, s'est écrié Iacha Alcalaï, tu es réellement fou ! Cela a fait éclater de rire Datcha, sauf que cette fois il n'a pas applaudi mais s'est tapé sur les cuisses. J'ai tendu la main et lui ai touché le coude. Peut-être vaudrait-il mieux, ai-je dit, qu'il nous dise ce qu'il y avait dans ce document, car chacun, ai-je ajouté, a le droit de redouter ce qu'il veut. J'ai connu une femme, ai-je dit, qui s'évanouissait quand son regard tombait sur une photo d'araignée et à qui la seule vue d'un dessin d'araignée donnait des maux de tête insupportables, alors pourquoi n'aurait-on pas le droit d'avoir horreur des sangsues ? Bon, m'a accordé Datcha, mais il aimerait tout de même bien voir Iacha, a-t-il dit, sur la table d'opération du chirurgien russe Pirogov, qui appliquait jusqu'à deux cents sangsues à ses patients. La copie, ai-je demandé, qu'est-ce qu'il y avait sur cette copie ? Datcha a repris le fil de son histoire en nous parlant de son intérêt pour les affaires inhabituelles dont s'étaient occupés les Juifs de Zémoune et de la province de Srem, en soulignant qu'il nous parlerait une autre fois du ramassage des chiffons, travail jadis très lucratif, parce que les chiffons étaient une matière première pour la fabrication du papier. Malgré une forte demande et un bon profit, le commerce des sangsues n'avait guère attiré les marchands serbes et allemands, et c'est ainsi qu'aux archives de Zagreb, a dit Datcha, il avait trouvé de nombreux documents concernant les Juifs collecteurs de sangsues, dans lesquels, comme dans la documentation relative à d'autres métiers, se succédaient permis et interdictions, recommandations et dénonciations, références à la législation et manquements évidents à celle-ci. Étant donné que les Juifs n'étaient pas autorisés à séjourner de manière permanente dans le district militaire, ils profitaient de toute occasion, jusqu'à la moindre, de la taille d'une sangsue, par exemple, pour prendre pied sur un sol ferme. S'agissant de sangsues, on devrait plutôt parler de vase que de sol ferme, mais on peut parfois tabler même sur la boue, a-t-il souligné, c'est certain. Il n'est pas jusqu'au Talmud qui ne parle de la boue, a-t-il dit, mais il ne pouvait maintenant se rappeler à quel endroit. Il s'est tu et sa tête a commencé à s'incliner lentement. Iacha et moi nous sommes regardés. Ne vous regardez pas comme ça, je ne dors pas, a dit Datcha, j'essaie seulement de me rappeler comment s'appelait l'exploitant de la collecte des sangsues dans le district militaire du régiment de Brod. Puis il s'est redressé, a rouvert les yeux et a dit que cet exploitant était Marc Felner et que sa concession, il la payait tous les ans plus de mille florins, alors qu'il achetait les sangsues au prix de dix kreuzers pour une mesure déterminée, c'est-à-dire à peu près le contenu d'un verre à eau courant. Personne, a souligné Datcha, personne ne pouvait donc ramasser des sangsues sans l'autorisation de Felner, apanage consenti par les autorités militaires, et c'est encore là un paradoxe évident, a-t-il ajouté, puisque l'armée aurait dû, au contraire, tâcher d'inciter les Juifs à quitter son district. Ce qui d'évidence primait pour tout le monde, a-t-il dit, c'était d'obtenir quelques bénéfices, fût-ce sur le trafic des sangsues, comme le montrent les dépêches du Commandement général de Slavonie où il est souvent fait mention des problèmes soulevés par ces affaires. On y trouve par exemple, a-t-il dit, le cas de deux Juifs qui en 1833 s'étaient attardés illicitement à Slavonski Brod plus d'un mois, chose absolument inadmissible selon la réglementation en vigueur ; c'est pourquoi il leur a été ordonné de ne se trouver à Brod que les jours où le bac traversait la Save, et même alors, a dit Datcha, juste le temps indispensable pour réceptionner les sangsues collectées en Bosnie, et à condition qu'il ne s'agisse pas de contrebande, car dans ce cas-là on serait sans pitié — pour les Juifs, pas pour les sangsues — et on les expulserait aussitôt du district. Eh bien, c'est ici que trouve sa place l'appendice arrivé de Zagreb, copie d'un document qui m'avait échappé ou n'a été retrouvé qu'ultérieurement, par lequel le Commandement général de Slavonie informait la mairie de Zémoune qu'un Juif assez jeune venait d'être arrêté aux environs de Slavonski Brod pour s'être livré à la contrebande de sangsues, et qu'il avait déclaré, quand on lui avait demandé de décliner son nom et son origine, s'appeler Wolf Hénoch et être porteur d'eau à Zémoune. Au Commandement, on ne l'avait pas cru et l'on avait demandé à la mairie de confirmer qu'une personne portant ce nom était inscrite sur le registre des Juifs de Zémoune et d'expliquer, si l'affirmation du suspect était exacte, comment il avait pu abandonner son emploi à Zémoune et arriver jusqu'à Slavonski Brod, d'autant que l'on n'avait même pas trouvé sur lui de sangsues en quantité notable, mais qu'il transportait un sac plein de manuscrits et de fioles contenant divers liquides et poudres, ce qui avait renforcé les soupçons et imposait confidentialité et prudence. La réponse de la mairie de Zémoune n'a pas été conservée, a dit Datcha, mais même sans cette réponse il est clair qu'il ne pouvait s'agir du même Wolf Hénoch, car dans la lettre du Commandement on parle d'un homme plutôt jeune, alors que Wolf Hénoch, s'il s'était agi de la même personne, aurait eu à cette époque-là environ quatre-vingts ans et personne n'aurait pu le décrire comme un Juif assez jeune, à moins, a dit Datcha, qu'il ne se soit bel et bien agi du même Wolf, mais changé d'une manière ou d'une autre, rajeuni malgré un âge avancé. En effet, a-t-il dit, en agitant désormais les mains avec émotion, dans cette copie on cite également en partie une lettre du Commandement de janvier 1834, où il est précisé que la mairie de Zémoune allait devoir recueillir davantage d'informations sur le susdit Wolf Hénoch, car il avait simplement disparu du cachot où on l'avait enfermé, et en disant qu'il avait disparu, a dit Datcha, on soulignait qu'il avait disparu au sens propre du terme. En effet, dans la même cellule il y avait encore d'autres détenus qui en se réveillant, un matin, n'avaient plus vu Wolf parmi eux. Personne ne savait rien, personne n'avait rien vu ni rien entendu, on n'avait trouvé aucune trace, ni passage creusé, ni barreau scié ou descellé, et même le sac du détenu ne se trouvait plus dans le bureau où il avait été rangé, bureau dans lequel personne n'avait pu s'introduire pendant la nuit, vu que la clé se trouvait dans la poche du pantalon du greffier de la prison, lequel avait passé toute la nuit dans son lit, ce qui a été confirmé par sa femme. Cette disparition, disait-on à la fin, jetait un jour défavorable sur le travail de la police et du service du Commandement général de Slavonie impliqué dans l'affaire, c'était pourquoi l'on demandait à tout le monde de participer activement aux efforts déployés en vue d'éclaircir le cas de ce Juif marchand de sangsues, qui ne pouvait tout simplement pas s'être volatilisé. Sauf, bien entendu, a dit Datcha en me lançant un clin d'œil, si c'était notre Éléazar, qui n'aurait eu aucune difficulté, en tant que cabaliste, à se transporter ailleurs, à quelque distance que ce fût. Il s'est penché, a pris son chapeau et l'a mis sur sa tête. Il est temps de partir, a-t-il dit, mais à ce moment-là on a sonné à la porte de l'atelier. Au même instant, Datcha a ôté son chapeau, je me suis levé, Iacha a haussé les épaules en disant qu'il n'attendait personne, et quand il a ouvert la porte, il n'y avait personne.

Non seulement il n'y avait personne, ai-je dit à Marko quand je l'ai vu plus tard, mais il faisait noir dans l'escalier, aussi Iacha, après avoir ouvert la porte, a-t-il brusquement reculé comme il l'aurait fait s'il avait trouvé devant chez lui quelqu'un ou quelque chose d'étrange et d'inattendu, si bien que Datcha et moi, croyant que telle était la raison de sa réaction, nous sommes hâtés vers l'entrée, pour sursauter aussitôt nous aussi, confrontés à l'obscurité. Nous sommes restés un instant encore le regard plongé dans le noir, puis Iacha a refermé la porte et nous a demandé si nous n'avions pas envie de boire un coup. L'obscurité, a-t-il ajouté, donne toujours soif. Marko a opiné du chef, comme s'il partageait cet avis, mais je voyais bien qu'il ne m'écoutait pas aussi attentivement que les jours précédents. Je lui ai aussi raconté mon aventure sur la butte proche de l'hôtel Yougoslavie, et il s'est alors montré plus disposé à m'écouter, il a même voulu savoir comment ce groupe de gens était habillé, si quelqu'un était pieds nus, et s'il y avait plus de femmes blondes que de brunes, mais je n'ai pu répondre avec précision sur aucun de ces points. Mes explications demeuraient en fait si vagues que Marko a fini par me demander si j'étais réellement allé sur cette butte ou si je n'avais fait que lire quelque chose à ce sujet. Je n'ai pas répondu tout de suite ; j'étais fatigué, j'avais envie de me coucher, de dormir tout mon soûl et je m'en voulais de me sentir agacé par la réserve de Marko, réserve qui pouvait se justifier, je dois le dire, tout comme pouvait se justifier, et je m'apprêtais à le faire, mon comportement de la veille. Peut-être ai-je oublié certaines choses, ai-je fini par dire, mais je me souviens que leurs mouvements sur la butte, à première vue désordonnés, étaient en fait harmonieux, même lorsqu'ils ont commencé à se disperser, et c'est ce qui m'a donné l'idée que les formes, les figures géométriques qu'ils dessinaient en se déplaçant, recelaient un message, que ces itinéraires et ces tracés imaginaires, tous ces rapprochements et ces éloignements, jusqu'à leur départ, étaient les mots d'une langue, que tout cela parlait à qui savait écouter. Regarder, m'a corrigé Marko, car s'il est question de géométrie, écouter ne sert à rien. Il a roulé un joint volumineux et me l'a tendu en guise de calumet de la paix. Pendant que nous fumions, il parlait de grands ouvrages géométriques comme les énormes dessins au sol en Amérique du Sud ou les majestueuses éminences érigées par les Indiens d'Amérique du Nord. Dans les deux cas on pouvait parler de langues visuelles, estimait-il, et les pyramides étaient aussi des éléments d'une telle langue, il le croyait fermement, celles d'Égypte comme celles qu'élevaient les Incas pour monter jusqu'au soleil, après quoi il a roulé un autre joint, ce qui a insufflé aux langues visuelles, en même temps qu'à nous deux, une dimension nouvelle, et notre conversation zigzaguait de plus en plus, suivait un petit chemin forestier sinueux, si bien qu'à un moment j'ai souhaité que nous débouchions dans une clairière pour nous asseoir et nous reposer. Au lieu de quoi, j'ai quitté Marko pour rentrer chez moi. En descendant l'escalier de son immeuble, j'ai dû me tenir à la rampe car, à défaut de pouvoir évaluer la hauteur et la profondeur des marches, je chancelais et craignais de tomber. Pour finir, ma main droite tenant la rampe, j'ai bougé la gauche comme si je marchais sur une corde tendue au-dessus d'un abîme. Une fois dans la rue, j'ai levé aussi la droite, et c'est seulement à ce moment-là que j'ai senti mon équilibre assuré. Je peux me rendre où je veux, me suis-je dit, et j'ai pris le chemin du jardin public ; cependant, arrivé dans l'allée principale, des aboiements venus du fond obscur du jardin m'ont incité à emprunter un autre itinéraire, celui qui longe l'hôpital, puis la rue de Dubrovnik, et débouche dans la grand-rue. J'ai regardé à gauche, j'ai regardé à droite. Les feux de signalisation clignotaient, quelques personnes attendaient le bus devant un grand magasin, l'immeuble du McDonald's était brillamment illuminé, des chauffeurs de taxi fumaient, assis sur un banc, tandis que de quelque part venait un chant de voix masculines avinées auxquelles une voix de femme est bientôt venue se joindre, puis un homme a parlé d'étoiles, peut-être même a-t-il donné leurs noms, et j'ai su brusquement où je devais aller. J'ai fait demi-tour et me suis dirigé vers la rue Zmaï. Je suis repassé devant les chauffeurs de taxi, puis j'ai traversé la rue, jeté un coup d'œil à la vitrine d'une papeterie et tourné le coin près du théâtre, dont le bâtiment avait l'air délabré, même dans l'obscurité, peut-être plus encore qu'à la lumière du jour. Je marchais avec précaution, comme sur un haut-fond, et quand j'ai vu que la grande porte en bois était entrebâillée, je me suis dis que je ferais mieux de continuer mon chemin sans m'arrêter jusqu'au bord du Danube, là où tout avait commencé et où l'eau était bien plus profonde. Je me suis pourtant arrêté. Je n'ai vu nulle part l'affiche de tai-chi, même si, un instant, il m'a semblé distinguer un rectangle clair à l'endroit où elle s'était trouvée. J'ai regardé à gauche, j'ai regardé à droite. Personne. Je me suis glissé doucement dans le passage obscur, j'ai fait deux ou trois pas et me suis arrêté, le regard rivé sur la pompe qui luisait comme si tout le clair de lune s'était concentré dessus. Tout le reste était dans le noir : les buis en pots, par exemple, le mur latéral de l'immeuble d'en face, son escalier et sa porte d'entrée. Je ne voyais pas le banc, mais il devait être enveloppé dans l'obscurité comme tout le reste, et je me suis dit alors que quelqu'un y était assis. Je ne sais d'où m'est venue cette idée, mais dès l'instant où elle m'a traversé l'esprit elle ne m'a plus quitté, et j'ai fait un pas en direction de la cour, un peu courbé, comme si j'appréhendais ce que j'allais voir. Doucement, tout doucement, je me suis approché du bout du passage, où je me suis adossé au mur, et j'ai respiré profondément. Du coin de l'œil, de l'œil gauche, je voyais toujours la pompe argentée, son long bras, la vasque ornée où l'eau s'écoulait, son support à la peinture écaillée par endroits. J'ai encore inspiré profondément, mais je n'ai pas rejeté l'air, et j'ai fait un pas brusque hors du passage, les yeux écarquillés, prêt à surprendre la personne assise sur le banc. Il était vide. Je me tenais devant ce siège, sans doute ridicule dans mon ébahissement, et je me demandais où était l'erreur. Il y a eu alors un léger bruit dans l'obscurité, derrière les buis et derrière moi et, en me retournant, j'ai vu que la pompe ne luisait plus. Le clair de lune, si ç'avait vraiment été le clair de lune, avait disparu, et à sa place il n'y avait plus de visible sur la pompe que les restes de vieille peinture et la rouille. Je me suis approché du banc et m'y suis assis, j'ai posé mes paumes sur mes cuisses, fermé les yeux. Il ne s'est rien produit, nul silence n'est descendu sur moi, nulle musique ne s'est fait entendre, nulle voix. J'ai rouvert les yeux et examiné les murs qui m'entouraient. Là non plus, rien n'avait changé, comme si la réalité préférait cette fois rester fidèle à elle-même. Je me suis levé, puis rassis. J'ai plusieurs fois levé et baissé les paupières, j'ai même, pendant un moment, regardé à travers mes cils en tâchant en même temps de retenir mon souffle le plus longtemps possible, mais rien n'y a fait. Je me suis alors avisé qu'auparavant c'était chaque fois de jour que je m'étais assis sur ce banc et que les choses se comportaient peut-être différemment la nuit, ce qui était une idée consolante, bien qu'insuffisante pour me rendre la bonne humeur qui m'animait quand j'avais pris le chemin de la rue Zmaï. Je me suis levé, prêt à partir, et c'est alors que j'ai tout de même entendu de la musique. Il est vrai qu'elle sonnait autrement que la musique supraterrestre que j'avais écoutée auparavant et, de fait, quand j'ai tendu l'oreille pour mieux la distinguer, j'ai compris que c'était un écho de la musique d'un café des alentours ou, peut-être, d'un des bateaux-restaurants amarrés près du quai. Avec un tel rythme et de pareilles vibrations de contrebasse et de batterie, m'attarder davantage dans cette cour n'avait plus aucun sens. Le banc, en tout cas, s'enfonçait de plus en plus dans l'obscurité, laquelle devenait autour de lui plus épaisse, comme si elle voulait le cacher. À un moment, il m'a même semblé qu'elle prenait la forme d'un corps, d'une présence, mais quand j'ai bougé et changé de point de vue, je me suis rendu compte qu'il ne s'agissait que d'un jeu d'ombres. Je me suis engagé dans le couloir et aussitôt arrêté : la porte était fermée et on n'apercevait pas la moindre clarté de l'éclairage de la rue. J'étais tout à fait sûr de ne pas l'avoir fermée en entrant. Plus exactement, je ne l'avais même pas touchée, dans mon effort pour éviter tout obstacle pendant que je me coulais par la porte entrouverte. J'étais tout aussi certain que personne n'était entré dans la cour après moi, car je l'aurais certainement remarqué ; ni la pompe ni le banc n'avaient accaparé mon attention à tel point que j'aurais ignoré ce qui se passait autour de moi. Mais, me suis-je dit alors, si personne n'est entré, peut-être quelqu'un est-il sorti ? Peut-être avait-on attendu dans le noir, dans le couloir, derrière la porte ou plaqué contre le mur, et quand je m'étais suffisamment éloigné, c'est-à-dire quand j'étais allé m'asseoir sur le banc, la personne s'était esquivée en refermant derrière elle la lourde porte. J'ai saisi la grosse poignée d'une main, puis de l'autre aussi, j'ai entrouvert la porte et fait un premier pas dans la rue. J'ai regardé à gauche, j'ai regardé à droite. Personne nulle part. Pourtant je sentais, ai-je dit à Marko au téléphone, que quelqu'un m'observait. Je m'attendais à un commentaire moqueur de sa part, mais mon combiné ne me transmettait qu'un bruit de mastication. Je l'ai appelé vers minuit et notre conversation a duré près de deux heures, si bien qu'à un moment, comme j'allais terminer le récit de mes dernières aventures, Marko m'a dit qu'il lui fallait à tout prix manger une pomme. Je n'ai vu personne, ai-je répété, mais la sensation que quelqu'un m'observait avec attention pendant que je reluquais les alentours était presque palpable. Et blessante, ai-je ajouté. Tu devrais toi aussi, a dit la voix de Marko, manger plus de pommes, et il a poursuivi en parlant des effets bienfaisants de ce fruit, puis, sans transition, m'a confié qu'il avait encore sous les yeux un récent article de journal sur un homme qui, sans aucune raison, assurait-on, s'était suicidé dans une voiture garée devant un hôpital, une voiture qui n'était même pas à lui mais à l'un de ses amis, à qui il l'avait empruntée, selon la déclaration de ce même ami, pour apporter un vieux téléviseur à sa belle-mère. On ne sait pourquoi, a dit Marko, il s'est arrêté devant cet hôpital qui ne se trouve même pas à proximité du domicile de la belle-mère, mais dans un tout autre quartier de la ville, ni d'où il tenait le pistolet, bien que ce soit le moindre mystère de toute cette histoire, a-t-il dit, car aujourd'hui tout un chacun peut posséder un pistolet, on a même l'impression qu'il est plus facile de se procurer une arme que certains appareils ménagers. C'est évident, a poursuivi Marko, ce qui l'a tué, c'est le climat de cauchemar dans lequel nous vivons, quoi d'autre, sinon ? Soit dit en passant, a-t-il dit, personne dans cet hôpital ne connaissait le suicidé, ce qui n'a pas empêché le personnel de bâtir toutes sortes de conjectures, et la belle-mère a déclaré qu'elle garderait le téléviseur comme dernier souvenir de son beau-fils, malgré toute la peine qu'elle avait eue à laver les traces de sang sur l'écran et les boutons de l'appareil. J'aurais dû rire à cet endroit, mais je n'en ai pas eu le temps, car Marko a continué en s'étendant sur le boulot que ça représentait d'enlever des traces de sang, puis, de l'histoire de ce suicide et des pénibles efforts de la belle-mère, il est passé aux conseils qu'il donnerait sur la direction que devraient prendre les négociations entre les autorités de Belgrade et les leaders des Albanais du Kosovo. Au cours de ces jours-là, la presse avait été intarissable sur les tentatives que faisaient les autorités en vue d'établir un dialogue avec les Albanais et de se présenter sous un jour plus favorable aux yeux inquisiteurs de l'opinion internationale, mais s'il y avait un sujet dont je n'avais la moindre envie de parler, c'était bien celui que Marko venait d'aborder. À présent je comprends qu'en fait j'évitais d'aborder la réalité et que tout ce qui m'arrivait pendant les mois de ce printemps d'il y a six ans, où je me jetais à corps perdu dans un monde brumeux chargé d'événements mystiques, était une manière de me donner le change, une sorte de consolation ou plus exactement de fuite, afin d'échapper à ce que représentait alors notre monde, ou plutôt la réalité de ce monde. Même les rencontres avec des nationalistes effrénés me paraissaient à tel point surréelles que j'avais l'impression d'être confronté à des créatures d'un autre monde. Je me trompais, bien entendu, car ces jeunes gens violents étaient tout aussi réels que les coups qu'ils m'assénaient, et ils sont réels aujourd'hui encore, peut-être pas plus nombreux, mais certainement plus bruyants et plus audacieux. Ils sont d'ailleurs restés au même endroit, endroit qu'ils peuvent de plus en plus considérer comme leur possession exclusive, alors que moi je suis ailleurs, peu importe où, et tout ce qui me reste ce sont les mots et cette tentative d'en faire quelque chose qui aurait au moins une apparence de durée. Éléazar, s'il était là, aurait peut-être rejeté même les mots, bien que je n'en sois pas tout à fait sûr, puisque la cabale, et toute la tradition juive, repose sur des mots, le silence étant un domaine où les cabalistes n'aiment pas trop s'aventurer. Mais que sais-je de la cabale ? Ce que j'en ai appris de Iacha Alcalaï et ce que j'ai entendu Datcha en dire, du moins aux moments où je pouvais m'arracher à l'effet hypnotique des mouvements de son chapeau, ce qui, au total, en regard d'une connaissance véritable, n'était qu'une goutte dans l'océan. Une goutte est parfois plus grande que la mer, aurait dit Iacha, un grain de sable plus infranchissable qu'un désert, un flocon de neige plus périlleux qu'une avalanche. Sur ce, Datcha aurait ôté son chapeau en ajoutant que l'ignorance de l'ignorant est plus grande que le savoir de l'expert et que l'expert n'en saura jamais autant que tout ce que l'ignorant ignore. Là-dessus il aurait remis son chapeau, peut-être même en l'inclinant un peu, et sous le bord rabattu on aurait à peine pu voir ses yeux. Les miens aussi, on les voyait à peine, mais c'était à cause de ma fatigue et plus encore du monologue ininterrompu, monotone et ennuyeux de Marko. Au début, j'ai tenté de dire quelque chose, puis je n'ai fait qu'acquiescer ou nier en émettant divers sons gutturaux, pour finir par rester silencieux en attendant la fin et en tâchant de résister au sommeil qui tentait de fermer mes paupières de ses doigts enduits de colle. Somme toute, a dit Marko pour finir, il n'y a que les fous pour ne pas voir que la seule solution à cette crise est le partage du Kosovo. Oui, ai-je répondu, tu peux toujours le dire devant moi, c'est facile, mais va le crier en plein Belgrade et on t'écorchera vif. J'ai jeté un regard à mon horloge murale et, voyant qu'il était près de deux heures, j'ai failli mettre fin à la conversation, mais je ne l'ai pas fait parce que je sentais qu'il était de mon devoir de montrer un peu de dévouement envers Marko afin de réparer ce qu'avait gâché notre malentendu dans la tour. J'ai détourné la tête pour ne plus regarder l'horloge et j'ai pressé plus fort l'écouteur contre mon oreille. Ne crois pas que je vais m'en priver, a poursuivi Marko, je le ferai non seulement en plein Belgrade, mais où tu voudras. Bon, ai-je dit. J'avais la bouche sèche. Sais-tu, m'a-t-il demandé, comment cela va finir ? J'ai répondu que je ne savais pas. Ces idiots vont nous bombarder, a-t-il dit, et peut-être qu'aucun d'entre nous n'aura la vie sauve. Quels idiots, ai-je demandé, les Européens ou les Américains ? Les uns et les autres, a dit Marko. Je me suis tu. Il s'est tu lui aussi. J'ai essayé de m'imaginer à quoi pouvait ressembler un bombardement, mais je n'ai pu que revoir les images filmées du bombardement de Belgrade en avril 1941. J'ai vu une aile d'avion et des bombes qui s'en échappaient comme des bûches, puis le pilote s'est tourné vers l'objectif avec un grand sourire. Il avait de belles dents. J'entendais le souffle de Marko. Il respirait profondément et régulièrement comme s'il dormait. Quelle tristesse, quand personne ne t'aime, a-t-il fait subitement. Je ne savais pas de quoi il parlait ni ce que venait faire l'amour après les bombes. Nous sommes à présent le cloaque du monde, a-t-il dit, et j'ai bien peur que nous ne le soyons pour longtemps. L'image était tentante, mais je n'ai pas cherché à me la représenter. J'en avais assez de la puanteur d'excréments et d'urine qui m'attendait à intervalles irréguliers devant la porte de mon appartement. Maintenant, il y avait toujours un seau et un balai dans mon entrée. J'avais aussi des gants de protection ainsi qu'un tas de vieux journaux et il ne me restait plus qu'à acheter un produit désinfectant. Tu n'as pas à t'inquiéter de ton avenir, avait dit Marko en me trouvant un jour avec tout cet attirail de nettoyage, tu pourras toujours travailler comme dame pipi. J'ai de nouveau pressé l'écouteur contre mon oreille : on n'entendait plus rien. Marko, ai-je appelé, où es-tu ? Tu sais, a fini par répondre Marko, j'aimerais être dans une autre galaxie, mais, putain, c'est à Belgrade que je vis et je n'y peux rien. Je n'y pouvais rien moi non plus et ne savais s'il fallait le consoler ou l'encourager, aussi ai-je poussé un soupir de soulagement quand il m'a souhaité bonne nuit et a raccroché. J'ai raccroché moi aussi, et alors, en me tournant à demi, j'ai poussé du coude mon agenda et un bloc-notes qui se trouvaient près du téléphone. Ils sont tombés par terre et, en me penchant pour les ramasser, j'ai vu que le bloc-notes s'était ouvert à la page où quelques semaines auparavant j'avais noté le numéro de téléphone de Dragan Michovitch. Si vraiment toute chose avait une signification, alors cette page ouverte voulait dire que je devais l'appeler, cela ne faisait pour moi aucun doute. Peut-être devrais-je écrire quelque chose là-dessus, me suis-je dit. Le jour où je devais remettre un texte pour ma rubrique à *Minut* approchait, et vu les circonstances historiques, et surtout les menaces de bombardements et les efforts déployés par le gouvernement pour les présenter comme une ingérence illégitime dans les affaires intérieures du pays, un texte sur le destin revêtait quelque intérêt. Mais qu'aurais-je pu écrire à ce sujet, sinon que ce que l'on pouvait en dire n'avait aucune importance, puisque ce qui allait arriver était arrêté depuis longtemps, et tous nos efforts, quels qu'ils fussent, n'étaient conséquemment que du temps perdu ? C'était, bien entendu, le contraire de ce que le gouvernement voulait faire croire au peuple : que lui, le peuple, décidait, c'est-à-dire que nous tous décidions de ce qui allait se passer, et que si nous disions *non* à qui ou à quoi que ce soit, nous tissions nous-mêmes notre propre destin. Autrement dit, s'il s'avérait que ce tissu n'était pas réel, et si de vraies bombes nous tombaient sur la tête, nous allions dire que ce n'était pas vrai et faire semblant de vivre dans une autre réalité où le monde est forgé selon notre imagination. Je comprenais fort bien le désir de Marko de partir pour une autre galaxie, tout en m'étant moi-même contenté d'un temps parallèle, d'une réalité où les choses étaient supposées se passer d'une manière plus paisible. Je suis allé à la fenêtre et j'ai jeté un coup d'œil dehors. Dans quelques appartements des immeubles d'en face il y avait encore de la lumière. La rue, en revanche, était déserte, seuls les feux d'une voiture garée devant la vitrine d'une parfumerie clignotaient. Ils clignotaient à un rythme assez lent, un peu saccadé, ce qui m'a bientôt porté à croire qu'il y avait là un message, des sortes de signaux en morse, qui m'était destiné. Je les ai regardés encore quelque temps en essayant de mesurer le rythme, les intervalles entre deux clignotements, puis j'en ai eu assez de tout cela, mes paupières se fermaient, je me suis retourné et suis allé à la salle de bains. Quand j'en suis revenu, les feux du véhicule ne clignotaient plus. J'ai regardé à gauche, j'ai regardé à droite. La ville dormait et j'ai tout à coup ressenti une immense lassitude. Je me suis assis dans un fauteuil. À cause de l'heure tardive ou de la fatigue, peut-être, je me suis dit que je ferais mieux d'oublier, ou plutôt de renoncer à tout cela, qui commençait à m'apparaître comme des éléments d'une farce, peu cohérents, ridicules dans leur effort de vouloir se donner pour sérieux. Même le manuscrit que j'avais reçu m'est tout à coup apparu comme un fatras pompeux, une collection de fariboles, un jouet dont la raison d'être était de se jouer de soi-même. Il est vrai que depuis quelques jours je ne l'avais même pas ouvert, et peut-être ne serait-ce pas mauvais, me suis-je dit, de le feuilleter dans l'état d'esprit qui était alors le mien. J'ai légèrement remué dans mon fauteuil, serré puis desserré les fesses, et ensuite fermé les yeux, m'attendant à bâiller. Le vacarme de la rue m'a réveillé. J'ai ouvert les yeux et vu un matin trouble. Je me suis redressé, étiré, j'ai passé ma langue sur mes dents et placé mes mains sur mon visage. J'avais la bouche sèche : un verre d'eau m'aurait fait du bien. Je me suis levé et suis allé à la fenêtre. Il tombait une pluie fine. Une femme attendait à l'arrêt d'autobus, à l'abri d'un parapluie rouge. La voiture de la veille au soir n'était plus garée devant la parfumerie. J'ai fermé le rideau, puis je l'ai tiré et j'ai ouvert la fenêtre. Des gens allaient d'un kiosque à un autre, achetaient des journaux, sortaient des boulangeries leur pain à la main, quelqu'un sifflait, des bus vrombissaient, un garçon et une fille s'embrassaient, des moineaux se jetaient sur les miettes, et je me suis dit alors que rien ne peut remplacer le fin tissage de la vie, qu'il n'est de régime ou de système qui puisse défaire ce tissu jusqu'au bout ; ce qu'il peut faire, au mieux, ou plutôt au pire, en fait, c'est d'enrouler une partie des fils en un écheveau embrouillé, mais de nouveaux fils ne peuvent manquer de surgir, ne serait-ce que celui qu'une des Parques tire de sa quenouille, même cela suffit parfois, ce fil de vie flottant qui pend dans le vide. Il est vrai que j'ai songé aussitôt aux deux autres Parques, à celle qui décide de la longueur du fil et à celle qui le coupe. Tout au long de la vie, on est lié à la quenouille de la destinée, où que l'on aille, on traîne ce fil derrière soi, et lorsque finalement on s'en débarrasse, on entre dans la mort, comme si c'était seulement là que l'on acquérait sa liberté. J'ai frissonné à cette idée, je me suis empressé de refermer la fenêtre et d'aller à la salle de bains pour me laver et me raser, rien ne rafraîchit autant que le rasage, même se laver les cheveux ne fait pas autant plaisir, du moins en ce qui me concerne, si bien que, après cela, je me suis senti un homme tout neuf. J'ai alors téléphoné à Dragan Michovitch. Heureusement, j'avais conservé son numéro, car je n'aurais pu rappeler la personne qui autrefois le connaissait et qui m'aurait d'abord raconté son histoire in extenso et aussi celle de l'autre personne, qui avait organisé la célébration de l'anniversaire de notre promotion et de laquelle elle tenait son numéro de téléphone. Cette fois-ci, je n'ai pas eu besoin de lui rappeler qui j'étais. Il m'a demandé ce qu'était devenu le signe composé d'un cercle et de triangles et où j'en étais avec mon équation à trop d'inconnues. Rien n'a changé, ai-je dit, le signe n'a pas dévoilé son sens et les inconnues ont continué de se multiplier. Et maintenant tu as une nouvelle question, a dit Dragan Michovitch, et tu crois qu'elle va t'aider à comprendre les deux premières ? Je lui ai dit qu'il voyait juste. Ne crois-tu pas, a-t-il poursuivi, que les questions sans réponse deviendront avec le temps un obstacle trop grand, infranchissable ? Je n'aime pas être sermonné et si je ne m'étais pas rasé, ce qui m'avait mis de bonne humeur, j'aurais raccroché sèchement. Tu as raison, ai-je dit. C'est ce que je dis toujours quand quelque chose m'échappe ou quand je ne suis pas d'accord. Dragan Michovitch se taisait. Je sentais qu'il sentait mon manque de franchise, comme je sentais qu'il sentait que je le sentais. Excuse-moi, ai-je dit. Laisse tomber, a-t-il répondu, nous vivons tous des moments dont nous préférerions nous passer, puis il m'a demandé pourquoi je l'appelais, et il supposait que je ne l'avais pas fait pour lui demander comment il allait, car si c'était le cas, je devais savoir qu'il ne répondait jamais à ces questions-là. Eh bien, ai-je fait en respirant profondément, cette fois-ci j'aimerais savoir si la géométrie peut se substituer à un langage. La géométrie *est* un langage, a dit Dragan Michovitch. Je ne veux pas parler d'un langage de signes, ai-je dit. Moi non plus, a dit Dragan Michovitch. J'ai lu quelque part, ai-je dit, que le corps s'oriente dans l'espace, géométrique ou émotionnel, peu importe, en dessinant constamment des cartes mentales, et que c'est de cette manière que l'espace et les sentiments communiquent avec le corps. Mais alors, ai-je dit, si nous sortons cette carte du corps, si nous l'extériorisons, pour ainsi dire, parlera-t-elle aux autres comme elle nous parle, de l'intérieur, à nous ? Je me demande parfois, a dit Dragan Michovitch, comment toutes ces idées te viennent à l'esprit. C'est ce que j'aimerais savoir moi-même, ai-je répondu. En outre, a-t-il dit, je doute que ta question relève vraiment du domaine des mathématiques, car même s'il était possible de les représenter comme des modèles géométriques, ces cartes mentales se constituent dans une interaction complexe de facteurs physiques et mentaux. Et encore, a-t-il ajouté, la géométrie sous-entend une certaine universalité, alors que ces cartes mentales sont d'une extrême individualité, aussi diverses entre elles que nous différons les uns des autres, a-t-il dit, et j'ai bien peur qu'il n'y ait plus là de langage. Mais, ai-je continué avec obstination, si nous imaginons un groupe d'individus qui forment avec leurs corps le dessin d'une carte mentale, sentimentale, disons une carte d'amour ou de paix, ai-je dit, cette carte pourrait-elle éveiller les mêmes sentiments en quelqu'un d'autre, en celui qui la verrait ? Peut-être, a dit Dragan Michovitch, mais je ne suis pas tout à fait sûr de savoir de quoi tu parles, et je ne suis pas non plus expert en sentiment. Il n'est pas question de sentiment, ai-je répliqué, mais de la transmission d'une information, du processus qui se met en branle lors de toute lecture, comme, par exemple, quand tu lis un roman et que la description d'une scène triste te fait venir les larmes aux yeux. Je n'en sais rien, a-t-il dit, je ne lis aucun roman. Son ton avait brusquement changé, comme si notre conversation avait cessé de l'intéresser ou, chose à laquelle je n'ai songé que bien plus tard, comme si quelqu'un s'était placé près de lui et avait collé l'oreille au combiné. Je lui ai pourtant demandé d'y réfléchir, et il m'a promis, à contrecœur et de manière peu convaincante, qu'il m'appellerait si une idée lui venait à l'esprit. Il a raccroché sans nous laisser le temps de nous dire au revoir. J'ai regardé fixement mon combiné pendant encore quelques instants, puis j'ai raccroché. Peut-être le moment était-il venu, me suis-je dit, de reconnaître que j'étais dans une impasse et ne savais comment en sortir, qu'à un moment, qui sait lequel, j'avais fait un mauvais choix et m'étais ainsi trouvé sur le mauvais chemin, et que le seul moyen de changer la situation impliquait de tout reprendre depuis le commencement. J'ai donc pris une pomme, comme un mois auparavant, et me suis dirigé vers le quai. Il est vrai que ce n'était pas un dimanche, et qu'il n'était pas non plus deux heures de l'après-midi mais, en revanche, le temps était tout aussi instable : quand je suis sorti de chez moi, il y a eu une éclaircie passagère, et quand je suis arrivé sur le quai, la pluie s'est mise à tomber. J'ai rentré la tête dans les épaules, avalé la dernière bouchée de la pomme, sauf la queue, que j'ai continué de mâchonner jusqu'à ce qu'elle soit broyée. Le niveau du Danube n'était pas aussi haut qu'un mois auparavant, ce qui fait que je n'ai pu déterminer l'emplacement où s'étaient tenus le garçon et la fille et je ne savais pas très bien non plus quel était le banc sur lequel je m'étais assis. Il y en avait trois, j'ai d'abord songé à celui du milieu, mais trouvant que c'était un choix trop évident et facile, j'ai opté pour le troisième, le plus éloigné du petit terrain de jeux décrépi. Celui-ci était désert : peut-être était-il trop tôt pour les mères et leurs jeunes enfants, à moins qu'elles ne fussent déjà venues et que la pluie les eût chassées. Je me suis approché du troisième banc et j'ai jeté un regard sur le Danube. Oui, c'était bien le bon angle, c'était précisément à cet endroit que j'étais assis quand le garçon était passé devant moi, et c'était de là que j'avais fait un pas en avant, prêt à descendre le talus pour aider la jeune femme, qui avait un pied dans le fleuve, et que je m'étais arrêté en apercevant l'homme à l'imperméable noir. Pourquoi m'étais-je arrêté ? J'observais les balançoires trempées, les petites voitures et le petit train, et la seule explication qui m'est venue à l'esprit était que cet homme près de la balançoire se distinguait à tel point de tout ce qui l'entourait qu'il ne pouvait qu'avoir éveillé en moi la méfiance, la circonspection, au point de me faire renoncer à voler au secours de la fille giflée au bord du fleuve. Certes, j'avais ensuite décidé de la suivre, sans succès, évidemment, sauf si l'on considérait que les signes découverts étaient une conséquence de cette filature, ce vers quoi la fille m'aurait conduit, avant de s'éclipser, une fois sa mission accomplie. Mais qu'est-ce que tout cela était censé signifier ? Je me suis dit que je n'aurais pas dû suivre la jeune fille, pas plus que je n'aurais dû remarquer l'homme en noir. Il n'était pas là à cause de moi, mais à cause du garçon et de la fille, et je ne l'ai plus revu ensuite pour la seule raison qu'il avait suivi le garçon, certain que ce qu'il désirait était détenu par celui-ci. Mais, si c'était exact, qu'est-ce que le garçon pouvait donc avoir sur lui ? Et puis, tout ce qui m'était arrivé ensuite s'est-il produit parce que quelqu'un m'avait vu partir à la suite de la fille ? Il se pouvait que là, sur le quai, il n'y ait pas eu un seul homme en imperméable noir, peut-être étaient-ils deux ? Pourquoi pas tout un bataillon, aurait demandé Marko si je lui avais fait part de cette supposition, pourquoi être si modeste ? Et il aurait eu raison, je dois l'avouer, malgré le rôle qu'il a joué dans tout cela. Maintenant, avec la distance, cela me paraît évident, qu'il aurait eu raison, mais il est désormais trop tard pour rien changer, je l'ai déjà dit, la vie n'est de toute façon qu'une somme de souvenirs, rien de plus. La pluie continuait de tomber, fine et persistante, comme si c'était l'automne et non pas le printemps, et des gouttes se détachaient de mes cheveux pour trouver immanquablement un chemin entre mon cou et le col de ma chemise.

Je suis rentré chez moi, j'ai essuyé mes cheveux avec une serviette, j'ai mangé encore une pomme, j'ai un peu traduit, un peu écrit, regardé la télé, et me suis finalement écroulé sur mon lit. Deux jours plus tard, muni d'un petit bloc-notes et de stylos de diverses couleurs, je me suis lancé dans une inspection attentive des rues aux alentours du marché de Zémoune. Mon intention était de découvrir autant de traces, ou plutôt autant de signes que possible, de les relever et de voir si, considérés dans leur ensemble, ils suggéraient un sens nouveau. La veille, j'avais fait encore une chose : je m'étais rendu aux archives du quotidien *Politika* où j'avais demandé les numéros parus du 8 au 15 mars. Je ne savais pas ce que j'y cherchais précisément, mais j'ai épluché par le menu les faits divers, les petites annonces et les faire-part. Dans le numéro du 10 mars, j'ai trouvé une brève disant que dans les buissons au bord du Danube, à Zémoune, on avait découvert le corps d'un jeune homme inconnu, mais, du moins à ce moment-là, rien n'indiquait qu'il s'agissait d'un crime. Dans les numéros des jours suivants on ne parlait plus de cette découverte, et parmi les faire-part je n'ai rien trouvé qui aurait pu être lié au jeune homme en question. Puis, dans le numéro du 15 mars, en lisant un article sur un homme assassiné la veille à Sourtchine, j'ai appris qu'une enquête venait d'établir que le jeune homme dont le corps avait été découvert près de l'hôtel Yougoslavie avait bien été tué, avec un objet contondant. L'identité de la victime restait inconnue. J'ai posé le journal et me suis frotté le visage. Mon cœur battait comme si, porté par la frayeur, je venais de faire une course folle en rase campagne, j'avais la tête qui tournait, la nausée montait dans mon œsophage. Je ne sais comment je suis sorti du bâtiment de *Politika*. Tout ce que je sais, c'est qu'à un moment je me suis vu dans le miroir d'une devanture de vitrier. Ce visage pâle et chiffonné sur lequel flottait un petit sourire devait être le mien, même si rien en moi n'indiquait que je m'étais reconnu. J'ai continué de marcher dans la rue qui descendait et menait, comme je m'en suis bientôt avisé, au square de la Couronne Verte. Je suis monté dans un des bus qui allaient à Zémoune, et ce n'est que là, tandis que la foule autour de moi se faisait à chaque arrêt plus compacte, que je suis enfin rentré en moi-même. Si la nouvelle du journal était exacte, et il n'y avait pas de raison qu'elle ne le fût pas, et si, bien entendu, il s'agissait du même jeune homme, alors tout ce qui s'était passé était bien plus qu'un jeu. À un moment, j'ai même cru que c'était moi le responsable de sa mort, car si je lui avais emboîté le pas au lieu de suivre inutilement la fille, peut-être serait-il encore en vie. Certes, il aurait pu arriver quelque chose de pire : j'aurais pu mourir moi aussi, car il était clair que ceux que gênait le jeune homme auraient aussi été gênés par tout autre témoin. J'aurais donc dû m'estimer heureux d'être parti à la suite de la fille ; pourtant, je n'ai pu me défaire d'une amère impression de complicité ou de traîtrise. L'autobus a traversé le pont sur la Save et a tourné en direction de Zémoune. Au loin, sur une allée asphaltée, on voyait des cyclistes et des promeneurs. Une fillette tenait à la main un fil auquel, au-dessus d'elle, était attaché un cerf-volant. Des gros et des petits chiens couraient gaiement sur l'herbe d'un vert lumineux. Deux garçons se renvoyaient un Frisbee qui se dandinait paresseusement en l'air comme s'il était fatigué. L'autobus est passé devant l'hôtel Yougoslavie. Sur la butte il n'y avait personne, les piliers de l'ancienne gare de Zémoune, plantés à son sommet, se dressaient comme des ruines antiques. Je suis descendu du bus sur la grand-place, je suis entré au supermarché où j'ai passé une quinzaine de minutes à lire les ingrédients de conserves et d'autres denrées alimentaires. Rien ne m'apaise autant que ces listes partiellement compréhensibles qui présentent la nourriture sous une forme extrêmement indésirable. Un biscuit, par exemple, se transformait en farine de blé, sucre, graisse végétale, poudre de cacao, lait écrémé en poudre, bicarbonate d'ammonium, bicarbonate de soude, lécithine, sel, colorant naturel et arôme identique nature. J'ai lu tout cela en plusieurs langues : serbe, albanais, slovène, croate, macédonien, anglais, hongrois et roumain. Puis j'ai acheté du pain et du yaourt et suis rentré chez moi. Il m'arrivait déjà, au cours des semaines et des jours précédents, de ne pas très bien savoir que faire dans certaines situations, mais j'étais à présent tout à fait déboussolé. L'idée m'est venue, je ne le cache pas, qu'il fallait m'enfuir ; de telles idées sont inévitables en de telles circonstances ; à aucun moment, cependant, je n'ai trouvé cette idée acceptable. Je me suis enfui plus tard, c'est vrai, mais les circonstances étaient alors tout à fait différentes et la fuite était une nécessité et non pas un choix. Mais on parlera de ça ensuite, nous avons le temps. La fuite était donc hors de question, tout comme mon autre idée : m'adresser à la police. Je ne croyais pas au système en vigueur, j'étais opposé au régime, ce qui impliquait que je n'avais rien à espérer de la police ; de toute façon, elle avait déjà sur les bras un nombre considérable de crimes non élucidés, un de plus ne l'aurait nullement émue. Peut-être aurais-je pu écrire quelque chose pour ma rubrique dans *Minut*. Cette pensée m'a fait rire : après mes ratiocinations visant toutes à dire que le postmodernisme avait rompu avec la manière traditionnelle d'aborder la langue et la forme, j'étais en train de songer au texte comme à une information fiable, j'étais prêt à croire les mots. D'ailleurs, qu'aurais-je pu dire dans ce texte, puisque je ne savais rien ? J'avais vu quelqu'un qui était peut-être mort de mort violente, mais à part ça, à part cette mort non confirmée, rien d'autre ne m'était connu. Cela voulait dire qu'il ne me restait qu'une chose à faire : ne plus attendre que des événements survinssent, mais les inciter à se produire et les confronter. Il était grand temps que les filaments isolés s'entrelacent en un seul fil, que tout cela prenne forme —, si incohérente que cette forme pût paraître —, ou que cela finisse par se dissoudre dans le néant, ce qui eût été une solution merveilleuse qui m'aurait rendu ma liberté pleine et entière, merveilleuse mais, je m'en doutais bien, fort peu probable. C'est ainsi que le lendemain, muni d'un bloc-notes et de crayons de diverses couleurs, je suis allé inspecter minutieusement les rues aux alentours du marché de Zémoune. C'était un véritable jour de printemps, il faisait une chaleur agréable, des nuages couraient dans le ciel, et le marché était plein de monde. J'avais l'intention de passer par autant de rues que possible, en observant attentivement ce qui m'entourait et en notant tous les endroits où je remarquerais le signe composé d'un cercle et de triangles, ainsi que les endroits où il serait resté quelque trace de ces signes. Il me fallait, en effet, tenir compte de cette éventualité : la plupart des signes pouvaient ne pas avoir été tracés avec des couleurs durables, mais à la craie ou même au bâtonnet de couleur à la cire, et étaient donc condamnés à disparaître rapidement. Ainsi, aucun de ceux que j'avais vus auparavant rue Zmaï n'était plus visible, ce qui ne voulait pas dire qu'ils ne jouaient aucun rôle dans la constellation globale des signes. J'avais l'intention, une fois que je les aurais tous recensés, je veux dire ceux que je pourrais trouver, d'en indiquer l'emplacement sur une carte de Zémoune afin d'y chercher une signification supplémentaire ou une sorte de clé qui m'indiquerait ce qu'il me faudrait faire ensuite. Pour être franc, je n'en avais aucune idée, mais j'espérais que mes activités à venir allaient se profiler d'elles-mêmes ou qu'elles s'imposeraient clairement une fois la carte des signes existants établie. Je suis arrivé sur le marché par la rue de Belgrade, où je n'ai rien trouvé. J'ai même tourné dans la rue des Matelots, où je n'ai fait que deux ou trois pas et que j'ai aussitôt quittée. C'est extrêmement ringard, je le sais, ai-je dit plus tard à Marko, mais j'ai suivi une vague intuition qui me disait que je ne pouvais espérer trouver là aucun signe. C'est pourquoi je suis retourné rue de Belgrade, puis entré dans la cohue du marché. Je passais devant les étals où l'on vendait toutes sortes de marchandises, denrées alimentaires, articles d'hygiène, fournitures d'électricité et de plomberie, linge de corps masculin et féminin, cuillères en bois et petits escabeaux, café et lessives en poudre.

Ensuite, on arrivait aux étals de légumes. Je me suis retrouvé un instant plongé dans une foule encore plus dense, puis je suis retourné vers les premiers étals, où j'ai acheté une tablette de chocolat. À supposer qu'un signe eût été tracé dans cette partie du marché, il était vain de le chercher ; arrivé au bout de cette première partie du marché, j'ai tourné dans la rue Bourgeoise et pris le chemin du quai. Quand j'y suis arrivé, juste en face du restaurant Le Venise, j'ai vu quelques gribouillis à la craie sur le trottoir, dont un ressemblait à une spirale et un autre à un écheveau embrouillé, mais ils n'avaient rien à voir avec mes signes. Les miens ? Je suis toujours stupéfait de la légèreté avec laquelle nous nous approprions les choses, même lorsqu'il n'y a pas en elles le moindre indice d'appartenance, car si quelque chose n'était pas à moi, c'étaient bien ces signes, ce qui ne faisait aucun doute. J'ai regardé à gauche, j'ai regardé à droite, et j'ai pris à gauche, en direction de la rue Zmaï. C'était là que, quelques semaines auparavant, j'avais découvert le premier signe, caché sous un bouton. Je me suis arrêté et j'ai couché cette précision sur mon bloc-notes. J'ai employé un stylo noir : le noir devait être la marque de l'absence, ou plutôt de la présence de l'absence ; le rouge était prévu pour les signes nouvellement découverts ; je destinais le bleu aux traces probables de signes, et le vert devait servir pour divers traits qui n'auraient apparemment pas fait partie des signes. À l'endroit où autrefois s'était trouvé le bouton noir, il n'y avait rien, et pas plus sur les marches où j'avais vu un signe lorsque je m'étais penché pour ramasser les pommes de terre tombées du cabas de la femme que j'avais heurtée. Maintenant aussi il y avait beaucoup de détritus dans cette rue, et je m'arrêtais à tout moment, déplaçais des journaux froissés, fouillais dans de petits tas d'ordures, soulevais des sacs en plastique. Au coin de la rue Gaï, au bas d'un panneau de signalisation, j'ai trouvé un triangle inachevé dessiné à la craie, qui pouvait être une partie d'un triangle plus petit, intérieur, inscrit dans un autre, plus grand.

Cette précision aussi, je l'ai inscrite sur mon bloc-notes, cette fois en bleu. Non loin de ce reste ou de ce commencement de triangle, il y avait une flèche indiquant la direction opposée au marché, les rues Dosithée et Karamata. C'est ainsi qu'autrefois, enfants, nous laissions derrière nous des signes destinés à nos copains : en suivant ces flèches, ils arrivaient aux endroits où nous les attendions. J'ai suivi la rue Gaï et j'ai bientôt trouvé une nouvelle flèche, orientée à gauche, vers la rue Dosithée. J'ai vu encore une flèche, puis un garçon qui un peu plus loin dessinait une nouvelle flèche sur le trottoir. En me voyant, il s'est enfui en courant. Il a même crié quelque chose, sans se retourner, puis a disparu sous un porche. Je n'ai pas essayé de le suivre. Je suis retourné rue Gaï, et là, en passant devant l'ancienne forge, j'ai enfin vu le premier vrai signe. Après, ç'a été plus facile. De la rue Gaï je suis entré dans la rue Karamata, j'ai longé l'un de ses trottoirs jusqu'au quai, puis je suis revenu par l'autre trottoir jusqu'au quartier de Mouhar et ensuite, par la grand-rue, je suis de nouveau arrivé rue Zmaï. Jusque-là j'avais noté six ou sept signes et quelques traces possibles, y compris un triangle avec en son centre un point qui, je me doutais, représentait autre chose, mais il était plus facile pour moi de le considérer comme le reste d'un signe dans lequel quelqu'un, par inadvertance ou intentionnellement, avait inscrit un point. J'ai inspecté de la même manière la rue Zmaï. Sur une clôture entourant un chantier, derrière le bâtiment du théâtre, dans un endroit retiré, j'ai remarqué jusqu'à quatre signes, comme si quelqu'un s'était exercé à les dessiner. Sur la grande porte en bois où naguère était collée l'affiche proposant des cours de tai-chi, s'en trouvait une bien plus grande qui annonçait un concert de musique folklorique. J'ai examiné attentivement l'affiche ; je n'y ai rien trouvé; le seul endroit taché ressemblait à une trace de rouge à lèvres, empreinte d'un baiser que quelqu'un aurait imprimé sur la joue d'un des chanteurs qui y figuraient. J'ai jeté aussi un coup d'œil dans le passage qui menait à la cour, je suis allé jusqu'au banc, j'ai examiné la pompe et les buis. Là non plus il n'y avait rien. Je suis ressorti dans la rue, je l'ai descendue, puis remontée et de nouveau j'ai débouché sur le quai. Rue Zmaï, j'ai découvert encore sept ou huit signes, ainsi que deux traces, toutes les deux près des étals du marché. Avant de m'engager dans la rue Bourgeoise, j'ai fait le tour de la capitainerie. La galerie était fermée, dans une demi-obscurité, et quand j'ai pressé mon nez contre la porte vitrée, il m'a semblé que sur le mur en face, à côté d'une photo exposée, je voyais un signe, néanmoins, en regardant de nouveau un instant plus tard, le mur était d'un blanc immaculé. J'ai continué de marcher, de prendre des notes avec mes stylos de différentes couleurs et, quand j'ai eu faim, je suis entré dans une boulangerie où j'ai mangé du feuilleté au fromage. Il était gras ; j'ai dû me lécher les doigts. Je les ai léchés l'un après l'autre, sans me soucier de la vendeuse. Puis j'ai pris un croissant à la confiture et demandé un verre d'eau. L'eau était tiède. Je buvais l'eau et feuilletais mon bloc-notes. J'avais encore à faire le tour de la place de la Victoire, et je ne devais pas oublier non plus la rue des Quatre-Saisons, la plus petite des rues aux alentours du marché, mais pleine d'endroits propices pour y laisser des signes. J'en ai en effet trouvé six, dessinés à des distances égales d'environ soixante-dix centimètres. L'après-midi était avancé, il y avait sensiblement moins de monde au marché et pour moi le moment de rentrer approchait. Des nuages s'accumulaient dans le ciel, la pluie s'annonçait. Je me suis rendu à une papeterie de la rue Zmaï pour demander une carte de Zémoune. Ils n'avaient qu'une carte commerciale de la ville, où figuraient les magasins et les entreprises, mais elle me convenait tout de même, car elle était grande, claire, et surtout présentait, dans le coin supérieur droit, un agrandissement du centre de la ville. J'avais les pieds en feu en rentrant à la maison. J'ai étendu la carte sur la table de la cuisine et me suis mis à marquer les endroits où j'avais vu les signes. Le quartier autour du marché se composait de neuf blocs d'habitation de différentes grandeurs, dont l'un, délimité par les rues Zmaï et Karamata, en bordure du quai, avait la forme d'un triangle. Peut-être le chiffre neuf revêtait-il une signification particulière, mais je n'ai pas osé rappeler Dragan Michovitch. J'aurais tout aussi bien pu me renseigner auprès de Iacha Alcalaï ; après tout, les chiffres sont des chiffres, que ce soit en mathématique ou dans la cabale. Je feuilletais mon bloc-notes et marquais des points de diverses couleurs. Il y avait surtout des points rouges, quelques points bleus, trois ou quatre verts et trois noirs. Le dernier point marqué, je me suis levé et j'ai considéré la carte d'un peu plus loin. Je ne savais pas ce que j'allais voir, ni même ce que je m'attendais à voir et, en fait, je n'ai rien vu. Les points, ici plus proches, là plus éloignés, entouraient les neuf blocs d'habitation ; seul le centre, que l'on pouvait situer là où la rue Bourgeoise débouche sur la place de la Jeunesse, en était dépourvu. J'étais déçu, je l'avoue, mais ne pouvais reprocher qu'à moi-même mon incapacité d'interpréter le schéma que je venais d'obtenir. Je m'étais attendu à ce que ce diagramme m'apprît aussitôt des choses que j'ignorais, et il ne me disait rien, bien qu'il me parlât peut-être, mais dans une langue qui m'était inconnue. J'ai encore une fois vérifié le tout, attentivement, puis je me suis roulé un joint, l'ai allumé et me suis mis devant la fenêtre. J'ai regardé à gauche, j'ai regardé à droite, puis tout droit. La vitrine de la parfumerie était déjà éclairée ; aucune voiture n'était garée devant elle ; j'ai pu souffler, ou plutôt j'ai pu tranquillement inspirer. J'inspirais profondément, avalais lentement la fumée en regardant la nuit envahir le ciel et sentais le cannabis monter en moi : mes genoux se sont ramollis, mon ventre s'est détendu, mon cœur s'est mis à battre plus vite, mes paupières se sont alourdies, et quand il est arrivé à mon front, je suis allé me coucher.

Cette nuit-là, j'ai fait un rêve étrange. Je regrette de ne pas l'avoir noté tout de suite ; avec le temps, son souvenir a pâli et, malgré tous mes efforts, je ne puis maintenant me remémorer que des détails, pas l'ensemble. Autant qu'il m'en souvienne, il ne s'y passait rien de particulier et on pourrait dire que j'ai rêvé des impressions plutôt que des événements. Je me rappelle, par exemple, avoir rêvé que je dormais et que je m'éveillais, mais sans pouvoir ouvrir les yeux. Je me suis réveillé, dans mon rêve, parce qu'il me semblait que quelqu'un était assis près de mon lit, penché sur moi et regardait fixement mes yeux fermés. Comme je rêvais que mes paupières étaient fermées, je ne voyais que l'obscurité. Dans mon rêve, j'étais éveillé mais je n'osais pas ouvrir les yeux, de peur de ce que j'allais voir, bien que je me rappelle m'être dit : ce ne sont peut-être que des yeux humains ordinaires. Alors une voix, tout près de mon oreille, m'a dit : Il n'y a pas d'yeux humains ordinaires. Et puis : Chaque œil est une histoire en soi. C'est alors que je me suis vraiment réveillé, sans savoir avec certitude qui venait d'entendre cette voix et qui avait peur. Cela s'est répété plusieurs fois au cours de la nuit, et le matin je tenais à peine sur mes jambes. Retourne te coucher, ai-je dit à mon reflet dans le miroir. Le reflet n'a pas répondu, et l'eût-il fait, il n'aurait pu m'être d'aucun secours car ce matin-là je devais réviser le texte de ma rubrique pour *Minut*. À cette époque, tout le monde ne parlait que du référendum par lequel, selon les affirmations des autorités, le peuple devait se prononcer sur la participation des puissances étrangères à la solution de la crise du Kosovo, et le directeur, tout en soulignant qu'il savait bien que les sujets politiques ne m'attiraient pas, m'avait dit qu'il serait intéressé de lire mon commentaire à ce sujet. Finalement, j'en avais choisi un autre : le problème des très nombreux chiens errants, parmi lesquels il y avait pas mal de chiens de race que leurs propriétaires, dans l'impossibilité de subvenir aux frais de leur nourriture et de leur entretien, mettaient simplement à la rue. Je ne considérais pas, bien entendu, que le sort du Kosovo fût moins important que celui des chiens abandonnés, mais chacun pouvait voir que la manière d'organiser ce référendum en faisait une farce dont il était inutile de parler. Les conséquences seraient tout sauf une farce, mais cette histoire-là serait écrite par quelqu'un d'autre, pas par moi. Il me restait les chiens errants et les problèmes qu'ils nous posaient, où la bonté et la fidélité étaient en question. J'écrivais sans enthousiasme, en recourant à des solutions éculées et en m'en prenant aux nouveaux riches qui gaspillaient l'argent pour des chiens rares et chers, pour ensuite se décharger du problème sur la société. La solution de facilité, ai-je écrit, serait d'exterminer les chiens, mais ce serait s'attaquer non pas à la cause, mais à sa conséquence. La vraie question est de savoir que faire de ceux qui abandonnent leurs chiens, et je laissais aux lecteurs, ai-je écrit, le loisir de concevoir le châtiment le plus approprié. Dommage que je n'aie pas alors eu l'idée de leur demander d'envoyer leurs propositions à l'hebdomadaire, ce qui aurait constitué une petite encyclopédie de cruautés tendres ou violentes, pleine de suggestions curieuses, mais peut-être n'est-il pas trop tard, vu que, à en juger par les nouvelles qui me parviennent, les problèmes que posent les chiens errants en Serbie n'ont pas disparu. Il est vrai que *Minut* n'existe plus, qu'il s'est éteint comme tant d'autres quotidiens et hebdomadaires, à défaut d'avoir pu attirer un nombre suffisant de lecteurs, et que je devrais écrire pour un autre périodique, *Europe* ou *Vreme*, quel que soit leur nom actuellement. Le directeur de rédaction de *Minut* a prétendu bien aimer mon texte, ce à quoi je ne croyais guère, même s'il était plutôt amateur de chats et en nourrissait, en plus du sien, trois ou quatre dans la cour de l'immeuble où il habitait. Il s'est révélé ultérieurement que mon texte devait être abrégé et c'est pourquoi je me suis trouvé ce matin-là à la rédaction, avec le directeur et le correcteur. Pendant que nous attendions que le texte modifié eût été converti en fichier informatique, mon directeur m'a dit qu'il venait de divorcer parce que son ex-femme ne supportait pas les chats. Elle avait pourtant essayé, mais elle n'y était pas arrivée. Quand Félix, son vieux matou, a-t-il dit, sautait sur leur lit, elle se mettait à crier et ne s'arrêtait pas avant que Félix fût sorti de la chambre, c'est-à-dire avant que son maître ne l'eût emporté. Elle avait tenu deux ans, ce qui était, a-t-il dit, une performance digne d'admiration, puis elle lui avait posé l'ultimatum : c'était Félix ou elle, l'un des deux devait quitter la maison. Mon directeur, après trois secondes de réflexion, s'était levé, a-t-il dit, avait pris deux valises et s'était mis à y ranger les affaires de sa femme. Elle pleurait, a-t-il dit, lui faisait les bagages, Félix miaulait, le téléphone sonnait, des informations retentissaient à la télé, jamais encore il ne s'était trouvé dans un pareil chaos sonore, mais lorsqu'elle était partie, tout s'était apaisé et depuis, peut-être n'allais-je pas le croire, a-t-il dit, Félix n'a plus miaulé une seule fois. Je ne savais ce qui m'avait valu une telle confidence ; jusqu'alors nos conversations s'étaient bornées à notre travail, aux commentaires suscités par mes commentaires et aux concertations au sujet de mes futurs articles. Peut-être aurais-je dû lui rendre la pareille, ai-je dit à Marko quand nous nous sommes rencontrés devant la Maison de la jeunesse, lui confier quelque chose de ma vie ? Il se sent seul, c'est tout, a dit Marko, et comme tous ceux qui détiennent une certaine autorité et exercent un contrôle sur les autres, il a parfois besoin de se montrer sous le jour du brave type sensible. Pose-lui demain une question sur le même sujet, a poursuivi Marko, et ne sois pas surpris s'il te dit de te mêler de ce qui te regarde. Nous avons attendu que les feux de signalisation changent de couleur, et nous nous sommes dirigés vers la rue du Prince Michel. En m'y engageant, je me suis arrêté, j'ai regardé à gauche, j'ai regardé à droite, puis je me suis dépêché de rattraper Marko. Ça va, ai-je dit en le rejoignant, ils ne sont pas là. Qui ça ? m'a demandé Marko. Crois-tu que tout le monde devine ce que tu as en tête ? Je lui ai rappelé ma rencontre avec les jeunes gens aux cheveux coupés en brosse. Il n'a eu qu'une moue de mépris. Ils ne sont rien, a-t-il dit, et ils auront bientôt disparu, en un an tout au plus, tu verras. Je ne sais où est Marko à présent, mais je sais qu'il s'est trompé dans ses prévisions. Les nationalistes n'ont pas disparu et ils ne sont pas rien ; au contraire, ils sont plus présents que jamais, et leur influence ne cesse de croître, sans montrer le moindre signe d'essoufflement. C'est ce qu'il en est actuellement, à en juger par les nouvelles parcimonieuses et les rares messages qui m'arrivent par courrier électronique, seules sources auxquelles j'ajoute foi, parce qu'elles viennent de correspondants connus, alors qu'à l'époque, dans l'attente permanente et épuisante d'un changement, la conviction de Marko était compréhensible et admissible. Oh, mon Dieu, j'ai le cœur serré quand je songe à cette attente, à toute cette énergie mise à croire, à espérer, au temps qu'il a fallu pour construire cette foi, cet espoir, à l'effort qu'exigeait le moindre pas en avant, et à quelle vitesse, ensuite, cela a été déconstruit, interrompu, changé en un marécage. Il est vain de réfléchir à certaines choses, ou peut-être faut-il ne jamais cesser d'y réfléchir, je n'ai pas encore décidé pour laquelle de ces deux leçons je dois opter, mais quel que soit mon choix, on ne peut plus rien changer, la vie est un trait qui n'avance que d'un côté, l'autre reste toujours au même endroit, et quoi que l'on puisse faire, ou dire, on ne peut s'en rapprocher, comme je l'ai certainement déjà dit, je veux dire écrit, bien que le mot *dit* ne soit pas inexact, car il m'arrive souvent de dire d'abord les phrases, de tourner et de retourner les mots dans ma bouche, de les écouter y rebondir et s'y répercuter, mais quoi qu'il en soit, je me répète, sans aucun doute, ce que l'on ne devrait pas me reprocher, puisque toute la vie n'est que répétitions de fragments de différentes vies, seule la disposition de ces fragments est toujours nouvelle, toujours unique, ce qui introduit dans la vie le facteur de surprise, et la surprise n'est qu'une autre façon de nommer ce qui est unique, voilà pourquoi nous croyons toujours que ce qui est nouveau pour nous, ou ce que nous ne reconnaissons pas, est unique, alors qu'il peut en fait en aller tout autrement, que ce que nous considérons comme unique peut n'être qu'une répétition, c'est ce que je voulais dire en commençant cette phrase qui m'a échappé et est partie où bon lui semblait, sans attendre, comme je l'avais cru peut-être à la légère, que Marko et moi poursuivions notre promenade dans la rue du Prince Michel, et, en animal domestique désobéissant que l'on n'a pas sorti depuis longtemps, s'est mise à courir tantôt devant nous, tantôt loin derrière, ce qui nous forçait à nous retourner pour nous assurer qu'elle était toujours là, qu'elle n'avait pas disparu en divaguant ou en s'approchant d'une main tendue. C'est alors, en me retournant ainsi, que j'ai vu Margareta. Je ne l'ai pas reconnue tout de suite : elle avait changé de coiffure, portait des chaussures à talons hauts, un pardessus clair serré à la taille, un châle artistement jeté sur ses épaules. Quand je me suis retourné une nouvelle fois, je n'ai pas pu la retrouver parmi les passants. J'ai regardé une troisième fois et je l'ai vue sortir d'une librairie papeterie, s'arrêter pour mettre un paquet dans son sac, et se tourner pour partir dans la direction opposée à la nôtre, celle d'où nous venions, Marko et moi. J'ai tiré Marko par la manche et lui ai dit que j'avais oublié de vérifier quelque chose à la librairie au commencement de la rue. Il n'avait qu'à continuer, lui ai-je dit, je le rejoindrais vite, à l'entrée du Kalémegdan[1], sinon avant. Il n'était pas content, je l'ai vu, mais il a pourtant continué d'avancer. J'ai attendu qu'il se fût éloigné en se mêlant aux passants, puis j'ai hâté le pas pour rattraper Margareta. Je l'ai rejointe devant la vitrine de la librairie au début de la rue, où elle s'était arrêtée pour regarder les livres à l'étalage ; si elle ne l'avait pas fait, je n'aurais sans doute pas pu la retrouver parmi tous les gens qui s'engouffraient dans la rue du Prince Michel. Je ne l'ai pas abordée immédiatement, mais je me suis arrêté devant l'étal de fortune d'un vendeur ambulant et me suis mis à fourrager parmi ses bijoux et sa camelote. Margareta ne bougeait pas. Elle restait devant la vitrine en regardant si fixement à l'intérieur qu'elle donnait l'impression de vouloir lire un livre fermé malgré l'épaisseur de la couverture. Puis un grand homme moustachu s'est approché et s'est mis à côté d'elle avant de se plonger lui aussi dans la contemplation des livres. Les gens qui ne cessaient de passer me gênaient pour surveiller Margareta et le moustachu, mais je suis presque sûr d'avoir vu les lèvres de celui-ci remuer. Être presque sûr revient à dire ne pas être certain, je le sais bien, mais je ne puis être plus précis. Un moment plus tard, j'en suis presque sûr aussi, leurs mains — la gauche de l'homme, la droite de Margareta — se sont touchées un instant, et il est tout à fait possible qu'un objet soit alors passé de l'une à l'autre. Le marchand ambulant m'a demandé avec impatience si j'avais l'intention d'acheter quelque chose ou de simplement retourner sa marchandise, ce qui m'a obligé à poser les breloques et les chaînettes que je tripotais, et quand j'ai de nouveau regardé vers la vitrine de la librairie, j'ai vu l'homme partir dans le sens d'où j'étais venu, en direction du Kalémegdan. Margareta est restée quelques instants encore devant la vitrine, puis elle a rejeté ses cheveux en arrière, s'est tournée, et elle est partie dans l'autre sens. J'avais envie d'invoquer à grands cris les cohortes angéliques,

1. Forteresse médiévale et jardin public.

car j'étais de nouveau placé dans la situation de devoir choisir entre elle et un homme, mais cette fois-ci, fort de la leçon tirée de mon expérience sur le quai de Zémoune, et m'opposant à mon instinct, j'ai suivi le moustachu. Avant de m'enfoncer dans la foule dense des promeneurs, j'ai pu voir encore une fois Margareta s'éloigner en direction de Térazié, et les plis du châle qui sur ses épaules se balançaient gaiement comme s'ils m'adressaient des signes d'adieu. L'homme à la moustache n'était pas commode à suivre. Il avançait vite en évitant adroitement les passants, ce qui m'a plusieurs fois obligé à m'ouvrir un passage sans trop de délicatesse. Je suppose que sa haute stature lui permettait de mieux prévoir ce qui l'attendait et d'y adapter ses mouvements, alors que j'avais beau me hisser sur la pointe des pieds, je ne parvenais pas à voir très loin devant moi et ne cessais ainsi de me heurter aux piétons qui restaient sur place à bavarder ou venaient de la direction opposée. À l'approche de l'Académie, le moustachu a subitement tourné à droite, vers le square précédant la faculté des sciences humaines, ce qui m'a obligé à m'arrêter. Si je continue de le suivre, me suis-je dit, je vais fâcher Marko, qui certainement m'attend déjà devant la bibliothèque municipale, et si j'arrête de le suivre..., me suis-je encore dit sans savoir quoi ajouter. D'ailleurs, qui était cet homme et pourquoi l'avais-je suivi ? Peut-être avais-je vraiment vu trop de films sur les diverses théories du complot et étais-je victime de mes convictions erronées et de mes illusions ? Comment pouvais-je être sûr qu'il y avait eu quelque chose entre cet homme et Margareta et pourquoi tout à coup, où que mon regard se portât, croyais-je reconnaître des signes d'une complicité secrète, un langage cryptique, des fuyards et des poursuivants, des conspirateurs et des fous furieux ? Je me suis retourné et, comme je m'y attendais, j'ai vu deux jeunes gens aux cheveux en brosse qui feignaient de parler avec vivacité de quelque chose de drôle, si drôle qu'ils ne cessaient de se pousser du coude et de se tordre de rire. Je ne serais pas surpris, me suis-je dit, s'il s'avérait que l'homme moustachu file lui-même quelqu'un, pas plus que je ne serais surpris si quelqu'un filait les jeunes gens aux cheveux taillés en brosse, et cette idée m'a incité à laisser tomber le grand moustachu, encore visible à l'autre bout du square, et à me diriger rapidement vers Kalémegdan, où j'ai tout raconté à Marko. J'ai commencé à parler alors que j'étais encore à quelques pas de lui, mais il a levé son index en signe d'avertissement et, quand je l'ai rejoint, m'a conseillé de me taire. Puis il m'a suggéré à voix basse de regarder de l'autre côté de la rue, où commençait la grande allée du Kalémegdan, et j'y ai vu un homme en imperméable noir avec des lunettes noires. Je n'étais pas sûr qu'il s'agissait du même homme, ou de l'un de ceux que j'avais vus sur le quai de Zémoune ; d'ailleurs, comment peut-on différencier des hommes en imperméable noir et aux lunettes noires? J'ai dit à Marko que ce devait être un hasard, qu'il était impossible que l'un et l'autre nous fussions pris en filature, et je lui ai dit un mot sur ce qui venait de se passer, en évitant, bien sûr, de faire la moindre allusion à Margareta. À ce moment-là, l'homme en imperméable noir et aux lunettes noires s'est tourné et a pénétré dans le jardin du Kalémegdan. Qu'est-ce ça veut dire, ai-je dit, n'est-il pas censé nous suivre ? Il nous attire, a répondu Marko, et ensuite, si nous lui emboîtons le pas, il s'arrangera pour reparaître derrière nous. C'est effectivement ce qui s'est produit : nous l'avons bientôt perdu de vue. Cependant, nous avons eu beau nous retourner, nous ne l'avons pas aperçu derrière nous. Marko affirmait que nous l'avions eu, sans trop savoir comment, que ce n'étaient pas nous qui l'avions perdu, mais lui qui nous avait perdus. Qui sait où il pouvait bien errer, maintenant, dans la forteresse ? Peut-être, conjecturait-il, s'était-il égaré dans les galeries souterraines desquelles il ne pourra plus jamais sortir, dans la clarté du jour ou l'obscurité de la nuit. Je n'en étais pas très sûr, quoique j'eusse cessé de me retourner. Nous avons débouché sur la terrasse d'où l'on pouvait voir la Save se jeter dans le Danube et, en face, sur les rives, la Nouvelle Belgrade et Zémoune. Pour je ne sais quelle raison, je me suis rappelé Félix, le matou du directeur de rédaction qui ne miaulait plus — le matou, pas mon directeur — depuis que la femme de celui-ci avait décidé de partir. Le matou se taisait-il parce qu'il était heureux ou parce qu'il était malheureux ? Mon directeur avait l'air plutôt heureux, c'était évident, mais il pouvait en aller tout autrement pour le matou. Peut-être, me suis-je dit, était-ce le directeur de rédaction qui aurait dû partir et laisser sa femme avec le matou, et peut-être ceux-ci auraient-ils trouvé un modus vivendi où la peur et l'appréhension se seraient muées en respect et en considération ? J'ai regardé Marko du coin de l'œil. À quoi pouvait-il bien penser ? Il ne se souciait certainement pas du matou de mon directeur et n'aurait pas davantage pu imaginer que je songeais à pareille chose, à une telle créature poilue, alors que j'aurais dû m'inquiéter exclusivement du complot. En fait, je pensais à Félix parce que, dès ce moment-là, j'étais las de tout le reste, de toutes ces histoires qui surgissaient d'elles-mêmes et se perdaient en elles-mêmes, de sorte qu'elles n'avançaient même pas, pas plus qu'une tache de couleur sur la volute d'un objet en spirale que notre œil voit pourtant tournoyer. Chaque fois que j'ai cru m'être rapproché de quelqu'un ou de quelque chose, j'ai pu constater que la distance entre moi et ce quelqu'un ou ce quelque chose n'avait pas changé le moins du monde, sinon pour grandir au lieu de diminuer. C'est trop, me suis-je dit, pour quelqu'un qui, récemment encore, rêvait de n'être qu'un écrivain, rien de plus. Je pouvais entendre Marko respirer profondément et régulièrement comme s'il s'était endormi, bien que ses yeux fussent grands ouverts. Le ciel se dégageait au-dessus de Zémoune et de la Nouvelle Belgrade comme si se levait le rideau d'un théâtre où nous aurions été les deux seuls spectateurs, redoutant de voir la nuit tomber avant le dernier acte, et que la pièce fût un de ces textes dramatiques où les spectateurs sont malgré eux mêlés au drame, deviennent des acteurs auxquels sont dévolus les rôles des victimes. Le soleil glissait en effet dans le ciel d'huile et semblait sur le point d'aller d'un moment à l'autre à la rencontre de l'horizon, quoiqu'il fût encore trop tôt. L'après-midi n'a même pas commencé, ai-je dit, et il est déjà fini. Marko a tourné lentement la tête vers moi. C'est quoi, ça, a-t-il demandé, le début d'une nouvelle poésie ? Quelques années auparavant, j'avais écrit quelques poèmes, et Marko ne me l'avait jamais pardonné. À cette époque-là, il avait une petite amie qui était réellement poète et avait publié un recueil dans la collection « Le premier livre » des éditions La Ruche Serbe, et son hostilité à l'endroit des voix et des formes poétiques était une réaction à leur rupture excessivement pénible, au cours de laquelle elle l'avait frappé si fort à la tête avec le Dictionnaire anglais-serbe de Benson que le sang avait ruisselé sur son front et son cou. Pour couronner le tout, cela s'était produit pendant une performance de Miroslav Manditch, si bien que nul ne s'en était particulièrement ému, car on croyait que cela faisait partie de la prestation. Miroslav Manditch lui-même restait à côté d'eux, sans savoir que faire. Ce n'est que lorsque le sang a commencé à goutter de la tête de Marko qu'il a réussi à arracher le dictionnaire des mains de la jeune femme furieuse, mais elle a continué de s'attaquer à Marko en agitant les bras comme les ailes d'une éolienne frappées par des rafales de vent. Après pareil incident, sans doute n'aurais-je plus aimé la poésie moi non plus, sans pourtant jamais nier l'aptitude des poètes à résumer de la meilleure manière l'essence du monde et de notre existence. À présent, pour ce qui est de la concision, je serais bien content d'avoir un pareil maître qui, en une phrase ou deux tout au plus, résumerait tout ce qui m'était arrivé au cours des semaines précédentes. Marko me regardait toujours, attendant une réponse. Non, ai-je dit enfin, ce n'est pas le début d'un poème, mais le résumé de mon désespoir, car le temps passe, de plus en plus vite, et moi je ne bouge pas d'un pouce. Désespérer ne t'avance en rien, a dit Marko, surtout si tu considères que personne n'a encore trompé ni déjoué ni maîtrisé le temps. Il y en a qui y sont parvenus, ai-je répliqué, mais quand Marko m'a lancé un regard interrogatif, je n'ai pu me rappeler aucun de ces gens-là. Tu penses peut-être, a suggéré Marko, à ceux qui ont fait un pacte avec le diable, ce que toi, tel que je te connais, tu n'aurais jamais fait. Laisse tomber le diable, ai-je dit, il s'agit ici de choses bien plus sérieuses. Mais dis donc, s'est presque écrié Marko, crois-tu que le diable ce n'est pas sérieux ? J'ai aperçu par-dessus son épaule une vieille dame qui au mot « diable » s'est arrêtée et retournée. Inutile de crier, ai-je dit, on attire déjà trop l'attention. La vieille dame a fait un pas vers nous, puis elle s'est signée et a suivi son chemin. Je crierai quand j'aurai envie de crier, a dit Marko plus bas. Sur ce, il m'a tourné le dos comme un enfant qui boude. J'ai regardé mes mains : mes dix doigts ne m'auraient probablement pas suffi pour énumérer tout ce qui me rongeait, et voilà maintenant qu'il fallait y ajouter l'incompréhensible comportement de Marko. À moins que ce ne fût mon comportement qui était devenu incompréhensible ? Peut-être attribuais-je aux autres ce que j'aurais dû n'attribuer qu'à moi-même ? Et puis, combien de questions sans réponse peut-on porter en soi sans être changé ? Il doit bien exister une limite, après laquelle vient l'effondrement. J'ai regardé à gauche, j'ai regardé à droite, j'ai regardé en bas, j'ai regardé en haut. Je n'ai vu nulle part quelque chose qui ressemblât à une réponse. J'ai supposé que derrière moi il devait en aller de même. Je m'en suis assuré, par acquit de conscience, et j'avais vu juste. Il n'y avait nulle part le moindre soupçon de réponse, et pas davantage la moindre trace de l'homme en imperméable noir. Marko me tournait toujours le dos, le ciel s'assombrissait, les nuages s'éloignaient sans la moindre promesse, et en bas, sur la Save, deux canots passaient lentement sous un pont. J'ai touché l'épaule de Marko du bout des doigts. Il allait rester encore un peu, m'a-t-il dit en me tendant la main. Je ne me rappelais pas depuis quand nous n'avions plus échangé de poignée de main. Nos mains se sont donc unies, mollement, juste un instant, toutefois suffisant pour que je puisse sentir que sa paume était aussi froide que s'il avait tenu de la glace. Et maintenant, comment formuler la phrase suivante sans paraître ridicule aux yeux des autres et aux miens ? À vrai dire, au contact de sa paume glacée, l'idée m'est venue que s'il défendait le diable avec autant d'acharnement, c'était parce que lui, Marko, était un de ses suppôts. En m'éloignant de lui, je voyais nettement cette phrase s'inscrire quelque part dans l'espace de mon esprit : elle brillait comme une grande enseigne fluorescente aux lettres de diverses couleurs qui s'allumaient et s'éteignaient à une cadence lente. Des scènes de divers films me passaient par la tête, comme *Rosemary's Baby*, *L'Exorciste* et *La Prédiction*. Si à ce moment-là était apparu devant moi l'homme à l'imperméable noir et aux lunettes noires, je l'aurais salué gaiement d'un signe de la main ; comparé au diable, il était négligeable ; cependant, il n'est pas apparu, et je me suis retrouvé bientôt dans la rue du Prince Michel, où régnait une cohue encore plus grande qu'à notre arrivée. Je me suis dit qu'il serait agréable d'aller passer un moment dans la cour de la synagogue, mais aussi que je devrais d'abord me défaire de mes pensées sur le diable, aussi ai-je tourné au coin de l'Académie pour aller vers le jardin du square Toplitsa. Rien n'est plus apaisant que de rester assis sur un banc de jardin public, au milieu de pigeons qui roucoulent en cherchant des miettes de pain. Il suffit de fermer les yeux et de contenir son souffle en se concentrant sur le vide purificateur. Après une dizaine de minutes d'exercices de méditation tout simples, je me suis senti comme quelqu'un dont l'esprit aurait rejeté une carapace souillée et je respirais d'un nouveau souffle, pur, d'abord par une narine, puis par l'autre. Les pigeons avaient entre-temps abandonné la partie et s'étaient rassemblés autour d'une vieille dame assise sur le banc voisin, qui leur jetait des graines. Elle ressemblait à celle qui, tout à l'heure, au Kalémegdan, s'était retournée en entendant le mot

« diable », mais pour moi, toutes les vieilles dames se ressemblaient, quel que fût le contexte : le Malin ou les pigeons affamés. Pigeons, pigeons, pigeons, je ne devais penser à rien d'autre, et c'est ainsi, avec des pigeons plein la tête, que je suis entré dans la cour de la synagogue. Ce jour-là était peut-être un vendredi ou une fête juive, à présent je ne m'en souviens plus, toujours est-il que dans la cour de la synagogue, à une table sous le feuillage d'un arbre, plusieurs hommes étaient assis, parmi lesquels Iacha Alcalaï, Isaac Lévi et Datcha. Iacha m'a appelé d'un signe de la main et quand je me suis approché, il m'a fait de la place sur le banc à sa droite. J'arrivais à point nommé, a-t-il dit : ils étaient en train de discuter les moyens de protéger les cimetières de la profanation des barbares. Quels barbares, a fait entendre un homme assis à sa gauche, ce ne sont que de vulgaires voyous. Barbares, voyous, imbéciles, c'est tout un, a lancé un homme de l'autre bout de la table, il ne s'agit pas de savoir ce qu'ils sont, mais ce que nous pouvons faire contre eux, et je crains, a-t-il dit, que nous n'ayons pas grand choix. En tout cas, nous ne pouvons pas aller gribouiller des slogans dans leurs cimetières, a dit l'homme à côté de Iacha, la police ne se soucie pas de nous venir en aide, alors quel recours nous reste-t-il ? Organiser des rondes nocturnes ? Ce n'est pas une mauvaise idée, a dit un homme coiffé d'une casquette, un clou chasse l'autre. Sottises, a fait Datcha en ôtant son chapeau et en le remettant aussitôt, le pot de terre ne peut rien contre le pot de fer. Qui ferait ces rondes, nous ? Et que déciderions-nous, de nous battre avec eux ? Mais regardez-vous, enfin, a-t-il dit, et dites-moi ce que vous voyez. Nous nous sommes tous mis à nous regarder, puis, comme d'un commun accord, nous avons baissé nos regards sur la table. Nous sommes une poignée de déchets, a dit Datcha au milieu du silence, et celui qui ne le voit pas, ou refuse de le voir, devrait s'interroger sérieusement sur ce qui ne va pas dans sa tête. Puis il a pointé son index sur moi. Lui seul, a-t-il dit, peut envisager ça autrement, mais il doit prendre ses décisions de son propre chef. J'ai demandé si je ne ferais pas mieux de partir, s'ils ne seraient pas plus à leur aise, ai-je dit, pour discuter de questions aussi délicates sans la présence de quelqu'un d'extérieur. Voilà qui ne concerne ni ceux qui sont à ma droite ni ceux qui sont à ma gauche, n'est-ce pas ? a dit Iacha Alcalaï. Les autres se sont récriés en acquiesçant si bien que Datcha a dû frapper du plat de la main sur la table pour les calmer. Il n'y a qu'un endroit d'où nous pouvons attendre du secours. Il a pointé son index droit au-dessus de lui. Nous avons tous levé les yeux sur la frondaison. Non pas là, s'est écrié Datcha, au-dessus, plus haut ! Il a dressé le bras et nous avons tous fixé du regard son index tremblant. Un faible rai de lumière, un fil à peine visible, s'élevait de la pointe de son index, traversait les jeunes feuilles et montait au ciel. J'ai cligné des yeux et le fil a disparu. J'ai regardé autour de moi, mais apparemment personne ne s'était aperçu de rien. Que dira le rabbin, a enfin demandé l'homme à la casquette, quand il apprendra tout cela ? Et comment l'apprendra-t-il, a fait Datcha, si aucun de nous ne lui en dit rien ? Pour ce qui est du rabbin, c'est facile, a dit Iacha Alcalaï, mais voyons ce que nous, de notre côté, nous devons faire. Le soir avait entre-temps fait son nid dans le ciel, il s'étendait lentement et se muait en nuit. Datcha s'est mis à discourir comme s'il était responsable de la défense civile générale d'une mairie, en expliquant tous les avantages de la guérilla et l'importance du facteur de surprise, pour ensuite dire qu'il fallait oublier tout cela et nous concentrer sur la tradition vivante. Si au cours des derniers siècles les cabalistes et les mystiques avaient su créer un être à partir de la poussière de la terre et lui insuffler la vie, alors il devait bien y avoir moyen de combattre cette racaille. Ne me dis pas, a dit Iacha Alcalaï, que tu me proposes de créer un golem ? Je n'ai encore rien proposé, a répondu Datcha, mais si c'était la seule solution, pourquoi pas ? Le silence s'est fait une nouvelle fois autour de la table. L'obscurité couvrait les visages, pesait sur nos paupières, et j'ai un instant eu peur de m'endormir, là, devant tout le monde, le front sur la table. La voix de Datcha me parvenait de très loin, comme s'il criait du haut du pont d'un navire qui prenait le large. Si ma mémoire ne me trahit pas, il disait que dans les anciens manuscrits cabalistiques devaient exister des recettes, c'est bien ce qu'il a dit : des recettes de diverses formes de résistance : comment se cacher de l'ennemi, lui échapper, le tromper, il fallait seulement trouver ce qui nous convenait et l'adapter à notre époque et à nos moyens techniques, car il ne fallait pas l'oublier, répétait-il à voix basse, ces écrits dataient du Moyen Âge, quand ce n'était pas d'époques plus reculées, et aucune recette de telle ou telle période historique ne pouvait être appliquée à une autre, mais tout irait bien, chuchotait-il, dès lors que nous saurions ce que nous avions à faire. Le savons-nous, a subitement demandé Iacha Alcalaï à haute voix, juste à mon oreille, ou croyons-nous seulement le savoir ? J'ai sursauté. Aujourd'hui encore, j'ignore ce qui s'est passé : je suis sûr de ne pas avoir dormi, et pourtant, après ces paroles de Iacha, je n'ai vu à la table que nous deux. J'ai regardé à gauche, j'ai regardé à droite. Ils sont partis, a dit Iacha, inutile de les chercher. Et qu'en est-il du golem ? ai-je demandé. Il n'est pas encore arrivé, a dit Iacha en riant, pas plus que Godot. Puis il a repris son sérieux : Tu ne crois pas ce que raconte Datcha, j'espère ? Cela avait l'air assez convaincant, ai-je dit, il faut bien le reconnaître. Être convaincant, c'est facile, a dit Iacha, et à la portée de tout un chacun, surtout si l'on est éloquent comme Datcha. L'obscurité était déjà si épaisse que je distinguais à peine le visage de Iacha. Je ne crois pas qu'il ait menti, ai-je dit. Bien sûr que non, a répondu Iacha, personne ne parle de mensonge, tout ce qu'il a dit est pure vérité, depuis A jusqu'à Z. Et ces recettes de différentes armes, ai-je demandé, elles existent aussi ? Disons, a répondu Iacha, qu'il y a là une sorte de licence poétique, mais le fait est qu'il existe des instructions très précises sur la création des golems, et si l'on créait un golem obéissant, une créature pareille sèmerait aisément la panique dans les rangs de l'ennemi, et la panique est le commencement de la déroute. Le plus souvent, ai-je dit. Toujours, a rétorqué Iacha Alcalaï. De son visage il ne restait qu'une tache pâle ovoïde, et j'avais l'impression de parler à un esprit sur le point de disparaître. Le plus curieux, concernant les golems, a dit Iacha, c'est le fait que, bien qu'issus du langage et de la récitation de formules magiques, ils ne puissent parler, ce qui semble absurde, car on s'attendrait à ce qu'un langage crée tout d'abord un langage, et le reste ensuite, a continué Iacha, cependant, si un golem pouvait parler, il serait un être parfait, ce qui constituerait un défi lancé à Dieu, qui seul peut créer des êtres parfaits, complets. Voilà pourquoi, disait la voix de Iacha qui montait vers moi de l'obscurité, un golem doit être imparfait, et s'il n'est pas doué de parole, il est dépourvu de ce qu'il y a de plus parfait dans un être réel, c'est-à-dire qu'il ne peut être un créateur, créer un monde par la parole comme le Seigneur a créé le sien, le nôtre, ce monde où nous vivons. Je ne voyais plus Iacha. J'ai tendu la main en avant, mais elle n'a rien rencontré. Puis j'ai entendu grincer la grille en fer forgé de l'entrée et lentement, en trébuchant, je me suis dirigé vers ce bruit qui se répétait. Aujourd'hui encore, six ans après, je ne comprends pas ce qui s'est réellement passé dans la cour de la synagogue de Belgrade ; je sais seulement que l'obscurité est devenue moins épaisse dès que j'eus franchi le portail pour sortir dans la rue. Quand j'ai voulu retourner dans la cour de la synagogue, je n'ai pu rouvrir la lourde grille. Elle se coince toujours, a dit un homme qui passait, il est grand temps qu'on la répare. J'aurais voulu lui demander ce qu'il fallait faire pour rentrer — s'il savait que la porte se coinçait, il devait aussi savoir comment la décoincer —, mais il était déjà loin et je n'ai même pas essayé de le rejoindre. J'ai traversé la rue et monté l'escalier qui mène au square Obilitch. Je croyais qu'il devait y avoir un lien entre la synagogue et le signe que j'avais vu dans le café proche de la galerie Collectif Graphique, comme il y avait un lien entre les signes laissés un peu partout autour du marché de Zémoune. Autrement dit, j'étais persuadé que si je me mettais à chercher dans les alentours, je découvrirais une profusion de nouveaux signes, mais je ne pouvais me lancer dans une nouvelle enquête. Enquête n'est peut-être pas le mot le plus juste, même si je me sentais vraiment à ce moment-là dans la peau d'un inspecteur de police usé qui, au terme de son ennuyeuse carrière, est enfin tombé sur un cas extraordinaire, qui va changer sa vie du tout au tout, sauf que moi, je ne souhaitais pas le moins du monde voir ma vie changer. Cela peut sembler étonnant dans la bouche de quelqu'un qui vivait alors dans un pays tourmenté, ruiné, où ceux qui arrivaient à garder un semblant d'espoir étaient plus que rares, mais même si j'essayais de l'expliquer, je n'y parviendrais pas. Il est des choses que l'on sait ou que l'on ne sait pas, sans plus. D'ailleurs, ma vie a tout de même fini par changer, et je ne le regrette pas, ce qui de toute façon ne servirait à rien, je le dis comme on énonce un fait, d'autant que le moindre fait me semble bienvenu dans une histoire qui en manque singulièrement, je veux parler de faits au sens le plus courant, de faits qui nous libèrent du doute et non pas de ceux qui nous y poussent. En tout cas, une phrase où le même mot est répété quatre fois ne peut pas être bien fameuse, c'est un signe évident du manque d'assurance et de l'impuissance de celui qui l'a écrite. C'était exactement le genre d'impuissance dont j'avais pâti au cours de ces dernières semaines en écrivant mes articles pour *Minut*. Quand je dis ces dernières semaines, je veux parler de celles au cours desquelles les événements déclenchés par la gifle au bord du Danube ont pris fin. Je me suis récemment procuré un calendrier de l'année 1998, j'ai compté les jours à partir du 8 mars, et il est apparu que tout a duré un peu plus de neuf semaines. Qu'est-ce que neuf semaines ? Rien. À l'époque, pourtant, cela m'a paru bien plus long, il m'est même arrivé de croire, à mon grand désespoir, que cela n'aurait jamais de fin, que je resterais jusqu'à ma dernière heure happé par ce tourbillon implacable qui engloutissait tout. Dans ce chaos, que je n'arrive pas à restituer suffisamment bien, je le sais, la seule constante était les articles que je devais écrire régulièrement et remettre le mercredi à trois heures de l'après-midi, dernier délai. Or plus les semaines passaient et plus j'arrivais tard avec ma contribution, ce qui faisait parfois pousser à toute l'équipe de la rédaction, quand on me voyait enfin arriver avec mon texte à la main, des cris affolés. Si je parle de tout cela, c'est uniquement parce que ce soir-là, après la scène dans la cour de la synagogue, tandis que je montais l'escalier qui mène au square Obilitch tout en songeant à un nouvel ensemble de signes, je me suis souvenu d'autre chose : en examinant la carte de Zémoune, je m'étais aperçu que les alentours du marché, où il y avait une véritable concentration de signes, se composaient de neuf blocs d'habitation. Quelle importance cela pouvait-il avoir ? J'avais également remarqué qu'il y avait eu neuf hommes assis à la table dans la cour de la synagogue ; j'avais été le dixième. À ce moment-là je ne pouvais savoir, bien entendu, que tout cela devait durer neuf semaines, mais la première concordance suffisait à me donner envie d'écrire quelque chose sur le rôle des nombres dans nos vies, comme je l'ai dit à mon directeur de rédaction, le lendemain, au téléphone. Il n'était pas enthousiasmé par le sujet, affirmait qu'il était trop obscur pour un lecteur non averti, mais j'ai insisté, persuadé qu'au contraire de tels sujets attiraient les lecteurs, surtout les conjectures relatives à ce qui pouvait avoir un effet déterminant sur leurs existences. En dehors de Slobodan Milochévitch, bien entendu, ai-je ajouté à la fin. Le directeur a ri, mais il a fallu que je demande des nouvelles de Félix et de son miaulement pour le faire céder, avec une réserve toutefois : il ne publierait pas un écrit ésotérique. Il y avait déjà plus qu'assez d'ésotérisme dans notre lutte quotidienne pour survivre, a-t-il dit à la fin de notre entretien. J'ai d'abord songé à Dragan Michovitch, même si après notre dernière conversation qui n'avait pas tourné à mon avantage, je n'avais pas une folle envie de l'appeler. D'autre part, qui aurait pu m'en dire plus que lui sur les nombres ? Il était le seul mathématicien que je connusse ; personne d'autre ne se souciait des nombres, et au train où vont les choses dans le monde d'aujourd'hui, les mathématiques sont en passe de devenir véritablement un langage secret entre initiés. Dans bien des pays, je l'ai lu récemment, les enfants ne sont plus capables de faire un calcul mental et la table de multiplication n'est plus la base du savoir qu'elle a pu être autrefois, car tout un chacun a, ou peut se procurer, une calculatrice et faire toutes sortes d'opérations dont il n'a au fond aucune idée. D'aucuns disent que c'est bien, car le savoir ne doit pas être l'apanage d'une minorité de gens instruits, moi j'y vois un moyen d'avantager la médiocrité. Les médiocres gouvernent le monde, c'est indéniable, et il est naturel qu'ils adaptent le monde à leurs besoins et à leurs capacités intellectuelles. Par exemple, il m'arrive parfois dans un supermarché de faire mentalement le calcul du coût des articles plus vite que la caissière avec sa machine, ce qui provoque toujours l'admiration des vendeurs et d'autres clients. Je ne serais pas surpris s'ils se mettaient un jour à m'applaudir. J'ai de nouveau fait une digression, alors que j'aurais dû m'en tenir rigoureusement au développement de mon sujet. Il est toujours plus facile de faire un plan que de le suivre, je ne me rappelle pas si je l'ai déjà dit, mais cela m'obsédait toujours dans ma vie antérieure. Quand je dis vie antérieure, je ne veux pas parler de mort, de réincarnation, de nouvelle naissance, rien de tout cela, mais tout simplement de la vie que j'ai dû quitter il y a six ans, pour en commencer une nouvelle, qui ne ressemble même pas à une vie, peut-être n'en est-elle d'ailleurs pas une, bien que je ne sache pas ce que cela pourrait être. C'est curieux comme on lance à la légère certaines assertions et comme, lorsqu'elles se réalisent — par un jeu de hasard, si le hasard est un jeu —, on se met à crier au secours et à se lamenter sur ce qui nous arrive. Ainsi il m'arrivait souvent, autrefois, de dire que je rêvais de vivre loin de tout volcan de l'histoire et que je serais le plus heureux des hommes si je pouvais consacrer tout mon temps à la lecture, l'écriture et la musique, alors que maintenant, quand je suis loin de l'histoire vivante, quand tout mon temps n'appartient qu'à moi-même, j'essaye de reconstituer les événements qui m'ont amené à ceci et je dis, voilà, sans vergogne, en ce moment même, que je ne peux imaginer la vie autrement, que je soupire après ce qu'autrefois je considérais comme une lie inutile. Mais je ferais mieux de revenir aux nombres, eux, au moins, sont impartiaux, les sentiments ne les affectent pas, l'un est pareil à l'autre, bien que chacun soit unique et inimitable. À m'entendre, on croirait que je parle d'êtres humains, et peut-être était-ce justement cet aspect-là que j'avais en vue quand j'ai proposé au directeur de *Minut* d'écrire un article sur le rôle des nombres dans nos vies. Que quelque chose qui n'existe pas du tout dans la nature, d'aucune façon, joue un rôle si important dans notre conception du monde tient du merveilleux. Il serait en effet bien plus naturel pour l'homme d'ignorer les nombres, ce qui devait être le cas jadis, puisqu'il se rapprocherait ainsi de ses origines, ce que semble démontrer, comme je l'ai lu dans un magazine destiné aux jeunes, le fait qu'une tribu récemment découverte dans les forêts vierges d'Amazonie n'a pas la moindre idée des nombres et ne sait pas compter. Qu'un membre de la tribu attrape deux poissons, un autre trois, un troisième cinq, pour eux, cela revient au même. Les poissons sont des poissons, voilà tout. De là aux numéros gravés sur la peau humaine à la place des noms dans les camps de concentration, le chemin est long, et c'est de ce chemin qui va du nombre inexistant au numéro qui est un billet d'entrée pour le four crématoire que j'ai voulu parler dans mon article pour *Minut.* Une fois écrit, il avait une tout autre tournure, comme il en va souvent de l'intention première des écrivains ; le gros du texte était consacré à l'importance des nombres dans la tradition juive, c'est-à-dire au fait que bien des choses dans leur pratique religieuse sont définies par des nombres :

les treize attributs de Dieu, les dix commandements, les six cent treize prescriptions de la Torah, les deux cent trente et une permutations des lettres fondamentales par lesquelles se crée le monde, et là, j'ai également mentionné ce que je considère à présent comme un détail extrêmement important, les dix séfirot, c'est-à-dire les degrés de la manifestation de Dieu dans le monde

Le directeur de rédaction s'est inquiété inutilement ; l'article a attiré l'attention des lecteurs et dès le jour de sa parution des courriels ont commencé à arriver, puis quelques jours plus tard sont aussi arrivées des lettres, à l'ancienne mode, deux ou trois cartes postales, et même un petit colis que, pour des raisons de sécurité, je n'ai pas ouvert, mais jeté, en sortant de la rédaction, dans la première poubelle que j'ai trouvée sur mon chemin. Pour la plupart, les messages contenaient des propos élogieux et respectueux sur la tradition juive, mais dans d'autres j'ai trouvé des remarques réprobatrices, de franches attaques et des accusations d'aimer à l'excès la « pourriture juive ». Un de ces messages ressemblait même aux lettres de chantage des films et des romans policiers : il était composé de caractères, de mots et de segments de phrases découpés dans des journaux. Vu sa longueur, j'ai éprouvé une sorte de respect pour celui qui avait pu consacrer des heures au travail minutieux de découpage et de collage, peut-être, qui plus est, avec des gants de latex, pour ne pas laisser d'empreintes. Son travail terminé, quand il a enlevé ses gants, la peau de ses mains a dû être toute fripée et ramollie par la sueur. Certaines phrases de la lettre rappelaient indubitablement les propos que j'avais entendus pendant ma rencontre avec les nationalistes durs, ce qui m'a porté à croire qu'ils n'allaient pas tarder à se manifester de nouveau, comme le suggérait à demi-mot la conclusion du message. Nous verrons qui a raison, disait cette phrase composée de huit morceaux de papier journal, parmi lesquels j'ai reconnu deux syllabes découpées dans *Politika* et un mot prélevé dans *Danas*. Un ou deux jours après la publication de mon article, sur un immeuble proche de la rédaction de *Minut* est apparu un graffiti qui disait « Les Juifs sont des numéros, rien de plus », sous lequel la nuit suivante on a ajouté : « Commandant d'Auschwitz », et des excréments puants m'ont attendu devant la porte de mon appartement, enveloppés dans une photo de la mer Morte, ce que je n'ai pas compris, je l'avoue. Je n'ai jamais été doué pour interpréter des symboles, ce qui fait que sur le moment je n'ai pas saisi si les excréments ainsi présentés voulaient évoquer la mort, présente dans le nom de la mer, ou l'excès de sel, ou la désolation du cadre, ou la dépression du terrain qui pouvait faire penser à l'enfer, ou encore si le maître — ou plutôt le producteur — de ces excréments n'avait simplement pas eu sous la main d'autre image d'Israël, si bien que la seule qu'il possédait, une vue morne sur un empire de sel, avait dû servir à l'emballage. Quoi qu'il en soit, l'étron était posé sur la photo comme s'il flottait à la surface de la mer. Pendant que je le fourrais dans une pochette en plastique et le jetais, je songeais que quelqu'un avait dû faire tout cela avec une sorte d'amour, en se donnant pas mal de peine : il avait d'abord fallu trouver une image appropriée, même si sa signification n'était pas suffisamment claire, déféquer attentivement dessus et, ce faisant, veiller à ce que l'urine n'humectât point le papier, lequel serait devenu peu sûr et se serait déchiré facilement, puis emballer soigneusement l'étron, le mettre dans un sac et le porter de qui sait quel endroit jusqu'à la porte de mon appartement, où il a encore fallu le déballer, lui trouver le meilleur emplacement, alors que pendant tout ce temps la merde dégageait son odeur écœurante et devait faire de la voiture dans laquelle elle avait été transportée un foyer mobile de puanteur qui certainement puait encore lorsque l'individu, sa besogne accomplie, était retourné s'y enfermer. Les excréments, les graffitis, les messages agressifs, tout cela annonçait de pires représailles et, en effet, les jours suivants, j'ai aperçu de plus en plus fréquemment des jeunes gens qui me suivaient et je tâchais d'éviter de rentrer chez moi à des heures tardives et de me promener seul au bord du fleuve. La nuit, j'entendais quelquefois des bruits sur le palier et devant ma porte, ce qui m'a conduit à placer en divers endroits de mon appartement des objets qui pouvaient m'aider à me défendre, un parapluie, une latte remontée de la cave, un tuyau en plastique rigide, un marteau et une clé anglaise. Ce faisant, je me moquais de moi-même, car je savais que je ne m'en servirais jamais, et si je m'en servais malgré tout je me débrouillerais pour être le premier blessé. C'est ainsi que j'ai reçu plusieurs fois un marteau sur le pied. Cependant, quand la nuit suivante le téléphone a sonné, j'ai saisi un rouleau à pâtisserie que j'avais glissé sous mon lit et, encore mal réveillé, je suis allé vers la porte d'entrée. Là, sans allumer la lumière dans l'entrée, j'ai sondé pendant quelques instants le silence de la cage d'escalier, et c'est seulement ensuite que j'ai reconnu la sonnerie du téléphone, qui venait de derrière moi. Je me suis approché de l'appareil le rouleau à pâtisserie levé, prêt à me défendre de celui qui menaçait de jaillir du téléphone pour me sauter dessus dès que j'aurais décroché, mais, ayant porté le combiné à l'oreille, j'ai entendu la voix de Margareta. Honteux, j'ai caché le rouleau derrière mon dos, comme si elle avait pu le voir. Elle s'excusait de m'appeler si tard, m'a-t-elle dit, surtout si elle m'avait réveillé, mais elle venait de lire mon article dans *Minut* et n'avait pu s'empêcher de m'appeler aussitôt. Elle soulignait ses mots en détachant les syllabes et en les prononçant sur un ton chantant. Vous ne me dérangez pas, ai-je dit en me demandant ce que je pouvais faire de mon rouleau à pâtisserie. D'ailleurs, comment se faisait-il que j'en eusse un en ma possession ? me suis-je demandé en le regardant, et de plus vieux et assez usé, alors que je ne cuisinais jamais et considérais qu'étaler la pâte, ce à quoi un rouleau à pâtisserie est censé servir couramment, à ma connaissance, était une entreprise encore plus ardue que celle des alchimistes consistant à faire de l'or. Margareta, cependant, s'intéressait aux séfirot, mais pas aux nombres, auxquels elle ne comprenait rien, a-t-elle dit, au point qu'aller simplement au supermarché était pour elle un supplice, à cause de l'embarras dans lequel elle était plongée quand la caissière lui rendait la monnaie. Elle ne savait jamais, a-t-elle dit, si on lui avait rendu ce qui lui revenait, et elle ne pouvait évidemment pas demander à chaque fois des explications sur ce qui avait été additionné, soustrait, multiplié, avec quel pourcentage, et comment tout cela avait été converti en billets et en pièces qu'elle tenait à la main. Ce qui m'a rappelé le rouleau. Il est des choses, me suis-je dit, qui resteront à jamais non élucidées, et pendant que Margareta me racontait ses errements dans les déserts et les forêts vierges des nombres, j'ai remis le rouleau sous mon lit. Mais revenons à nos séfirot, a dit alors Margareta. Croyait-elle, lui ai-je demandé, que j'aurais dû dire qu'elles sont en fait onze et que j'aurais également dû nommer la séfira cachée, appelée Connaissance, se trouvant entre la Sagesse et l'Entendement ? Eh, là ! s'est écriée Margareta, ce sont des sujets dont il vaut mieux discuter sans intermédiaire. Il se trouvait qu'elle était dans l'appartement de la tour au bord du Danube, où Marko et moi avions trouvé son message, et qu'elle était prête à y poursuivre notre conversation sur les séfirot, si toutefois, bien entendu, cela ne m'ennuyait pas de m'habiller et de sortir en pleine nuit. Comment savait-elle, ai-je demandé, que je n'étais pas habillé ? Je sais bien des choses, a dit Margareta, mais je n'en montre rien. J'ai gardé le silence. Je me demandais si elle savait que j'avais brandi mon rouleau à pâtisserie, ce qui ne m'aurait pas étonné. En fait, je ne devrais plus m'étonner de rien. L'étonnement dénote un manque d'assurance, et s'il y avait une chose dont je n'avais vraiment pas besoin, c'était de manquer d'assurance. Bien, ai-je dit en commençant à m'habiller avant même d'avoir raccroché. Pendant ce temps, et même un peu plus tard, dans la rue, le rouleau à pâtisserie ne me sortait pas de la tête, mais ce qui me chiffonnait, plutôt que le rouleau lui-même, c'était d'avoir irrémédiablement oublié quelque chose. Je suis toujours fasciné, ai-je dit plus tard à Margareta, par le mécanisme de l'oubli, ou plutôt par la question : comment être sûr qu'une chose est oubliée, car si elle est oubliée, la question ne se pose pas, et si la question se pose, c'est que l'oubli n'est pas total. Et il ne l'était pas dans le cas de mon rouleau à pâtisserie, ai-je poursuivi, si tant est que le rouleau fût bien à moi. Margareta riait à gorge déployée, ce qui ne m'enchantait pas vraiment à cette heure tardive, peut-être parce que ses dents étincelaient dans la pénombre de l'appartement. Je n'ai pas encore dit qu'entré dans l'immeuble et ayant constaté que l'éclairage de la cage d'escalier ne marchait pas, j'avais regretté de n'avoir pas pris avec moi le rouleau à pâtisserie, surtout à un moment où il m'a semblé entendre quelqu'un respirer dans le noir, près de moi. Je n'ai pas osé monter l'escalier en tremblant à chaque tournant, aussi ai-je appelé l'ascenseur et c'est ainsi que je suis arrivé au quatrième étage. Margareta a ouvert la porte sans me laisser le temps de sonner ou de me servir de la clé trouvée dans la boîte aux lettres. Elle était pieds nus, et en tâchant de ne pas prêter attention à ses pieds ni à mon pâle reflet dans un miroir ovale, je me suis mis, dès l'entrée, à raconter l'histoire de mon rouleau à pâtisserie. Un peu partout étaient allumées diverses lampes, de sorte qu'une grande variété d'ombres faisait paraître l'espace encore plus encombré de livres qu'il ne l'était. Il semblait que par terre il y en avait plus que naguère ; certaines piles s'étaient écroulées, et par endroits on pouvait à peine passer entre les ouvrages épars. Sur le petit bureau il y avait aussi une lampe allumée, qui éclairait un volume ouvert d'une encyclopédie et à côté de lui des feuilles de papier couvertes d'écriture. Margareta m'a proposé du thé et, comme j'ai accepté, elle est allée à la cuisine pour en préparer. Je me suis approché de la fenêtre, j'ai regardé à gauche, j'ai regardé à droite, mais c'était partout la nuit. Même les lumières de la capitale clignotaient comme si elles s'apprêtaient à s'assoupir. Je me suis tourné en entendant des cliquetis ; Margareta a posé le plateau sur le sol, puis s'est assise à côté. Un moment, sa jupe a glissé le long de sa cuisse, dévoilant une blancheur éblouissante, ce qui m'a forcé de lever la tête pour examiner l'étendue du plafond au-dessus de nous. C'est du thé au jasmin, a dit Margareta en me tendant une tasse. Elle avait goûté toutes sortes de thé, a-t-elle dit, et trouvait qu'aucun n'était aussi bon que celui au jasmin, en tout cas, a-t-elle ajouté, il n'y en avait pas de meilleur pour une conversation sur le bien et le mal. Si elle voulait parler de mon rouleau à pâtisserie, ai-je dit, il est l'incarnation du bien et n'a de rapport avec le mal que lorsqu'il s'abat sur de méchantes têtes. Rien n'est absolument bon ni absolument mauvais, a répondu Margareta, même pas un rouleau à pâtisserie, bien qu'elle croie, a-t-elle ajouté, qu'il y a des rouleaux qui ont refoulé le mal jusqu'à la limite même de leur forme cylindrique. J'ai ri. Je ne pouvais croire, ai-je dit, qu'elle m'eût réveillé à trois heures du matin pour parler de bons et de méchants rouleaux à pâtisserie. C'était parce que je croyais avoir laissé ce rouleau chez moi, a dit Margareta, alors que je le portais encore avec moi. Bien des gens, considérait-elle, ne comprennent pas que les objets nous gouvernent pour la seule raison que nous sommes négligents à leur égard. Quand on quitte quelque chose, a-t-elle dit, il faut le faire aussi bien en soi que hors de soi. Elle a tendu la main, a pris un volume sur le tas le plus proche, l'a levé, puis l'a posé par terre. Je le laisse là, a-t-elle dit, mais en moi aussi. Elle a touché son ventre comme si elle venait d'avaler le livre qu'elle avait posé par terre. Si maintenant elle s'en allait, a-t-elle dit en se levant subitement, le livre resterait là, par terre comme en elle-même, et quand elle reviendrait, a-t-elle dit en se rasseyant, elle le reprendrait comme si elle ne l'avait jamais laissé ni dans cette pièce, ni en elle-même. Au moment où elle se rasseyait, la blancheur de sa cuisse s'est de nouveau découverte. Margareta a bu un peu de thé. Une autre fois, ai-je dit, je serai plus attentif. Non, a dit Margareta, cela n'a rien à voir avec l'attention, et peut-être n'y aura-t-il même pas d'autre fois. Elle m'a fixé intensément et j'ai dû faire un grand effort pour soutenir son regard sans savoir ce qu'elle attendait de moi. Elle avait des yeux pers, plutôt gris que bleus quand j'y songe, mais après toutes ces années je n'en suis plus sûr. Bon, a-t-elle dit, maintenant, écoute. Elle a parlé pendant plus d'une heure, m'a-t-il semblé, puis elle est retournée préparer du thé. De quoi a-t-elle parlé ? De la cabale, du système des séfirot, de l'émanation de la substance divine, de la constitution de tout ce qui existe, de la question du bien et du mal, de la transmigration des âmes, de la musique des sphères, de l'action des planètes, de la prière et du silence. Certaines choses m'étaient connues, alors que j'entendais parler de certaines notions pour la première fois. Je me suis levé, étiré, puis j'ai fait les cent pas devant les étagères pleines de livres. En passant devant le bureau, j'ai effleuré du regard les feuilles couvertes d'écritures, mais je n'ai pas osé m'arrêter et les regarder plus attentivement, même si les bruits venant de la cuisine indiquaient que Margareta était toujours occupée à préparer du thé. Cependant, j'ai reconnu le livre ouvert ; c'était un volume de l'*Encyclopaedia Judaica* où figuraient les notions commençant par la lettre G, comme l'indiquait l'entrée, Gilgoul : la « transmigration des âmes », que j'ai tout de même pu lire en passant. J'ai marché encore un peu, laissé voguer mon regard dans le noir derrière les vitres de la fenêtre, regardé deux ou trois livres, feuilleté l'étude de Moché Idel sur le golem et me suis promis de la lire un jour. Je ne l'avais pas fait jusqu'alors, pas plus que tant d'autres choses, et je terminerai cette phrase ici. Je m'aperçois que j'invente de plus en plus souvent de raisons de m'éloigner du cours de ce récit, de le retarder ou de ne même pas le raconter, si tant est que tout cela puisse être considéré comme un récit par qui que ce soit à part moi. En effet, qu'est-ce qu'un récit ? C'est là une question à laquelle, bien sûr, je ne répondrai pas, car la réponse ne serait qu'un atermoiement de plus, à la différence de celle que j'ai reçue de Margareta quand je lui ai demandé, en montrant le volume ouvert de l'encyclopédie, si elle se préparait à un voyage. Cette question se donnait pour une plaisanterie, mais Margareta a répondu avec sérieux que des préparatifs n'auraient aucun sens puisque de toute façon les âmes ne cessent de migrer, et qu'il est hors de doute que nous ne décidons rien sur ce chapitre. Tout ce dont nous pouvons décider, a-t-elle dit en versant du thé dans les tasses, c'est ce que nous serons dans cette vie, car les âmes aimables recherchent les gens aimables, de même que les âmes viles recherchent la compagnie des méchants. Cela explique en partie, a-t-elle poursuivi, pourquoi il arrive que quelqu'un de bon devienne encore meilleur, et aussi pourquoi un méchant sent subitement grandir en lui ses mauvais instincts. J'ai bu une gorgée de thé. Il y a des âmes, a poursuivi Margareta, qui tout au long des siècles courent le monde en tâchant de contribuer le plus possible à la propagation du bien, car c'est le seul moyen d'écarter le mal de la face du monde et de faire de celui-ci un miroir du bien. Elle parlait avec un enthousiasme que l'on ne voyait guère se manifester, ces années-là, que dans un contexte fort différent, celui des tirades emphatiques des agitateurs politiques pendant les journaux télévisés, et il était surprenant de voir que pareille ardeur pouvait exister dans un tout autre domaine de l'esprit. Margareta a subitement cessé de parler et, la tête penchée d'un côté, m'a fixé du regard. J'espère, a-t-elle dit, ne pas te lasser avec des propos qui ne t'intéressent pas. Il n'y a rien de pire, a-t-elle continué, que de forcer quelqu'un à écouter des choses qui ne l'intéressent pas, et il lui avait semblé à un moment, a-t-elle dit, avoir vu passer sur mon visage une ombre d'ennui. J'ai touché mon visage du bout des doigts comme pour y déceler la présence d'une ombre, mais je n'ai senti que les bouts piquants des poils de mon menton et de mes joues. Si elle avait vu quelque chose, lui ai-je assuré, ce ne pouvait être que la fatigue, car si je m'ennuyais, je serais parti depuis longtemps. Dans ce cas, a-t-elle dit, elle serait curieuse de savoir comment j'expliquais la présence du mal dans le monde. J'ai haussé les épaules. Il est là, ai-je dit, comme tout le reste, et s'il y a une explication à quoi que ce soit d'autre, elle vaut aussi pour l'existence du mal. Margareta a porté sa tasse à ses lèvres, a bu une gorgée de thé, a souri. Elle avait déjà remarqué, a-t-elle dit, ma propension à parler pour ne rien dire, tout en laissant assez d'espace pour les manœuvres ultérieures, l'acquiescement ou la négation, voire le renoncement à la poursuite du dialogue. C'était maintenant mon tour de sourire et de porter ma tasse à mes lèvres. Et moi j'ai remarqué, ai-je dit, qu'elle n'employait jamais plus de mots qu'il n'était nécessaire, ce qui faisait que nous nous complétions, car je me servais d'autant de mots que possible, alors qu'elle en utilisait le moins possible, ce qui signifiait, d'un point de vue statistique, que nous en employions en moyenne, elle et moi, le même nombre. Nous n'aboutirons à rien si nous recourons à de tels artifices de langage, a dit Margareta. J'ai acquiescé et pris encore une gorgée de thé au jasmin. Le problème avec le mal, a-t-elle dit, c'est que son existence met en doute l'affirmation que Dieu est bon et tout-puissant, car s'il l'est véritablement, quel besoin a-t-il eu de créer le mal sous quelque forme que ce soit ? Peut-être n'a-t-il pas voulu le créer, ai-je rétorqué, et le mal s'est-il de lui-même transformé en une force contraire à celle que Dieu avait destinée au monde et aux humains ? Margareta a dit que de pareilles explications existaient dans toutes les religions et que de nombreux rabbins, parmi lesquels des cabalistes tels que Rabbi Moché Haïm Luzzatto avaient considéré que le mal a été créé afin que dans l'action consistant à le surmonter se manifestât l'unicité de la nature de Dieu. Certains cabalistes ont même déterminé la place où se trouve l'origine du mal dans le système des séfirot, a-t-elle dit, et ce sont, comme l'a montré le Rabbi Isaac l'Aveugle, les séfirot Hessed (Miséricorde) et Guebourah (Force). Elle a levé les bras pour me rappeler que sur le corps humain ces séfirot occupent les régions des bras droit et gauche, que leurs couleurs sont le blanc et le rouge, que pour quelque raison elle appelait les couleurs violentes, de même que l'argent et l'or, respectivement l'eau et le feu, tous des contraires, a-t-elle ajouté, qui par leurs frictions stimulent probablement les manifestations du mal. Somme toute, a-t-elle dit en baissant les bras, quelles que soient les sources du mal, il est incontestable qu'il existe, et il n'est pas nécessaire de s'interroger trop avant sur son origine, surtout, a-t-elle dit, si l'on considère qu'Adam en est la cause ou, plus précisément, son acte consistant à goûter au fruit de l'arbre de la connaissance du bien et du mal dans le jardin d'Éden. Même si nous le voulions, a-t-elle dit, nous ne pourrions retourner en arrière et l'empêcher de séparer l'arbre de vie de l'arbre de la connaissance du bien et du mal, c'est-à-dire de rompre, en arrachant le fruit, le fil qui reliait celui-ci à l'origine, ce qui, selon les cabalistes, a fait naître en son cœur un mauvais dessein. Ensuite, a-t-elle dit, après la séparation de ce qui aurait dû être uni, le mal a pu facilement profiter du passage nouvellement ouvert et se déverser dans le monde, où il a continué de grandir, s'est opposé au bien et s'est offert sans vergogne aux hommes et à leur droit au libre arbitre. Je ne comprendrai jamais, ai-je dit, comment quelqu'un, confronté au choix entre le bien et le mal, peut opter pour le mal. Elle ne le comprenait pas non plus, a-t-elle répondu, mais le fait est que l'histoire humaine est un tissu d'ignominies dues à de mauvais choix. Elle a avalé un peu de thé, s'est essuyé les lèvres et a répété que si intéressante que pût être la question de l'origine du mal, ce qui nous intéressait tous en vérité c'est de savoir comment réagir, comment nous y opposer et, enfin, comment le vaincre. Je lui ai demandé, le regard fixé sur ses pieds, à qui elle songeait en disant nous tous. Margareta a gardé un moment le silence, avalé encore une gorgée de thé, et dit que nous en parlerions une autre fois. Derrière sa tête, j'ai vu à travers la vitre que le ciel commençait à pâlir. Certains considèrent qu'il ne faut pas combattre le mal corps à corps, a poursuivi Margareta, mais qu'il faut faire le bien, ce qui mènerait à une croissance du bien toujours plus grande, à une totale éradication du mal, et par conséquent à un ordre du monde tout de bonté, où il n'y aurait même pas le libre arbitre, car l'homme ne serait plus forcé de choisir. Il n'aurait même plus la possibilité, a dit Margareta, car tout ce qu'il ferait serait bien, il serait bon, et le monde entier aussi. Hélas, a-t-elle dit en poussant un soupir, à l'époque où nous vivons, nous n'avons pas le temps d'attendre avec patience l'avènement d'un tel monde, car la virulence du mal s'accroît, et nous n'avons pas d'autre possibilité que lutter contre le mal, non seulement individuellement, dans nos cœurs, mais sur un plan plus vaste, comme les fils de la lumière combattent les fils des ténèbres. Quel rapport, ai-je demandé, y a-t-il entre tout cela et moi ? Margareta a hésité un moment, puis a hoché la tête comme si elle voulait se convaincre elle-même de quelque chose. Le moment de répondre à cette question n'est pas encore venu, a-t-elle dit, mais il viendra, elle ne pouvait dire quand, mais elle pouvait me promettre que je n'aurais pas à attendre longtemps. Cela veut-il dire, ai-je obstinément continué, qu'il y a une raison à tout ce qui m'arrive ? Il y a toujours une raison, a répondu Margareta, rien n'arrive en dehors du cours des choses. Cela, je le sais, ai-je dit avec impatience, mais il existe des manières d'agir sur ce cours, d'amener une personne sur une voie tracée pour elle par quelqu'un d'autre, et tout ce qui m'intéresse, c'est de savoir quelle est cette voie. Margareta a levé son index devant ses lèvres puis, tendant le bras, a touché les miennes avec ce même doigt. Le moment n'est pas encore venu, a-t-elle dit, elle devait d'abord poursuivre la description de la lutte entre le bien et le mal et la mener à bonne fin avant le jour. Nous avons tous deux lancé un regard par la fenêtre vers le ciel pâlissant. Quelles que soient la nature du mal et son origine, a dit Margareta, il ne cesse de s'étendre et menace de chasser complètement le bien de la face du monde. Dans ce processus, le mal se nourrit, si l'on peut dire, des mauvaises actions des hommes, et même de leurs pensées impures, surtout celles tournées vers le péché, et dans ce processus du renforcement du mal le lien entre la séfira placée tout en bas de l'arbre de vie, appelée Malkuth — le Royaume — et les autres séfirot est rompu, ce qui a pour conséquence de dévier l'émanation du divin vers l'intensification et le renforcement du mal, tandis que la nature féminine de cette émanation, la Chekhinah, est exposée au danger et forcée à l'exil, or, quand elle est bannie, nous perdons notre équilibre, privés de la conciliation des contraires, et devenons des proies faciles pour un mal de plus en plus puissant. Tout l'arbre séfirotique est menacé, a dit Margareta, de la Couronne (Kether) à la Fondation (Yesôd), c'est-à-dire de la tête aux organes génitaux, et le monde entier se met à capoter. Pour l'en empêcher, a-t-elle ajouté, il est indispensable que la Chekhinah redevienne partie intégrante des structures de l'émanation divine, c'est-à-dire que la nature féminine rejoue un rôle égal à celui de la nature masculine. Elle s'est tournée, a regardé le ciel déjà clair, et a dit qu'elle avait l'impression d'être Schéhérazade, dont l'histoire devait s'achever au lever du jour. Si une autre nuit blanche nous attendait, ai-je dit en me levant du sol avec effort, elle pourrait jouer tranquillement les Schéhérazade, car je n'étais pas de ceux qui coupent des têtes et à qui il faut tâcher à tout prix de faire oublier le glaive. Margareta n'a pas répondu. Le matin a apparemment amené un changement chez elle : elle a perdu sa loquacité, le sourire a déserté son visage, et pendant qu'elle lavait hâtivement les tasses et les petites cuillères, tout son corps semblait se raidir, ce qui lui donnait un air distant. Peu après, pendant que je continuais à parler, elle a mis des chaussettes blanches. Voyant que mes efforts pour entretenir la conversation restaient vains, je me suis tu moi aussi, si bien que notre brève descente en ascenseur a été très pénible. Rien n'est moins naturel que deux personnes debout côté à côte, se touchant presque, qui se taisent en roulant des yeux en quête d'un point où poser sans gêne le regard. Combien de points de cette nature peut-il y avoir dans un ascenseur sale, exigu et couvert de graffitis ? Je n'ai pas compris le changement inattendu de Margareta, mais j'ai aussitôt décidé, tandis que nous fixions du regard apparemment le même coin en haut de la cabine, de ne pas y attacher une importance particulière. Sans doute le nombre d'inconnues de mon équation ne diminuait-il pas, mais je n'allais pas leur permettre de se multiplier davantage. C'est pourquoi j'ai calmement pris congé de Margareta, comme si de rien n'était, encore que je n'aie pu me retenir de me retourner pour la regarder s'éloigner sur le quai. Je me suis dit que je devrais peut-être la suivre ; cela n'aurait pas été difficile et aurait peut-être éclairci ce dont elle n'avait pas voulu parler, c'est-à-dire la question de savoir quel rapport il y avait entre moi et tous les événements ; cependant, elle s'était montrée si ouverte la nuit passée que la filer me paraissait extrêmement malhonnête. J'avais si longtemps patienté que je pouvais bien tenir encore un peu, aussi ai-je pris le chemin de mon domicile. Si j'avais su à quel point je me trompais dans mon appréciation de la durée de ces événements, je l'aurais probablement suivie malgré tout. Maintenant, bien sûr, il est trop tard, comme je l'ai déjà dit plusieurs fois, ou écrit, je n'en suis plus sûr, car je me surprends de plus en plus souvent, parfois même assis à mon bureau et penché sur le papier, à parler pour moi seul. J'ai lu quelque part que cela s'appelle la confusion des dimensions réelles et imaginaires et que, hormis les personnes souffrant de troubles graves, ce sont surtout les enfants qui s'adonnent volontiers à ces errements entre les deux mondes. Si cela est exact, j'espère que je suis en train de devenir pareil à un enfant plutôt qu'à une personne à l'esprit dérangé, bien que, tout compte fait, ce soit sans importance, car aucun changement ne peut modifier ce qui l'a précédé. Autrefois j'ai beaucoup réfléchi là-dessus, particulièrement à la période où je m'étais consacré à l'étude du *Livre des changements* chinois en tâchant d'obtenir une disposition d'hexagrammes qui eût pu me préparer aux changements à venir, de sorte qu'une fois qu'ils se seraient produits, je les aurais vécus non pas comme des changements, mais comme une continuité. Je ne me rappelle pas si j'ai fini par obtenir cette disposition optimale d'hexagrammes ; probablement pas, car je n'avais jamais vraiment compris tout ce système fondé sur des traits continus et des traits interrompus, de même que maintenant je ne comprends pas tout à fait le système des séfirot. Si les hexagrammes chinois représentent l'image du monde et si les séfirot des cabalistes représentent aussi le monde, je me demande si les hexagrammes et les séfirot reflètent le même monde, ou si ces mondes sont suffisamment différents pour que l'on puisse dire avec certitude que chacun de nous a son monde, unique, qui n'a nulle part son pareil ? Je sais qu'en définitive tout se ramène à la pureté morale et qu'entre le tsaddiq juif et l'homme noble chinois on peut mettre un signe d'égalité, mais que faire de nous tous qui n'atteignons pas ces sommets de vertu ? Je n'ai jamais eu le temps d'en parler avec Margareta ; quand je suis allé voir Iacha Alcalaï, dans la même intention, j'ai appris qu'il préparait une nouvelle exposition. Il s'agissait, m'a-t-il dit, de tableaux auxquels il avait travaillé ces derniers mois et dont la plupart, a-t-il souligné, avaient pour thème les préjugés raciaux. Jusqu'alors, je n'avais pas prêté une attention particulière à ses œuvres, parce que, d'une part, je n'aimais pas vraiment ce que j'avais vu autrefois dans son atelier et, d'autre part, j'étais persuadé qu'appartenant à des générations aux idées esthétiques différentes, nous n'avions rien à nous apporter mutuellement. Il faisait toujours une moue méprisante à la seule mention du postmodernisme, alors que j'y croyais dur comme fer, et moi j'accueillais avec la même intolérance ses idées sur l'engagement de l'artiste. C'est pourquoi nos conversations sur la cabale et le mysticisme ne comportaient pas de digressions dans les domaines des arts et de la politique, et il en allait de même dans nos conversations sur ses tableaux ou sur mes essais d'écrivain. L'exposition était tout de même autre chose, et les tableaux qu'il me montrait contredisaient complètement mes prévisions simplistes. À la différence des tableaux antérieurs où l'abstraction dominait, excepté dans les peintures cabalistiques que j'avais vues lors de ma première visite, les nouveaux tableaux que Iacha me montrait un à un se référaient aux influences et aux mouvements picturaux les plus divers, en faisant allusion à des œuvres précises dans un large éventail allant de l'impressionnisme au pop art. Au lieu d'être reliées entre elles par leur style, ces peintures l'étaient par leurs sujets ouvertement politiques, pour la plupart traités par le biais d'une citation directe de l'œuvre de référence. Deux ou trois tableaux étaient des réinterprétations de certaines toiles bien connues de Mitcha Popovitch, et dans des sortes de paraphrases d'œuvres de Warhol, Slobodan Milochévitch et sa femme, Mira Markovitch, apparaissaient à la place de Mao Zedong et de Marilyn Monroe. Les toiles les plus intéressantes, du moins pour moi, étaient celles où, dans une facture hyperréaliste dont je n'ai pu deviner précisément la source d'inspiration, le peintre réagissait aux violences antisémites de ces dernières années. Je suppose qu'elles reposaient sur des photographies d'événements réels, bien que je ne les eusse jamais vues, excepté une. Par exemple, un groupe d'éléments paramilitaires posait à côté de stèles juives démolies, et l'un d'eux tenait par les cheveux une tête humaine coupée. Je crois que les stèles démolies avaient été photographiées au cimetière juif de Zémoune ; je ne savais de quelles forces paramilitaires il pouvait bien s'agir, car aucun insigne n'était visible sur les uniformes, mais quelle que pût être la formation sur la photo d'origine, l'accusation de racisme et d'intolérance s'adressait aussi aux troupes non régulières de nos régions. Sur un autre tableau, on voyait une partie d'un slogan peint sur le mur du cimetière juif de Belgrade, alors qu'au premier plan se trouvait un groupe de jeunes gens aux cheveux en brosse ; certains avaient le visage convulsé par la haine, d'autres levaient le bras pour singer le salut nazi, d'autres encore brandissaient un drapeau qui était une sorte de négatif du drapeau pirate : tête de mort et fémurs croisés sur un fond blanc. J'étais sûr d'avoir vu l'original de la photo réinterprétée sur le tableau : elle représentait des supporters d'un club de football avant la finale de la Coupe du monde, ou peut-être lors des qualifications pour le championnat. Sur ces tableaux, comme sur d'autres, on pouvait reconnaître en maints endroits divers symboles cabalistiques, des lettres hébraïques, des enluminures de livres anciens, des étoiles à six branches, des menoras et des mezouzas. Entre-temps, Iacha avait rempli deux verres d'eau-de-vie et nous avons porté un toast à ses tableaux — lesquels, comme il l'a dit, une fois exposés, devenaient partie de ce monde —, à l'exposition et au peintre, qui en chacun de ces tableaux donnait quelque chose de lui-même, a-t-il ajouté, et devenait ainsi une partie de plus en plus petite de ce monde. S'il faisait le total de ce qu'il avait peint, a-t-il dit, il ne devait rester de lui que quelques miettes, une poignée de particules. Il ne devrait même plus s'appeler Iacha, mais peut-être Ia ou même I, vu le peu qu'il restait. J'ai ri, mais il demeurait grave. Qu'y a-t-il, ai-je demandé, ne devrait-il pas être content à l'idée de cette exposition prochaine ? Iacha s'est approché de la table, y a déplacé des papiers et des journaux et m'a tendu une enveloppe pliée. Dedans, sur une feuille de papier rouge, en lettres découpées dans la presse quotidienne, on lisait un bref message : Tu n'en as pas pour longtemps, Judas !!! J'ai remarqué que chacun des trois points d'exclamation était différent, celui du milieu était le plus épais, celui de droite le plus long. Il faut reconnaître qu'il n'est pas facile de trouver dans les journaux des signes de ponctuation de la taille voulue, sinon dans la presse à sensation qui, avec ses titres tapageurs, use volontiers de points d'interrogation et d'exclamation. D'ailleurs, la taille des caractères dans ce genre de message n'est jamais régulière, je ne sais pourquoi je m'attarde sur cette disparité des trois points d'exclamation.

J'ai retourné le papier ; il n'y avait rien au verso, à part, çà et là, des taches irrégulières de colle. J'ai dit d'abord : Quelle ineptie, puis j'ai ajouté qu'il fallait prévenir la police. Foutaise, a dit Iacha, que pourrait-elle faire ? Je n'ai rien répondu. Je ne pouvais défendre, sans me contredire, une police qui ne s'intéressait qu'au maintien en place du régime, autrement dit à sa propre subsistance. D'ailleurs, je n'avais pas fait appel à elle quand on m'avait tabassé ou quand on avait déféqué et uriné sur mes paillassons ; au contraire, j'avais mis beaucoup d'énergie à convaincre mes voisins bienveillants de ne pas le faire à ma place. En remerciement, je lavais parfois toute la cage d'escalier. La propreté apaise toujours. J'ai demandé à Iacha si quelqu'un de ses proches, Isaac, Jacob, ou peut-être Datcha, avait déjà reçu de pareilles menaces, mais Iacha a secoué la tête et dit : Si je ne veux rien dire, pourquoi parleraient-ils ? Et maintenant ? ai-je voulu savoir. Une menace, a-t-il répondu, ce n'est pas la fin du monde. Les préparatifs de l'exposition continuent, le catalogue est sous presse, les invitations aussi, la vie va de l'avant sans regarder en arrière, comme il en a toujours été et comme il en ira toujours. C'est Isaac Lévi qui a écrit le texte du catalogue, a dit Iacha, et le vernissage est prévu pour mardi prochain dans les locaux du musée d'Histoire juive. Peut-être n'était-ce pas l'espace le plus adéquat, mais je serais sûrement d'accord avec lui qu'il n'y avait pas d'endroit plus approprié pour une telle exposition. J'ai été d'accord, ce que nous avons aussitôt arrosé à l'eau-de-vie, Iacha ayant entre-temps rempli nos verres, en buvant cette fois-ci à la prospérité du musée, au succès de l'exposition et au bon accueil de la critique, à la paix dans le monde et au prompt changement de régime dans notre pays. Pour ce dernier toast, Iacha a de nouveau rempli les verres, une fois avant de les lever puis aussitôt après, si bien qu'à partir de ce moment-là mes souvenirs se brouillent et, quoi que je fasse, je n'arrive pas à les voir d'une façon plus nette. Je me souviens seulement, et encore avec un extrême effort, du moment où je suis sorti de l'immeuble de Iacha pour attendre un taxi : j'ai regardé à gauche, j'ai regardé à droite et, bien que l'ayant fait le plus lentement possible, cela m'a donné le tournis. Il a fallu que je m'assoie et je me suis installé sur la plus haute marche du perron. Il me semblait entendre un bruissement de feuillage incessant, bien que les frondaisons proches, quand je les ai regardées, fussent tout à fait immobiles. C'est peut-être là, ai-je dit peu après au chauffeur de taxi, la voix de l'alcool dans le sang. Il m'a adressé un regard grincheux dans le rétroviseur. Sans doute devait-il craindre que je vomisse sur le siège à côté du mien, ce qui d'ailleurs n'était pas impossible, aussi ai-je ouvert la fenêtre pour parer à cette éventualité et me suis-je mis à respirer profondément. Suit un trou de mémoire, puis vient ce dont je me souviens : j'ouvre brusquement les yeux, mon regard fixe la main du chauffeur qui me tient par le genou et me secoue ; une à une, ses paroles se frayent un passage jusqu'à ma conscience. J'ai payé la course, j'ai essayé de baiser la main que le chauffeur m'avait tendue pour recevoir l'argent, je suis descendu du taxi, puis, sans avoir pu aller bien loin, j'ai vidé mon estomac près d'un kiosque à journaux. Tandis que les dernières gouttes se détachaient de mes lèvres, je me disais que je devrais aller chercher mes instruments et mes produits d'entretien et remettre de l'ordre dans cet endroit. Je me répétais tout particulièrement que je ne devais pas oublier les gants en plastique. Bien entendu, une fois arrivé chez moi, tout cela s'est évaporé, je me suis écroulé dans un fauteuil et c'est là que je me suis réveillé le lendemain matin, complètement ankylosé, avec un goût épouvantable dans la bouche, l'estomac douloureux, les doigts poisseux et une migraine qui menaçait de me faire exploser le crâne. Ce qui m'avait réveillé, c'étaient les rayons de soleil qui, se reflétant sur les vitres des immeubles d'en face, avaient trouvé un chemin jusqu'à moi. Je clignais des yeux dans ces rais de lumière, j'éructais et je geignais, en espérant que j'allais par miracle me sentir de nouveau bien. Vaine espérance. Il en est qui ne connaissent pas la gueule de bois, mais je fais partie de ceux pour qui cuver sa cuite est vécu comme une maladie, et quand j'ai enfin réussi à me dresser sur mes jambes, j'ai rempli une bouillotte d'eau chaude, je me suis déshabillé et me suis glissé dans le lit. Le lendemain, Marko m'a passé un savon. En fait, il m'a servi son éternel exposé sur l'incompatibilité du cannabis et de l'alcool, et ma gueule de bois migraineuse, qui m'a fait lui ouvrir la porte les yeux quasiment fermés, est venue à l'appui de sa thèse. Selon lui, le globe terrestre est divisé en régions d'inégales grandeurs dominées par différents moyens d'agir sur la conscience : le Moyen-Orient, par exemple, était le territoire du haschisch ; l'Extrême-Orient celui de l'opium ; en Amérique de Sud il y avait la coca ; en Europe régnait l'alcool ; les autochtones de l'Amérique du Nord avaient eu le tabac. Cependant, expliquait-il, l'origine n'oblige pas l'individu à se conformer au choix de sa région géographique, chacun de nous vient au monde avec une tendance innée, et si cette tendance nous porte vers le cannabis, par exemple, les autres substance ne nous intéressent pas ou nous attirent infiniment moins que celle qui nous est prédestinée. C'est ainsi que Marko expliquait pourquoi certains essayaient diverses substances influant sur la conscience : il s'agissait, disait-il, de chercher la bonne et, quand on finissait par la découvrir, les autres perdaient tout intérêt ou nuisaient à ceux qui en consommaient tout de même, comme le démontrait, a-t-il dit, ma réaction désastreuse à l'eau-de-vie de Iacha. Il m'a aussitôt proposé son remède contre la gueule de bois, un gros joint de marijuana, mais je lui ai répondu par une grimace : la seule idée de fumer me soulevait le cœur, et je n'avais aucune envie de voir ce que la fumée réelle me ferait. La migraine était suspendue comme un voile devant mes yeux, et il me semblait que je regardais Marko entre mes cils, paupières à demi baissées, et en plus de très loin. Bon, a dit Marko, si tu n'en veux pas, moi j'en veux. Il a allumé son joint et pendant un instant sa tête a disparu dans un nuage de fumée. J'ai fermé les yeux et me suis bouché le nez, seul moyen d'éviter un désastre gastrique. J'ai même tourné la tête de côté en essayant autant que possible d'éloigner ma bouche, par laquelle je respirais, de la fumée. Finalement, de peur de ne pouvoir tenir, je suis allé à la cuisine me faire une infusion de menthe, mais quand elle a été prête, je me suis mis à fixer la tasse du regard sans pouvoir la porter à ma bouche. Marko avait entre-temps fini son joint et il m'a rejoint à la table de la cuisine. D'évidence, il avait lu les journaux ce matin-là car il me débitait les informations les plus diverses sur les événements dans le pays et dans le monde. Les membres de l'OTAN avaient réitéré, pour la énième fois, la menace de bombardements si l'on ne trouvait pas une issue acceptable à la crise au Kosovo : le mark allemand valait toujours six dinars, et c'était également le prix d'un litre d'essence ; les chiens errants devenaient une calamité toujours plus grande ; dans un appartement où se réunissaient des clochards, au cœur même de Belgrade, on avait trouvé le cadavre d'un inconnu ; les préparatifs du référendum avançaient ; le temps ne semblait pas vouloir se stabiliser ; il y avait de plus en plus de revendeurs chinois sur les marchés de Belgrade ; les chauffeurs de taxi exigeaient une augmentation et menaçaient de se mettre en grève, ce qui risquait de paralyser la ville, comme si la ville, a dit Marko, n'était pas suffisamment paralysée. Des nouvelles déprimantes ont parfois un effet positif ne serait-ce que parce qu'on mesure l'insignifiance de nos peines en comparaison des divers malheurs et cataclysmes du monde, c'est ainsi que j'ai commencé à émerger, bu un peu de thé et enfin vu Marko directement, sans rideau de cils. Il m'a proposé, bien entendu, de rouler un nouveau pétard, mais je me suis surpris moi-même en m'obstinant à refuser sa proposition. Bon, a fait Marko, et il m'a expliqué qu'il était venu pour me montrer quelque chose, ou plutôt pour m'emmener quelque part afin de me montrer quelque chose, quelque chose que je devais voir, estimait-il, car cela, quoi que cela pût être, était directement lié, du moins le croyait-il, à ce qui m'arrivait ces derniers temps, ce dont j'allais pouvoir m'assurer moi-même, mais même s'il s'était trompé dans son appréciation, ce qui n'était pas impossible, l'erreur est humaine, même dans ce cas je serais intéressé par ce qu'il voulait me montrer, et plus vite on partirait mieux ça vaudrait, a-t-il dit en se levant, car les phrases aussi embrouillées l'épuisaient. D'accord, ai-je répondu, puis je suis allé à la salle de bains, je me suis lavé le visage, j'ai constaté que j'avais une mine épouvantable, je me suis lavé les dents, j'ai mis de la lotion sur mes joues et je suis revenu à la cuisine. Je suis prêt, ai-je dit. Marko a levé lentement son regard vers moi et, tout à coup, en examinant ses yeux injectés de sang, je me suis dit qu'il ne fallait pas le croire. Il est effroyable, l'instant où l'on doute de la personne que l'on considère comme son meilleur ami, surtout lorsque le soupçon n'est pas dû à des faits, mais à on ne sait trop quoi, un signal ténu, en nous, qui nous incite à la prudence, si bien qu'au premier moment nous avons envie de repousser ce signal en nous persuadant qu'il s'agit d'une erreur, d'un court-circuit, d'un trouble qui nous donne une fausse image pour vraie. Mais n'avais-je pas déjà décidé, avant ce moment-là, de ne pas tout dire à Marko, en particulier ce qui concernait Margareta ? Maintenant c'était mon intuition, si c'était bien d'intuition qu'il s'agissait, qui confirmait ce que mon inconscient savait depuis longtemps, comme il savait tout le reste, ce qui avait été comme ce qui allait être. Je ne veux pas parler ici du destin ; je n'y crois même pas, j'ai toujours préféré croire à l'idée du libre arbitre ; le fatalisme — la vie comme déroulement d'une destinée préconçue — ne m'a jamais attiré, en premier lieu parce que cela m'aurait réduit à la fonction d'un automate qui traverse la vie à seule fin de démontrer qu'il n'est qu'un fétu insignifiant au milieu d'événements dénués de tout sens. Un biologiste, je ne me rappelle pas son nom, affirmait que le destin existe bien, mais à condition qu'il soit créé, autrement dit, nous sommes les auteurs de notre destin, il ne nous est pas donné d'avance, mais nos actes deviennent fatalité, non par intervention divine, mais parce que l'on ne peut changer le passé. En voilà assez à ce sujet. Marko a d'abord attendu patiemment que je me prépare, mais il est devenu ensuite très impatient, n'a plus cessé de me presser, de me pousser à hâter le pas, les nerfs à vif comme s'il avait sniffé de la cocaïne. Il m'emmène tout droit dans un repaire de bêtes fauves, me suis-je dit, je m'en souviens, ce qui me fait maintenant rire, car il n'y a pas eu de bête fauve et l'endroit où nous sommes arrivés n'avait rien d'une tanière. Je m'arrêtais et lambinais tout simplement parce que j'étais encore sous l'emprise de la gueule de bois, que mon estomac me faisait l'effet d'un ballon de baudruche que j'aurais porté au bout d'une ficelle, très haut au-dessus de ma tête qui, me semblait-il, se mettait à crépiter chaque fois que je pénétrais dans une zone ensoleillée de la rue. En même temps, je le reconnais, je me demandais comment m'enfuir au moindre signe de danger, et me retrouvais incessamment à quelques pas derrière Marko, ce qui l'exaspérait bien sûr. Il retournait sur ses pas, me saisissait par le coude et me secouait, sans se gêner pour jurer de temps à autre, mais pas une fois il n'a essayé de m'expliquer pourquoi il était aussi pressé. Malgré tout, nous avancions : nous sommes passés devant la faculté d'agronomie, puis nous avons traversé le parc municipal, nous en sommes sortis près de l'hôpital, et avons tourné dans la rue qui menait à la synagogue. Autrefois, du temps où elle abritait une discothèque, Marko et moi allions y danser et, comme on le disait alors, essayer de lever une nénette. Ces dernières années, on a beaucoup parlé de la synagogue, car on a accusé la municipalité de l'époque d'avoir fait main basse sur le bâtiment, et même s'il s'est avéré ensuite qu'il n'y avait eu aucune irrégularité, l'affaire ressortait de temps en temps, comme une arme dans les luttes politiciennes. Tandis que nous nous approchions de la grille, je me demandais ce que Marko avait en tête : des souvenirs nostalgiques de la discothèque où Zoran Modli était disc-jockey, si ma mémoire est bonne, ou le dessein de m'attirer dans quelque bagarre ravivée entre partis politiques. Il s'agissait finalement d'autre chose. Nous sommes entrés dans la cour. Bien que ce ne fût pas un espace clos, j'ai senti un changement par rapport à la rue, comme si l'air était plus épais, non, comme s'il y avait quelque chose dans l'air que l'on ne percevait pas hors de cet espace, quelque chose qui évoquait la densité, une sorte de lumière solidifiée, comme l'a dit Marko par la suite. Ça l'étonnait, disait-il, que je n'eusse pas éprouvé la même chose en entrant dans la cour de la synagogue de Belgrade, bien que ça ne voulût rien dire, car notre réaction à la sacralité d'un lieu n'est pas toujours la même. En visitant certains monastères très connus, disait-il, il n'avait presque jamais rien ressenti, alors que le poids du sacré avait pu devenir presque écrasant dans la chapelle décrépie d'un village perdu. Tout peut s'expliquer, a-t-il dit, il suffit de le vouloir. Nous étions debout dans la cour sous un soleil de plus en plus chaud et nous regardions la synagogue comme si nous nous attendions à ce qu'elle nous parle. Je sentais encore le sang cogner rapidement dans ma tête, mais la douleur s'était en grande partie calmée. Je pouvais même jeter un coup d'œil sur une fenêtre où se réfléchissaient les rayons de soleil sans que ce reflet éclatant ne ranimât mon malaise. Marko m'a alors invité à m'approcher du bâtiment, et là, il m'a montré un nombre gravé dans la pierre : 1863. Il m'a dit qu'il ne pouvait être certain de ce que ce chiffre signifiait, mais que c'était probablement l'année de la construction de la synagogue. Je me suis accroupi et j'ai touché le nombre, comme s'il allait de cette manière me dire quelque chose. Il ne m'a rien dit, il m'a simplement éraflé le bout des doigts. Marko a remarqué que la somme des deux premiers chiffres était neuf, de même que celle des deux autres, et a dit qu'il était certain qu'entre les deux existait un lien occulte. J'ai songé à Dragan Michovitch, le mathématicien, je ne voyais personne d'autre d'aussi à l'aise que lui dans le monde des nombres, mais je n'étais vraiment pas prêt à l'appeler. D'ailleurs, pourquoi toute combinaison de chiffres aurait-elle une signification seconde, secrète ? Un chiffre ne peut-il être simplement un chiffre ? D'où vient que tout nombre paraît mystique, comme s'il était chargé de messages secrets, alors que les mots donnent l'impression d'être une parodie de la réalité, et que plus ils sont nombreux, plus ils sont ridicules ? Peut-être aurais-je dû avant tout me demander comment Marko avait découvert ce nombre gravé, ce qu'il était venu chercher dans la cour de la synagogue ou, qui sait, dans le bâtiment même ? Je suis passé par ici il y a quelques jours, a dit Marko, et il m'a semblé tout à coup que quelqu'un, à l'angle de l'édifice, me faisait des signes de la main. Et tu as cru, lui ai-je demandé, que c'était moi ? Exactement, a répondu Marko, comment le sais-tu ? Qui d'autre, ai-je dit, aurait pu te faire signe de la cour de la synagogue ? Il était donc entré dans la cour et avait jeté un coup d'œil derrière l'angle. Personne. C'est alors qu'il avait remarqué la pierre avec le nombre gravé. Il s'était accroupi pour le regarder de plus près et avait alors entendu derrière lui une voix de femme âgée. Il s'était retourné et avait vu une vieille femme en noir, avec des gants en dentelle noirs et un petit chapeau à voilette également noir. Elle avait levé la main et montré le haut de la synagogue. Là, avait-elle dit, à côté de la cheminée, la nuit, on voit une lumière et on entend — si l'on sait écouter — des coups, des cliquetis d'objets métalliques qui s'entrechoquent, des paroles incompréhensibles. Marko avait essayé d'obtenir plus de précisions, et elle lui avait dit que cette lumière différait des lumières ordinaires, qu'elle brûlait parfois pendant des nuits entières, et que les bruits sont si forts qu'elle ne pouvait dormir. Il avait d'autres questions à lui poser, mais elle ne lui en avait pas laissé le loisir, car elle s'était subitement tue, avait de nouveau pointé l'index vers le toit de la synagogue et s'était promptement éclipsée à petits pas. Et toi, ai-je dit, tu es revenu ici la nuit suivante pour voir ce qui se passait, n'est-ce pas ? Oui, a dit Marko, et je n'ai rien vu, rien entendu sinon par moments un roucoulement et d'autres bruits confus dus aux pigeons. Et alors, ai-je demandé, qu'attendait-il de moi ? Des mystères, j'en avais bien assez, à ne plus savoir qu'en faire, pour en ajouter d'autres à ma collection. D'ailleurs, ai-je poursuivi, n'y avait-il pas dans le coin un café qui restait ouvert tard dans la nuit ? Tous ces bruits, ces tintements, ces hourvaris et ces lumières tremblantes ne faisaient-il pas penser au brouhaha, à la musique et à l'éclairage d'un café ? Rien d'étonnant à ce qu'une vieille dame gantée de dentelle noire eût cru y reconnaître l'œuvre du Malin. Je voyais bien que je ne l'avais pas convaincu. Il secouait la tête, clignait des yeux, se mouchait. Je lui ai proposé d'aller à la recherche d'un café, et il a accepté sans enthousiasme. Il avait le regard rivé sur le toit et se hissait sur la pointe des pieds comme s'il comptait l'atteindre par ce seul moyen. Nous nous sommes engagés dans la rue de Dubrovnik, mais au premier carrefour nous sommes tombés sur une connaissance de Marko, un jeune type qui de toute évidence proposait quelque chose de plus intéressant pour Marko que le cappuccino prévu, car ils ont décidé après un bref conciliabule de prendre une autre direction. Je suis resté seul. J'ai regardé à gauche, j'ai regardé à droite, puis je me suis tourné pour observer la synagogue. J'ai songé à l'idée de Datcha de fabriquer un golem ou de trouver une autre arme cabalistique ; pouvait-on imaginer atelier plus adéquat que la synagogue pour réaliser cette œuvre ? Je me suis aussi rappelé Wolf Hénoch, le porteur d'eau, qui avait suivi les mêmes voies plus de deux cents ans auparavant, en changeant de nom comme on change de chapeau. Peut-être vaguait-il toujours par ici, mais sous un nom différent et en exerçant un autre métier. Et si j'étais ce Wolf Hénoch ? me suis-je dit pour moi seul et, à cette idée, je me suis immobilisé. Je suis Wolf Hénoch, ai-je dit à haute voix, et je n'ai pas eu l'impression de dire un mensonge. Mais, ai-je poursuivi, comment puis-je être Wolf Hénoch, puisque je ne suis pas juif ? Comment sais-tu, me suis-je demandé, que tu n'es pas juif ?

J'étais sur le point de m'adresser une réponse quand j'ai remarqué un garçonnet et une fillette qui me dévisageaient, probablement ravis de voir un fou parler tout seul. J'ai fait demi-tour et me suis mis à courir. Je ne savais pas pourquoi je courais, mais lorsque je me suis arrêté, ma tête était tout à fait claire, comme si le surcroît d'oxygène qui avait pénétré dans mes poumons et mon sang pendant la course avait effacé toute trace de nausée éthylique. Ma vue, et pas seulement ma tête, était plus claire, plus précise. Toutefois, les paumes de mes mains et mon front était couverts de sueur, ma respiration haletante, les muscles de mes jambes tremblants et mes genoux légèrement flageolants. J'ai regardé autour de moi : je ne savais plus où je me trouvais. Je ne savais pas non plus comment j'étais arrivé là, hanté par l'idée que, de toute manière, j'étais vraiment Wolf Hénoch. À ma gauche je devinais une remise à outils, à ma droite il y avait une clôture penchée, devant moi s'étalaient des plates-bandes préparées pour la plantation. Je me trouvais dans la cour d'une des maisons anciennes de Zémoune, c'était clair, mais restait à savoir pourquoi j'y étais venu, si tant est que j'y fusse venu. Je me suis de nouveau retourné pour regarder la maison à laquelle la cour appartenait. La porte était fermée, les rideaux tirés, un balai et une pelle appuyés contre les marches fissurées, une bassine trouée avait été posée sur le toit d'une niche à chien déserte. J'ai vu aussi une paire de vieilles pantoufles, sans pouvoir déterminer si c'étaient des pantoufles d'homme ou de femme. Tandis que je promenais un nouveau regard sur tout cela, la porte s'est ouverte et un vieil homme avec un chiffon à la main s'est montré. Le chiffon avait dû servir à essuyer la poussière, car le vieillard, bras tendu, s'est mis à le secouer. En m'apercevant, il a levé l'autre main et m'a fait signe, comme s'il avait l'habitude de voir tous les jours des inconnus s'introduire dans sa cour et marcher sur ses plates-bandes. Nous nous sommes regardés jusqu'au moment où ma respiration est redevenue régulière et où il a chassé suffisamment de poussière de son chiffon, puis je me suis dirigé vers lui. Pendant ce temps, je n'avais pu me défaire de l'impression que je dormais et que rien de tout cela ne se produisait réellement, mais quand je me suis approché de la maison, au lieu de disparaître comme dans un rêve, le vieil homme a descendu les marches délabrées et m'a tendu la main. Je l'ai prise dans la mienne en m'attendant à ce que mes doigts se referment sur de l'air, mais sa main était réelle et chaude. Il m'a demandé si je voulais entrer. Je lui ai répondu que je ne savais pas, et c'était l'exacte vérité : je n'avais pas la moindre idée de comment j'étais arrivé là, alors comment pouvais-je savoir ce que je voulais y faire ? Je n'aurais voulu qu'une chose : demander où nous nous trouvions, mais cette question ne pouvait franchir mes lèvres, parce que, comme toujours, j'avais honte de mon ignorance. Ainsi, par exemple, dans une ville inconnue, je préfère chercher pendant des heures une adresse plutôt que poser à quelqu'un une question qui, j'en suis sûr, fait de moi un ignorant, même quand il s'agit de quelque chose qu'il est tout naturel que je ne sache pas. Je me tenais donc devant le vieillard et attendais la question suivante. Il m'a demandé si je voulais boire quelque chose. Ce doit être un rêve, me suis-je dit, il n'y a que dans les rêves qu'arrivent de pareilles choses, mais si c'est un rêve, comment ai-je pu m'endormir en courant, et si je suis vraiment en train de dormir, est-ce à dire que je cours toujours ? Le vieillard était patient. Il s'est frotté deux ou trois fois les mains, il a toussoté une fois, s'est gratté une fois, mais il ne me pressait pas ni ne m'incitait à parler. Bon, ai-je fini par dire, je boirais bien un peu d'eau. Le vieillard a claqué des mains, monté les marches et il est entré dans la maison. Il a refermé la porte derrière lui et je l'ai entendu tourner la clef dans la serrure. Il y a un instant, il m'invitait chez lui, me suis-je dit, et maintenant il fait tout pour m'empêcher de le suivre. Je restais planté là à attendre et, petit à petit, je devenais de plus en plus assoiffé. Le vieil homme ne réapparaissait pas. Je me suis tout à coup rappelé le puits dans la cour de la rue Zmaï, et à l'instant même ma soif est devenue insupportable. J'ai monté les marches et frappé à la porte. On n'entendait rien, même en collant l'oreille à la surface craquelée. J'ai frappé de nouveau, plaqué mon oreille encore plus étroitement contre la porte et suis resté ainsi jusqu'à ce qu'elle commence à me faire mal. Maintenant, je m'en vais, ai-je dit à la porte et je m'en suis éloigné. En me retournant pour descendre les marches, j'ai vu que je me trouvais dans le parc municipal. J'étais assis sur un banc à proximité d'un terrain de jeux pour enfants, un petit chien reniflait les jambes de mon pantalon, deux fillettes faisaient un château de sable, une bande de pigeons attendait à distance respectueuse, une femme sur le banc voisin brodait ou faisait du crochet, je n'ai jamais bien su distinguer une chose de l'autre et, en levant la tête, j'ai vu le ciel bleu et des nuages moutonneux. Aujourd'hui encore je ne comprends pas ce qui s'est vraiment passé, si j'ai réellement couru ou si je suis resté tout ce temps sur le banc, comment j'ai fait pour m'y trouver, et si tout cela m'est arrivé à cause de l'idée que j'étais réellement Wolf Hénoch, ou du moins que quelque chose en moi l'était. Mais, comment aurais-je pu devenir Wolf Hénoch, et pourquoi, entre tous les êtres de ce monde, a-t-il fallu que cela arrivât justement à moi ? Peut-être est-ce la cause pour laquelle je me suis subitement trouvé au cœur de tous ces événements, innocent comme l'agneau qui vient de naître, dirait Marko, mais incapable de m'en dépêtrer. L'univers est un endroit dément, disait Marko, truffé de choses illogiques, ce qui ne nous dérange pas, sauf si une de ces choses illogiques nous arrive à nous. J'avais toujours considéré que c'était du bavardage vide de sens, nourri de fumée de cannabis, et voilà que je pouvais sentir dans ma chair que ce prétendu vide était en fait bien rempli. J'étais donc assis sur ce banc à me tâter pour savoir si je n'allais pas aborder la femme qui brodait ou faisait du crochet et lui demander comment j'étais arrivé là. Bien entendu, je n'en ai rien fait, car je pouvais imaginer le regard qu'elle m'aurait lancé, et qui sait, peut-être aurait-elle cru que je voulais l'agresser et utilisé son crochet ou son aiguille — quel que soit le nom de l'instrument qu'elle avait en main — comme une arme. C'est pourquoi je suis resté tranquillement assis à regarder de temps à autre les nuages, en attendant que de légers spasmes eussent cessé de tirailler mes muscles. Dans l'intervalle, le petit chien avait eu tout son soûl d'odeur de mon pantalon et commençait à renifler des objets alentour. Wolf Hénoch, porteur d'eau, répétais-je en moi-même, en essayant d'imaginer comment il faisait jadis son travail. Avait-il un tonneau qu'il remplissait d'eau puis traînait derrière lui de maison en maison ? Où prenait-il l'eau ? Recevait-il en retour un émolument fixe de la communauté juive de Zémoune ou faisait-il payer au particulier chaque bocal, auge ou seau rempli ? Après, est évidemment venu le tour des sangsues, et dès que j'y ai pensé, j'ai eu un frisson. S'il y a une chose que je déteste, c'est bien les histoires qui, alors qu'elles sont censées expliquer quelque chose, rendent tout encore plus confus. C'était déjà assez dur d'être celui que j'étais, voilà qu'il me fallait maintenant être en outre un porteur d'eau et un collecteur de sangsues.

Il s'est révélé que ce n'était pas tout. En effet, le samedi matin, je suis allé faire un tour dans la cour de la synagogue de Belgrade dans l'espoir d'y trouver Datcha et d'apprendre peut-être quelque chose de plus sur Wolf Hénoch. Datcha était là, assis à la table, sous l'arbre, son chapeau sur la tête. Il y avait deux jours, a-t-il dit, qu'il attendait de me voir, et si je n'étais pas apparu ce matin-là, il serait parti à ma recherche. Où serait-il allé me chercher, ai-je demandé, puisqu'il ne savait pas où j'habitais ? Il serait allé me chercher là où il m'aurait trouvé, a-t-il dit. Il a levé son chapeau, a essuyé son front, puis a remis le chapeau sur sa tête. Je me suis assis sur l'autre banc, exactement en face de lui. Il y avait des miettes sur la table, vestiges de je ne sais quelle collation. Le couronnement des actions victorieuses au cours de la Première Insurrection serbe, a dit Datcha, a été la prise de Belgrade en 1806, tous les historiens devraient s'accorder sur ce point, mais l'histoire est toujours une mère pour certains et une marâtre pour d'autres, c'est ainsi qu'elle a alors été une marâtre non seulement pour les Turcs mais aussi pour les Juifs, qui ont été accusés d'avoir servi les Turcs, ce pourquoi certains ont été tués, d'autres convertis, et d'autres encore sont passés à Zémoune, sur le territoire qui faisait partie de l'Empire d'Autriche. Or, a poursuivi Datcha, il existe des documents où il est fait mention d'un certain Salomon Hénoch, qui aurait versé la rançon d'un groupe, composé surtout de femmes et d'enfants, alors que sur les listes des familles juives de Zémoune de cette époque ne figure aucun Hénoch. Il existe, il est vrai, un Jacob Wolf, veuf et brocanteur, mais il n'a certainement pas pu jouer ce rôle, étant donné qu'un document précise que Salomon Hénoch était très jeune, alors que le brocanteur devait être plus âgé, puisqu'il avait déjà pu se marier et, hélas, enterrer son épouse. Alors, qui est Salomon ? a lancé Datcha en ôtant son chapeau et en me regardant comme si je détenais la réponse. Je ne sais pas, ai-je dit. Évidemment que tu ne sais pas, a répliqué Datcha, mais on peut admettre la possibilité que c'était Wolf Hénoch, ou du moins, a-t-il ajouté en remettant le chapeau sur sa tête, ce que l'on pourrait appeler son essence. Il a remarqué mon trouble. Je pensais à son âme, bien entendu, a-t-il dit, à quoi pensais-tu ? À rien, ai-je répondu, il y a longtemps que j'ai cessé de penser. Datcha a ri. Tu ne t'en tireras pas comme ça, a-t-il affirmé, surtout quand je t'aurai dit encore quelque chose. Il s'est penché vers moi comme s'il voulait me confier un secret, et je me suis penché vers lui, de mon côté, avec l'impression d'être un conspirateur. Lorsque, au début de l'insurrection, a dit Datcha, l'archiprêtre Matia Nénadovitch s'est rendu secrètement à Zémoune afin d'aller demander à l'évêque de Novi Sad un premier canon pour les insurgés serbes, il semble, d'après une lettre, que dans tout cela était mêlé un certain Juif Hénoch, homme diaboliquement habile, bien que la lettre ne dise pas en quoi exactement. Il semblerait qu'il ait également été impliqué dans l'affaire d'un deuxième canon, celui que le pope Louka Lazarévitch a amené en Serbie, et tout ça est très curieux, a-t-il ajouté, c'est le moins qu'on puisse dire, car par la suite les Juifs belgradois ont été persécutés par les insurgés serbes, mais c'est ça l'histoire, tantôt on s'élève très haut, tantôt on tombe très bas. La suite des événements le montre aussi : à Belgrade, avec l'arrivé du prince Miloch au pouvoir, les Juifs ont connu des temps meilleurs car le prince leur a octroyé tous les droits de citoyenneté, alors qu'à Zémoune, dans l'Empire d'Autriche, leur condition d'indésirables n'a pas changé, et cet état des choses, a-t-il précisé, allait durer encore une trentaine d'années. Il a ôté son chapeau et s'est de nouveau essuyé le front, puis a retourné le chapeau et l'a posé sur la table comme s'il s'attendait à la chute d'un fruit. J'ai levé les yeux vers la frondaison. Comme je ne connais rien aux arbres, je n'ai pu savoir s'il y avait une chance qu'une poire ou une cerise tombe — à condition qu'il fût suffisamment patient — dans son chapeau, mais en revanche j'ai vu un petit oiseau sur une branche. Je ne connais rien non plus aux oiseaux, et la seule certitude que j'ai pu avoir c'est que — vu son plumage coloré — ce n'était pas un moineau. Datcha se taisait, ses paupières se fermaient, alors je me suis dépêché de lui poser la question pour laquelle j'étais venu le voir. Devais-je conclure à propos de ce qu'il m'avait raconté que Wolf Hénoch n'avait pas été un seul homme mais plusieurs, et si c'était exact, de combien d'hommes pouvait-il s'agir ? Non, ce n'était pas ce que je voulais demander, le nombre perdait de son importance dès lors que l'on dépassait un, mais plutôt : pouvait-il m'expliquer comment cela se passait ? Comment tous ces Wolf et ces Hénoch faisaient-ils pour se trouver à tous ces endroits et ces moments différents, et comment un porteur d'eau devenait-il un fournisseur de canons ? Datcha a sursauté à ces dernières paroles et a remis dare-dare son chapeau sur sa tête. Quel fournisseur, quels canons ? s'est-il exclamé, jamais il n'avait parlé de ça, et si Wolf Hénoch fournissait quelque chose, c'étaient des sangsues. D'accord, d'accord, ai-je dit, d'ailleurs, il n'y a pas une telle différence entre les sangsues et les canons, les uns et les autres se nourrissent de sang, mais ce que je voulais vraiment lui demander, ai-je ajouté, c'était où se trouvait Wolf Hénoch à présent, aujourd'hui, à l'instant même ? Datcha s'est levé et a écarté les bras en signe d'impuissance. Si nous savions tout ce que Dieu a imaginé, a-t-il dit, nous n'aurions plus besoin de lui. Il m'a tourné le dos et s'est dirigé vers la porte, le dos voûté, le pas hésitant sur le sol irrégulier de la cour ; à un moment, il s'est arrêté et par-dessus son épaule m'a lancé de ne pas oublier le vernissage de l'exposition de Iacha, mardi. Je lui ai fait un signe de la main et lui ai dit de ne pas s'inquiéter, que je pensais à Iacha même quand je ne pensais pas à lui. Je suis resté assis encore un moment dans l'ombre de l'arbre, puis je suis parti faire ma promenade du samedi. C'était un de mes petits rites, une de ces cérémonies intimes qui aident à vivre, ou du moins qui m'avaient aidé à garder tous mes esprits au cours de ces dernières années belgradoises, les années de démence, comme l'un de mes amis les avait appelées. Il avait réussi à me mettre en garde, mais pas à s'en défendre lui-même et, dans un moment de trouble et d'égarement, en plein jour, il s'était jeté du balcon de la tour où il logeait à la Nouvelle Belgrade. Ce jour-là, la *kochava* soufflait ; quelques jours plus tard, à son enterrement, elle soufflait encore, et je me rappelle la voix étouffée d'une femme qui, quelque part derrière moi, disait : Si cette calamité ne s'arrête pas bientôt, je vais me tuer moi aussi. La *kochava* a duré encore quelque jours et tous les matins j'ouvrais mon journal avec appréhension, dans la crainte d'y trouver la nouvelle d'un nouveau suicide dû au vent. Quelqu'un m'avait alors dit que le plus important était de créer des rites qui entretiennent un certain degré de normalité et nous empêchent de sombrer dans le désespoir et la dépression. Je ne me rappelle pas qui c'était, mais je sais qu'il était question d'activités banales, routinières, telles que faire des promenades, aller dans les musées et les galeries, lire des œuvres classiques, écouter de la musique ou, pourquoi pas ? enlever la poussière chez soi. C'est ainsi que j'ai commencé à faire mes promenades rituelles du samedi, lesquelles ne me conduisaient pas sur le quai. Toutes celles des autres jours de la semaine appartenaient au Danube ; le samedi était la journée sans eau fluviale, et j'errais alors dans des quartiers moins connus de Zémoune et de Belgrade, parfois assez éloignés, quasi périphériques. Je marchais comme un vieillard, mettais un pied devant l'autre, mains croisées dans le dos, tout à fait comme un retraité, et ces promenades avaient un effet extraordinairement apaisant, comme, j'imagine, les mouvements des arts martiaux de l'Extrême-Orient. Enfin, je ne crois pas que ma promenade pouvait être assimilée au code du samouraï, mais il est vrai qu'au cours de ces sorties mes sens s'épuraient et que je finissais par me sentir aussi serein qu'un Bouddha. Ce samedi-là, j'avais choisi pour but de promenade le square Kossantchitch et les rues environnantes. Il y a quelque chose dans le fait de marcher sur des pavés qui n'existe pas quand on marche sur l'asphalte, et je ne songe pas aux trébuchements et aux faux pas qui viennent aussitôt à l'esprit. Au fond, c'est précisément à cela que je pense : au fait qu'une personne qui marche sur des pavés est considérablement plus consciente de son corps, qu'elle doit sans cesse garder en équilibre en coordonnant les mouvements de tous ses membres. Quand ils marchent sur des surfaces asphaltées, beaucoup de gens sont avachis, colonne vertébrale courbée, mal assurés sur leurs jambes, si bien qu'ils tombent facilement et, en général, s'abandonnent tout aussi facilement à la déprime. Sur le pavé, on est souple, toujours prêt à corriger sa position, de sorte que l'œil aiguisé, l'oreille tendue, les narines dilatées, on garde toute sa présence d'esprit et sa vigilance. Sur le pavé, ai-je dit une fois à Marko, je suis un chasseur, alors que sur l'asphalte je ne suis rien d'autre qu'une proie. Marko avait bien ri. Il est vrai que nous étions beaucoup plus jeunes, et quand on est jeune on s'abandonne facilement au rire ; plus tard, avec le temps, le rire se revêt volontiers de raillerie, de mépris, de prudence, de sarcasme, de cynisme et autres oripeaux. Quand on est jeune, le plus beau c'est d'être nu ; plus tard, se dévêtir devient une épreuve car il n'est pas facile d'affronter le monstre qui vous reluque dans le miroir. Je ne sais pourquoi je pense maintenant à ça. Il est certain que je n'ai jamais marché nu sur des pavés : un pénis qui se balance, quelles que soient ses dimensions, incite plus souvent à la moquerie qu'au désir érotique, encore que cette conclusion puisse être erronée et j'espère, si tel est le cas, que quelqu'un me démentira avec bienveillance. Je suis donc descendu jusqu'au square Kossantchitch, que j'ai traversé sur toute sa longueur, je suis retourné sur mes pas, passant ainsi deux fois devant la faculté de théologie, j'ai tourné dans la rue de Zadar, puis dans celle de Srébrénitsa, puis j'ai descendu l'escalier jusqu'à la station de bus à l'entrée du pont. Je détestais les bus délabrés et toute cette foule à l'intérieur, mais je n'avais guère le choix, c'est-à-dire je n'avais pas trop d'argent, de sorte qu'il était hors de question de prendre un taxi, tout comme d'aller à pied jusqu'à Zémoune. Il était temps, me suis-je dit, d'écrire un nouvel article pour *Minut*. Je ne pouvais alors savoir que ce serait mon dernier texte. Je ne compte pas, bien sûr, celui que je suis en train d'écrire, car ce n'est pas vraiment un texte, c'est un murmure égrené dans la nuit, de ma fenêtre, une nuit si épaisse que la lumière ne peut la traverser. Je me tiens donc debout devant la fenêtre ouverte, je prononce des paroles et je les regarde s'ouvrir un passage dans l'obscurité, comme des taupes. Je me suis mordu la langue avant même d'avoir fini la phrase précédente, car je me suis avisé que cette comparaison n'était pas bonne, non pas parce qu'il me déplaît que mes paroles soient aveugles, mais parce que je me suis rappelé avoir aidé, il y a bien des années, un voisin qui avait une maison de campagne non loin de Belgrade à se débarrasser des taupes. Il versait de l'eau d'un côté de leur galerie, et moi, armé d'une pelle, j'attendais de l'autre côté et, quand une taupe apparaissait, je la frappais jusqu'à la réduire en une loque sanglante. Ce à quoi je pense, à présent, c'est que pendant tout ce temps nous avons ri et nous nous sommes même photographiés ensuite avec tous ces petits corps écrasés, il m'a d'abord pris en photo, puis je l'ai pris en photo, et ces photos doivent toujours exister quelque part, je n'en ai pas le moindre doute. Il se trouve toujours quelqu'un pour conserver ce que pour rien au monde nous ne voudrions garder. Un jour, j'ouvrirai le journal et tomberai sur ces photos, je verrai mon visage ricanant au-dessus des taupes broyées, et je sais que tout le monde, moi y compris, sera horrifié par ma cruauté, même si les taupes ne sont que de vulgaires animaux nuisibles. Bon, il va me falloir trouver une autre comparaison, je pourrais dire, par exemple, que mes paroles s'ouvrent un passage dans l'obscurité comme un tire-bouchon dans le liège, encore que cela pourrait faire croire que les paroles sont rattachées par quelque lien à celui qui les prononce, lequel peut facilement, dès qu'il le désire, les retirer et les reprendre en son sein. Rien n'est plus loin de la vérité, car les paroles, une fois parties dans cette obscurité, aussi bien que dans une lumière éclatante, ne reviennent plus jamais. Je ne sais où elles s'en vont. Peut-être existe-t-il quelque part un cimetière de paroles, ça ne m'étonnerait pas. Rien ne m'étonne plus, ne l'ai-je pas déjà dit ? Je n'ai plus le temps de m'étonner, ce qui veut dire en quelque sorte que je n'ai plus de temps du tout, car la vie n'est qu'un étonnement constant devant elle-même, et quand il n'y a plus d'étonnement, il n'y a plus de vie non plus. Un texte, ce n'est tout de même pas la vie, n'est-ce pas ? Il ne sert à rien de tendre l'oreille : il n'y a personne ici qui pourrait y aller d'un commentaire, quant à l'obscurité, de toute manière, elle garde toujours tout pour elle. Je peux toujours me rasseoir à la table et m'agripper au verre d'eau, comme s'il me maintenait à la surface. Cette nuit-là, celle qui a suivi la rencontre avec Datcha et la promenade au square Kossantchitch, je n'ai pu fermer l'œil. Cela m'était déjà arrivé, il n'y avait là rien de particulièrement inquiétant, je pouvais l'attribuer au stress, au manque d'assurance, à l'incertitude, à l'ignorance et à d'autres raisons du même acabit, en espérant malgré tout m'endormir à un moment ou à un autre. J'étais allongé sur le dos, les bras croisés sous la nuque, je respirais profondément et fixais le plafond dont l'étendue pâle se laissait deviner à travers l'obscurité. Pour la énième fois, j'essayais de rassembler et de déchiffrer tout ce qui m'était arrivé ces dernières semaines, mais au lieu d'aboutir à une réponse, je ne faisais que revenir à des questions. Quelqu'un essayait-il vraiment de fabriquer un golem à Belgrade, et cette intention avait-elle un quelconque rapport avec le groupe vu sur l'absurde éminence artificielle près de l'hôtel Yougoslavie ? Quel rôle Wolf Hénoch jouait-il dans tout cela, si toutefois il était mêlé à cette affaire ? Ce nom m'a causé une sensation de picotement dans tout le corps comme si quelqu'un ou quelque chose en moi s'étirait et se redressait pour mieux voir qui l'appelait. Cette fois-là j'ai réagi beaucoup plus calmement à l'éventualité que je fusse devenu Wolf Hénoch, peut-être ma respiration s'est-elle accélérée pendant un moment, rien de plus. Bien sûr, je ne devais pas oublier Margareta, jamais je ne l'aurais pu, mais je revoyais tout d'abord la blancheur oblique de sa cuisse, ensuite son pied nu, et il me fallait faire un effort pour me remémorer son visage. Puis j'ai de nouveau pensé à sa cuisse et j'ai senti mon pénis durcir et se tendre comme une barre le long de mon ventre. Il faudrait que je lui téléphone, me suis-je dit, comme si mon pénis était un substitut de combiné téléphonique. Je n'ai pas bougé. Je cillais, scrutais l'obscurité et attendais que le sang se retirât des tissus vasculaires. À ce moment-là m'est venue pour la première fois l'idée que Margareta était en fait la Chekhinah, l'aspect féminin du divin, lié à la dixième séfira, la Royauté, laquelle, sur la carte du corps humain, est placée dans les pieds. N'avait-elle pas les pieds nus lors de notre conversation dans l'appartement de la tour à Zémoune ? Mais, même si c'était le cas, cela avait-il vraiment un sens ? Quand on commence à sentir un complot autour de soi, pratiquement tout peut en faire partie, et l'on se met à en reconnaître des indices dans presque tout ce que l'on a autour de soi, presque tout ce qui nous arrive. On marche pieds nus parce que l'on aime marcher pieds nus, et non pas parce que l'on souhaite imprimer sur la conscience de quelqu'un des éléments d'un message secret. D'autre part, me disais-je en fixant le plafond, sans de tels signes de reconnaissance la vie se désagrège facilement et, de surcroît, par les temps qui couraient, on avait besoin d'être consolés de la réalité et l'on ne pouvait trouver cette consolation que dans un quotidien imaginaire ou en attribuant toutes sortes de significations à ce qui s'imposait à nous comme réalité. Si je continue à gamberger de la sorte, me suis-je dit, je n'arriverai certainement pas à m'endormir. Mon pénis s'était entre-temps tout à fait dégonflé et il était pelotonné comme un chiot fatigué d'avoir coursé les chats. Je l'ai touché du bout des doigts ; il a levé un peu sa tête ensommeillée, mais elle est aussitôt retombée sur ses pattes croisées. Bon, lui ai-je dit, toi au moins, dors ! Ma voix a sonné creux, comme toute voix qui sait ne pouvoir compter sur une réponse. Et si, me suis-je dit, tout ce qui m'était arrivé faisait partie d'un vaste ensemble, aussi bien la scène au bord du fleuve, qui me semblait par moments vieille d'une dizaine d'années et pas seulement de quelques semaines, que les messages puants devant ma porte, les sens cabalistiques, les casse-tête mathématiques et tout le reste, tout ce que je ne parvenais pas à me rappeler à ce moment-là car mes paupières se fermaient doucement, ma tête s'enfonçait dans l'oreiller, mes membres se faisaient lourds, je pouvais enfin me dire que j'étais au bord du sommeil et, comme il fallait s'y attendre, à l'instant où je me le suis dit, mes yeux se sont écarquillés, le plafond s'est jeté sur mon visage, et j'ai compris que j'allais attendre ainsi le matin, c'était désormais hors de doute. Quand j'y songe, maintenant, je trouve étonnant que quiconque ait pu dormir pendant ces jours ou plutôt ces nuits-là. La réalité avait alors atteint un degré de laideur inconcevable : nous vivions sous une dictature qui se donnait pour une démocratie et resserrait de plus en plus son emprise sur tous ceux qui osaient exprimer en public d'autres idées que les siennes. Le gouffre entre ce pouvoir cynique, qui affichait son obsession de l'accaparement, et une population réduite à une existence obscure et à la misère était plus profond que le canyon du Colorado et, devant cet état de choses, un sentiment d'impuissance rongeait les gens comme un ulcère. Tout cela ne se remarquait pas tellement à Belgrade, mais en province les ténèbres régnaient, dans les esprits et partout ailleurs. Ces réflexions ont achevé de me réveiller, si bien que je me suis levé et me suis mis à errer dans l'appartement. Je n'ai pas allumé la lumière ; j'ai arpenté les pièces — non pas pieds nus comme Margareta, mais en pantoufles — et j'ai fini par m'arrêter devant mon bureau et le manuscrit dans lequel, me suis-je dit, je n'avais pas mis le nez depuis tellement longtemps qu'il me semblait ne l'avoir jamais lu. J'ai allumé la lumière, tourné la première page et, qui sait pour la combientième fois, j'ai lu ce qui figurait sur la deuxième : Un rêve non interprété est comme une lettre non lue. J'ai résisté à la tentation de revoir les pages que j'avais rêvées dans un rêve désormais lointain, mais j'ai prélevé une liasse de feuilles et commencé à lire à partir de la page 223. Voilà pour ce qui concerne l'âme, pouvait-on lire en haut de la page, bien qu'il faille encore ajouter que l'âme d'un Juif mort ne cessera d'errer jusqu'à ce qu'elle ait satisfait à tous les commandements et accédé aux nombreux secrets cachés dans la Torah. Ceux qui savent cela, disait le manuscrit, savent que la Torah comporte 613 commandements, dont 248 positifs et 365 négatifs, ce qui, selon la croyance traditionnelle, correspond aux 248 os et 365 tendons du corps humain, si bien que l'on peut dire que le corps de l'homme qui a rempli tous les commandements devient égal de la Torah, autrement dit, celui qui atteint la perfection spirituelle crée et répète de la sorte en lui-même l'image de Dieu. En d'autres termes, celui qui accomplit cela, celui dont le corps s'embrase à la sublime lumière céleste, permet à la Chekhinah de demeurer en lui. Il sera encore question de la Chekhinah, disait le manuscrit, car d'aucuns pourraient croire, en s'appuyant sur l'exemple d'Éléazar, le porteur d'eau, que le chemin qui mène à elle est facile, or la valeur d'un travail ne dépend pas tant de son degré de difficulté ou de complexité que de la manière dont il a été accompli : celui qui porte de l'eau peut le faire avec plus de dévotion qu'un maître grandiloquent qui bâcle son enseignement. Il nous faut ajouter ici ce que le Rabbi Haïm Vital a dit : que dans un corps peuvent entrer une, deux, trois ou quatre âmes, mais en aucun cas plus de quatre. Je me suis arrêté là. De toute façon, le passage suivant, à en juger à la première phrase, parlait de l'allumage des bougies de sabbat, et je n'avais tout de même pas besoin de ce savoir-là. J'ai relu le texte du haut de la page. Le rapport entre la transmigration des âmes et l'accomplissement des commandement de la Torah était évident, mais je ne comprenais pas pourquoi ce passage se terminait par les paroles de Haïm Vital. Quatre âmes dans un corps, je n'aurais jamais songé à une chose pareille. Je ne m'en sortais même pas avec celle que j'avais, comment aurais-je donc fait si j'en avais eu plusieurs ? Cependant, ce qui m'a le plus troublé c'était l'élément introduit dans la phrase qui annonce une description plus détaillée de la Chekhinah, la mention d'un porteur d'eau qui ne pouvait être que Wolf Hénoch. Les paroles de Haïm Vital se rapportaient-elles à lui ? Dans cette phrase on soulignait également que lui, le porteur d'eau, était parvenu facilement jusqu'à la Chekhinah, quoi que cela pût signifier, car on avertissait encore le lecteur que le chemin menant à elle n'était pas du tout facile. Alors, comment le porteur d'eau s'y est-il pris ? En portant sur l'épaule une palanche avec deux seaux, en poussant un chariot avec un tonneau, en distribuant des brocs et des calebasses ? J'ai tourné la page qui précédait celle que j'avais devant les yeux et, comme je le supposais, bien qu'elle portât le numéro 222, je n'y ai rien trouvé sur l'âme, la Chekhinah et le porteur d'eau, on y parlait surtout de la construction de la synagogue séfarade de Zémoune, bâtie selon les plans de Josèphe Marx et dont la première pierre avait été posée en 1871. Endommagée lors du bombardement allié en 1944, disait le texte pour finir, elle n'a pas été conservée, mais entièrement démolie, bien que l'on en garde aujourd'hui encore quelques débris près du puits, pour ceux qui savent voir. Je ferais mieux de mettre ce manuscrit de côté, me suis-je dit après avoir lu cela, car si je tombe encore sur un endroit aussi peu clair, mon insomnie va devenir chronique et je ne pourrai jamais plus fermer l'œil. J'avais cru jusqu'alors que le titre était symbolique, que le manuscrit pouvait être compris comme une sorte de puits dans lequel tout, le monde entier, nous tous nous nous trouvions, et maintenant je devais oublier cela et accepter le fait que quelque part existait vraiment un puits, auquel menait ou duquel venait le manuscrit ainsi intitulé. La pâle clarté matinale pénétrait doucement par la fenêtre comme si elle essayait de m'aider en jetant un peu plus de lumière sur les mots qui m'entraînaient au fond du puits. Hélas, il est des lumières qui n'éclairent pas mais obscurcissent, et il m'a bien semblé que celle de ce matin là en faisait partie. Je n'avais plus aucune raison de rester au lit. Je me suis levé, j'ai procédé à ma toilette, fait mon lit, préparé du café. J'avais la flemme de descendre chercher des journaux car je savais ce que j'y aurais trouvé : ceux proches du régime claironnant le référendum, ceux de l'opposition le raillant, si bien qu'abstraction faite de leur orientation politique, j'aurais lu les mêmes histoires, simplement racontées de manière différente. C'est alors que je me suis rappelé qu'autrefois, il y avait plus de trente ans, Filip David avait publié un recueil de nouvelles sous le titre *Le Puits dans la forêt obscure*. Ces récits étaient riches en thèmes cabalistiques : peut-être savait-il quelque chose des puits, me suis-je dit, peut-être que son puits était en fait celui que je recherchais. Bêtise, me suis-je écrié, je commence vraiment à me comporter comme un paranoïaque obsédé par l'idée du complot. Les paroles résonnaient dans la chambre, se heurtaient contre les murs et la fenêtre, tombaient à terre, tout comme ici quand j'oublie que j'écris et commence à me parler à moi-même. Il y a parfois tellement de mots par terre que je dois lever haut les pieds pendant que je vais d'un bout à l'autre de cette pièce modestement meublée.

Un jour, ai-je songé, je glisserai sur un mot écrasé, je tomberai et resterai enseveli sous tous ces déchets langagiers, et personne ne me retrouvera jusqu'à ce que nous commencions à nous décomposer, les mots et moi, cadavre contre cadavre. J'aurais dû préparer du café plus fort, me suis-je dit, mes idées en auraient été égayées, même si probablement mon humeur n'avait aucun rapport avec les mots, ni d'ailleurs avec l'insomnie, mais était due au simple fait qu'on était dimanche, jour sans avenir, comme l'a écrit le poète Racha Livada il y avait, dans ce cas aussi, un bon nombre d'années. N'avait-il pas également écrit un poème sur la synagogue de Zémoune ou sur le rabbin Yehuda Alcalaï, ancêtre du sionisme, ou sur le destin des Juifs de Zémoune, ou quelque chose comme ça ? Selon la logique de la paranoïa, j'allais maintenant devoir le chercher lui aussi et l'interroger sur le puits ou, encore mieux, sur les bruits et les lumières qui, la nuit, viennent des combles de la synagogue, et peut-être aussi sur le porteur d'eau. N'importe quoi, n'importe quoi, n'importe quoi. Je répétais ces mots comme si je les mangeais au petit déjeuner. Puis j'ai bu un peu de café, j'ai fermé les yeux et appuyé la tête sur la paume de ma main. Peu importait quel jour on était, dimanche ou mardi, mercredi ou samedi, il fallait bien l'admettre, le calendrier ne pouvait rien pour moi, j'étais arrivé dans un cul-de-sac et ne pouvais ni avancer ni rebrousser chemin. Le monde, m'a-t-il semblé à ce moment-là, avait tout de même une fin. C'est l'impression que j'ai eue alors et que j'ai toujours, de ce point de vue rien n'a changé. Je suis loin de tout cela, et je crois pourtant de temps à autre n'en avoir jamais été plus près, même si je remarque que je suis maintenant plus proche des fragments de ma vie qui n'ont aucun rapport avec les événements survenus au cours de ces neuf semaines. Bref, je pense de plus en plus aux aventures de mon enfance, aux petits moments de bonheur, comme celui où je mangeais du riz au lait arrosé de sirop de framboise ou quelque chose de ce genre au milk-bar qui s'appelait Vie saine, tout à côté de l'entrée du marché de Zémoune, ou quand je mangeais des *tchévaptchitchi* au Central pendant que dégoulinait d'une petite scène une musique tonitruante. J'ai lu quelque part, qui sait quand, que plus notre vie approche de sa fin, plus les souvenirs de notre enfance deviennent nombreux, comme si nous tâchions de cette manière, disait ce texte, de ralentir le passage du temps et de nous attarder encore un peu sur cette rive. De toute façon, nous passerons sur l'autre rive — j'allais dire : toute la vie, mais en fait : toute la mort, ce qui n'est qu'un autre mot pour éternité. La mort, quelle que soit l'idée que l'on s'en fait, est diablement longue, sans fin, et c'est probablement pourquoi les gens sages ont inventé des histoires sur la perfection spirituelle et la pureté morale qui, si elles se réalisent, mènent l'homme racheté tout droit devant le trône divin où le temps n'existe pas et où l'on demeure dans un présent éternel. Je suis fatigué, je dois raconter et écrire n'importe quoi, mais je m'aperçois tout de même de l'absurdité de mon propos quand je passe du sirop de framboise à la perfection céleste, même si je serais assez disposé à me faire le champion du délice que ce sirop, mêlé au riz au lait, éveillait en moi. C'était un délice divin, je ne peux le décrire autrement. Ce n'est d'ailleurs pas un blasphème, car l'être suprême, s'il existe, est en tout ou n'est en rien, que ce soit le sirop de framboise ou la croix en bois d'olivier des collines de Jérusalem. Rien de tout cela ne contribuait à faire avancer mes réflexions sur le puits, si bien que j'ai continué de piétiner sur place jusqu'à ce que Marko, au cours d'une conversation téléphonique que nous avons eue plus tard dans l'après-midi, me dise que je devais penser au puits comme à mon corps. Ton corps est un puits, a dit Marko, et si tu y jettes une piécette, tu l'entendras, après un long silence, frapper la surface de l'eau, avec le même bruit que tu entends quand tu laisses tomber une pièce dans un véritable puits. On peut même faire un vœu, a-t-il poursuivi, qui ne se réalisera pas, pas plus que le souhait formulé au-dessus d'un vrai puits. Oui, j'aurais dû y penser, me suis-je dit d'un ton de reproche. Margareta ne m'avait-elle pas expliqué quelque chose de semblable, bien qu'elle n'eût pas parlé de mon corps comme d'un puits, mais d'un arbre cosmique plein de séfirot ? C'est pareil, car si notre corps correspond à toute l'ordonnance de l'univers, pourquoi ne correspondrait-il pas à un puits ? Cela ne répondait cependant nullement à la question de savoir où se trouvait ce puits, ou plutôt — qu'il fût ou non égal à notre corps — comment on y pénétrait. Un saut d'une grande hauteur était hors de question et, autant que je m'en souvenais, il n'avait été à aucun moment question d'une échelle dans le manuscrit. L'échelle, a répété Marko, est un système d'exercices menant à un but dans un système religieux ou mystique donné, et j'ai bien failli encore une fois mettre brusquement fin à ma conversation avec lui. Bien sûr que l'échelle représente un système qui mène vers le haut ou vers le bas, il n'imaginait tout de même pas que j'allais charger sur l'épaule une véritable échelle et me diriger vers le toit comme un ramoneur. Cela me fait penser que j'ai vu un ramoneur hier : il avait le même aspect que les ramoneurs de chez nous, couvert de suie, la casquette inclinée sur le côté, et ses dents, tandis qu'il parlait avec ma logeuse, étincelaient comme de l'ivoire poli. À sa vue, pour qu'il me portât chance, j'ai aussitôt voulu toucher un bouton comme l'exige la coutume, et j'ai alors constaté que sur les vêtements que je portais il n'y en avait pas un seul : le tee-shirt et le sweat-shirt s'enfilaient par la tête, la braguette de mon jean était munie d'une fermeture à glissière, les lacets de mes chaussures ne pouvaient tout de même pas tenir lieu de boutons. J'étais donc debout devant la fenêtre et me tâtais fiévreusement partout, en me demandant si j'avais le temps d'enlever mon sweat-shirt pour mettre une chemise, fût-elle sale, mais le ramoneur, dans l'intervalle, avait fini de s'entretenir avec ma logeuse et, après lui avoir adressé — par plaisanterie — un salut militaire, il a continué sa route. Au sommet de son échelle pendait un chiffon rouge, avertissement adressé aux passants et aux véhicules, sans doute, et tandis que je le regardais s'éloigner, je me disais qu'ainsi ma chance s'en allait elle aussi sans retour. Mais, revenons-en au puits. Il était de ces choses qui s'éloignent à mesure que l'on s'en approche. Heureusement que je n'étais pas vraiment assoiffé, car jamais je n'aurais pu étancher ma soif à ce puits-là, je n'aurais fait que l'apercevoir au loin, dans la brume du crépuscule du matin ou du soir, et j'aurais eu beau marcher sans cesse, jamais je ne l'aurais atteint. Le soleil aurait traversé le ciel, puis ensuite la lune, la brume aurait été semblable tantôt à un filet d'or, tantôt à une toile d'araignée argentée, et moi je me serais toujours trouvé à la même distance, comme ceux qui marchent sur les tapis roulants des gymnases sans avancer d'un pouce, Sisyphe qui s'ignorent. C'est peut-être bon pour le cœur et pour rester en forme, ce qui serait utile s'il fallait creuser un vrai puits, mais c'était le puits de mon corps qui m'intéressait, lequel était en même temps le reflet de celui qui est extérieur à moi, et je doutais que le gymnase eût pu me conduire sur la bonne voie. La journée avançait, il me fallait écrire un texte pour *Minut*, et tout ce qui me venait à l'esprit c'était que je m'étais embourbé dans un terrain marécageux et que je ne pouvais m'en arracher que comme le baron de Münchhausen dans une semblable situation, c'est-à-dire en me saisissant par les cheveux et en me tirant hors du bourbier, mais mes cheveux étaient si courts que je ne pouvais même pas les empoigner et encore moins tirer dessus pour m'élever tout entier. Le mieux, me suis-je dit, c'est d'accepter le fait que je me suis égaré ; reconnaître l'échec est parfois la plus grande des victoires et peut dévoiler des possibilités qui jusqu'alors étaient restées cachées ou inaccessibles. J'ignorais où tout cela me menait, et c'était probablement le sentiment le plus approprié à un matin dominical de désœuvrement, ou plutôt à tout un jour, ou encore, vu la vitesse à laquelle le temps passait, à une soirée qui n'allait pas tarder à venir, traînant derrière elle la nuit comme une mère ou un père traînent leur enfant qui n'a pas envie d'aller avec eux faire les courses ou rendre visite à des gens qui n'ont pas d'enfants et où il s'ennuie à mourir même si on lui donne des biscuits ou de la glace. J'ai passé ma langue sur mes lèvres en pensant à la glace et me suis rappelé qu'avec l'arrivée des premiers beaux jours on avait commencé, devant mon immeuble, à vendre toutes sortes de crèmes glacées. À la différence des journaux sans attrait, la glace avait un pouvoir magique, et bientôt, toujours en pantoufles, je me suis trouvé sur le trottoir devant mon immeuble. Cependant, la marchande de glace n'était pas à son poste. Le meuble frigorifique était cadenassé, le parasol replié, la chaise attachée avec une chaîne à un arbre proche. J'ai regardé à gauche, j'ai regardé à droite et j'ai vu près du kiosque à journaux un homme avec des lunettes noires. À la différence des créatures aux lunettes noires que j'avais déjà vues, celle-ci n'avait pas d'imperméable noir, mais son costume était tout de même noir. Non, me suis-je dit, tu ne vas pas le classer parmi les conjurés ; on est dimanche, le bonhomme va peut-être à un mariage, et il s'est arrêté pour acheter des bonbons à la menthe ou des chewing-gums. L'homme a levé la tête et m'a regardé. Je me suis tout à coup senti gêné d'être dans la rue en pantoufles, comme une espèce de retraité grincheux, et j'ai fait demi-tour pour rentrer chez moi. L'homme me regardait toujours, non, je devrais dire : l'homme regardait dans ma direction, et j'ai eu un instant envie de m'approcher et de lui arracher ses lunettes noires, et juste au moment où j'ai eu cette pensée, il a levé la main, ôté ses lunettes et il a souri. Je me suis retourné pour voir s'il y avait quelqu'un derrière moi. Il n'y avait personne. J'ai regardé de nouveau l'homme aux lunettes, qui était maintenant sans lunettes, et lui, sans cesser de sourire, s'est avancé vers moi. Je peux toujours me débarrasser de mes pantoufles, me suis-je dit, et courir pieds nus au besoin. Je n'ai jamais aimé être pieds nus, même quand j'étais enfant, mais nécessité fait loi, et si c'était la seule façon d'échapper au danger, je le ferais sans hésiter. Alors que je l'envisageais, la pensée de Margareta et de ses pieds nus m'a traversé l'esprit, et je me suis demandé ce qu'une course pieds nus pourrait signifier pour la Chekhinah ou, plus exactement, si la Chekhinah serait un soutien ou un obstacle à une telle course, et puis j'ai été obligé de m'arrêter, aussi bien au sens littéral qu'en moi-même, car l'homme aux lunettes noires s'était approché tout près. Il avait des yeux d'un bleu céleste. Et alors, m'a-t-il demandé, tu ne me reconnais pas ? Non, ai-je répondu, car je ne savais vraiment pas qui il était, bien que sa voix eût commencé à se couler dans un moule qui l'attendait dans ma conscience, et plus il parlait plus l'oubli relâchait son emprise, et pour finir, quand il eut mentionné le Protozoaire, notre prof de biologie au lycée, je me suis rappelé son nom et son surnom : Stolé le Cheval. Il n'y avait rien de chevalin en lui, et pendant qu'il dissertait sur nos anciens camarades, sur le bonheur de nous voir de temps en temps, sur l'importance que cela a pour lui lorsqu'il rentre au Canada, ma seule pensée tournait autour de la délicate question de l'origine de son surnom. Serait-il vexé si je lui rappelais son surnom du temps des bancs de l'école, et ces bancs eux-mêmes car il gravait avec frénésie son nom et son surnom sur les vieux pupitres et sur les neufs, et parfois aussi sur le tableau et le bureau des professeurs ? Une des choses qu'il appréciait de plus en plus ici depuis qu'il avait quitté le pays, c'était, a-t-il dit, la merveilleuse nonchalance des gens. Descendre avec de pareilles pantoufles dans la rue, parmi les passants, dépassait tout ce qu'il avait pu voir à Edmonton. Je ne savais pas où se trouvait Edmonton, ai-je dit, mais même là-bas je n'aurais pas facilement renoncé à ces confortables pantoufles. Stolé a ri, et c'est alors que je me suis rappelé pourquoi on l'avait surnommé le Cheval : parce que son rire était une sorte de hennissement, même si maintenant il faisait penser par moments à un coassement de grenouille. En tout cas, c'était un rire affreux, bien plus laid que mes pantoufles, ne lui en déplaise. Pendant ce temps, je reculais peu à peu vers la porte de mon immeuble, mais il me suivait sans laisser grandir la distance entre nous. Je ne sais pourquoi je tenais à m'éloigner de lui au plus vite, peut-être à cause de ses yeux bleu ciel, dont la transparence éveillait en moi la suspicion, pas seulement dans son cas, d'ailleurs, mais en général. Plus les yeux de quelqu'un sont clairs, plus grande est la méfiance qu'ils m'inspirent. Un préjugé, bien sûr, mais anodin, si on peut dire. Je poussais du dos la porte d'entrée, prêt à prendre congé et à m'engouffrer dans le hall, pour empêcher cet entretien de se prolonger, mais Stolé s'est alors mis à énumérer les personnes qu'il avait rencontrées et, après quelques noms de femmes qui ne me disaient rien, il a cité Dragan Michovitch, avec lequel, a-t-il dit, il avait passé la veille une excellente soirée. J'ai cessé de pousser la porte. Une excellente soirée avec Dragan Michovitch, ai-je fait, était-il sûr de ne pas vouloir parler de quelqu'un d'autre ? Non, a répondu Stolé, il savait très bien de qui il parlait, de Dragan, le mathématicien qui nous laissait toujours copier les solutions qu'il trouvait aux problèmes lors des épreuves de mathématique et de géométrie dans l'espace. Il a demandé comment tu t'en sortais, a dit Stolé, en faisant allusion à quelque chose comme des mondes parallèles, des modèles répétitifs, que sais-je. La porte est devenue tout à coup si lourde que j'ai cru qu'elle allait me casser l'échine. Peut-être avais-je encore fait un mauvais choix en décidant récemment de ne plus prendre contact avec Dragan Michovitch. Je n'ai pu me rappeler à quel moment j'avais pris cette décision, mais je me souvenais de la détermination avec laquelle je me l'étais imposée. Je pouvais maintenant reconnaître qu'il s'agissait de vanité, que je m'étais senti vexé d'avoir été négligemment rembarré deux ou trois fois par lui ou raillé sur mon incapacité à suivre son langage mathématique. J'ai demandé à Stolé s'il était bien sûr que Dragan avait cité mon nom, sans nécessité, pour gagner du temps, décider ce que je devais faire et essayer de voir les choses sous un nouvel angle. Stolé n'a pas hésité. Bien sûr que

Dragan Michovitch lui avait dit tout cela, en ajoutant même, a poursuivi Stolé, qu'il avait été particulièrement content de t'avoir revu et de s'être entretenu avec toi. Il me regardait avec ses yeux d'un bleu céleste en cillant comme si le vent lui soufflait au visage. Un cillement précipité dénote-t-il un manque d'assurance ou révèle-t-il qu'on ne dit pas la vérité ? Pourquoi Stolé cillait-il ? Il comprenait bien, m'a-t-il dit, qu'il m'avait rencontré à un moment peu propice : des pantoufles aux pieds un dimanche matin sont le signe flagrant d'un désir de repos et de détente, mais peut-être serais-je tout de même disposé, m'a-t-il proposé, à me joindre à un groupe d'anciens camarades de classe pour aller dîner dans un restaurant au bord du Danube. Ils étaient convenus, a-t-il dit, de se retrouver à sept heures devant la capitainerie, puis on déciderait où l'on irait dîner. Dragan Michovitch viendrait-il lui aussi, ai-je demandé incrédule, en était-il sûr ? Il l'avait promis, a répondu Stolé, et à sa connaissance, Dragan Michovitch avait toujours tenu ses promesses, je devais le corriger s'il se trompait. Je n'ai pu me rappeler aucun exemple prouvant qu'il avait raison, mais j'ai tout de même acquiescé d'un mouvement de tête. Tu viendras donc, a dit Stolé, d'accord ? J'ai topé, et il a alors levé la main et m'a tapoté la joue. Veille à ne pas venir en pantoufles, a-t-il dit, puis il s'est remis à hennir de rire. Quand on est cheval, me suis-je dit, c'est pour la vie, ce qui pourrait porter à croire que je suis un homme malveillant et qu'il y avait une justice dans ce qui m'arrivait. Sans m'étendre maintenant là-dessus et pas davantage sur les difficultés de définir ce qu'est exactement la justice, quoique j'aimerais bien en discuter une fois avec quelqu'un, je ne trouve qu'un argument pour ma défense : mes pantoufles. Si Stolé n'avait pas dénigré mes pantoufles, en lesquelles je trouvais souvent le meilleur soulagement aux fatigues et aux soucis de la journée, je n'aurais pas été aussi acariâtre à son endroit, encore que ses yeux bleu ciel y fussent aussi pour quelque chose, mais, à cela, il ne pouvait rien, sinon se procurer des lentilles d'une autre couleur. De menues choses disent parfois les plus grandes vérités sur les hommes et le monde, comme de petites craquelures annoncent parfois de grandes catastrophes. Ce n'est pas sans raison que le garçon hollandais a fourré son doigt dans le petit trou de la digue, offrant sa vie en échange du salut de tous les autres habitants. Ce n'était pas à cela que je réfléchissais en montant l'escalier pour rentrer chez moi ; une foule de questions m'assaillaient concernant cette disposition inattendue de Dragan Michovitch de paraître en public et en outre d'entrer dans un restaurant. Je me souvenais parfaitement que la personne qui des semaines auparavant m'avait aidé à le retrouver, celle qui avant cela avait quitté le quartier de Dragan Michovitch pour un autre, m'avait prévenu qu'il était bizarre et que jamais, comme je le savais bien, il ne se joignait à ses anciens camarades de classe quand ils fêtaient l'anniversaire de leur réussite au baccalauréat. Si j'ajoutais à cela la nouvelle qu'il s'était enquis de moi, comme Stolé aux yeux bleus venait de me l'affirmer, il était bien étonnant que je ne me fusse pas aussitôt précipité à la capitainerie. J'ai réussi à patienter jusqu'à six heures, et à six heures et demie je faisais les cent pas devant la galerie. Ma tête, tel un pendule, tournait à gauche et à droite, et pourtant je n'ai pas remarqué l'arrivée de Stolé le Cheval et d'une femme replète aux cheveux relevés en chignon. J'aurais pu jurer ne l'avoir jamais rencontrée, mais elle m'a dit qu'on s'était bien bécotés au réveillon du jour de l'An, en classe de seconde. Stolé s'est encore mis à hennir lorsqu'elle m'a tiré l'oreille en me disant qu'il n'était jamais trop tard pour recommencer. Recommencer quoi, ai-je demandé, et Stolé a failli s'écrouler de rire. La femme au chignon s'esclaffait elle aussi, en appuyant ses mains sur ses hanches et en bombant le ventre dans ma direction. Qui sait combien de temps aurait duré cette torture sans l'arrivée de deux autres femmes en lesquelles j'ai reconnu deux élèves exemplaires, des amies inséparables, Zlata et Dragana. Avec elles, on ne s'était jamais embrassés, j'en étais sûr, mais je n'aurais vu aucun inconvénient, me suis-je dit, à le faire maintenant. Rien de plus beau qu'une femme d'âge mûr. Le corps, il est vrai, n'a plus la fermeté ni la souplesse de la jeunesse, mais en revanche, il offre des formes pleines, des hanches stables, des fesses abandonnées, en un ensemble serein. Zlata et Dragana s'étaient mises à pousser des cris de joie en nous voyant et, pendant que nous nous embrassions trois fois sur les joues, Svetlana et Radomir nous ont rejoints, renfrognés comme toujours. J'avais beau savoir que cet air renfrogné n'était qu'un masque, je me disais pourtant, chaque fois que je les voyais, qu'ils s'étaient mariés parce que leurs visages avaient la même expression. De ces deux-là, on pouvait dire qu'ils avaient été les mascottes de notre classe, car ils avaient commencé à flirter dès la classe de sixième, s'étaient mariés une semaine après le bac et depuis étaient restés ensemble, jusqu'à maintenant, à en juger par un courriel que j'avais reçu, ne me demandez pas comment, de Zlata et Dragana. Ces dernières années, celles-ci organisaient inlassablement les réunions annuelles de notre promotion et faisaient parvenir à chacun d'entre nous, quelques semaines avant la célébration, des renseignements sur ce qu'étaient devenus nos anciens camarades. À côté de mon nom, elles indiquaient « En déplacement », ce qui ne voulait rien dire, mais ce qui était bien commode, vu ma tendance à rester peu visible. D'ailleurs, il vaut mieux que l'on indique « En déplacement » que « Décédé », comme on peut le lire, malheureusement, à côté de quelques noms, y compris celui d'un de nos professeurs, Milenko Stoïévitch, dont le cœur, d'après ce que l'on avait dit lors d'une réunion antérieure, avait été brisé quand cette nouvelle guerre en Yougoslavie avait commencé. Je ne sais si c'était vrai, mais je sais que bien des cœurs avaient alors été brisés, certains pour toujours, comme celui de notre Milet Poulet, comme nous l'appelions, d'autres temporairement, mais en gardant une cicatrice ineffaçable, tandis que d'autres encore ne faisaient que simuler, feindre un désespoir qui n'existait ni dans leurs ventricules ni dans leurs oreillettes. Je ne dirai rien de mon cœur, l'important c'est qu'il bat toujours régulièrement et, touchons du bois, ne fait aucune difficulté pour maintenir ce rythme constant. Pour toucher du bois, j'ai dû me lever de mon vieux fauteuil et m'approcher de la fenêtre, mouvement qui répondait étrangement à ce que j'avais fait au restaurant lorsque, inquiet du retard de Dragan Michovitch, j'étais allé à la porte d'entrée pour voir s'il arrivait. J'avais regardé à gauche, j'avais regardé à droite, mais il n'y avait pas trace de lui. J'étais retourné à notre table, où la conversation battait son plein et où la femme replète au chignon avait réussi à déplacer Svetlana pour s'asseoir à côté de moi. Jusqu'alors, je n'avais pas pris part à la conversation autour de la table, et quand elle a appuyé son sein contre mon avant-bras gauche, j'ai complètement cessé de prêter attention à ces propos bruyants. Non, ce n'était pas à ses seins que je songeais ; ce qui m'intriguait, c'était pourquoi Dragan Michovitch avait changé d'avis, en supposant, bien entendu, que Stolé m'eût dit la vérité. Celui-ci occupait la place d'honneur au bout de la table, tout rouge de qui sait combien de verres de vin, et quand il a remarqué que je le regardais, il m'a fait un clin d'œil. Je n'ai nul besoin de clins d'œil, me suis-je dit tandis que la femme replète pressait son sein contre moi, on m'en lance déjà plus que je n'en voudrais ; j'ai besoin de quelque chose de moins ambigu, de plus concret, quelque chose qui soit réellement hors de doute. Étais-je disposé à considérer comme telle l'arrivée de Dragan Michovitch ? Je ne sais. Un dicton dit bien qu'un désespéré s'accroche à un fétu de paille. Bon, il est vrai que ce dicton parle de noyé, mais un noyé n'est-il pas un désespéré, même s'il est entré de plein gré en eau profonde ? Le suicide est peut-être une affaire de choix, mais je suis tout de même persuadé qu'on ne peut pas entrer paisiblement dans la mort, c'est-à-dire qu'un moment vient où le corps rejette son enveloppe de conscience et se révolte contre la fin inéluctable.

On pourrait croire que j'avais songé à me tuer parce que Dragan Michovitch n'était pas venu, ce dont, bien entendu, je n'ai pas eu la moindre envie, à aucun moment. Ni alors, ni maintenant, ni jamais. En fait, pendant les années où je grandissais de conserve avec les gens maintenant assis autour de notre table, au restaurant Saint-André, et qui à l'époque n'étaient pas replets et n'avaient pas les cheveux clairsemés, j'avais choisi pour mantra personnel une phrase des *Palmiers sauvages* de Faulkner, celle où le héros dit qu'entre la souffrance et le néant il choisirait la souffrance, et j'y suis resté à jamais fidèle. Je n'aurais jamais levé la main sur moi-même, me suis-je dit pendant que le chignon de la femme replète se glissait sous mon nez, me donnant l'envie de fuir le plus loin possible de cet endroit. J'aurais probablement obéi à cette impulsion si, tout à coup, un grand silence ne s'était fait autour de la table. Je me suis retourné et j'ai vu Dragan Michovitch dans un énorme pardessus, boutonné jusqu'au cou, comme si l'on était toujours en plein hiver. Il n'avait pas de bonnet sur la tête, ce qui m'a surpris, je ne sais pourquoi, peut-être parce que j'étais persuadé qu'il ne l'enlevait jamais, même pas pour dormir. Certes, je ne m'imaginais pas toujours le même bonnet, celui pour sortir était plus épais que celui d'intérieur, et le bonnet de nuit ressemblait, pour moi, à celui de Donald Duck, quoique je n'aie jamais su si l'on trouve ce genre de bonnet dans le commerce ou s'il n'est que le produit de l'imagination d'un dessinateur des studios Walt Disney. Mais, avec ou sans bonnet, le pardessus était si grand qu'il paraissait marcher seul, comme l'avait signalé, si je me souviens bien, la personne qui avait changé de quartier et m'avait, indirectement, on peut le dire, mis en rapport avec Dragan Michovitch. À en juger d'après le silence autour de la table, il embarrassait et étonnait tout le monde, pas seulement moi. Un serveur s'est approché de lui et l'a aidé à se dépêtrer de son pardessus. Je savais qu'il apparaîtrait dans une chemise impeccablement propre et repassée, mais je ne m'attendais pas à lui voir une cravate avec un nœud tout aussi impeccable. La cravate était bigarrée, avec un motif abstrait qu'il aurait pu, j'en étais sûr, convertir en un système d'équations ou de fonctions ou de quelque autre concept mathématique. Cependant, ce qui surprenait encore plus, c'était qu'il nous souriait à tous, aussi bien pendant qu'il s'extrayait de son pardessus qu'en s'avançant vers nous, puis en nous saluant, et même une fois assis. Au bout de quelques instants encore d'un silence gêné, la conversation a repris, filant dans plusieurs directions. J'ai regardé Stolé et il m'a de nouveau fait un clin d'œil, cette fois avec un léger mouvement de tête en direction de Dragan Michovitch qui venait de prendre place à côté de lui, sur la chaise qu'avait occupée Zlata. Stolé avait auparavant soufflé quelque chose à l'oreille de celle-ci, je l'avais vu du coin de l'œil, après quoi Zlata s'était levée et avait demandé à un serveur d'apporter une chaise et de la glisser entre la femme replète et moi, malgré les protestations mi-bouffonnes mi-sérieuses de celle-ci. Tu l'as déjà eu pour toi toute seule, a dit Zlata, maintenant il n'est plus qu'à moi, et c'est ainsi qu'une nouvelle paire de seins est venue se presser contre mon avant-bras. J'ai enduré avec patience cette rondeur chaude, plus exactement, cette chaleur de rondeurs écrasées, uniquement parce que Dragan Michovitch était enfin arrivé, car s'il n'était pas venu ou même s'il n'avait pas été invité, je n'aurais pas hésité un instant, je me serais immédiatement levé et serais parti sans un adieu. Ce n'est pas, je m'empresse de le dire, que je n'aime pas les seins de femmes, bien au contraire, je pourrais en parler ou écrire sur ce sujet pendant des heures, mais il y a des moments où même ce qui nous est le plus cher nous rebute, ou arrive tout simplement à contretemps, et s'il y avait quelque chose qui était alors bien loin de mes pensées, c'étaient les seins, ce qui faisait que leur contact sur mon avant-bras devenait une sorte de déplaisir, une flamme qui n'incitait pas mon pénis à sauter sur l'occasion et à s'offrir comme extincteur d'un possible incendie, mais menaçait de laisser des brûlures de qui sait quel degré un peu partout sur mon corps. J'exagère, je sais, mais il est des choses dont on ne peut parler autrement ; ainsi, d'un moustique qui nous a importuné toute la nuit, nous faisons un avion, disant qu'il était aussi grand qu'un aigle ou en le comparant à une fusée, car il est ridicule qu'un si petit insecte nous torture en nous empêchant pendant des heures de nous endormir. On ne dit pas sans raison que la peur a de grands yeux. Sans doute les miens étaient-ils grands ouverts, ou du moins j'en avais le sentiment, pendant qu'ils se rivaient sur Dragan Michovitch, puis sur Stolé, puis de nouveau sur Dragan. C'était encore une inconnue dans une équation déjà si longue qu'elle n'aurait pu tenir même sur une page du plus grand des cahiers, et que sa solution aurait pu constituer une tapisserie, laquelle, comme dans un certain roman, serait une image du monde, ou plutôt le monde lui-même. J'exagère encore, je sais. Le plus difficile, c'est de faire quelque chose pour la première fois, comme de mentir ou d'exagérer, ensuite, tout devient facile. Moi, par exemple, je prends des douches froides, et je me rappelle comment, autrefois, il me fallait rassembler tout mon courage pour me forcer à me mettre sous les jets glacés, alors que maintenant j'y vais sans la moindre hésitation, et je laisse même d'abord l'eau s'écouler un peu, car sa première fraîcheur ne me contente plus. L'homme est un animal étrange, aurait dit Marko, et en écoutant Stolé hennir en posant sa tête sur l'épaule de Dragan Michovitch, je me suis dit que j'étais injuste envers Marko et que, si je n'y prenais garde, je pourrais facilement perdre le seul ami que j'avais. Je sais que les mots « le seul ami » ont une consonance lugubre, mais la vérité, peut-être amère, c'est que la plupart des gens n'ont même pas un seul ami, tandis que beaucoup appellent amis des connaissances dont il ne savent rien, comme si je disais maintenant que Margareta est de mes amis, bien que je ne connaisse aucun détail de sa vie. Je pourrais la décrire, dire qu'elle est versée dans certains domaines de la mystique juive, décrire comment je me sens quand je suis près d'elle, mais personne ne pourrait la reconnaître d'après toutes ces précisions. Même en la décrivant, je ne cesserais de balbutier, sans vraiment savoir si elle a des joues roses, des sourcils arqués et des oreilles délicates ou si tout cela n'est que le produit de mon imagination. Toutefois, point n'était besoin d'imagination pour conclure qu'il existait entre Stolé le Cheval et Dragan Michovitch un lien secret, et il ne me restait qu'à espérer qu'il n'y avait aucune jonction entre ce fil et tous ceux qui étendaient leurs ramifications jusqu'à moi. J'étais déjà suffisamment empêtré dans leur enchevêtrement et il ne manquait plus que d'autres vinssent s'y ajouter. Zlata et Dragana devaient crier pour s'entendre d'un côté à l'autre de la table, Svetlana et Radomir restaient renfrognés, Dragan Michovitch expliquait quelque chose à la femme replète au chignon, Stolé était allé aux toilettes, et il ne me restait qu'à lever la tête et à compter les mouches au plafond, ce firmament artificiel où d'aucuns avaient un jour trouvé des inspirations inattendues. J'espère, me suis-je dit, que je ne vais pas avoir envie d'écrire un poème d'amour ou une ode érotique aux poitrines qui ce soir s'étaient si généreusement frottées contre moi. J'ai attendu jusqu'à ce que j'aie mal à la nuque. Rien ne s'est produit, aucun vers ne m'est venu à l'esprit, j'ai pu pousser un soupir de soulagement. Je n'écrivais plus de poèmes depuis longtemps ; je n'essayais même plus ; les courtes nouvelles me suffisaient ; les romans, croyais-je, étaient hors de ma portée. Ici, la nuit, quand règne un grand calme, j'entends parfois une voix me parler dans le silence et me dire des choses qui ne sauraient être que des fragments de poèmes, mais le matin, en faisant ma toilette, je tâche de les éliminer, en particulier les « soleils plombés de l'espérance » et les « juste un tendre baiser sur des lèvres tendues », qui s'accrochent à mon esprit comme des capitules de bardane. Par chance, rien de tel ne m'est tombé dessus au restaurant Saint-André et je n'ai senti se poser sur mon épaule que les doigts de Dragan Michovitch.

Je n'avais pas remarqué qu'il s'était levé et s'était approché de moi par-derrière, aussi ai-je failli bondir de frayeur à cette pression inattendue sur mon épaule, cependant, en me retournant brusquement, j'ai vu le visage souriant de Dragan. Tout va bien, a-t-il dit en me donnant des tapes dans le dos comme si j'étais un bébé sur le sommeil duquel il veillait. Puis il s'est incliné davantage pour me souffler que nous avions des choses à nous dire. J'ai esquissé un sourire et acquiescé d'un mouvement de tête, ce qui m'a semblé être la réponse la plus adéquate. Les triangles commencent à s'ouvrir, a ajouté Dragan Michovitch en me serrant l'épaule, puis il a regagné sa place juste au moment où Stolé revenait des toilettes. Je ne sais s'il s'agit seulement d'une impression ou s'ils ont alors réellement échangé quelques petits gestes : Dragan a touché le lobe de son oreille gauche, Stolé lissé de l'index son sourcil droit, ils ont échangé des hochements de tête affirmatifs, se sont rassis et presque aussitôt ont commandé encore une bouteille de vin rouge. Bien entendu, le serveur en a apporté deux, affirmant que chacun d'eux en avait demandé une, ce qui a bientôt tourné en une de ces disputes de café ennuyeuses et désagréables, que l'on garde plus longtemps en mémoire que ce qui les a précédées, comme celle entre Jack Nicholson et la serveuse dans le film *Cinq pièces faciles*, dont je me souviens encore, alors que j'ai oublié ce qui l'avait amenée et ce qui l'a suivie. Le garçon refusait de reprendre la bouteille, Stolé n'acceptait pas qu'elle fût portée sur l'addition, et nous qui avions d'abord fait semblant d'ignorer le litige, nous y sommes bientôt tous trouvés mêlés, et qui sait quand nous en serions sortis si Dragan Michovitch n'avait dit qu'il prendrait la bouteille, que de toute façon il avait à s'acquitter d'un devoir et que, ce faisant, ce vin trouverait son emploi. En s'exprimant ainsi, il m'a lancé un regard comme si je savais de quoi il parlait. Il n'en était rien. En effet, je réfléchissais fébrilement à ce qu'une ouverture de triangles pouvait bien vouloir dire, et je n'en avais aucune idée. La seule chose qui me venait à l'esprit c'était un moulinet, espèce d'hélice épinglée au bout d'une baguette, avec quoi, enfants, nous jouions souvent. Il est vrai que ce n'étaient pas tout à fait des triangles. Quand on se mettait à courir, l'hélice tournait et nous poussions des cris de joie en imaginant que nous étions des hélicoptères. Cela n'incluait aucune ouverture, laquelle, apparemment, faisait l'essentiel du message de Dragan et, à en juger d'après le regard qu'il m'avait lancé en élevant triomphalement la bouteille, j'allais apprendre de quoi il retournait en buvant du vin, que j'en eusse envie ou pas. La dispute avec le garçon a brusqué la fin de notre réunion ; après tout ce qui venait de se dire, il n'y avait plus de raison de rester là. Stolé a légèrement frappé avec son couteau le bord de son verre et quand nous nous sommes tous tus, il a dit qu'il souhaitait nous remercier d'avoir adouci, fût-ce momentanément, les peines de son exil, et qu'il espérait que nous serions de nouveau réunis la prochaine fois qu'il viendrait. C'était vrai qu'il vivait au bout du monde, mais tant qu'on entrevoyait encore le monde, ça pouvait aller. Zlata s'est tout à coup mise à renifler, ses yeux ont laissé tomber de vraies larmes, son visage s'est tordu en une grimace déplaisante et d'une voix tremblante elle a dit à Stolé qu'il ne devrait plus repartir, que nous avions besoin de lui ici, où nous étions de jour en jour moins nombreux et de plus en plus affaiblis. En parlant ainsi et en contenant ses sanglots, elle me serrait si fort la cuisse que j'en ai gardé des bleus pendant plusieurs jours. Sur mon avant-bras, en revanche, il n'est resté aucune trace, aucune empreinte de la pression qu'avaient exercée, trois heures durant, d'abord un sein replet, puis un autre un peu plus ferme. Dehors, devant le restaurant, nous avons été accueillis par la pluie, qui a fait de nos adieux un échange chaotique d'étreintes, d'embrassades, de poignées de main et de bras levés et agités. Je n'ai jamais pu comprendre pourquoi la plupart des gens ont une telle peur de la pluie, comme si ce qui les attendait était le sort de la méchante sorcière du *Magicien d'Oz* quand on l'a aspergée d'eau. Personne n'avait de parapluie, tous se sont précipités vers leur voiture, un arrêt de bus, leur maison ou leur appartement, y compris — à ma grande surprise — Dragan Michovitch qui, avec Stolé le Cheval, a pris au grand galop la rue Zmaï, les pans de son pardessus flottant autour de lui.

Je suis resté seul. Comme je ne m'y attendais pas, je n'ai su où aller. J'avais cru que Dragan Michovitch m'emmènerait quelque part, peut-être sur le quai, vers un banc à l'abri, ou dans un café où il m'expliquerait la signification de l'ouverture des triangles, mais cela ne s'étant pas produit, le vide qui en a résulté m'a pour ainsi dire paralysé. Il pleuvait de plus en plus fort, les gouttes frappaient avec violence le trottoir où elles formaient de petites bulles. J'ai glissé les mains dans mon blouson et là, dans la poche gauche, j'ai touché une feuille de papier. Je l'ai sortie et dépliée. D'après les initiales en bas de la page, c'était un message de Dragan Michovitch. Il l'avait probablement glissé dans ma poche en s'approchant de moi pour me souffler que les triangles s'ouvraient. La pluie et le vent ne m'ont pas permis de le lire aussitôt, je l'ai donc replié et remis là où je l'avais trouvé. Rentré chez moi, trempé, je l'ai cherché un bon moment, en vain, et j'ai fini par me dire qu'il avait dû tomber de ma poche pendant que je marchais vite le long du Danube, fouetté par la pluie et le vent. L'idée m'est venue de retourner sur le quai, même s'il était improbable que par un temps pareil je puisse retrouver une feuille de papier perdue, et si je la retrouvais, accrochée à un buisson ou sous un banc, qui sait si ce que Dragan Michovitch y avait écrit serait encore lisible. Je me doutais bien qu'il ne devait plus en rester à cette heure qu'une grosse tache, mais j'étais pourtant prêt à aller chercher cette feuille de papier, car il se pouvait que la tache recelât, comme le test de Rorschach, un sens, un message qui pourrait servir de poteau indicateur pour un voyageur qui ne savait plus du tout ni où il allait ni pourquoi. Ma disposition à entreprendre une recherche aussi aléatoire montre bien que les assauts du désespoir ne me laissaient alors plus de répit, et menaçaient de me précipiter dans une véritable dépression. Si je l'avais dit à Marko, il n'aurait probablement fait que lever les yeux au ciel. Bah, aurait-il dit, tout le monde autour de nous avale des calmants, des remontants ou des antidépresseurs, un de plus ou de moins, ça n'a aucune importance, d'autant que la nation entière est allongée sur un colossal divan de psy. Et il aurait sorti un joint, remède qui guérit tout sauf les fractures, comme il aimait à dire, en me promettant qu'il me calmerait aussi sec. Un joint m'aurait fait du bien, je n'en doutais pas, mais j'aurais voulu d'abord, tel un pompier de film américain, affronter l'intempérie et procéder au sauvetage du message perdu ; c'est alors que, en remettant mon blouson, j'ai senti le papier sous mes doigts. C'était le message de Dragan Michovitch. Les choses se jouent vraiment bien de nous, parfois. Je ne savais comment le papier avait pu disparaître de ma poche gauche pour se retrouver ensuite dans ma poche droite ; peut-être l'avais-je glissé machinalement d'un côté à l'autre en marchant d'un pas pressé sur le quai ; je ne le saurai jamais. Il faut bien d'ailleurs que les mystères restent des mystères. J'ai ôté mon blouson, je l'ai pendu au portemanteau, puis je suis passé dans la chambre, où je me suis assis dans mon fauteuil pour déplier la feuille de papier. Il y a quinze ans, ai-je lu, un artiste conceptuel de Belgrade a conçu l'œuvre suivante : sur des étiquettes autocollantes, il écrivait une phrase, toujours la même. Les étiquettes étaient elles aussi toujours pareilles, seuls les caractères changeaient : la phrase était écrite en caractères typographiques, à la main, dactylographiée, avec des mots et des lettres collés, coloriés ou mêlés. L'artiste collait ses étiquettes partout où il passait : dans les autobus, sur les portes des immeubles, les trottoirs, les bureaux de tabac, les vitrines de magasins, les réverbères, les bancs des jardins publics. La phrase, écrite d'innombrables fois — bien que conceptualiste, il avait dû prévoir combien de fois il allait le faire, ce qui enlève toute valeur au terme « innombrables » —, disait : Où tout cela nous mène-t-il ? Pas un moment l'artiste n'avait songé que cette phrase pouvait être considérée comme une provocation politique. Quand elle lui était venue à l'esprit, il se trouvait assis dans sa cuisine, où il buvait du café et, en regardant les feuillages ployer sous les rafales du vent, songeait au sens de la vie. Cette phrase était en fait la question à laquelle il s'était trouvé confronté en se demandant où cela nous menait, « nous » étant le genre humain, et « cela » la structure générale du monde, l'évolution universelle, tout ce que nous savons et ce que nous ignorons. Où tout cela nous menait-il ? Y avait-il un but, s'était-il demandé et, s'il y en avait un, quand l'atteindrions-nous ? Il lui semblait qu'il n'y avait point de but, mais il avait brusquement compris que cette question, il devait la poser à tout le monde et qu'ainsi, quand tout le monde y aurait réfléchi, on arriverait peut-être tout de même à une réponse. De là à l'idée de coller des étiquettes, il n'y avait qu'un petit pas, et bientôt il laissait partout derrière lui une trace sous forme d'étiquettes portant la question — urgente, considérait-il — sur le sens de l'existence de l'homme et de sa survie sur terre. La seule chose à laquelle il n'avait pas songé était la possibilité déjà mentionnée d'une lecture et d'une interprétation politiques de sa phrase, et c'était justement ce qui était advenu. Les années quatre-vingt arrivaient à leur terme, et les assises du pays, déjà ébranlées, commençaient à se désagréger. Les services de renseignements se sont bientôt intéressés à ce personnage qui, selon l'avis des experts, faisait habilement naître dans la population le doute et le trouble au moyen d'étiquettes portant une question insidieuse, que l'on trouvait un peu partout, y compris dans les toilettes de la gare des cars, ou à l'un des guichets de la gare. L'artiste avait été arrêté au centre sportif de Zémoune, alors que, pendant le concert d'un groupe rock de Zagreb, il était en train de coller ses étiquettes, écrites en caractères psychédéliques, sur la paroi en verre de la piscine. Il n'avait pas opposé de résistance, et en apprenant de quoi il retournait, avait aussitôt reconnu son activité, persistant à affirmer que son dessein était purement artistique. Lors d'une perquisition dans son appartement on avait trouvé encore quelques étiquettes prêtes, ainsi qu'un nombre important d'étiquettes vierges, tout le matériel nécessaire, y compris une machine à écrire dont les caractères correspondaient à ceux des quelques étiquettes déjà collées, ainsi qu'un plan de Belgrade, avec Zémoune et la Nouvelle Belgrade, sur lequel l'artiste avait indiqué tous les endroits où il avait collé ou se proposait de coller ses étiquettes. Ce qui est particulièrement intéressant et mérite attention, c'est que la disposition de ces endroits devait à la fin former un triangle équilatéral qui partait du vieux centre de Zémoune et atteignait les quartiers de Paliloula et de Kochoutniak, à Belgrade. Ce plan était la preuve capitale des intentions pernicieuses de l'artiste, bien que personne n'ait su définir précisément ces intentions, mais le procureur a compris à temps que dans cette affaire il n'y avait pas de quoi fouetter un chat, et l'artiste, bientôt relâché, a pu plier bagage et partir aux Pays-Bas. Cependant, le plan, les étiquettes et le matériel y compris la machine à écrire ne lui ont jamais été restitués, sans que l'on sache ce qu'ils sont devenus. Avant de partir, l'artiste aurait dit que, pour ce travail, il devait son inspiration aux rumeurs qui couraient sur les triangles mystérieux avec un point en leur centre apparus dans les rues de Belgrade et dans les véhicules des transports en commun à la fin des années soixante et au début des années soixante-dix, à propos desquels on peut aujourd'hui encore entendre des tas de suppositions et de racontars. Remarque bien, disait encore le message sur le papier, en passant tout à coup au tutoiement, que dans les deux cas il est question de triangles, ce qui est d'une grande importance pour comprendre la suite. Comme la plupart des gens, tu vois dans les mathématiques un épouvantail et tu ne leur trouves aucune utilité, sauf dans leurs aspects purement pratiques, compter l'argent ou calculer les intérêts, par exemple, et j'aimerais bien te persuader du contraire, mais ce n'est pas le moment. J'ai le sentiment que bien d'autres épreuves t'attendent, alors inutile d'en ajouter une. Mais revenons aux triangles. Au début du siècle dernier, le mathématicien Helge von Koch a décrit une courbe infinie, qui toutefois délimite une surface finie. Ce qui revient à dire, en théorie du moins, que tu peux la prendre et la mettre dans ta poche, laquelle alors contient l'infini. Tu peux aussi la glisser dans une enveloppe et l'envoyer à quelqu'un qui est en manque d'infini ou qui n'a pas encore eu l'occasion de le voir. La courbe de Koch se forme en divisant un segment de droite donné en trois segments égaux, puis en construisant un triangle équilatéral qui a pour base le segment médian de la première étape, et en supprimant ensuite le segment de droite qui était la base du triangle de la deuxième étape, de sorte qu'on obtient quatre segments, chacun étant égal à un tiers du segment d'origine. En répétant indéfiniment le même procédé, on obtient la courbe infinie de Koch, et si l'on commence par un triangle équilatéral, en appliquant le même procédé aux trois côtés, on obtient le « flocon de Koch » que certains, note-le bien, appellent l'« étoile de Koch ». Ce qui est particulièrement intéressant c'est que la première modification du triangle donne une étoile à six branches et qu'ensuite, même si ses côtés se frisent, si je peux m'exprimer ainsi, elle garde sa forme reconnaissable à six branches. À un moment donné, elle approchera peut-être la possibilité d'être vue comme un cercle, ce qui veut dire qu'en termes de processus réversible, un cercle peut se transformer en étoile à six branches. C'est quelque part par là que se cache l'explication du signe que tu m'as montré il y a quelques semaines. Les triangles peuvent donc s'ouvrir, peut-être ont-ils déjà commencé à le faire, la seule chose que l'on ne doit pas oublier en tout cela, c'est le point. Je sais que le symbole en question ne comporte pas de point, mais si celui-ci ne se voit pas, cela ne veut pas dire qu'il est inexistant. On prétend que Koch a voulu démontrer par sa courbe les limites de l'analyse mathématique classique, ce qui montre qu'un flocon peut parfois causer plus d'embarras que toute une tempête de neige, et c'est ainsi qu'il faut aussi considérer le point absent. Autrement dit, l'ouverture des triangles mène à la redécouverte du point, que j'appellerais volontiers l'Aleph de Borges, mais qui est à la fois plus et moins que cela. C'est pourquoi n'oublie jamais que tout, même l'infini que tu as mis dans ta poche, doit à la fin retourner au point d'où tout est sorti. J'ai posé le papier et poussé un profond soupir. Je n'ai jamais aimé les mathématiques, au lycée je parvenais à peine à m'en sortir avec un minimum de connaissances, et voici que je devais maintenant reconnaître dans une description mathématique l'orientation de mon destin. J'ai senti dans mes tempes des pulsations qui allaient se transformer, je le savais, en un mal de tête horrible si je ne prenais pas aussitôt un analgésique. Je suis allé en titubant à la salle de bains, j'ai avalé deux comprimés d'ibuprofène, je suis retourné à la chambre, j'ai jeté un coup d'œil par la fenêtre, me suis assis dans le fauteuil, relevé aussitôt, je suis passé à la cuisine pour manger un morceau de chocolat, retourné à la chambre, me suis approché de la fenêtre, j'ai regardé l'immeuble en face, puis me suis approché du téléviseur et je l'ai allumé. Avec un peu de chance, me suis-je dit, je vais tomber sur un film porno et, en effet, après deux ou trois pressions sur les boutons de la télécommande, j'ai vu des membres entrelacés et entendu une voix de femme qui produisait des modulations de ah, oh et hou que même Yma Sumac aurait pu lui envier. Je sais ce que les gens se disent dès qu'ils entendent parler de pornographie, mais ce qui se passait dans ces films ne m'intéressait pas du tout, même si l'action était entortillée ou s'achevait par une orgie collective. Au début, je ressentais une certaine excitation, qui bientôt tournait à l'ennui à cause de la répétition incessante des mêmes mouvements ; le film porno perdait alors toute charge érotique et devenait un ensemble d'agréables arabesques géométriques devant lesquelles je pouvais tranquillement réfléchir sur n'importe quel sujet. Une poche emplie d'infini, par exemple. J'ai baissé le son du téléviseur et pendant que les verges au clair de deux investigateurs pénétraient en même temps le vagin et l'anus de l'héroïne, j'ai encore une fois parcouru le message de Dragan Michovitch. Les triangles s'ouvrent, d'accord, mais où ? Et quel rapport y a-t-il entre l'infini et tout cela ? Ou alors, peut-être, me suis-je dit pendant que l'héroïne mordait un coin de l'oreiller, que tout cela doit être compris comme l'annonce d'une métamorphose, l'introduction à un changement. La signification de l'étoile à six branches était, bien entendu, tout à fait évidente ; il y avait pourtant là quelque chose qui m'échappait ; en effet, je savais bien que des membres de la communauté juive étaient impliqués dans tout cela, mais il y avait apparemment un aspect de cette implication auquel je n'avais pas prêté attention, ou, tout simplement, dont je n'avais pas perçu l'existence. Peut-être, qui sait, n'y avait-il pas un seul aspect mais plusieurs ? Mes yeux se fermaient, alors que sur l'écran le va-et-vient des pénétrations dans tous les orifices possibles adoptait un rythme frénétique. La caméra glissait presque tendrement sur le visage de l'héroïne, et sa bouche grande ouverte, dont la langue frétillante devait probablement symboliser le sommet de la volupté, est la dernière chose dont je me souviens. Je sais qu'il n'est pas bon pour la santé de s'endormir dans un fauteuil devant un téléviseur, non seulement à cause des radiations émises par le poste, mais aussi à cause des effets anatomiques, la déformation de la colonne vertébrale et la mauvaise pression subie par les articulations, mais c'est une des habitudes dont je n'arrive pas à me défaire. Je me suis donc endormi, et quand j'ai de nouveau ouvert les yeux, l'écran était envahi par une chute de neige électronique. Je me suis levé avec peine, le corps engourdi, la bouche sèche, et me suis approché de la fenêtre. En face, devant la parfumerie, il n'y avait pas de voiture garée. J'ai regardé à gauche, j'ai regardé à droite, puis j'ai regardé le ciel. Gris, par endroits noir, il n'offrait nul espoir d'un possible éclaircissement, si bien qu'il s'en est fallu de peu que je ne retourne dans mon fauteuil. En effet, ce qui m'attendait, c'était l'écriture d'un texte pour *Minut*, ce qui risquait de tourner au cauchemar horrible : s'il y avait quelque chose que je n'aimais pas, c'était écrire par temps maussade. Cela paraît puéril, je sais, mais la création est bien un jeu, et certains jeux ne peuvent simplement pas se jouer si les conditions appropriées ne sont pas réunies. Dans mon cas, le jeu de l'écriture est lié au beau temps. Quelqu'un a impérativement besoin d'une espèce particulière de crayon, un autre d'une pomme pourrie sur son bureau, un tel exige un silence absolu, tel autre tient d'abord longtemps les yeux fermés ; moi, j'attends que des rayons de soleil tombent sur mon papier et ma main, ou sur le clavier et mes doigts, et si cela ne se produit pas, écrire devient un supplice, c'est-à-dire une torture plus grande encore, car écrire est déjà en soi un martyre sans pareil. Je sais ce que Marko aurait dit : il aurait ri et souligné ironiquement que tout un chacun veut être martyr, aussi bien l'écrivain que le boulanger ou le facteur ou le chapelier. J'aimerais bien savoir où Marko se trouve maintenant. Le vide que je ressens à cause de son absence est aussi grand que la montagne sur laquelle se posent tous les jours mes yeux quand je me mets devant la fenêtre. Une absence est une absence, dirait-il, qu'y a-t-il là à mesurer, mais c'est précisément cette absence-là qui a perturbé mon équilibre. Maintenant je sais que c'étaient justement ses remarques, parfois sarcastiques, parfois ouvertement méprisantes, souvent justes, mais rarement malveillantes, qui réussissaient à m'empêcher de me précipiter dans toutes sortes d'aventures, en me forçant à me remettre en question et à prendre du recul à chaque exaltation. J'imagine parfois que si jamais quelqu'un frappe à ma porte, la porte qui est ici, présentement, ce quelqu'un ne pourra être que Marko. Vain espoir, bien sûr, car si quelqu'un frappe, ce ne sera assurément pas lui, et il sera préférable de ne pas ouvrir la porte du tout, mais prendre le chemin prévu en semblable situation. Peu importent les détails, il suffit de dire qu'en un tel cas tout commence par l'ouverture d'une trappe dans le plancher de la cuisine. J'enrageais donc à cause du ciel maussade, j'enrageais d'enrager, j'enrageais de me l'avouer et d'enrager à cause de choses qui ne sont pas en mon pouvoir, et qui sait pendant combien de temps j'aurais ainsi enragé si le téléphone n'avait sonné. Je n'ai pas reconnu la voix et j'ai demandé à la personne de répéter ce qu'elle venait de dire. Alors, j'ai compris que c'était la voix de Iacha Alcalaï. Il m'a dit que je ferais bien de me rendre aussitôt au musée d'Histoire juive. Il n'a rien voulu me dire de plus. En toute hâte, je me suis débarbouillé, rasé, changé, j'ai mangé une tartine de margarine et de miel, puis j'ai dévalé l'escalier pour m'élancer dans la rue, où j'ai pris le premier taxi libre qui passait. Le taxi, une Mercedes archivieille, menaçait de partir en morceaux et ceux-ci ne semblaient tenir ensemble que grâce à la volonté surnaturelle du véhicule même. Le chauffeur, qui secouait la cendre de sa cigarette dans un cendrier au-dessus duquel était collée l'inscription « Merci de ne pas fumer », n'a pas dit un mot pendant qu'on roulait vers Belgrade. Il avait hoché la tête quand j'avais ouvert la portière, l'avait hochée quand je lui avais donné l'adresse, et il l'a encore hochée quand nous nous sommes arrêtés dans la rue du Roi Pierre, puis quand je lui ai tendu l'argent, et enfin quand je suis descendu en le saluant. Je me suis dit que je devrais noter son numéro ; selon mes critères, c'était un chauffeur idéal ; mais pendant que je cherchais mon stylo dans les poches de mon blouson, le taxi a tourné dans une rue voisine et son numéro s'est bientôt effacé de ma mémoire. J'ai hoché la tête en signe de reconnaissance et me suis dirigé vers le musée. Deux jeunes gens m'ont arrêté à l'entrée du bâtiment. Le musée est fermé, ont-ils dit, mais quand j'ai invoqué le nom de Iacha Alcalaï et son invitation, le plus petit des deux est entré dans une cabine aux parois en verre, d'où il a téléphoné à quelqu'un. Ça va, a-t-il dit, Iacha m'attendait, non pas dans le musée même, mais dans les locaux de la communauté juive. J'ai appelé l'ascenseur, un de ces vieux appareils dont on ne sait jamais s'ils vont ou non fonctionner, et lentement, comme si l'on avait devant nous quelques éternités, je suis monté au second étage. La porte était ouverte et, une fois entré, je me suis dirigé vers la pièce d'où parvenaient des voix. Je marchais lentement, avec précaution, comme si je craignais que de l'une des nombreuses portes quelqu'un pût jaillir et se jeter sur moi, puis suis entré dans une grande pièce où régnait un chaos difficile à décrire. Nul chaos n'est facile à décrire, je sais, inutile de le souligner, mais combien de chaos ai-je en fait vu dans ma vie ? Je ne compte pas, bien entendu, les chaos des âmes ; pour ceux-là, de toute manière, il n'y a ni théorie ni explication mathématique qui vaillent, encore qu'il soit possible de les provoquer expérimentalement, c'est-à-dire en milieu hospitalier, carcéral ou concentrationnaire. Non, je ne dois pas m'écarter de mon sujet, bien que l'envie ne me manque pas de parler maintenant du chaos en tant qu'effet de la torture. Le chaos que je considérais avec perplexité consistait en tables et chaises renversées, papiers éparpillés, verres brisés, tableaux lacérés et peinture répandue. Sur l'un des murs on avait écrit : « Les Juifs sont de la vermine », tandis que sur un autre on avait dessiné, avec de la peinture jaune, l'étoile de David, et par-dessus une croix gammée noire. Non loin de moi, sur le plancher, j'ai remarqué un tableau de Iacha Alcalaï, où le peintre avait représenté Slobodan Milochévitch et sa femme Mira ; à la place de ces figures, on voyait maintenant deux trous. Un peu plus loin, sur un autre tableau, chargé de symbolique juive, on voyait un liquide jaune en lequel, grâce à mon expérience avec le paillasson devant ma porte, j'ai reconnu de l'urine. Au milieu d'un groupe de personnes qui discutaient à mi-voix dans un coin de la salle, se trouvaient Iacha Alcalaï et Isaac Lévi et je me suis dirigé vers eux, avec précaution, en enjambant les débris. Iacha m'a aperçu et il est venu à ma rencontre. Son visage s'accordait au désordre environnant : il semblait décomposé et recomposé au petit bonheur. Je lui ai tendu la main comme on le fait quand on désire présenter ses condoléances et il s'y est accroché comme s'il se trouvait au bord d'un abîme. Puis des gens de la police sont entrés dans la salle et tout est devenu encore plus chaotique, avec la menace, en termes de bulletin météo, de dégénérer en perturbation cyclonique incontrôlable. Pour le dire brièvement, trois ou quatre jours auparavant, Iacha avait apporté dans cette pièce les tableaux destinés à l'exposition. Laquelle, a-t-il dit, devait bien évidemment se tenir à l'étage au-dessous, dans une salle du musée, mais comme on n'avait pas encore dégagé la place nécessaire, on avait décidé de laisser les tableaux dans la pièce où nous nous trouvions, pendant les jours fériés du 1er mai, puis, le lundi, de les accrocher et de terminer tous les préparatifs pour le vernissage du lendemain. Pendant la nuit, on était monté du côté de la cour, qui sait combien ils étaient, a dit Iacha, ils avaient brisé les fenêtres, les avaient ouvertes pour entrer et faire ce que l'on voyait là. Il a montré l'espace autour de lui, s'est même un peu écarté pour me permettre de mieux voir, comme si le désordre qui nous entourait ne m'avait pas sauté aux yeux. Mais pourquoi ? ai-je demandé, sans doute inutilement, parce que Iacha ne pouvait connaître la réponse ; s'il l'avait su, son visage aurait eu une autre expression. Tout n'est pas détruit, a-t-il précisé, peut-être le temps leur avait-il manqué ou peut-être certains tableaux ne les intéressaient-ils pas. Attendons, a-t-il poursuivi, que la police ait fait son constat, puis nous verrons ce qui est encore utilisable et bon à être exposé. Ne vaudrait-il pas mieux annuler tout de même l'exposition ? ai-je demandé. Iacha m'a lancé un regard presque furieux. Pourquoi, a-t-il dit, puisque tout était prêt, les invitations envoyées, le catalogue imprimé, les gens curieux de découvrir son travail ; renoncer maintenant, c'était admettre que ceux qui avaient fait ça étaient parvenus à leurs fins. Il m'a regardé d'un œil moins courroucé et m'a demandé si je pensais comme lui que renoncer équivalait à reconnaître la défaite. J'ai regardé autour de moi, je me suis gratté la tête. Oui, ai-je dit. Iacha m'a alors considéré d'un autre œil, cette fois radouci, et m'a conseillé de rentrer chez moi. Tout cela allait prendre du temps et du travail m'attendait chez moi, a-t-il déclaré avec aplomb. Quel travail ? ai-je essayé de protester, je n'ai rien à faire. Ton article pour *Minut*, a fait Iacha, et il m'a quitté en me tournant le dos. Je suis parti de mon côté. En descendant l'escalier j'ai croisé différentes personnes et des policiers. L'ascenseur, bloqué, se trouvait à l'entrée du musée ; je suppose qu'on avait dû en retirer quelqu'un, car seule la partie haute de la cabine dépassait le sol en béton du premier étage. Il me semble aussi avoir entendu un miaulement de chat, mais sans pouvoir déterminer d'où il venait. Dans la cabine, il n'y avait personne. Devant le bâtiment allaient et venaient quelques autres agents ; une voiture de police était garée devant l'hôtel de l'autre côté de la rue ; des passants s'arrêtaient et levaient le regard vers le haut du bâtiment comme s'ils s'attendaient à ce que quelqu'un se jetât dans le vide. Je déteste les lundis, me suis-je dit comme l'aurait fait un Schtroumpf bougon, puis, tout à coup, au souvenir d'une bande dessinée sur les Schtroumpfs, j'ai éclaté de rire. À ce moment-là, je me trouvais déjà dans le jardin de la place des Étudiants, où une fois, il y avait bien des années, j'avais fumé tant d'herbe que j'étais tombé du banc sur lequel je m'étais assis. Le banc était toujours là, mais ce n'était peut-être pas le même, et deux jeune filles, probablement des étudiantes de la faculté des lettres, s'y tenaient. Au moment où je passais devant elles, toutes les deux, comme si elles obéissaient à un ordre, ont croisé les jambes. Cela m'a rappelé la blancheur de la cuisse de Margareta. Cette blancheur a lui si brusquement dans mon souvenir que j'ai dû m'arrêter et fermer les yeux. Quand je les ai rouverts, les jeunes filles n'étaient plus sur le banc, mais j'étais déjà habitué à toutes ces disparitions, plus rien, me suis-je dit, ne m'étonnait. C'était même ainsi que j'ai commencé mon texte pour *Minut* : Il n'y a pas si longtemps, j'ai cru que rien ne pouvait plus m'étonner, ai-je écrit. Nous vivons à une époque où les catégories de l'absurde et de l'irrationnel ont pris des proportions sans précédent et où l'imitation de la réalité est devenue plus réelle que la réalité même. Pour ne rien dire de la vie. Elle n'est plus désormais ni une imitation, ni une simulation, ni une improvisation, elle n'est tout simplement plus rien. Nous vivons dans un pays qui n'existe pas, ne consiste qu'en reflets des reflets, en un jeu d'ombre et de lumière, et nous n'existons pas davantage ou, plus exactement, nous ne sommes que des ombres sur un mur, sans substance ni durée. Ce mur est si lisse, soit dit en passant, que même les ombres ne peuvent s'y maintenir longtemps. Elles retombent avant même d'avoir pu monter. Oui, dira-t-on, une vie sans support n'est pas une vie, et bien des gens seront d'accord avec cette proposition, mais qu'en est-il de ceux qui glissent au bas du mur ? Faut-il dénier jusqu'aux instants où ils se cramponnent à la surface glissante, les priver de l'espoir de trouver peut-être tout de même une aspérité qui les aidera à repousser ne serait-ce que pour un instant la chute inévitable ? Mais inutile de donner à ce texte une forme aussi abstraite. Il faut appeler les choses par leur nom, d'une manière claire et précise, surtout aujourd'hui, dans ce pays où la clarté est devenue une catégorie négative. Nous sommes quotidiennement témoins de la négligence de tous les acteurs importants de la société, en particulier le gouvernement et l'Église, à lutter contre la prolifération de l'intolérance ethnique. Semblable négligence cache le plus souvent le souci contraire : empêcher toute tentative de mettre fin à cette intolérance. Des bandes de jeunes, aux cheveux coupés à l'identique sur leurs têtes carrées, s'attaquent aux Roms et aux Juifs, interpellent ceux qui ne partagent pas leurs idées, surtout quand ce sont des Serbes, en affirmant qu'ils agissent pour le bien des autorités et en se réclamant du soutien de l'Église. L'Église se tait, les autorités se taisent, nous nous taisons tous. Mais qui se tait ne consent-il pas, à moins que je ne me trompe ? Peut-on protester en se taisant ? Le silence de l'Église signifie-t-il qu'il existe en son sein un courant antisémite dur, prêt à jouer un rôle prépondérant dans une nouvelle hiérarchie ecclésiastique ? Les autorités reconnaissent-elles, par leur silence, trouver un avantage dans une recrudescence d'antisémitisme qui impute au « complot international juif » tout ce qui se passe dans ce pays, les déchargeant ainsi de la responsabilité dans leurs décisions politiques insensées et de leurs provocations face aux grandes puissances ? Un commando avait tenté la veille de détruire les œuvres d'un peintre dont le seul péché est d'être né juif. Demain, je suppose, ce sera l'autodafé des livres de Danilo Kiš, Isaac Samokovlia et Stanislav Vinaver. Après-demain quelqu'un dira que les Juifs sont des parasites qui sucent le sang du peuple serbe. À la fin de la semaine, qui sait, se feront entendre des voix réclamant le recours aux brassards jaunes, on commencera à publier des listes, à faire irruption dans les appartements des gens, à piller leurs biens… Alors, une voix tremblotante finira par dire que l'histoire se répète, ce qui devrait nous inquiéter, mais il sera trop tard, car l'histoire s'est déjà répétée dès lors que personne parmi nous n'a rien dit. Sur ce, je me suis arrêté. Non pas, on s'en doute, parce que je ne savais pas ce que je pourrais encore écrire, mais parce que j'ai songé que je devais consacrer une partie de l'article au vernissage prévu pour le lendemain soir. C'était le mercredi que je remettais à la rédaction mon papier pour la rubrique de *Minut*, ce qui me laissait le loisir d'achever ce que j'avais commencé, d'autant qu'ayant déjà imaginé la fin, il ne me restait qu'à l'écrire. Il est enfin temps, devais-je dire au début de la conclusion, de se rendre à l'évidence : ceux qui prétendent veiller avec le plus grand zèle au bien du pays, tout en tolérant les attaques motivées par l'appartenance ethnique, lui font en fait le plus grand tort. Malheureusement, la corruption morale et politique, qui depuis longtemps mine tout le système du pouvoir, est telle que personne ne se sent appelé à commenter et à condamner les agissements que nous évoquons. Peut-être s'agit-il aussi de peur, qui sait, car la collusion du crime organisé et des structures politiques est devenue une sorte de secret de polichinelle. Chacun tient à la vie, c'est l'évidence même, surtout dans un pays où un assassinat commandité ne coûte rien, mais si ce n'était pas seulement quelques individus qui réagissaient, si des centaines de milliers de personnes s'associaient à la protestation, la peur disparaîtrait. Il ne me restait plus qu'à prendre une dernière décision : devais-je citer nommément les politiciens, les criminels et les intellectuels indécis ? En le faisant, je ne dirais rien de nouveau, mais laisser mon texte imprécis dans l'attribution des responsabilités reviendrait à m'associer à ceux contre lesquels j'écrivais. Les vagues allusions sont bonnes pour les discussions de bistrot ; dans un article, elles pouvaient ruiner toute bonne intention. Rien d'étonnant, dans ces conditions, à ce que j'aie fait cette nuit-là d'étranges rêves, dont une épuisante aventure érotique avec une rousse qui disait s'appeler Hilde, et une lutte avec une créature entièrement recouverte de sangsues. Quand je me suis réveillé, ce sont tout d'abord les sangsues qui me sont revenues en mémoire. J'ai quitté mon lit avec précaution, comme si je risquais de poser les pieds dans une eau pleine de ces suceuses de sang. Les sangsues m'ont bien entendu rappelé Wolf Hénoch, et au même instant quelque chose a bougé en moi, s'est détaché de ma peau, à l'intérieur, et pendant un moment je me suis senti pareil à une de ces figures que l'on sculpte dans le bois quelque part en Inde de telle sorte qu'à l'intérieur se trouve une figure identique en plus petit, et dans celle-ci une autre, encore plus petite, jusqu'à arriver à une qui est si petite que personne ne la remarque, même quand elle s'en va dans le monde. J'invente, bien entendu, mais si je ne m'amusais pas ainsi, j'aurais depuis longtemps cessé d'écrire. Rien de plus ennuyeux qu'un récit morose où rien ne nous entraîne par moments dans une autre direction que celle du récit lui-même, pour nous distraire, nous égarer et, quand nous nous croyons totalement fourvoyés, nous ouvrir la porte qui nous ramène là d'où nous étions partis. Même si nous ne nous sommes pas éloignés de la morosité, du moins avons-nous respiré un air frais, à pleins poumons, pendant un moment. La journée ne me réservait rien de tel et passait lentement. J'ai pris mon petit déjeuner, suis allé acheter les journaux et les ai lus attentivement, cherchant un article sur le vandalisme commis dans les locaux de la communauté juive. Il n'y avait rien à ce sujet. Je n'ai pas allumé le téléviseur, car si les journaux n'en avaient pas parlé, les chaînes de télévision ne feraient pas non plus le moindre commentaire, sauf certaines chaînes indépendantes qui donnaient des nouvelles échappant au système d'information contrôlé, mais ma petite antenne d'intérieur ne me permettait pas de bien recevoir leurs programmes. Marko m'a proposé bien des fois de me bricoler une antenne avec une cuvette et un parapluie, qu'il aurait installée sur mon balcon et qui, affirmait-il, aurait parfaitement fonctionné. Je me suis entêté à repousser cette offre, je me demande à présent pourquoi. On refuse parfois d'être aidé simplement parce que la réponse négative jaillit de nous quasi automatiquement, nourrie par le désir de protéger notre intégrité. À présent je crois qu'il s'agit plutôt de jalousie que du désir de défendre son intégrité ; jalousie de savoir quelqu'un apte à faire ce dont nous ne sommes pas capables et qu'alors, quelle que soit notre opinion sur cette personne, elle nous reflète mieux que nous ne le faisons nous-mêmes. Cela paraît entortillé, mais pourquoi les choses seraient-elles simples ? Quand nous sommes venus au monde, personne ne nous a promis que notre existence serait simple, l'univers compréhensible, nos rêves clairs, la mort clémente. Un premier point, celui de départ, nous a été donné, mais nous n'avons eu aucune indication pour nous orienter vers le second point, celui où le chemin s'arrête. En somme, la vie est une progression dans le noir, à l'aveuglette malgré nos yeux, une marche sur la corde raide et une descente hésitante la main agrippée à une rampe rugueuse. À la fin, il ne reste que la douleur, ce qui concorde avec la phrase de Faulkner que j'ai citée, c'est-à-dire est conforme au choix fait à partir de la proposition de cette phrase. La douleur est un antidote contre le néant, voilà ce que j'ai voulu dire. Pour mon déjeuner, j'ai préparé un bouillon de poulet en sachet. Je l'ai fait avec un peu moins d'eau que ne l'indiquait le mode d'emploi, afin qu'il fût plus fort et plus nourrissant. J'ai mangé encore une tranche de gouda, mon fromage préféré. Après le repas, aussitôt la vaisselle rangée, j'ai eu sommeil, mais j'ai résisté à cette faiblesse du corps en m'appliquant à mettre de l'ordre sur mon bureau. Ces dernières semaines, harcelé et ballotté par les événements les plus imprévisibles, j'avais négligé mes papiers, dossiers et classeurs, et je tâchais maintenant de trier diverses copies, coupures de presse, lettres et notes. Il n'y a qu'au manuscrit du *Puits* que je n'ai pas touché. De toute façon, je n'avais pas de dossier assez grand pour lui, mais je craignais aussi, si j'essayais de le déplacer, de le voir tomber en poussière comme un vrai livre de sable. Ce qui m'a rappelé le petit coin magique dans la cour de l'immeuble de la rue Zmaï. Avais-je déjà pensé à lui comme à un passage menant à un autre monde ? Je ne m'en souviens pas. En tout cas, ce jour-là, c'est ainsi que je l'ai considéré : il devait bien y avoir un moyen de passer de cet endroit à une autre réalité, il suffisait de le découvrir, et d'apprendre comment en revenir. Je n'aurais pas aimé rester dans un monde auquel je n'appartenais pas vraiment, même si je pouvais en imaginer quelques-uns d'où j'aurais pu souhaiter ne pas revenir. Dans l'un de ceux-là, il y aurait de nombreuses femmes légèrement vêtues, dans un autre, personne d'autre que moi, dans un troisième, uniquement mon esprit, ce serait bien suffisant pour qui serait arrivé jusque-là. J'ai consulté ma montre. L'après-midi commençait à vieillir ; j'allais bientôt devoir sortir pour me rendre au vernissage de l'exposition de Iacha Alcalaï. Je suis allé à la salle de bains, où je me suis donné un coup de peigne, j'ai constaté qu'il n'était pas nécessaire de me raser, j'ai mis un peu de lotion sur mes joues, puis me suis lavé les mains et les ai enduites de crème. J'ai pris mon blouson sur le portemanteau, fermé ma porte à clé et suis allé prendre l'autobus. Deux voitures de police stationnaient à proximité du bâtiment de la communauté juive : l'une était toujours de l'autre côté de la rue, près de l'entrée de l'hôtel ; l'autre, un peu plus loin, était garée en partie sur le trottoir devant un magasin d'alimentation. Il y avait aussi des policiers devant la porte d'entrée et dans le couloir qui menait au bâtiment de la cour. Là m'attendait la cohue et, après quelques premières marches, que j'ai montées facilement, je ne suis pas arrivé à avancer de mon propre chef. Pressé de toutes parts, je ne pouvais que m'abandonner à la force qui, pas à pas, me portait vers le haut de l'escalier. Arrivé au musée, j'étais en nage. À l'intérieur, dans la lumière éblouissante des projecteurs de télévision, il faisait encore plus chaud. Si j'avais pu voir le sol, je n'aurais pas été surpris d'y trouver des flaques de sueur. Je suis parvenu à me propulser vers le fond de la salle, près de l'endroit où se tenait Iacha Alcalaï. Son visage avait subi une nouvelle métamorphose et ressemblait maintenant davantage à celui que je connaissais, malgré les plis que son front et ses joues conservaient comme souvenir de la secousse récente. Près de lui, un homme achevait son petit discours de circonstance, et les applaudissements ont retenti dans la salle, rendant l'air encore plus chaud. Ensuite, un critique d'art a pris la parole : il a résumé en quelques phrases la démarche antérieure de Iacha Alcalaï, a livré ses réflexions sur les nouvelles œuvres et l'exposition, puis a déclaré qu'il avait un geste à accomplir. Il a levé une feuille de papier, et j'ai cru un moment qu'il hissait le drapeau blanc. Ceci, a dit le critique, était le texte qu'il avait préparé pour le présent événement, mais dans les circonstances présentes, il ne lui restait qu'à le déchirer, ce qu'il a fait. On n'a pas entendu le bruit du déchirement, mais j'ai aperçu des bribes de papier qui flottaient en l'air. Quand vous regarderez les tableaux exposés, a dit le critique, vous remarquerez que certains d'entre eux ont été profanés, que des sectateurs des ténèbres ont tenté de les priver de leur lumière, croyant qu'il est ainsi possible de détruire l'esprit créateur. Dans leur stupidité, a-t-il poursuivi, ils sont persuadés que la peur est la mère de la soumission, erreur qu'ils ne commettraient pas s'ils connaissaient l'histoire. Mais ce n'est pas le moment de faire des prêches et des sermons, a dit le critique, c'est le moment où les tableaux, ceux qui sont restés intacts comme ceux qui ont été lacérés, doivent parler d'eux-mêmes. Conçus pour exprimer la force de l'esprit de résistance, a-t-il dit, ces tableaux, tels qu'ils sont à présent, marqués par une nouvelle attaque dirigée contre la présence de cet esprit parmi nous, parlent désormais avec encore plus de force à tous ceux qui sont prêts à entendre. Bien des fois dans l'histoire, a dit le critique, on a brûlé des livres et détruit des œuvres d'art, mais chaque fois l'art a réussi à renaître des flammes, et il en sera ainsi cette fois encore. Ce vernissage, a-t-il dit pour conclure, ôtera un peu de leur épaisseur aux ténèbres qui ont tenté d'engloutir cette exposition, et avec elle, nous-mêmes. De nouveaux applaudissements ont suivi et de nouvelles gouttes de sueur ont perlé à mon front. Les gens se sont mis à remuer, à faire lentement le tour de l'exposition, des cameramen ont entouré Iacha Alcalaï, une femme a dit qu'elle allait se trouver mal si elle ne sortait pas au grand air, le brouhaha devenait insupportable, des visages congestionnés anonymes alternaient avec les visages congestionnés de personnalités, d'acteurs et d'écrivains d'origine juive, d'hommes politiques qui avaient flairé une bonne occasion de se faire un peu de publicité, de journalistes qui s'ennuyaient, et c'est alors que quelqu'un derrière moi a crié qu'il portait déjà un numéro sur son bras et, en me retournant, j'ai vu un homme maigre qui venait de retrousser la manche de sa chemise pour exhiber un numéro sur son avant-bras, puis quelqu'un s'est approché de lui, lui a pris doucement le bras et a baissé sa manche, l'homme a fondu en larmes et pendant que les gens s'écartaient devant lui comme une mer humaine, il s'est dirigé en titubant vers la sortie, balbutiant des paroles qui s'émiettaient entre ses sanglots si bien qu'au moment où il s'est tu son silence est devenu plus audible que tout le reste. Les cameramen de la télévision, comme s'ils n'avaient attendu que ce signal, ont éteint leurs projecteurs et se sont dirigés vers la sortie, l'espace se dégageait peu à peu, des serveurs apparaissaient portant des plateaux avec des verres de vin et de jus de pomme, des minces filets d'air frais commençaient à circuler, on pouvait passer d'un tableau à un autre, entre des groupes de gens qui discutaient en épongeant de temps à autre la sueur de leur front et de leur cou, en s'éventant avec des catalogues pliés, et il n'y avait plus de presse qu'autour de Iacha Alcalaï, mais j'étais patient, je pouvais attendre. C'est alors que j'ai vu Margareta. Elle se tenait devant un tableau, inclinait la tête pour mieux voir un détail, s'éloignait d'un pas ou deux, puis se rapprochait en inclinant la tête dans l'autre sens. À ce moment-là, un passage s'est ouvert en direction de Iacha Alcalaï et, malgré mon désir de m'approcher de Margareta, je me suis dirigé de l'autre côté. Vu de près, le visage de Iacha Alcalaï était dans un état bien plus triste qu'il ne m'avait semblé quand j'étais entré dans la salle du musée : les rides s'y ramifiaient en fins lacis qui rappelaient le fond craquelé d'une rivière tarie, ses yeux était injectés de sang, ses lèvres livides, ses paupières plissées. Ses cheveux étaient plaqués par la sueur, et quand je me suis trouvé tout près de lui, je l'ai entendu respirer avec peine, d'un souffle haletant, peinant à chaque aspiration. J'ai ouvert la bouche pour le féliciter, mais il m'a arrêté d'un geste las de la main. Une victoire à la Pyrrhus, a-t-il dit, rien de plus, inutile d'en parler. Je lui ai demandé si la police avait découvert quelque chose. Croyais-je vraiment, a demandé Iacha, qu'ils feraient quelque chose ? Je n'ai rien dit. On ne peut répondre autrement à certaines questions. Mais même si j'avais voulu dire quelque chose, je ne l'aurais pu, car deux dames d'un certain âge ont demandé à Iacha de leur expliquer quelques tableaux, et il n'a eu que le temps de me dire de venir plus tard à son atelier pour fêter le vernissage. D'accord, ai-je fait en essuyant du bout des doigts la sueur qui s'était accumulée sur ma lèvre supérieure. Habitué aux disparitions, je ne croyais pas revoir Margareta, mais elle était toujours devant le même tableau, sauf qu'elle n'inclinait plus la tête. Elle buvait du jus de fruits. Je me suis glissé à côté d'elle. Le tableau qu'elle regardait était pour ainsi dire noir ; en haut, à droite, on voyait une fenêtre d'où jaillissait une lumière semblable à celle d'un phare ; elle éclairait partiellement un nuage dans le ciel, et à cet endroit, en partie caché par de gros flocons laineux, on entrevoyait un triangle avec un œil en son centre ; l'œil flambait, le feu envahissait les paupières et de petites flammes montaient des cils comme elles montaient des chandelles de la menora peinte dans la pupille. Si l'œil de Dieu se consumait, a dit Margareta comme si elle avait seulement attendu que je vinsse me placer à côté d'elle, ce serait la fin de tout, à quoi serait bon un Dieu aveugle ? J'ai répondu que j'avais toujours cru que Dieu n'avait pas besoin de regarder, qu'il voyait même sans yeux, de l'intérieur, avec son cœur, ai-je dit, ou qui sait avec quoi. Personne n'est parfait, a répondu Margareta en prenant une petite gorgée de jus de fruits, même pas Dieu. Je ne savais que dire. Sa phrase sonnait comme un blasphème, ce qui ne voulait pas dire que c'en était un. Je ne connaissais pas suffisamment bien la cabale pour prétendre que les cabalistes doutaient de Dieu, mais les bouddhistes zen ne disaient-ils pas que Bouddha doit pouvoir être aussi de la merde, puisqu'il peut être toute chose ? Autrement dit, qui veut être parfait doit aussi être imparfait ; qui veut être en tout doit aussi être là où il n'aurait pas désiré être. S'il n'en va pas ainsi, on ne peut parler du tout. Dieu est tout ou il n'est rien, il n'y a pas de troisième possibilité. Je ne sais pourquoi j'écris maintenant cela. Peut-être parce que je n'avais rien dit à Margareta ? Je restais là, à côté d'elle, le regard fixé sur l'œil en flammes, et la seule chose qui m'est alors venue à l'esprit c'était que cela devait être horriblement douloureux. J'aimerais bien savoir, a dit Margareta, quelle a vraiment été l'idée du peintre. Nous pouvons le lui demander, ai-je dit, dès qu'il aura fini d'expliquer un autre de ses tableaux. On le lui demandera plus tard, a dit Margareta, cela ne presse pas, ni pour Dieu ni pour moi. Elle a vidé son verre et m'a regardé : Tu iras toi aussi le voir tout à l'heure, n'est-ce pas ? Oui, ai-je dit, toi aussi ? Elle l'a confirmé d'un signe de tête. Je ne savais pas que vous vous connaissiez, ai-je ajouté, surpris. Tu ne me l'as jamais demandé, a répondu Margareta. Eh bien, ai-je demandé, depuis quand vous connaissez-vous ? J'espérais qu'elle ne reconnaîtrait pas une trace de jalousie dans ma voix, c'est pourquoi j'ai toussoté trois fois en disant ces mots. Depuis toujours, a dit Margareta, Iacha est mon père. Il y a des situations où nous comprenons tout à coup un mot ou une notion dont le véritable sens nous a échappé pendant des années. Là, dans les salles du musée d'Histoire juive, devant le tableau de Iacha Alcalaï intitulé *Feu* — comme le mentionne le catalogue que j'ai apporté jusqu'ici, même si j'aurais dû trouver une place dans mes modestes bagages pour des choses bien plus importantes —, j'ai compris tout le sens de l'expression « comme un coup de tonnerre dans un ciel serein ». J'ai cru un instant avoir les jambes coupées et tenir debout sur mes genoux, puis mes lèvres ont tremblé, et quand j'ai voulu y passer la langue, j'ai été parcouru tout entier d'une secousse, comme si une électricité sauvage m'avait empli pour m'abandonner aussitôt. J'ai levé le regard sur Margareta et j'ai reconnu sur son visage les traits de Iacha, de son premier visage, le vrai, avant qu'il ne se soit défait. Je ne comprenais pas comment j'avais pu ne pas m'en rendre compte jusqu'alors, encore que je sache que nous pouvons regarder quelque chose sans même le voir, comme il peut arriver aussi que tout en regardant longuement un objet ou une scène, nous ne voyions pas ce qui est le plus évident, aussi longtemps que quelqu'un ne nous le fait remarquer ou ne nous le montre du doigt. Margareta n'a rien montré du doigt, mais dès l'instant où elle m'a dit que Iacha Alcalaï était son père, je ne voyais que des ressemblances, de plus en plus nombreuses, entre leurs visages. J'ai remarqué, mais seulement un peu plus tard, le même léger tiraillement de la commissure gauche des lèvres avant qu'ils ne commencent à parler, ainsi qu'un cillement à peine accéléré dans l'attente d'une réponse de leur interlocuteur. Mais qui sait ce que Margareta a vu sur mon visage à moi pendant ce temps, puisqu'elle a dit qu'elle savait que cela allait me surprendre, même si elle ne s'était pas attendue à ce que je fusse surpris *à ce point*. Elle a accentué ces mots comme s'ils étaient une mesure déterminée de surprise, une unité pour le calcul de sa rapidité ou de sa force, ou peut-être encore de la perplexité que suscitent en nous les situations dépassant les paramètres de l'habituel. Entre autres signes, par exemple, j'avais la bouche sèche. Quand j'ai de nouveau tenté de passer la langue sur mes lèvres, j'ai songé au papier émeri. J'ai demandé à Margareta de m'attendre, et suis passé dans une petite pièce où une femme avec des lunettes à monture bleue versait du jus de fruits et de l'eau minérale dans des verres qu'elle alignait sur un plateau. J'ai d'abord bu un verre de jus de fruits, puis un autre d'eau minérale et suis sorti, mais pour revenir aussitôt sur mes pas afin de lui dire merci, et je suis enfin retourné à l'endroit où j'avais laissé Margareta. Elle était toujours là, contrairement, pour la deuxième fois, à ce à quoi je m'attendais : devoir encaisser sa subite disparition. Elle a proposé de partir tout de suite, car il lui semblait, a-t-elle dit, qu'elle ne pourrait bientôt plus respirer, ajoutant qu'il restait si peu d'oxygène qu'elle ne serait pas surprise si le feu s'éteignait sur les cils peints du tableau de son père. Le tableau de son père : ces mots rendent toujours pour moi un son étrange, irréel, comme si, malgré tout, ils n'étaient pas vrais. Mais ils l'étaient, j'ai pu m'en assurer ultérieurement, avec l'aide de gens que je connaissais, dans les registres de l'état civil, sans lui avouer que j'avais si longtemps porté le doute en moi. Je crois que je ne me l'avouais même pas à moi-même, et quand j'y réfléchis, je ne comprends pas du tout pourquoi j'ai eu tant de mal à admettre le simple fait que telle personne soit le parent de telle autre. Encore une question à laquelle je ne puis répondre. Il y en a déjà tant que je me demande si c'est la peine de continuer. Si tout se réduit à des questions, la réponse elle-même est-elle aussi une question ? Je ne veux pas parler de ce que j'ai entendu répéter d'innombrables fois, à savoir que les Juifs répondent volontiers à une question par une autre question ; cela ne veut pas dire que la seconde question est une réponse à la première, bien que parfois elle puisse sembler l'être, et puis, je ne suis pas juif et je ne peux m'approprier ce qui ne m'appartient pas. Je peux seulement supposer que certains parviennent à raconter leur histoire ou ce qu'ils désirent dire, de manière que tout apparaisse comme une réponse, ou du moins comme un commencement de réponse, tandis que d'autres, dont, à l'évidence, je fais partie, font de leur histoire, ou de ce qu'ils souhaitent raconter, une question, c'est-à-dire une sorte de fin de réponse ou, comme l'a dit Marko, un évitement de réponse, comme s'ils voulaient dire à celui qui écoute ou lit que la question est là, mais que tout le reste est son affaire à lui, lecteur ou auditeur. Ou bien à elle, si c'est une auditrice ou une lectrice, ce qui est plus probable, à en juger d'après les dernières données statistiques, qui confirment incontestablement que les lectrices sont toujours plus nombreuses alors que le nombre d'hommes qui lisent décline rapidement. C'est pourquoi, disent les connaisseurs, on voit se multiplier les livres de chroniques familiales, les romans culinaires pleins de recettes de différents plats, et les récits où l'on cherche le sens de l'existence dans des philosophies orientales édulcorées. Même si je voulais insérer une recette dans ce texte, j'en serais incapable, n'ayant jamais appris à cuisiner, quant aux enseignements des philosophies orientales, et de toutes les autres, je les respecte trop pour jamais songer à en abuser en les déguisant en roman ou en nouvelle. D'ailleurs, j'ai reconnu depuis longtemps, par-devers moi, que je ferais mieux de m'occuper d'autre chose que d'écriture. Quand le cœur n'y est pas, mieux vaut laisser tomber. Je ne me rappelle plus qui a dit ça, mais il y a du vrai là-dedans. Parler du cœur paraît actuellement vieux jeu, je sais, on dirait que l'homme moderne n'a plus rien à faire de son cœur, hormis des crises cardiaques. Chaque fois que j'en parle, on brandit devant mes yeux une coupe de ce muscle strié en me demandant si je vois autre chose que ventricules, oreillettes, veines et artères, mais je réponds alors que c'est justement ce que je ne vois pas, quand bien même on agrandirait l'image au point d'en recouvrir tout le ponant. Je sais aussi que beaucoup de gens considèrent que c'est aux cardiologues et pas aux écrivains de s'occuper du cœur, et il y a du vrai en cela aussi, alors mieux vaudrait dire que les uns et les autres doivent s'en occuper, chacun à sa manière, car chacun de nous doit reconnaître les limites de son travail et veiller à ne pas empiéter sur le domaine d'autrui. Comme il est certain que je ne suis pas cardiologue, il pourrait sembler que je me considère comme un écrivain, mais je n'irai pas aussi loin. Je ne sais même pas si je saurais définir ce qu'est un véritable écrivain. Par quelque bout que je prenne l'affaire, je me perds à mi-chemin, sans pouvoir conclure. Encore un cas dans lequel les conseils de Marko me seraient utiles, mais Marko n'est pas là, pas plus qu'il n'était là pendant les jours que j'évoque. J'ai eu beau l'appeler, personne n'a répondu. Je me suis même rendu à son logement : personne ne m'a ouvert. Je me rappelle avoir cru un matin qu'il avait quitté le pays, tant de gens le quittaient, pourquoi pas lui, mais j'avais pourtant du mal à croire qu'il eût pu le faire sans me dire adieu, après tant d'années de camaraderie. Ma foi, peut-être était-ce la meilleure manière de partir, sans un mot, sans un adieu, de nuit, presque en catimini, comme un coupable, même si personne n'avait rien à vous reprocher. C'est ainsi que Margareta et moi avons quitté l'exposition. Je ne parle pas du sentiment de culpabilité, mais du fait de partir sans dire au revoir. Quelques policiers, dont une femme, discutaient et fumaient dans le couloir. Sur une petite table près de la porte d'entrée étaient posés deux pistolets-mitrailleurs, qui luisaient malgré la faible lumière de la cage d'escalier. Une fois dehors, nous sommes montés en direction de la place des Étudiants. Une des voitures de police était toujours près de l'hôtel ; l'autre, qui avait été garée devant le supermarché, était partie. L'air n'était pas beaucoup plus pur qu'au musée, mais il était tout de même plus frais, et cette fraîcheur a un peu tempéré mon désir de demander des éclaircissements à Margareta. De toute façon, la foudre m'avait déjà frappé, je pouvais attendre.

Nous sommes arrivés parmi les premiers à l'atelier de Iacha, et en sommes également repartis parmi les premiers. Il n'y avait pas autant de monde qu'au vernissage, mais c'était encore trop à mon goût. Le bruit empêchait toute conversation digne de ce nom, la réduisait à des propos isolés criés à l'oreille de l'interlocuteur. Le grand nombre de corps humains produisait une chaleur difficile à supporter et avait pour effet secondaire de renforcer les exhalaisons des couleurs à l'huile, de la térébenthine et de la fumée de tabac, qui gênaient la respiration et irritaient les yeux. Isaac Lévi est parvenu à me hurler à l'oreille que la police avait arrêté ceux qui avaient vandalisé les locaux de la communauté juive et endommagé les tableaux de Iacha ; quand je lui ai demandé, en hurlant moi aussi à son oreille, combien ils étaient, il m'a répondu qu'on avait arrêté trois mineurs et un jeune homme de vingt ans. Pendant qu'il criait, des gouttelettes de salive éclaboussaient le pavillon de mon oreille. J'ai eu de la peine à me retenir de prendre mon mouchoir pour l'essuyer. Puis j'ai vu Jacob Schwarz s'approcher, et l'idée que j'aurais à recevoir d'autres postillons dans l'oreille m'a poussé à demander à Margareta si elle préférait rester ou partir. Fort de mon expérience, j'ai mis ma main entre son oreille et ma bouche, de telle manière que des gouttelettes, s'il y en avait, ne pussent éclabousser que le dos de ma main. En me penchant vers elle, j'ai songé que jamais encore je ne l'avais approchée d'aussi près. Elle avait une petite oreille, finement ourlée, marquée au lobe d'un petit trou qui indiquait qu'elle avait porté autrefois des boucles d'oreilles. Tout autour du pavillon ses cheveux étaient moites de sueur et entre de fines mèches on apercevait la délicate blancheur de sa peau. Je renonce à dépeindre l'effort qu'il m'a fallu faire pour m'empêcher de coller mes lèvres à cette blancheur ou de glisser ma langue le long des volutes de son oreille. Elle a seulement hoché la tête et a commencé à s'ouvrir un passage vers la sortie. Je l'ai suivie, déçu qu'elle n'ait pas dit quelque chose, car en lui posant ma question, je me voyais déjà caressant ses lèvres du bord de mon oreille. Gagner la sortie a pris du temps : de nombreuses personnes voulaient la saluer et jetaient des regards interrogateurs sur moi qui, ne parvenant pas à entendre ce que l'on disait, restais là à piétiner et à sourire bêtement. Nous avons fini par renoncer à trouver Iacha et par atteindre la porte d'entrée, qui restait ouverte. Il y avait du monde même sur le palier, certains s'étaient assis sur les marches et pour nous glisser jusqu'à l'ascenseur il a encore fallu enjamber bras et jambes. J'ai appuyé sur le bouton, et l'ascenseur, obéissant, est arrivé. Nous y sommes entrés, et la portière refermée, l'ascenseur s'est mis à descendre. Quand il s'est arrêté, nous avons été accueillis par le noir. La faible lumière de la cabine n'éclairait qu'une partie du hall de l'immeuble, au fond duquel, près de la porte vitrée, nous avons aperçu une silhouette. Bien que Margareta ne fût pas tout à côté de moi, j'ai pu sentir la tension monter en elle. Une fois sortis de l'ascenseur, la porte s'est refermée derrière nous. L'obscurité est devenue plus épaisse, la silhouette plus nette, la respiration de Margareta plus lente, mon cœur battait si fort que j'étais sûr qu'on pouvait l'entendre. Même si elle l'a entendu, Margareta ne l'a pas montré. La silhouette n'a rien montré elle non plus, et il s'est finalement avéré qu'il s'agissait d'un ami de Iacha Alcalaï qui, selon ses propres paroles, attendait un taxi pour rentrer à la Nouvelle Belgrade. Il nous a proposé de monter dans le véhicule avec lui, si cela nous convenait, et c'est ainsi que Margareta et moi nous sommes retrouvés sur le siège arrière, et l'ami de Iacha assis à côté du chauffeur, avec lequel il a aussitôt pris langue. Nous n'avions pas fait la moitié du chemin qu'ils avaient déjà analysé la situation politique, critiqué le gouvernement, accablé de tous les noms les hommes politiques les plus en vue, dit que la vie était devenue terriblement chère, que c'était un vrai miracle, a souligné le chauffeur, que les gens aient encore de quoi manger, après quoi ils sont passés aux sports, au cours du dollar, au fait que la moitié de la Serbie s'était exilée au Canada, a dit l'ami de Iacha, et c'est à peu près à ce moment-là que j'ai cessé de les écouter, tout entier concentré sur le petit doigt de ma main gauche qui frôlait légèrement la cuisse de Margareta. Je ne le bougeais pas, ne le dirigeais pas, je le laissais seulement suivre les soubresauts du moteur et les virages du taxi. Les rues de Belgrade sont pleines de creux et de bosses, et de plus le chauffeur conduisait de manière saccadée, en donnant de brusques coups de frein et d'accélérateur, de sorte que mon doigt ne cessait de trembloter et d'aller de-ci de-là, tantôt s'appuyant franchement sur la cuisse de Margareta, tantôt s'en détachant si bien que j'étais sûr qu'il ne s'en rapprocherait plus. Pendant ce temps, Margareta somnolait ou méditait ou, peut-être, dormait réellement, car ses yeux sont tout le temps restés fermés, et c'est seulement quand le taxi a traversé la Save et que mon petit doigt s'est glissé sous sa cuisse que ses paupières ont frissonné et qu'elle a tendu sa main droite et l'a posée sur mon ventre. J'ai regardé le rétroviseur : j'espérais que le chauffeur ne puisse pas nous voir ou, s'il le pouvait, que la conversation avec l'ami de Iacha détournerait son attention du reflet dans le miroir. La main de Margareta ne bougeait pas. Elle gisait, abandonnée sur mon ventre, pesant légèrement sur la boucle de ma ceinture. Je ne savais pas si je pouvais joindre mes autres doigts, ou au moins l'annulaire à l'auriculaire, maintenant bien franchement glissé sous sa cuisse, mais alors, comme si elle avait compris mon hésitation, Margareta, s'appuyant du dos au dossier du siège, a soulevé son corps, et ma main a brusquement glissé dans un renfoncement chaud. Je suis parvenu à retourner ma main avant que son corps ne fût de nouveau posé sur le siège, et j'ai jeté un regard soucieux sur le rétroviseur. La conversation sur le siège avant continuait, roulant maintenant, si j'entendais bien, sur les retards dans le versement des pensions et sur les allocations, scandaleusement basses, accordées aux invalides et autres bénéficiaires. Pendant qu'ils citaient des exemples, Margareta a remué et serré ma main entre ses fesses. J'ai bougé mes doigts, elle s'est légèrement redressée en écartant les cuisses pour laisser ma main glisser vers son entrejambe. On arrive, a alors lancé l'ami de Iacha, mais Margareta a renforcé la pression sur ma main, ne me permettant pas de la retirer. Le taxi a tourné en direction de l'hôtel Intercontinental, puis a continué vers l'hôtel Hayat, s'enfonçant dans un réseau de ruelles et passages de la Nouvelle Belgrade où je ne me retrouvais jamais. Quand j'avais vu pour la première fois un plan de l'endroit, j'avais été étonné par sa conception urbanistique relativement simple, les structures géométriques des blocs d'immeubles et des rues se croisant à angle droit. En réalité, cette simplicité apparente disparaissait dès que l'on s'engageait, à pied ou en voiture, dans un groupe de bâtiments ou que l'on cherchait un numéro d'immeuble. Ici, ça ira, a dit Margareta. Le taxi s'est arrêté et, après de brefs remerciements, Margareta et moi sommes descendus. J'ai regardé à gauche, j'ai regardé à droite : je ne savais pas où nous étions. Zémoune est par là, a dit Margareta avec un geste de la main comme si Zémoune était quelque part dans le ciel. Je ne savais pas si c'était une invitation à la quitter ou un simple renseignement, une sorte de point de repère, comme l'étoile Polaire ou la mousse sur une souche. Quand tu sais où est Zémoune, tu sais où est tout le reste. Qui avait dit cela ? Je n'ai jamais réussi à me le rappeler, bien que la page où j'avais trouvé la formule écrite eût souvent frémi sous mes yeux, ceux de l'esprit, bien entendu. Une page, la belle affaire, elle pouvait provenir de mille volumes différents, et il ne me restait qu'à espérer qu'un jour apparaîtrait un détail qui me conduirait à l'auteur de ces mots. Cela ne changerait rien, c'est clair, pourquoi l'acquisition d'une connaissance devrait-elle toujours être liée à un changement ? Il arrive que l'on apprenne quelque chose seulement pour le savoir, ce qui ne veut pas dire que la même connaissance ne peut conduire quelqu'un d'autre à un grand changement. Par exemple, quelqu'un peut apprendre le nom des dix séfirot, même dans l'ordre, du haut en bas de l'arbre séfirotique, à savoir : Kether, Binah, Hokmah, Din, Hessed, Tifèrèth, Hôd, Netsah, Yesôd et Malkuth, et les retenir simplement comme une information, rien de plus, alors que l'esprit de tel autre, en étudiant ces dix séfirot, s'élèvera de plus en plus pour, à la fin, atteindre à la métamorphose souhaitée. Mon intention n'est pas de comparer une indication relative à la situation de Zémoune et la valeur des séfirot dans la structure cabalistique du monde, je crois que c'est clair. D'ailleurs, je me tenais toujours près de Margareta, indécis, tandis que sa main, après le mouvement indiquant le ciel, glissait dans ses cheveux. Je me suis alors rappelé que je n'avais pas terminé mon article pour *Minut*, et tout est devenu plus facile. J'ai souhaité bonne nuit à Margareta, l'ai embrassée sur la joue et suis parti en direction de Zémoune. Margareta avait dit auparavant qu'elle me téléphonerait le lendemain, et nous étions convenus de nous revoir quand j'aurais remis mon texte au directeur. Les triangles s'ouvrent, me suis-je dit en m'éloignant et, heureux tout à coup, je me suis mis à siffler un vieux tube des Beatles. Une marche jusqu'à Zémoune et l'immeuble où j'habitais n'était pas une grande épreuve, mais quand le corps n'est pas habitué à la marche, il suffit d'une centaine de mètres, et a fortiori de quelques kilomètres, pour que l'on se sente épuisé. Je me consolais, faute de mieux, en me disant qu'au moins aucune saleté ne m'attendait devant ma porte. Je n'ai même pas songé à la possibilité que quelqu'un pût m'y attendre, sans doute à cause de ce qui s'était passé durant le trajet en taxi et de la bonne humeur qui me faisait siffloter et chantonner par moments tandis que je marchais. Je ne chantonnais, il est vrai, que lorsque j'étais sûr que personne ne pouvait m'entendre. J'avais commencé par des chansons des deux premiers albums des Beatles, puis je me suis remémoré quelques classiques des Kinks, de Manfred Mann, du Dave Clark Five et de Cream, et qui sait pendant combien de temps j'aurais ainsi marché et chanté si je ne m'étais souvenu de la chanson *We've Gotta Get Out of This Place*, interprétée par The Animals. Je ne connaissais pas toutes les paroles et je répétais d'innombrables fois le refrain, qui incluait le titre, jusqu'au moment où je me suis subitement tu en entendant avec une parfaite netteté le Danube frapper les rives, bien que je fusse loin des quais. Ma perplexité, mon anxiété à l'idée que je pourrais « partir d'ici » et ne plus entendre couler le fleuve n'a pas duré longtemps, et j'ai bientôt repris mes joyeux sifflotements et fredonnements, en me concentrant sur des chansons de Marianne Faithfull, dont autrefois, si cela peut intéresser quelqu'un, j'étais douloureusement amoureux. Grâce à tout cela, probablement, je me suis trouvé dans une bulle hors du temps et de l'espace, sans m'inquiéter des autres, en l'occurrence à la possibilité encore une fois que quelqu'un pût m'attendre devant l'entrée de mon immeuble. Je suis donc rentré chez moi, me suis déchaussé, j'ai bu deux verres d'eau et essayé de me reposer dans un fauteuil face au téléviseur. Pendant un moment j'ai regardé fixement l'écran noir, puis, bien que les muscles de mes jambes n'eussent pas encore cessé de trembler, je suis passé à mon bureau où j'ai allumé l'ordinateur. J'ai relu mon texte, y ai apporté quelques menues corrections, puis j'ai ajouté une dernière partie sur le vernissage, en mettant plus particulièrement l'accent sur le geste symbolique du critique qui s'était senti tenu de manifester sa solidarité avec l'artiste menacé en déchirant son texte. Peut-être devrions-nous tous agir ainsi, ai-je écrit, exprimer notre solidarité en détruisant une partie de nos œuvres avant qu'elles ne le soient par d'autres. On dit que les Danois ont sauvé leurs Juifs lors de la Seconde Guerre mondiale en portant tous des brassards jaunes ; peut-être nous aussi sauverons-nous nos Juifs et nous-mêmes en acceptant d'être au même titre victimes de violence. Et voilà. Même si j'avais voulu dire encore quelque chose, je ne l'aurais pu, car le texte était déjà trop long, et pendant que je l'imprimais, je me préparais aux échanges d'arguties avec le directeur de rédaction qui m'attendaient le lendemain. Voyant sa longueur, le directeur n'a même pas voulu le lire. Raccourcis-le d'abord, a-t-il dit, et puis on pourra en parler. J'ai songé au matou Félix, mais je n'ai tout de même pas voulu m'en servir comme d'une sorte de méthode de persuasion. Au lieu de cela, j'ai insisté auprès du directeur pour qu'il lise mon texte avant de prendre une décision, que j'accepterais, ai-je dit, quelle qu'elle fût. Il devait s'avérer que j'avais bien fait : la secrétaire du directeur de rédaction m'a dit que Félix avait disparu, c'est-à-dire qu'il est considéré comme disparu puisqu'il n'était pas rentré depuis cinq jours, et le directeur, affirmait-elle, avait vraiment beaucoup de peine ; qui sait donc comment il aurait réagi si j'avais demandé des nouvelles du chat. J'étais donc assis au bureau de la secrétaire, dans un fauteuil en plastique proche du portemanteau, pendant que le directeur, derrière sa porte fermée, lisait ce que j'avais écrit. Puis la porte s'est ouverte et il m'a appelé en repliant son index. Je me suis levé, j'ai jeté un regard à la secrétaire, qui m'a fait un clin d'œil, et j'ai doucement refermé la porte derrière moi comme ferait quelqu'un qui quitterait ce monde. Le directeur ne m'a pas proposé de m'asseoir, si bien que je suis resté debout près de la porte, la main posée sur le bouton pour le cas où j'aurais à quitter en vitesse le bureau. Je dois dire, a dit le directeur, que le texte est bon. J'ai pu souffler, lâcher le bouton, et même sourire. Mais, a continué le directeur, il serait encore meilleur si on l'abrégeait et l'adaptait à l'espace prévu pour cette rubrique. Bien entendu, le sourire a disparu de mon visage. Alors, quoi, ai-je demandé, il va falloir que je le découpe ? Le directeur s'est frotté le menton et a lissé ses cheveux : c'est tout juste s'il ne s'est pas léché les mains, comme un matou. Cependant, a-t-il dit, bref ou long, il est tout aussi risqué de le publier, si risqué que je ne suis pas sûr que tu mesures l'ampleur du danger. Il me considérait sans ciller. Je ne cillais pas moi non plus. Personne n'aime être apostrophé aussi ouvertement, a dit le directeur. C'est la manière dure qui est actuellement en vigueur, a-t-il dit, ce qui implique que d'imprévisibles réactions d'inconnus sont virtuellement plus dangereuses que le danger qu'implique l'article. Il m'a demandé si j'avais bien pesé tous ces facteurs en écrivant mon texte. Je n'ai songé à rien d'autre, ai-je dit, qu'à la vérité. Je me sentais, je l'avoue, comme un des protagonistes de l'affaire du Watergate, même si ce que j'avais fait n'impliquait aucun complot politique ou ethnique, ne dénonçait aucun homme politique éminent ou grand personnage public, ne dévoilait ni secret ni intention cachée. S'il y avait là quelque chose — et il y avait là quelque chose — c'était une mise en garde contre un état d'esprit collectif particulier, que l'on pouvait justifier par la situation historique et le long isolement dans lequel le pays était tenu sur la scène du monde, mais qui, comme certaines maladies, risquait, à moins d'être combattu sans tarder, de devenir un mal chronique, non seulement incurable mais une source potentielle d'états encore plus graves et plus dévastateurs. Je parle de tout cela comme d'une maladie, ce qui, d'ailleurs, n'est pas loin de la vérité. La haine est bien une maladie et elle naît quand l'équilibre indispensable au fonctionnement normal de l'esprit individuel et collectif est rompu. Pour éprouver de la haine envers autrui, il faut d'abord se détester soi-même, pour une faiblesse ou une incapacité qui nous mine et dont nous ne voulons pas chercher le responsable en nous-même, où véritablement il se trouve, mais en quelqu'un d'autre, pas en n'importe quel autre, mais en celui qui, par la nature des choses, est suffisamment visible, mieux encore, suffisamment désarmé et ne peut ni se cacher ni se défendre. En résumé, mon intention n'était pas de dénoncer la vague de haine momentanée, encore que toute manifestation de haine doive toujours être stigmatisée, mais de prévenir les dérives possibles, si les fissures de l'esprit collectif n'étaient pas colmatées ou si l'on n'empêchait pas certains individus et certains groupes de mettre habilement ces fissures à profit pour faire leur propagande et accomplir leurs desseins. À présent, en couchant tout cela sur le papier, je constate que je n'ai pas atteint mon but, autrement dit je comprends que mes avertissements — tout comme ceux d'autres personnes qui pointaient le doigt sur des phénomènes sociaux semblables — sont arrivés trop tard, au moment où ils ne pouvaient plus rien changer. La balance de l'esprit était tellement surchargée qu'elle s'est détraquée, au point de ne pouvoir être réparée, pour ainsi dire. En outre, qui aurait pu croire que le pays, à peine un an plus tard, serait sciemment sacrifié avec l'intention, notamment, de renforcer dans l'esprit collectif ce qu'il avait de plus tordu, sa recherche paranoïaque des responsables parmi les autres, ce qui affranchissait les véritables fautifs. Je ne savais encore rien de tout cela pendant que je restais là, la main de nouveau posée sur le bouton de la porte, tout entier dans l'attente de la décision du directeur. Il a levé le regard sur moi, et j'ai subitement compris qu'il ressemblait à un chat, c'est-à-dire au matou Félix, lequel devait certainement ressembler au directeur. Je me suis demandé si je ne devrais pas m'enquérir du sort du matou, exprimer ma préoccupation de son absence. J'ai senti une goutte de sueur qui s'était formée derrière mon oreille glisser lentement le long de mon cou. C'est un dilemme du type de celui que l'on trouve dans le conte *Le Royaume des ombres*[1], a dit le directeur : si je le publie, je le regretterai, et si je ne le publie pas, je le regretterai aussi. Je n'ai rien dit. J'ai levé la main et du bout de l'index j'ai essuyé la goutte de sueur à mi-chemin du col de ma chemise. Nous allons le publier, a dit le directeur en détournant les yeux comme s'il avait eu aussitôt honte de sa décision. Nous allons le publier, a-t-il répété, on verra bien ce que ça donnera. Ça ne donnera rien, ai-je dit. Si ça ne doit rien donner, a-t-il fait en me regardant, pourquoi alors le publier ? Ça ne donnera rien de mauvais pour nous, ai-je répondu, c'est ce que j'ai voulu dire. Je le croyais réellement. Qui eût pu prévoir ou supposer le bruit, la fureur et tout ce qui s'est ensuivi quand les événements se sont précipités, s'épaississant comme une soupe trop cuite ? Mais si l'on savait tout à l'avance, on peut se demander si la vie aurait un sens quelconque. C'est pourquoi les systèmes de prophétie comme le *Livre des changements* chinois ne parlent pas de l'avenir comme d'un schéma préétabli que l'on peut apprendre, mais offrent une préparation à ce qui, bien qu'imprévisible, arrivera. Le yin et le yang se succèdent, des lignes se rompent et, rompues, se reconstituent ; après le printemps vient l'été, l'hiver succède à l'automne, mais personne ne peut dire avec certitude quel jour il pleuvra. C'est pourquoi pendant la saison des pluies l'homme sage portera avec lui son parapluie, alors que l'écervelé ira tête nue et, bien entendu, sera trempé quand la pluie tombera. La sagesse ne consiste pas

1. Conte populaire serbe : un roi et son armée descendent dans un monde souterrain, où ils marchent, dans le noir, sur des sortes de cailloux. Une voix les avertit que ceux qui en prendront le regretteront et que ceux qui n'en prendront pas le regretteront aussi. Une fois remontés à la lumière de notre monde, ils voient que ce sont des pierres précieuses. Alors ceux qui n'en ont pas pris le regrettent, et ceux qui en ont pris regrettent de ne pas en avoir pris beaucoup plus.

en connaissances précises, mais en aptitude à nous adapter aux circonstances le plus rapidement possible. C'est ainsi que le sage ne sort pas sans parapluie même par un jour ensoleillé, car souvent l'orage éclate si promptement que personne n'a le temps de fermer les fenêtres et qu'il faut ensuite ramasser l'eau dans des seaux et des cuvettes à l'aide de serpillières, en se demandant si les parquets ne vont pas gauchir ou les moquettes moisir. Je ne sais même pas pourquoi je raconte tout cela ; peut-être parce que je me remémore quel a été mon plaisir quand le directeur a annoncé sa décision : c'était un de ces ravissements qui inspirent une irrépressible volubilité, à laquelle je me suis abandonné, une fois sorti de son bureau, en parlant à sa secrétaire. Même après que celle-ci m'eut littéralement poussé dans le couloir, j'ai continué à marmonner, de sorte que, dans l'ascenseur, deux femmes et un gros homme n'ont cessé de me lancer des regards soucieux. Ne vous inquiétez pas, leur ai-je dit, c'est juste que je suis heureux. C'est alors que leurs regards sont devenus véritablement inquiets, un peu menaçants même, car si quelque chose pouvait être suspect, c'était bien le bonheur. Qui peut encore être heureux actuellement, disaient leurs regards. J'ai cessé de murmurer et de susurrer, je me suis mis à siffler. Le gros homme me toisait ouvertement, si ouvertement que même sa bouche s'est ouverte, tandis que les deux femmes ont croisé les bras sur leur poitrine, ce qui à tout coup devait être un signe d'extrême répugnance. Je n'ai pu que leur tourner le dos, mais j'ai continué de siffler, plus bas, il est vrai, entre les dents, mais assez distinctement, d'abord *Yellow Submarine*, puis *Je voudrais te tenir par la main*. Je n'ai pas sifflé longtemps ; l'ascenseur s'est arrêté, la porte s'est ouverte, les femmes se sont précipitées dehors, le gros homme haletait à leur suite, et moi, tout en continuant de siffloter, je me suis dit que je devais m'offrir en récompense un verre de limonade et un gâteau, et je me suis dirigé lentement, en traversant le centre-ville, vers la pâtisserie au coin de la rue de Macédoine, celle que Marko appelait la « dernière oasis », affirmant que c'était un des rares endroits de Belgrade à avoir conservé l'esprit de l'époque précédente. Je me suis de nouveau demandé ce que devenait Marko, pourquoi il avait subitement disparu, si tant est qu'il eût disparu, et j'ai alors cessé de siffler. Il est difficile de siffler quand quelqu'un vous manque. La bouche devient sèche, le cœur fléchit, plus rien ne passe les lèvres pincées. C'est pourquoi j'ai bu un premier verre de limonade debout devant le comptoir, puis j'ai demandé un autre verre et un gâteau et me suis assis à une table. Dans le miroir, j'ai vu un visage qui devait être le mien, mais je n'en étais pas sûr. Mon regard est tombé sur un journal déplié que le pâtissier avait posé sur une table voisine quand il s'était levé pour me servir. Mon attention n'avait pas été attirée par un titre ou une photo, mais par un poème en haut de la page de droite. Je suppose que le pâtissier ne lisait pas de poésie, que ce qui l'intéressait c'était la page de gauche, où l'on voyait nettement de gros titres annonçant des accidents de la route et une tragédie familiale à Zaïétchar. Les vers devaient sans doute lui sembler moins attrayants que les faits divers, d'autant que le printemps régnait sur la ville et que la poésie s'intitulait *Poème d'hiver*, comme je l'ai vu en me penchant un peu vers la table voisine. Plus tard, j'ai acheté le journal, découpé le poème que j'ai appris par cœur et rangé quelque part, puis perdu lors d'un de mes nombreux déménagements, si l'on peut appeler déménagements des voyages avec une valise et un petit sac à dos dans lequel je transportais ce que j'avais de plus précieux : mes papiers, quelques photos, des affaires de toilette, mes manuscrits, un petit dictionnaire anglais-serbe, des crayons et un stylo à plume. Personne ne se sert plus de stylo à plume, je sais, moi non plus je ne m'en sers pas vraiment, mais je le porte par superstition, persuadé que rien ne pourra m'arriver aussi longtemps que le pélican sur le stylo ne déploiera pas ses ailes. Cela paraît absurde, mais quelle superstition ne l'est pas ? Si j'avais alors appris par cœur ce *Poème d'hiver*, c'est que je m'étais persuadé qu'avec lui je n'aurais à craindre ni l'hiver ni le froid, où que je puisse me trouver. Un moment est venu où je me suis aperçu que l'oubli avait fait son travail, que je ne me rappelais plus que le commencement et la fin du poème et, dès lors, je n'ai pu retourner dans des régions plus chaudes. Le jour où j'aurai aussi oublié le commencement et la fin, je serai arrivé si profondément — ou plutôt si haut — dans le nord que mon monde tout entier sera réduit à un rideau de givre. Le poème commençait par les mots : « Bonjour, hiver glacé, bonjour à toi qui pétrifies l'eau et figes l'huile », et parlait à la fin de « la petite flamme de vérité sauvage » qui s'élance gaiement, ou quelque chose d'approchant, « en ce mendiant qui ne tend pas la main par nécessité, mais pour que les autres puissent faire un don ». C'est cette fin qui m'a alors bouleversé, et il s'en est fallu de peu que je ne fonde en larmes au-dessus de mon gâteau. Heureusement, le pâtissier a repris son journal et j'ai pu me consoler avec ma limonade, après quoi plus rien ne m'a retenu là. Je me suis dirigé vers la place Térazié. Le jour était ensoleillé et chaud, les jeunes filles avaient promptement retrouvé leur garde-robe d'été qui dévoilait plus qu'elle ne cachait, alors que moi je songeais à l'hiver au point d'avoir envie de me frotter les mains. Près de l'hôtel Moscou, je suis descendu dans le passage souterrain et, de l'autre côté de la place, j'ai pris la direction de l'Assemblée fédérale et, ayant traversé le jardin, je me suis engagé dans la rue Palmotitch. Je ne marchais pas au hasard : je suivais l'itinéraire que Marko prenait souvent et, chemin faisant, je jetais un coup d'œil dans les bistrots qu'il fréquentait. Je ne l'ai trouvé nulle part. C'étaient des visages vides qui se tournaient vers moi, et même si je leur avais posé des questions, ils n'auraient pu me donner aucune réponse. J'ai continué jusqu'à la rue de Takovo, où j'ai attendu un bus pour aller au square de la Couronne Verte, où, m'étant ouvert un chemin à travers la foule chaotique de camelots, j'ai pris le bus de Zémoune. Pourquoi n'ai-je pas poussé ce jour-là jusque chez Marko ? Parce que j'entendais en mon for intérieur une sorte d'avertissement, encore qu'il se peut que ce ne soit pas exact, mais c'est désormais ce que ma mémoire me dit, et l'on sait bien que la mémoire est la plus grande des menteuses, capable de changer du tout au tout du jour au lendemain, en fait, d'heure en heure, il faut le reconnaître, comme il vaut mieux reconnaître que j'ignore pourquoi je ne suis pas allé chercher Marko chez lui. Je me disais par moments qu'il était peut-être dans une de ses périodes amoureuses, ce qui lui arrivait fréquemment quand il rencontrait une nouvelle fille. Alors, pendant des jours il ne sortait plus de chez lui ou, plus exactement, de son lit, mais toujours, au bout de deux ou trois jours, il m'appelait pour m'annoncer qu'il était au septième ciel. Une fois il m'a appelé alors qu'il faisait l'amour avec sa dernière conquête, et quand j'ai répondu, il a posé le combiné sur l'oreiller de telle manière que je puisse entendre pendant une dizaine de minutes leurs halètements, leurs baisers mouillés, le grincement du lit et les claquements de leurs bassins rappelant ceux des paumes humides. Qu'en dis-tu, m'a-t-il demandé en reprenant le combiné, comment as-tu trouvé la musique ? Je ne savais pas très bien quoi lui répondre, alors j'ai dit que le refrain m'avait bien plu. Marko a ri et je l'ai entendu répéter mes paroles à son amie, puis elle aussi a ri, a dit quelque chose, et tous les sons ont recommencé, si bien que tout en douceur, probablement pour ne pas les effaroucher, j'ai raccroché. Il ne m'a jamais dit qui était cette fille. Les souvenirs sont des appâts pour les crédules, combien de fois vais-je devoir me le répéter ? Un moment vient pourtant où ce qui est déjà arrivé revêt plus d'importance que ce qui va seulement se produire, alors que ce devrait toujours être le contraire, et où les détails secondaires, comme ce halètement dans le combiné, nous apparaissent comme des facteurs déterminants pour tout ce qui nous attend. Arrivé devant l'immeuble où j'habitais, j'ai ouvert la porte et je suis entré dans le hall qui sentait le moisi, j'ai jeté un coup d'œil dans ma boîte aux lettres, où il n'y avait que quelques publicités, des offres immobilières pour l'essentiel. Je les ai froissées et j'allais les jeter dans une boîte en carton que quelqu'un de prévoyant avait placée sous les boîtes aux lettres, quand j'ai aperçu sur un des imprimés un cercle avec le yin et le yang entrelacés. Je l'ai retiré du tas et défroissé. Cours de tai-chi pour débutants, pouvait-on lire, mardi et jeudi de dix-huit à vingt heures. Suivait une adresse qui ne me disait rien, ce qui pouvait signifier qu'il s'agissait d'une rue dans les hauteurs de Zémoune, que je ne connaissais pas, ou de l'une de celles, et elles étaient nombreuses, dont on venait de changer le nom. Il est impossible, me suis-je dit, que la présence de ce petit prospectus, qui n'est certainement pas sans rapport avec l'affiche que j'ai vue sur une porte de la rue Zmaï il y avait près de deux mois, soit dépourvu de toute signification. Assurément, aurait dit Marko avec ironie s'il s'était trouvé auprès de moi, puisque c'est nous qui attribuons une signification aux choses qui, en elles-mêmes, n'en ont aucune. J'ai refermé ma boîte aux lettres et commencé à monter l'escalier. C'étaient nos différences qui nous avaient attirés mutuellement pendant toutes ces dernières années, et il n'y avait pas de raison qu'il en allât autrement maintenant, même si Marko n'était pas réellement présent. Aucune saleté ne m'attendait devant ma porte, rien n'y était écrit, le bouton de sonnette n'était pas enduit de merde, le mur des deux côtés de ma porte était propre, si bien que j'ai pu pousser un soupir de soulagement. Je suis entré dans l'appartement plein d'ombres verdâtres à cause des stores baissés et me suis écroulé dans un fauteuil où, les yeux fermés, je me suis doucement massé le front et la racine du nez. J'aurais pu m'endormir sur-le-champ, tellement je me sentais fatigué. C'était l'effet d'une relaxation trop brusque, et le sommeil m'aurait certainement fait du bien, mais je n'osais pas m'y abandonner, car Margareta m'avait dit la veille qu'elle me téléphonerait dans la soirée. Avais-je seulement cru l'entendre ou avait-elle vraiment parlé de triangles qui commençaient à s'ouvrir ? Il se pouvait aussi que j'y eusse simplement songé à un moment, un moment dont je ne me souvenais plus. Et que penser de ce qui était arrivé pendant le trajet en taxi ? Et comment pouvait-on vivre uniquement avec des questions, dans un univers où même les réponses sont formulées comme de nouvelles questions ? Je me suis massé les yeux du bout des doigts, en exerçant une pression à peine sensible. Quand je les ai rouverts, il ne faisait pas tout à fait noir dans la chambre, mais les ombres vertes étaient devenues plus épaisses. J'ai consulté ma montre : je venais de dormir pendant une quarantaine de minutes, et j'avais probablement ronflé, bouche grande ouverte, puisque le côté gauche de mon visage — une partie du menton et de la joue — était couvert de salive séchée. Je suis allé à la salle de bains. Dans le miroir, mes traits étaient froissés comme une feuille de papier. Je me suis débarbouillé, j'ai enduit mon visage de crème, lissé mes cheveux. J'ai de nouveau pensé à Margareta et à sa main dans le taxi, et j'ai senti mon sexe durcir. Je n'y pouvais rien. De toute façon, cette créature vit sa propre vie et moins je m'en mêle, ai-je dit à mon image dans le miroir, mieux ça vaut. J'ai glissé la main dans mon pantalon pour le déplacer un peu et le libérer de l'entrave du tissu et au même instant le téléphone a sonné. Je n'ai pas répondu. Il était trop tôt pour que ce fût Margareta, et aucun autre appel ne m'intéressait. Je suis resté là à tenir mon pénis dressé en attendant que la sonnerie s'arrête. Cependant, je n'avais pas prévu la persévérance de la personne qui appelait, car la sonnerie ne s'interrompait pas, si bien que mon pénis a fini par retomber. J'ai eu mal aux jambes à force de rester debout sans bouger, et j'ai senti que celui qui appelait me voyait de l'endroit où il se tenait, qu'il savait que j'étais là, tout près du téléphone, et que s'il laissait sonner, ce n'était plus pour la raison qui l'avait poussé à m'appeler, mais pour me jeter à la face, ou plutôt dans l'oreille, que j'étais une crapule et un affreux jojo, et qu'il était grand temps de lâcher cet organe flasque et de saisir la rondeur lisse, incontestablement ferme, du combiné. En me déplaçant avec précaution à travers l'appartement et en me cachant derrière les meubles et les murs, j'ai fait le tour des fenêtres, observé de derrière les rideaux les immeubles en face, les fenêtres et les toits, m'attendant à apercevoir quelque part celui qui m'espionnait. Les toits étaient déserts, il n'y avait personne sur les balcons, les fenêtres étaient fermées et à une distance telle qu'il était tout simplement impossible de m'assurer que l'on m'épiait derrière un rideau ou entre les lattes des stores. Aux aguets, je m'efforçais de voir de mon mieux et promenais mon regard sur les toits et les façades, maudissant l'indécision qui m'avait empêché d'acheter de nouvelles jumelles, une longue-vue ou un appareil photo avec téléobjectif, quelque chose qui m'eût permis de mieux voir de loin, pendant que le téléphone, derrière moi, sonnait frénétiquement. De temps à autre je me tournais vers lui et lui lançais un regard sévère, comme si ma sévérité pouvait le terrifier et lui imposer le silence. Je ne comprends toujours pas pourquoi je ne l'ai pas tout simplement débranché, ou plus exactement pourquoi il m'a fallu autant de temps pour songer à ce moyen. Quand j'ai enfin retiré la fiche de la prise, le silence s'est posé sur mes oreilles comme un baume. J'ai encore une fois fait le tour des fenêtres, sans remarquer aucun changement. L'image de l'homme dans l'arbre de ma cour m'est revenue en mémoire. Marko s'était alors moqué de moi, et il est vrai que je n'avais trouvé aucune trace du passage d'un homme quand, plus tard dans la journée, j'étais allé examiner le peuplier, ce qui ne m'avait pourtant pas rassuré. Je suis en effet de ceux en qui tout soupçon, même le plus léger, laisse une cicatrice durable, et il suffit que j'effleure plus tard du doigt le pli de cette balafre pour que le soupçon revienne dans tout son éclat, ou toute sa noirceur, ce qui est plus exact, réflexion faite. Le soupçon mène aux ténèbres, l'espoir à la lumière, il n'y a pas d'équation plus simple. Même Dragan Michovitch, s'il était là, en conviendrait, encore qu'il pourrait peut-être me conseiller de ne pas fourrer la lumière et les ténèbres dans les abstractions mathématiques, lesquelles, malgré tout, n'ont nulle part d'existence concrète. Les nombres ne sont ni des fruits portés par un arbre, aurait-il dit, ni des baies poussant sur des buissons épineux, ils ne sont rien, en fait, et quand tu crois qu'il y en a beaucoup c'est là qu'il y en a le moins. Un coup tu les vois, aurait-il dit en levant sa main ouverte, un coup tu ne les vois pas, aurait-il ajouté en fermant le poing, comme s'il n'y en avait jamais eu. J'ai beau à présent fermer et ouvrir la main autant que je veux, je ne peux reproduire cette magie. Je ne pouvais, là-bas, au cours des neuf semaines dont je parle, produire la moindre magie, et je m'avise aussitôt que ce serait une erreur d'appeler magie rien de ce qui pouvait advenir à ce moment-là, et cela pour la simple raison que la magie, comme l'a dit quelqu'un, est liée à la foi dans le pouvoir absolu de la parole, alors que ce qui se produisait, quelle que fût la part qui revînt au langage, concernait l'espace au-delà du langage, là où dans la paix du silence et l'harmonie des sphères demeure le monde mystique de l'indicible, qui, quel que soit l'effort déployé, ne peut être exprimé en paroles. Or même ce que je suis en train d'écrire, en faisant des pauses toujours plus fréquentes, en m'attardant toujours plus longtemps devant la fenêtre, bien qu'il n'y ait ici, du moins pas à proximité, ni toits ni balcons d'où quelqu'un pourrait surveiller mes faits et gestes, donc, même ce que j'écris présentement, en caractères menus, au stylo à bille, encore que j'aurais peut-être dû écrire tout cela au stylo à plume, si désuet que cela puisse paraître, mais maintenant il est trop tard, et même s'il n'était pas trop tard, cela ne changerait rien, tous ces mots, disais-je, toutes ces phrases embrouillées ne peuvent peut-être qu'entrebâiller la porte étroite qui ouvre sur l'espace où niche la vérité, où la réalité est vraiment la réalité et non pas une succession de reflets multipliés, entre lesquels se trouve celui de notre propre visage. Je me suis penché et j'ai rebranché le téléphone silencieux. J'ai décroché le combiné et l'ai approché de mon oreille. Celui qui avait appelé, quel qu'il fût, n'insistait plus.

La ligne était libre, j'ai pu souffler et attendre tranquillement l'appel de Margareta. J'ai raccroché pour aller à la salle de bains. À présent, je ne me regarde presque plus jamais dans le miroir, sauf pour me raser, car je ne puis souffrir le spectacle de ce que les années ont infligé à mon visage, mais à l'époque où tout cela se passait, je m'examinais dans le miroir comme tout idolâtre, m'enduisais les joues de crème, enlevais des points noirs, coupais des poils, me brossais les dents plusieurs fois par jour. Parfois cela semblait ne jamais devoir finir, car toujours quelque chose de nouveau apparaissait, une rougeur, un bouton à presser sans attendre. Voilà encore une de mes digressions, encore une déviation sur une route secondaire, encore une tentative d'échapper à l'ordre indispensable du récit. Soit, mais personne ne pourra me persuader que la vie réelle est ordonnée comme un roman imprimé, qu'en elle tout est organisé et opportun, que diverses personnes apparaissent au moment où leur arrivée s'intègre exactement à l'action, pas une minute trop tôt ni une minute trop tard, et que tout le reste, absolument tout, mène au point culminant et au dénouement, après quoi il ne reste plus rien d'obscur. La vie est, pour le moins, un chaos, un chaos qui n'est pas dépourvu d'ordre, je l'admets, mais cet ordre est si compliqué, si embrouillé que même avec la meilleure volonté du monde nous ne pouvons le considérer comme un ordre. Je m'aperçois que j'écris parfois des phrases à la première personne du pluriel comme si j'étais habilité à parler au nom de quelque groupe ou population spécifique. Il n'en est rien, je suis seul, c'est à peine si je parle en mon propre nom, et je puis d'autant moins le faire au nom de qui que ce soit d'autre. Je ne suis tributaire de personne, hormis de moi-même, et encore je n'en suis pas toujours sûr. Mais je n'ai que trop parlé de moi. Je n'écris pas tout cela pour me présenter sous un jour favorable ou me forger un alibi pour ce qui est arrivé. À vrai dire, je ne sais même pas pourquoi j'écris. Le plus facile, c'est de dire : Je ne sais pas, a un jour dit Marko, ce à quoi j'ai rétorqué que ce n'était pas vrai, et que le plus difficile est de dire : Je ne sais pas ; et nous nous sommes querellés, inutilement, bien entendu, et sans conséquence, comme cela se passe entre amis. Qui ne sont plus des amis, dois-je ajouter, bien que cette amitié ait fini sans remontrances inutiles, aussi décemment qu'un divorce par consentement mutuel. Marko est parti dans une direction, moi dans une autre, et ni lui ni moi ne nous sommes retournés. Je ne me suis pas retourné, aurais-je dû dire, car si je ne l'ai pas fait, comment puis-je savoir ce que Marko a fait ? Je crois que lui non plus ne s'est pas retourné, comme je crois que dans son œil comme dans le mien une larme a brillé, que lui aussi a tendu l'oreille pour écouter le bruit des pas qui s'éloignaient irrévocablement, serré les poings et grincé des dents tandis qu'il luttait contre la voix de sa conscience, laquelle essayait de le persuader qu'il avait agi pour le mieux, même si à plusieurs reprises il lui a semblé que ses genoux flageolants allaient se dérober sous lui. On aurait dit les adieux de Roméo et Juliette, je le sais, mais les amis sont bien des amants, cela du moins est incontestable. Ce n'est pas à tout cela que je songeais, bien entendu, ce mercredi-là, tard dans l'après-midi, en attendant que Margareta tînt sa promesse. La seule pensée qui m'obsédait alors était la possible continuation de ce qui s'était passé la veille au soir, ce qui à ce moment-là me paraissait plus important que la recherche d'une réponse aux innombrables questions qui m'avaient empoisonné la vie durant toutes ces semaines. Mais lorsque Margareta m'a enfin appelé, je lui ai menti sans vergogne en disant qu'il me tardait de continuer notre conversation et d'obtenir quelques éclaircissements. Margareta a proposé que nous nous retrouvions dans l'appartement plein de livres, pas immédiatement, comme je l'avais espéré secrètement, mais plus tard dans la soirée. Je n'avais pas vraiment le choix : j'ai accepté, et quand nous avons mis fin à notre conversation, je me suis assis à mon bureau et j'ai repris le manuscrit du *Puits*. Je l'ai ouvert à la dernière page, celle de mon rêve. Comme tant de fois jusqu'alors, j'aurais juré n'avoir jamais vu cette page auparavant. Certes, la partie sur Hénoch me paraissait familière, mais l'illustration, un labyrinthe carré en plusieurs couleurs, quasiment un mandala, m'était tout à fait étrangère. Le dessin se trouvait au milieu de la page et le texte était écrit tout autour. Hénoch, fils de Yared, lisait-on, marchait par une journée claire le long d'un ruisseau, écoutant l'appel des oiseaux, quand tout à coup le ciel s'assombrit et, de très loin, pareils à d'énormes navires, commencèrent à s'avancer des nuages blancs et noirs, d'où, sur un grondement, parut le bras du Seigneur et se fit entendre une voix plus forte qu'un ensemble de trompettes, et cette voix puissante dit à Hénoch qu'elle est venue le chercher pour l'élever au ciel, où elle ferait de lui le témoin de toutes les turpitudes que les hommes commettent sur terre, et qui souillent les œuvres divines, pour que lui, Hénoch, comprenne la mesure de la colère de Dieu et sa volonté justifiée d'extirper le genre humain de la face de la terre, chose qu'il fera aussi facilement qu'Hénoch essuie une larme sur sa joue et, après ces paroles, sans attendre une réponse d'Hénoch, le bras, tel un tourbillon de fumée, l'enlaça et l'éleva en l'air à une vitesse telle qu'Hénoch craignit d'en perdre ses chaussures, mais en un ou deux cillements, il se trouva dans un magnifique palais, entouré d'anges qui le regardaient avec curiosité, et c'est là que le Seigneur allait le transformer progressivement en un être surhumain — avec soixante-douze ailes et des yeux innombrables — aussi grand que le monde, lequel était pour lors englouti sous les grandes eaux du déluge, et alors Dieu a donné à cet être le nom de Métatron et l'a proclamé prince de la présence divine, feu pur, feu qui marche, feu qui coule, feu qui nourrit la flamme céleste, d'où tout découle et où tout retourne, à condition de retrouver la bonne voie. Je suppose que l'on devait découvrir cette voie dans le labyrinthe carré, mais j'aurais eu besoin pour ce faire d'une meilleure lumière et d'une grande loupe. Sans cela, le lacis des voies paraissait inextricable. Je pouvais trouver une lampe, mais de loupe, je n'en avais pas, comme je n'avais pas non plus de jumelles ni qui sait quoi encore. Je devrais un jour dresser la liste de tous les objets dont j'ai besoin, pour ensuite me mettre à leur recherche et les acheter tous, afin de n'avoir plus à regretter après coup les occasions manquées. Je voyais déjà le début de cette liste : jumelles, loupe, taille-crayon, compas. J'ai tourné encore quelques pages du manuscrit, mais il n'y était plus fait mention de Métatron, ni non plus d'Hénoch. Deux pages étaient consacrées à l'emploi correct des sangsues ; une page tout entière présentait des copies de lettres dans lesquelles on discutait la question de l'établissement d'une école juive à Zémoune, que le Commandement général de Slavonie avait refusé définitivement en janvier 1814, se référant à la réglementation de 1753 qui autorisait les Juifs à résider dans la région à condition que leurs avoirs restent en l'état, leur interdisant d'acquérir de nouveaux biens immobiliers ; il est fait référence au même Commandement un peu plus loin, dans une lettre du 12 juin 1808, qui appelle à la vigilance à l'égard des Juifs de Zémoune et de Belgrade, car les bruits courent que c'est par leur intermédiaire que le consul de France à Travnik cherche à influencer les insurgés serbes ; sur la dernière page que j'ai regardée figurait, sans aucune mention de l'année, une liste d'artisans juifs de Zémoune, sous laquelle on trouvait copie d'une plainte des autres artisans de Zémoune accusant les artisans juifs de leur ôter le pain de la bouche et disant qu'il était grand temps que les autorités intervinssent à ce sujet, car on vit de pain, c'est-à-dire que sans pain on ne peut subsister longtemps, ce que les autorités devraient savoir même sans ce genre d'avertissement. Cela m'a rappelé que, à part un gâteau, je n'avais rien mangé depuis mon petit déjeuner. Je suis allé à la cuisine, j'ai préparé des œufs brouillés, versé du lait dans un verre, tartiné la dernière tranche de pain de confiture d'abricot, puis avalé le tout en un clin d'œil. J'aurais pu manger encore si mes recherches à la cuisine n'étaient restées infructueuses : comme ces artisans de Zémoune vieux de deux siècles, je n'avais plus de pain, mais contrairement à eux, je ne pouvais en rendre personne responsable. Margareta m'avait dit de ne venir qu'après onze heures, mais sans faute avant minuit, et pendant que j'attendais qu'il fût l'heure, le temps, pour qui sait quelle raison, s'écoulait de plus en plus lentement et la trotteuse mettait bien plus que soixante secondes pour faire le tour du cadran. Je me suis rappelé l'explication de Marko sur ce qui se passe quand le cannabis envahit notre corps et notre esprit : le temps, disait-il, s'accélère effroyablement et se met à passer avec une lenteur terrible. En effet, chaque fois que je fumais, je mesurais à quel point cette définition est juste, mais cette fois je n'avais pas fumé, ce qui impliquait qu'autre chose, et certainement pas les œufs que j'avais mangés, avait envahi mon esprit de la même manière que du cannabis. Je me suis demandé si Margareta fumait et je n'ai pas su quoi penser. Dans les années soixante-dix et quatre-vingt du siècle dernier, il semblait que tous les jeunes habitants des villes consommaient du cannabis, mais au début des années quatre-vingt-dix cela a changé. Les drogues sont devenues plus chères et moins accessibles, l'alcool a connu un nouvel essor. Les alcools coulaient comme un fleuve, complétés vers la fin du siècle par une consommation accrue de divers sédatifs. Tout Belgrade usait de Valium et tout le monde avait les yeux brillants comme des phares de voiture. Margareta cependant n'avait pas ce regard miroitant, pas plus qu'elle n'avait le regard un peu vague ni le blanc de l'œil injecté de sang caractéristiques des fumeurs de haschisch. Ces réflexions ont réveillé en moi l'envie de fumer un joint et je m'apprêtais à chercher le papier à rouler, mais j'ai renoncé. Pour ma rencontre avec Margareta j'avais plutôt besoin d'avoir l'esprit clair. J'ai consulté ma montre : il était temps de partir.

Margareta m'a ouvert la porte, essoufflée, et nous sommes restés un moment à nous regarder et à attendre qu'elle reprenne son souffle. Non, a-t-elle dit alors, elle n'avait pas couru pour venir m'ouvrir, mais elle était montée sur un escabeau pour atteindre certains livres et en avait porté tout un tas, comme une brassée de bois, sur la table, et j'avais sonné à ce moment-là. Tout va bien, a-t-elle dit, elle espérait seulement que l'effort ne lui avait pas allongé démesurément les bras. Elle a levé ses membres supérieurs, les a examinés attentivement, et j'ai cru qu'elle allait me demander de les mesurer. Je n'aurais pas été surpris si elle m'avait tendu un mètre pliant ou à ruban, mais elle a simplement baissé les bras, s'est tournée puis dirigée vers l'intérieur de l'appartement. Je n'avais eu que le temps de remarquer un duvet doré sur ses avant-bras, pareil à celui que j'avais vu sur sa cuisse, encore que je croie maintenant avoir seulement imaginé ce dernier. Il est vrai qu'en ce temps-là ma vue était meilleure, je n'avais pas besoin de lunettes comme à présent, toutefois, en un instant aussi fugitif j'aurais difficilement pu remarquer une marque bien plus apparente, comme un grain de beauté ou un bleu, et d'autant moins d'infimes poils dorés. Voilà que je parle de petits poils comme si c'était l'élément le plus important de ce récit, alors que beaucoup d'autres choses, bien plus graves et plus chargées de sens attendent dans quelque recoin de mon esprit. Voilà encore une différence entre le réel et l'écrit : quand on écrit, on choisit sans limitation, alors que dans la réalité nous n'avons devant nous qu'un choix limité, parfois même pas autant. Bien des gens ont horreur des poils comme d'autres ont horreur des sangsues, et l'horreur à la vue d'un cheveu sur la soupe peut être égale à celle causée par une sangsue accrochée dans le pli chaud derrière le genou. Quoi qu'il en soit, ce soir-là Margareta portait un jean noir, je ne pouvais donc m'attendre à une confirmation de mon souvenir, du moins pas si tôt. L'appartement avait le même aspect qu'auparavant, encore que je n'aie pu me défaire de l'impression qu'il était cette fois en désordre. Sur le bureau, comme Margareta venait de le dire, il y avait des monticules de livres, et si elle les avait tous déplacés avant mon coup de sonnette, il n'était pas étonnant qu'elle eût mal aux bras. Il y a du thé à la cuisine, du jus de fruits au frigo, peut-être y a-t-il aussi de la bière, a dit Margareta en ajoutant que nous n'avions pas beaucoup de temps, sans préciser pour quoi faire, mais je me doutais que ce n'était pas pour ce que j'avais en tête. Je suis revenu dans le séjour à pas lents, la tasse de thé tremblant sur la soucoupe et le liquide débordant. Margareta était assise au bureau et fourrageait dans des papiers. J'ai regardé autour de moi : il n'y avait nulle place où s'asseoir. J'aurais pu m'asseoir par terre, mais alors je n'aurais pas bien vu Margareta, c'est-à-dire que je l'aurais regardée sous un angle bizarre, c'est pourquoi j'ai décidé de rester debout. Margareta ne m'a même pas jeté un coup d'œil, elle continuait à tourner des feuilles couvertes d'écritures, si bien que je commençais à me reprocher la naïveté qui m'avait fait croire que son invitation impliquait une suite à ce qui s'était passé la veille. Je sais à quoi tu penses, a dit Margareta sans lever les yeux d'un papier sur lequel elle s'était enfin arrêtée. Non, tu ne le sais pas, ai-je dit en tâchant d'empêcher ma voix de chevroter. Margareta m'a enfin regardé et j'ai compris que ses yeux, auxquels je rivais les miens, avaient de nouveau changé de couleur. Maintenant ils paraissaient glauques, alors que j'aurais juré qu'ils étaient pers, bien que je fusse en même temps persuadé qu'ils avaient toujours été marron clair. Après ce qui s'est passé dans le taxi, a continué Margareta, tu te demandes pourquoi nous perdons du temps avec des papiers quelconques au lieu de reprendre là où nous en étions restés. J'ai senti mes oreilles brûler. Ne sois pas gêné, a dit Margareta, et j'ai aussitôt cru que mes oreilles s'allongeaient de honte comme celles de Pinocchio, et qu'elle les voyait pointer à travers mes cheveux. Chaque chose en son temps, a dit Margareta, c'est de la sagesse ancienne, mais toujours valable. Elle a posé une feuille et en a pris une autre. D'ailleurs, les cabalistes considéraient que la nuit de vendredi à samedi était idéale pour faire l'amour, non seulement idéale, mais indispensable, et on savait même que le meilleur moment pour cela était le vendredi après minuit, en tout cas avant l'aube, car si l'homme et la femme le faisaient en début de soirée ou à l'aube, ils risquaient d'entendre des voix d'autres gens, ce qui pouvait inciter l'homme à songer à d'autres femmes, ce qui est déjà un péché. Elle m'a regardé et j'ai acquiescé d'un mouvement de tête, comme si l'on attendait de moi de confirmer l'exactitude de ses propos et de lui permettre de poursuivre. Par cet acte réalisé le jour du sabbat, qui commence le vendredi soir, au coucher du soleil, l'homme et la femme aident la Chekhinah à s'unir de nouveau à Dieu, renouvelant ainsi son essence divine et rétablissant l'harmonie dans le monde. J'ai dû m'avouer à part moi n'avoir jamais attribué à l'acte d'amour une telle importance, mais j'ai bien aimé l'image des amants portant sur leurs dos le monde exsangue, puis plongeant l'un dans l'autre afin de restituer au monde la splendeur disparue. L'organe sexuel mâle m'est apparu comme le levier que quelqu'un, je ne me rappelle plus qui, avait demandé afin de soulever le globe terrestre. Cependant, je n'ai pu comprendre pourquoi Margareta me disait tout cela. Si elle ne voulait pas, comme elle venait de le signifier, reprendre la chose où nous l'avions laissée, elle aurait pu me le dire sans toutes ces précisions sur le rôle de l'accouplement dans la conception cabalistique de l'univers. Le Talmud, a-t-elle dit, précise la fréquence à laquelle les maris sont tenus de faire l'amour à leur femme. Elle a consulté une nouvelle feuille où elle a lu que les ouvriers sont obligés de le faire deux fois par semaine, les âniers une fois par semaine, les chameliers une fois par mois et les marins une fois en six mois. Plus souvent, c'était permis, a-t-elle dit, mais moins souvent permettait à la femme de demander le divorce. Et les écrivains, ai-je demandé, qu'en dit-on ? Margareta s'est plongée dans ses papiers, les a feuilletés et a dit que les écrivains n'étaient pas mentionnés. Peut-être n'y avait-il pas d'écrivains à l'époque, ai-je dit, ou peut-être n'attendait-on pas d'eux qu'ils s'accouplent avec leur femme. Je ne saurais rien affirmer, a dit Margareta, mais il découle de cela que l'homme qui a un travail moins éprouvant et ne sort pas de chez lui est tenu de faire l'amour à sa femme plus souvent. Alors l'écrivain, ai-je dit, est condamné de le faire chaque nuit. Si tu le considères comme une condamnation, a rétorqué Margareta, la réponse est affirmative. J'ai ri. Tout est relatif, ai-je dit, le sexe aussi, mais je suppose que la nuit du vendredi au samedi est plus importante que les autres nuits de la semaine, n'est-ce pas ? Oui, a confirmé Margareta. Nous nous sommes tus un moment, puis je lui ai demandé si cela voulait bien dire ce que je croyais. Oui, a-t-elle dit, exactement. Elle n'a pas cherché à savoir à quoi je faisais allusion, et je ne lui ai pas non plus demandé de plus amples explications, mais la réponse était claire : il fallait attendre le sabbat. Le silence s'est encore installé entre nous, un peu plus pesant et plus long que le précédent. Margareta est retournée à ses papiers, et moi j'ai promené sans intention précise mon regard sur les livres entassés au sol et sur les étagères. Je suis allé à la cuisine et j'ai versé encore du thé dans ma tasse. Quand je me suis approché de son bureau Margareta m'a conseillé de m'asseoir, car elle se proposait, a-t-elle dit, de me raconter une histoire assez longue. Je n'aime rien tant que les longues histoires, ai-je dit. Plus elle sera longue, mieux cela vaudra, ai-je ajouté. Je me suis assis par terre près d'un tas de livres, sur lesquels j'ai posé ma tasse de thé. Ne t'inquiète pas, a dit Margareta en souriant, le récit ne va pas durer jusqu'au sabbat. Elle a pris une feuille de papier et, de ses yeux qui étaient à ce moment-là, j'en étais certain, verts comme ceux d'un chat, m'a considéré d'un regard presque sévère. Cette histoire, comme bien d'autres, a dit Margareta, commence par une mort, vers le milieu des années quatre-vingt, quand, à Belgrade, est décédé Salomon Alfandari. Il a été inhumé au cimetière juif de Zémoune, car en tant que natif de Zémoune, il appartenait à la communauté juive de cette ville. Quelques mois plus tard, sa veuve a apporté au musée d'Histoire juive trois grands cartons contenant les livres de son mari, des lettres, divers documents et photographies, ainsi que des manuscrits en serbe et en hébreu. Pendant les deux années suivantes, les cartons ont langui dans un coin du musée, puis les employés, las de résister aux insistances quotidiennes de la veuve Alfandari, ont dressé une liste de tout ce qui se trouvait dans ces cartons plutôt volumineux, et c'est ainsi qu'a émergé à la lumière du jour, ou plutôt à la lumière des tubes fluorescents d'une petite pièce du musée où la liste était dressée, un manuscrit rédigé en hébreu. Il n'avait pas de page de titre, et vu qu'il commençait par le mot « puits », les employés du musée l'ont inscrit sous ce titre sur la liste signée ensuite par la veuve Alfandari et un représentant du musée. Mais, attention, a dit Margareta, ce n'est pas le même manuscrit que celui qui se trouve chez toi et qui a été titré d'après l'original hébreu. Il s'est avéré plus tard, quand des hébraïstes du pays et de l'étranger ont procédé à des analyses du texte, que ce *Puits* en hébreu était un texte cabalistique, rédigé près de deux cent cinquante ans auparavant, à la limite de deux empires, l'autrichien et le turc, et des deux mondes, celui-ci et l'autre. Il n'y avait aucune indication précisant quels étaient ces mondes, a dit Margareta, aussi pouvait-on supposer que « celui-ci » désignait le monde où nous vivons, l'autre monde pouvant être partout. Deux autres années ont passé, et la traduction n'était pas terminée. Le manuscrit, disaient les traducteurs, n'était pas complet, il s'interrompait à plusieurs endroits, puis recommençait par des phrases sans aucun rapport avec les fragments précédents. En outre, il était plein de citations empruntées à d'autres sources cabalistiques, parfois avec une référence à la source, mais bien plus souvent sans aucune indication. Les mêmes citations ont été recopiées plusieurs fois et attribuées parfois aux différentes éditions et même aux différents auteurs, ce qui renforçait l'impression que l'auteur avait délibérément voulu brouiller les pistes. C'était comme si le manuscrit était vivant, a dit l'un des traducteurs, et déterminait à notre place, d'une manière étrange, ce que nous devions faire de lui. Pendant ce temps, dans une des réalités, a dit Margareta, commençait une guerre, et après les conflits en Slovénie et en Croatie, c'était au tour de la Bosnie. Devinant que les pires hostilités éclateraient justement là où l'amitié était mise en avant avec le plus d'insistance dans les discours, les Juifs de Sarajevo se sont mis à quitter la ville. Parmi quelques centaines de Juifs arrivés à Belgrade, se trouvait Paul Salom, un parent éloigné de Salomon Alfandari. Son sac de voyage contenait, hormis un peu de linge, un gros pull et ses pantoufles, deux choses : un album de photos de famille, conservé au musée, et un manuscrit en hébreu dans lequel on a découvert un complément du manuscrit dont les traducteurs n'avaient pu venir à bout. Il a fallu quelques mois pour intégrer correctement les fragments du nouveau manuscrit à l'ancien, mais il en est pourtant resté certains, assez nombreux, qui n'ont pas trouvé leur vraie place et qui, telles des planètes, gravitaient autour du noyau du manuscrit. Un hébraïsant belgradois, Eugène Werber, a été le premier à développer pleinement l'idée du manuscrit comme organisme vivant, idée qui, comme je viens de le dire, a ajouté Margareta, circulait déjà parmi les commentateurs et les traducteurs. D'après Werber, l'auteur du manuscrit a conçu son écrit selon la technique cabalistique d'animation d'une matière inanimée, donc selon la technique de la création des golems, modifiée de manière à rendre vivant le texte lui-même, à le rendre autosubsistant, bien que sans mobilité physique. Autrement dit, sans être une étrange créature qui marche, le manuscrit possédait la capacité de se transformer lui-même, comme s'il était à la recherche des meilleures solutions touchant à sa structure et au sens même du texte. Werber a été aussi le premier à remarquer que le manuscrit pouvait, pour ainsi dire, a précisé Margareta, être transmis à la manière d'un virus : si un fragment complet du manuscrit était incorporé à n'importe quel autre texte, dans quelque langue que ce fût, cet autre texte commençait à se comporter de la même manière, donc à devenir vivant. C'est ainsi que s'est constitué le manuscrit qui se trouvait chez moi, a-t-elle dit, c'est-à-dire que des fragments du *Puits* ont été insérés dans les matériaux concernant les Juifs de Zémoune, et comme j'ai pu m'en rendre compte, a-t-elle dit, le manuscrit est toujours à la recherche de sa forme définitive. Comme s'il était fait de sable, ai-je dit. On pourrait dire plutôt, a continué Margareta, que le manuscrit original a fonctionné à la manière de nos logiciels actuels et que dans le cadre de ce logiciel il y avait un noyau, le cœur du logiciel, que l'on pouvait copier et introduire dans n'importe quel autre texte, car tout texte, c'est-à-dire toute langue, est en fait un logiciel qu'il est possible, avec les connaissances appropriées, de programmer à sa guise. Werber était, paraît-il, dans la bonne voie pour trouver comment fonctionnait le fragment nucléaire, mais sa mort a été prompte, nous laissant sans réponse. La traduction du manuscrit, c'est-à-dire d'une des versions du manuscrit continuellement changeant, a tout de même été achevée, et c'est alors, bien qu'on n'en parle pas, que l'original du manuscrit a été remplacé par une copie habilement exécutée, laquelle, dépourvue toutefois d'une vie propre, est conservée au musée d'Histoire juive, où l'on croit posséder le legs complet et non altéré de Salomon Alfandari et de Paul Salom. Je l'ai regardée. Maintenant je comprenais pourquoi dans mon manuscrit je n'arrivais jamais à retrouver ce que j'y avais déjà lu et pourquoi les pages changeaient de contenu, ou les contenus de pages, ce qui est tout un, et j'ai encore compris une chose, que j'ai aussitôt énoncée : C'est toi qui l'as pris, ai-je dit. Je dirais plutôt que je l'ai emprunté, a répliqué Margareta, et que je le rendrai assurément quand nous n'en aurons plus besoin. Nous, ai-je demandé, qui ça ? Ça, c'est la suite de l'histoire, a répondu Margareta, mais il ne sert à rien de se hâter, il y a un ordre qu'on ne peut bousculer, une voie que l'on doit suivre même si elle fait des détours. Je peux manquer de patience, je l'avoue, mais je sais aussi être obéissant, et même si toutes sortes de questions se pressaient dans ma tête, j'ai serré les dents. Si je dois me taire, ai-je dit, je me tairai. Dans ce cas, a dit Margareta, elle pouvait me lire une partie de la traduction du texte, lequel, comme elle venait de le dire, commence par le mot « puits », mot qui, il fallait le souligner, dans toutes les versions, restait toujours le premier. On ne sait pas vraiment ce que cela signifie, mais on peut supposer, a-t-elle dit, que c'est dans ce mot que se cache d'une certaine manière le mécanisme initial, une combinaison de lettres ou de sons qui met en marche ce que nous avons appelé le logiciel de modification. Elle m'a regardé droit dans les yeux, comme une institutrice cherche à s'assurer que son élève a compris ce qu'elle vient de dire et essayant de reconnaître dans les yeux de celui-ci l'étincelle de la compréhension ou la brume de la confusion. Il semblerait que Margareta ait vu une étincelle, car elle a levé la feuille de papier, l'a orientée de manière qu'elle fût mieux éclairée, s'est éclairci la gorge et a commencé à lire : Le puits, même dans les plus noires ténèbres, brille comme le palais céleste le plus élevé, et mes yeux n'ont jamais rien vu de plus beau. Nous sommes en l'an 5500, au mois de tamuz, et Belgrade est de nouveau aux mains des Turcs. Nos frères et nos sœurs, ces derniers mois, traversent le fleuve, laissant derrière eux même ce qu'ils auraient pu emporter et à plus forte raison ce qui n'est point transportable et aurait plutôt dû être vendu équitablement, et tandis que la plupart poursuivent leur chemin vers Novi Sad ou Ossiék, il en est également qui croient que Zémoune est l'endroit le plus propice pour s'établir, car il faut dire que les uns et les autres, les Juifs turcs et les Juifs autrichiens, espèrent retourner à Belgrade, les premiers parce qu'ils sont originaires de là-bas et sujets de l'Empire ottoman, qu'ils croient que les choses vont se calmer et qu'ils pourront retrouver leur foyer et leurs biens, et les seconds, ceux qui n'y séjournaient que depuis une dizaine d'années, parce qu'ils avaient goûté les charmes de cet endroit dont beaucoup disent que, par sa position dominant le confluent de deux grands cours d'eau, il est unique au monde. Chacun a le droit de se sentir comme il veut, je ne le contesterai à personne, mais c'est ici, à Zémoune, au bord du Danube, que le calme est bien plus profond, et puis, comme je viens de le dire, c'est ici qu'est le puits. Il s'en trouvera pour demander aussitôt comment on entre dans le puits, si l'on y descend ou si l'on y monte, j'en parlerai longuement plus tard, mais je veux tout de même souligner dès à présent que le chemin du puits est long et éprouvant, comme ces chemins des montagnes de Bosnie qu'il vaut mieux éviter d'emprunter la nuit, non pas à cause des bandits, mais à cause des précipices qui vous guettent dans l'obscurité et le silence, au bord du sentier glissant. Mais quel que soit ce chemin, il n'y en a pas d'autre, et celui qui s'y engage, seul ou avec deux compères, pourra difficilement revenir en arrière, ce qui veut dire qu'il doit s'attendre à de nombreuses épreuves et à bien des peines, ainsi qu'à des doutes continuels qui le harcèleront comme des sangsues dans l'eau d'un marais, tant qu'il ne sera pas arrivé à la forêt sombre où il trouvera le sentier menant au puits. Alors tout lui sera rendu au centuple et les récompenses terrestres et célestes pleuvront sur lui comme il n'aurait jamais pu l'imaginer, même en rêve. Autant le dire tout de suite : je sais que d'aucuns me blâmeront, ces gardiens de secrets qui exigent une discrétion encore plus stricte que celle que le Seigneur, béni soit-il, nous a recommandée, mais il me semble qu'il n'y a pas de secret qui tienne quand les malheurs accablent l'homme et, de même que les prescriptions du sabbat peuvent être enfreintes pour sauver la vie d'un homme en détresse, le secret du puits doit être dévoilé quand je vois, comme tant de fois dans le passé, nos frères et nos sœurs prendre le chemin poudreux de l'exil. Et même si l'exil ne devait jamais prendre fin, l'heure est venue de nous préparer à des choses bien pires qui vont seulement venir, des choses devant lesquelles l'histoire même sera frappée de stupeur, pour ne rien dire des hommes, c'est pourquoi il est indispensable de pouvoir nous défendre, or qui nous enseignerait l'art de la défense sinon nos ancêtres et nos sages, ceux qui ont eux-mêmes enduré les peines de l'exil et l'inextinguible cruauté des persécuteurs. Le puits est une chose merveilleuse, mais seuls peuvent y accéder les élus, rares dans chaque génération, et encore plus dans celles qui grandissent en temps de guerre et s'effritent par conséquent plus vite qu'en temps de paix. C'est pourquoi je sens qu'il est nécessaire d'exposer, de la manière la plus simple possible, tâche qui ne sera pas facile, la science de la levée des armes pour notre défense aux heures où nos frères et nos sœurs ne peuvent plus espérer aucun secours et doivent obligatoirement agir pour sauver leur vie. J'ai longtemps étudié la science secrète, j'ai passé bien des heures à étudier de jour comme de nuit des textes anciens, j'ai combiné lettres et nombres, j'ai psalmodié de cent manières le nom du Seigneur, béni soit-il, je me suis uni et je me suis séparé, je suis devenu lumière et je suis devenu ténèbres, tout cela dans le dessein de laisser aux générations futures un mât où hisser la voile de la résistance, même à l'heure où l'ennemi exulte, croyant que notre navire coule. Il ne coulera jamais, je vous le dis tout de suite pour vous consoler. J'ai vu l'avenir, peut-être vaudrait-il mieux ne pas en parler, mais aussi loin que je me suis avancé dans le temps, j'ai toujours trouvé des preuves que nos frères et nos sœurs subsistent dans le monde, aussi n'ayons pas peur que le Seigneur, béni soit-il, perde son peuple. Je vais maintenant présenter les sujets que je désirerais traiter. Je dis « désirerais » parce que ma santé n'est plus très bonne, et il est possible que je me taise avant d'avoir pu tout dire ou écrire, et c'est pourquoi je donnerai d'abord un aperçu, un résumé succinct, puis, si rien ne m'en empêche, les explications détaillées, ce qui est conforme au précepte transmis au rabbin Joseph Taitatsak par son maître, lequel disait qu'un style concis, qui permet d'épuiser rapidement le sujet, est la manière suprême d'écrire, celle dont se servent aussi les êtres célestes, tandis que les longs fragments sont un signe certain de la médiocre qualité d'un texte. Soit dit en passant, a précisé Margareta, son résumé a plus de cent pages, et s'il était jamais parvenu à écrire des explications détaillées, qui sait quel volume cela aurait fait. De plus, a-t-elle dit, pas mal de pages de cet ouvrage sont consacrées aux descriptions des diverses techniques employées pour acquérir la science suprême, et il y a là de tout : méditations, épuisement par le jeûne et les veillées, exercices de mathématique, jeux de mots et devinettes, et il est fort possible que la traduction ne soit pas toujours tout à fait exacte, bien que le sens ait incontestablement été préservé. Ici, par exemple, a dit Margareta en prenant une autre feuille, il décrit comment il a médité sans interruption pendant quelques jours et quelques nuits en pratiquant des permutations des lettres hébraïques, jusqu'à ce que des combinaisons du nom du Seigneur aient commencé à jaillir d'elles-mêmes, et voilà ce qu'il écrit ensuite : les lettres ont pris l'aspect d'étendues ténébreuses inconnues, de défilés dans de lugubres montagnes, où je me suis subitement trouvé seul, poursuit-il, et juste au moment où j'ai cru que j'étais perdu et que plus jamais je ne pourrais retourner dans mon monde, j'ai aperçu au loin une lueur, vacillante, comme un papillon, et, comme un papillon volette au-dessus d'une fleur, attiré par sa saveur, cette lueur s'est approchée et s'est mise à flotter au-dessus de moi, attirée par la réceptivité de mon âme à l'invite céleste. J'ai senti la lumière se déverser en moi, et quand j'ai baissé le regard sur mon corps, je l'ai vu rayonner, et de même que tout à l'heure la lueur errante m'avait éclairé, c'était maintenant moi qui éclairais ce qui m'entourait, tandis que ma main continuait d'elle-même à tracer de nouvelles combinaisons du Nom suprême et que mes lèvres remuaient en prononçant des mots qui apparaissaient devant moi comme des inscriptions sur un mur, chacune plus belle que la précédente, quoiqu'elles eussent aussi quelque chose de terrifiant qui, plus tard, quand tout a été fini, me faisait encore claquer des dents. Tout cela montre que dans une science de ce genre, comme dans toute autre, on doit respecter un certain ordre, ainsi que le prescrit la Porte de la Justice, où il est dit qu'il convient de purifier d'abord le corps de ses souillures, puis de faire de même pour l'esprit, d'où l'on doit chasser, ce qui est d'une importance particulière, toute trace de rancune et de colère, afin que l'esprit soit affranchi de toute sujétion, excepté à l'égard du Seigneur, béni soit-il, et de tout savoir, de quelque science qu'il relève, puis, une fois l'esprit et le corps purifiés et dépouillés, il faut s'isoler dans une pièce, propre elle aussi, prier et se consacrer à la permutation des lettres, pour que les pensées soient dirigées dans la bonne direction et afin d'éviter qu'un obstacle extérieur ne les fourvoie. Alors, le puits ne sera plus loin, mais cela ne veut pas dire que l'on puisse relâcher son attention et oublier la prudence, car le chemin qui conduit à l'intérieur n'est pas semblable à celui qui conduit à l'extérieur, et celui qui désirerait sortir, quelle qu'en soit la raison, doit d'abord s'y disposer, car s'il entre dans le puits sans s'être préparé au retour, ce n'est pas sur place qu'il pourra en acquérir la capacité. C'est qu'en sortant du puits, il retourne dans le monde impur, parmi des forces qui se précipiteront sur lui pour déchirer ses robes tissées de pureté et l'attirer de nouveau dans le monde de la lutte permanente entre le bien et le mal, dans lequel nous expions tous le péché originel d'Adam, et celui qui remonte du puits, quel que soit le temps qu'il y a passé, arrive exténué par l'effort de concentration et par là même est une proie facile pour tous les démons qui, tels des sangsues, se colleront à lui et lui suceront le sang jusqu'à ce qu'il succombe et tombe en leur pouvoir, mais mieux vaut ne rien écrire là-dessus maintenant, car pareille horreur pourrait facilement décourager ceux qui hésitent encore à aborder cette science et redoutent de glisser sur le chemin étroit menant à la porte infranchissable qui défend l'entrée du puits. Il a raison, a dit Margareta, il n'est de plus grand obstacle que de douter de soi-même. Elle m'a regardé comme si elle s'attendait à mon approbation, mais je n'ai rien dit. En effet, pour aussi intéressant que fût le texte qu'elle me découvrait, je n'arrivais à y trouver aucune explication à bien des choses qui ne m'étaient pas claires, et je craignais, si elle continuait ainsi, que nous n'aboutissions jamais à rien. Margareta a tourné quelques pages, en a pris une de la main gauche, une autre de la droite et, après une brève hésitation, a opté pour cette dernière. L'auteur, a-t-elle dit, s'est servi de différentes méthodes pour atteindre la connaissance mystique, y compris les larmes et le jeûne, et il a consigné ses nombreuses visions, parmi lesquelles celle que nous avons admise comme fondamentale et sur laquelle repose tout ce que nous avons ajouté. J'ai levé la main pour lui demander si elle ne pensait pas que, avant tout, il était grand temps qu'elle me dise qui étaient ces « ils » ou plutôt les « nous » dont elle parlait, et ensuite, qu'elle m'explique ce que c'était que ce puits dont il était question. Tout à l'heure, m'a promis Margareta, ce qui ne m'a pas vraiment convaincu, puis elle a décrit la vision de l'auteur qui avait servi de base à l'élaboration du projet tout entier. En bref, la vision commençait par une description du réveil qui permet de sortir de la « réalité chaotique » grâce à une « gifle qui n'est pas donnée avec la main », ce qui, comme au moment où j'avais rédigé ma réponse à l'annonce, m'a rappelé la question zen : quel son peut rendre l'applaudissement d'une seule main ? Je n'en ai jamais parlé à Margareta, ce que je comptais pourtant faire, mais voilà, ce n'est qu'à présent que je m'en suis souvenu, quand je ne peux plus l'atteindre. Nous passons la grande partie de notre vie à courir après nous-mêmes, autrement dit, nous sommes souvent de simples spectateurs de ce qui nous arrive, puis, assis à l'ombre d'un chêne ou d'un poirier, nous nous lamentons sur les occasions manquées. Je ne sais pourquoi il en est ainsi. Si l'on m'avait demandé mon avis, j'aurais sans doute conçu autrement le monde où nous vivons. Est-ce une idée sacrilège ? Certes non, car pourquoi soupirons-nous tant après le paradis ? Si ce monde-ci était le meilleur des mondes possibles, nous n'aurions pas besoin de croire à l'existence d'un jardin où hommes et femmes marchent nus et où les bêtes s'approchent d'eux pour lécher la sueur de la paume de leurs mains. Soit dit en passant, à en juger d'après les livres antiques, on imaginait ce monde idéal sans sexe, d'où il ressort que le péché originel a bien arrangé le Créateur, pour pouvoir chasser l'homme du jardin et lui recommander de se multiplier librement en réitérant son péché. Tout cela est embrouillé, aussi embrouillé que le grand tissage du complot qui se dévoilait progressivement derrière les paroles de Margareta. Complot n'est peut-être pas le mot le plus juste, mais aucun autre ne me vient à l'esprit, et il est exact qu'il se dévoilait progressivement. De toute évidence Margareta tardait délibérément à répondre à mes questions, qui venaient entailler de plus en plus souvent le tissu de son récit. On peut dire que nous tournions autour de ce puits comme des chats autour d'un pot de lait, sauf que les chats, à un moment, se mettent à laper le lait, alors que nous ne pouvions, ou du moins je ne pouvais accéder au puits. Mais je vais pourtant suivre un ordre, sans toutefois être sûr de l'exactitude de certaines indications. Après la gifle venait un récit sur la transmigration des âmes, dans lequel l'auteur de l'écrit, utilisant des preuves compliquées et des opérations mathématiques, affirmait connaître la voie par laquelle l'âme du célèbre cabaliste de Safed, probablement Isaac Luria, bien qu'on ne le dise pas nommément dans l'écrit, est passée d'un siècle à l'autre pour se retrouver, au moment où l'auteur du *Puits* écrivait son texte, dans le corps d'un simple porteur d'eau. Alléguant ses visions, l'auteur soulignait qu'il était toujours possible, au besoin, de retrouver cette âme en celui qui reconnaissait le sens de la gifle. Et si l'on en est arrivé au point où le besoin s'en fait sentir, continuait à lire Margareta, c'est que l'heure a sonné pour le reste aussi, et qu'il est temps de préparer les armes qui protégeront nos frères et nos sœurs comme les aurait protégés un golem grandiose, ce qui sous-entendait aussi que les corps des élus devaient remplacer la forme des lettres et devenir le langage même, que la disposition des séfirot devait s'accorder à l'étendue de la ville et, ce qui était le plus important, que l'union du roi et de la reine devait s'accomplir, c'est-à-dire la Couronne descendre sur le Royaume, le Seigneur, béni soit-il, faire de nouveau un avec la Chekhinah. Alors, et alors seulement, l'accès au puits s'ouvrirait, et ceux qui y entreraient ne le regretteraient pas. Après tout cela, me suis-je dit, nous voilà revenus au point de départ. J'ai regardé à gauche, j'ai regardé à droite, comme si je m'apprêtais à aller quelque part, mais je n'ai pas bougé. Margareta a interrompu sa lecture pour dire que je comprenais sans doute, maintenant, que tous les éléments étaient réunis, puis, voyant ma perplexité, elle les a tout de même énumérés : celui dans lequel se trouve actuellement l'âme de l'antique cabaliste reconnaît la gifle ; de ce fait, les autres le reconnaissent, lui, et commencent à préparer l'incantation nécessaire à la création d'un bouclier de défense grâce à un processus où les lettres sont formées par des corps ; les derniers mots sont formés la veille du sabbat, donc le vendredi au soir, puis ils marquent la disposition des séfirot dans l'espace de la ville, laquelle devient ainsi une émanation sacrée du divin, ce qui rend possible l'union du roi céleste et de sa reine ; cet acte lève le bouclier de défense et ouvre la porte du puits qui se trouve au centre même des séfirot, et aussi longtemps que le bouclier, invisible à un œil ordinaire, reste levé, la porte du puits, qui mène à l'autre monde, reste ouverte. Et ceux qui désirent partir, ai-je dit, peuvent s'éloigner en sécurité ? Margareta l'a confirmé. Je me demande encore si elle croyait réellement tout cela ou s'il s'agissait du geste de quelqu'un qui avait perdu tout espoir. Je pouvais le comprendre, même si je ne croyais pas que la situation politique et sociale dans le pays fût critique au point de conduire les membres d'un groupe ethnique à un acte aussi désespéré. Certes, ce qui, vu de l'extérieur, peut ne pas se deviner, peut en revanche être terrible vu de l'intérieur. Ce qu'il y a d'effroyable dans l'identité c'est qu'on ne peut s'en dépouiller comme un serpent se dépouille de sa peau, alors qu'il n'y a pas de pire geôle qu'une identité dont on doute ou que les autres ont taxée de détestable ou de malfaisante. Je l'ai vécu moi-même bien des fois durant ces années de guerres interethniques où j'ai été confronté aux préjugés contre l'identité serbe, et j'ai pu m'imaginer comment la chose se présentait dans le cas de la judaïté ou de telle autre identité négativement marquée de façon durable. Malgré cela, croire aux écrits cabalistiques à la fin du XXe siècle me paraissait tout à fait incroyable, surtout étant donné la popularité dont jouissait la cabale dans des cercles de snobs. D'autre part, je ne pouvais qu'éprouver du respect pour ceux qui s'étaient manifestement donnés tout entiers à cette cause et avaient fourni d'énormes efforts pour réunir des éléments épars en un ensemble sensé. L'idée, a dit Margareta, leur était venue au printemps 1992, lorsque les réfugiés juifs de Sarajevo étaient arrivés à Belgrade. C'est alors que les jeunes générations de Juifs avaient compris pour la première fois que l'exil était inscrit dans leurs gènes, ce qui avait intensifié les préparatifs du départ, tandis qu'en même temps la charge d'incompréhension et de sentiments ouvertement hostiles se mettait à peser de plus en plus lourdement sur la communauté juive. À cette époque-là était arrivée une première lettre qui, sur un ton venimeux, encore qu'étrangement calme, avertissait les Juifs de faire attention à ce qu'ils faisaient. Vous n'étiez déjà que trop nombreux parmi nous, disait-on à la fin de la lettre, mais maintenant, avec cette racaille arrivée de Bosnie, vous l'êtes largement trop, et vous devez donc vous-mêmes réduire votre nombre, sinon nous le ferons à votre place, et tout ce qui sape l'unité serbe sera sapé. La lettre était signée « Armée patriotique d'unité et de salut ». Personne ne connaissait cette organisation, mais personne non plus n'avait envie de s'assurer de son existence. Margareta avait eu vent de cette lettre par son père, qui était membre d'un certain nombre de conseils et de commissions de la communauté juive, ce qui l'a incitée à aller plus loin. La communauté a donc accru ses efforts pour diminuer la population des réfugiés à Belgrade en organisant leur départ en Israël, au Canada et dans divers pays d'Europe. L'Armée patriotique d'unité et de salut s'est manifestée par une seconde lettre où elle approuvait les Juifs qui quittaient ainsi la Serbie et promettait à ceux qui resteraient une vie correcte dans un ghetto quelque part au Kosovo. Les premiers graffitis ouvertement antisémites avaient commencé à apparaître sur les murs des bâtiments et des cimetières juifs, où des stèles étaient démolies ou profanées, et bientôt le nombre des textes de même nature s'est multiplié dans la presse, ainsi que les livres où l'on accusait les Juifs de presque tous les maux de ce monde. Elle savait que je savais tout cela grosso modo, a dit Margareta, mais elle voulait me présenter une image complète qui m'aiderait à comprendre même les détails dont il n'était pas fait mention, et très certainement, a-t-elle dit, je pouvais comprendre le malaise résultant de tous ces phénomènes, surtout si l'on y ajoutait d'autres faits : la guerre, l'inflation, le chaos politique, l'isolement du pays, la baisse du niveau de vie, l'insécurité généralisée. Bien sûr que je le comprenais, ce n'était même pas la peine de le dire. Quelques membres de la communauté juive, soucieux, a-t-elle poursuivi, réfléchissaient activement aux meilleures solutions à adopter dans cette situation, d'autant qu'ils étaient mécontents de la position officielle de la communauté, laquelle, sans approuver les autorités en place, tâchait d'éviter des conflits, considérant que c'était la meilleure manière de vivre en paix. Le groupe de mécontents, parmi lesquels elle se comptait, croyait à une approche plus agressive de ces problèmes et dilemmes, mais était toutefois resté divisé sur la question de définir la réponse adéquate, jusqu'au moment où quelqu'un s'était souvenu du manuscrit traduit. Elle ne pouvait se rappeler qui c'était, ou il serait plus exact de dire qu'elle ne voulait pas dévoiler l'identité des membres du groupe, ce qui était à son honneur, mais était aussi pour moi une source de frustration supplémentaire, pour la simple raison que dans la culture de rumeurs, dominante chez nous et dans laquelle j'avais grandi, l'importance des bruits qui courent augmente en fonction de l'importance de la personne qui les diffuse. Margareta n'a pas cédé et a raconté comment l'un d'eux, peut-être la même personne, peut-être quelqu'un d'autre, avait remarqué tout un ensemble de coïncidences entre une des visions de l'auteur et la réalité dans laquelle nous vivions. Considéré sous ce jour, le manuscrit s'était subitement imposé comme un moyen très concret de répondre à la situation dans laquelle la communauté s'était trouvée malgré elle plongée. Entre-temps, comme s'ils avaient senti que quelque chose se préparait, les adeptes de l'Armée patriotique de l'unité et du salut avaient renforcé leur campagne : d'une part, leurs lettres étaient devenues plus fréquentes, certaines avaient même été publiées dans les médias, tandis que par ailleurs augmentait le nombre d'incidents que l'on pouvait qualifier d'antisémites et qui bien certainement n'étaient pas leur œuvre, mais celles de divers imitateurs qu'ils avaient inspirés parmi les membres des organisations de droite. Le nombre d'actes délictueux à l'encontre des membres de la communauté juive avait brusquement augmenté, a dit Margareta, et même si l'on ne pouvait affirmer avec certitude qu'il s'agissait d'une activité planifiée, il était tout de même étrange que le pourcentage d'effractions, de vol à la tire dans les transports publics, d'incendies dans des caves et des greniers, de bris de fenêtres et de menaces par téléphone dirigées contre les membres de la communauté, se fût élevé comme on l'avait observé, et cela de jour en jour. L'heure n'était plus aux atermoiements, a dit Margareta, telle était la position de notre groupe, car nous nous attendions, tôt ou tard, à un conflit ouvert. À peu près à cette époque-là, l'Armée patriotique de l'unité et du salut s'était scindée en plusieurs factions, tout à fait comme se scindaient les partis politiques en Serbie, suite aux luttes intestines pour la suprématie et à l'incapacité de définir et d'adopter majoritairement une large plate-forme d'action. La faction principale avait abrégé son nom en se rebaptisant Armée de l'unité et du salut et elle avait bientôt cessé de se manifester ; une faction pacifique, appelée Salut pour tous, avait proposé une réconciliation, mais personne n'avait cru que cette réconciliation, même si elle devait être formellement acceptée, pourrait empêcher les deux factions extrêmes, les Patriotes et les Aigles justiciers, de passer à l'exécution des activités projetées. Le pire de tout, a dit Margareta, c'était que personne ne connaissait avec certitude leurs intentions. Ils s'étaient retirés dans la clandestinité, ne publiaient aucune communication, et on savait seulement qu'ils recrutaient avec empressement de nouveaux adeptes, or vu la situation dans laquelle se trouvait le pays, il y avait beaucoup de mécontents qui n'attendaient qu'une chose : qu'on leur montrât du doigt les prétendus responsables de leurs malheurs. Pendant ce temps, a continué Margareta, des divisions s'étaient produites aussi dans leur groupe car certains membres considéraient qu'il ne fallait plus attendre et défier la fatalité, mais porter sans hésiter le premier coup à l'ennemi ; cependant, l'opinion avait prévalu que la violence était inacceptable et qu'il fallait miser sur la défense. On avait accéléré la rédaction définitive de la traduction du manuscrit ainsi que les préparatifs de ce qu'on avait appelé le plan d'action, ce qui ne s'était pas fait sans peine, puisqu'il s'agissait maintenant de relier tous les éléments, y compris la gifle, les calculs mathématiques, les structures linguistiques corporelles, la transmigration des âmes et le rétablissement de l'union du roi céleste et de sa reine en un ensemble harmonieux, ou, ce qui était encore plus important, en un ensemble efficace, car si le projet échouait, on n'aurait certainement plus le temps de saisir une autre occasion. Ainsi avait été conçu tout le projet, lequel devait être mis en branle par la reconnaissance de la gifle, de manière à identifier la personne qui abritait l'âme de l'antique cabaliste. Et moi, ai-je dit, qui ai cru tout le temps qu'il s'agissait de l'âme du porteur d'eau ! C'est la même chose, a répondu Margareta, le porteur d'eau désaltère le corps et le cabaliste l'esprit, mais il s'agit de soif dans un cas comme dans l'autre, l'une complète l'autre, et si les deux ne sont pas étanchées, le corps et l'âme ne sont pas non plus en harmonie. J'avoue que c'était le porteur d'eau qui avait ma préférence, quel que soit son nom, mais j'étais là pour écouter et non pas pour chipoter, ainsi ai-je continué à suivre le récit de Margareta, laissant de nombreuses questions en attente. Il y en avait toutefois une que je n'ai pu remettre à plus tard : celle qui concernait le début même, la scène de la gifle au bord du Danube qui m'avait fait entrer dans ce labyrinthe d'événements dont on n'apercevait pas encore l'issue. Pourquoi moi, ai-je demandé à Margareta, et non pas quelqu'un d'autre, quelqu'un qui aurait été juif ? Bien des cabalistes, a-t-elle dit, considèrent que l'âme peut, comme dans les croyances hindoues, s'aventurer dans différentes directions et s'établir dans toutes sortes de corps, pas seulement humains, si bien qu'il n'était pas du tout impossible que l'âme d'un Juif trouvât refuge, par exemple, dans une personne qui n'était pas d'origine juive. Le corps n'est d'ailleurs qu'un réceptacle, véhicule servant au transport des âmes à travers le temps, et la seule chose importante c'est que l'âme n'entre pas dans un corps où se trouve déjà une mauvaise âme, car alors ces deux âmes entrent en conflit et la conséquence peut être la destruction du corps de leur hôte. J'espère tout de même, ai-je dit, que ça ne m'arrivera pas. Margareta m'a lancé un regard grave. Elle partageait cet espoir, a-t-elle dit, du moins d'ici à la fin du sabbat, après quoi tout est de toute façon incertain. Cela l'a amenée à reparler des factions de droite de l'ancienne Armée patriotique de l'unité et du salut, factions qui étaient devenues des centres de rassemblement de propagateurs d'idées nazies et racistes, liées à des organisations semblables en Europe et en Amérique avec lesquelles elles étaient tout à fait en accord. Plusieurs fois, a-t-elle dit, nous les avons combattus, au sens littéral du terme. En effet, nous aussi, a dit Margareta en parlant de la communauté juive, nous avions une faction extrémiste qui préconisait ouvertement la violence, et qui a réussi à découvrir le siège des Aigles justiciers, où il y a eu des empoignades et des coups de feu échangés, avec des blessés des deux côtés. Comment était-il possible, ai-je demandé, que tout cela échappât à l'attention de l'opinion publique ? L'opinion publique a d'autres chats à fouetter, a dit Margareta, et la plupart des gens ne sont pas capables d'absorber en même temps des informations différentes, surtout quand ces informations sont contradictoires. Elle m'a rappelé l'interprétation des conflits en Yougoslavie du début des années quatre-vingt-dix. C'était une image en noir et blanc qui prédominait, une présentation de la réalité dans laquelle un adversaire était coupable et criminel, et l'autre, ou plus exactement les autres, des victimes innocentes, alors que la réalité yougoslave ressemblait plutôt à une version en couleurs, avec plusieurs niveaux de réalité, c'est-à-dire de culpabilités, de sorte que tous étaient à la fois criminels et victimes. Je n'étais pas sûr d'être tout à fait d'accord avec cette interprétation, mais j'avais déjà assez de mal à comprendre la réalité quotidienne pour m'embarrasser en outre d'une question qui de toute façon ne ferait l'objet que de trop de livres. En même temps que finissait notre siècle, le monde dans lequel nous avions vécu approchait de sa fin et l'apocalypse était, pour ainsi dire, au coin de la rue, et peut-être tout cela était-il inutile. Il est vrai qu'à l'époque je ne croyais pas à l'apocalypse et tenais tous les discours à ce sujet pour de vains gémissements de l'esprit humain apeuré, alors que maintenant, après le bombardement de la Serbie, la destruction du World Trade Center et l'agression contre l'Irak, je suis plutôt enclin, si d'autres preuves apparaissent, à faire amende honorable et à changer d'avis. Peut-être aurais-je dû m'y attendre, vu l'expansion de l'Europe, le narcissisme de l'Amérique, la prétentieuse assurance de l'Islam, l'instabilité de la Russie, l'imprévisibilité de la Chine, les nouvelles tendances nomades, mais pour être sincère, rien de tout cela ne m'intéressait à l'époque. À la réflexion, il ne m'aurait pas du tout déplu de passer toute ma vie dans une ignorance béate, loin du bruit et de la fureur de la foule déchaînée, avec de la musique, disons de Bach et de Mozart, des nouvelles de Tchekhov et une anthologie de poèmes d'amour du monde entier, un petit jardin où j'aurais ratissé et planté, puis le moment venu cueilli les fruits de mon labeur : des tomates vermeilles, de doux petits pois, des pommes de terre et des carottes. À présent, il est trop tard. Je ne peux que me lamenter comme un prophète raté pleurant sur une destinée révolue, persuadé qu'elle aurait pu être différente si seulement il avait pu la prévoir à temps. J'étais aussi un prophète manqué par rapport à cette soirée-là, plus exactement la nuit que j'ai passée avec Margareta, et jeudi matin, quand je suis sorti de l'appartement, chargé de livres, avec un violent mal de tête, je ne savais à quoi je devais attribuer celui-ci : à beaucoup trop de paroles et une prolifération de détails ou à la frustration érotique. L'annonce que tout le projet de résistance serait réalisé durant le sabbat, dans la soirée et la nuit de vendredi à samedi, m'apportait une consolation, mais cela devait faire partie d'un rite et non pas d'un choix libre, et l'ensemble, dépourvu de spontanéité, me paraissait quelque peu absurde.

Toutefois, je ne pouvais plus me désister, même si ce rôle m'avait été imposé et ne correspondait nullement à un choix personnel. Si Marko avait été là et que je lui eusse raconté tout cela, je sais qu'il m'aurait d'abord demandé comment je pouvais être sûr que tout ce que Margareta racontait était vrai, puis il m'aurait demandé des preuves, quelque chose de tangible à la place des mirages, et ce n'est qu'après qu'il aurait consenti à s'avancer plus loin. Je ne puis dire que je n'aie pas douté. J'ai douté. Une des raisons de mon doute se fondait sur le fait que tout cela était un peu trop ordonné, que tous les éléments s'accordaient et s'enchaînaient parfaitement, et que même les erreurs se produisaient à des moments où il y avait le plus de chances qu'elles se produisent, de sorte que tout ressemblait à un film de Hollywood plein de complots paranoïdes — et qui prend encore au sérieux les films de Hollywood ? Je me consolais à l'idée que je n'aurais plus à attendre longtemps : dans un jour et demi, la vérité devait montrer son vrai visage et je supposais qu'alors tout pourrait être élucidé. Je n'ai pu tenir compte de certaines autres choses : l'effet imprévisible du texte qu'à ce moment-là on composait et mettait en pages pour le prochain numéro de *Minut*, la puissance des rumeurs, l'aveuglement de la haine, la simple jalousie humaine — si la jalousie est aussi simple qu'elle est humaine. Il faut que je me couche, me suis-je dit une fois rentré chez moi, et je me suis écroulé tout habillé sur mon lit. Je me suis aussitôt endormi, mais j'ai été réveillé par la sonnerie à ma porte. J'ai ouvert les yeux, consulté ma montre : je venais de dormir pendant vingt-cinq minutes. J'ai rêvé quelque chose, mais je n'ai pu me rappeler quoi. La sonnerie continuait toujours, tantôt longue, tantôt brève, et j'ai finalement dû céder. J'aurais préféré rester dans mon lit et essayer de me rappeler mon rêve, mais je me suis tout de même levé, je suis allé à la porte d'entrée, et juste au moment où je tendais la main vers la clé, la sonnerie a cessé. Je regardais la clé comme si elle pouvait m'apporter une réponse. La clé se taisait, la sonnette se taisait, moi, en retenant mon souffle, j'ai collé l'oreille contre la porte en m'imaginant que quelqu'un, de l'autre côté, retenait aussi son souffle en appuyant son oreille exactement au même endroit, de l'autre côté du battant, et que l'oreille de cette personne écoutait le silence de la mienne, tandis que mon oreille écoutait, préoccupée, le silence s'écoulant de la sienne, ce qui m'a amené à me rappeler mon rêve, plus exactement une partie de ce rêve, la partie où, cherchant à sortir d'une grande pièce où quelqu'un m'avait enfermé à clé sans le vouloir, je m'arrêtais pour poser mon oreille sur une ouverture au-dessous d'un miroir, dont la fonction m'était inconnue, celle de cette ouverture, pas du miroir bien sûr, car, dans mon rêve, le miroir était un miroir ordinaire, alors que l'ouverture, elle, était mystérieuse et je n'ai pu découvrir si elle faisait partie d'un système de ventilation ou d'un système de chauffage, ou bien s'il s'agissait d'un système unique qui chauffait ou refroidissait selon le besoin, car certainement il n'aurait pu chauffer et refroidir en même temps, et j'avais approché l'oreille de ce trou, dans l'espoir d'entendre quelqu'un, car si j'avais entendu quelqu'un, cela aurait voulu dire que quelqu'un pouvait m'entendre, et je songeais à ce que je pourrais lui dire, mais, entre tous les mots, le seul que je n'arrivais pas à me rappeler était celui qui désigne l'objet qui sert à ouvrir une porte, de même que je n'étais pas sûr que le même mot désigne l'objet qui sert à fermer la porte, puisqu'une porte fermée, me disais-je dans ce rêve, n'est pas la même chose qu'une porte qui n'est pas fermée à clé, celle que l'on ferme n'est donc pas celle que l'on ouvre, ce qui revenait à dire que les objets avec lesquels on ferme et ceux avec lesquels on ouvre doivent être différents, mais à ce moment-là une voix est parvenue à mon oreille sortant de ce trou sous le miroir, une voix banale, qui disait : Mais appuie sur la poignée, bon sang, décide-toi enfin, appuie, et je me suis demandé si en vérité je rêvais ce qui se passait ou si le rêve me rappelait quelque chose qui s'était déjà passé, et j'ai avancé la main, appuyé sur la poignée et la porte s'est ouverte. Elle n'était même pas fermée à clé. Quand tout à l'heure, moins d'une heure auparavant, j'étais rentré, la fatigue m'avait poussé à me coucher aussitôt, et j'avais omis de vérifier si j'avais bien fermé la porte d'entrée, ce que pas une fois je n'avais manqué de faire, surtout depuis le soir où j'avais été tabassé dans la cour de l'école maternelle. Je me suis senti couvert de sueur froide, ce qui était une réaction — parfaitement absurde, bien entendu — au fait que quelque chose aurait pu arriver, alors que rien ne s'était passé, mais la structure de l'esprit humain, ou du moins celle du système nerveux autonome, doit être ainsi faite qu'il réagit d'égale manière à un danger réel ou imaginaire, à quelque chose qui est arrivé comme à l'idée que quelque chose aurait pu arriver. Si paradoxal que cela puisse paraître, le système nerveux est aveugle et se croit lui-même — ou plutôt les fruits de son imagination — tout autant qu'il croit les stimulations venues du monde extérieur. Marko m'aurait fait remarquer, bien entendu, que c'est peut-être une preuve qu'entre le monde extérieur et le monde intérieur il n'y a pas de réelle différence, que le monde extérieur n'est qu'une projection créée par le monde intérieur et que nous passons notre existence dans une sorte de séance cinématographique où nous sommes les principaux personnages, dirigés par des metteurs en scène très embarrassés et indécis, mais qui sont en même temps ces personnages principaux. Un peu embrouillé, mais Marko est comme ça. Au fait, quand la sonnerie s'était déclenchée, plus exactement quand j'avais commencé à l'entendre, une de mes premières idées avait été que Marko était enfin de retour, et même quand la sonnerie a cessé et que j'ai appuyé l'oreille à la porte, l'idée m'est revenue que c'était lui qui était sur le palier, un peu impatient, un peu en colère, un peu malheureux. Bien sûr, quand j'ai ouvert la porte, ce n'était pas Marko qui s'y trouvait, mais Dragan Michovitch, ce qui était plus fort que tous mes rêves, si bien que je suis simplement resté là à ciller, jusqu'à ce qu'il m'eût demandé s'il pouvait entrer. Je me suis écarté pour le laisser entrer, en lui disant que j'espérais qu'il n'attendait pas de moi de m'atteler à un problème mathématique. Si tôt le matin, ai-je dit, je ne pourrais même pas te dire combien font deux plus deux. Je serais étonné, a dit Dragan Michovitch, de savoir combien de gens sont incapables de faire ce calcul même plus tard dans la journée et même en ayant pris du café. Je l'ai donc fait entrer dans mon séjour, j'ai attendu qu'il soit assis, puis je suis allé à la cuisine pour faire du café. S'il y avait quelqu'un que je ne me serais pas attendu à voir ce matin-là, et qui plus est dans mon appartement, c'était bien Dragan Michovitch. Je me demandais ce qu'en aurait dit la personne qui autrefois le voyait régulièrement avant de déménager elle-même. Aurait-elle été surprise autant que moi, ou tout simplement ne m'aurait-elle pas cru ? En attendant que l'eau se mette à bouillir, j'ai jeté un coup d'œil au séjour. C'était bien Dragan Michovitch, sans aucun doute possible, ce dont je me suis assuré de nouveau quelques minutes plus tard, en apportant le plateau avec la cafetière et les deux tasses. J'ai versé le café et me suis assis en face de lui. Nous nous taisions, comme si nous ne devions plus jamais parler. Dragan humait son café, un peu trop bruyamment à mon goût, mais en y prenant grand plaisir, si bien que j'ai pris cela pour un éloge de mes talents culinaires. Il est vrai que je ne suis pas sûr que la préparation du café fasse partie de l'art culinaire, mais un éloge est un éloge, personne n'aurait pu me l'enlever. Qu'est-ce que Dragan Michovitch pouvait bien venir chercher chez moi à cette heure matinale ? Il se trouvait dans les parages, a-t-il dit, et il avait eu l'idée de passer me voir. Il a vu mon air incrédule et a ri. Ne me dis pas, a-t-il dit, que tu ne me crois pas. Je ne te le dirai pas, ai-je dit, mais cela ne m'empêchera pas de ne pas te croire. Dragan Michovitch a poussé un soupir. Il est temps d'ôter nos masques, a-t-il dit en touchant son visage du bout des doigts. J'ai cru un moment qu'il allait effectivement arracher un masque de son visage, mais il n'a fait que se gratter la joue et le menton. Margareta t'a déjà tout dit, a-t-il ajouté, il ne reste plus que l'aspect mathématique, elle n'a jamais été forte en cette matière. Je n'en croyais pas mes oreilles. J'aurais pu, bien sûr, me douter de quelque chose dès le soir du restaurant, où j'étais assis avec un groupe d'anciens camarades de lycée, quand il m'avait passé le message sur l'ouverture des triangles, mais il me semble bien qu'à ce moment-là je n'y ai vu qu'une nouvelle coïncidence dans une profusion d'autres coïncidences et que j'ai compris qu'un tel nombre de coïncidences est peut-être statistiquement possible, mais que dans la pratique — ce qui n'est qu'une autre façon de dire : dans la vie — le nombre de coïncidences est très limité et que la plupart des autres phénomènes peuvent très bien s'expliquer et être liés à certains événements. Elle n'a pas parlé mathématique, ai-je dit d'une voix rauque et, comme tu le sais, on peut aussi dire de moi que je ne suis pas très à l'aise dans cet univers-là. Dragan Michovitch a défait trois boutons de sa chemise et a tiré de son sein un gros cahier à couverture rigide. Ne t'en fais pas, a-t-il dit, tu n'as pas à apprendre tout ça, mais il te serait utile de connaître au moins les bases de certains calculs dont il pourra être question. Je regardais avec incrédulité le cahier dans ses mains. Quelles bases, ai-je demandé, et comment en sera-t-il question ? Mais ce que j'aurais vraiment voulu lui demander c'était quelles étaient ses relations avec Margareta, et j'ai même senti le poignard de la jalousie me percer lentement mais irrésistiblement le cœur. Le problème, avec Margareta, a dit Dragan Michovitch, c'est qu'elle se disperse, je lui ai dit mille fois d'arrêter un projet et, ce qui est encore plus important, de s'y tenir avec persévérance, mais elle ne veut pas l'admettre. Il a haussé les épaules. Nous ne comprendrons jamais certaines choses, a-t-il dit, inutile de nous en inquiéter. S'il continue de parler ainsi de Margareta, me suis-je dit, ce poignard pourrait se diriger dans l'autre sens. Aujourd'hui encore, je suis ahuri d'avoir eu cette pensée : est-il possible que je me sois abandonné à la jalousie comme un ado excité ? Et qu'est-ce qui en réalité m'avait rendu jaloux ? Quelque chose qui pouvait arriver, imaginais-je, rien de réel, une chose inexistante. Toute jalousie n'est-elle pas de cette nature ? Ne sommes-nous pas toujours jaloux à cause de ce que nous imaginons qui pourrait arriver entre l'être qui nous est cher et quelqu'un d'autre ? Ainsi je restais assis en face de Dragan Michovitch, et pendant qu'il parlait de calcul de probabilités, de permutations, de combinaisons et de variations, si c'est ainsi que s'appellent toutes ces opérations mathématiques, moi je recollais mon cœur brisé et percé. On ne sait jamais, disait Dragan Michovitch, comment se passera vraiment la descente, si les gardiens du puits se manifesteront par des questions, ou s'ils ne feront qu'observer de quelque part, peut-être même en cachette, par un petit trou ou derrière un coin. La question est donc de savoir, a-t-il continué, comment réagir si l'on entend dire, par exemple, que la personne qui est en train d'entrer, ou de descendre, ou de monter, doit connaître tous les alphabets, les combinaisons de toutes les lettres ainsi que les deux cent trente et une portes de l'alphabet, inscrites dans la neuvième sphère et divisées en soixante parties. Je n'avais, bien entendu, aucune idée de ce dont il parlait. C'est tiré du texte d'Aboulafia sur la création d'un golem, a dit Dragan Michovitch, et ce qui suit est d'une importance capitale. Il s'est éclairci la gorge comme s'il allait réciter et a lu : Prends de la poussière très pure, fais tourner la roue à lettres et commence à combiner les lettres des deux cent trente et un portiques, et la sagesse viendra à toi. Puis prends une tasse pleine d'eau pure et une petite cuillère que tu rempliras de poussière. Verse ensuite la poussière dans l'eau et ce faisant souffle délicatement sur la poussière. Puis, prononce le nom de Dieu en un souffle jusqu'à l'expiration de celui-ci. Et commence par la tête, jusqu'au bout des huit premières lignes, pour sauvegarder la tête. Et ainsi de suite, a dit Dragan Michovitch, et pour finir, Aboulafia fait remarquer que tout ce procédé ne s'apprend pas afin que l'homme agisse comme Dieu, mais pour lui faire mieux comprendre le Seigneur et adhérer à lui comme une plante sous le vent. Cela veut dire, a-t-il précisé, que si quelqu'un te demande de calculer les combinaisons du nom de Dieu en soixante-douze lettres, tu dois connaître le nombre des lettres variables et savoir si ce nombre est égal pour chaque place dans le nom. Écoute, lui ai-je dit, ne crois-tu pas que vous attendez trop de moi ? Superman lui-même n'aurait pas compris tout cela en si peu de temps. Il ne s'agit que d'une difficulté apparente, a répondu Dragan Michovitch, mais, bien entendu, il faut d'abord se défaire de la peur des mathématiques. Personne n'a encore préparé un examen de mathématiques en deux jours, me suis-je récrié, peut-être un peu plus fort que je n'aurais voulu. À vrai dire, je brûlais du désir de lui demander comment il se faisait qu'il fût impliqué dans tout cela, mais je ne l'ai pas fait, laissant le nombre d'inconnues que j'allais garder pour moi rester presque égal au nombre de variables connues et rendant ainsi cette équation compliquée insoluble, du moins pour moi. Dragan Michovitch ne lâchait pas prise. Il feuilletait son cahier, citait différents textes, couchait sur le papier des exemples, soulignait, puis recommençait dès le début, de sorte que j'ai dû préparer encore du café, plus fort et plus amer que le précédent, ce qui plus tard, une fois

Dragan parti, m'a fait monter l'acidité à la gorge, si bien que j'ai dû manger, debout devant la fenêtre, une tranche de pain rassis, en espérant qu'il absorberait comme une éponge le liquide aigre dans mon estomac. Cependant, chaque fois que je feuilletais les papiers où Dragan venait de noter divers exemples et conseils, l'assaut de l'aigreur se renouvelait, et j'ai fini, lorsque je n'ai plus eu de pain, par ne plus regarder ces pages. La médiocrité de mes connaissances en mathématiques me rendait mécontent de moi, et c'est probablement ce qui me faisait si mal à l'estomac, mais ce qui m'inquiétait véritablement c'était une remarque que Dragan Michovitch avait faite en passant, quand il avait dit que je devais avoir des réponses prêtes, si l'on m'interrogeait. À qui faisait-il allusion ? Fallait-il vraiment croire à cette histoire de complot dans l'histoire d'un complot plus important, lequel devait probablement faire partie d'un complot à encore plus grande échelle ? Dans n'importe quelle autre situation, j'aurais répondu par la négative ; je ne sais pourquoi j'hésitais cette fois ; peut-être était-ce à cause du manuscrit qui manifestait son pouvoir surnaturel et me rappelait constamment que le langage, et par conséquent l'écriture, est un organisme vivant, une sorte de virus bénin qui demeure en l'homme mais peut aussi, au besoin, subsister indépendamment de lui. Je l'ai ouvert au hasard, comme autrefois j'ouvrais le *Livre des changements,* sans me donner la peine de jeter des baguettes ou des piécettes et d'interpréter des trigrammes et des hexagrammes, mais en laissant le hasard, autrement dit le destin, répondre à ma question. Le manuscrit s'est ouvert à la page 110 et dans le coin gauche j'ai lu qu'Éléazar s'était une fois fâché contre Dieu et lui avait dit avoir éventé son explication de l'impossibilité de créer un monde parfait, car elle impliquait que Dieu se serait alors dédoublé, c'est-à-dire qu'il y aurait eu deux dieux égaux, et s'il y en avait eu deux, alors pourquoi pas trois ou quatre ? Tu parles pour ne rien dire, avait lancé Éléazar au Seigneur d'un ton bourru, toi du moins tu devrais savoir que la vérité ne peut se cacher. Tu n'as pu créer un monde parfait pour la seule raison que dans un tel monde il n'y aurait eu aucun besoin d'un Dieu, ni d'un Dieu unique ni d'une multitude de dieux, ou plutôt, avait poursuivi Éléazar, toujours fâché, ton monde est parfait, parce que le mal t'appartient autant que le bien, de même que la nuit et toutes ses créatures animées et inanimées t'appartiennent tout autant que le jour plein de lumière et de quiétude, et que dans un tel ordre du monde, tu apparais comme celui qui peut offrir une protection, alors qu'à l'heure de l'adversité tu te dérobes comme une jeune mariée effarouchée ou comme un enfant qui vient de casser une assiette et qui, de peur d'être puni, montre du doigt son voisin. Il n'était pas dit de qui Éléazar voulait parler — celui sur qui l'index de Dieu était pointé —, car ce passage, chose courante dans le manuscrit, était suivi de la copie d'un document émis par le conseil de guerre de la cour, du mois de novembre 1781, qui communiquait la volonté de l'empereur en décrétant que les Juifs de Zémoune, comme tous les Juifs de l'Empire, pouvaient garder leur langue pour les offices, mais que dans un délai de deux ans elle devrait avoir disparu de toutes les écritures et documents d'affaires, y compris les testaments et les contrats. J'ai refermé le manuscrit, puis j'ai de nouveau cherché la page 110. La partie sur Éléazar y était restée, mais placée dans le coin droit et se fondant avec un autre texte, une remarque sur le lien entre Dieu et la Chekhinah. Les dix séfirot, y lisait-on, représentent la manifestation de l'Être divin, mais Adam s'était déjà trompé en croyant que la séfira la plus bas placée, appelée Malkuth ou le Royaume, était l'Être divin tout entier. Il a contribué de la sorte à ce que la Chekhinah, manifestation féminine de Dieu placée dans cette séfira, soit détachée de l'ensemble de l'Être divin, laissant Dieu et la Chekhinah dans un désir réciproque et dans le souhait de s'unir de nouveau. Et jusqu'au jour d'aujourd'hui, ils s'unissent parfois, et parfois pas, selon que les hommes pèchent, ce qui accentue leur éloignement, ou font le bien, ce qui contribue au rapprochement de Dieu et de la Chekhinah. Il faut redire sans cesse l'importance des bonnes actions, car si Dieu n'est pas avec la Chekhinah, il cherche une autre compagne, et il arrive alors que ce soit Lilith, la maîtresse des légions de démons, prêts à détruire tout ce qui peut être détruit. C'est donc cela, cette obligation, me suis-je dit, cette union des éléments mâle et femelle, laquelle, si elle est réalisée de manière correcte, assure le fonctionnement normal de l'être suprême. L'homme doit motiver Dieu, afin que Dieu puisse motiver l'homme, l'un conditionne l'autre, l'un ne peut être sans l'autre. J'ai refermé le manuscrit et me suis approché de la fenêtre. J'ai regardé à gauche, j'ai regardé à droite, puis en haut, puis en bas, je n'ai vu nulle part quelqu'un qui ressemblât à Dieu. Bon, c'était jeudi, un jour ouvrable, il préfère apparaître le jour du sabbat, et qui sait où il se trouvait à ce moment-là. Là aussi, Marko serait intervenu s'il avait été présent, et il aurait trouvé absurde ce que je venais de dire, car si Dieu est omniprésent, alors il ne va ni ne vient, il est toujours là et rien ne peut lui échapper. Je l'aurais peut-être contredit en affirmant que Dieu peut se rétracter, rapetisser jusqu'à n'être plus qu'un point, et qu'il y a alors des événements qui se produisent à son insu, bons et mauvais, si bien qu'il n'est tout de même pas au courant de tout. Et ce en espérant que Marko ne m'aurait pas demandé pourquoi Dieu rétrécirait comme s'il était fait d'un tissu bon marché, car je n'en avais pas la moindre idée. Je savais qu'il avait rétréci une fois, dans un lointain passé, quand il avait conçu le désir de créer le monde et je savais qu'il ne pouvait pas être plus grand qu'il ne l'était, alors qu'il pouvait rapetisser, mais je savais aussi que mon savoir était fragile et qu'il ne me servirait à rien. Le nez collé à la vitre, je me suis dit que je devrais me calmer. Le temps passait, ce serait bientôt vendredi et ensuite viendrait le début de sabbat avec mon obligation à l'égard de Margareta. Et pas seulement à son égard. Voilà encore une chose que Marko n'aurait pas laissé passer : m'entendre appeler l'acte sexuel une obligation, alors que s'il y a quelque chose qui n'est pas une obligation et ne saurait l'être, aurait-il dit, c'est bien ce moment d'union. Et il m'aurait fallu reconnaître qu'il avait raison. Je me suis éloigné de la fenêtre, j'ai déambulé dans l'appartement et me suis arrêté à la cuisine. La seule idée que je ne devais pas m'impatienter dans l'attente de la nuit de lendemain me faisait brûler d'impatience. Je me suis dit que je ferais peut-être bien de méditer, d'essayer de tout effacer du miroir de ma conscience, mais quand je me suis vu assis sur une chaise, le dos bien droit, en train d'essayer d'harmoniser mon souffle au rythme général de l'univers, j'ai aussitôt renoncé. Il ne me restait qu'une ressource : manger un morceau. Je me suis souvenu que dans mon enfance j'aimais manger des tartines au saindoux saupoudré de sucre, et l'eau m'est venue à la bouche, mais je n'avais pas ce qu'il fallait pour me contenter. En effet, le saindoux a été abandonné au profit de l'huile, et j'aurais pu passer à tous les étages et sonner chez tous les voisins sans que, probablement, personne puisse m'en prêter une cuillerée. Du sucre, j'en avais, c'est vrai, et je me suis rappelé une autre friandise de mon enfance : une tranche de pain imbibée d'eau et de sucre, mais j'avais envie de saindoux et l'eau ne me disait rien. Sur la table, j'ai aperçu le prospectus où figurait le symbole du yin et du yang, celui que j'avais d'abord froissé puis repassé du plat de la main, et qui proposait des cours de tai-chi pour débutants dans une rue qui m'était inconnue et que j'ai dû chercher dans la liste des rues au dos du plan de Zémoune. Elle ne se trouvait pas dans la partie haute de la ville, comme je l'avais supposé, mais à proximité du jardin municipal, et avait en effet été rebaptisée : le nom d'une localité slovène ou croate était remplacé par le nom d'un savant serbe, mais mes connaissances, en parlant de cette rue, employaient toujours l'ancien nom. C'est curieux : quand les noms des rues avaient été changés après la Seconde Guerre mondiale, bien des gens, peut-être par provocation, se servaient dans la conversation courante des noms d'avant guerre. Or, quand le nouveau gouvernement, après le conflit des années quatre-vingt-dix, a introduit des noms nouveaux, les gens ont préféré, du moins pendant un temps, se servir des noms de la période communiste. Peut-être vaudrait-il mieux numéroter tout simplement les rues : les gouvernements changent, les numéros restent. Je devine que Dragan Michovitch ne serait certainement pas d'accord, encore que je ne voie pas pourquoi, toutefois cela montre qu'il y a toujours des mécontents, mais il se peut aussi que par excès de scrupule, me ménageant la possibilité de faire machine arrière, j'invoque ou, plus exactement, j'invente des mécontents. Tout compte fait, ce doute était vain : une preuve de plus qu'il fallait que je sorte pour me libérer de ma tension, de ma nervosité et de ma vaine envie de manger. Je devais me dépêcher, car il était plus de six heures, l'heure où, selon le prospectus, commençait le cours, aussi me suis-je dirigé rapidement vers le jardin municipal en traversant des ombres de plus en plus allongées et épaisses. L'adresse indiquée sur le prospectus m'a conduit à une vaste pièce au rez-de-chaussée d'un immeuble décrépi de quatre étages, qui devait autrefois, au temps du communisme, accueillir le syndic des locataires ou une antenne de la protection civile, et on voyait encore sur le mur sale un carré plus clair où avait dû être accroché le portrait de Tito. À ce moment-là, la réalité dans laquelle ce portrait avait joué son rôle semblait révolue depuis un siècle, bien que quinze années seulement se fussent écoulées et, à présent, peut-être parce que je ne vis plus dans ce pays, j'ai l'impression que cette réalité n'a jamais existé. En fait, peut-être en va-t-il vraiment ainsi, peut-être ne se passe-t-il jamais rien et tout n'existe-t-il que dans l'idée de quelqu'un, idée sur laquelle nous tombons par hasard et que nous finissons par nous approprier. Je n'en saurai jamais rien, bien entendu, comme je ne saurai rien de tant d'autres choses avant que la mort vienne frapper à ma porte ou, plus exactement, vu le train où vont les choses, à mon cœur, dont un médecin, ici, m'a parlé au passé, comme s'il n'existait déjà plus. Il a serré le poing et a dit : Votre cœur était comme ça, autrefois. Puis il a ouvert le poing et a ajouté : Il a éclaté comme ça. Il a regardé sa main vide et a conclu : Adieu, cœur. J'ai fixé moi aussi sa main du regard et, en effet, il n'y avait rien. Adieu, cœur, ai-je répété après lui, comme je le refais à présent, mais à l'époque, dans cette salle qui, malgré toute l'énergie orientale qu'elle contenait, était irrémédiablement lugubre, l'idée du cœur ne m'a même pas traversé l'esprit. Je considérais une quinzaine de personnes, principalement des femmes d'âge moyen, qui faisaient des exercices d'échauffement, ainsi que me l'a aimablement expliqué une jeune fille qui s'est présentée comme instructrice de la version taoïste du tai-chi. Elle a répété qu'il s'agissait de tai-chi taoïste comme si je savais qu'il existait différentes écoles de cet art de combat, lequel, à la différence des autres, ne fonctionne pas du tout comme moyen d'attaque ou de défense. La jeune fille a alors frappé dans ses mains et m'a dit que les participants allaient me montrer quelques mouvements caractéristiques, et pendant que l'ensemble du groupe exécutait des mouvements harmonieux et ondulants, me suggérant que nous nous trouvions sous l'eau, la jeune fille disait les noms des mouvements, expressions imagées que l'on se représentait aussitôt, comme « saisir la queue de l'oiseau », « déployer les ailes comme la cigogne blanche », « mouvoir les mains comme les nuages » ou « ramper comme un serpent ». Peut-être aurais-je dû m'y mettre à ce moment-là, apprendre à contrôler mon énergie intérieure, et ainsi n'aurais-je pas eu à rencontrer ce cardiologue pour lequel le cœur est un ballon de baudruche, bien qu'en fin de compte tout cela revienne au même. Tôt ou tard, le cœur s'use, quelque nom qu'on lui donne, qu'on en parle ou pas. Il est bien vrai que le silence est le rempart de la sagesse, mais s'il n'y a pas de sagesse, le silence ne peut la créer. Je regardais donc les mouvements harmonieux que l'on exécutait devant moi et je me demandais ce que je faisais là. Rien dans cette salle ni dans l'aspect des personnes présentes ne suggérait un lien avec les autres événements, et je pouvais passer mon chemin. Cependant, si je m'en vais, me suis-je dit, je mets tout en doute, car si je doute d'un fil possible, ne dois-je pas, conséquemment, douter de tous les autres ? Et d'ailleurs, qu'est-ce que douter ou croire ? En quoi est-ce pareil, en quoi est-ce différent, et est-il possible de croire au doute et de douter en même temps de ce en quoi on croit ? Non, aurait dit Marko, tu n'as pas besoin de cardiologue. Le ballon dont il est question n'est pas dans ton cœur, mais dans ta tête. Tu pourrais te produire dans un cirque, m'aurait-il encore dit, avec d'autres monstres, et au-dessus de ta cage un écriteau dirait : « L'homme ballon ». Ce n'est pas drôle, aurait-il ajouté si je m'étais mis à rire, les larmes seraient ici plus opportunes. Les larmes sont toujours plus opportunes, je suis d'accord sur ce point, à une exception près : elles ne sont jamais bonnes si l'on s'apitoie sur soi-même. Deux ou trois fois, hélas, j'avais fait cela aussi, acculé dans une impasse, et des larmes, comme je me l'étais alors figuré, avaient été la seule solution. Je n'ai pas honte de ces larmes-là, même un docteur pour ballons dans la tête les aurait admises, celui auquel songeait Marko, c'est-à-dire celui que Marko aurait pu imaginer, me disais-je, quand je me représentais notre conversation et sa présence. La phrase précédente montre bien l'incertitude dans laquelle je me trouvais pendant ces jours-là, le chaos qui bousculait ma vie, l'instabilité qui avait remplacé mon sentiment d'équilibre. J'aurais mieux fait de contempler tranquillement, sans arrière-pensée, les mouvements des participants de ce cours de tai-chi pour débutants qui, grâce à leur harmonie, répandaient autour d'eux des vagues de quiétude, surtout quand ils exécutaient des mouvements de côté, pareils aux nuages, comme avait dit leur instructrice, même si, pour moi, ils évoquaient plutôt les vagues de la mer, ou mieux encore, le blé ondoyant au plus léger souffle de vent. Il me restait encore une chose à tenter : je me suis penché confidentiellement vers l'instructrice et je lui ai demandé s'il était vrai qu'il existait dans un des styles de tai-chi un mouvement appelé « les triangles qui s'ouvrent ». La jeune fille m'a regardé, l'ombre du doute est passée dans ses yeux, et elle m'a répondu qu'il n'y avait pas de mathématique dans le tai-chi, du moins pas à sa connaissance. Il était vrai que les pieds devaient être posés sur le sol de façon à former avec l'axe du mouvement un angle de quarante-cinq degrés, mais cela, on l'apprenait sans avoir recours à un rapporteur. Elle a attiré mon attention sur les pieds de ses élèves et, effectivement, ils formaient tous un angle de quarante-cinq degrés, puis tous les participants ont levé en même temps la jambe droite, et j'ai pris cette suite de jambes se redressant lentement comme si elles portaient un coup au ralenti pour un signe d'adieu. Un instant plus tard, j'étais dans la rue. D'une fenêtre de la caserne d'en face, un soldat m'observait. Je me suis rappelé mes jours de service militaire et la solitude qui me rongeait comme un ver, et je lui ai fait un signe joyeux de la main, mais il n'a pas réagi et, si je peux me fier à ma vue à une telle distance, il a froncé les sourcils et a fait une grimace de mépris. J'ai imaginé une compagnie faisant le matin du tai-chi au lieu des monotones exercices d'assouplissement, et cette image de soldats en uniformes kaki se mouvant lentement et avec concentration sur le sol bétonné de la cour m'a rendu ma bonne humeur. Je détestais l'armée et regrettais infiniment d'y avoir passé une année, mais une armée qui ferait du tai-chi aurait été autre chose, je n'en doutais pas. Je me suis rappelé aussi notre sergent rondouillard et, l'imaginant en train d'essayer de se tenir sur une jambe, comme un coq, j'ai ri tout haut. Cela n'a pourtant rien changé au fait qu'il n'y avait aucun rapport entre les cours de tai-chi et le puits, ce qui me troublait, vu que tout le reste était lié d'une manière ou d'une autre, ou du moins que je parvenais à construire une explication suffisamment plausible. Par exemple, la voiture que j'avais vue devant la parfumerie, je l'expliquais comme un appât qui devait soutenir mon intérêt, m'attirer encore plus profondément dans l'histoire qu'au fond j'avais moi-même construite. Était-ce la véritable intention des conspirateurs, si je puis les appeler ainsi ? M'amener à construire moi-même le cadre dans lequel j'allais évoluer ? être le protagoniste qui s'invente lui-même et choisit ceux des éléments qui lui semblent être les plus vraisemblables, tout en rejetant ceux pour lesquels il ne trouve pas de place dans une construction de la réalité qui, au fond, n'existe pas ? Je me suis arrêté, puis remis à marcher lentement. Si je suivais bien ma pensée, il en ressortait que j'avais permis que l'on m'entraînât dans un jeu où je n'étais nullement un gagnant, contrairement à ce qu'il m'avait semblé récemment encore, mais seulement un des éléments accessoires, un pion que quelqu'un déplaçait habilement, alors que le pion était persuadé que le choix des mouvements lui appartenait sans conteste. Je me suis encore arrêté, à proximité du grand magasin, j'ai fait demi-tour et me suis empressé de retourner à l'immeuble en face de la caserne. Le soldat regardait toujours par la fenêtre, renfrogné, et quand il m'a vu le regarder, il m'a fait un clin d'œil, ou du moins c'est ce que j'ai cru voir tout en marchant rapidement. Dans la salle où j'avais regardé les participants du cours de tai-chi il n'y avait personne sauf le vide laissé par le portrait de Tito sur le mur sale. Où avaient-ils tous disparu ? Combien de temps avait pu s'écouler pendant que je sortais de l'immeuble, passais devant la caserne pour me diriger vers le grand magasin, me glissant entre des voitures garées ? cinq minutes, dix ? J'essayais de me remémorer ce qu'il y avait dans la salle quand j'y étais entré pour la première fois : je me souvenais d'un portemanteau où pendaient des vêtements et de deux grands tableaux avec les schémas de divers mouvements ressemblant à une présentation de pas de danse, mais il n'y avait plus rien du tout. Les murs étaient nus, le sol propre, la fenêtre fermée. J'ai fait le tour de la salle, j'ai tâté les murs à la recherche d'issues secrètes, j'ai frappé le sol du pied et tendu l'oreille pour voir si ça sonnait creux, puis j'ai ouvert la fenêtre et jeté un coup d'œil à l'extérieur, à la recherche d'une échelle ou d'indices montrant que l'on aurait sauté dehors. Je n'ai rien trouvé. Quelqu'un avait bien pris soin de faire disparaître tout ce que j'y avais vu, c'était clair, mais pourquoi ? Était-ce parce qu'ils ne s'attendaient pas à ce que je revienne ou plutôt parce qu'ils savaient que je reviendrais ? Si cette deuxième supposition était exacte, comment avaient-ils pu le savoir ? J'ai frémi à cette idée, car s'ils le savaient, alors ils savaient aussi tout le reste, autrement dit, ils dirigeaient mes choix et mes actes avec une telle efficacité que pas un instant je n'avais pu avoir l'idée que je n'étais pas moi, mais quelqu'un d'autre. Et non pas le porteur d'eau Hénoch ni Éléazar ni quelque antique cabaliste, ce que j'avais été prêt à croire, mais quelqu'un dont je ne savais rien encore, quelqu'un dont, selon toute vraisemblance, je ne devais rien savoir. J'ai fait encore une fois le tour de la salle, en m'arrêtant sous le vide resté après le portrait de Tito, comme s'il avait pu m'apprendre quelque chose. Je n'ai rien appris, bien qu'à un moment j'aie eu l'idée que j'exagérais peut-être, que le cours de tai-chi s'était simplement terminé pendant que je m'approchais du grand magasin et que les participants étaient normalement partis en prenant avec eux leurs affaires. Je suis ressorti dans la rue et j'ai regardé en direction de la caserne. Le soldat se trouvait toujours au même endroit. Je me suis approché et lui ai demandé s'il avait vu des femmes avec un portemanteau. Le soldat a tapoté plusieurs fois son front de l'index, puis a disparu. Je me rappelle m'être dit : C'est bien ma veine, plus je m'approche de quelque chose, plus ce quelque chose s'éloigne, et à la fin tout disparaîtra, comme cela s'était déjà produit, et il en ira ainsi jusqu'à ce que je reste seul et disparaisse ensuite comme tout le reste. Je dis me rappeler, mais en fait je ne me rappelle pas si je me le rappelle, et je crois bien que si je dis cela, c'est parce que je suis en effet resté seul et qu'il ne me reste rien d'autre à faire que d'attendre de disparaître. Je ne le regrette pas ; c'est d'ailleurs le sort commun, et peu importe que l'on se résigne ou pas à cet état de choses. Je parle du fait que le seul sens clair de la vie est justement la mort et que toutes les autres interprétations des philosophies sur la plénitude de la vie terrestre et la nécessité du bonheur ou les promesses religieuses d'une autre vie comme récompense de notre obéissance ne sont que de vains papotages. Jamais cela ne m'est apparu aussi clairement qu'à présent, où je suis seul et me tiens devant cette fenêtre, sans rien posséder qui ferait envie à qui que ce soit, rien sauf ce crayon dont le cœur de plomb s'use peu à peu, comme s'use le mien, écartelé entre plénitude et vide, entre désir de comprendre et lassitude. Les mots, je ne les compte pas, bien sûr ; ils sont autre chose, comme quelqu'un l'a écrit il y a bien longtemps, et ils ne disent jamais ce que celui qui s'exprime veut dire mais ce que l'interlocuteur désire entendre. L'idée me vient que je ressemble assez au soldat à qui j'ai posé la question sur le portemanteau, à la différence près qu'il n'y a personne pour me poser une question et que l'index touchant le front ne peut concerner que moi-même, plus exactement mon image dans le miroir, à laquelle il m'arrive parfois, même quand je ne me rase pas, de m'adresser en posant une question qui exige une réponse urgente. Je ne savais rien de tout cela pendant que je me tenais sous la fenêtre vide de la caserne. Le soldat n'était plus là et une lourde chape de tristesse m'était tombée dessus, puis, quand je suis reparti au bout d'un certain temps, je titubais sous son poids comme les fidèles porteurs de croix des processions chrétiennes, sauf que moi je n'avais nullement voulu cette chape qui m'étouffait, à la différence des croyants qui portent leur croix dans une pure extase. Rentré chez moi, je tenais à peine debout, même de rester assis me demandait un effort et la seule chose qui me consolait était l'idée que jeudi tirait à sa fin, c'est ainsi que je me suis endormi en répétant le mot vendredi comme une incantation.

Je me suis réveillé avec une érection si forte qu'elle était presque douloureuse. Ce n'est pas encore l'heure, ai-je dit à ma verge et elle s'est inclinée avec obéissance. J'ai pris une douche, je me suis lavé les cheveux et rasé, j'ai mis de l'eau à chauffer pour le café et suis sorti acheter le journal. Devant ma porte un tableau connu m'attendait : un sac en plastique qui répandait une puanteur infecte. J'ai tendu la main pour saisir le sac, mais je n'ai fait qu'un bond, horrifié : au lieu des excréments habituels, une tête de chat coupée grimaçait dans le sac. Elle gisait sur un tas sanglant d'intestins et d'organes provenant sans doute du ventre du chat, sur lesquels grouillaient des vers. Les yeux étaient grands ouverts, les dents découvertes par un rictus, et je pouvais imaginer les tortures qu'il avait subies. Le message était clair, mais je l'aurais compris même s'il avait été écrit sur un bout de papier ou sur le mur de l'escalier, il n'était pas nécessaire qu'un chat périsse pour cela, de sorte que le sentiment qui m'a envahi n'a pas été la peur, mais la colère. J'ai porté le sac dans une poubelle de l'immeuble devant laquelle je suis resté un moment pour rendre au chat un hommage muet, tandis que de grosses mouches volaient autour de moi, après quoi je suis allé acheter le journal et suis rentré préparer mon café au moment où l'eau bouillait. La météo promettait une belle journée et c'était la seule bonne nouvelle ; tout le reste était lugubre, y compris les commentaires sur le rétablissement des vols pour Sarajevo et le trafic ferroviaire avec Zagreb et Ljubljana. Il y avait trop de faire-part de décès, avec des photos de défunts qui avaient l'air d'avoir été morts même de leur vivant. En somme, sans oublier la tête du chat, horrible début d'une journée qui devait changer le monde, non pas le monde entier, bien sûr, mais une de ses parties qui refusait obstinément de changer. Je me suis levé et me suis mis à faire nerveusement les cent pas dans l'appartement, considérant les meubles et divers objets comme si je les voyais pour la première fois. C'est le même regard que j'ai jeté sur le téléphone dès qu'il a sonné. Margareta m'avait promis de m'appeler pour me donner les dernières instructions ; cependant ce n'était pas sa voix, mais celle du directeur de rédaction de *Minut*. Il ne savait pas ce qui se passait, a-t-il dit, il semblait que mes flèches venaient de blesser gravement quelqu'un — ou quelques-uns —, et je devais prendre garde à ce que je ferais les prochains jours, surtout le lendemain, lorsque *Minut* serait distribué dans les kiosques. On avait tenté de cambrioler les bureaux de la rédaction, mais le gardien de nuit avait appelé la police à temps, et leur arrivée rapide sur les lieux, à la surprise générale, avait chassé les cambrioleurs. Si c'étaient vraiment des cambrioleurs, ai-je dit. Évidemment que ce n'étaient pas des cambrioleurs, a dit le directeur, il était d'accord avec moi, et un fait supplémentaire l'en persuadait, à savoir la tentative d'un jeune homme pour pénétrer dans l'imprimerie qui tirait les exemplaires de *Minut*. Le jeune homme affirmait avoir été envoyé par la rédaction pour effectuer les dernières modifications dans le texte informatisé du journal. Il avait un laissez-passer et une lettre sur papier à l'en-tête de *Minut*, mais l'agent de sécurité à la porte de l'imprimerie a insisté pour téléphoner à la rédaction, ce que le jeune homme a essayé d'empêcher, en le persuadant que sa mission était en règle, mais quand le portier a persisté dans son intention de téléphoner, le jeune homme s'est mis à l'injurier et a menacé de le tabasser. Quelque chose de grave se prépare, mon garçon, a dit le directeur, et un peu plus de précaution ne serait pas superflu. Il ne m'avait jamais appelé « mon garçon », et les larmes ont failli me venir aux yeux. Je me suis rappelé son matou Félix, et j'ai à peine pu parler. Même encore maintenant les larmes me montent aux yeux, alors que plusieurs années ont passé depuis et que Félix est probablement au paradis des chats. Si jamais obligation est faite à mon âme de passer dans le corps d'un animal, j'ai décidé de la diriger vers Félix. Je dis : obligation, car je ne sais si les âmes choisissent elles-mêmes leur hôte ou si quelqu'un est chargé des archives des vivants et des morts, c'est-à-dire, comme on le dit actuellement, de la base de données de l'ordinateur céleste. L'ordinateur céleste c'est Dieu, bien entendu, vu qu'il sait tout, y compris ce qu'il ne sait pas, ce qui fait que la présence au ciel d'ordinateurs avec des systèmes d'exploitation Microsoft serait ridicule, encore que rien ne soit impossible dans notre monde de capitalisme consumériste sans entraves et de libre-échange. La conversation avec le directeur de *Minut* m'a tout de même laissé un goût amer dans la bouche et j'ai attendu avec impatience l'appel de Margareta. Je ne lui ai rien dit de ma conversation avec le directeur, et je n'aurais pu le faire, car elle ne m'a pas laissé placer un mot. Elle m'a dicté la longue liste de mes obligations, et je les ai notées soigneusement dans le carnet placé près de mon téléphone. J'ai toutefois réussi à me plaindre de la masse d'instructions reçues de Dragan Michovitch, et elle m'a rassuré en me disant qu'elle serait à mes côtés et me donnerait, au besoin, un coup de main. Elle ne savait pas, ou faisait semblant de ne pas savoir, tout ce qui devait nous arriver lors de notre descente dans le puits, ou plus précisément, si absurde que cela puisse paraître, durant notre ascension dans le puits. Il est bien évident que l'on descend dans un puits, a-t-elle dit, mais dans celui-ci on monte, car c'est le chemin vers les sphères supérieures et les séfirot. Tout le reste serait synchronisé avec le début du sabbat : les personnes qui doivent tracer avec leur corps la prière indispensable gagneront leur place à six heures et vingt-deux minutes, au moment du coucher du soleil ; la préparation du matériau nécessaire à la création du golem commencera aussitôt après ; un autre groupe est disposé dans la partie de Zémoune qui environne le puits, pour reproduire la structure de l'arbre séfirotique ; enfin, aussitôt après minuit, l'union du roi et de sa mariée du sabbat achèvera le processus et ils entreront dans le puits qui sera grand ouvert. Là, Margareta s'est arrêtée et il n'y a pas eu moyen de l'amener à me fournir plus d'explications. Aurais-je dû renoncer ou au moins avoir peur ? Aujourd'hui je saurais comment répondre à cette question, mais à l'époque, inutile de le cacher, je désirais cette possibilité de m'unir à Margareta, et c'est uniquement à cela que je songeais tandis qu'elle m'expliquait leur stratégie. Nous ne fabriquons pas, bien entendu, a-t-elle dit, un golem réel, mais symbolique, doté cependant de pouvoirs réels. Quelque chose comme l'homme invisible, ai-je dit, sauf qu'il s'agit du golem invisible. Margareta a ri, puis elle a toussoté et dit que je devrais prendre tout cela plus au sérieux. Il suffit d'une erreur, d'une infime erreur, a-t-elle dit, et tout peut être détruit. J'espère ne pas faire d'erreur, ai-je dit, et me rappelant mon réveil, mais aussi notre trajet en taxi, j'ai senti un nouveau début d'érection, comme si je parlais à une de ces femmes qui minaudent et feignent l'orgasme tandis que la facture de téléphone monte à une vitesse vertigineuse. Il ne serait pas mal, m'a recommandé Margareta, que je me rende à l'office à la synagogue, car cela m'aiderait à concentrer mon esprit sur tout ce qui était en train d'arriver, et de toute façon je n'avais pas à me trouver près du puits avant minuit. Mais je ne suis pas croyant, ai-je dit en opposant une molle résistance, tout en sachant qu'en réalité j'avais envie d'assister à l'office. Quand tout sera fini, estimait-elle, je devrais devenir juif. J'ai cru que je l'étais déjà, ai-je répondu, par l'âme que je porte en moi. Oui, a dit Margareta, mais n'oublie pas qu'en plus de l'âme, il y a le corps, et qu'il est indispensable de le vouer lui aussi à Dieu, sans quoi ça ne marche pas. Je me suis représenté une lame chirurgicale sur ma verge et le sang qui coulait, il y aurait forcément du sang, et j'ai tressailli. Ne t'en fais pas, a dit Margareta comme si elle pouvait me voir par le fil du téléphone, avec une anesthésie locale, ça ne fait pas mal du tout. L'idée du sang m'a rappelé la tête coupée du chat, ce qui a ravivé ma colère et, comme cela se produit dans de semblables enchaînements de cause à effet, a entraîné une sécrétion accrue d'acide dans mon estomac, de sorte qu'après notre conversation, j'ai fini recroquevillé dans mon fauteuil, torturé par l'aigreur et la flatulence. Situation tout à fait indigne de quelqu'un qui devait bientôt jouer un rôle décisif dans un jeu compliqué consistant en la tentative d'un groupe ethnique pour s'assurer la paix dans un environnement où se multipliaient ceux qui levaient le poing — au sens symbolique et aussi au sens réel — contre tous les groupes ethniques qui le peuplaient. Dans un tel environnement la délation est un divertissement auquel s'adonnent de préférence et avec une égale passion les gens du commun et l'élite politique, les intellectuels et les artistes. Rien de mieux qu'un complot bien préparé dénonçant l'existence d'un complot, sauf pour ceux qui sont dénoncés comme auteurs de ce prétendu complot et dans les dénégations desquels on trouve les preuves de leurs intentions hostiles. Plus on se défend, plus on est censé démontrer qu'il y a là quelque chose de suspect, car pourquoi se défendrait-on avec un tel acharnement si l'on n'était pas coupable ? Bien entendu, c'est une chose de le savoir en théorie et c'en est une autre d'être concrètement exposé à une tempête de haine. Mais, bref, dès six heures j'étais dans la cour de la synagogue de Belgrade. Autour de la table étaient assis des gens que j'avais déjà vus là, pour la plupart, mais Datcha et son chapeau n'étaient pas parmi eux. Il y avait en revanche trois femmes plutôt âgées, qui m'ont fait penser aux Parques, bien que ces dernières fassent partie d'une autre tradition. Quelqu'un doit bien couper aussi le fil de la vie des Juifs, car eux non plus ne vivent pas éternellement. Certes, ces femmes ne ressemblaient pas le moins du monde à des êtres mythologiques, l'une d'elles était si petite qu'elle aurait pu venir plutôt du monde des nains que de l'Olympe, où les Parques, je suppose, ont leur demeure. J'ai été surpris de voir Iacha Alcalaï assis à cette table ; en effet, je pensais qu'il prenait certainement part de quelque manière au complot projeté, mais il se pouvait aussi que cette idée me vînt simplement du fait que Margareta était sa fille et que je m'attendais donc naturellement que son père fût là lui aussi. Mais peut-être est-il naturel que le père ne soit pas là où est sa progéniture ? Une personne comme moi, sans enfants, ne peut répondre pertinemment à cette question, alors je ne sais pas pourquoi je me mêle de ce qui ne me regarde pas. Et autre chose encore : il m'arrive de plus en plus souvent de parler du projet de Margareta et de ses amis comme d'un complot, donnant ainsi raison à Marko et à ceux qui se moquent de ce concept de complot, du moins au sens où il est en usage dans le cinéma américain. Il ne s'agit donc pas de complot, il s'agit de mon inattention, dans ma hâte de venir à bout de ces notes, et si j'en avais le temps, je reverrais soigneusement toutes les pages et partout où apparaît ce mot, je le remplacerais par un autre, mais je n'en ai pas le temps car je tremble déjà que tout cela ne m'échappe, à moins que tout m'ait déjà échappé, or ceci n'est tout de même pas un livre de sable que l'on peut lire au gré du désir de l'âme du lecteur, mais un texte dont l'âme du lecteur doit faire l'ascension avec le même effort que mon âme a produit pour descendre la pente de ces pages vers la fin inévitable. Oui, il est terrible que les livres aient une fin alors que la vie continue, ce fait dévalorise en quelque sorte tout effort d'écrire, car cela signifie que les livres sont toujours à la mesure de quelque chose de limité, qu'ils nous rappellent que nous n'avons devant nous qu'un nombre restreint de jours, de semaines, de mois et d'années, et qu'après cela de toute manière rien n'a plus aucun sens, bien qu'il soit également possible d'affirmer le contraire : que c'est justement ce caractère limité du livre qui nous aide à dépouiller l'illusion de la vie éternelle, en tant que possibilité réelle ou comme symbole religieux, peu importe. Je ne sais si durant l'office le rabbin a parlé de vie éternelle, car je ne comprends pas l'hébreu, mais au bout de quelque temps j'ai commencé à m'ennuyer et je me suis mis à regarder autour de moi. Peut-être n'était-ce même pas le rabbin, mais son adjoint, je n'avais pas compris ce que Iacha Alcalaï m'avait soufflé à l'oreille en entrant dans la synagogue, et après, j'ai oublié de le lui demander. L'office s'était achevé, les gens se levaient et se congratulaient à la perspective du début du sabbat, et bientôt s'est formée devant le rabbin une file dans laquelle j'ai pris place derrière Iacha Alcalaï. Je ne sais à quoi je m'attendais, mais le rabbin s'est contenté de me serrer la main et n'a prononcé que deux mots : Chabbat chalom, et il a aussitôt tendu la main à la personne suivante, l'une des Parques, derrière laquelle attendaient les deux autres. Il ne m'a même pas regardé dans les yeux, ai-je dit à Iacha quand nous sommes sortis dans la cour de la synagogue. Je me faisais l'impression d'être un adolescent susceptible. Et à quoi t'attendais-tu, a répondu Iacha, à un baiser sur les deux joues, et à un autre sur le front, pour faire bonne mesure ? D'ailleurs, a-t-il ajouté, il s'est certainement aperçu que tu ne suivais pas attentivement l'office, et c'est impardonnable. Iacha a vu mon air inquiet et il a ri. J'ai reconnu sur son visage souriant des traits semblables à ceux de Margareta, et rester là à parler à un homme avec la fille duquel je devais un peu plus tard faire l'amour, pas pour le plaisir mais dans un but plus élevé, m'a paru absurde. Le plaisir viendrait en sus, car je ne pouvais imaginer un accomplissement purement mécanique de cette union, et c'est tout de même là, en m'entretenant avec Iacha Alcalaï, que j'ai commencé à entrevoir tous les niveaux subtils et moins subtils que cela supposait. Il fallait faire l'amour avec délicatesse et selon un rite qui ne m'avait jamais été complètement expliqué ; songer ce faisant aux obligations qui étaient censées m'attendre au moment de la descente, ou plutôt de l'ascension du puits ; être prêt à répondre à des questions réclamant de moi bien plus de connaissances mathématiques que je n'avais envie de l'admettre ; enfin, je devais me préparer à des conséquences dont on ne m'avait rien dit non plus, pour la bonne raison qu'elles n'avaient été nulle part relevées ni expliquées. La plupart des textes mystiques décrivent par le menu les préparatifs du voyage, souvent le voyage lui-même, mais, après les instructions concrètes indiquant comment accomplir les choses, on ne dit presque rien de ce à quoi on parvient quand on les a suivies. J'ai toujours pensé que tout mystique doit repartir de rien, ce qui est peut-être exact, car être mystique est quelque chose de tout à fait personnel, quelque chose dépassant les règles que chacun peut apprendre et appliquer. Personne n'est parvenu à l'illumination pour s'être rendu dans un monastère zen, s'y être levé avant l'aube, avoir balayé les pièces communes, mangé du riz et être allé demander l'aumône. Pour l'illumination, il faut quelque chose de plus, quelque chose qui n'appartient qu'à l'être, quelque chose qui est cet être et qui, je n'ai pas de meilleur mot, s'éveille au moment où s'établit son contact particulier avec les éléments d'une pratique mystique donnée. Bref, ni Margareta ni ses complices, si je ne me trompe, n'avaient jamais réalisé l'expérience cabalistique qu'ils essayaient maintenant d'appeler à eux, ce qui ne voulait pas dire qu'ils ne pouvaient y parvenir. Au contraire, un jeu, pour appeler ainsi leur tentative non fondée sur l'expérience, peut parfois aboutir à des résultats beaucoup plus sérieux qu'une approche savante bien rodée qui risque de ne conduire qu'à des perfectionnements techniques. Il ne me restait plus que quelques heures à attendre avant de pouvoir confirmer tout cela par la pratique, mais l'excitation montait déjà en moi et je n'arrivais pas à me concentrer sur la conversation du groupe de fidèles dans la cour de la synagogue. Les trois Parques sont passées près de nous et je pourrais jurer avoir entendu, à leur passage, un bruit de ciseaux qui s'ouvraient et se refermaient, même si elles n'ont fait que sourire. Je les ai regardées s'éloigner en direction de la porte de la cour et j'ai trouvé étrange de voir tous ces gens suivre aussi tranquillement leur routine quotidienne ou hebdomadaire, tandis qu'à seulement quelques kilomètres de là leurs coreligionnaires se préparaient à une bataille décisive. Ceux qui se trouvaient auprès de moi, excepté Iacha Alcalaï, ne savaient manifestement rien, et même pour Iacha je ne faisais que supposer qu'il savait, car il ne m'avait aucunement laissé entendre qu'il était au courant de ce qui se tramait ni que j'étais impliqué dans cette histoire. Quand je lui ai dit un peu plus tard que je devais partir à cause d'obligations qui ne souffraient pas de retard, il s'est borné à hocher la tête, ce qui pouvait signifier tout ce que l'on voulait. Le corps n'est pas un livre, pas plus que les gestes ne sont des mots écrits, d'où les plus grandes possibilités d'interprétation, même si l'imprécision caractérise aussi bien les mots que les gestes, et que ceux-ci signifient plusieurs choses à la fois. Je n'ai pourtant pas voulu croire que Iacha Alcalaï m'avait fait un signe de tête uniquement pour me dire au revoir, et j'ai supposé que ce geste, de même que les signes de reconnaissance des francs-maçons, impliquait respect et soutien. Il y avait toutefois une chose que je ne comprenais pas : pourquoi Margareta avait-elle insisté pour que je me rende à la synagogue, alors qu'elle-même n'avait pas jugé nécessaire d'assister à l'office ? C'était la deuxième fois en un bref laps de temps que je me sentais fourvoyé, comme si quelqu'un faisait tout pour que je sois à tel endroit afin de m'empêcher d'être à tel autre. La première fois, c'était au cours de tai-chi ; la seconde fois, maintenant, à la synagogue. Une fois sorti, je suis tombé sur les trois femmes âgées qui, tout près les unes des autres, se chuchotaient des choses à l'oreille, comme si quelqu'un pouvait les entendre. Elles se sont tues en me voyant, mais m'ont regardé avec curiosité, un sourire à peine perceptible aux lèvres. Pendant un moment, je suis resté là à piétiner puis, m'étant avisé qu'elles n'allaient pas se remettre à parler, je suis passé près d'elles et me suis dirigé vers le square de la Couronne Verte. Cette fois-là, je n'ai pas entendu de bruit de ciseaux, mais, m'étant un peu éloigné, je me suis tout de même retourné pour vérifier si mon fil de vie coupé ne traînait pas derrière moi. Au moment même où je me retournais, j'ai pris la décision de ne pas aller à la Couronne Verte, mais de prendre l'autobus un peu plus loin, juste avant le pont. J'ai emprunté une ruelle qui menait à un petit jardin d'où un escalier étroit et abrupt descendait jusqu'à l'arrêt d'autobus. Du terre-plein de l'espace vert, où un chien m'a longuement flairé les chaussures tout en refusant d'entendre les appels de sa maîtresse, j'ai jeté un regard au-delà du fleuve et j'ai vu, dans le ciel au-dessus de Zémoune, un rayon de lumière descendant d'un groupe de nuages sur la ville. J'ai reporté un instant mon attention sur le chien, craignant qu'il ne décidât de pisser sur mes chaussures et mon pantalon, et quand j'ai de nouveau regardé en direction de Zémoune, le rayon de lumière avait disparu et les nuages s'étaient dissipés, si bien que j'ai douté de ce que j'avais vu précédemment. Parfois nous voyons ce que nous désirons voir, je le sais, mais je n'avais alors aucun désir de cet ordre, et je n'avais même pas regardé vers l'autre rive avec l'espoir de voir quelque chose, j'étais plutôt en proie au doute. Le chien, enfin repu de l'odeur de mes chaussures, a couru rejoindre sa maîtresse, et moi je suis resté encore une quinzaine de minutes à contempler en vain le ciel obscur au-dessus de Zémoune. Je n'ai compris que plus tard, dans l'autobus, que le chien avait été obsédé par mes chaussures parce que quelque part en chemin j'avais marché dans la crotte d'un de ses semblables, un risque que l'on court en permanence dans les rues de Belgrade, ce qui m'a forcé à rentrer chez moi pour changer de chaussures. L'arrêt de bus se trouvant en face de mon domicile, la première chose que j'ai remarquée en descendant du véhicule, avant même d'avoir traversé la rue, c'était que toutes les lumières étaient allumées dans mon appartement. Il m'arrive de laisser exprès une lampe allumée, généralement dans mon séjour, mais je n'aurais jamais laissé toutes les lumières allumées, surtout pas celle de la salle de bains, et bien sûr je ne l'aurais jamais fait le jour, alors que le soir s'annonçait à peine lorsque j'étais sorti pour me rendre à la synagogue. Chacun de mes nerfs, chaque partie de mon corps me disait de me hâter, pourtant je marchais lentement, traînant les pieds comme font les retraités sur les quais de Zémoune, car toutes ces lumières pouvaient signifier que celui qui était entré dans l'appartement s'y trouvait toujours, ce qui m'imposait la prudence, mais en même temps, l'élan réprimé faisait frissonner tous mes muscles comme des drapeaux dans le vent. Je ne sais pourquoi je compare mes muscles à des drapeaux, peut-être parce que, en marchant et en tressaillant, j'ai songé à une charge semblable à celles que l'on voyait dans les films sur les partisans, avec leur drapeau à la main et leurs hourras aux lèvres, et en effet je n'aurais pas été mécontent d'avoir un fusil automatique à la main et de tout faucher autour de moi en pénétrant dans l'appartement, ou plutôt le bunker de mon imagination. À défaut de bunker, je suis entré dans le hall de l'immeuble, qui sentait le moisi. La porte de la rue était fermée à clé et je l'avais ouverte sans bruit, comme si l'ennemi guettait juste derrière. Puis, une marche après l'autre, dos au mur, je suis monté jusqu'à mon appartement. En montant, la puanteur de la merde de chien sur mes semelles a empli mes narines et j'ai eu du mal à me retenir de vomir. Je suppose qu'en semblables situations, quand le corps est tendu et l'esprit concentré sur d'éventuels signaux de danger, les sens s'aiguisent grâce à quelque agent chimique commandé par le cerveau. Je ne sais comment le phénomène pourrait s'expliquer autrement, encore que l'explication importe peu ; je n'en parle que parce que, cette puanteur dans le nez, j'ai songé que je devais me déchausser et, si besoin était, m'attaquer, armé de mes chaussures, aux cambrioleurs dans mon appartement, et cette idée, l'image de moi-même avec des chaussures puantes aux mains, fonçant sur une bande de voleurs et frappant autour de moi, m'a donné une telle envie de rire qu'après avoir essayé de m'en empêcher, j'ai dû m'arrêter et pouffer à mon aise, alors que je n'étais plus qu'à quatre marches de la porte de mon appartement. Je me suis calmé au bout de quelques instants, j'ai essuyé mes larmes, monté les quatre marches et collé une oreille contre la porte. On n'entendait rien. Il allait de soi que l'on ne pouvait plus rien entendre après mon accès de rire, car si quelqu'un se trouvait encore dans l'appartement, il se taisait maintenant et attendait de voir ce que j'allais faire. J'ai revu une scène que j'avais déjà imaginée : pendant que j'écoute d'un côté de la porte, mon adversaire guette de l'autre côté, à peu près au même endroit, si bien que nos oreilles se touchent pour ainsi dire. L'image est la même, seuls les côtés ont changé. Quand je l'avais imaginée la première fois, j'étais dans mon appartement et mon adversaire invisible sur le palier, alors que maintenant j'étais sur le palier et lui dans mon entrée. J'ai pressé l'oreille contre la porte jusqu'à avoir mal, puis j'ai appuyé sur la poignée avec précaution et la porte s'est ouverte. J'ai pénétré dans l'entrée, tendu l'oreille et, encouragé par le silence, je me suis dirigé vers le séjour. J'ai fait quelques pas, puis je suis revenu sur mes pas pour prendre mon parapluie pendu au portemanteau ; un parapluie n'est pas un fusil automatique, mais c'est tout de même une espèce d'arme qui m'a donné un peu d'assurance. Cependant, il n'y avait personne dans l'appartement ; j'ai jeté un coup d'œil dans toutes les armoires, sous le lit, j'ai repoussé mon fauteuil, écarté le rideau, me suis assuré qu'il n'y avait personne dans le débarras ; celui qui s'était introduit dans l'appartement en était reparti depuis longtemps. Rien n'indiquait que quelqu'un fût entré, aucun objet n'avait été déplacé, ni sur les tables ni dans les armoires. En allant de l'arrêt d'autobus à l'entrée de mon immeuble, je m'étais vu entrer dans un appartement où plus rien n'était à sa place, mais, au lieu d'un chaos, j'ai tout trouvé en ordre. C'était réconfortant, mais ça n'atténuait pas mon sentiment d'insécurité, pis encore, ma conviction que l'appartement avait été souillé par une intrusion. Notre appartement fait partie de notre corps et si quelqu'un s'y introduit, c'est comme s'il s'était introduit en nous. Dans ce cas précis, puisque tout était resté intact, on ne pouvait parler d'un viol symbolique, mais cela pourrait être comparé à un contact indésirable, comme quand quelqu'un se colle à nous dans les transports en commun. Mais le temps passait, je devais partir pour me rendre au centre des séfirot, et c'est seulement à ce moment-là, en éteignant les lampes de l'appartement, que j'ai vu ce dont j'aurais dû m'apercevoir immédiatement : le manuscrit du *Puits* était ouvert. Et ce n'était pas tout. Quand je me suis penché pour lire ce qui était écrit sur la page à laquelle on avait laissé le document ouvert, j'ai eu l'impression que quelque chose clochait. Il a suffi que je le referme et que je le rouvre pour que mon doute soit confirmé : le manuscrit qui se trouvait sur mon bureau n'était plus le même. Ma première pensée est allée à Margareta : si elle avait déjà pris l'original au musée, pourquoi n'aurait-elle pas pu prendre aussi la traduction vivante ? N'avait-elle pas dit qu'elle rendrait le manuscrit quand ils n'en auraient plus besoin ? L'événement projeté n'avait pas encore eu lieu, c'est vrai, mais elle semblait très sûre d'elle et peut-être avait-elle simplement commencé à se préparer pour l'étape suivante. J'ai pu souffler. Pouvais-je vraiment souffler ? Je n'avais aucune preuve que le manuscrit se trouvait en possession de Margareta, car si elle pouvait l'avoir pris, il pouvait aussi avoir été dérobé par quelqu'un d'autre. Il est vrai que l'on pouvait se demander pourquoi quelqu'un d'autre aurait pris soin de laisser sur place la version inanimée de la traduction ; ce n'était pas clair, d'ailleurs, même s'il s'agissait de Margareta, mais dans son cas je savais du moins qu'elle avait accès aux différentes versions et qu'elle aurait considéré cette substitution comme une sorte de rémunération de ma tâche.

Je ne sais comment cette idée m'est venue, mais je me rappelle bien que, devant le manuscrit inanimé, c'est à cela que j'ai pensé : au remboursement d'une dette. Presque au même moment j'ai eu encore une autre pensée : avait-on opéré cette substitution afin que le manuscrit vivant de la traduction soit déposé en lieu sûr, là où personne n'aurait l'idée d'aller le chercher ? Plus exactement, me suis-je dit en me frappant le front, là où il servirait d'appât, détournant l'attention de l'original vivant du manuscrit, du livre de sable réel, qui ne pouvait se trouver qu'à un seul endroit : à l'entrée du puits. J'ai consulté ma montre, il était près de onze heures, je devais me dépêcher, aussi me suis-je vite déchaussé, bien que cela fût devenu presque inutile puisque je venais de répandre la merde de chien dans tout l'appartement, j'ai chaussé une autre paire, jeté un coup d'œil à mon visage dans le miroir, écarté une mèche de mon front, éteint la dernière lumière, fermé ma porte à clé et dévalé l'escalier. Sorti de l'immeuble, je me suis arrêté un instant, j'ai regardé à gauche, j'ai regardé à droite, puis je me suis dirigé tout droit vers les quais, par le même chemin que j'avais pris trois mois auparavant avec une pomme à la main. Alors il faisait jour, maintenant c'était la nuit ; alors la promenade était pleine de monde, maintenant elle était déserte ; alors le petit terrain de jeux était ouvert au public, maintenant les petits chevaux du manège et des wagonnets du petit train étaient recouverts de bâches imperméables ; alors j'avais l'air d'un promeneur indifférent, maintenant j'étais au centre de quelque chose que je n'arrivais pas du tout à définir. Comment définir la haine humaine ? Comment expliquer l'existence des préjugés ? Comment interpréter un penchant suicidaire qui apparaît parfois dans une collectivité, et même dans tout un peuple ? Comment trouver un dénominateur commun à des événements appartenant à des catégories, des histoires et des croyances extrêmement différentes ? Trop de questions. Rien que dans la ou les deux dernières pages, il y en a huit, si j'ai bien compté.

Je m'étais toujours imaginé que les livres commençaient par des questions et se terminaient par des réponses, mais, dans mon cas, il en va autrement, du moins pour les questions, qui foisonnent à la fin, alors que les réponses sont disséminées un peu partout, ce qui est normal, je crois, puisque ceci n'est pas un livre, je n'ai jamais eu l'intention d'en écrire un, comme je l'ai déjà dit quelque part, si je ne me trompe, mais il se peut que je me trompe tout de même, vu que personne qui écrit un texte de longue haleine, quel qu'il soit, ne peut se rappeler tous les mots qu'il a écrits. Parfois, par exemple, je rêve des passages de cet écrit dont je suis sûr qu'ils ne sont jamais passés par ma bouche ou par le bout de mon stylo, mais quand ensuite je feuillette mon manuscrit, j'y reconnais tout. Cela me persuade de nouveau que tout texte, toute note, tout livre, tout ce qui est fait de mots, est en réalité fait de sable ou, mieux, d'eau. Rien n'est plus inconstant que les mots, mais rien ne dure autant, c'est dans ce paradoxe que se trouve le commencement et la fin de toute écriture, ainsi que de tout effort humain, me disais-je en marchant sur le quai désert, car même si l'on affirme tant et plus que ce sont nos actes qui nous définissent, on peut en dire autant des mots. D'ailleurs, les mots sont bien des actes de l'esprit, n'est-ce pas ? Je me suis retourné comme si quelqu'un derrière moi pouvait me donner une réponse pertinente et j'ai aperçu au loin trois personnes marchant dans ma direction. Cela pouvait ne rien signifier, bien sûr, et j'ai continué à me diriger vers le restaurant Le Venise, mais en me retournant de nouveau j'ai vu que ces personnes étaient plus près qu'auparavant, ce qui m'a forcé à hâter le pas et à tourner dans une rue parallèle au quai, où les ombres étaient plus épaisses et où les halls des immeubles pouvaient offrir un refuge provisoire. Je suis entré dans l'un d'eux, je me suis tapi derrière une porte aux vitres cassées, prêt à attendre quelques minutes. Je comptais lentement comme si je voulais déterminer la distance de la foudre après la lueur d'un éclair et, arrivé à trois cents, ce qui devait faire environ cinq minutes, je suis ressorti. Personne, nulle part. Les trois individus avaient disparu sans laisser de traces ou, si tant est qu'ils eussent un quelconque lien avec moi, avaient tourné dans une des rues latérales, trompés par ma disparition subite. Je me trouvais non loin du bâtiment de l'école élémentaire, ce qui signifiait que j'avais déjà pénétré dans le monde des séfirot, délimité sur le plan du vieux centre de Zémoune par la grand-rue et le quai. Cette partie de la ville est grosso modo divisée en neuf blocs d'habitations, ce qui correspond aux séfirot cabalistiques, sauf que la dixième séfira, Malkuth, qui est liée à la Chekhinah, est absente, et cette absence, cette asymétrie dans leur disposition, permettait, du moins selon les propos de Margareta, la réalisation de leur projet. Le renouveau de Malkuth, affirmait Margareta, régénère l'univers tout entier, rétablit l'équilibre des forces cosmiques et, ce qui est le plus important, produit l'énergie indispensable à la création du golem, ou du bouclier protecteur, ou de ce qu'ils se proposaient de créer. Le puits était situé dans le bloc central, lequel correspondait à la séfira nommée Tifèrèt ou la Beauté et sur le corps humain au nombril et au cœur. J'ai continué de marcher, jusqu'au coin de la rue Zmaï. J'aurais dû me demander où étaient les gens qui devaient tracer avec leurs corps les prières indispensables, mais j'ai supposé qu'ils avaient déjà accompli leur tâche ou bien, ce qui me paraissait tout à fait possible, qu'ils étaient postés dans des cours et des appartements, cachés aux regards curieux et hostiles. J'ai continué d'avancer, tandis que l'air autour de moi s'épaississait, pour ainsi dire, ralentissant encore mes mouvements déjà circonspects. À gauche s'ouvrait l'espace du marché plein d'étals qui ressemblaient à des taches grasses d'obscurité, soudain menaçantes, pareilles à des nids d'où des guêpes auraient pu s'élancer d'un instant à l'autre. J'ai tâché de ne pas les regarder, de ne pas prêter attention aux ombres papillonnantes à la périphérie de mon champ visuel. Après avoir dépassé l'angle de l'immeuble marquant le début du bloc central, je suis entré, c'est du moins ce qu'il m'a semblé, dans un silence absolu. J'ai jeté un regard sur mes pieds, qui se trouvaient tout à coup à une distance infinie du reste de mon corps, et que je voyais comme dans un film muet, au fond de la mer, ondoyants et sans consistance. Ce sont pourtant mes pieds, me disais-je, pendant que je les levais avec effort et les déplaçais vers mon but, vers la vieille porte en bois qui ne devait plus être loin. Et de fait, plus tôt que je ne m'y attendais, j'ai aperçu la lourde porte, grande ouverte, de sorte que le rectangle de lumière formé par l'éclairage de la rue s'étendait sur le sol du passage qui menait à la cour. Je me suis arrêté à l'entrée en m'appuyant à l'autre battant de la porte et j'ai jeté un regard sur mon ombre. Comme elle est appropriée, cette image, maintenant que je ne suis plus qu'une ombre glissant sur les objets aussi longtemps qu'elle demeure à la limite de la lumière et de l'ombre, dans l'espace étroit entre le réel et l'irréel. Cependant, à ce moment-là, j'ai songé seulement au bien que cela me ferait si le silence cessait, si je pouvais enfin entendre de nouveau, reconnaître des bruits et décider en fonction d'eux mon geste suivant. Je me suis avancé dans le passage comme si je voulais marcher sur mon ombre, laquelle, naturellement, s'est enfuie devant moi. J'ai fait encore deux ou trois pas à sa suite, et lorsqu'elle s'est enfin dérobée dans l'obscurité, j'ai revu le décor bien familier : le banc, les pots de buis, la pompe au bras incurvé, et la lueur qu'ils répandaient comme s'ils étaient recouverts d'une poudre argentée. J'ai aussitôt eu envie de m'asseoir sur le banc, tant j'étais épuisé par l'effort de lever les pieds en marchant, mais les instructions que j'avais reçues exigeaient que le banc restât inoccupé en attendant que Malkuth et la Chekhinah fussent prêts à s'y asseoir ensemble. Bien, me suis-je dit, le roi est là, mais où est la reine ? Je me suis trouvé prétentieux, bien que je n'eusse rien imaginé qui ne fût conforme à la réalité, c'est-à-dire à ce qui avait été convenu. Je jouais le rôle qui m'était imparti, et je n'étais certainement pas le premier acteur à s'identifier avec le personnage interprété, même si c'était l'une des manifestations de l'être divin. À ce moment-là, je me suis aperçu que le feuillage des buis bougeait, bien que je n'eusse pas senti le moindre souffle de vent. Ce n'étaient pas des mouvements violents, juste de doux frémissements qui eussent été plus visibles sur un arbre ou un buisson à feuilles caduques et que j'avais perçus seulement parce que je guignais le bord des pots en cherchant un endroit où j'aurais tout de même pu m'asseoir et reposer mes pieds fatigués. Au même moment, la lueur argentée qui s'échappait du bras du puits s'est mise à flotter, et pendant qu'elle montait en tournoyant comme la vapeur montant d'une théière pleine d'eau bouillante, j'ai compris ce qui se passait : le puits était ouvert et tous ces frémissements et ondoiements étaient produits par un courant d'air particulier entre les différents mondes. Quel paradoxe, me suis-je dit, je m'en souviens, que dans un pays où l'on considère les courants d'air comme un des phénomènes naturels les plus redoutables, ce soit justement ce phénomène-là qui signale l'ouverture d'un passage menant à un espace parallèle ou à une nouvelle dimension de la vie. Espérons, me suis-je dit, qu'une petite retraitée colérique ne va pas apparaître qui trouverait aussitôt le moyen de couper court à l'action du courant d'air sur sa santé fragile. J'ai ri, et alors que mon rire résonnait en se répercutant entre les murs et en s'éteignant lentement, j'ai entendu les cloches d'une église. Je n'avais pas à compter, je savais qu'elles sonnaient minuit, ce qui voulait dire que Margareta était en retard et que, si elle n'apparaissait pas avant le dernier coup de cloche, tout était voué à l'échec. Tout à coup, tel un certain héros de Faulkner, j'ai eu envie d'arrêter le temps, de courir à cette église et de trouver comment empêcher les cloches de carillonner, mais de même que ce héros comprend qu'arracher les aiguilles de sa montre ne va pas arrêter le temps, j'ai dû moi aussi me résigner au fait que je n'étais pas Superman et que même si j'arrivais au clocher et interposais mon corps entre le battant et la paroi de la cloche, je ne pourrais rien changer. Je ne savais pas très bien ce que je devais faire. Le carillon approchait de sa fin, et lorsque le dernier coup se serait évanoui dans l'atmosphère, je pourrais rentrer chez moi. Je me suis pourtant avancé vers le banc et en arrivant à trois ou quatre pas de lui, j'ai senti la poussée d'un courant. Les jambes de mon pantalon se sont mises à flotter, mes cheveux se sont soulevés, un air froid a léché mes oreilles et ma nuque. Le dernier coup de cloche s'est éteint et le silence est tombé. Il m'a semblé entendre des pas, mais j'ai constaté en me retournant que c'était juste une goutte qui se détachait de la pompe luisante et tombait sur la grille de la canalisation. Je dis que la goutte tombait, mais en fait elle le faisait très lentement et il m'a semblé suivre pendant des heures sa chute au ralenti. Quand elle a achevé sa chute, j'ai rentré la tête entre les épaules en m'attendant à un fracas, mais elle n'a fait que glisser entre les mailles de fer, en se retenant un instant sur l'une d'elles, comme un gymnaste qui à la fin de ses exercices semble ne plus vouloir se séparer de la barre fixe qui vibre. J'ai regardé encore un moment l'endroit où la goutte avait disparu et, subitement très déterminé, je me suis approché du banc et m'y suis assis. Naguère, chaque fois que je m'y étais assis, un silence puissant m'avait enveloppé, accompagné de musique ou de voix quasi célestes, mais à présent, l'espace n'était pas silencieux, un faible crépitement se faisait entendre, semblable au ronronnement sourd que produit un transformateur où, avec une discipline rigoureuse, un courant électrique est changé en un autre. Je ne dis pas, bien entendu, que le puits était un transformateur, mais quelque chose en lui se convertissait certainement en autre chose, et je ne savais pas ce que c'était. J'ai songé à me lever et à m'en aller, tout simplement, il n'y avait aucune raison de m'attarder davantage, d'autant moins que l'affaire avait foiré, et je me suis senti étrangement désincarné, comme si l'on m'avait complètement vidé en ne laissant que l'enveloppe, changé en quelque chose de semblable à la chrysalide vide que certains insectes abandonnent dans leur processus de développement et de métamorphose. Cela m'a rendu si fragile que je n'ai pas osé bouger. Je restais assis sur le banc comme si j'y étais collé, l'air circulait autour de moi, le bruit ronronnant me remplissait les oreilles et la lueur de la pompe et du buis devenait de plus en plus vive, plus brillante. J'ai alors senti la carapace vide de mon corps se remplir progressivement et j'ai pu, comme si je l'observais de l'extérieur, voir le niveau de cette substance croître, monter de mes pieds vers mon ventre, ma poitrine et mon cou. Je m'empresse de dire que substance n'est pas le mot le plus approprié, puisqu'il suggère quelque chose de matériel, de tangible, alors que ce qui montait en moi ne se composait d'aucune particule, mais formait un tout indissociable, une masse compacte que j'appellerais volontiers manifestation visible de l'esprit divin, si je le pouvais, mais je ne le puis car je ne dispose d'aucune preuve qu'il s'agissait vraiment de l'esprit divin ou, d'ailleurs, de quoi que ce soit d'autre. Pendant qu'elle montait vers les parties supérieure de mon corps, cette substance dégageait une agréable chaleur, une sorte d'énergie qui me délivrait du sentiment de fragilité et de faiblesse et me rendait à la fois lourd et léger. À un moment, j'ai senti un tiraillement dans mon dos, une démangeaison près d'une épaule, et me suis dit : Je deviens un ange. J'ai maintenant honte de cette idée, car qui suis-je pour devenir un ange, mais, à ce moment-là, dans le puits, cette pensée n'a soulevé aucune contestation. Cette sensation à l'omoplate m'avait réellement fait croire que ma peau allait s'ouvrir et livrer passage à un bout d'aile encore humide et gluante comme celle d'un oisillon sortant d'une coquille brisée. Je me rappelle m'être inquiété de ne pas sentir la même démangeaison et le même tiraillement près de l'autre omoplate et avoir cru avec effroi que je serais un ange à une aile, un ange infirme, incapable de voler, de marcher, un ange titubant qui finirait par désirer se débarrasser de cette aile, même si cela équivalait à redevenir homme. Plutôt être une créature humaine stable, me suis-je dit, qu'un ange bancal. Entre-temps, le niveau de la substance avait atteint mon cou et continuait de monter vers la tête, et c'est alors que pour la première fois m'est venue l'idée que ce qui était en train de m'arriver était en vérité ce que j'avais attendu, à savoir que s'unissaient en moi le roi et la reine, que c'était justement l'éclat de la Chekhinah qui était en train de m'emplir, et qu'il n'avait jamais été prévu que l'on en vînt à l'union charnelle à laquelle je m'attendais avec tant de certitude. C'est une des dernières choses dont je me souviens. Je me rappelle avoir encore pu me dire : Je vais me noyer ! et alors tout s'est arrêté, et quand j'ai de nouveau ouvert les yeux, j'étais chez moi, dans mon fauteuil, devant le téléviseur. Celui-ci était éteint, dehors il faisait nuit. Mes pieds étaient nus et je n'ai aperçu nulle part autour de moi mes chaussettes ni mes chaussures. J'entendais une rumeur dans ma tête, j'avais le nez bouché, les tendons de mon cou me faisaient mal, comme si j'étais resté longtemps à un endroit exposé au courant d'air. Puis je me suis rappelé le puits et le souffle circulant entre les mondes, mais je ne savais toujours pas comment j'étais rentré chez moi, pas plus que je ne savais si la nuit que je voyais par la fenêtre était la même ou une autre. Un coup d'œil sur ma montre m'a appris qu'il était quatre heures moins dix, mais ne m'a pas dit si c'était le dimanche qui commençait ou le lundi, ou même, pourquoi pas, le mercredi. Je n'aurais pas été surpris que ce fût le mercredi, car je me sentais aussi épuisé que si je n'avais pas dormi pendant trois jours et trois nuits. Mon trou de mémoire, cependant, ne se comblait pas. Quelque chose s'était passé, j'y avais participé, et maintenant je ne pouvais me souvenir de rien. De tels vides sont la pire des choses qui puissent nous arriver, car ils sont, en fait, le signe d'une absence de l'être intérieur et mettent en question son existence même. Nous existons grâce à la conscience que nous avons de nous-mêmes et à l'image que nous ne cessons de projeter dans la réalité environnante. Quand ce processus ne fonctionne pas, comme dans le cas d'une perte de conscience ou d'un coma, nous n'existons pas, en fait, tout en étant corporellement présents. Le rêve est autre chose, car alors nous ne perdons pas complètement la conscience de nous-mêmes, qui est seulement réduite en fonction de la profondeur de notre sommeil et du besoin de repos de notre corps. J'aurais pu réfléchir ainsi autant que je l'aurais voulu ; cette voie-là ne m'aurait jamais mené à une réponse. J'ai voulu me lever, mais je n'ai tout simplement pas pu remuer la tête, appuyée au dossier du fauteuil, pas même en levant les mains, en les glissant sous ma nuque et en essayant de la soulever. La douleur dans le cou et les tempes était presque palpable : si j'avais plié le cou encore un peu, la douleur se serait déversée de moi comme le dentifrice d'un tube écrasé. Je me suis affaissé, mais presque au même instant tous les nerfs de mon corps se sont de nouveau tendus : quelque part dans mon appartement, des bruits, incontestablement produits par quelqu'un d'autre, se faisaient entendre. Les mots : Je ne suis pas seul, je ne suis pas seul, je ne suis pas seul, se répétaient, résonnaient dans ma tête pendant que je me demandais fébrilement comment réagir. Puis j'ai nettement entendu le parquet grincer et des pas se rapprocher, toujours plus près, juste dans mon dos. Ils se sont arrêtés là. À qui ai-je songé ? À Marko encore que je n'eusse pu imaginer comment il se serait introduit chez moi. D'autre part, je ne savais pas non plus comment je m'y trouvais moi-même, nu-pieds qui plus est. Jamais de ma vie je n'avais marché pieds nus, et en jetant encore un regard sur ceux-ci, je me suis rappelé la célèbre photo des Beatles en train de marcher dans une rue, où seul Paul McCartney est pieds nus, ce qui, selon une interprétation, pouvait vouloir dire qu'il n'appartenait plus au monde des vivants, qu'il était mort. Je me suis alors demandé ce que représentaient mes pieds, quel était le sens de leur nudité, et je me suis rappelé que la séfira Malkuth est liée aux pieds, au sol sur lequel nous marchons, et aussi à la Chekhinah, et j'ai fini par croire que quelque chose s'était tout de même passé dans le puits. Le parquet a encore grincé et la paume d'une main s'est posée sur ma joue. J'ai saisi cette paume et l'ai approchée de mes yeux. Margareta, ai-je dit, que fais-tu ici ? Elle n'a pas répondu. J'ai de nouveau essayé de remuer la tête, et cette fois j'ai pu le faire. Je ne sais trop à quoi je m'attendais ou même si je m'attendais à quoi que ce soit, il est possible que mon impression qu'il m'était arrivé quelque chose m'ait fait croire que la même chose était arrivée à tout le monde, mais Margareta, quand je l'ai enfin vue, était comme toujours, peut-être un peu plus pâle et plus lasse que les jours précédents, rien de plus. J'ai regardé ses pieds : ils n'étaient pas nus. Ses yeux n'étaient pas pers comme la dernière fois que j'avais plongé mon regard dans le sien, mais gris clair, encore que si l'on me demandait à présent quelle était cette couleur, je ne saurais la peindre ni la reconnaître sur l'un ou l'autre des objets qui m'entourent. Je la tenais donc par la main, mon regard rivé sur ses yeux gris, et elle ne disait rien, si bien que de mon côté je ne lui ai posé aucune question. Je pouvais attendre, et j'attendais. Dans sa paume, le sang battait doucement, ses paupières, à chaque clignement, s'immobilisaient fugitivement, avides de sommeil, et j'entendais l'air passer dans ses narines, je voyais ses sourcils se froncer, et j'ai compris que se manifestaient ainsi les conséquences de quelque chose qui avait été fait, ou qui ne l'avait pas été et, brusquement, j'ai tout vu très nettement, j'ai su où étaient mes chaussettes et mes chaussures et pourquoi j'étais pieds nus. J'ai attiré la main de Margareta, appuyé sa paume sur mon front et fermé les yeux. J'ai senti le rythme de son sang s'accorder aux pulsations dans mes veines, puis, comme si elles n'avaient attendu que cette harmonie, des images se sont succédé dans mon esprit : j'ai vu, toujours de l'extérieur, la chrysalide de mon corps se remplir complètement de quelque chose de transparent, d'une substance qui n'était pas une substance mais quelque chose n'appartenant pas au monde matériel, et qui, arrivée au sommet de mon crâne, est devenue si lourde que je me suis simplement écroulé. Je n'ai jamais vécu quelque chose d'aussi étrange : je veux dire, l'instant où l'on se voit tomber sans pouvoir rien faire sinon tâcher de ne pas penser à la douleur qui va peut-être suivre. Je me suis effondré comme un sac à moitié vide, ce qui a amorti le choc de mon corps au contact du sol, mais n'a pu empêcher ma tête de cogner contre le pied en fonte du banc. En effet, quand j'ai plus tard tâté le sommet de mon crâne, j'y ai senti une bosse douloureuse, bien qu'au moment où cela était arrivé je n'eusse rien senti. Si je peux le dire ainsi, le film que j'étais en train de regarder en présence de Margareta était dépourvu de son ; la version actuelle a été depuis longtemps sonorisée et, comme cela arrive toujours avec des interventions ultérieures, elle ne correspond pas à la réalité. Tout ce qui se passait était muet, aussi bien le redressement d'une forme transparente qui est montée de mon corps que l'apparition d'une large ouverture quelque part très haut au-dessus de moi, ou plutôt au-dessus de nous, car cette forme se penchait sur moi et, à ce qu'il semblait, me chuchotait quelque chose à l'oreille, que le bond de la forme s'élançant vers l'ouverture, laquelle était aussi réelle qu'irréelle, tout comme la figure transparente qui à un moment était très haut dans les nuages et à un autre juste au-dessus du banc, et le moment où la forme s'était saisie du bord de l'ouverture pour disparaître dedans, dans le puits, lequel, comme l'avait dit Margareta il y avait longtemps, menait vers le haut, montait vers le sommet des séfirot, vers la Couronne, muet même lorsque la figure est réapparue à l'ouverture du puits en montrant tout à coup un visage complètement formé, aux traits délicats et aux yeux sombres, et a prononcé un mot muet que sur le moment je n'ai pas reconnu, mais que j'ai retrouvé pendant que le sang de Margareta et le mien battaient à l'unisson, et j'ai dit : Éléazar. Oui, a dit Margareta, Éléazar, bien que je fusse persuadé qu'elle ne savait pas pourquoi j'avais dit ce nom. Quelques heures auparavant, quand j'avais vu les lèvres de la forme articuler silencieusement des paroles que je n'arrivais pas à comprendre, j'avais cru qu'elle voulait me communiquer une instruction relative à ce que je devais faire ensuite, peut-être éclaircir un problème mathématique, comme Dragan Michovitch l'avait supposé, et je m'étais alors dit très clairement, comme si je lisais un texte préparé à l'avance : Il doit être pieds nus. Je ne savais pas à qui se rapportait cette phrase : la forme venait de disparaître dans l'ouverture, mon corps gisait toujours près du banc, j'étais moi aussi une sorte de forme incorporelle, et il n'y avait plus personne dans cet enfoncement entre de hauts murs. Je m'étais approché de mon corps, ce qui est une description purement spéculative, car je ne suis pas sûr d'avoir vraiment pu bouger, cela pourrait plutôt se décrire comme le mouvement que fait une caméra afin de rendre une scène avec plus de netteté et de détails, alors qu'elle reste en fait sur place et que ce sont les lentilles de son objectif qui se déplacent, et plus je m'approchais ainsi, mieux je comprenais que les formes incorporelles ne peuvent accomplir des tâches corporelles, mais j'avais toutefois continué de m'approcher de mes pieds chaussés de daim jusqu'à ce qu'ils eussent rempli tout mon champ visuel, et alors deux mains étaient entrées dans ce cadre et, tendrement, mais avec détermination, avaient dénoué les lacets de mes mocassins, m'avaient déchaussé et enlevé mes chaussettes, les avaient rangées hors de mon champ visuel, puis une main s'était levée vers mes yeux et l'instant suivant s'était posée sur la source de ma vue et l'image était devenue entièrement noire. J'ai écarté la paume de Margareta et l'ai fixée du regard, puis je l'ai doucement appuyée sur mes yeux. Car, en définitive, elle savait pourquoi j'avais dit le nom d'Éléazar. En effet, la paume qui m'avait empêché de regarder était la sienne, je ne pouvais plus en douter, quoique cela ne fît qu'embrouiller plus encore le lacis d'incertitudes dont je ne savais comment sortir. C'est avec une tendresse non dissimulée que j'ai songé à Marko, son conseil aurait été le bienvenu et, après tout, fumer un de ses joints ne m'aurait pas fait de mal. La réalité était de toute manière à tel point gauchie que la griserie de la marijuana apparaissait désormais comme un état normal de la conscience. Je sentais toujours battre le sang de Margareta, mais nos rythmes n'étaient plus accordés. J'ai relâché la pression de ma main, elle a promptement retiré la sienne, et quand nos regards se sont rencontrés, j'ai vu que ses yeux étaient encore d'une autre couleur. Ne me demande rien, a dit Margareta, écoute simplement. J'ai tendu l'oreille et entendu au loin la sirène d'une voiture de pompiers qui approchait. Non, a dit Margareta, elle ne voulait pas parler des pompiers, mais, pendant qu'il en était encore temps, m'offrir une explication. Parce que les choses, ai-je demandé, ne se sont pas déroulées comme prévu ? Au contraire, a répondu Margareta, parce qu'elles se sont justement passées comme on l'avait imaginé. J'ai laissé sa réponse s'enfoncer lentement dans mon esprit. Je ne sais combien de temps a duré ce lent engloutissement, car mon esprit résistait comme un enfant qui refuse de mettre un pyjama avant de s'endormir. Margareta se tenait patiemment près de mon fauteuil. Elle ne me touchait pas, n'a même pas essayé de me toucher. Elle savait qu'il lui fallait attendre, alors elle attendait, et la première pensée qui s'est formée dans mon esprit a été : Le roi a perdu sa reine. C'est ce que je me suis dit, comme s'il s'agissait d'une partie d'échecs qui se serait soldée par une perte irréparable. Margareta a reniflé silencieusement et j'ai deviné, sans la regarder, qu'elle pleurait. À présent elle devait partir. Quand j'ai ouvert la porte de l'appartement, elle s'est hissée sur la pointe des pieds, a touché ma joue de ses lèvres et m'a soufflé à l'oreille : Va voir Iacha, il t'expliquera tout. Je l'ai regardée descendre l'escalier, puis j'ai seulement entendu le bruit de ses pas, la porte de la rue qui s'ouvrait et se refermait, et je ne l'ai plus jamais revue. Bien sûr, à ce moment-là, je ne le savais pas ; si je l'avais su, peut-être n'aurais-je pas si vite tourné la clé dans la serrure et mis la chaîne de sûreté, pour retourner dans la chambre et me rasseoir dans mon fauteuil devant le téléviseur éteint. J'aurais pu penser à un million de choses, mais je n'ai pensé à rien. De fait, j'ai songé à allumer le téléviseur pour voir si, à cette heure tardive, quelque chaîne privée ne passerait pas un film porno. Cet effort érotique dépourvu de sens, ce vain épanchement de semence, toute cette farce et cette application à feindre une passion inexistante m'auraient calmé, comme toujours. Je ne l'ai pourtant pas allumé. Je suis resté assis, tandis que la douleur gagnait de nouveau mon cou, mes tempes, encore plus forte, me semblait-il, qu'avant l'arrivée de Margareta. Lorsque, immédiatement avant son départ, je lui avais demandé comment elle était entrée dans mon appartement et comment je m'y étais moi-même retrouvé, elle avait dit que des amis l'avaient aidée.

Elle est partie, mais cela, je l'ai déjà dit, ou plutôt écrit, ou mieux encore, murmuré dans le crépuscule, penché sur mon bureau. J'ai tendu la main et allumé la lampe. La lumière est toujours une consolation, même quand l'obscurité n'éveille pas la peur. Ces mots que depuis des jours je couche en hâte sur le papier comme si ma vie en dépendait sont eux aussi une consolation, bien que, dans le cas des mots, je ne puisse nier la possibilité d'une manipulation, ce qui ne saurait être quand il s'agit de la lumière. Les mots sont pareils aux objets restés après la mort d'une personne chère, objets dont on n'arrive pas à décider si l'on doit les jeter ou les garder, une chose et l'autre ayant ses inconvénients et ses avantages, mais si nous voulons être vraiment sincères avec nous-mêmes, nous reconnaîtrons que leur présence a perdu tout sens avec la disparition de celui ou de celle à qui ils avaient appartenu et que la seule bonne décision à prendre est de les fourrer dans un sac ou dans un carton et de les jeter à la poubelle, ce que nous finissons par faire, même si nous gardons toujours quelque chose, quelque chose à quoi, soi-disant, nous tenons beaucoup, mais qui, pendant les années qui suivent, devient un fardeau encombrant et finit aussi dans les ordures, tel un hommage à notre incapacité de donner librement une forme à notre vie sans nous soucier des coutumes et des habitudes. Je ne sais qui fouillera mes affaires après mon décès et c'est pourquoi j'ai envisagé d'écrire à la première page, en gros caractères — quand j'aurai consigné tout ceci, ce qui ne saurait tarder, vu le peu d'encre qui reste dans mon stylo —, le message : « À brûler après ma mort », ce que je ne ferai pourtant pas, non point parce que j'ai renoncé à cette supplique, mais parce qu'elle ne me garantit rien. N'a-t-on pas conservé nombre de manuscrits malgré la volonté de leurs auteurs ? Si tu veux brûler quelque chose, fais-le toi-même, me suis-je dit, et j'ai même préparé une boîte d'allumettes et un flacon d'essence à briquet, mais je me suis senti dans une sorte d'impasse, car si je me propose de brûler toutes ces notes, pourquoi les écrire ? Pourquoi ne pas les brûler tout de suite et m'épargner cet effort, pour ne rien dire de l'économie de papier ? Les adeptes de la protection de l'environnement m'en sauraient gré, j'en suis sûr. Il est curieux que pendant toutes les années où il m'est arrivé de me prendre pour un écrivain, je ne me sois jamais demandé quel était le sens de mon aspiration à écrire un poème ou une nouvelle, alors que maintenant que je n'écris que pour moi-même, je suis obsédé par cette question au point que je la traite même par écrit, gaspillant sans regret l'encre précieuse de mon stylo. Soit dit en passant, les nuits sont fraîches ici et, un matin, il n'y a pas longtemps, mon stylo a refusé d'écrire, probablement à cause du froid qui avait dû figer l'encre, à moins qu'un petit bouchon ne se fût formé à sa pointe, et il aurait fallu voir mon inquiétude, le soin que j'ai mis à le réchauffer et à rétablir l'écoulement de l'encre, le torchon de cuisine dans lequel je l'ai enveloppé et porté comme un bébé, en le balançant doucement et en lui chantonnant des berceuses que j'ignorais connaître. En voilà assez là-dessus. S'il faut qu'il y ait du feu, il y aura du feu, c'est tout. Mais où en étais-je ? À la douleur, bien entendu, à quoi d'autre ? J'étais donc assis dans mon fauteuil, le regard rivé sur le téléviseur éteint, à écouter la douleur tambouriner à mes tempes comme les basses d'un vieux tube disco. J'ai fermé les yeux, et quand je les ai rouverts, il faisait jour dehors. Il y avait toujours des battements dans ma tête, mais bien plus lents, comme si la musique disco avait cédé la place à un blues lent et pesant. Moi aussi je bougeais, tout aussi lentement mais avec persévérance, évitant de regarder par la fenêtre, car l'abondance de la lumière solaire me donnait le vertige. J'ai aussi l'impression d'avoir dû marcher pendant un quart d'heure avant d'atteindre le téléphone, alors que jusqu'à l'entrée, où il se rechargeait pendant la nuit, il n'y avait pas plus de cinq mètres. Il était encore tôt, mais Iacha a aussitôt décroché. Il savait de quoi je voulais lui parler et m'a proposé de passer le soir même à son atelier, Isaac Lévi viendrait aussi, a-t-il dit, et peut-être également Jacob Schwarz ; devant eux, de toute manière, on pouvait parler librement et ce ne serait pas la première fois, a-t-il ajouté, qu'il aurait à redresser les histoires tordues de Margareta. Je n'ai pas posé de question, car si j'avais commencé, je n'aurais jamais fini, ainsi j'ai seulement confirmé que je viendrais et, tout en tenant le combiné à la main, j'ai coupé la communication. Le téléphone a aussitôt sonné. Croyant que Iacha voulait ajouter quelque chose, j'ai lancé : Tout est bien entendu, non ? Une voix d'homme, qui ne cachait pas sa haine ou son mépris, ou quelque sentiment semblable, a rétorqué : Rien n'est entendu, et bientôt tu ne pourras plus t'entendre avec personne, parce que ton heure a sonné. Je l'ai entendu raccrocher, alors j'ai raccroché moi aussi. Le téléphone s'est immédiatement remis à sonner. Une autre voix, tout aussi inconnue, m'a demandé comment je me sentais quand je léchais le cul aux Juifs. J'ai entendu rire d'autres personnes, la communication a été coupée, le téléphone a de nouveau sonné et quelqu'un m'a averti que je venais de signer ma condamnation à mort, après quoi j'ai débranché le téléphone en retirant la fiche de la prise murale. Sur le moment, cette explosion de haine inexplicable m'a surpris, mais alors un fait tout simple a trouvé son chemin à travers la lenteur qui affligeait mon corps et mon esprit : c'était samedi, le nouveau numéro de *Minut* était en vente dans les kiosques, et mon texte, bien qu'à ce moment-là je n'aie pu me souvenir de quoi il parlait, avait apparemment irrité certains lecteurs, ce qui était bien son but, ou plutôt le mien puisqu'un texte ne s'écrit pas tout seul. Je ne savais pas si cela devait me réjouir ou m'inquiéter, peut-être tout texte destiné aux journaux est-il écrit avec cette intention, c'est pourquoi j'ai fini par décider de prendre une douche et de me débarrasser ainsi de la pulsation douloureuse qui me harcelait de nouveau. L'eau tiède, dit-on, est le meilleur remède dans ces cas, et lorsque, une vingtaine de minutes plus tard, je me suis essuyé et changé, la douleur n'était plus logée, tel un germe, que dans les ligaments de mon cou, d'où je l'ai chassée par une série de petits exercices que j'avais appris bien des années auparavant, le jour où j'étais tombé par hasard sur une émission que la première chaîne consacrait à la santé. Je me rappelle encore comment le présentateur tournait la tête à gauche et à droite, montrant les mouvements à exécuter pour redresser le cou, jusqu'où il fallait baisser la mâchoire ou creuser la nuque. Tout ce dont je me souviens concernant les programmes de télévision, ce sont les cours de danse diffusés, si ma mémoire ne me trahit pas, par le studio de Ljubljana. Je n'ai jamais appris à danser, pas plus que je n'ai jamais chanté dans ma salle de bains, même si, ayant découvert le rock'n roll au début des années soixante, je me suis plu à m'imaginer comme *frontman* dans un groupe à succès que j'ai surnommé, bien opportunément, *Garçons invisibles*. Oh, quelle consolation que celle apportée par des images de notre enfance ou de notre jeunesse ! Et quel désespoir quand on se rend compte que la vie s'est transformée en une suite de souvenirs, en un album de photos choisies. Pourquoi tout doit-il avoir un revers ? Pourquoi ce qui, côté face, nous caresse, doit, côté pile, nous gifler ? Voilà le genre de réflexions dans lesquelles je me perdais tout en me rasant et en me séchant les cheveux, sans me douter à quel point était revêche la face du monde qui m'attendait dehors, devant chez moi. À présent, le chaos de cette journée peut être rangé dans un ordre compréhensible, mais à ce moment-là l'ordre paraissait irrémédiablement perdu, depuis l'instant où je suis descendu acheter *Minut* et où j'ai vu plusieurs exemplaires du journal qui jonchaient le sol devant l'entrée de mon immeuble, en passant par le temps qu'a duré ma fuite chimérique à travers des jardins de Zémoune, jusqu'à celui où les chimères se sont elles-mêmes dissipées et où tout s'est réduit à un seul mot : mort. Lorsque à travers la porte vitrée de mon immeuble j'ai vu le sol jonché de feuilles de journaux du fameux numéro, je ne suis même pas sorti dans la rue. J'ai fait demi-tour, je suis remonté chez moi et j'ai rebranché mon téléphone. Il s'est mis à sonner à l'instant même et un flot de jurons et de menaces a surgi du combiné. J'ai raccroché, mais la sonnerie s'est aussitôt fait entendre, et j'ai dû attendre qu'elle s'arrête pour appeler la rédaction de *Minut*. C'est la secrétaire du directeur de rédaction qui a répondu, et sa voix plaintive s'est muée en sanglots profonds quand elle a compris qui appelait. Non, a-t-elle dit, le directeur n'est pas là, il ne va pas tarder à arriver, la police est déjà là, les vitres sont cassées, on a versé partout de la peinture noire, et voilà, elle venait juste de prendre connaissance de deux lettres — sa voix s'est alors cassée — qui disaient que je m'étais moi-même condamné à la peine capitale. Je lui ai demandé si l'on précisait quelle était cette peine, mais elle n'a pas pu répondre, ou plutôt, elle l'a fait d'une voix aiguë, criarde, tout à fait incompréhensible, si bien qu'après lui avoir dit que j'allais bientôt arriver à la rédaction, je n'ai pu faire autrement que couper la communication. Je l'ai entendue criailler jusqu'à l'instant où le combiné a épousé étroitement son socle, puis l'appareil s'est immédiatement remis à sonner et n'a cessé de sonner pendant que je me préparais à partir, que je buvais du café froid, et ensuite, pendant que je descendais l'escalier, j'ai pu entendre ce son qui en quelque sorte avait remplacé le rythme du battement douloureux à mes tempes, de sorte que je sentais mon sang retentir à intervalles réguliers comme une sonnerie de téléphone. Quelqu'un avait entre-temps ramassé les journaux dispersés, mais quand je suis sorti dans la rue, j'ai vu un groupe de jeunes gens qui visiblement m'attendaient, car aussitôt que l'un d'eux m'a aperçu et a dit quelque chose aux autres, ils se sont tous tournés vers moi d'un même mouvement. Nous sommes restés un moment à nous dévisager, puis j'ai fait deux ou trois pas pour mieux voir les voitures à la station de taxis au coin de la rue voisine, et ensuite, rapidement mais sans courir, je me suis dirigé vers le premier véhicule, j'y suis monté et j'ai donné au chauffeur l'adresse de la rédaction de *Minut*. Les jeunes gens ne m'ont pas suivi et chaque fois que je me suis retourné pendant le trajet, je n'ai vu aucun véhicule nous suivre. Le chauffeur, curieusement, ne s'est pas inquiété de mon agitation, mais vers la fin du trajet il a dit qu'il devait s'agir d'une femme et m'a demandé si c'était le mari de celle-ci qui me suivait. Ces gens qui se tenaient près de la station, a-t-il dit, devaient être de la famille du mari. Il est tout à coup devenu loquace et s'est mis à raconter ses aventures galantes, que Casanova lui-même aurait pu lui envier et, arrivé à la rédaction, je me sentais tout poisseux de tant de sperme répandu, de sorte que je me suis d'abord précipité dans les toilettes pour m'y laver les mains et le visage. La secrétaire du directeur de rédaction s'était calmée ; elle m'a offert du café, puis m'a confié tout bas que le directeur était en train de boire du whisky et, en effet, quand je suis entré dans son bureau, il était justement en train de se verser du whisky dans un grand verre. Il a levé la bouteille dans ma direction, mais j'ai refusé d'un signe de tête, et il a alors ajouté encore un peu de whisky dans son verre. Et qu'est-ce que tu en dis maintenant, m'a-t-il demandé, faut-il porter un toast à l'affaire ou bien nous soûler pour oublier ? J'ai dit que j'espérais qu'il ne me considérait pas coupable de ce qui était arrivé. Si quelqu'un était coupable, a-t-il répondu, c'était lui, car j'avais le droit d'écrire tout ce que je voulais, alors que la décision de publier n'appartenait qu'à lui, et d'ailleurs, je devais me rappeler certainement qu'il avait hésité, mais, pour lui, c'était une affaire réglée, il ne fallait pas oublier ce qui venait d'arriver, mais l'important, c'était de regarder en avant, les dommages matériels n'étaient pas importants, il y avait des problèmes bien plus épineux, a-t-il ajouté en agitant une feuille de papier. C'était une lettre des autorités religieuses qui protestaient avec indignation contre certaines insinuations dans le texte où l'auteur en question (j'ai remarqué que mon nom était mal orthographié) prétendait trouver un lien entre l'Église orthodoxe et les regrettables manifestations d'antisémitisme. L'Église s'était toujours efforcée, pouvait-on lire ensuite, de s'opposer à de telles manifestations et elle tenait à souligner que son histoire n'était entachée d'aucun agissement condamnable à l'égard du peuple juif, qui avait toujours été accueilli avec hospitalité au sein de la communauté. J'ai rendu la lettre au directeur. Je pourrais tout de suite écrire un démenti sur ce démenti, ai-je dit, à quoi le directeur s'est saisi la tête des deux mains. Il ne manquerait plus que ça, a-t-il dit, nous avons assez d'ennuis, inutile d'en ajouter, et il a ensuite soulevé un tas de papiers, il y a encore d'autres messages du même genre, de divers partis et de lecteurs alarmés, et il y a aussi, a-t-il ajouté après avoir bu une gorgée de whisky, des menaces ouvertes, contre lui, contre moi, contre nous tous. Celle-ci est particulièrement curieuse, a-t-il dit en me tendant une feuille arrachée d'un cahier d'écolier. Ceux qui ne comprennent pas la nécessité de purifier notre nation des parasites étrangers, y était-il écrit en caractères de tailles inégales, et qui répandent l'infection par des textes où notre peuple est accusé de divers torts, ne méritent qu'une chose : être empalés. C'est ainsi que vous serez empalés et exposés sur la place de Térazié, afin que tout le monde sache quel sort est réservé à nos ennemis. Et n'espérez de clémence d'aucun d'entre nous. Personne parmi nous n'aura pitié de la racaille juive ni de ses acolytes qui nous sucent le sang ; le devoir de ceux qui connaissent les méfaits du peuple juif, à commencer par la trahison de l'agneau de Dieu et l'effusion de son sang, est d'anéantir tout youpin ou tout autre dégénéré qu'il trouve sur son chemin. Je n'ai pu aller plus loin. La secrétaire s'est montrée à la porte, s'est approchée du bureau du directeur et sans dire un mot y a posé un nouveau tas de messages. C'est comme ça depuis hier soir, a dit le directeur, depuis qu'on a commencé à distribuer ce numéro. Il devait en aller ainsi pendant quelques jours encore : lors de chacun de mes passages à la rédaction, le directeur me montrait des lettres et des commentaires qui allaient plus loin que jamais dans l'expression du dégoût et du mépris. Il y en avait aussi, bien entendu, qui partageaient mon point de vue et exigeaient qu'une enquête fût diligentée, les coupables punis, que la loi fût respectée et des excuses publiées. Puis, un matin, trois ou quatre jours plus tard, le directeur m'a embrassé et m'a dit que Félix était de retour. Il était fatigué, exténué, plein de puces et sale, a dit le directeur, et depuis qu'il s'était couché la veille dans son panier il n'en avait plus bougé, apparemment à bout de forces. S'il n'était pas rentré la veille, a dit le directeur, aujourd'hui il ne serait plus en vie. J'ai dit quelque chose sur les sept ou les neuf vies des chats, je ne me souvenais plus exactement, d'ailleurs, je n'avais jamais tellement aimé les animaux de compagnie, chien, chat ou canari, quelle que soit la petite bête, elle me faisait toujours l'effet d'une sorte de catastrophe naturelle, et était loin de m'inspirer un sentiment de paix, de bonté ou autre émotion particulière. Quand on s'entend bien avec les gens, ai-je dit ce jour-là à la secrétaire du directeur de rédaction, on n'a besoin d'aucun animal. Félix c'est autre chose, a dit la secrétaire, dont les yeux ont lancé des éclairs, et j'en ai déduit que j'aurais mieux fait de me taire. Rien n'est plus facile que de se promettre que l'on tiendra sa langue, mais rien n'est aussi difficile à tenir, car plus nous nous promettons de nous taire plus irrésistiblement nous nous sentons poussés à parler, comme dans le conte du berger qui savait que l'empereur avait des oreilles de chèvre et qui, poussé par ce besoin de parler, confie son secret à un trou dans la terre, qu'il comble ensuite soigneusement, mais la terre livre le secret au moyen d'une flûte taillée dans un roseau poussé à cet endroit, si je me souviens bien, et c'est ainsi que tout le monde apprend ce qui aurait dû rester secret. Le conte m'était revenu à l'esprit quelques jours avant l'heureux retour de Félix, le soir où j'étais allé voir Iacha Alcalaï. Le sabbat tirait à sa fin ; jurons et menaces se multipliaient ; chaque fois que je me retournais, j'étais certain de voir quelqu'un me menacer, le poing levé ou l'index imitant le couteau qui égorge ; c'est ainsi qu'en entrant dans l'atelier de Iacha j'ai eu l'impression de pénétrer dans le jardin de la paix immémoriale. Jacob Schwarz était déjà là. Isaac Lévi n'était pas venu et le verre qui lui était destiné n'a pas été touché. Iacha a sorti une bouteille d'eau-de-vie en disant que c'était le moment de porter un toast, et je n'avais pas eu le temps de demander à quoi on buvait que les verres étaient remplis et, après que l'on eut trinqué, vidés d'un trait. J'ai demandé si Margareta allait nous rejoindre, et j'aurais dû immédiatement comprendre, au regard que Iacha m'a lancé et qui semblait balancer entre le désespoir et la satisfaction, que je ne la reverrais plus, fait avéré par la suite, mais sur le moment je l'ai interprété comme l'expression de l'inquiétude paternelle, qui l'empêchait de parler. Mais peut-être ai-je bien interprété sa réaction, ce qui expliquerait pourquoi je me suis empressé de poser une autre question, concernant le sort du manuscrit *Le Puits*. Disons, a dit Iacha, qu'il a été rendu à celui à qui il appartient. J'en ai déduit que la version authentique du manuscrit se trouvait de nouveau au musée d'Histoire juive, ce que je crois encore, surtout à la suite des rumeurs qui ont couru sur un mystérieux transport de boîtes en métal du bâtiment de la communauté juive au trésor de la Banque nationale, ou à un autre endroit semblable, quelques jours après le début des bombardements sur la Serbie. J'ai lu ou, plus exactement, feuilleté le journal qui a publié cette histoire, car je ne connaissais pas la langue dans laquelle ce quotidien était rédigé, sous un doux soleil de printemps, tout en prenant un double express, pendant qu'à des centaines de kilomètres de là, des bombes tombaient sur des cibles militaires et civiles. La personne qui était avec moi m'a traduit en un anglais maladroit le texte bref accompagnant une photo peu nette prise devant le bâtiment de la communauté juive, où l'on voyait quelques personnes qui embarquaient deux grandes boîtes dans une fourgonnette ressemblant à un véhicule de police. S'il fallait en croire la traduction hésitante qui m'a été faite, le texte avançait la supposition qu'il s'agissait du manuscrit de la Haggada de Sarajevo, sur lequel divers bruits ont circulé au moment du siège de Sarajevo, et surtout après, y compris l'affirmation qu'il ne se trouvait même plus en Bosnie. J'ai dit à mon traducteur de fortune de ne plus se donner de peine, car si cette histoire du transport des quelques boîtes était véridique, je savais ce qui pouvait s'y trouver avec d'autres objets précieux : le manuscrit du *Puits*, sur lequel, un jour, dans l'avenir, un chercheur trouvera les empreintes de mes doigts qu'il classera comme « empreintes d'une personne inconnue qui, à en juger par leur nombre et leurs caractéristiques, a été en possession du manuscrit pendant la dernière décennie du XXe siècle ». Bien sûr, ce chercheur devrait se mettre au travail sans trop tarder, car les empreintes ne durent pas éternellement, ne deviennent pas fossiles, du moins pas celles laissées dans des livres, encore moins dans un livre de sable qui, comme tout désert, est en mouvement perpétuel. Iacha Alcalaï a rempli de nouveau nos verres. J'ai dit que s'il continuait comme cela, j'allais finir par croire qu'il ne désirait pas répondre à mes questions. Au contraire, a répliqué Iacha, il ne voulait que m'encourager à les poser au plus vite, puisque je ne m'étais encore intéressé qu'au manuscrit. Dans ce cas, ai-je dit, j'aimerais savoir ce qui s'est réellement passé, ou plutôt s'il s'est passé quelque chose. Jacob Schwarz a souri, comme s'il approuvait ma question, bien qu'aujourd'hui encore je ne sois pas sûr qu'il avait une idée de ce dont nous parlions. D'ailleurs, pourquoi était il là ? Peut être Iacha l'avait-il invité parce que c'était un historien et qu'il voyait en lui, pour cette raison, le témoin le plus objectif ou, du moins, le chroniqueur le plus impartial des événements ? Si ma supposition est exacte, alors l'erreur de Iacha est proprement incroyable, et d'autant plus si l'on tient compte de la nature de ses tableaux, nés d'un jeu combinant des éléments historiques à des préoccupations purement artistiques, mais, par ailleurs, elle est concevable dans le contexte particulier d'un pays où une image déformée de l'histoire est admise comme norme la plus courante et où la plupart des habitants, toutes options politiques confondues, croient que la particularité de l'histoire de leur nation ne peut être comprise par personne d'autre qu'eux-mêmes. Pourquoi Iacha, bien que n'appartenant pas au sens propre à cette nation, n'aurait-il pu sentir et penser comme eux ? Les dissensions politiques et les luttes pour le pouvoir y étaient fondées sur des approches différentes de certaines questions, comme l'économie ou les relations avec la communauté européenne et internationale, mais le plus souvent l'idéologie nationale n'était pas remise en question. Tout cela est devenu sensiblement plus manifeste un an plus tard, pendant les bombardements et dans les mois qui les ont suivis, mais c'est un sujet que d'autres que moi doivent traiter, ceux qui en ont été les témoins, et non pas ceux qui, comme moi, ont suivi tout cela de loin, à l'abri de tout danger. Quoi qu'il en soit, Jacob Schwarz et moi étions là à siroter de l'eau-de-vie et à attendre l'explication de Iacha. Quelques heures plus tard, la bouteille était vide, Jacob Schwarz dormait sur le divan, et Iacha parlait toujours. Je ne suis même pas sûr qu'il ait cessé de parler quand je suis parti après lui avoir promis que je reviendrais mardi ou mercredi pour entendre le reste. Je connaissais déjà en grande partie ce que Iacha avait raconté. Et cette plus grande partie, peut-être à cause de la présence de Jacob Schwarz, concernait ce qui, du moins à ce moment-là, m'intéressait le moins, à savoir l'historique de l'idée d'autodéfense juive, laquelle, selon Iacha, venait de la crainte qui obsédait Margareta que les Juifs ne disparaissent de la face du monde. Iacha avait considéré d'emblée que cette idée était vouée à l'échec, non pas parce qu'elle lui semblait fantastique et irréaliste, et soit dit en passant, rien ne pouvait paraître plus irréel et fantastique que notre pays lui-même dans les années quatre-vingt-dix, mais parce qu'il était persuadé que la communauté juive n'était tout simplement pas suffisamment nombreuse pour un exploit qui rien que pour sa singulière prière corporelle nécessitait plus de cent participants. Lorsque Margareta s'en était elle-même rendu compte par la suite, elle était entrée en contact avec des organisations publiques et secrètes qui réclamaient un changement de politique et critiquaient l'euphorie nationaliste qui se renforçait et menaçait, a dit Iacha, de détruire les meilleurs esprits de la nouvelle génération, non pas par la drogue, mais par le seul poison de la haine ethnique. Je ne savais pas ce qui m'étonnait le plus : que Iacha eût paraphrasé *Howl* d'Allen Ginsberg ou qu'il eût fait allusion à des organisations secrètes. De qui voulait-il parler ? De francs-maçons, de membres de différentes ONG, de la société de théosophie, de Témoins de Jéhovah ? De tous ceux-là, a dit Iacha, et de bien d'autres encore. Il a ajouté que je serais surpris si je savais combien de personnes ont cherché une consolation à la folie quotidienne dans des sociétés secrètes où ils retrouvaient un sens à la vie en se consacrant à des activités de bienfaisance et en multipliant les gestes de bonne volonté. Le moment ne s'y prête pas encore, a-t-il dit, mais il espérait qu'à l'avenir quelqu'un écrirait la véritable histoire des sociétés secrètes serbes à la fin du XXe siècle, car c'est seulement alors que l'image de ce qui s'était passé dans ce pays serait complète et que l'on se rendrait compte qu'il existait toujours une alternative au nationalisme effréné. Bien entendu, a-t-il souligné, je ne devais pas croire qu'il proposait une explication pour me persuader que l'idée de Margareta devait résoudre les problèmes politiques et nationaux de notre pays, Margareta aurait été la première horrifiée par une telle interprétation, il n'en doutait point, ce qui toutefois n'annulait pas le fait que toutes ces choses, que nous le voulions ou non, étaient liées entre elles, et si tu te mets à fouiner dans l'une, tu arriveras inévitablement aux autres. Margareta avait également appris l'existence d'un étrange manuscrit sur lequel des bruits couraient dans la communauté juive, et quand elle s'en est procuré une traduction, elle a découvert une formule qui lui a semblé être la clé idéale pour la réalisation de son projet, mais cela n'aurait rien donné, a dit Iacha, si n'était apparu un mathématicien capable d'expliquer les composantes mathématiques des instruction cabalistiques. Je sais de qui il s'agit, ai-je dit. Il savait que je savais, a répondu Iacha, mais il savait aussi que je ne savais pas que c'était justement le mathématicien qui m'avait choisi, si c'était le mot qui convenait, pour jouer le rôle qu'ils estimaient essentiel à la réalisation du projet, sauf que le projet était devenu si compliqué que Iacha, quant à lui, avait décidé de se retirer du jeu. Je le regardais, je clignais des yeux en tâchant de me rappeler où j'avais déjà entendu tout cela : ne m'en étais-je pas douté dès le début, pour finir par me persuader de douter de ce doute ? Que voulait-il dire, lui ai-je demandé, en disant que j'avais été choisi ? Était-ce moi qui avais obtenu le plus de voix parmi plusieurs candidats proposés ? Iacha a pris une nouvelle bouteille, l'eau-de-vie a coulé dans les verres. La tête de Jacob Schwarz flanchait sur sa poitrine et sa respiration se faisait toujours plus profonde et plus régulière, quant à moi j'avais parfois des difficultés à voir nettement le visage de Iacha et à comprendre ses propos. Il s'agissait, a continué Iacha, d'un double jeu classique, à savoir : tandis que le front semble s'ouvrir d'un côté, en fait il s'ouvre ailleurs. Le mathématicien avait lu, m'a expliqué Iacha, les textes que je publiais dans *Minut* et en avait conclu que je serais une solution presque parfaite : j'avais accès aux médias, je pouvais transmettre des informations, faire monter la tension, provoquer le parti adverse et le pousser à réagir de la manière prévue par Margareta et ses collaborateurs. Évidemment, a dit Iacha, on ne pouvait pas prévoir absolument tout, surtout à partir du moment où les textes de *Minut* ont commencé à vivre de leur propre vie et à susciter des réactions beaucoup plus houleuses que prévu. J'espère, ai-je dit, qu'il n'allait pas dire que l'effraction du bâtiment de la communauté juive et le saccage de ses tableaux étaient une simple comédie, car je ne pourrais pas en supporter autant. Je ne devais pas m'inquiéter, a répondu Iacha, c'était un fait réel, aussi réel que la raclée que j'avais reçue au commencement de cette histoire. Je ne me souvenais pas lui avoir parlé de cet incident, mais il était déjà clair que beaucoup de personnes en savaient bien plus long que je ne l'avais supposé et qu'il était inutile de tâcher de m'expliquer ce fait. En définitive, d'après le récit de Iacha qui devenait toujours plus détaillé et compliqué après chaque verre vidé, j'ai pu conclure que ma tâche avait consisté à ameuter l'opinion publique en écrivant des articles, à attirer sur moi l'attention des diverses factions afin qu'ils ignorent les desseins réels des conspirateurs. Voilà ce terme qui réapparaît, mais cette fois-ci il me paraît plus juste qu'auparavant. Comme les positions changent quand on se retrouve de l'autre côté, quel qu'il soit ! Quelque part en moi, j'ai revu l'éclat de la cuisse de Margareta — auquel je continue d'imputer la responsabilité de tout ce qui s'est produit — et j'avais du mal à croire qu'il exerçait sur moi un tel empire, plus grand que n'importe quelle parole. Je me suis de nouveau senti mal à l'aise en songeant à l'entrecuisse de Margareta devant son propre père, mais ses yeux à demi fermés m'accordaient une sorte d'absolution. Jacob Schwarz ronflait sur le divan. J'ai regardé vers la fenêtre, souhaitant voir une lune toute nouvelle. Je n'ai rien vu. Je me suis levé ; il était temps que je m'en aille. J'avais encore une dernière question, ai-je dit à Iacha Alcalaï : un événement s'était-il produit la nuit précédente et de quel ordre ? Les autres questions, je les gardais pour une prochaine visite, mardi ou mercredi, comme je l'ai déjà dit, j'espère que personne ne me reprochera cette répétition, en tout cas Iacha n'a rien fait de tel, il m'a regardé d'un regard ivre, décentré, et m'a d'abord répondu : Oui, puis : Non. Oui ou non, lui ai-je demandé, il y a tout de même une différence entre ces deux mots, surtout lorsqu'ils sont censés répondre à une question ? Oui, a répété Iacha, non. Il a laissé sa tête prendre appui sur le dossier, a fait de petits bruits de bouche mouillés, et il s'est endormi. J'ai songé à chercher de quoi les couvrir, lui et Jacob Schwarz, mais qui a jamais pu trouver quelque chose dans un atelier de peintre ? J'y ai renoncé avant même d'avoir commencé la recherche, j'ai titubé en direction de la porte d'entrée, l'ai refermée, puis j'ai posé la clé à sa place. L'ascenseur était là, et quand la cabine s'est mise brusquement à descendre, je suis tombé à genoux et j'ai vomi dans un coin, en veillant à ce que le liquide visqueux ne tache pas mon pantalon. Devant l'immeuble il n'y avait personne, du moins je n'ai vu personne, et mon retour chez moi s'est passé plus calmement que je ne l'aurais espéré. En fait, je ne me rappelle pas tout mon itinéraire, je ne me souviens que de certains segments, parmi lesquels celui où je me vois traverser l'autoroute tandis que les voitures filent et klaxonnent autour de moi, puis je me rappelle avoir ouvert la porte et tendu l'oreille, persuadé qu'au fond de l'appartement quelqu'un respirait avec difficulté. Il n'y avait personne, je m'en suis assuré après avoir allumé toutes les lumières et jeté un coup d'œil dans chaque pièce et chaque armoire, j'ai même regardé sous le lit, après quoi j'ai pu me coucher tranquille et content, encore qu'un peu vexé — bien que cela puisse paraître ridicule — car je m'attendais à être attaqué, réellement et symboliquement, en tant qu'auteur du texte paru dans *Minut*. La vanité est une drôle de chose, il faut bien le reconnaître. Jamais de ma vie je n'aurais cru pouvoir désirer que l'on m'agressât ni éprouver du dépit à l'idée que l'agression pût être dirigée contre quelqu'un d'autre que moi. J'ai appris par la suite de diverses sources pourquoi personne n'avait eu le temps de s'occuper de moi cette nuit-là : le mur du cimetière juif avait été couvert de graffitis antisémites ; sur la porte de la synagogue on avait dessiné une grande croix gammée ; l'entrée du bâtiment de la communauté juive avait été obstruée par un tas d'ordures ; on avait accroché au monument aux victimes juives, dans le quartier de Dortchol, un pantin en prisonnier de camp de concentration, avec une étoile jaune au bras gauche et une calotte noire sur la tête ; on avait glissé des messages menaçants dans les boîtes aux lettres de nombreuses familles juives ; il y avait eu aussi des rumeurs non confirmées d'agressions contre des personnes âgées, ainsi que d'une prétendue grande bagarre au bord de la Save où l'on aurait même joué du couteau et entendu des coups de pistolet, selon mon interlocuteur, ou plus précisément mon interlocutrice. Quand je lui ai demandé comment elle pouvait savoir qu'il s'agissait de coups de pistolet et non pas de fusil, ou peut-être de fusil-mitrailleur, elle n'a pas su répondre, mais a affirmé que c'était ce que lui avait expliqué un voisin qui avait été envoyé sur le front au début des années quatre-vingt-dix, il s'y connaissait en armes, avait même été blessé, et aujourd'hui encore traînait la jambe gauche en marchant. Ça ne se voyait pas beaucoup, a-t-elle ajouté, mais, vu qu'elle habitait au-dessous de chez lui, elle l'entendait traîner la semelle quand il se déplaçait dans son appartement.

Les premiers commentaires furibonds suscités par mon article ont paru dans les journaux le lundi. Les autorités religieuses ont démenti avec indignation tout antisémitisme parmi leurs prélats, certains partis politiques ont fait de même, sauf que le démenti de l'un d'eux se concluait en déclarant que ceux qui ne se plaisaient pas ici étaient libres d'aller ailleurs. Personne ne vous a demandé de venir, disait-on, personne n'a à vous demander de partir. Ce journal-là annonçait pour le lendemain un article intitulé « Quoi, vous n'êtes pas encore partis ? » ainsi que la publication de la « vérité » sur tout ce qui était contrôlé par les Juifs de Belgrade, avec un résumé spécial sur le rôle des Juifs dans la franc-maçonnerie serbe. C'est aussi le lundi que j'ai senti la fumée qui venait de la cage d'escalier de mon immeuble, et quand j'ai ouvert ma porte, j'ai vu un petit bûcher sur lequel brûlait une étoile juive en carton jaune. J'ai appelé la rédaction de *Minut*, mais le directeur n'a pu ou n'a pas voulu me parler, et la secrétaire m'a appelé plus tard pour me dire de ne pas me presser pour le prochain numéro. Bien après, quand j'étais déjà loin de Belgrade et de Zémoune, j'ai appris qu'il y avait eu des plaintes, des condamnations et même une confiscation des avoirs de *Minut*, mais je n'ai pu que hausser les bras en signe d'impuissance, ce que je fais encore en ce moment même, bien que cette fois-ci ce ne soit pas en signe d'impuissance, mais pour détendre un peu mes muscles engourdis et lever mes doigts crispés autour du stylo. Mon stylo est transparent, comme je l'ai déjà dit, ou crois du moins l'avoir dit, et je vois que l'encre au cœur du stylo sera bientôt épuisée. La fin de ce cœur sera aussi la fin du récit, ce qui semble tout à fait normal, car là où le cœur ne bat plus, le récit se tait lui aussi, de même qu'il se tait quand le cœur bat trop fort, car alors les mots se bousculent et s'étouffent mutuellement. C'est ce qui m'est arrivé après cet incendie improvisé, semblable à un jeu d'enfants, et en fin d'après-midi je suis sorti sur le quai, persuadé que le fleuve, comme tant de fois auparavant, saurait me calmer. En chemin je suis passé près de la tour où se trouvait l'appartement aux livres ; je me suis dirigé vers l'entrée, puis je me suis ravisé et j'ai continué vers le quai. Je me suis ravisé parce que non loin de l'entrée j'ai vu un jeune homme dont la tête me disait quelque chose, puis j'en ai encore vu deux autres qui lui ressemblaient. J'ai pris une autre direction : là ils étaient encore plus nombreux, au moins six. La distance entre eux et moi n'était pas négligeable, mais je me sentais déjà cerné, comme s'ils étaient collés à moi. J'aurais pu me mettre à courir, ce qui aurait été aussi illusoire que si j'avais tenté de me battre avec eux tous à la fois. À ce moment-là je me suis aperçu qu'un groupe d'une quinzaine de personnes âgées, hommes et femmes, s'approchaient de moi à une allure lente, mais avec une vive rumeur, et je me suis simplement glissé parmi eux, en me lançant aussitôt dans une conversation avec deux femmes de petite taille, tout d'abord sur le retard dans le versement des pensions de retraite, puis sur la question de savoir s'il valait mieux lutter contre les moustiques dès l'éclosion ou quand ils ont un peu grandi. Ces femmes ne se sont montrées aucunement surprises par mon intrusion dans leur conversation, et j'ai compris, à leur accent d'abord puis à leurs propos, qu'elles étaient du sud de la Serbie et qu'elles se rendaient à l'hôtel Yougoslavie pour assister à l'ouverture solennelle de l'assemblée annuelle d'une association qui, si j'ai bien compris, défendait les droits des retraités menacés par l'évolution de la situation politique et économique au cours des années quatre-vingt-dix. Je hochais la tête, marchais à petits pas, tout en épiant du coin de l'œil ce que faisait l'autre groupe de mes accompagnateurs. Ceux-ci se rapprochaient de plus en plus et ont fini par encercler les retraités, de sorte que je marchais au centre de leurs deux cercles concentriques. Les retraités sont alors descendus sur le niveau le plus bas du quai, le plus près du fleuve, les jeunes gens aux cheveux en brosse nous suivaient à un niveau supérieur et je devinais qu'ils étaient à bout de patience et que celle-ci serait épuisée lorsque les deux niveaux sur lesquels nous marchions se seraient rejoints, près de l'embarcadère devant l'hôtel. Il ne me restait qu'une chance, et arrivé à hauteur de la rampe qui menait à l'embarcadère, je me suis subitement penché, j'ai soulevé une de mes interlocutrices et, en criant qu'elle avait un malaise, j'ai couru vers l'entrée de l'hôtel. La femme, interloquée, est restée muette un instant puis elle s'est mise à crier et à se débattre, mais plus elle criait et plus je criais moi aussi en disant qu'il s'agissait d'une crise d'épilepsie et qu'il fallait appeler le SAMU et dégager le passage. Les jeunes gens qui nous suivaient se sont arrêtés, indécis, ne sachant que faire. Pendant ce temps-là je trottais vers l'hôtel, déjà tout en sueur, car la femme, bien que de petite taille, était plutôt replète et me glissait lentement entre les mains. Heureusement, quelques hommes sont accourus, l'un lui a saisi les jambes, un autre l'a prise sous les aisselles, la femme hurlait, nous lui disions de se calmer, que tout irait bien, et entre-temps nous étions arrivés à l'entrée derrière l'hôtel, où nous attendait un attroupement assez important, ce qui a provoqué une bousculade accompagnée de jurons, et j'en ai profité pour déguerpir vers l'entrée principale de l'hôtel, d'où j'ai traversé la rue en courant pour me perdre entre les immeubles d'en face. Je me suis arrêté un moment sur un terrain de jeux désert. Mes vêtements étaient trempés de sueur, le lacet de ma basket droite défait, mes mains tremblaient après l'effort fourni et je haletais comme un chien sous un soleil d'été. Les chiens halètent-ils aussi dans l'obscurité ? Je ne le saurai jamais, comme une foule d'autres choses, depuis les toutes simples, par exemple savoir comment les lucioles font pour émettre de la lumière, jusqu'aux plus complexes, comme celle du rôle des couleurs dans la nature, sans parler de tous les endroits que je ne verrai pas ou de la musique que je n'écouterai jamais, et cette certitude, le fait que notre vie, considérée comme un reflet des connaissances humaines, est forcément partielle, quelles que soient nos tentatives pour la compléter, a toujours suscité en moi un degré plus ou moins grand de désespoir. Il ne s'agit pas de la peur de la mort, il serait bête d'avoir peur de ce que l'on ne peut éviter, de ce que, autrement dit, on est bien obligé de *vivre* même si c'est de la mort qu'il s'agit, mais l'idée que je passerai de vie à trépas avant d'avoir pu voir Bombay ou Melbourne peut me tirer des larmes bien plus facilement que je ne le voudrais. Ce soir-là, dans ce terrain de jeux, bien que j'aie songé à Tokyo et à Montevideo, je n'ai pas fondu en larmes ; la raison en était surtout parce que j'ai été saisi de fou rire en revoyant la pauvre femme gigoter dans mes bras et me regarder avec des yeux pleins d'horreur. Je riais tant que je ne pouvais plus tenir debout et que j'ai dû m'asseoir sur la balançoire la plus proche. Le siège était petit, j'ai eu de la peine à y caser mon derrière et, quand j'ai commencé à me balancer, il a fallu que je lève les genoux presque jusqu'au menton. Les pièces de suspension grinçaient, la balançoire geignait et, en me retournant, j'ai vu que la lune était apparue dans le ciel. Enfin peut-être y était-elle déjà auparavant, je ne sais jamais vraiment où la chercher dans le firmament, parfois seul un bout dépasse à l'horizon et parfois elle caracole au-dessus de ma tête, souvent elle n'est pas là, et voilà encore une chose que je n'apprendrai pas avant de rejoindre l'autre monde : toutes ces courbes que tracent les mouvements des corps célestes sur la coupole qui nous surplombe, semblables aux graphiques qui représentent les variations économiques et, je suppose, les catastrophes violentes qui annoncent l'anéantissement total. Le siège de la balançoire me coupait les fesses, la lune glissait ci et là au-dessus de moi, à moins que ce ne fût moi qui glissais ci et là au-dessous d'elle, qui peut le savoir, tout est relatif en ce monde, surtout quand on se balance la tête renversée et que le sang afflue dans le cerveau, nous amenant à considérer ce qui autrement ne nous viendrait jamais à l'esprit ou à entendre, comme il m'a semblé à ce moment-là, une voix familière me demander : Que fais-tu là ? J'ai baissé les pieds, touché le sol et arrêté de me balancer. J'ai relevé la tête, fermé les yeux, et j'ai attendu que le sang cesse de glouglouter et retourne d'où il était venu. La voix qui venait de poser la question était celle de Marko, mais lui, lorsque j'ai ouvert les yeux, n'était nulle part, comme tous ces derniers jours. Ainsi que ces dernières nuits, bien sûr. Je le précise pour qu'on ne croie pas qu'il était absent le jour, et présent la nuit, tel un vampire éternel qui ne vit que pour être mort le plus longtemps possible. Quand il avait disparu, Marko avait disparu complètement. Je n'ai pu me rappeler quand cela était arrivé ; d'une certaine manière, c'est moi qui avais contribué à sa disparition, en accordant une priorité absolue à l'histoire de Margareta et en refusant délibérément de faire entrer Marko dans ce jeu qui, à la fin, s'était révélé n'être justement que ça : un jeu, ce qui, indirectement, me rendait tout de même content qu'il ne fût pas là, car son ironie aurait été impitoyable. Il se serait d'abord moqué de moi, puis il aurait roulé un joint en hommage, aurait-il dit, à ma naïveté, puis un autre en l'honneur de celui qui venait de se consumer au nom de la vérité, puis encore un en l'honneur du précédent, etc. Je me suis extirpé du siège exigu, j'ai regardé à gauche, j'ai regardé à droite, mais je n'ai pu voir nulle part la source de la voix qui m'avait demandé ce que je faisais là. Avais-je accepté à la légère la disparition de Marko ? Les gens ne disparaissent tout de même pas aussi facilement ou, plus exactement, les gens ne disparaissent pas aussi facilement sans aucune explication, aussi ai-je pris la décision, sur ce terrain de jeux éclairé par la lune, de me rendre à l'appartement de Marko. De toute façon, les chemins menant au mien étaient certainement bloqués : ceux que j'avais réussi à semer devaient maintenant attendre mon retour et je n'aurais pas été étonné que l'un d'eux fût alors accroupi devant ma porte pour s'efforcer d'y poser un demi-cercle ou peut-être un cercle complet d'excréments. Je me suis dirigé vers le centre de la Nouvelle Belgrade, m'éloignant de l'hôtel Yougoslavie où l'on me cherchait peut-être encore. En chemin, j'ai arrêté un taxi et, en montant, j'ai demandé au chauffeur de me conduire dans une rue voisine de celle où se trouvait l'appartement de Marko. Quand il m'y a déposé, j'ai d'abord attendu qu'il se fût éloigné, puis, en choisissant les ombres les plus épaisses, ce qui n'a pas été difficile dans une ville où le système d'éclairage urbain était pour ainsi dire à l'agonie, je me suis engagé dans la rue de Marko et, en empruntant le trottoir opposé, je suis arrivé en face de son immeuble. J'ai levé le regard vers ses fenêtres, et je n'en croyais pas mes yeux : dans sa chambre à coucher, la lumière était allumée. J'ai traversé la rue. Il y avait bien un interphone dans le vestibule, mais la porte d'entrée, comme tant de portes à Belgrade et à Zémoune, n'était jamais fermée. Je l'ai poussée, je me suis glissé à l'intérieur et, sans allumer la lumière, j'ai monté l'escalier. Quelque chose m'a touché la jambe, et m'a presque fait pousser un cri, mais je me suis aussitôt avisé que c'était un chat qui faisait le gros dos, ronronnait et se frottait contre mes jambes. Chut, lui ai-je dit, il s'est assis, ses yeux ont scintillé dans le noir, et moi j'ai continué de monter. Un étage, encore un, et je me suis trouvé devant la porte de l'appartement de Marko. J'étais aussi essoufflé que si j'étais monté au sommet de la tour du relais de télévision au mont Avala et j'ai dû d'abord me reposer un peu. Je me suis appuyé à la rampe en attendant que ma respiration redevienne inaudible. Manifestement, le chat n'avait rien de mieux à faire et je l'ai encore senti dans mes jambes. Je me suis penché pour le caresser, mais j'ai entendu dans l'appartement de Marko des pas qui approchaient de la porte. J'ai saisi le chat, l'ai soulevé, et promptement, j'ai gagné l'étage supérieur en montant les marches deux à deux. Le chat a ronronné tout ce temps, comme s'il avait un moteur électrique dans sa poitrine, et les menues vibrations de son corps se communiquaient à mon cœur, nous faisant vibrer tous les deux au même rythme. Nous avons écouté la clé tourner dans la serrure, puis la porte s'est ouverte, quelqu'un est sorti sur le palier, a fait un pas ou deux, s'est arrêté comme pour tendre l'oreille, puis a allumé la minuterie. Le chat et moi nous sommes regardés, il a miaulé faiblement, ses pattes m'ont repoussé, il a quitté mes bras d'un bond et a couru en bas. Je me suis approché de la rampe, j'ai prudemment jeté un coup d'œil par-dessus et, juste au-dessous de moi, j'ai vu une tête en train de se lever vers le chat, lequel se coulait à travers les barreaux de la rampe de l'escalier. Je me suis retiré, et une voix au-dessous de moi a dit : Il n'y a personne, c'était le chat. La porte s'est refermée, la clé a tourné deux fois dans la serrure, la chaîne de sûreté a cliqueté, puis tout est redevenu silencieux. J'ai attendu que la lumière se fût éteinte et j'ai descendu l'escalier lentement. Le chat n'était pas devant l'appartement de Marko et je ne l'ai pas rencontré non plus aux étages inférieurs, ce qui ne pouvait signifier qu'une chose : qu'il était entré dans l'appartement de Marko, encore que, avec les chats, on ne puisse jamais être sûr, et je ne serais pas surpris si tout à coup il apparaissait ici, après toutes ces années, comme si de rien n'était, comme si nous nous trouvions toujours dans le même escalier, ce qui, du moins dans une certaine mesure, est exact, car tous les moments inexpliqués de notre vie contiennent un minuscule segment de notre être dans la répétition continuelle de chacun de ces moments, et plus il y a de ces points obscurs, de ces situations non élucidées, plus grande est la fragmentation de notre être, c'est-à-dire, moins il y a de nous dans la réalité où nous demeurons. Chaque fois que dans ma mémoire la lumière de l'escalier dans l'immeuble habité par Marko s'éteint de nouveau, une partie de mon être s'envole sans retour, et si l'on considère tout le temps que je passe à y penser, il ne doit plus rester grand-chose de moi, pas plus que d'encre dans mon stylo. Je me suis aperçu tout à l'heure que certaines lettres ne sont tracées que partiellement, deux voyelles et une consonne, ce qui est un avertissement, le plus sérieux jusqu'à présent, que la fin est inévitable, même si j'essayais toutes sortes de tours pour la repousser. Maintenant, par exemple, je me demande pourquoi, finalement, je n'ai pas frappé à la porte de l'appartement de Marko. Qu'aurais-je pu y perdre ? Rien de plus que ce que j'avais déjà perdu ou du moins commencé à perdre, bien que ce soir-là existât peut-être encore un espoir que tout pouvait encore changer et la perte ne pas être totale ; mais je me suis encore une fois glissé par la porte de l'immeuble, cette fois-ci dans le sens opposé, et retrouvé dans la rue. J'ai aspiré l'air à pleins poumons, regardé à gauche, regardé à droite et essayé d'imaginer où je pourrais passer le reste de la nuit. Je n'ai rien trouvé, ou plutôt tout ce que je trouvais me paraissait peu sûr, surtout l'idée d'aller passer la nuit chez l'une de mes connaissances, ce qui aurait risqué de la mettre en danger si l'on me suivait, et c'est pourquoi j'ai passé la nuit à errer sans but, enfin pas vraiment sans but, puisque cela m'a servi à m'approcher de mon appartement par des chemins détournés, quoique soigneusement planifiés. Je ne sais quelle distance j'ai parcourue cette nuit-là, me glissant dans les halls d'immeubles ou dans des buissons et des coins sombres chaque fois que je risquais de me heurter à un danger, mais je sais que je titubais lorsque, le mardi matin, je suis entré chez moi avec sous le bras les journaux distribués depuis peu. J'ai été un peu déçu de ne trouver aucune saloperie devant ma porte, et pendant un moment je me suis senti comme quelqu'un qui a perdu malgré lui de sa valeur. La vanité est une chose curieuse, je l'ai déjà dit, je ne dois pas me répéter.

Je me suis effondré dans mon fauteuil. Mes pieds étaient brûlants, mes mains tremblaient, mes yeux larmoyaient comme si mes paupières était tapissées de sable à l'intérieur. Les journaux étaient remplis de commentaires, de démentis et de critiques polémiques, et il y avait aussi un communiqué officiel de la communauté juive où l'on condamnait toute forme de haine et où l'on niait, en passant, toute entente avec moi, ce qui était exact. Une autre lettre, bien plus sévère à mon endroit, réclamant mon arrestation afin qu'une instruction pût déterminer sur l'ordre de qui j'avais essayé de détruire les relations traditionnellement bonnes entre les peuples serbe et juif, était signée par une quinzaine de personnes d'origine juive. Ils exprimaient aussi un soutien indéfectible aux autorités qui faisaient leur possible — je cite de mémoire — pour assurer à notre pays une place digne dans un monde implacablement ghettoïsé qu'impose le nouvel ordre mondial. D'habitude, je ne lisais pas ces sortes de panégyriques flagorneurs, mais il s'agissait cette fois-ci de ma peau, et la chose la plus simple pour tout le monde était de me sacrifier en échange d'une promesse de paix, c'est pourquoi je devais me faire l'idée la plus précise possible de tous les acteurs en jeu, car c'était le seul moyen de préparer ma défense. Bien entendu, les journaux ne parlaient pas de l'aspect de l'affaire qui m'aurait été favorable, c'est-à-dire des graffitis, des agressions, des profanations de monuments ni des accusations prononcées publiquement, mais affirmaient, comme l'a dit un commentateur à la télévision, que cela gênerait l'instruction du cas. J'ignorais moi aussi, à ce moment-là, l'ampleur de ces incidents et la tolérance dont certains hommes politiques, prélats et simples citoyens avaient fait preuve à cet égard, ce qui n'allait pas manquer de me surprendre, plus tard. Un an après, au moment où le pays a été finalement bombardé, la propension à s'accorder une absolution globale a prévalu et tout a été rejeté dans l'oubli afin de diriger l'ensemble des forces de résistance contre l'ennemi international, qui est devenu coupable de tout, à la fois de ce qui s'était passé comme de ce qui pouvait arriver. D'ailleurs, à ce moment-là, je n'étais pas là où je me trouve actuellement, mais quand on est parti, tous les endroits se ressemblent, et peu importe, en un sens, où je me trouvais à l'époque, et je me rappelle m'être dit qu'il faudrait écrire tout cela, cette magnifique et grandiose tentative avortée de renouveler les structures surnaturelles de la construction du monde, ainsi que le choix intéressé d'un système gouvernemental de jouer la carte des différences, d'inciter à la division le long des fragiles lignes de fracture ethniques et religieuses souvent enchevêtrées, afin de se trouver une justification et de se maintenir au pouvoir. Ce dernier aspect, contrairement à l'expérience cabalistique manquée, a continué d'exister — dans une forme apparemment amoindrie —, ce qui n'a fait que fortifier mon intention, laquelle s'est entre-temps transformée en désir, lequel s'est ensuite mué en sentiment de devoir, devenu depuis un vœu solennel, qui m'a finalement forcé à m'établir quelque part et à me mettre au travail, ici, devant cette fenêtre. Oui, écrire est un travail, je le répète à l'intention de ceux qui croient que c'est un plaisir, et lorsque parfois, comme à l'instant, je lève la tête et regarde la fenêtre, derrière laquelle il fait nuit, je vois le visage d'un homme fatigué. Et inquiet, aussi, car le réservoir d'encre de son stylo est presque à sec. Qui sait d'où sortent toutes ces lettres, comment se forment tous ces mots ? C'était cette question que je me posais alors en feuilletant les journaux, tandis que les pieds me brûlaient, que les cuisses me faisaient mal et que le téléphone sonnait furieusement. À un moment, je me suis levé, j'ai titubé jusqu'à la petite table où était posé l'appareil et j'ai décroché. Avant même d'avoir porté le combiné à mon oreille et sans avoir eu le temps de dire un mot, j'ai pu entendre un baragouin, lequel, une fois le combiné collé contre mon oreille, s'est transformé en un déferlement hystérique de jurons, de menaces et d'éructations. Je suis passé à la cuisine, j'ai mis de l'eau à chauffer pour le thé, je me suis préparé une tartine de miel. Si l'explication fournie par Iacha Alcalaï était exacte, explication selon laquelle nous étions tous engagés dans une sorte de double jeu, alors personne de nous n'était ce qu'il paraissait être, ce qui me semblait évident dans le cas de Margareta ou de Dragan Michovitch, mais n'expliquait toutefois rien en ce qui concernait Marko. Ou peut-être que si, me suis-je dit, sauf que je n'arrivais pas à deviner ce que c'était. En fait, j'aurais dû sonner à sa porte, me suis-je dit sur le ton du reproche, voir qui était là, au lieu de me persuader que Marko ne s'y trouvait pas et qu'entrer dans son appartement ne me conduirait qu'à un piège. Après m'être entretenu avec Iacha Alcalaï, que je devais voir à son atelier ce soir-là, je me rendrai de nouveau chez Marko, me suis-je promis, rien ne m'en empêchera. J'ai attendu une interruption de la sonnerie du téléphone et j'ai appelé Iacha Alcalaï. J'ai obtenu son répondeur, et après le bref signal, j'ai laissé le message que je passerais à son atelier vers neuf heures le soir même, puis, malgré les sonneries du téléphone qui continuaient, je me suis couché pour dormir. Je me suis réveillé dans un appartement où régnait le silence, et il m'a fallu quelques secondes pour comprendre que cette impression venait du simple fait que le téléphone ne sonnait plus. J'éprouvais une fatigue affreuse, étant de ceux qu'un sommeil diurne ne repose pas, et je savais que pendant une ou deux heures j'allais marcher comme si j'avais du brouillard devant les yeux et un pansement de gaze sur la conscience. Je me suis approché de la fenêtre, lentement, comme si j'avais peur d'un *sniper*, et j'ai vu des nuages porteurs de pluie. Tout le reste avait l'air normal : des passants pressés allaient à leurs affaires, des voitures et des autobus traversaient la place de temps à autre, deux femmes discutaient devant la parfumerie en gesticulant comme si elles chassaient des moustiques, un gamin fixait du regard un balcon d'où un autre gamin lançait des avions en papier, trois chiens tournaient autour d'une benne à ordures, les feux de signalisation clignotaient. J'aurais pu rester toujours ainsi, le nez collé à la vitre, hors du monde mais en fait à l'intérieur de lui, observateur mais pas participant, visible mais pas vu. Cependant, pareilles béatitudes ne peuvent durer longtemps et j'en ai été tiré par des coups frappés à la porte. Je me suis détaché péniblement de la fenêtre et j'ai demandé qui c'était. Personne n'a répondu, bien que l'on eût encore frappé. J'ai fait quelques pas vers la porte en craignant d'être trahi par le grincement des parquets et j'ai essayé, sans y parvenir, de voir quelque chose par le judas. Quelqu'un le couvrait de la main, et tout ce que je pouvais faire c'était m'éloigner de la porte et me précipiter sur le téléphone. Cabale, magie, fils de la lumière révolutionnaire ou des ténèbres réactionnaires, qu'importe, il était temps d'appeler la police. J'ai décroché, formé le numéro, et je suis resté quelque temps ainsi, sans comprendre que le téléphone ne fonctionnait plus. La ligne était coupée, muette, et j'ai en vain appuyé plusieurs fois sur le bouton. Les coups à la porte, réitérés, étaient maintenant plus menaçants, mais me poussaient en même temps à me demander pourquoi celui qui frappait, ou plutôt ceux qui frappaient, car j'étais persuadé que toute une horde était plantée devant ma porte, pourquoi donc ceux qui frappaient avec tant de patience ne faisaient tout simplement pas irruption pour accomplir la besogne qui les avait amenés là. Je me sentais comme une souris prise dans une souricière ou, ce qui constitue une comparaison peut-être plus exacte, comme un chien que les écorcheurs ont acculé dans un cul-de-sac, et tandis que l'on continuait de frapper, je suis passé à la cuisine et de là sur mon petit balcon. Le balcon de l'appartement voisin — celui-ci se trouvant dans une partie de l'immeuble desservie par une autre entrée — sur lequel autrefois, quand j'étais bien plus jeune, je passais en sautant depuis le mien, paraissait maintenant plus loin qu'autrefois. Je n'aurais jamais pu me décider à refaire ce saut, je l'ai compris, même si un petit bout de ma conscience, toujours enveloppée de gaze, me disait qu'il valait mieux prendre le risque, car c'était tout de même tenter la chance, alors que dans mon appartement m'attendait fort probablement un sort arrêté, une fin certaine. J'y suis pourtant retourné. Les coups à la porte ont bientôt repris, juste au moment où je m'étais approché de celle-ci sur la pointe des pieds, me faisant sursauter de peur et de surprise et demander, d'une voix retentissante, qui était là. Personne n'a répondu. Les coups, cependant, ont cessé. Je me suis glissé contre la porte et, comme tant de fois déjà, j'y ai appuyé l'oreille. Il m'a semblé entendre des murmures, un bruit de papier que l'on déchirait, des pas silencieux qui descendaient l'escalier, mais il a suffi que je change de place et que j'appuie l'oreille à un autre endroit, et tout est devenu différent : le papier n'était pas déchiré, mais froissé, les pas montaient l'escalier, au lieu du murmure se faisaient entendre des ricanements assourdis, et pendant tout ce temps quelqu'un respirait bruyamment, comme si ses lèvres se trouvaient juste contre mon oreille. Je ne me rappelle pas combien de temps j'ai mis à comprendre que c'était ma propre respiration que j'entendais. Je me suis redressé et j'ai jeté un coup d'œil par le judas. Il n'y avait personne sur le palier. J'ai tourné la clé dans la serrure et entrouvert la porte autant que la chaîne de sûreté le permettait. Je n'ai vu personne, je n'ai rien entendu, alors j'ai ôté la chaîne et poussé prudemment la porte jusqu'à ce que je puisse voir le palier tout entier. C'est à ce moment-là en général que l'ennemi ou le délinquant en profite pour s'engouffrer dans l'appartement, du moins dans les films, ce qui n'est pas arrivé dans ma réalité. Personne ne s'est engouffré chez moi, personne ne m'a repoussé, personne n'a brandi un couteau ni pointé sur moi le canon d'un pistolet. Seule, sur la porte, s'étalait avec bravade une croix gammée, au-dessous de laquelle était écrit en caractères inégaux, conséquence de la hâte, je suppose : « Mort au traître ». La peinture était encore fraîche et de minces filets noirs s'écoulaient des pointes de la croix, comme s'ils roulaient vers quelques bas-fonds, où, en vérité, était leur place. Je me suis dit que j'avais bien fait de ne pas avoir ouvert la porte, sinon, en voyant ce graffiti, j'aurais aussitôt eu envie de régler verbalement leur compte à ceux qui avaient écrit cela. Je m'entendais m'écrier avec pathos : Qu'ai-je ou qui ai-je trahi ? Au lieu de régler leur compte aux vrais voyous, vous venez fanfaronner devant quelqu'un qui tente de vous libérer du fardeau que vous devrez porter sur vos épaules des années durant ! Je me suis fait l'effet du Lénine de la photo sur laquelle, parlant du haut d'une tribune, il se penche en avant afin d'être plus persuasif. Balivernes, bien sûr, ce n'est pas à Lénine que je pense en disant cela, mais à moi, car ces types, s'ils étaient toujours là, ne m'auraient pas laissé finir, ne m'auraient peut-être même pas laissé commencer, mais se seraient jetés sur moi comme un seul homme. Nourrir tout espoir eût été vain. Mort au traître, c'était tout ce qui les intéressait, sauf que rien ne pressait, c'est ce que j'ai compris à ce moment-là. D'où les coups frappés à la porte, leur lenteur, tout cela venait de l'assurance que rien ne pouvait contrarier leur dessein et que tôt ou tard ils allaient exécuter ce qu'ils avaient décidé. J'aurais pu vivre de nuit et non plus de jour, changer fréquemment de refuge, me raser le crâne et me laisser pousser la moustache, porter des lunettes noires, rien n'y eût fait. La punition de quelqu'un qui pense autrement est toujours bien accueillie, de quelque côté que se trouve celui qui punit. La mort d'un traître est une attraction pour des centaines d'individus tout disposés à découvrir de nouveaux traîtres et à infliger de nouveaux châtiments. J'aurais dû prendre un seau d'eau, un chiffon et une brosse pour laver cette croix sur ma porte, mais pour la première fois j'ai senti que je n'en avais plus la force : jamais je n'aurais pu laver tout ce qu'ils pouvaient salir. Je me rappelle avoir à ce moment-là regretté que l'expérience cabalistique — même si, à en juger d'après les propos de Iacha Alcalaï, elle n'avait pas été conçue comme une entreprise réalisable — n'eût pas réussi, car si elle avait réussi, les forces des ténèbres auraient été contraintes de reculer devant les forces de la lumière et plus rien n'aurait été pareil. Il était maintenant trop tard, et le sentiment que j'avais eu un peu plus tôt d'être acculé dans un piège a papilloté devant mes yeux comme un éventail funeste. Tout se désagrégeait et, selon toute vraisemblance, allait continuer de se désagréger. Il était probablement écrit quelque part combien de temps cela devait durer ; le destin est en tout cas inéluctable. Tu radotes comme un sage sénile et rejeté, aurait dit Marko là-dessus, ce qui m'a rappelé que je devais passer encore une fois chez lui. Si je ne pouvais pas arrêter la décomposition générale, peut-être pouvais-je empêcher la mienne, conserver au moins une partie de ce qui m'était cher. Si je ne le fais pas, me suis-je dit, il ne restera rien de moi, et je n'oserai regarder personne dans les yeux, même pas moi-même. Ma montre indiquait que le soir approchait à grands pas, traînant la nuit derrière lui, et qui sait ce que celle-ci nous réservait et ce qui pouvait venir à sa suite, aussi n'avais-je rien de mieux à faire qu'aller tout de suite voir Iacha Alcalaï, pendant qu'il faisait encore jour. La croix gammée, me suis-je dit, devra attendre. Peut-être est-elle toujours là, sur la porte où je l'ai laissée, quelque peu abstraite à cause des coulures de peinture qui avaient dégouliné partout, mais tout de même reconnaissable sous cet enchevêtrement. La pluie s'est mise à tomber dès que je suis sorti dans la rue et je n'ai eu le temps de regarder ni à gauche ni à droite, ni en haut ni en bas, mais me suis mis à courir vers l'arrêt d'autobus, où j'ai pu prendre celui qui passait juste à ce moment-là. Je déteste la pluie. Mais, cette fois, je l'ai trouvée plutôt sympathique, conscient qu'elle pouvait au moins décourager certains de ceux qui, à la tombée de la nuit, se lanceraient à ma poursuite. Quand le bus est arrivé au pont sur la Save, la pluie tambourinait avec une telle violence que le chauffeur a dû ralentir. Au square de la Couronne Verte, l'eau coulait de partout et dans le passage souterrain régnait une cohue indescriptible : tout le monde était venu en courant s'y abriter, des camelots de toutes sortes, les marchands de parapluies qui ne manquaient jamais d'apparaître en pareille occasion, des gens qui attendaient des autobus pour Zémoune et la Nouvelle Belgrade, des agents de police qui ne poursuivaient personne et les chalands du marché voisin qui, malgré l'heure tardive, étaient venus y faire un tour. J'ai réussi à me frayer tant bien que mal un passage à travers cette foule, puis j'ai continué mon chemin par étapes, de porte cochère en porte d'immeuble, en me retournant fréquemment et en jetant des coups d'œil de tous côtés, jusqu'à la place de Térazié, où j'ai attendu un trolleybus. Celui-ci était tout déglingué, avec des vitres cassées et des portières qui fermaient mal et s'ouvraient inopinément pendant le trajet, et il sentait l'humidité et le vomi des ivrognes qui, autour de minuit, y avaient vidé le trop-plein de leurs estomacs. On n'avait pas dépassé de beaucoup la place Slavia lorsque, persuadé qu'un homme ne détachait pas son regard de moi, j'ai décidé de descendre au premier arrêt. Je suis donc descendu, l'homme est resté assis et je suis resté seul à cet arrêt, sous la pluie qui continuait de tomber en rafales tantôt violentes, tantôt molles. Le trolleybus suivant est arrivé une quinzaine de minutes plus tard. Bien qu'il fût trop tôt pour me rendre chez Iacha Alcalaï, la pluie persistante m'a forcé à me diriger vers son atelier ; même s'il n'était pas là, je savais où se trouvait la clé, je pouvais entrer et l'attendre. Il m'y avait engagé dès ma première visite, et il était certain que je n'allais pas peindre, ce qui était la seule interdiction qu'il m'avait signifiée. Combien de temps s'était écoulé depuis cette visite ? Selon le calendrier, un peu plus de deux mois ; d'après le poids du vécu, plusieurs années avaient passé, et il m'était difficile de concilier ces deux mesures, si divergentes et au fond si semblables, et de reconnaître que l'une des deux était tout de même inexacte. Et si, me suis-je dit en marchant en direction de l'atelier, les deux étaient exactes et montraient que nous vivons bien plus longtemps que ne l'indiquent les calendriers, chacun dans son temps, et que les heures, les jours, les mois, les années ne sont que des conventions qui nous permettent de mieux fonctionner dans un ensemble commun ? Toutes sortes d'idées nous traversent l'esprit s'il pleut longtemps, surtout si l'on n'a pas de parapluie. J'avais beau m'efforcer de raser les murs et courir d'une porte à une autre, j'étais trempé, je frissonnais, et je me suis presque mis à courir en m'avisant que l'immeuble de Iacha était juste derrière l'angle de la prochaine rue. Au carrefour, je me suis pourtant arrêté afin de jeter tout autour de moi un regard attentif. Je n'ai vu rien d'inhabituel : il n'y avait personne devant l'entrée de l'immeuble, des voitures étaient garées le long du trottoir, des poubelles étaient ouvertes et pleines de détritus, le réverbère répandait une faible lumière. J'ai consulté ma montre : il n'était pas encore neuf heures. C'est alors que j'ai entendu démarrer un moteur et une voiture est sortie de la file des véhicules garés. Un instant plus tard, deux jeunes gens en sweat noir à capuche sont sortis en courant de l'immeuble de Iacha en lançant des jurons que je n'ai pas compris. Je ne sais plus si leurs sweats portaient des inscriptions, mais les capuchons étaient rabattus sur leurs têtes et leurs visages étaient dans l'ombre. La portière de la voiture s'est ouverte, ils se sont engouffrés dedans en criant toujours, et le véhicule a démarré en trombe et s'est éloigné à toute vitesse. Je ne sais pas pourquoi je n'ai pas fait demi-tour pour quitter l'endroit. J'aurais pu imaginer ce qui m'attendait dans l'atelier, je n'avais pas besoin de le voir vraiment, mais mes jambes m'y portaient comme si elles obéissaient à quelque ordre et elles m'ont d'abord mené à l'entrée de l'immeuble, où je me suis arrêté un instant pour jeter un regard dans la direction où la voiture avait filé, puis je suis entré et j'ai pris l'ascenseur qui, porte ouverte, semblait n'attendre que moi. La porte de l'atelier de Iacha était ouverte elle aussi. Je m'en suis approché et comme si je regardais de très loin, de l'autre rive du fleuve, j'ai vu Iacha assis à la table de la cuisine. Sa tête était avachie sur sa poitrine, son bras droit pendait le long de son corps, sa main gauche était posée sur la table, paume vers le haut. Ses pieds étaient hors de portée de mon regard, mais en revanche je pouvais voir des gouttes d'un liquide épais se détacher de son menton et de son nez. Elles tombaient sur ses vêtements, peut-être aussi sur le sol, avec un éclat si assourdissant que j'ai dû me boucher les oreilles. Iacha, ai-je dit, non, je n'ai rien dit. Oreilles toujours bouchées, j'ai reculé de quelques pas, je suis entré dans l'ascenseur et j'ai trouvé à tâtons le bouton du rez-de-chaussée. Le fracas des gouttes continuait de me suivre et quand l'ascenseur s'est arrêté au rez-de-chaussée, une femme a ouvert la porte et a poussé un cri en me voyant mains plaquées contre les oreilles et le visage grimaçant de douleur. Je lui ai souri, ce qui l'a fait reculer, et sitôt que je me suis éloigné, elle est vite entrée dans l'ascenseur. Je marchais avec le sentiment que je ne sortirais jamais de ce couloir, puis, quand j'en suis enfin sorti, j'ai continué d'avancer tout droit sous la pluie qui tombait toujours à grosses gouttes, comme au commencement, comme si ce n'était pas la fin. Et ce n'était pas la fin. En effet, il est des choses et des phénomènes qui ont plusieurs commencements, alors que d'autres ont de nombreuses fins, s'achèvent en suites successives, comme s'ils avançaient d'un sentiment de la finitude à un autre par bonds lents ou soubresauts. Soubresauts est le mot le plus juste, car il évoque les convulsions de l'agonie, or dans cette fin qui tirait en longueur j'étais en fait en train de mourir, jusqu'à devenir une sorte de mort vivant, un appât que les ténèbres ont fini par engloutir. Je ne me rappelle pas comment je suis arrivé à Zémoune : à un moment j'ai compris que je me trouvais devant mon immeuble et, au lieu de rentrer chez moi, j'ai continué de marcher pour me rendre chez Marko. Le chat n'était pas dans le hall. J'ai allumé la lumière, monté l'escalier, pressé le bouton de sonnette. Des pas et un rire se sont fait entendre, puis Marko a ouvert la porte et, en me voyant, a fermé les yeux comme si cela pouvait me faire disparaître. Derrière lui, au portemanteau, pendait un sweat à capuche noir. De l'intérieur de l'appartement, une voix d'homme a demandé qui c'était.

Personne, a dit Marko en rouvrant lentement les yeux. Nous nous sommes regardés encore quelques instants, puis il a claqué la porte de toute ses forces. Des débris de crépi sont tombés sur le sol, la lumière sur le palier s'est éteinte, j'ai dévalé l'escalier dans le noir et je n'ai pas arrêté de courir avant d'être arrivé chez moi. Le lendemain, tous les journaux ont publié la nouvelle de la mort subite du peintre Iacha Alcalaï. On ne parlait nulle part de mort violente, probablement dans l'intérêt de l'instruction, mais je savais que ce n'était qu'une question d'heures, que l'enquête découvrirait mon message sur le répondeur de Iacha et que sa voisine se souviendrait d'un homme qui se bouchait les oreilles. Cette nuit-là un incendie a éclaté dans l'appartement aux livres, et en regardant la fumée sortir par les fenêtres et en écoutant les sirènes des pompiers, j'ai su qu'il ne me restait plus beaucoup de temps. J'ai pris une petite valise, y ai mis l'indispensable, évitant tout ce qui ressemblerait à un souvenir, j'ai ramassé mon argent, mon passeport et un petit sac avec quelques objets précieux restés en ma possession après le dernier décès dans la famille. J'ai attendu le matin, et à midi je me trouvais dans un minibus qui transportait les voyageurs à l'aéroport de Budapest. Je tremblais comme une feuille, je l'avoue, au moment de passer la frontière, plus encore du côté hongrois que du nôtre, puis, quand le douanier hongrois, d'un air maussade, nous a fait signe de passer, j'ai enfin pu respirer. Tout ce qui s'est passé ensuite, toutes les années qui me séparent des événements décrits, la distance entre cet endroit-ci et là-bas, tout doit rester hors de ces notes. Je ne le quitterai probablement jamais, l'endroit où je me trouve actuellement, près de la fenêtre dans les vitres de laquelle je vois de temps à autre une figure qui est mon reflet, endroit où m'a conduit la bonté de personnes inconnues. La fin est enfin arrivée à ma porte. Je ne parle pas de la mort, cette fois-ci. Je veux parler du sentiment qu'une suite d'événements a pris définitivement fin, devenant immuable, tandis que rien n'annonce ce qu'apporte un nouveau commencement, si tant est qu'il existe. Peut-être est-ce la raison pour laquelle j'ai voulu faire ce récit, c'est-à-dire consigner tout ce qui s'est passé, car celui qui parle pour lui seul est considéré comme un fou, alors que celui qui écrit la même chose jouit de quelque considération en tant que créateur, comme si les paroles n'étaient pas de la création et comme si le monde avait été créé par un texte et non par une voix. Autant que je sache, Dieu a parlé pour créer le monde, il n'a pas lu un texte préparé à l'avance. C'est de paroles que résonne le monde, elles représentent son véritable visage. La lecture est une tentative de flatter le Seigneur, surtout la manière de lire d'autrefois, avant que l'on eût appris à lire en silence, quand on chuchotait en fait et que la bouche formait les lettres et les mots sur lesquels le regard glissait. Enfin, maintenant c'est fini. Lorsque ce stylo, qui m'étonne vraiment, aura tari, je poserai la dernière page sur les autres pages, noircies, puis je retournerai la liasse pour jeter encore une fois un regard sur le début. Margareta, dont à l'époque je ne savais pas qu'elle s'appelait ainsi, se tient sur la rive boueuse et se prépare à recevoir la gifle qui doit être un piège pour moi. Ne vous inquiétez pas, je ne vais pas recommencer toute l'histoire. Ce qui a été raconté une fois ne peut plus jamais être répété. Ce qui est arrivé une fois est arrivé une fois pour toutes. Cependant, une chose me chiffonne. Maintes fois, au cours de ces dernières années, à des distances tout à fait imprévisibles, m'est revenue en mémoire l'image d'une porte flamboyante à l'entrée d'un fastueux palais céleste, où je me vois marcher sur un sentier fait de nuages et passer d'un palais à un autre, plus grand, si grand que le précédent y est contenu, puis ce palais plus grand est contenu dans un autre plus grand encore, et ainsi de suite, jusqu'à ce que j'arrive au dernier palais, où se trouve le trône, lequel est si grand que j'ai beau redresser le cou, je n'en vois pas la fin. Je me rappelle m'être fait la réflexion : si le trône est si grand, combien doit être grand celui qui y est assis. Or à ce moment-là j'entends les trompettes claironner : Voici venir le Seigneur. Puis je me vois revenir et bayer aux motifs du papier peint.

Où suis-je allé ? Est-il possible que ce fameux soir j'aie tout de même suivi Éléazar et que nous ayons été sur le point de réaliser ce qui avait été prévu ? Je suis sûr d'avoir marché pieds nus, car au moment où je franchissais le seuil d'un des derniers palais, je me suis écorché le gros orteil du pied droit. La peau de l'orteil s'était fripée comme un petit nuage crépu, découvrant une blessure profonde d'où le sang ne coulait pas. Je me suis penché pour l'examiner, me demandant si je ne devais pas pisser dessus pour la désinfecter, mais alors j'ai entendu en moi une voix qui n'était pas la mienne me dire : Ne t'inquiète pas, il n'y a pas de sang au ciel. Bien sûr qu'il n'y en a pas, me suis-je dit plus tard, les anges ne sont pas des animaux à sang chaud comme nous, et Dieu encore moins. Toutefois, s'il nous a créés à son image, il s'ensuit que lui aussi peut saigner, n'est-ce pas ? Je pose la question à mon reflet dans la vitre, mais le reflet est muet, la vitre est sans voix, la nuit est silencieuse. J'ai lu quelque part que notre apparence est effectivement à l'image de Dieu, mais que ce qu'il y a en nous a été créé par quelqu'un d'autre. On ne disait pas par qui. Peut-être aurais-je dû le lui demander alors que, pieds nus, j'errais dans ses palais ? Souvent me vient l'idée que notre vie consiste au fond en une foule d'occasions manquées, parmi lesquelles il en est bien aussi quelques-unes que l'on a saisies, mais celles-ci sont toujours moins nombreuses que celles-là. De nouveau, au lieu de rendre les lettres visibles, mon stylo n'a fait que graver des sillons, tout comme la vie laisse des vides, sauf qu'un stylo peut être remplacé, alors que la vie est comme une lame qui, une fois émoussée, ne peut plus être aiguisée. Un couteau émoussé, voilà ce que je suis. Je ne puis que gémir dans mon vain effort de tailler le dépôt des souvenirs en une suite de mots et de phrases. Là-bas, loin, où tout cela s'est passé, ces souvenirs n'intéressent de toute façon personne, et peut-être ferais-je mieux, avant de me raviser, tout de suite, dès cette nuit, de les enterrer dans un bosquet sur la colline, sous un bouleau, dans une boîte. Après, je n'aurais plus rien à faire, sinon me taire. Et voilà, je me tais.

Composition DESK
Achevé d'imprimer
sur Roto-Page
par l'Imprimerie Floch
à Mayenne, le 12 octobre 2009
Dépôt légal : octobre 2009
Numéro d'imprimeur : 74863.

ISBN 978-2-07-078428-8 / Imprimé en France.

150053